长篇历史小说

背西风

——中国:1840

刘佑平 著

CTS 湖南文艺出版社

凡事谢恩（自序）

二十世纪七十年代末，我在北京大学中文系就读时，由于与古典文学教授陈贻焮先生是老乡的缘故，便经常在天近黄昏时陪他在未名湖边散步。先生健谈，讲了很多北大老先生趣闻逸事，其中讲他当年的文学老师废名先生上文学写作课，从不在课堂上讲怎么写小说，说写小说是教不出来的，但要同学们在上课之前，把自己生活里的事和人写个两千字，形式不拘，怎么写都成。到了废名先生上课时，他就把同学们的“作业”拿到课堂上评点，也不是用什么文学理论的话表述，说这个“作业”写的生活是这么回事，那个写的人物有趣，这个嘛不是东西，一堂课下来，同学们受益匪浅。呵呵。陈先生一说到这，往往就乐了。说他的“作业”以历史人物和事件为创作对象，而同学们是以现实为写作素材。废名先生说陈先生的“东西”是读了书，会读书，才写得出。曾有几篇写历史人物的小说，经由废名先生推荐在刊物上发表，陈先生也就成了中国作家协会会员，再后来又是享誉中外的唐诗研究大家了。

现在当我面对这部四十余万字的书稿时，在“问”自己，六年前，我怎么就想到要以中国近代史上第一次鸦片战争这一历史的时间节点，作为此书的写作背景？一八四〇年前后，是中国历史从古代史进入近代史的转折时期。从道光十八年（1838）林则徐奉旨禁烟开始，到道光二十二年（1842）鸦片战争失败，这一阶段是中国历史上悲壮而又屈辱的时期。以如此重大的历史变局作为写作题材，其难度可想而知。从思考到书稿完成的这六年多时间，我为了能真切地感受这一时期社会变局的原生相，是没少下功夫去做“功课”，读书学习，感悟认知，不敢有丝毫怠慢。其间，我多次到写作故事与人物背景发生地漫步，陈旧蒙尘的殿宇楼阁和荒芜寂静的河流山川，这一切在我的思索中，更多的是厚实的人文历史沉淀。尽管历经世纪烟云荡涤，但它不可抹去的痕迹是文字，感受笔墨描述的昔日故迹，“也同欢喜，也同悲愁”，时间蔓延成了一本记忆的读本。在第一次鸦片战争中，林则徐和以他为代表的这一历史时期的人物，无疑是不可或缺的“主角”，历史已经定位他们是我们中华民族的英雄和仁人志士，但他们的结局是悲剧性的。中华民族冷兵器时代抵御外侮的故事很多，但林则徐他们所处的世界新的“奇技淫巧”之物，方兴未艾。而处在这一时期的中华民族，仍然是在封建封闭的环境里尚待觉醒，可想而知，只能挨打。这是历史的教训，也是抹不去的惨痛的历史事实。

我在写作时，力求还原这一时期的人物与事件。小说的结构是以这一历史时期为横截面，力图全景式地展示这一时期里尽可能与之相关的风云人物和重大事件，如道光、孝和睿、王鼎、陶澍、祁寯藻、邓廷桢、黄爵滋、阮元、德克布金、关天培、曾国藩、龚自珍、魏源、包世臣、左宗棠、胡林翼、彭玉麟、罗泽南、郭嵩焘、梁廷枏、蒋立昂、穆彰阿、琦善、豫堃、伊里布、奕经、耆英、牛鉴、义律、委黎多、颠地和伍绍荣、赵铁头、龚孝拱、关乔昌、林福等众多人物，他们无不与作品有着内在的关联。在写作过程中，尽我所知的这一历史时期的事件或资料，伏匿深藏，植入这一社会政治经济文化和风俗情趣等描写中。这样，作品才会有生命般的真实感和历史的厚重感。

写历史小说，要对笔下所表现的历史事件和历史人物怀有强烈的责任感和敬畏之心，不可戏说。读书是认识历史，重温历史，感受历史，扩展生命层次和感悟的不二途径，也是积累和激发创作激情的动力。写作是燃烧生命的导火线，它是否能得到读者的认可和喜爱，我期待着。同时在写作过程中也得到了不少朋友的支持与帮助，凡事谢恩。

第一章

到了道光十八年十一月十七日这天，天老爷毫不喘口气儿地整整下了三天三夜的雪，总算歇着了。偌大的四九城空气似乎是冰封住了，天地之间的气息，凛冽饱满，空寂浩渺。以往早朝辰时一刻，各部院府的臣工在乾清门御门听政的事儿，也因这一场大雪乐了个清静，不要起五更去乾清门挨冻了。改为到懋勤殿的值房递牌子然后就等着“叫起”，凡宗室王公用红头签，其他官员就用绿头签，因为签是在皇帝用膳前呈递，所以又称“膳牌”。过了皇上用膳，如不见皇上召见，臣工便可回各自衙门忙自己职责所事了。但在皇帝身边军机处的轮值大臣，那是任何时候也不能离开。乾清门外西侧的隆宗门一排向南的五间阔房，门道内外设礓礤慢道，是军机处的办公之地。雍正七年设立叫做军机处，全称为“办理军机事务处”，为处理“大清上国”军政大事和辅佐皇帝的常务机构，具有莫大的权力，权限凌驾于内阁和六部之上。各地的奏章进京首先要由军机处题签，事关要事即呈皇上御览，正常事务就由军机大臣根据奏章事项，直接签发相关部阁办理。所有公文往来记录于“存记簿”，一切“密存事件”都要密封存档。皇帝的谕旨也得先由军机处草拟，皇帝御批后，再由军机处直接封口交驿站发出。这样的谕旨称廷寄，或称军机大臣字寄，一般是发给经略、大将军、钦差大臣、都统、总督、巡抚、学政等官员，有些日常事务请示，就由军机大臣直批给各相关部阁督府处理。道光揉了揉有些酸胀了的眼睛，抬眼看了看窗外，满世界的雪晃得他眼花了下，对立在一旁大太监王金水说：“哦，雪住了，出去看看吧。”脚从炕上伸下来，王金水赶紧上前跪下给套上双鹿皮靴子，道光立身伸了个懒腰，王金水飞快地给道光披上一件圆领、对襟、平袖、长及膝、左右垂带的翻毛紫貂端罩外褂，又把一顶明黄色高顶、深前檐的雨冠扣在头上，这才出门槛。甬道扫净了雪的地上，留有一行清晰的脚印水渍痕迹往殿外去。王金水小声儿说："皇上，奴才送林大人出来到殿外时，林大人说这是三年来京城里下的最大一场雪，好兆头哇。"道光青白干瘦的脸上现出一丝笑容。驻脚，眼瞅了下雪地，王金水马上蹲下身子，把衣袖捋捋，露出一节白胖胖的手臂，往雪地里一插，哟，半截的手臂竟给雪埋了。道光啊呀了声："瑞雪兆丰年，呵呵。"他难得笑出声来。这些年来，他因鸦片禁弛之议一直犹豫不决，最后是林则徐的《筹议严禁鸦片章程》折子，促使他召林则徐进京先后八次面圣议事，以其罕见的礼遇恩准林则徐宫内骑马坐轿行走，期待林则徐不负圣恩，一举清除鸦片之害。今天道光又特意安排了林则徐陪同他用膳，把禁烟钦差大臣的关防大印交给他，上谕广东水师兼归节制。林则徐跪谢圣恩怀抱关防大印出门时，道光又特意交代他到钦天监去择个吉日动身南下。林则徐回话道光，说昨日老中堂王鼎大人已替他择了日子，今年是戊戌年，有三、五、九的月份里不上任之禁。今日离京正好回避了四不祥日的初四、初七、十六、十九等日子，若再择日子就要等到来年二月的春分了。老中堂交代他这次是身负皇命，替民生除害，百鬼莫欺！随便哪天出行都是吉日。道光满意地点了点头，目送林则徐大步出门。他长吁了口气，看看雪住了后的晴空，林则徐留下那一行脚印的水渍痕迹，在阳光下正悄没声儿地消失了。"数十年后中原几无可以御敌之兵，且无可以充饷之银。"这句来自林则徐折子里的警世之语，几天来一直在他脑海里浮现。他头晃了晃，自言自语道："林爱卿，大清江山，朕就拜托你啦。"虽说是晴空了，道光在殿门口外稍站了会，就有股寒气袭上身来，跺了下脚，说："去皇太后那儿。"来到殿外，台阶下有一顶皇舆在候着了，王金水要扶持道光上轿，道光看看天色，搓搓手，说："走走，暖和身子。”王金水赶紧应答：“喳。”突然，道光似是无意地问：“林爱卿走时，坐轿么？”王金水小心地道：“回皇上话，奴才送林大人到门口，是有一顶轿在候着，林大人要轿子回去，说宫内坐轿，到此为止，自个儿走着出了宫。”道光哦了声，脸上现一抹笑意，便不再说了。一大帮太监在他身后尾随着，雪地里发出咯吱咯吱的走路声响。

孝和睿皇太后仅比道光大六岁，道光的生母是孝淑睿皇后，但这位皇后福薄命浅，仅仅当了两年的正宫娘娘就驾鹤西去，当时身为嘉庆皇帝的贵妃孝和睿是在嘉庆六年才立为皇后。嘉庆二十五年，嘉庆皇帝猝死承德，道光继位之前名叫旻宁，也正在承德侍驾。虽然他身为皇太子已是天下共知的事，但由于找不到嘉庆皇帝的立储密旨，群臣也不敢贸然拥立。就在一筹莫展之际，已身为皇太后的孝和睿自北京传懿旨：“恐仓猝之中，大行皇帝未及明谕，而皇次子秉性谦冲，素所深知。为此特降懿旨，传谕留京王大臣，驰寄皇次子，即正尊位。”孝和睿皇太后出面主持朝局，拥护旻宁，对保证旻宁顺利登上皇帝宝座，实现政权的平稳过渡起了关键作用。在后宫里，道光的嫔妃都爱围着她转，斗纸牌、掷骰子，每日里众星捧月，哄得她其乐融融。道光对孝和睿皇太后尊崇备至，每日问安，一丝不苟；生活起居，毫不马虎。孝和睿皇太后久居深宫，百无聊赖，受太监的引诱吸食上了鸦片，以致成瘾，每日吞云吐雾，沉湎于此。道光颁旨严禁鸦片，对宫中吸烟者亦是严惩不贷，唯独对孝和睿皇太后不加过问。道光还为防止禁烟后鸦片断绝，甚至密令为她备一个秘密的鸦片渠道，同时告诫宫中诸人向孝和睿皇太后隐瞒外面禁烟之事，可见其用心之苦。

当道光步行来到孝和睿皇太后的慈宁宫门口时，正在大门两旁值班的太监们一见皇上来了，赶紧下跪要大声吆喝着报皇上驾到，道光摆摆手，不让他们吭声，径直往里面走去。慈宁宫位于隆宗门西侧，门前有一东西向狭长的广场，两端分别是永康左门、永康右门，南侧为长信门。慈宁门位于广场北侧，内有高台甬道与正殿慈宁宫相通。平常时候，道光人还没进正殿门，就可听见里面一派欢声笑语，后宫里的嫔妃们打扮得鲜艳艳的，围着孝和睿皇太后聊天儿逗乐子开心。她们都知道皇上再怎么忙，每日里来给皇太后请安的礼节是少不了的事，所以她们要想给皇上留下个好印象，就得瞅着这时光把自己亮个彩。其实孝和睿皇太后作为女人何尝没有过她们这般体会，有时见哪个嫔妃瞅皇帝媚眼痴情劲儿，就知是春心荡漾了，她也乐意送个顺水人情说，某某呀你就今晚去给皇上暖个被窝，那暖情儿的话说得嫔妃们无不心花怒放。如此，谁不是把孝和睿皇太后当作大慈大悲的观音菩萨供着了。只是这时道光进正殿的门了，竟没有听到平常可听到的笑语声，他有点纳闷，一走进正殿旁的寝宫，只见嫔妃们正齐刷刷地跪在地上，包括他一生最疼爱的孝全皇后钮祜禄氏，她还是皇太后的亲侄女，已经生了一子二女，子即后来继位的咸丰皇帝。此时她已是沉疴缠身，有好一向都没有出门了，今天她竟领头跪在最前头，扶着炕上那张红漆嵌螺钿寿字炕桌抽泣着。孝静皇贵妃、彤贵妃、佳贵妃、成贵妃、和妃、祥妃、常妃，还有珍嫔、恬嫔、恒嫔、豫嫔、顺嫔，以及平素很少有机会出头露面的平贵人、定贵人、李贵人、那贵人等依位尊高低跪在锦缎团垫上。孝和睿皇太后侧身卧在炕上，着一件品月缎绣玉蓝飞蝶氅衣，脚上着双湖蓝绸缎花卉棉袜，炕下一双紫缎钉绫凤戏牡丹高底女棉鞋倒在地上，一只青花蝴蝶瓷痰盂里盛了少许的清水，炕桌上有一支白玉烟杆，还烧着青烟未熄灭。道光瞧这情景，知是大事不好，赶紧朝前与孝全皇后跪在一起，伏地道："皇儿给皇额娘请安！"连磕了三个头，所有的人也跟着道光一齐磕头齐呼请安。众人的话音未落，孝和睿皇太后一个翻身从炕上坐起，披一头散发，由于没有涂脂抹粉，脸皮上泛着一层豆青色的光亮。她手指着跪在地上的道光，声音颤抖着大声地问："好你一个皇帝，还有你们——"指着皇后等一干女眷："都变着法子骗我，你们这哪是在对我尽孝心，分明是在给我这个老婆子脸上抹黑呀。"她哗地大声号哭起来，抓起白玉烟杆往地上一摔，那白玉烟杆的碎裂声，把众人的心都重重地敲击了下，一个个吓得面容失色。道光这下急了，想准是禁鸦片烟的事让皇太后知道了，一下不知如何是好，忙求饶："请皇额娘息怒。"

众妻妾们也跟着求饶："请太后娘娘息怒。"一片哭泣声不绝。

宫殿里内外的太监和丫环们也跟着凑热闹，那哭泣声比殿里的那一干人还大些。道光回头朝大家扫了一眼，后宫的女眷们立刻鸦雀无声了，那帮太监和丫环们更是大气儿都不敢喘一下。"旻宁，"孝和睿皇太后手指着道光竟直呼其名，把殿内外的人无不吓得浑身发抖。直呼皇帝的名那是要灭九族的，普天之下也只有做母亲的才有这谱儿敢显摆出来。若不到了剜心凿骨般的痛楚，孝和睿皇太后也不会脱口而出直呼道光的名字了。她话一出口，自己的心也颤抖了下，下意识地看了下道光的脸色，随后口气没那么重了，不过说出的话儿还是冷冷的："当年仁宗皇帝龙驭上宾，我在告示天下的一道懿旨中，说你'皇次子智亲王仁孝聪睿，英武端醇，见随行在，自当上膺付托，抚驭黎元'。你现在可好了，皇帝当久了，我这个老婆子你就不当回事了。天下都知你在禁鸦片，可你却叫这一帮整天没事做的娘们来哄我，一帮阉狗来诱我抽鸦片烟，还说这是福寿膏。你呀你哪还是大清国的皇帝呀。我知你不是坏心眼，你知道我已经离不开这劳什子的鸦片了，心疼我对我网开一面。可你就不想想，你在我面前是我的儿子，可你更是天下的皇帝，是大清的主子呀！汉人有句话说得好，自古忠孝不能两全，皇儿呀你这哪是在践孝，分明是在往我这个老婆子脸上抹黑呀！天下臣民要是知道了我这个老婆子可把国法置之不理，你这个皇帝我看就当不长久了，大清江山在你手上也会断送掉的。呜呜！"说着她哭得上气不接下气了。道光跪上前去，一把拉住孝和睿皇太后的手，泪流满面地说："皇额娘，皇儿知错啦。"

孝和睿皇太后从炕上起身，道光和孝全皇后赶紧起身扶着她，她清清嗓子，对里里外外跪了一地的人冷冷地说：“你们听着，从今儿起，谁若是再提‘鸦片’二字，自个儿拿根绳子去寻死！”大家齐声应答：“听明白了。”她转而问道光：“皇儿，那个担任禁烟钦差大臣的林则徐几时动身南下？”

道光说：“皇额娘，林则徐今日已启程南下。”

孝和睿皇太后摇摇头，长叹一口气，说：“此等有关国家安危的大事，为什么没有我们满人出来担此重任？汉人尚且知道国事为重，可我们满人却把国当作家来看，这样下去国将不国，祖宗打下的江山，还能有多长久呀。”她的话音还没落，孝全皇后突然朝后一栽，人整个倒在地上了，把立在炕旁边的一个掐丝珐琅寿字蜡烛台打翻在地。

殿里顿时乱作一团。

第二章

位于广州城西门外，沿珠江北岸一条并不宽敞的街道，楼房鳞次栉比，庭前屋后一年四季总是鲜花盛开。经营洋货的商人们为了方便从珠江装运货物，就在沿江一带建起了一幢幢南国风味的，又有西式情调的小洋楼。这些楼房除了行商们自己居住外，还有就是出租给那些漂洋过海来的夷商们居住，作为他们经商和办事的地方。朝廷为了防止夷人在中国永久滞留，严禁夷人在中国内地购房，只准租赁。经过多年的经营，其中还被大火烧毁过两次，在这条街区上形成了南边是夷馆区域，北边是行商的地方，与明代专门接待外国贡使的怀远驿相邻。早在康熙五十四年和康熙六十一年，英国和荷兰商行率先由中国行商按他们的设计要求建馆，在濠涌西侧，有东（小）溪馆、义和行、集文行、隆顺行、保和行、孖鹰行、丰泰行、瑞行、帝国馆、宝顺馆、章官行、中和行、黄旗行、法兰西馆、美利坚馆、荷兰馆、西班牙馆、丹麦馆等。商馆以曲尺形排列，均为两层高的楼房，一楼有门廊，外面立着栅栏，左边建筑的二楼为券廊式，而右边建筑的二楼为柱廊式。楼外墙是长长的拱形窗与垂直线条，屋顶均是中国式的硬山顶两坡面结构，但檐头不用瓦当，而以一行山花遮蔽。英国馆前面是一条宽阔的柱廊，通向江边，山墙上刻着英国的徽记和一句拉丁文“为了国王和英国政府的利益”；荷兰馆也有一条相似的柱廊和一句格言“我支持”。所有楼房前后以一条有拱顶的走廊相连，一楼是账房、仓库、储藏室和办公区，还有一个石砌的装了铁门的银库。二楼是饭厅和客厅，三楼是卧室。每座楼房都有宽阔的走廊，没有太多装饰，但做工十分精细，用起来很舒适。虽然中国的代理行商与夷商不在一个区域里，但他们大多也在夷商区域周围设点建房，所以说十三行街，实际上也包括了中国行商在内。在中国行商的街面上，几条交错的大街小巷布满店铺，有钱庄、药行、医局、画店、帽店、绸缎行、杂货店，茶楼饭馆更是多得数不清。

以往一月的广州城，北边已是天寒地冻，这里还是春意盎然的景象。满街的人无不单衣短褂，街巷里青石板上木屐叩击的声响，和茶楼里说唱木鱼书击掌打桌的亢奋声，成了这个城市独特的风景。可就在今年这月份的这几天里，天气却变得出奇的冷了，罩了两件单衣外加件马褂子，一出门广佬们仍喊冷哩。

位于中国行商街正中的一座飞檐翘角、绿色琉璃瓦屋顶的庭院，是广州十三行中国行商的会所。由于天冷的原因，庭院里的南国花草都已失去了往日姹紫嫣红的娇艳生气，有的甚至成了残花败柳，惨不忍睹。庭院客厅的门是用暹罗柚木制作的，高大宽敞，油光发亮。一个胖乎乎的中年人推门进来，光脑门顶上渗有细细的汗水，戴着一副金丝眼镜，他对客厅里正在议论纷纷的人大声地嚷：“会长，诸位，不得了啦，这下不得了啦！”

“咻呱，你叫嚷嚷的干吗？还嫌我们这儿不热闹？”说这话的是坐在客厅一张圈椅上、手里端着黄铜水烟筒的人，身材瘦小，两眼深凹，头顶毛发几乎都脱光了。他是十三行排行第一的怡和商行的老板伍秉鉴，也是广州行商总会的会长。凡来华经商的夷人见了他无不恭敬有礼，开口闭口称他“伍浩官”。他说话声不高，但声调中透出一股不容他人再有说话的势儿。在他周围坐着的几乎都是十三行里有头面的老板们，而挨着他坐的是他的第五个儿子，叫伍绍荣。由于老头子已七十岁的人了，怡和行的生意、行商总会的事务，都交给了儿子打理。伍绍荣脑子灵泛，又善交际，无师自通还学了好几个国家的一口“鬼话”，跟那些夷人叽里呱啦在一起，聊起来半天不见打嗯噔。他手上握着一只英式镶银的石楠木烟斗，散发出来自异域的香烟味儿。他用烟斗朝被唤作啉呱的人示意了下，要他坐下来再说。在伍绍荣身边的是广利行的老板卢继光，个子高大，一点也不像是南国人，留两撇浓密的八字胡，夷人叫他茂官，他在行商总会里与伍绍荣一起共同主管总会的事务。啉呱落座后，从西服口袋里掏出一条洒了香水的丝绸手绢，擦拭了下额头上的汗水。屋里的人都看着他，他也看着大家，一下谁也不敢在伍秉鉴之前发话了。“当——当——！”摆在客厅条案上的那座西洋自鸣钟稳稳地响了两下后，伍秉鉴吹了吹手中抽水烟的纸媒子，把它插进水烟铜袋，然后才不紧不慢地开口了，说：“说呀，啉呱你刚才不是说不得了呀，总不会是天要塌下来了吧？”

啉呱这个名字是夷人对他的称呼，“呱”字相当于行商名称里的“官”字，大家就都叫他啉呱，其实他的本名叫关乔昌，是十三行街上有名的画商和画家。啉呱的画室就开在最热闹的靖远街上，是一幢三层中式楼房，一楼是专门展示画作的大厅，二楼是画室，他雇了二十多个画工按订单作画销往海外。啉呱的画还曾在英国皇家美术学院和美国的纽约、费城、华盛顿的博物馆展出过。“刚才官府在东印度公司门前，把一个贩卖鸦片的人犯给绞死了。”他一说出，闻者无不吃一惊。“你亲眼所见？”伍秉鉴瞪大一双无神的眼睛问。

啉呱点头，说：“老会长，宝顺夷行的英国夷人颠地叫我给他画了张画，我送画路过时，已经把犯人上了绞刑架。”伍绍荣问：“那些夷鬼没有像上次那样出来闹事？”他所说的是去年末总督邓廷桢杀一儆百，在美国商馆门前竖绞刑架处决一个开鸦片烟馆的人犯，在竖绞刑架时与商馆里夷人发生冲突，双方就打了起来。监斩的南海县令王福寿见势不妙，赶紧把人犯带到公共行刑的地方处决了。啉呱大概跟夷人打交道多了，他两肩一耸，说：“没有，这回官府派兵把东印度公司围住，不让夷鬼出门——”他吐出长舌头，做了个死人状。眉头紧锁着的卢继光双拳一击，说：“麻烦大了！”伍绍荣起身在厅堂里来回走着，心烦地说：“夷人上次就以洋行公所的名义，抗议官府在他们门前处决犯人，这回怎么又去了。唉！”重重地叹了口气。卢继光手不停地摸着嘴唇上的八字胡，说：“伍老板，你想想上次处决烟犯时，邓大人怎么说夷人的？他说‘商馆本属天朝，经皇帝开恩，准允夷商使用。至于在此行刑与夷人有何关系？岂可谓此地只准夷人活动，竟不准本府衙门使用乎？世上胆大妄为、无理取闹，尚无有逾于此者？荒谬如此，殊堪痛恨！’邓大人是‘项庄舞剑，意在沛公’，他难道还不清楚去与夷人斗法，是自找麻烦吗？”

“你是说这事是官府有意而为之？”伍绍荣心头一震，问道。

卢继光说：“没错。官府是做给朝廷看的。皇上铁了心要禁烟，钦差大臣不日就要到了，南国之地历来是鸦片泛滥之源，当官的这时谁不是为保自己头上的乌纱帽，图个表现吗？听说钦差大臣林则徐大人是福建侯官的，说他是六亲不认、软硬不吃的人，不好打交道呀。”

伍绍荣点了点头，有点担忧地说：“禁烟是国家大事，只是十三行的生意恐怕也就不好做啦。”转而问一直坐在椅子上闭眼默神的伍秉鉴：“老豆，你别不吭声呀。”

伍秉鉴长叹了口气后才把眼睛睁开，却对啉呱说：“乔昌，你辛苦了。”他竟然叫上他的本名，啉呱一下还真以为自己听错了，先是一愣，马上感动了，忙说：“老会长，这是在下该做的事。”伍秉鉴笑笑，说：“我从景德镇特制了些茶具，请你给它增添些彩画上去。这是旗昌洋行亨特先生要送给他们总统的礼物，我想这事只有你才能承担得了。”

啉呱知道这是伍秉鉴对他今天报信给他的回报，感激得只差没下跪了，客气地说：“老会长，你这是抬举我，我只怕胜任不了啦。”伍绍荣笑笑说：“老豆，啉呱说他胜任不了，那就交给啉呱的弟弟庭呱去画，也不错吧。”啉呱听伍绍荣这么一说：又急了，忙说：“给夷人总统画画是本人荣幸，这机会难得。老会长你就放心，我保证不会让你丢脸。”

大家一下都笑了，伍秉鉴道：“绍荣，不要瞎说。全广州城要论画彩画，啉呱你还是排第一。当年我爷爷就曾通过旗昌洋行，给美国一个叫华盛顿的总统送了一套绘有龙图案的青花茶具，据说现在已成了美国的国宝。我记得还是一艘叫做‘中国皇后号’的帆船，到中国来经商时带走的。”说到这，他的脸上一下失去了笑容，一脸的忧虑，说：“刚才你们说的话，我都听到了。禁烟是朝廷大事，我们做商人的要以国家为重。只是商人的名声历来并不好听，行高于人，众必非之嘛。”他苦笑了下，说道：“看来我们往下有受委屈、遭非难的日子过了。”正说着，一仆人匆匆进来报告，说：“老爷，不好了，有官家的人来说是要见会长。”仆人的话音未落，一个人的声音跟着进来，“哈哈，畏官家如同畏虎狼也！”伍秉鉴正要领一干人出门去恭迎，那人已进了客厅。“哎呀呀，是余大人呀。哈哈，是下人不知礼，得罪了。”伍秉鉴赶忙上前拱手，一边请他到客厅中的太师椅上坐。伍绍荣等客气地执礼，道：“大人，请坐。”一边对仆人大声交代：“快看茶。”

余大人顶戴水晶帽，身着一件绣有白鹇的补服，朝大家打个拱手，说：“老会长，你就不用客气了。本官余保纯特来相告诸位，总督邓大人因禁烟人手不够，把本官从南雄州任上调至督府署理禁烟事宜。今儿本官登门来报个名号，还得有请诸位老板对本官的差事给予支持。”拱拱手，也不落座，仆人端上来的茶也不去动，双手搭在背后，把客厅里的人看了个遍，指着伍绍荣说：“你是伍大会长，哈。我不会认错吧？你是烟斗不离手的，本官早就有所耳闻了。”他对卢继光更是一脸是笑了，说：“这位南人北相，福量无穷。当是广利行的老板卢继光了。哈哈，我知道你与伍大老板共同主持总会。你们都在就好，免得我一一上门拜访，好极了。”只是他到啉呱面前看了好几眼后才说：“这位老板，本官还真想不出来该怎么称呼了？”啉呱赶紧自报家门，说：“大人，小的，嘿嘿，十三行街上的中国人和夷人都叫我啉呱，是画彩画的。”余保纯手一拍，乐道：“哈哈，原来是大名鼎鼎的啉呱呀。知道知道，你的彩画是名声在外，都漂洋过海了，夷人们喜欢得很呀。好好。”连连说了两个好字后，头一歪，问：“你不是十三行商会里的人吧？”啉呱忙说：“大人说的是，我还不够资格，嘿嘿。”余保纯笑道：“这也好，如今这年月多一事不如少一事。刚才我进来的时候，你们那个下人见了我就往里跑，说不好了，官府来人了呀！哈哈。就连你们府上的人都这么说了，那老百姓更是把官府的人当虎狼之辈了。说白了，就连我自己也觉得不像个吃皇粮的人了。唉，如今世风日下，国家重病在身，鸦片就是其中一大害也。本官今天来，一是登门与大家混个脸熟；二呢，总督大人有请二位会长明天到督府有事商议，记住是午时。好了，就不打扰了。不用送！”说完，余保纯拱拱手，转身而去。他这一番看似不着边际的话，把厅里的人说得一愣一愣的，就连伍秉鉴平时送客的礼节都给忘了。伍绍荣心慌地问：“老豆，你认识余大人？”

伍秉鉴脸色灰暗，说：“认识，不过没有打过交道。他是南雄州的知州，在广东官场混了近三十年，现在还是个五品，是个有名的官油子，也是个心狠手辣的人。”

卢继光听伍秉鉴这么一说，也有点急了，问：“老会长，余大人要我们明天午时到督府，你说我们该怎么办？”伍秉鉴苦笑了下，说：“这还用说，肯定是与钦差大臣林大人南下禁烟的事有关。”他端起茶杯喝了口水，突然把杯子一摔，发脾气骂道：“丢他妈的，水是凉的，想老子死是不！”一屋子的人都吓了一跳，仆人更是吓得不知所措。伍秉鉴气冲冲地出了门，大家也跟着溜了。

林则徐一行人马离京，水陆兼程到江西泰和县城东门的淘金水驿站歇脚打尖时，已是夜深人静的时候了。此地素有“咽喉苏广、唇齿闽浙”

之说，自古南北通衢，京师通往岭南的“通南越道”就从此经过。林则徐跳下马车，他捶了下腰，交代大伙明天不起早，吃了中饭再出发。随行人员无不欢欣鼓舞，跟随他多年的本家仆人林福高兴地说：“老爷英明。”林则徐笑道：“懒鬼！叫你不干活了，老爷就英明了？”林福赶紧表白道：“老爷，你冤枉我呀，你老人家一路上不歇气地赶路，就连我们这号身子骨的人也都有点受不了。老爷你要是人还没到广州就累倒了，皇上知道了说不定就会怪罪我们这些做下人的，把我们发配到三千里外去给披甲人为奴，那可就惨啦。”他一说完，大家都笑了起来。林则徐难得有个跟部下开玩笑的时候，笑着骂道：“乌鸦嘴！好了，等会赵铁头来了，就带他上书房来找我。”说完转身随一直在门口恭迎的驿丞进驿站，刘师爷和亲兵跟随而去。在林则徐启程南下前，道光皇帝专门发了一道上谕，布告天下“林则徐到达粤后，自必遵旨竭力查办，以清弊源”。明确“邓廷桢统辖两省地方，事务殷繁。如专责以查办鸦片，以及纹银出洋，恐顾此失彼，不能专一心力，尽绝弊端。现派林则徐前往，专办此事。望众卿趁此可乘之机，力挽前此之失。总期积习永除，根株断绝。想卿等必能体朕之心，为中国祛此一大患也”。林则徐在官场上素以清廉名冠天下，动身之际即向沿途将经过的督府衙门发道令牌“本官系由外任奉命出差，与部院大员稍异，深知各州县在这方面所受之累。本官所有投宿，只用家常饭菜，不须备办酒席，以节靡费。”沿途衙门的大小官员谁还敢去讨个没趣呢？只是礼节性地到他下榻的地方拜访下，官员们也乐得个清静。驿丞脚跛，走路一跳一跳的，林则徐脸面上不露声色，心里在想驿站再小也是公差人员就餐住宿之地，驿丞虽然是未入流的官职，怎么是个跛子在驿站里管事，这也太失面子了吧。驿丞在前面引路，钦差大臣到驿站歇息使他格外兴奋，话也说得有些神了：“老爷，我们这个驿站还是明朝洪武时建的，一直使用到今天，有好几百年的历史了。你老是第一个住在驿站里的钦差大臣，光荣呀。嘿嘿。”由于驿站年月久了，里面古树参天，四周风火墙壁上爬满了青藤。院落的两侧是客房，正南是上房，专供要员住宿，后院是马厩和驿卒居住以及堆放杂物的地方。“几百年前的事，你清楚？瞎说。”林则徐随驿丞来到院子里，驳道。“老爷，前几朝有哪些人住过，小的不清楚。但驿站记录这二百年来，最大官还是顺治朝一个一品大官来住过，难怪今儿一早树上的喜鹊子在枝头上报信，有贵客来，果不其然，嘿嘿。”驿丞话还真多，一边说着一边把上房的门打开，立刻有一股浓厚的气味儿扑鼻而来。刘师爷不觉后退了步，嘟哝着：“好难闻的气味，这还能住人？”驿丞点燃桌子上的一盏油灯，顿时一团晕黄的光亮充满了的房间，他有点不好意思说：“老爷，我们县老爷说，你老发了令牌，谁要是犯你老定的规矩，就会被免职。这个房间是驿站里最好的一间，专门为老爷们备的。条件是差些，不过你老放心，绝没有臭虫，我用茶麸水把床铺桌椅里里外外都洗了好几遍。”林则徐对房里的气味不觉难闻，点点头，说：“我老家也好用茶麸洗物，洗得干净。行了，我就住这房，只是还请你给我再添盏油灯，我晚上做事要用。”驿丞忙应道：“好好，小的马上就办。”他出门又停下，问：“老爷，饭菜是不是送到房里来？县老爷交代了你老不准上鱼翅等大菜，我特地给你老准备了我们泰和本地的土产竹篙薯和乌鸡炖汤、蒸腊鱼，还有酱萵头、什锦菜、多味酱，包你老吃了还想吃。”林则徐笑笑，摆摆手说：“去吧，饭菜送到房里来。另给我备两双筷子，备一壶你们当地的谷酒，我还有个客人要来。”驿丞赶紧应答：“老爷，竹篙薯炖乌鸡早在你们来之前就做好了，好咧，就上菜呢。”他一个唱喏，跳着个跛脚去厨房。林则徐交代刘师爷把广州那边传过来的函件整理好，他晚上要用。刘师爷知道林则徐每到一地住宿时，晚上就是他办公的时候，他不敢怠慢，赶紧回房去了。

驿丁刚把桌子上的菜摆好，林福就领着一个三十出头的人到林则徐房里，他进门把身上的斗篷摘下，解下捆在背上的一个印花布包，不待林福通报就单膝跪下，双手抱拳，说："老爷，小的回来啦。"林则徐这时已脱下身上的棉袍，一路南下，越往前走身上的衣服就比离京时要少几件，换上一件绀色对襟马褂，外罩一件一字襟背子，脚下是一双黑缎 便鞋，脸上现出笑容，说："铁头，起来吧。你小子早不来晚不来，到吃饭的时候就赶上点了，哈哈。"他见已经摆好了一桌饭菜，小酒盅里也倒满了酒："坐吧，边吃边说。"他坐下后赵铁头屁股才落座，林则徐对林福说："你下去吃饭吧，有事我会叫你。"林福知道他家老爷要与人谈事了，退出房时把门带上。"我算了下你的路程，想你今晚应会赶到泰和来跟我见面，哈哈。一路辛苦了，来，先干一杯再说话。"林则徐见赵铁头口张了好几次，知道他有事要禀报，他把杯子举起，与赵铁头手上的杯子碰了下，一口喝了。赵铁头赶紧一口而尽："再吃点菜。"他夹了一只鸡腿放到赵铁头碗里，说："这可是好东西呀，泰和乌鸡过去还是给皇宫的贡品哩。"赵铁头激动得说话都不完整了："老爷，你、你自己吃呀，别老是劝、劝我吃。"林则徐放下筷子，说："我老啦，吃东西不如以前了，什么好吃的到了我口里都没味儿。"赵铁头给林则徐碗里夹了块鸡肉，说："老爷，你不是老了，是太累了。"林则徐尝了口鸡肉，两眼盯着赵铁头，说："说说广州那边的情况吧。"赵铁头原是他在湖广总督任上的亲兵头领，见铁头有一身好功夫，为人侠义，办事精明，便把他从一个把总三年内连升四级，后又外放到湖南任抚标游击，可他因部下克扣兵饷一事暴露，以管束不严、失察之错被免职，他回到河南中州开了一家武馆授艺。林则徐也因举荐之过，奏请自罚，被罚俸银三年降两级的处分。这次他南下离京时就修了封密函给赵铁头，要他接到密函后即刻去广州见一个人后，马上赶到江西泰和来与他会面。赵铁头立马就把武馆散了，赶到广州公干。他从怀里掏出一封打了火漆印的密札，双手奉上，"老爷，"他已不是官场里的人了，便以下人的身份称呼，更显家人的情味，"我自接你老的密函后第四日便赶到了广州城，在越华书院见到了梁廷枏先生。”林则徐把密札放在一边，问：“章冉先生还好吗？听说他近来咯血甚是厉害，不是到了这非常之时，实是不忍心去打扰他呀。”章冉是梁廷枏的字，号藤花亭主人，广东顺德伦教人，道光十三年中副榜贡生，澄海县训导。他幼承家学，学识渊博，涉及经、史、子、集各个方面。所著《南汉书》，时人评之“堪与放翁《南唐书》抗衡，今古可谓千秋绝业矣”。

赵铁头看眼林则徐，小心地问：“老爷，小的跟你也有好几个年头，我还很少听到你称别人为先生。听他说跟你还未曾见过面，可他读你信的兴奋劲儿，简直就跟兄弟般的亲热。”

林则徐轻轻一笑，说：“我确与他未曾见过面，但神交已久了。好了，不说这个了，章冉先生还有什么交代？”

赵铁头一拍脑袋，道：“梁先生说他要说的话已在信里了，他还要我带回两本他才印出的书，说对老爷你禁烟会有用。”说着赵铁头起身从包袱里取出书，林则徐接过书凑近灯光翻了翻，情不自禁地说：“《粤海关志》《广东海防汇览》，好书呀，此乃犹雪中送炭，我此行南下可谓有底气了。呵呵。”他竟发出轻轻的笑声。

林福进来，一看桌上的饭菜都快凉了，忙说：“老爷，你还没吃完饭？”有点不满地对赵铁头说：“赵军爷，”他跟赵铁头熟，仍是按以前的称呼，“你跟老爷多年，夫人有过交代，老爷在吃饭时不要跟他谈公事。”赵铁头一脸愧疚，忙说：“福哥，是我的错。”林则徐头也不抬，说：“铁头，你吃好了没有？”赵铁头忙说：“老爷，小的吃好了。”林则徐仍在看书，一边说：“好个屁，你们这些人在背后说跟我吃饭是受罪。林福，你领铁头去街上找个小店宵夜，南方不像北方一到晚上满街就看不到人了，有的是东西吃。铁头，准你今晚可以喝点酒，但不许醉。你明一早就要赶回广州，不可误事。”“老爷，小的明白。”赵铁头欢快地应道，跟林福出门去。驿丞带一个驿丁提着一盏油灯进来，房间里顿时亮堂了许多。林则徐见驿丁把桌子上饭菜收拾干净回厨房去了，驿丞却还站在房里不动，林则徐抬头看了他一眼，问："你还有事吗？"

驿丞迟疑了下，说："大人，小的不知有话可说不？"

林则徐感到奇怪，问："你有话要跟我说？"他把书放下，"你说吧。"驿丞两眼一红，竟哭了起来，跪在地上说："请大人饶了我，放我一条生路吧。"

林则徐吃了一惊，伸手去扶他起来，驿丞抽泣着说："大人，你要答应了，小的才起来。"

"怎么回事，非得要我这个钦差大臣出面来做主？"驿丞听林则徐这么一说，哭声一下就没了，嗯嗯噔噔地说："大人，说来也不是要人命的事，是想请大人捎个话给我们县老爷。"林则徐一下没反应过来，问："你说什么，要我捎话？"驿丞有点害怕地点了点头，说："大人，我、我是想请你给我们县老爷捎个话。"这下林则徐气不打一块出了，天下竟有这等荒唐事，一个小小的驿丞竟然要堂堂的钦差大臣替他去捎话？这小子哪还把朝廷的尊严放在眼里了，这可是犯大不敬之罪啦。林则徐瞧他一副傻乎乎的样儿，心里顿生出怜悯之情，话到嘴边硬是生吞了回去，如果把他犯的错说了出来，这傻小子还真会吓死去。问道："你要我捎什么话给你们县老爷？"

驿丞眨巴下眼睛，道："大人，我就知道你老人家官大，县老爷会听你的，我不干这驿丞的事了。"林则徐一下哭笑不得了，说了半天是这么回事，"你不干，你就找你们县老爷说不就行了，这还用得着我去讲？你这不是胡闹吗？"说着有点生气了。

驿丞愁眉苦脸地说："大人你有所不知，县老爷说我是死也要死在这驿站里呀。"说着站了起来，把裤子撸起，一条腿明显地短了半截，哭泣道："大人，这驿站哪是人待的地方，是鬼门关。我这条腿，硬是活生生地被一个官老爷给打断的。"

林则徐心里一颤，把桌子一拍，油灯都给震动了："这还得了！你说与我听，是不是你们县老爷打的，我给你做主！"

驿丞抹了把眼泪，说："大人，你千万不要怪县老爷，他是个好人。那还是四年前一个千总带十几个家人住在驿站里，要杀猪，要鸡要鱼，我说按朝廷定下的规矩，驿站只接待官员一个，其他人员应自出餐费，为这就说我抗命，指使家丁把我的腿给打断了。"

林则徐脸色铁青，问："你们县老爷人呢？"

驿丞说："县老爷哪敢出面？他吓得躲起来了，说那个千总是京城里一个叫穆中堂大人福晋家的亲戚，叫我不要去上诉了，说告了也是白告。现今到驿站来的官人，好一点的还交一点钱，可要吃好的呀。更可气的是那些白吃白喝的人，吃了把嘴一抹，说给朝廷当差没钱给。大人，驿站的接待费用还是康熙朝时定的标准，现在已经过了多少年，一点钱也没有给加，这活是干不下去了。我上有八十岁老母，下有三个不成年的崽伢儿，一大家子要活命。请老爷放我一条生路，老爷说没人接我事之前不得离开，我要是跑人，就要把我关进大牢。大人，你行行好就帮我一下，捎个话给县老爷准我离开驿站吧。"

林则徐脸色由青转白，泛着一层光亮，挥了挥手，说："你下去吧。唉！"他长叹口气。那一夜，房里的灯几乎快到天亮了才熄灭。

天一放亮，林则徐在院子里打套南拳热身子时，赣江水面飘浮着一层白色的浓雾，仿佛纱笼般地把大地罩住了，五步之外就看不见人了。还不待他一套拳路打完，那刚才还遮眼罩目的浓雾，顷刻间便烟消云散，清晨的阳光在江面上晃眼，真是个少见的大好晴天。林则徐接过林福递给他的热毛巾，擦拭了下脸和手，发出感叹，好天气，今天好赶路。刘师爷从房里出来说："老爷，你交代的文稿已誊写好了。"林福拿件长褂罩衣披在林则徐身上，一边说："老爷，你昨晚又一夜没睡，夫人要是知道了不剥了我层皮才怪呢。"林则徐把衣服扣上，对林福说："你也是个大男人了，怎么一天到晚老是在我耳边夫人怎么的，还像个爷们吗？少睡一两个晚上就会死人啦。走，上街找个地方去吃早餐，我还想去看看泰和的快阁。”他对刘师爷和与他身影不离的四个亲兵说：“你们也辛苦了，一起去吧。”

林福好奇地问：“老爷，快阁是什么东西？”

刘师爷、林福和亲兵随林则徐出门上街，一路上听他说道：“快阁是座古阁楼建筑，它建于唐代乾符元年，距今已有近千年的历史了。它初为奉祀西方慈氏观音大士的地方，名‘慈氏阁’。宋初太常博士沈遵任泰和县令期间，因政通人和、百姓安居乐业，常登阁远眺，心旷神怡，遂易名‘快阁’。但快阁名闻天下，应该说始于宋代大诗人黄庭坚的名诗《登快阁》。黄庭坚任泰和知县时，也常登阁游憩，快阁因有黄庭坚的题诗，吸引了许多达官名流和饱学之士前来游览题咏，历经宋、元、明诸代不绝。历代题咏的诗篇数以百计，其中文天祥的《囚经泰和仰望快阁感赋》，至今读来令人感慨不已。”说话间，他们来到县衙前的十字路口，寻一家小吃店，每人吃了碗当地叫做“锅盖面”的面，浑身暖和。街上熙熙攘攘，四乡而来的山民推着鸡公车，满载着山里的土货沿街摆去，车上码得像小山样的竹篙薯散发出着清香，笼子里乌鸡咯咯地叫着，再加上当地人的土话就像是在跟人吵架一样，到处溢满了南方特有的生活情趣。

林福在一只竹篓里抓了一把红瓜子，兴奋地说：“老爷，你看看这是红瓜子呢。”林则徐笑道：“这儿的西瓜是红瓜子，是本地的特产。”亲兵见一竹篓里尽是乌黑的豆子，有一股好闻的味儿散出，好奇地问：“老爷，这是什么呀？能吃吗？”林则徐拣了几粒豆子丢在口里，说：“是泰和豆豉，早在宋朝就颇负盛名，是做菜肴的调味品，还可作药用；豆豉性温、能发能补，对伤寒头痛、发热鼻塞、鼻涕初起，以之加葱姜少许，煎汤热服，出汗即愈，你们北方人平时是很少见到这些东西。”“老爷说的是，小的们跟老爷出来长了见识。”亲兵一脸兴奋道。他们行不远就到了快阁楼，楼为砖木结构，共三层，高台回廊，大红石柱，青瓦重檐，瓷鸥盖顶。檐楔彩色螭头，梁上雕龙画凤，穹顶图饰。阁厅正面墙上嵌有黄庭坚像及黄庭坚自题像赞。藏经室临河左右侧的墙壁上，分别嵌有一石匾。左侧是宋代诗人陆游题写的“诗境”二字，右侧是黄庭坚的手书箴言：“尔俸尔禄，民膏民脂，下民易虐，上天难欺。”林则徐看得非常仔细，感叹不已。当他们从快阁楼里出来时，早晨的那股寒气早就消了，太阳晒在人身上暖烘烘的，林则徐脱去外衣，身上是件皂色的长褂单衣，这时一个手持上书五个斗大的字“铁嘴大不同”竹幡的方士直朝林则徐而来，四个亲兵一个箭步上前拦在前面，方士离林则徐三米之远驻脚，手中的幡子往地上一插，竟牢牢地钉在地上了，风把幡子吹得哗哗作响。林福不由赞道：“行哪。”

方士双手深深一揖，道：“哈哈，诸位施主，本人应天之道，在此地恭候多时了。”他摸摸下巴上一尺长的黑须，干瘦的脸上尽是橘皮般的皱纹，戴一顶黑缎的瓜皮帽，青衣长褂撩起一截掖在腰间，显出一股干练的气息。刘师爷双手一揖，道：“这位方士，我们路过此地，与你素不相识，认错人了吧。”方士把声音放低些，说：“大人，抬头三尺有神明，怎会错呢。”他对林则徐身边四个虎视眈眈的亲兵视而不见，仍是横在路中，说：“虎有虎形，人有人相。江湖之术，旁门左道，是入不了大人法眼。只是请赏个面子，若我有说错一句话之处，你们立马就把我的幡子扯了。”林福脸色一变，咬着牙说：“你是想找死？还不快滚！”手一招，亲兵正要扑上去，林则徐一声喝：“不得无礼。”略示了下礼，说：“这位方士敢举幡号称铁嘴，想必有过人之处，本人倒是想见识一番，不知方士可否？”方士忙躬身致礼道：“大人，小的妄自尊大，只是为了混口饭吃，献丑了。”林福讥笑道：“我家主公说了你就现一手呀，要不就让开。你不才说什么抬头三尺有神明吗？怎么会错也。”亲兵跟着笑了起来。方士并不生气，摸摸下巴上的黑胡须，摇摇头，说：“这位兄弟，刚才说了个‘也’字，鄙人就以这个字拆出你的年龄，和你此行所为，可否？”林福感到好生奇怪，问：“此话当真？”方士打个哈哈，说：“鄙人行走江湖，敢称‘铁嘴大不同’，当是有底气么。”林福回头看眼林则徐，林则徐笑而不语。这时有不少人已站在一边看热闹了。“兄弟，你今年应三十一虚岁了。”林福吃了一惊，问：“你，怎么知道？”方士笑道：“也字上半部为三十，下半部为一，不就是三十一吗？哈哈。”方士笑了两声，接着说：“‘也’字注‘水’为‘池’，有‘马’则为‘驰’。兄弟一路走来，水陆兼程，舟车助力，‘也’旁有一人是个‘他’字，兄弟是为他人在效力，是否？”不待林福开口，他恭敬地对林则徐执礼，道：“这位主公身着皂色棉布长褂，皂为皇字头，棉字下是巾，为帝字之脚，当是负皇帝之命重臣，只可惜皂乃为黑，此行前途未见光明，恐将不得善终。”他话音未落，林则徐猛地一声喝：“大胆，朝廷之事岂容江湖之徒信口雌黄，拿下！”

林福和亲兵眼明手快，上前把方士捆了个结实。围观的人见此情景吓得赶紧四散而去。这时一队人马匆匆赶来，一身着七品官服的官员一见林则徐就从马上滚下，气喘喘地跪在地上拜道：“大胆贱民不知天高地厚，胡言乱语冒犯了钦差大臣，下官有错，还请大人见谅。”林则徐一脸的怒气，问：“你就是泰和县令吧，起来说话。”“下官正是。”县令起身对士卒吼道：“你们都眼瞎了？还不把这个大胆的贱民押回大牢去！”林则徐见方士眼中有一股倔强之气，不禁动了心思，刚才捕获方士时，他并没有与林福他们相抗争。凭他把幡杆插进地里的那手功夫，林福等人真还不是那么容易就拿得他下，此人应是有备而来，不会自讨苦吃。想到这，林则徐把手一挥，说：“放了吧。”林福和亲兵马上松了绳索，“这位壮士，你虽然混迹于江湖，但本部堂看出你为人正直，我领你情，你走吧。记住，朝政大事，江湖不可妄议。”慎重交代道。

方士双手抱拳谢了，然后顺手把幡杆一拔，留下一句话：“壮心欲填海，苦胆为忧天。”举幡而去。经这一折腾，林则徐本来还想去文庙看看的心情顿觉索然无味了，对泰和县令说：“你去吧，没你的事了。”县令小心地问：“钦差大人，下官有失远迎，乞望指教。”“那好，你就准了你们驿站驿丞的辞职，这就是本部堂的指教。”林则徐想起了那个驿丞的话，就冷言交代。县令一下蒙了，不知如何说好。林则徐一转身，见一满头白发的老者在对他微笑。“林公，我包世臣向你问好了。”他双手一揖，行了个大礼道。林则徐赶紧上前拉住叫包世臣老者的手，高兴地说：“慎伯呀，你我之间还如此客气，这不是折煞我也。”包世臣，字慎伯，号倦翁，安徽泾县人，陶澍的幕僚。他乐呵呵地道：“莫愁前路无知己，天下谁人不识君。林公如今名冠天下，刚才江湖之人是敬仰你，才是如此所为。哈哈，得民心者得天下也。”林则徐感叹道：“壮士之情我体会到了，禁烟乃民心所向也。慎伯，咱们找个地方喝杯茶，好好聊聊。”他四下看看，见快阁楼旁有一间小小的竹楼茶馆，“走，就去这家茶馆坐坐。”两人手拉手地来到店铺，一妇人热情地上来招呼道：“哎哟哟，看架儿客官北边来的哟。里面坐，里面坐。”她虽然说的是当地赣语，但又夹杂着吴侬软语，自另有一番趣味。店里摆了五张方桌，每张桌上摆一把壶、四个茶碗和四小碟红瓜子等当地的干果。林则徐和包世臣寻靠窗的方桌落座，林则徐发着感叹道：“慎伯，天下名胜古迹，皆因文人骚客的文章而声名远播，其诗意有时更胜实景之感受。”刘师爷对一脸是笑的妇人交代说：“老板娘，上好吃的茶。”妇人颇显为难地说：“客官，本店只有一种茶吃。”林福脸皮上色了，说：“笑话，开茶水店只吃一种茶，你也太欺主了吧。不行！给我家主公上龙井。”林则徐一声喝：“林福，不得无礼。”和蔼地问妇人：“这位店主，你们开店怎么只给客人上一种茶，这是为何？”包世臣笑道：“林公，还是我来给你解释吧。”对妇人说：“你去沏壶茶吧。”妇人高兴地应道：“哎，客官那就谢你啦。”说完忙转身去水房。“林公，你有所不知，这地方出一种叫蜀口茶的茶，仅产于当地马市镇的蜀口洲。该地产茶始于唐代，其形如鱼钩，条索紧细，银毫披露；汤色明亮，略呈浅绿；茶味浓郁，入口醇香，回味久长。听说前朝洪武皇帝好吃这种茶，当地人便以天下第一茶而自许，便不再喝其他的茶了。而且他们喝茶是用茶碗不用茶杯，以致开店的以只喝一种茶而成了习俗。”林则徐笑了，道：“好大的口气，我倒要尝尝，如若是徒有其名，我看这当地所有的茶水店就都要关门了。”正说着，妇人提着热气直冒的铜水壶从水房里出来，打开一青花茶罐盖子，用木勺舀些茶叶放在茶碗里，再倒上滚开的水，一股浓浓的茶香味儿立刻飘散出来。“好茶！”林则徐平素就有茶君子之称，只要一闻茶汤的味儿就知其如何了。他呷了一大口后由衷地说：“这等好茶，如用茶盅是不过瘾，哈哈。”包世臣笑道：“果真名不虚传吧。哈哈。”林则徐朝刘师爷林福他们摆摆手，要他们也找张桌子坐下喝口茶。“慎伯，你怎么也到泰和来了？”林则徐问话间，已是第二碗茶了。包世臣道：“我回老家打了个转，因久慕快阁楼大名，便拐了个弯来见识其风采，没想到在这儿与你相见了。”林则徐放下茶碗，关切地问：“陶公这一向身体如何？”包世臣叹息道：“唉，近来陶公的身体是每况愈下哪。”林则徐眉头一下就紧皱了，心事重重地道：“眼下正是朝廷多事之际，陶公可倒不得呀。”“陶公虽说在病中，但他对你此行南下，也是时刻挂念在心。他抱病连上两本折子给皇上，说是给皇上鼓劲。”林则徐抱拳上举，感动地说：“陶公是以国事为重，在力挺我啦。”包世臣说：“林公，魏源他也常念及你，他现在已告假离开了陶公，回扬州闭门著书。”林则徐点头，以魏源的字称呼，说：“默深是个做学问的人，他的一支笔可敌千军也。”他突然想起了个事来，对林福说：“你把身上的那个东西拿出来给包先生瞧瞧，差点儿都给忘了。”林福从身上掏出用布包着的两块拇指般大的石料说：“老爷，你这宝贝放在小的身上，小的生怕有了闪失。”包世臣接过石料看一眼，就惊喜地说：“林公，这可是上等的田黄石，细、洁、润、腻、温、凝，印石之六德皆备呀。一两田黄三两金，这可是个宝贝哩。”林福一下瞪大了眼睛，吃了一惊，问：“包先生，你没搞错吧，就这小小的石头也值三两金子？”包世臣笑道：“只怕还不止呢。林公，你的意思是不是要我刻一方印章？”林则徐乐道：“知我者慎伯也。你是乾隆朝金石大家邓石如的入室弟子，当今谁不以拥有你的一方印章而自豪呢？哈哈。这两方田黄石还是我老家的兄弟送我的，我一直揣在身边。想有朝一日遇上你时，请你立马现刻方印，再送你一方了我心愿，呵呵。”包世臣很乐意，马上从身上的包袱里取出一把治印的篆刻刀，乐道：“林公，这买一送一的生意，我可是得了便宜，呵呵。是治正章还是闲章？”林则徐说：“还是闲章吧。”包世臣说：“那就治上一句‘身行万里半天下’，白文如何？”林则徐一击掌，道：“好！”只见包世臣唰唰几刀，龙飞凤舞般地在方寸之间完成了他的杰作。林则徐把治好的印章拿在手上欣赏不已，连连说：“好好！慎伯呀，你我百年之后若后人论及前朝人物，就凭你这治印的本事，当是不朽啦。”包世臣笑道：“林公，我这只是雕虫小技而已。”把林则徐送的田黄石料收拾好后，真诚地道：“你干的可是千秋伟业之大事啊。”林则徐苦笑了下，说：“慎伯呀，你在陶公身边那么久，还看不出本人此行有上山打虎之难吗？你有何高见，也给我指点一二吧。”“指点不敢，依愚之见，止浊必澄其源，行法先治其内。鸦片之害，肇始夷人，祸乱在内。”包世臣把想要说的话一吐为快，“我曾在本朝八年致广东按察使姚祖同的信中就说过，英夷以南洋淡马锡为基地，向我广东和福建沿海销售鸦片，须早为预防之计。可却被时任两广总督李鸿宾斥为‘笑为迂怯，置之不议’。闻你为禁烟钦差大臣，陶公兴奋之余与我和默深说，你此行南下禁烟必令鸦片禁绝，则必会使英夷收入减少五六，英夷将全力抗争，固形势所至，非前明倭患之可比也。广东是沿海要塞重地，但自西南而东北至奉天，有七省通海口门，若要抗英夷必宜统筹全局，不可偏防一隅。尤其要重视台湾和福建两地，一个是产米之地，一个是产茶之地，这在经济上可对英夷具有制夷之权，必须增防严守。还须讲究策略，集各夷国弱以为强，共剪英夷于海中。”包世臣说完，起身把茶碗一端，神色凝重地说：“林公，在下就此告别，后会有期。”把茶水喝光，双手一揖，转身而去。林则徐端着茶碗，怔怔地望着包世臣消失在人群里的背影，不禁打了个冷战。林福赶紧把一件外衣给他披上，悄声说：“老爷，天转阴了，小心着凉。”

林则徐一声喝：“出发！”

坐落在广州城外西关吉祥路东北方向的两广总督府，黑漆大门上吊着两个黄铜门环，青石台阶两边立着两尊一人多高的石狮子，由于天冷风大，八个亲兵身上着黑色雨披立在大门两边。大堂正门有一道照壁，朝北一面上描画了一只被金银财宝围着的怪兽，张牙舞爪地要去吞吃照壁左上方画的一颗太阳。这只怪兽名叫“猑”，意思是警告衙门里的公差要洁身自好，不可生贪赃枉法之念。总督府与十三行的中外商行洋楼相比，虽然显得陈旧，甚至用寒酸一词来表达也不为过，但其威其势，却让人不敢小觑，就是平时走路头抬到天上去了的夷人们，只要进总督府里去公干，也会自觉地把头放低些，走路的脚步声都轻了些。这时，天才放亮不久，一匹枣红马从吉祥路南边急驰过来，马蹄在青石板街面上敲出的声响，几乎把这一条街都给震动了，路上的人无不赶紧避让。骑快马的是赵铁头，他到总督府大门前才一收缰绳，长叱一声：“吁——！”枣红马长嘶，“咴——”前脚高抬，几乎立了起来。赵铁头跃身下马，一管带大喝：“大胆！来者何人？”赵铁头把手中的一块令牌举举，说：“钦差大臣林则徐部堂大人信差，有急件要送两广总督邓廷桢大人！”管带马上说：“请随我来。”领赵铁头进大门去。赵铁头随管带来到总督府院内的大堂，一块书有“清慎勤”三个大字的匾额高悬，六扇紧闭着的朱红色镶嵌西洋彩色玻璃的木格花门，在早春阳光映照下，发出五色光彩。管带在门外大声报告："禀报总督大人，有钦差大臣的信差求见。"正在大堂里和人议事的邓廷桢忙说："快请！"赵铁头进门双手抱拳，道："在下赵铁头给总督大人请安。"邓廷桢一脸是笑，高兴地说："啊呀，赵铁头，是你呀。哈哈，你几时又回到部堂大人的身边？好好！看茶，用大碗。"连连说了两个好字。林则徐身为钦差大臣，其身份自然比总督的中堂之敬称，要高看了些。赵铁头接过仆人送上的热茶碗，连喝了好几大口，抹了把下巴上的水珠子才开口说："总督大人，在下现是老爷身边的长随，跑腿的事儿是我的看家本领，嘿嘿。只是？"他笑两声，看了下邓廷桢身边的两个人，邓廷桢明白赵铁头的意思，笑呵呵地介绍道："这是广东巡抚怡良，这是水师提督关天培，部堂大人了解他们，都是禁烟的主将。二位，这就是我曾给你们说过的那个湖南抚标游击，曾因对部下管束不严被革职回籍的赵铁头，为人义道，有一身好武艺。呵呵。"赵铁头忙双手作揖说："惭愧！久仰怡大人和关军门大名，小的有眼不识泰山，见谅。"邓廷桢笑道："哪来这么多的废话，说吧，部堂大人有何要紧的事。"怡良和关天培笑了，赵铁头不好意思，接着说："老爷有一密件，要我亲自交给大人你。"说着从贴身口袋里掏出一火漆封口的信札递上。邓廷桢并不急于拆开，对管带说："你领铁头去后厢房里休息，好酒好菜款待，不可怠慢了。"赵铁头忙说："大人，小的还有事要去办，就不给你添麻烦了。"邓廷桢知道赵铁头身负使命，也不好多问，说："好吧，你下去吧，如有地方上的事需要出面，你就找关军门。"赵铁头忙向关天培揖礼，说："那就给关军门添麻烦了，过会小的去关军门衙门请教。"关天培笑道："铁头，你的大名我是如雷贯耳啦，哈哈。有空时，兄弟我请你喝两盅。"赵铁头高兴地应允："中！"随管带离去。邓廷桢，字维周，又字嶰筠。江苏江宁人，嘉庆六年进士。他用小裁纸刀把信札上的火漆泥封剔开，抽出三页写得密密麻麻的信纸，看完后一脸的凝重，递给怡良和关天培两人看，三人的脸色都是一样的了。怡良，字悦亭，瓜尔佳氏，满洲正红旗人，久经宦海，政声颇佳，于一八三八年二月任广东巡抚。而关天培是三国名将武圣人关羽后裔，人长得武高武大，一脸的络腮胡子，字仲因，号滋圃，江苏淮安府山阳县人，任广东水师提督。“看到了吧，这就是林部堂大人的行事风格。”邓廷桢把三页信纸扬了扬，说：“我们还在商量怎么抓捕烟贩子时，他已经下手了，指名道姓地要我们先把主犯王振高等十七名缉捕归案。你们瞧瞧，他连主犯系番禺乔乡人，家有两处，一在市桥，一在永清门外新沙三板桥过小巷南头路西，都摸得一清二楚了。林大人在信中提到的四十名嫌疑人需马上去取证，如查有实据，即须拿办。指出对夷人中贩卖鸦片的要犯宝顺洋行的颠地、怡和洋行的查顿，他们皆属奸夷，亦须缉拿归案。其获到之犯，随即讯取供情，一俟本部堂到省，即日解送行辕以凭饬审。”邓廷桢正说着，粤海关监督豫堃急匆匆地进来，不等邓廷桢开口就说：“邓大人，对不起，来晚了，来晚了。”随口骂了句：“他妈的，英夷人查顿请牌要回澳门，我说明日办，他非要就办不可，就给耽误了。”本来邓廷桢对他晚来议事有一肚子意见，只是闷在心里不吭声而已。在大清的财政收入中，海关关税是仅次于地丁、盐税排列第三的税种。而粤海关在“一口通商”之前，它的财政收入在闽、浙、江四海关之上，又有“天子南库”之称，并兼有为天子办理内廷供应、采办官物恭办皇差之责。到后来朝廷定一口通商时，粤海关就更显其位置显赫了。所以历来粤海关监督由皇帝钦定，同时还有上密折的职权，地方官对他们是以惹不起躲得起为由，一般不和他们有过节发生。邓廷桢一听是查顿请牌事，忙问：“厚庵，你办了没有？”所谓请牌是办出海的执照，没有这张执照，任何船只是不能出海的。厚庵是豫堃的字，他虽是满人但对邓廷桢还是很客气的，小心地说：“邓大人，本官没有理由不给他办请牌呀。”邓廷桢一下生气了，把林则徐写给他的密札递给豫堃说：“豫大人，你先看看吧。”豫堃匆匆一阅，头上直冒冷汗，说话有些结巴了："这怎么办？这、这个'铁头老鼠'是不是闻到风声，他想溜了？""铁头老鼠"是查顿的外号，在华二十余年里以中国通自居，鸦片在中国境内形成祸害与他有直接的关系。关天培不满地摇了摇头说："钦差大臣来禁烟之事已是满城风雨了，查顿怎能不清楚我们要找他清算呢？明知故问。"豫堃一下急了，说："关军门，你话中有话，是说我把查顿故意放了？你当着邓大人的面得给我说清楚，不然我就要上折子去朝廷讨个公道。"怡良息事宁人，说："豫监督，关军门不是这个意思，你就不要生气了。"邓廷桢见豫堃还要说什么，把手一挥，板着脸说："成何体统，都给我住嘴。听着，"停顿了下，说："怡大人，你持钦差大臣的信即刻布置布政司和按察司去缉捕人，名单上的人一个也不许漏掉，明白吗？"怡良大声应答："明白。"对关天培交代道："关军门，你马上布兵封锁水道，所有的洋船原地待命，谁要是敢冒犯禁令，用炮轰了它！"关天培大声地回答："是！"怡良和关天培急忙去行动了，邓廷桢这才对豫堃说："厚庵，不是我说你，你是犯了一个大错呀。查顿是朝廷的钦犯，钦差大臣的密信中点的第一个要缉捕的夷人就是他，他这一走我估摸是不会再回来找死了。唉！"长叹口气，说："现在再说什么也是白搭了，你还是就查顿的走写个陈情，待钦差大臣到了后我再做说明吧。"豫堃这时知其厉害了，忙双手一揖，说："谢大人不究之恩。"邓廷桢摆摆手，说："林部堂大人是身负皇命专程来禁烟，手握了生杀大权，不可再出娄子啦。"豫堃感激道："谢大人指点。"邓廷桢说："好了，你现在马上回去，不得再发一张请牌给夷人了。通知各洋行里的夷人不得外出，若是出了麻烦，后果自负。"豫堃应道："好，请大人放心！"说完他匆忙离去。

赵铁头到十三行街巷口时，已是辰时末了。平时里十三行前后的大街小巷上林林总总的店铺生意好得很，这几日由于禁烟的风声太紧，有事没事的人都失去了往日好热闹的劲了，走到哪儿都显得冷清了许多。

倒是吃早茶的茶楼里人气不减，广佬把吃早茶叫做“叹茶”。赵铁头路过挂一块描金黑匾上写“怡香居”的茶楼，从里面飘出的早点香味，把他的胃勾引得咕咕直叫，他紧紧腰带就进了茶楼，一小二热情地把他迎到大厅的一张桌子前，问：“客官，从北边来的吧。就你一位还是另有朋友要来？”赵铁头解下雨披在藤椅上坐下，说：“就俺一人，有什么好吃的？”他说话的时候眼睛却四处打望，茶楼里几乎每张藤桌前都坐满了人。“客官，叹一盅两件，外加一份鱼片粥，如何？”小二问。赵铁头把头一抬，问：“什么叹一盅两件？”小二笑着解释道：“客官，一盅两件就是吃一盅香茶、两件点心，你是一个人吃，少了再添不愁。”赵铁头点头，笑道：“你们广佬做生意还真替客人考虑，好样儿，中。”小二大声唱喏：“客一位，一盅两件，鱼片粥一份也。”手上的一块白毛巾在藤桌上利索地擦拭了个圈，笑眯眯地用红漆描金托盘把干蒸马蹄糕、糯米鸡和一大碗鱼片粥端上来了。这美食可把赵铁头吃得直冒热汗，可他心里的弦在绷着哩，眼观四路，耳听八方。在他旁边一张桌子是三个衣着光鲜的人，正低声说着话：“哼，不是说王振高人抓了吗？我才还见他在海关码头的值房里呀。”“他拿钱买了个捐职都司，水师副将韩肇庆又是他的保护人，谁还动得了他。”“官官相护，这禁烟还能禁出个名堂来吗？听说钦差大臣林则徐是个清官，可就凭他一个人本事再大，又能起多大的作用？我看这个钦差大臣只怕是强龙难压地头蛇呀。来，叹茶。”他们说话全进赵铁头的耳朵里了。当年他在湖广总督行辕时，手下有一队亲兵全是广佬，所以能听懂还会说些粤语。这次林则徐把他密派南下搜集情报，除了他忠心耿耿外，还有一点是知道他懂粤语。赵铁头再也坐不住了，三两口把桌子上的东西全扫光，要小二埋单，旁边的人瞧赵铁头的吃相，惊讶不已，说北边人好厉害呀，怕是灾民吧？赵铁头起身用粤语丢了句，顶你个肺（去你的）啊！一脸是笑，走了。那三个广佬一下蒙了。

养心殿的西暖阁里，军机处的首辅穆彰阿和军机大臣王鼎两人垂手而立，大气都不敢出。穆彰阿是满洲镶蓝旗人，字子朴，号鹤舫，郭佳氏，嘉庆十年进士，上书房总师傅，武英殿大学士，才五十五岁，是道光最信任的人。王鼎，字定九，陕西蒲城人，已年过七十了，嘉庆元年翰林。他个子敦实，平生清操绝俗，性情近于耿介一流。王鼎到了冬春寒冷天里，他那个咽喉炎痼疾就极易发作，只要一闻到异味儿就要咳嗽，直咳得眼珠子发红充血。此时西暖阁里那檀香味儿熏得他要作呕了，只好紧咬着牙关，使着劲把涌到喉咙边的一股气憋回肚里去。道光瞧他那憋着气的难受样，本来一脸的冰霜之色也动了容，朝门外喊声："来人。"王金水赶忙进来："奴才在。"道光冷冷地说："去把那瓶西藏班禅进贡的镇咳水拿来。"王金水赶忙从靠墙的紫檀柜里取出一只青花小瓷壶，小心地送到道光手上，道光把小瓷壶拿在手里掂了掂，递给王鼎说："已经不多了，你喝两口试试，朕用过几回，效果还不错。"王鼎跪下哽咽着说："皇上，臣受不起这份天恩呀。"道光说话声柔和了些，道："起来吧，朕叫你喝你就喝，你身子不好怎么为朕做事？"穆彰阿扶起王鼎说："老夫子，皇上的心意你就领了吧。我听你的咳嗽声，肺都快要炸了。"王鼎挣脱穆彰阿的手，伏地山呼："臣谢主隆恩，吾皇万岁，万岁，万万岁！"这才起身从道光手中接过青花小瓷壶，揭开壶塞子就往嘴里倒去，立刻有一股清凉的琼浆流进胃腹，一下他浑身通体舒泰，张大嘴使劲张了张，竟没有一点想咳嗽的感觉了，惊讶地说："真神啦。"王金水接过青花小瓷壶，拿在鼻底下嗅嗅，说："没啦。王大人，这是西藏班禅大师孝敬皇上的神药，听说是用雪山千年红花秘制而成，包治百病，没病的喝了延年益寿。"道光笑道："狗奴才，世上哪有包治百病的药？再胡说，小心掌嘴。滚！"王金水赶紧退身下去，把门掩好。道光与身边的大臣问话时，一般都习惯站着来回走动，他轻轻咳了下，打开一本折子，两眼在穆彰阿和王鼎两人脸上扫来扫去，最后盯住穆彰阿问："伊里布和贺长龄一个是云贵总督一个是贵州巡抚，两人联衔具奏的上折，你们看了没有？”穆彰阿回道：“奴才已阅。” 穆彰阿口称奴才，这在大清是有规矩的，对皇帝满人可以奴才自称，但汉人是以臣自称。这是当年清人入关，为了尊重汉臣的自尊，皇太极专门颁旨钦定。王鼎忙回话：“皇上，臣阅。”道光只要一生气，说话的声调就尖厉刺耳了，说：“苗疆之地历来为朝廷心腹之患，苗人素以本俭著称，可自嘉庆和本朝以来当地的京控案件却愈来愈烈，原因何在？朕要贺长龄到任即做察访，究明事由。贺长龄不负朕望，查实京控案件增多的主要原因是苗人深受汉人棍徒扰害，每有田土互争及其他之案，皆被外来流寓者包揽词讼，辄被胥役勒索，恶风炽烈，甚为罕见。贺长龄以雷霆万钧之势，一举查办衙蠹一百一十四名、教唆词讼二十八名、凶恶棍徒一百六十二名，京控案件几乎销声匿迹，朕深感欣慰。可在全国各地，京控案件却在呈增长之势，尤以山东为最，可恶至极。你们身为朝廷重臣，却无动于衷，不替朕担当，朕真想把你们全给——”一个“杀”字到了嘴边，又活生生地吞回肚里了。改了个词，“免职，交部议定罪。”君无戏言，真要一不小心出了口，那可是要落个昏君之名，滥杀重臣，千秋指背。

穆彰阿和王鼎赶紧跪下：“奴才有罪。”“臣失察。”

道光把手一摆，冷冷地说：“起来吧。王爱卿，你说。”

穆彰阿和王鼎起身，王鼎抖抖衣袖，露出一截打了补巴的里衣袖口，他赶忙塞进去，从容应答：“皇上，京控乃为百姓解冤抑之情，上达天听的一条彰显德政之力的途径。本是一件利国为民的事，为官者应大力倡举，可在下面走了样，以致成地方一害了。‘天下有道，则庶人不议也。’如今庶人熙攘往奔于京城乡野之间，则显天下之道何在？此端可见地方官吏政风倾颓，几乎已到无药可救的地步了。依臣之见，作为受理京控案件的都察院和步军统领衙门，应对此类案件不再发回地方督抚审理。”他的话还只说了开头，道光听着有点不耐烦了，把手摆摆，说：“王爱卿，你现在不是翰林院的编修，具体点吧。”他了解这些从翰林院里出来的臣工，凡事到了他们手上就好引经据典。军机处原三朝元老曹振镛告老归里后，军机处就由穆彰阿和王鼎还有文孚三人当值。而文孚在本朝十六年以疾请解职，军机处实际上就是穆彰阿和王鼎两人顶着了。“皇上，臣这也是、是？”王鼎被道光呛了下，脸上有点挂不住了，说话一下连贯不起来了，道光本来是一脸的冷淡之色，瞧王鼎的神态心里油然而生怜惜之意，他何尝不知道这帮汉臣把面子看得比命还重呢？他脸上的神色放松了些，见穆彰阿在一旁看别人出糗的得意劲儿，不由来气了，在心里恨恨地骂了句，小人！他大声叫了句：“穆彰阿，别是来看西洋镜的，你说说吧。”穆彰阿吓了一大跳，赶紧回话：“奴才在。”道光没好声气地说：“在就说呀。”穆彰阿擦拭了下头上沁出的细小的汗珠，很快就镇定了下来，他中气不减地说道：“皇上，奴才不敢苟同王大人的见识。”道光听他这么一说，说话声也就放轻了些，两眼盯住穆彰阿道：“说来听听。”穆彰阿到底是军机处的首辅，一下神色坦然地面对道光发表自己的见解：“皇上，京控本是我大清在入关初为了防止明末官场习气留存，开放言路的一项举措。然而，推行至今却变成了一帮恶劣之徒故意用与无关‘覆盆之冤’的申诉来干扰朝政，败坏官员名声，以损我大清威名，实是可恶至极也。嘉庆十七年先帝爷就厉言重批，世风恶劣，人情险诈，每以琐屑讼案，封词投递，挟制官员，代为陈奏。此类问题须严惩不贷，不可再如此泛滥了。奴才以为，应取缔京控，责地方督抚就地审理，不得上京申诉，如有违者，追究官员守土不力之责。”

王鼎一听急了，冲口而出：“穆大人，你这是扰乱朝纲！皇上曾有旨要求官员‘务各实心实力，勤求民瘼，用副朕政平讼理之至意’。可地方又是如何办事的呢？不说远了，本朝十八年七月，都察院和步军统领衙门转皇上谕批下去的京控案件计有二十六件，至今仍没有回复。地方督抚是在抗旨吗？他们没有这么大的胆，是因为京控案件大多与他们有切身利益之关系，他们只好以拖来息讼。如果我们还把这一可显民心之门关闭了，那地方一些胡作非为的官员更是无法无天了。我听说翰林院曾国藩就曾与人议论说‘近来直隶京控省控之案，一经发交谳局，平日则多方弥缝，临事则一味含糊。告官得实者，承审官回护同僚，但议以不应重不应轻之咎。告吏得实者，承审官删改情节，但科以笞杖及除名之罪。其控告全系虚诬，则又曲庇奸民，唯恐反噬，但以怀疑妄控及愚民无知等语了结之。’皇上，曾国藩所言臣以为句句是实，此人看问题可谓中的，绝不可因京控之事由良莠不齐，就阻塞上达天听的言路呀。”他说着竟然哽咽起来。道光脸色难看，说：“王爱卿，你不要激动，朕也没有说要阻塞京控之路呀。广开言路，本是好事，只是在一帮无耻之徒手上却成了坏事，唉。好了，这件事暂且不再议了。”转而问穆彰阿：“穆爱卿，这个曾国藩是你的门生？”穆彰阿忙回答：“皇上，曾国藩是去年奴才任主考总裁时殿试的新科进士二甲一名，湖南湘乡人，奴才以为此人是不可多得的人才。”他抬头见道光在听他说话，便直言下去：“曾国藩与奴才在交谈时，说殿试朝考期间，一批科举新人心高气傲，妄论朝政，非议颇多，难免不会成为清谈误国之辈。他家祖父母、父母、弟妹、妻子、儿女一应俱全，堪称有福之家。”穆彰阿说到末的话表面看是有文不对题的味道了，商议朝政怎么去扯他人的家事了？在旁的王鼎却不得不服穆彰阿心机之深了，他这是在揣着道光的心思说。道光是个非常讲究天伦之乐的人，积善之家，必有余庆，家庭和睦亦是国家福祉呀。果然道光脸上放开些笑容，说：“穆爱卿，你不以满汉之识，向朕举荐人才，朕深感欣慰。过几日待朕有空见见这个曾国藩吧。”“皇上，奴才替曾国藩先谢圣恩了。明扬仄陋，唯才是举，这是奴才本职之事。大清江山贤良之士众，则国家之治厚，是皇上之洪福也。”穆彰阿说着欲下跪谢恩，道光说：“免了吧。身之病待医而愈，国之乱待贤而治。道理朕都明白，你们都是朕的近臣，要睁大眼睛，端正心思，替朕选好人、用好人，这也是你们的职责所在。”穆彰阿和王鼎齐声道：“奴才谨记。”“臣明白。”道光叹口气说道：“朕昨日接到陶爱卿的折子，说他现在的病一年半载的好不了，为不误国事，请朕准他告假回籍休息。唉，眼下正是多事之秋，陶澍又长病不起，这莫不是天不助朕吧？”穆彰阿和王鼎躬身道：“皇上仁爱之心，天之昭然，大清必是万万年！”道光双手搭在背后，说：“万万年，朕何尝不想？”苦笑了下，说：“王爱卿，林则徐应到广东的梅岭了，这两日就应进广州城。你对林则徐说，朕在听他的好消息。你们下去吧。”穆彰阿和王鼎双手执礼道：“奴才领旨。”“臣领旨。”两人躬身退出。

第三章

梅岭，位于广东南雄东北部和江西大余县交界处，地处五岭大庾岭东段，秦时就在五岭开山道，筑有横浦关、阳山关、湟溪关，为南北的三条交通要道。梅岭顶峰的横浦关，是粤赣交通的必经隘口，建于宋代，楼门砖石结构，坐南朝北，东西横卧，关南门额题有“岭南第一关”，关北门额刻“南粤雄关”。梅岭以梅著称，由于岭南岭北气候的明显差异，岭上的南枝先开北枝后放的奇景更是令人惊叹。林则徐一行人马风尘仆仆地来到梅岭峰顶，漫山遍野的梅花风韵独胜，神形俱清。林则徐心情大好，他跳下马车漫步。林福一下往南边走走，大叫：“好暖和呀。”一下他又朝北向走几步，禁不住打了个冷噤，大声地说：“哎呀，真是冷呀。”众人都被他逗笑了，刘师爷含着长长的烟杆，吐出一口烟雾后说：“林福兄弟，这就叫做冰火两重天，不是跟着老爷出来当差，我们还没福气享受到呢。”林福大大咧咧地说：“刘师爷，你福气好，那就留在这山头上好好享受吧，等我们随老爷把差事办完了，再接你回去。哈哈。”众人更是乐不可支了。

林则徐把长褂一撩掖在腰间，迈开大步，手一挥，大声地说：“走！进广东啦！”意气风发地穿梅林而去。“走嘞！进广东啦——”众人一声吆喝，车行古道，人声鼎沸。走远了，天地间仍回响着长长的吆喝声：“进——广——东——啦！”

三月十日这天是广州城少见的大好晴天，还不到午时，珠江南岸的天字码头沿岸已拥满了人群，其中十三行的夷人也来了不少，他们身着平时出席礼节性场面的燕尾服，手里拿着文明棍，很有绅士风度地站在码头旁的广场上。平时江面上风帆遍布，此刻不见一只船影了，宽阔的江面上少见有如此的风平浪静。这会广州城里的督抚官署衙门的大小官员们整装肃立，两江总督邓廷桢、广东巡抚怡良、广东水师提督关天培、广东海关监督豫堃以及八旗驻广州将军德克布金、副都统奕湘等人出现在天字码头上的日近亭里。由于这码头平时只供官员使用，民船不得在此停泊，所以又被称为天字码头。一直站在日近亭外的水师副将韩肇庆满身披挂，腰上插了支短柄手枪，屁股后又挂了把蟒皮腰刀，他手里正举着一只单筒望远镜贴着眼睛往江面远处眺望。德克布金一见韩肇庆又是枪又是刀的一身披挂，出气就不顺了，对身边的奕湘说："这哪像是大清的兵，跟耍猴儿似的，当年老子跟杨芳大将军西征平叛，就是凭祖宗留给我的一把腰刀活捉了张格尔。"奕湘知道这老爷子又在瞎吹了，当年他只是副官跟随在杨芳身边，哪上过挥刀见血的场面。奕湘扯扯德克布金的衣袖要他不要胡吹了，邓廷桢只当没有听见，他对这个老将军是敬而远之。

"钦差大臣的官船来啦！"韩肇庆一声惊呼，立刻引来天字码头上下的人群骚动。

波光粼粼的江面上，一艘绘有彩饰的双桅官船，风帆高张，在两艘广东水师快艇的护送下乘风破浪，飞跃而来。林则徐身着九蟒五爪花纹、补子上刺绣着表示一品文官的仙鹤官服，一串红珊瑚的朝珠挂在脖子上，迎风屹立在船头，一杆黄绫长幡上书"钦差大臣奉旨查办广东海口事务大臣节制水陆各营总督部堂林"，迎风呼啸。"轰——轰——"在九响的礼炮声中，官船稳稳地停靠在了天字码头，日近亭里外的大小官员们无不跪迎林则徐的到来。林则徐神情肃然，浓黑的长髯在江风里飘拂。他在沿江两岸民众寂静肃穆的气氛中，迈着稳健的步子从容地下了船，上前一一把邓廷桢、怡良、关天培、豫堃还有德克布金、奕湘等扶起，对跪伏在日近亭外的官员们双手抬起，请大家起来。邓廷桢面含微笑道：

“部堂大人，此行一路辛苦啦，听说部堂大人春节都是在船上过的。”林则徐笑道：“邓大人，你们在禁烟一线的臣工才辛苦啦。”他不待邓廷桢介绍日近亭里的人，他已握住了怡良的手亲切地说：“怡大人，久慕大名，有幸相识。”接着使劲握着关天培的手说：“关军门，老当益壮，敬佩！”转而拉住豫堃的手笑着说：“厚庵，咱们可是老同事啦。哈哈。”邓廷桢有点疑惑，问：“部堂大人与厚庵过去同过事？我怎么没听厚庵说过？”豫堃忙双手揖礼，道：“邓大人你有所不知，部堂大人在江苏巡抚任上时，我曾在大人手下谋事。”林则徐来到德克布金面前亲切地握住老人的手说：“你老可是德克布金将军吧？京城里都传说你当年随杨芳将军西征平叛可威猛啦。哈哈。”德克布金被林则徐一番夸奖，脸都红了，大声地说：“部堂大人，本将虽已老了，但还是清楚你是来替皇上办差的，禁烟是国事，若有人想坏你的事，你就吱一声，老子替你办了他。”林则徐忙执礼道：“大清有你这样的将军是福气也。谢谢。”他接着又跟奕湘礼言了句。这时码头上已人山人海，人声鼎沸，众人莫不想一睹钦差大臣林则徐的风采。就连江边一排溜洋房的阳台上也挤满了夷人，他们拿着单筒望远镜盯着林则徐看，一个脑后拖着一条油亮的长发黑辫子的中国人的出现，对他们来说不啻是一场海啸即将发生的征兆。一个叫威廉·亨特的美国人，在目睹了林则徐进入广州城的情景后，在他的日记里描述“他具有庄严的风度，表情略为严肃而坚决，身材肥大，须黑而浓，并有长髯，年龄约六十岁。”这年林则徐实际年龄是五十五岁。

林则徐与众官员从日近亭里出来，顿时鼓乐齐奏，鞭炮轰响，珠江两岸沸腾了……

夜深了，设在位于司后街布政司衙署后面越华书院里的钦差行辕，仍是灯火通明。这一带自古就是岭南政治中心，唐代岭南署道、宋都督府、明清两代的广东布政司皆在此开衙。越华书院建于乾隆年间，由当时的盐运使范时纪倡议，在广州的外省盐商捐款合建，专门招收盐商子弟求学。书院回廊亭轩，曲水环绕，岸柳轻拂，讲堂、学舍、书楼，清幽雅致。大厅两边的厢房，左处临时辟为林则徐的下榻之地，右处为刘师爷和林福的用房。整个书院的外围警卫由邓廷桢总督府的亲兵负责，院内由林则徐身边的亲兵守卫。林则徐在进书院时，见门外一长排虎视眈眈的护弁肃立，他当即要邓廷桢把他们撤走。邓廷桢苦笑道："部堂大人，这可使不得呀。皇上已有圣谕说你这次南下禁烟，是与中外贩卖鸦片不法奸商的一场生死之战，若是你有丝毫折损，我等督抚衙门的大小官员皆就地革职查办，还是请你体谅地方的所为吧。"林则徐听他这么一说，也就只好客随主便了。邓廷桢本来是把督府作为钦差行辕，可林则徐还在江西道上时，就派了赵铁头到广州城选了越华书院做行辕，他就不好强行再做安排了。这时书院厅堂镶有西洋彩色玻璃的四开隔页门紧闭着，门外的雕花木柱上挂了两盏洋油马灯，把整个院子照得雪亮的。两个亲兵在走廊上来回走着。林福从右厢房里提一瓷壶出来，见大厅里的灯还在亮着，伸手指指里面还在讲话？亲兵点点头，自言自语地说了这是第三壶水了。推门进去，大厅的正中高挂着一盏马灯，屋里摆了一圈镶有大理石的老红酸枝木椅子，一张长条案上有一只产自法兰西的座钟，长短指针正指向二十一点五十分了。林则徐谈话的兴致甚浓，与他对坐的是越华书院的监院梁廷枏，他年少时就有神童之誉，后来由于家境败落，对他的影响甚大，科考了二十多年，一直到三十九岁才中了个副榜贡生，为维持家计，他只好受命当上了澄海县训导，因才华出众，又受聘越华书院的监院，主管书院的一应事务。他个子矮小，两眼深凹进去，头发稀疏的额头在马灯的光照下格外光亮。"章冉先生，我这一路上就读你送给我的那两套书，受益匪浅。好书好书。"林则徐连连说了两个好书的赞赏之词。梁廷枏双手举举，极费力地用官话表达："钦差大人过奖了。廷枏不才，能为大人尽一份心意，也是廷枏之福气也。"林则徐吹吹林福才续上的热茶，说："章冉先生，我刚才已经说了多次，你不是官场里的人，你我就不要有官场里的习气了，你就称我少穆吧。”梁廷枏笑道：“晚生不敢，谢大人看重。我受粤海关监督豫堃聘请，总修了三十卷《粤海关志》。此间，我又应聘主持广东海防书局总纂《广东海防汇览》，书才出来不久。”说到这，他抬头看了看林则徐，改口称道：“林公你应是本书的第一个读者。不才乃三生有幸，呵呵。”笑出的声音，像是唱歌般的欢畅。“章冉，你提供的烟贩名单可起了大作用，只是此事秘不可示，有点委屈你了。”林则徐惋惜道。接着对梁廷枏说：“请你说说当下禁烟该如何迈开第一步？”梁廷枏马上站起来说：“林公高看了，本人一介书生，有何德何能妄言国事啦。”林则徐笑道：“你坐下说，呵呵，章冉呀，咱俩就不要打哑谜了。我可是有备而来，你说我听，说错了也无妨。”梁廷枏不好意思笑了，说：“林公如此看重，那本人也就知无不言了。严惩烟贩是为民除害，顺应天意所为，大快人心也。从乾隆先帝爷开始，在鸦片上历来就有禁与弛之议，可为什么就决断不了呢？根源就在朝廷。大清至今已近二百年，当今天下可谓发生了翻天覆地的变化，可我们仍抱着老祖宗的宗法在治理天下，治国无法则乱，守法而弗变则悖。朝廷应以变来图强，此乃一。二是要重商，我这些年注意到夷人之所以不远万里到我中国来，所图的就是利，有利则可做大事，国强民富。三是要学，要学夷人的先进之器物为我所用，若无利器，何以保国安民？”他还要高论下去，林则徐越听越不是滋味，把手摆摆，打断了梁廷枏的话，说：“章冉，你所说的意思我都明白。不知你认识湖南人魏源吗？他跟你的想法一样，如出一辙。我实话对你说吧，皇上也是要图变，可是一个这么大的国家说变就能变吗？这需要有个过程的呀。当下禁烟就是图国家强盛之举。所以本人负皇命禁烟成败与否，都事关国计民生之根基。先生雄才大略，笔下有奇气，实是我大清不可多得的人才。章冉兄，”他以兄弟之称梁廷枏，说：“一介书生，生于今世，当是为国出力之时，待我办完差事，向皇上举荐你。”

梁廷枏赶紧双手一揖，说：“请林公放弃此念，廷枏能力有限，万不敢存有为官之奢念也。若你不嫌麻烦，有朝一日，能为我引见天下闻名的湖南才子魏源，此生足矣。”正说着，条案上的自鸣钟“当——当——”整整响了十一下，林福在旁说：“老爷，子时啦。”他瞟了眼梁廷枏。

梁廷枏一下知趣了，马上起身，执礼道：“哎呀，不好意思，廷枏愚钝。告辞。”言毕，转身而去。林则徐待梁廷枏走后，脸色一变，黑着脸对林福道：“放肆！好大的狗胆，竟然敢把客人赶走，简直无法无天了，来人！”一声吼，门外的亲兵应声进来，道：“到。”林则徐指着林福厉声道：“把林福押到大牢去，关他一个月。”林福跪在地上求饶：“老爷，小的有错，也就是说了句时辰到了的话，并没有犯朝廷哪个律条。你是钦差大臣，可要讲律规呀。”林则徐被林福点着血穴，一下被怔住了，瞪大眼睛死盯着林福说：“好哇，你小子长心眼了，来怄我是不？你没说错，是没犯朝廷的律条，可你破坏了我的心情，在这屋里我就是法，你竟然敢跟我犟嘴？还不把他关进大牢去。”亲兵在旁迟迟不动手，说：“部堂大人，书院里没有大牢呀。”刘师爷也进来求情道：“老爷，林福兄弟也是为了你，你老就饶他一回吧。要是夫人知道了他是为你而受罚，那如何说是好？”刘师爷点着林则徐的痒处说，跟林则徐久了的人都知道他有怕老婆的名声。林福跪在地上，他见林则徐屁股后面的长褂子上有一块血迹，蓦地站起，一把扶住林则徐说：“老爷，你痔疮又发了，快打盆水来，还有药。”他大声道。一下，有人去打清水，有人去拿药。厅堂里顿时忙作一团了。

林则徐被林福按住撩开长褂，不再说要关林福的话了，而对刘师爷说：“你执笔记录，听我念。第一份布告是，所有行辕差人不得擅自外出，更不得私下接受请吃，若有胆敢索拿贿赂之钱财者，一经查实，即杀无赦！督抚衙门官员与禁烟无关之事，本部堂一概不予接待。第二份告示是所有的民间诉讼文案，本部堂只专署禁烟事宜，除系与鸦片烟案有关之诉讼，之外一概不予办理。”他叙述的话一停，刘师爷手中的笔就止住了。林则徐把刘师爷记录的布告看了下，一字未改交给他，要他明天一早就贴到书院的大门外去。这时他屁眼里被林福塞了些药后，感觉舒服多了。他起身把衣服拍拍，仿佛忘记了他刚才还嚷着要把林福关进大牢去的话，使劲揉了揉有些酸胀的眼睛，出厅堂进左厢房时，又驻足对林福说：“去给我下碗八珍面来，我有点饿了。”他见各个房间里灯火明亮，大家都在忙碌着，说：“哦，给大家都来碗吧。”林福高兴地说：“老爷，你喊要吃东西了，那是真的饿了。你从天字码头下船后到现在还没正经吃餐饭，我马上去伙房交代。”林则徐充满倦容的脸上浮现出笑容，转身进了厢房。一亲兵悄悄问林福：“福哥，八珍面好吃吗？”

林福咽了下口水，说：“八珍面呀，嘿嘿，以鸡、鱼、晒干的虾肉，加鲜笋、香蕈、芝麻、花椒碾成细末和入面里，将焯笋煮蕈及煮虾之汤汁匀和，然后再加上些酱油、醋和匀拌面，擀薄切细，滚水下锅，那鲜味儿天下第一，为我们闽人所独有的一道美食呀。”他这一说，把大家逗得口水直流，叫嚷嚷地说：“福哥，那你快点去下面呀，我可要一大碗。”林福见厢房里的灯光把林则徐伏案的身影拖得长长的，忙把手指贴到嘴边说：“轻点，老爷今夜看样子又不会睡了，我去厨房帮忙做面，兄弟们上心点。”他一溜烟似的去了。

南京城西清凉山下乌龙潭边，有一栋江南砖木结构的小院，这是道光十二年魏源应陶澍礼聘到他身边做幕僚时，先后在扬州和南京各买了两处房室，以方便随性居住。他为爱屋初始起名“湖子草堂”，后改名“小卷阿”，乃《诗经·大雅》中的篇名，卷者，曲也，阿者，大山丘也。在南方四月梅雨天里，总算出了一个难得的大晴天，小院里的一株蜡梅经历了一个冬天的苦寒折磨，在阳光下吐出了新绿的嫩叶。

一个青年从侧屋里出来，单瘦的身形和白皙略显尖瘦的脸上，除了脸上没有皱纹外，简直就跟魏源是一个模子里脱出来的。他是魏源的长子魏儒耆，站在院坪里伸开双臂，对着蜡梅树来回做了好几次的深呼吸。木门吱呀一声打开，魏源披一件青袍夹衣出来，脸色苍白，干枯的手指上染有墨色。他抬头看看湛蓝的天空，脸上浮现出笑容，说："好也，难得个好晴天呀。"跟在他身后出来的是他从老家隆回带出来的仆人魏长工，他端张太师椅摆到阳光下，一口地道的隆回话："老耶，是要出门晒下子日头，要不咯人会长毛啦。"隆回话把"爷"念作"耶"。魏儒耆笑道："长工叔，人是不长毛的，只有畜生才长毛。"魏长工嘴一咧，乐道："大少耶，莫看你书读得比我多，你这话就讲错了。嘿嘿，我问你，你头上长的是么子？"魏儒耆用手摸摸头，取笑道："长工叔，这是头发，你莫搞错了。"魏长工把头甩甩，说："头发是不是毛？人畜是一理。老耶，你说个理听听。"魏源坐在太师椅上正闭目口大张着，仿佛要把阳光吞进肚子里去似的，浑身上下透着暖和劲儿。学着魏长工的话说："好日头也。""爹，你说说，长工叔这话哪是圣人之言呀。"魏儒耆嘟着嘴说。魏源眼一睁，斥责道："放肆！你长工叔虽然没读什么书，但他过的桥比你走的路还多。宋代词人倪德元《钓鱼砚》就有'岚气逼人毛发立'之词句。天道有迁异，人理无常全。所谓学问，就是学而要问才是真知。你就只会读死书，你也不小了，我在你这年纪早就一人以四海为家了。"魏长工知道老耶一扯开家事就会说个不停，赶紧说："老耶，你莫数落少耶了，他是够听话的了，一天到晚陪你写字，你还讲他不是，我都看不下去了。"魏长工自魏源离开家乡就一直跟着他走南闯北，对主子忠心耿耿。魏源是个湘中汉子，脾气暴躁，一发起火来，没人劝得住，也只有魏长工论起辈分来还是魏源的叔辈分，个大力蛮，魏源在发脾气时还真有点怵他。魏源本来心情就不错，他也是说说而已，见儿子没有血色的脸上泛着青色，不由心生愧意。魏儒耆的下面原来还有一个弟弟叫昌耆，早殇。魏源一直就把魏儒耆带在身边，把对儿子学问的培养看得比命还重。他自道光二年中举人后，于道光九年礼部会试落第，只好捐了个中书舍人候补，这对魏源来说是个心病，金榜题名，光宗耀祖，是他一生的梦想，所以把自己尚未实现的心愿全寄托在儿子的身上了。他对魏长工说："事因你起，现又来做好人。去，把老家送来的那罐米酒温上一壶，切一碟桂花鸭，还有你去冬做的猪血粑也切一碟上来，我和儒耆就在这院里喝上一盅。"魏长工欢快地应道："老耶，你这才是个做耶老子的样，耶崽俩是要像兄弟一样吧。"魏源笑道："你是想讨打了吧，还不快去备酒菜上来。"他话音还没落，包世臣就从小院门外进来，大声道："好呀，赶得早就不如赶得巧。长工，你莫怪我老包嘴馋哩。"魏长工忙说："包老耶，添客添双筷，你老有口福哩。"他说完转身进了厨房。魏源一把拉住包世臣，高兴地说："慎伯，一路辛苦啦。你不是说回去两个月，怎么一个多月就回来了？回来也好，我正有事要你帮忙呢。"魏儒耆忙从屋里搬出一张太师椅摆到蜡梅树下，恭敬地说："包叔，你请坐。"魏长工也飞快地把酒和菜端上桌。

包世臣落座后，亲切地称呼魏儒耆的字道："英甫，看你一手的墨汁，是不是又被你爹拉夫整理《圣武记》了？"魏儒耆赶紧表白道："包叔，请你千万不要错怪了我爹，世侄是跟我爹增补学问呢。"包世臣呷一口魏长工端上的早春新茶，笑道："英甫，功名这事是面子上的，最要紧的还是学问为重，你爹也只是一个举人，可他是当今的大儒，天下谁人不晓？"魏源用筷子敲敲魏长工摆在小桌子上的碟子说："慎伯，你别说我了，你呀虽然与我一样，也只是个举人，可你精熟经史，在'农、礼、刑、兵'齐民四术上，可称当今天下的全才。现在的封疆大吏谁不以引你为幕僚而为荣呢？哎呀呀，别光顾说话了，来尝尝长工做的猪血粑。别看黑坨坨的没有看相，吃起来可香呢。每年在大冬天才能做，是我们湘中老家的特产。"他亲自夹一筷子猪血粑放到包世臣碗里，说："你尝尝，看好呷不？还有我老家送来自己酿的谷酒。"包世臣夹一块猪血粑放到嘴里，瞧他那吃相，眉头眼睛鼻子随着他嘴嚼的劲儿在灵动，魏长工惊呆了，悄悄地问：“老耶，猪血粑不就是个肉菜粑，怎么会把包老耶呷成这个样子呀。”魏源笑而不语。包世臣长舒一口气，吐一字：“美！”端起酒杯一口气喝光，道：“西晋名士张翰官授大司马了，因见秋风起，乃思吴中菰菜、莼羹、鲈鱼脍，说‘人生贵得适志，何能羁宦数千里以要名爵乎！’遂辞官而归。古人尚且把食色之味当作天之道也，我等还在为功名而劳累奔波，惭愧。”

魏源喝了口酒后说：“慎伯呀，你这话也没错。张翰因吴中乡味，撩拨起了他思乡之愁。史载晋惠帝时，司马当道，朝廷纷争，祸难未已。深谙世事的张翰料到羁宦必罹祸乱，便托辞远离是非之地，张翰归隐不久，果然司马由于‘八王之乱’事败被诛。张翰当是识时务者为俊杰，此后就有‘秋风莼鲈’一说，亦喻作预察事机，急流勇退之意。”

魏长工给他们斟酒，一边说：“老耶，照你们的说法，读书是叫人尽要奸的啰。”

魏源脸一沉，喝道：“放肆！圣贤之理，岂是你等土俗之徒信口开河之词？滚！”

魏长工吐下舌头，吓得赶紧溜回厨房去。魏儒耆也要离去，包世臣把筷子举举，示意他坐下，说：“英甫，你陪包叔我喝两杯。”

魏儒耆有点迟疑，站也不是，坐也不是，魏源不开口，他是不敢落座。“敬包叔酒呀，还要请是不？”魏源没好气地说道。

魏儒耆赶紧坐下端杯说：“包叔，你随意，世侄干了。”一口来了个杯底净。

“好，痛快！再来一杯。”包世臣高兴道。他拿起酒壶给魏儒耆斟酒，魏源忙说：“慎伯，你疯了，他还是……”他话到嘴边想说是个孩子，陡觉不妥，改口道：“魏儒耆是晚辈，千万别坏了长幼之序，不可造次。”

包世臣笑道：“我说默深呀，儒耆如今也是二十岁的人了，你一天到晚就是要他读书，去博取功名，不让他去见世面，这怎么成？你十几岁就负笈外出了，可对他却是左右不放心。就是靠死读书取得了个功名，又有何作为？我回南京之前在杭州与定庵的儿子龚孝拱相遇，告诉我他离开了他父亲要到外面去闯闯。”魏源问道：“他不是随定庵在京城读书吗？”包世臣道：“这孩子夙慧早熟，天分甚高，有家学渊源，又得定庵亲炙，尤以经学上的造诣不在定庵之下。且还通满、蒙、藏及夷文，他的心性比他爹还高。说也怪，龚孝拱这小子，去年参加了科举也是不中，看来他恐怕也是要跟定庵一样了，仕途有番折腾啊。”言者无心，听者有意。包世臣自顾自说话去了，根本就没有注意到魏源父子俩的尴尬表情。只要一有人言及科举话题，魏源的脸色就会阴沉下去，他的朋友都知道这是魏源的一块心病，一般都有意回避。龚自珍考了五次后还是考上了个进士，而魏源屡考不中，他就把希望寄托在儿子身上。魏儒耆实在是努力了，别说考举人就连个秀才都没考上，对他而言何尝不是块心病呢？自小魏源在家乡就有神童之称，九岁时赴县城应试童子试时，考官指着画有“太极图”的茶杯，信口言“杯中含太极”，要他对出下联来。魏源正好怀里放了两个充饥的麦饼，开口就出“腹内孕乾坤”，当即令考官大为惊异，一时传为佳话。在一旁的魏儒耆见父亲的脸色不好看，心里一紧张，手中的酒杯一松，掉在地上。“没出息的家伙！”魏源的心火顿时爆发出来，吼一声，伸手就一巴掌扫去，正好魏长工从厨房里出来，他一手把魏源扬起的手攥住，急吼吼地叫嚷：“老耶，你要有良心呀。儒耆是我一手带大的，你要打就先打我吧。我反正是个做下人的，你是天上的文曲星，打人不犯法。”说着还真把头伸到魏源的手下，连连说：“打呀，打死我了就没人来烦你了。”魏源的手举在半空中，上不上下不下地僵住了。包世臣瞧这场面先是一愣，马上就乐开了，笑道：“好哇，天下闻名的魏才子也有个怕了的人，哈哈。这还真是叫卤水点豆腐，一物降一物。我说默深，你别狐假虎威了，把手放下吧。”上前把魏源的手按下，说："要说面子，我比你还丢人呢。我那个不争气的儿子包宗甫，比你家的儒耆要差远了。要他去看书，他说不如杀了他。我呢，自嘉庆十三年中举后，士林中谁不知我是考了十几次进士不中，弄了个贻笑大方结局。"魏源讪讪地说："你不去年在江西新喻当过县令吗，这也不枉为一世功名了。"包世臣摇摇头说："你快别说了，你还不知道大挑是什么意思？我那个知县官才干了一年就给免了，惭愧。"包世臣大魏源十九岁，他在六十四岁时才过了一年的官瘾。大挑是清代科举制度之一，从三科以上会试不中的举人中挑取任职，这还是乾隆年间的定制。规定每隔六年举行一次大挑，不考文章辞赋，而根据相貌、应对选拔录用。挑选的主要标准是身材、脸形，按照"同田贯日气甲由申"八字诀，将脸形分为上、中、下三等，上等为国、田等字形，中等为风、申等字形，下等为由、甲等字形，上等录为知县（正七品），中、下等的为府学学正和县学教谕（正八品），意在使举人出身的人有较多出仕的机会。魏源对大挑为官者素来瞧不起，仅凭面相就可获一官半职，那还要开科取士干什么呢？好在包世臣已是一个成名的大家人物了，没给他的名声带来影响，只是给世人留下了个笑料而已。魏源夹了一筷子菜到包世臣的碗里，安慰道："慎伯，你也别把大挑太当回事了。康熙三十八年广东考生黄章，年已百岁还参加顺天乡试，进考场时由曾孙打着书有'百岁观场'四字灯笼前导；参加乾隆登基恩科大考的人中，八十岁以上的就有三人，七十岁以上的有四十人；本朝六年广东举人陆云从已一百零四岁了，恩科没考上，皇上开恩钦赐他为国子监司业，圣旨一到那个老举人双眼一闭去了。读书人也不知图了个什么，唉！"一声感叹，道尽满腹心酸事。

包世臣笑道："默深，你是比谁都明白科场上的事，你说读书人图什么？我说从你身上就可看出，你家堂屋里的对联：才堪救世方英杰　学可垂人始圣贤　。好大的抱负，湖南人自从陶公始，我看不出十年大清官场里，湖南人将占半壁江山去了。”

魏源把筷子一放，道：“慎伯，毫无根据的话就到此为止了。”

包世臣用手中的筷子点着魏源说：“你不让我说，我还得讲。你们湖南读书人目的很明确，就是经世致用！何谓用？哈哈，就是走仕途之道，以抒当今天下，舍我其谁的男儿志向。我羡慕你们湖南人，我呀下辈子投胎也要投到湖南去。哈哈。”

魏源乐道：“欢迎，欢迎。”他双手鼓掌。这时魏长工温一壶酒上来，给魏源和包世臣恭敬地倒满，说：“热酒不伤身，老耶你们慢点呷。”包世臣开玩笑道：“长工，还有好吃的吗，全端上来呀。”魏长工实在地回话：“老耶，不瞒你说，自夫人身子不适回隆回老家后，他们耶俩不会当家，这一向的日子紧巴得很哩。”

魏源一声喝：“住嘴！滚回厨房去。”

包世臣一听，忙说：“长工，你等一下，”从身上摸出一块石料递给魏长工说：“你送到当铺去，没有二十两银子就不要当。”

魏源一看，不由吃了一惊，脱口而出：“慎伯，你疯了，这可是块上等田黄章料呀。”

包世臣轻松地说：“我这人不是当官的料，好在我治印的名声在外，还有我写的字现在行情也在看涨。前不久你们湖南道州的书法家何绍基，也拿他的字来与我做交换，请我给他治印呢。嘿嘿。前不久我在泰和县不期相遇林公，我给他刻了方印章，他就送我这块田黄章料。长工你拿去，这事我做主。”魏长工看魏源的脸色，他不发话还真不敢去接。魏源乐了，说：“拿去吧，反正慎伯兄也是打秋风得来的，哈哈。”包世臣大声叫冤：“哎哎，这是我凭手艺赚来的。林公是天下有名的铁公鸡，若不是想要我治印，他会平白无故地送东西给我吗？真是冤呀。”魏长工欢喜地接过田黄石说：“一块小石头竟然值二十两银子，包老耶那你下回就多搞几块来。”他捧了个宝贝似的回厨房去了。包世臣被魏长工的话弄得哭笑不得，说：“这怎么得了，真是有什么样的主子，就有什么样的下人，贪得无厌呀。”

魏源咧开嘴笑得眼泪直流，举杯和包世臣碰了下杯，接着问：“慎伯兄，我那个大书法家老乡可是傲气得很，本朝十六年进士，现是翰林院编修。我见过他的字，确是不错。他书法初学颜真卿，又融汉魏而自成一家，尤长草书。我与他不熟，只闻其名。他能用他的字与你交换，那我还真没想到呢。”

包世臣倒是显得不以为然，哼了一声说：“不是说文人相轻，何绍基的字确是独树一帜，他百年后字可流传，但国是之识与你相比，不可同日而语了。”

魏源赶紧说：“慎伯兄，不说别人的事了。你回来到了陶公府上没有？”

包世臣说：“去了，所以我才一早就来找你。”

魏源叹口气说：“陶公的身体是越来越不见好了呀。他怎么跟你说？”

包世臣眉头一皱，说：“陶公说皇上已准了他的假，他打算近日就动身回湖南安化小淹老家去休养。他要我转告你，你编纂的年谱他已审校完毕，但暂不付印，文稿封存。”魏源有点不解，问：“陶公这是什么意思？之前他催着我把年谱整理出来，现出来了又不付印了。”摇摇头表示不理解。

包世臣道：“默深，说你聪明你又‘木鱼’，这是陶公为身后计呀。”

魏源恍然大悟，点头说：“身后之事，胜过当世所为呀。”感叹了番后，接着关心地问：“慎伯兄，你现在如何打算？”包世臣知道魏源话的意思，苦笑道：“我现在是六十好几的人了，力不从心啦。从二十三岁到六十多岁，一直给人当幕僚，已倦了。往后日子就安贫乐道，卖文售字为生吧。”说话间，一阵早春的凉风拂过，一时两人无语，喝着闷酒。一直站在里屋窗前看他父亲和包叔喝酒的魏儒耆，有点担心地问：“长工叔，你说他们会不会？”话到嘴边没说下去了。魏长工从灶台抬起头看了看，就弯下身子去掏灶膛，一边说：“少耶，你就别去瞎操心了。你爹他们那些人是读多了书，一个个神经癫子样。包老耶人还好些，要是你那个龚叔来了，这屋子不掀翻了个顶，那才是鬼变的了。”魏儒耆吐了下舌头，不敢相信，说：“长工叔，你怕是在讲故事吧？他们可都是当今闻名天下的名士呀。”魏长工翻了下白眼，说：“你不信？有回龚老耶从京城来，跟你爹喝酒从下午喝到下半夜，龚老耶醉得发酒疯，把脚上一只臭气熏天的鞋子丢到蚊帐顶上，你爹还在蚊帐顶上的墙壁上写道，此处是天下第一名士龚自珍挂靴处，说将来这是后人景仰的地方。你说他们不是疯子是什么？不过话说回来，他们要是跟我们这些做下人的一样，那也就不是天上的文曲星了。”魏儒耆听呆了，两眼发光，盯着小院坪里对饮的魏源和包世臣，仿佛是第一次才认识他们。

魏源两眼迷茫，那神色大有兔死狐悲的伤感。陶公不日就要回湖南安化小淹老家养病，不知何时再回。包世臣走了，那他呢？手一晃，一杯酒全洒在身上了。“怎么啦，默深？哈哈，是不是心里有点发慌了？”包世臣轻声笑道。

魏源放下筷子，长叹息一声，说：“唉，还真没想过有一天会离开陶公。古之君子，其责己也重以周，其待人也轻以约。这十年来我一直在陶公身边，他是谦谦君子，又是国之干将，湘人皆以他为荣。他这一走，不瞒你老兄说，我还真有点没主心骨了。”

包世臣点头说：“别说你们湘人有如此心情，就是天下那些有抱负的读书人，听说了陶公的病情哪个不痛惜呢？我上你家来，也不只是尽说让人伤感的事，我还有令你高兴的事要告之。陶公特意交代，说是先讲前面的再说后面的事。陶公他对你可是了然于心哪。”

魏源不好意思笑了，忙催促道：“慎伯兄，你就莫卖关子啦。是什么好事，快说呀。”

包世臣摸摸下巴上几绺花白的胡须，脸上涌现兴奋的神色说：“陶公告假回乡，总督一职上折举荐林公，穆彰阿来信特意告之，皇上已有圣谕，待林公禁烟毕，即去南京上任。”

魏源一脸的光彩，竟大声地说：“好哇！林公接陶公的位置，是大清的福气。”转而想了下，问：“慎伯兄，我有点不明白，穆彰阿怎么会同意让少穆出任两江总督呢？他难道不明白在直隶、两江、闽浙、湖广、两广、陕甘、四川、云贵八大总督中，除了直隶总督外就是两江总督的职位最为显赫。自顺治四年开始设江南江西河南总督，到顺治六年改为两江总督至今，所辖之地历来是大清的财赋重地，人文荟萃，富甲大清半壁江山。朝廷的重臣谁不想来执掌此职，穆彰阿难道不知其中轻重？”

包世臣笑笑，言道：“我听陶公说，穆彰阿虽是满人，但他和琦善在满人中还真是个出色的人物。我们汉人以国家为中华，他们以家国为天下。在朝廷中以穆彰阿为首的一批有思想的满人清醒地认识到，国之不强，家亦何富。所以他们对才生于世，世实须才的道理有其独到的体会。现是翰林院侍讲曾国藩，就是穆彰阿的得意门生。他崇尚理学，学贵力行，皇上不久前还在慎德堂，专门听他讲湖湘之学。其学问训诂、经济、辞章皆可不朽，所言义理、考据、辞章、经济是为学之术。你想如果穆彰阿没有过人之处，若以汉人为敌，能纳曾国藩为门生吗？”他正滔滔不绝议论时，小院外有人敲门。魏源是个好静的人，平素除了他的几个好友可随时上门外，他人若不经事先约定擅自登门，概不待见。敲门声还在响着，他烦躁地朝屋里喊声：“听见没有？耳朵聋啦。”正在里屋窗下听包世臣高论的魏儒耆，被他爹一声喊吓了一大跳，赶紧出来问：“爹，有、有事吗？”“你耳朵聋啦？没听见有人在敲门。”魏源话音未落，门外的人已推门而进。魏源正要甩脸色，一个身材修长的青年人，一张国字脸上英气勃勃，他就是陶澍的女婿胡林翼，本朝十六年进士，为翰林院庶吉士，授编修，号润芝。他乐呵呵地笑着，魏源陡地一脸的惊喜涌现，兴奋地说：“好哇，是哪阵风把润芝吹来了呀，快请坐。”赶紧对魏儒耆说：“去搬张椅子来，要你长工叔加两个菜。”包世臣打趣道：“润芝，你是贵客呀。我来了好久，默深就没说过要加菜。哈哈。”胡林翼上前拉住魏儒耆的手，亲切地说：“你是儒耆吧？我爹常说起你，说你是个实在人，要我向你学呢。”魏源在一旁不满地说：“你是翰林院的编修还向他学什么，学他脑壳不开窍是不？”他这话弄得魏儒耆一脸的难堪神色，讪讪地不知道如何说是好。胡林翼赶紧说：“魏先生，请千万别这么说了。儒耆，你就不要去忙了。我这次是朝廷外放去贵州任会试的考官，蒙皇上恩准，顺便回江宁看望我爹病情。才进家行李都来不及打开，我爹着我即请二位先生去见一个人。”包世臣惊愕道：“是谁呀，这么值得陶公性急？”他想了下，突然声音陡高，嚷道：“默深，我知道是谁了。”他转身奔出门去，差点把屁股下的椅子都掀倒了。胡林翼乐道：“我爹果真没说错，惺惺相惜呀。哈哈。”

魏源急了，一把拉住包世臣问：“你说清楚再走，是谁？”

包世臣兴奋道：“你说这时节里，还有谁能让陶公长精神呢？”

魏源猛地想到了，吃了一惊，道：“润芝，是左宗棠来了？走，去见他。”

胡林翼点头称是，三人忙出门去。魏源本已出了门，又嚷道：“长工，快把包先生送的那块田黄章料拿来，我要拿它去当了，要请季高到秦淮河边的香美楼喝酒。”

魏长工从厨房里出来，有点不情愿地把那块田黄章料交给魏源，心疼地说：“老耶，你省着点花，家里还等着钱买米呢。”魏源接过田黄章料，出门去追包世臣和胡林翼了。

当赵铁头一身臭汗出现在越华书院里时，正好院里闹哄哄地出来一大批人，他们从赵铁头身边路过时，一个个捂着鼻子走得飞快。林福一见赵铁头，使劲用手在鼻子前扇着，说：“铁头，老爷说了你回来就去见他。你赶紧先去冲个凉，真是比掉到茅坑里还臭死人。”

赵铁头使劲用鼻子嗅身上的气味，不好意思地笑了，说：“他娘的，是有股猪屎味。”他随林福去后院的洗澡房，一边笑道：“福哥呀，你才来广东几天就把洗澡说成冲凉了，再待下去，你就要娶个广佬做老婆了。哈哈。”林福还有点瞧不上人的表情，说：“广东婆娘太黑了，嘿嘿，江浙一带的姑娘长得多水灵哟。”他开心地说着，把赵铁头带到后院的洗澡房，念叨着说：“铁头，你大小也是老爷跟前的当差红人，现在已是四月天了，你没见广州城里的人都是短衣短裤了，你还一身夹衣夹裤在行辕里进进出出，也不嫌丢人。”一边顺手把赵铁头脱下的衣服丢到屋檐下的柴火堆里。赵铁头急了，说：“福哥，你这是干吗呀，你把我的衣服当烂布丢了，我穿啥？那可还有五成新呢。”林福抖了抖身上一件薄薄的黑衣衫，得意地说：“土包子，你知道这叫啥料子的衣吗？香云纱衣，可凉爽哩。老爷在南下之前已为你请旨，皇上恩准你官复原职，着你将功赎罪。”说着打开一只木柜子，从里面拿出一叠簇新的军服和一把腰刀。赵铁头胡乱冲下身子，用罗布汗巾擦了擦，感动地说：“还是老爷知我，我呀做梦都还是在营里带兵呢。”他边说边把军服穿上身，补服上绣的是只虎，一顶青金石帽子扣在头上，腰刀往身上一挂，可精神了。他出了洗澡房，发着感叹说：“唉，福哥，我这两天在广州城里外转了个圈，南边人过的日子怕是皇帝也比不上。”林福点头表示认可，说：“要不在京城里做官的老爷们，削尖脑壳要到广东来当官呢。”赵铁头顺着青砖甬道往前院走去，顺便问：“刚才我进来时，院子里的那些人是干吗的？好像都是些读书人。”林福说：“这是老爷专门公开招懂‘夷文’和‘夷语’的人。听老爷说，过去与夷人打交道就是呷亏在不懂夷人的文字和语言上，他说要知彼才可知己。老爷是做天下大事的人，他说的事儿我也不懂。哎，我问你，你这一向去哪了？一天到晚鬼鬼祟祟地在搞什么名堂吧。”

赵铁头四下看看，他这习惯性的动作引得林福笑了起来，说："铁头，你也不想想，你是在哪里？是在钦差大臣的行辕里呢。你还是做贼的样子，也不怕人笑话你。"赵铁头老气地说："福哥，这你就不明事理了。头脑里有根紧绷的弦，总比放松要好些不。你以为钦差大臣的行辕就是安全的地方了？要说那紫禁城还天下第一安全的地方呢，嘉庆皇帝在世时，他身边的太监还敢与反贼勾结谋反呢。""你还真说得有理，小心驶得万年船，难怪老爷要把你调到身边来做事。"林福说着也四下看看，赵铁头笑了起来，说："福哥，你听风就是雨了。我也是说说，我们在老爷身边的下人，要紧的就是替老爷分忧不要添乱。这几天老爷派我跟随关军门把广州城里外、四向上下、岸上水里都走了个遍，"说到这，他把说话声放低了些说："画了详尽的攻防地图。还要我去调查鸦片的事，我估摸老爷他近日要搞大动作了。"林福心里颤了下，有些紧张地问："是不是要和夷人打仗？我听说老爷要调兵把十三行街上的夷人商行围得水泄不通，说不缴出鸦片就饿死他们。有人说夷人不是人生的，都是鬼变的。所以广东人都叫夷人为夷鬼，跟他们打仗能赢吗？"赵铁头又好笑又好气，点着林福的鼻子说："你真是个乡巴佬，夷人也是人，都是从女人肚子里出来的，有血有肉。真要是哪天开打了，我就去捉个夷人当场剖腹开膛给你看看。哈哈。"他竟得意地笑了起来，正站在厅堂门外的刘师爷见林福和赵铁头从后院过来，赶紧摆手，要他们把嘴闭上，悄悄地说："老爷正在厅堂里和十三行商行的人说话，脾气大着呢。铁头，老爷交代你来了就在这儿候着，不要走开了。"见林福踮着脚要走开，忙对他交代道："林福，你这会去广东巡府找怡大人，就说部堂大人痔疮发了，疼得睡不得坐不得，请他安排个郎中来看看。"林福一听，二话没说拔脚就往外奔去。

厅堂里，一长排的人，个个衣着光鲜，一看就是平时养尊处优的人物。位列第一的是怡和行的伍绍荣，他本来就干瘦，这会更显憔悴了。其后是广利行的卢继光，其他都是十三行的当家人。虽然林则徐已经有好几次要他们坐下喝茶，可钦差大人不坐而是站着说话，谁还敢去冲这个头呢？大家都双手垂直地站立，茶几上的茶水都凉了，也没人去端杯子喝一口。余保纯立在林则徐的后面，一脸的肃杀之气。

“本部堂是三月十日到广州的，于三月十九日发出两道谕帖，其中一道是下发你们公行总商会，限你们三日之内，让夷人出具汉文和夷文的甘结，声明嗣后永不敢带鸦片，如再夹带，查出人即正法，货尽没官。本部堂一再警告你们，如此事先不能办，则其平日串通奸夷，私心向外，不问可知。本部堂立即恭请皇命，将该商择尤一二正法，抄产入官。二十一日那天是春分，我没有惊动诸位，只在第四天派余大人到你们总商会，请你们不要掉以轻心。是不？”余保纯上前半步，目光威严地四下扫了扫，伍绍荣和卢继光赶紧应答：“是的，是的。”林则徐脸上无任何表情，目光盯着伍绍荣说：“伍会长，还有你们，”扫了眼众人，说：“据我所知，同泰行曾因为夷人担保的一只外国船上发现鸦片，而被处以五十倍货物的罚金，弄了个倾家荡产的下场。这事诸位应是清楚吧？”他这一番话说得大家脸色骤变。“本部堂请你伍会长转交一道谕帖，《谕各国夷人呈缴烟土稿》给夷商公所，知你有过目不忘的好记性，请你背给大家听听。”林则徐盯着伍绍荣说。

伍绍荣咂巴了下干涩的嘴皮，有点不好意思地说：“部堂大人，小民可喝口水吗？”

林则徐笑了，忙说：“喝呀，哈哈。我只顾说话去了，喝，你们都喝。”大家松口气，纷纷端起杯子喝茶。伍绍荣清清嗓子，极力用北边人的腔调道：“部堂大人，夷人看了你的谕帖，都被你的话给镇住了。你说‘尔等感恩，即须畏法，利己不可害人，何得将尔国不食之鸦片烟，带来内地，骗人财而害人命乎？查尔等以此物蛊惑华民，已历数十年，所得不义之财，不可胜计。此人心所共愤，亦天理所难容’。你最后还说‘此次本大臣自京面承圣谕，法在必行。且既带此关防，得以便宜行事，非寻常查办他务可比。若鸦片一日未绝，本大臣一日不回，誓与此事相始终，断无中止之理’。部堂大人，此言乃石破天惊呀。”

林则徐冷笑一声，猛地把桌子一拍，厉声喝道：“好一个石破天惊！可结果呢？本部堂着你去宣谕帖，限三日内回禀，要夷人立下甘结，他们立了没有？要他们将趸船鸦片尽数缴官，毋得观望诿延，可他们将鸦片缴了没有？哼，直至今日才缴了一千箱，就想蒙混过关。这就是你们总商会的成绩？赵铁头！”

赵铁头一直就在门外候着，林则徐一声喝，他推门而进：“到！”

林则徐手指着伍绍荣等一干人，说：“你告诉他，夷人手里现在有多少箱鸦片？”

赵铁头大声道：“回部堂大人话，卑职经过摸底调查，目前在各国夷人手里共有二万余箱鸦片，其中英国查顿的怡和洋行有七千多箱，颠地的宝顺洋行有一千七百多箱，这两家商行的鸦片就占了将近一半，他们的货物全放在伶仃洋的趸船上。”

林则徐手搭在背后，围着伍绍荣他们一干人转了个圈，厅堂里的气氛仿佛冻住了，那些商人无不手脚冰凉。半晌，林则徐才开口，说话声犹如利器般剜人心房：“本部堂还在江西道上时，就下令要逮捕查顿，可惜他闻风而逃了。不是还有颠地吗？据报，英国商务监督义律从澳门到了广州的夷馆，他是想帮这帮贩卖鸦片的夷人们撤退。好呀，本部堂给足了夷人的面子，他们敬酒不吃吃罚酒，那本部堂也就不客气了。”越说越激动，下巴上的胡须都似钢针似的根根直立，喝道：“余保纯听命！”

余保纯上前一步，朗声应道：“下官在！”

林则徐一字一声道：“传本部堂谕令，其一，即会关军门率兵，对停泊在黄埔港所有外国船只实行封舱，停止买卖，禁止装卸货物。工匠、船只、房屋等，不准给夷人雇用租借，违反者将以私通外国罪惩处；其二，夷馆的买办及雇用人等全部撤出，堵塞所有通往夷馆的路口，不准夷人进出。你率亲兵即刻前往行动，若有差错，唯你是问！”

余保纯大声应道：“遵命！”双拳紧握执礼毕，转身带起一股风出厅堂，门外的亲兵们列队跟在他后面，那齐刷刷的脚步声，似是惊雷滚地而过。

伍绍荣等一干人这回总算领教了什么叫杀气腾腾了，一股凉飕飕的感觉从脖子上划过。要说见官家，他们已习以为常了，谁不把他们当财神菩萨供着呢？他们在见林则徐之前还商议过，要以为钦差大人洗尘为由，奉上银票五十万两。眼前这架势谁还敢拿热脸去贴冷屁股呢？早先传闻林则徐是大清的清官、一等的干臣，他们还半信半疑，在已腐败成风的大清官场里还有这种人？今天他们算是开了眼界，受了震荡，一个个提心吊胆的了。虽说十三行的行商自己没有去贩卖鸦片，但作为大清国对外做生意的担保人，也有不可逃避的职责呀。“诸位，大家看到了，皇上禁烟的决心是如此坚定。如今大清国被这祸国殃民的鸦片害得国将不国，民亦不民了。皇上圣谕要本部堂‘自必遵旨，竭力查办’。本部堂为千万生灵，为大清江山永续，当肝脑涂地，在所不惜。”林则徐所言，句句掷地有声，众人闻之，莫不心惊肉跳。他朝门外喝道：“来人！”

刘师爷快步进来，躬身道：“老爷，有何事交代？”

林则徐对伍绍荣一干人说：“今天你们就不要回去了。”他话没说完，伍绍荣吓出一身冷汗，往地上一跪，公行的商人都跟着跪下，嚷道：“大人饶命！”

林则徐把他们一一扶起，说：“起来起来，只要你们不犯大清律例，本部堂是不会为难你们的。只是今晚情况特殊，委屈你们在行辕里住一宿，后院已安排了几间房。刘师爷，这都是我的客人，不可怠慢了，要好酒好菜待之。去吧。”说完手一挥送客。刘师爷笑眯眯地说：“诸位老板，请。”

伍绍荣等一干人灰溜溜地随着刘师爷出了厅堂的门。当厅堂彩色玻璃门一合上，林则徐顿感下腹痛得苦不堪言，额上冒出豆大的汗珠，顺着脸颊流淌下来，他头一阵晕眩，扶着椅子身子一歪，栽在地上。当林则徐醒过来时，天已全黑，一盏带玻璃罩的洋油灯光亮，把卧室里照得通明。他两眼茫然地看着围在他床周围的人，映入他眼帘中的是邓廷桢和怡良，以及一个金色头发、蓝眼睛、高鼻子的夷人和一个二十来岁的年轻人。大家见他醒过来了，都喘了口气，露出了笑容。

邓廷桢心有余悸，道："部堂大人，这位洋大夫叫伯驾，是美国人，在新豆栏街开了家医局，是他给你打了针，又喂了几粒药丸子，要不你恐怕麻烦就大了。"

林则徐艰难地要起身，林福赶紧上前在他背后垫了个枕头，让他靠着床说话："谢谢你，伯驾先生。"伯驾一开口说洋话，年轻人在旁翻译道："伯驾说，能为你部堂大人服务，是他的荣幸。上帝保佑你。"

林则徐抬头看他，说："小伙子，我怎么看你好眼熟，你是伯驾的翻译吗？"

年轻人笑嘻嘻地说："林世伯，你不认得我啦？"他凑近林则徐的脸，要他看个清楚。他一声"林世伯"，把其他人也搞糊涂了，之前都以为他是伯驾的跟班呢。

林则徐眯着眼睛，左看右看，晃了晃头，说："看你好眼熟，可我没有你这么个晚辈呀。"

"哈哈，林世伯，我是龚自珍的儿子，孝拱呀。"龚孝拱一脸的灿烂笑容，把屋里的人都逗乐了。林则徐一下惊喜道："是你呀，我说怎么这么眼熟呢。你怎么到广州来了？你爹他还好吗？"

"林世伯，不瞒你说，我爹他还不知道我到广州了哩。哈哈。"龚孝拱得意地说。

林则徐在林福的搀扶下坐到椅子上，摇摇头说："你呀，你怎么不能跟你爹说一声呢？我等会给他去信说。你现在在干什么？"

龚孝拱把伯驾拉到自己的跟前，说：“林世伯，我就是投奔你来的，我从上海来时你还在路上，伯驾早年在京城时就与我是好朋友了，我这几天就住在伯驾的医局里，听说你病了，我就跟他一起来了。”

怡良笑道：“部堂大人，林福对你可是忠心耿耿，我要伯驾给你打针喂药，他硬是不准。说夷人靠不住，是想害你部堂大人。最后还是孝拱当他面要伯驾给他打针，又把药吃了，林福才让伯驾给你打针喂药。”

林则徐白了眼林福，说：“丢人不，到了怡大人的地盘还要你瞎操心什么。”转而对伯驾表示真诚的感谢，说：“谢谢你，伯驾先生，不知你们美国人是怎么看我大清国禁烟的？”他现在最关心的是国外怎么看大清禁烟的事了。

伯驾来广州有好几年了，但他还是第一次跟一个叫做钦差大臣的官员说话，他在来的路上，龚孝拱对他说，钦差大臣就是代表皇帝来办事的，可以先斩后奏。伯驾不明白先斩后奏是什么意思，问：“龚，先斩后奏是什么意思？”龚孝拱说：“这个就是不经审判，他就可把犯罪的人先杀了再报。”伯驾大吃一惊，眼睛瞪得溜圆，说：“我的上帝呀，就是有罪也要审判才可执行死刑的，难道中国没有法律吗？”所以当他面对林则徐，怎么也想象不到那个令人恐惧的钦差，与眼前这个书生一样的官员是一个人。龚孝拱把林则徐的问话翻译给他听，伯驾马上叽里呱啦地说了一通洋话。他说什么？大家都看着龚孝拱，这小子不急不慢地翻译道：“伯驾先生说，他认为贵国采取禁烟行为是符合人类文明发展的伟大举措。美国政府已告诫了他们，鸦片是残害人类的毒品，不许美国公民去从事这有违良知的生意。我还说了，要伯驾跟世伯你说话时，要讲汉话。他曾在京城里待了三年，说汉话不比广东人差，有京城味儿，而且他还能看古籍书呢。”伯驾不好意思地搔了搔头，说：“今儿是见钦差大人，拜会贵国的重要官员，是要用本国语言交流，这是外交礼节，以示对对方的尊重。”一口的京味儿话，说得大家都乐了。

林则徐听了龚孝拱的翻译，大为高兴，说：“要是夷人都是你们美国人这样，那就四海晏平，世界大同了。哈哈。”正说着，专程从京城而来的理藩院通事亚孟进来禀报，他早年在印度塞兰普尔教会学校读过十几年的书，六十岁人，一双深凹眼睛透过架在鼻梁上的无框水晶镜片，露出得意的笑容，双手揖礼道：“恭喜部堂大人，下午堂考考取翻译通事的试卷出来了，这当中人才济济的啊。”林则徐说：“亚孟，录取了几个人，快说与我听听。”他深知沿海官员闻英吉利之名，而实不知来历的状况已成痼症了。亚孟晚三天才从京城动身，十天后才到广州。林则徐干事没日没夜，而亚孟从小就在富裕家庭享受惯了，哪受得了这番苦累。他早上起来第一件事就去叹早茶，晚上戌时准点就睡，要是换上别人，早就被林则徐骂得狗血淋头了。亚孟向他报到时递上王鼎的亲笔信，信中说亚孟是朝廷精通英文、知晓国际法不可多得的人才，皇上把他看得很重，把他从理藩院请出来为林则徐办事，还做了不少的工作。特意交代林则徐对他要优礼有加，不可怠慢。林则徐拿亚孟哭笑不得，于是萌生了要在广州招通事入府办事的念头，亚孟知道这对他来说是好事，可大大减少他的工作量。他马上飞快地去办，下午的堂考这时就出卷了。“部堂大人，下官真没想到南国之地，竟藏龙卧虎啦。今天来报考的有二十三人，其中有四人可供你挑选。”他把水晶镜片扶扶，展开手中的名单，道：“第一名袁德辉，原籍四川，天主教徒，在槟榔屿罗马天主教办的学校学拉丁文、英文和俄文；第二名林阿适，英文名卫廉，早年留学美国，曾在美国康涅狄格康沃尔基督教公理会的教会学校念书，一八二五年返国抵广州，在商行做事；第三名梁进德，精通英文和希伯来文，一八三四年在新加坡的公理会读书，精通英文和法语，一八三七年到广州。”念到这儿，他就没有再念下去了。

林则徐见他不说下去了，问：“你不是说有四个人供我选取吗？”

亚孟取下镜片，用手帕去擦拭，一边说：“部堂大人，你说这个人怪不，从没有出过国，也没有在夷人的学堂里读过夷人的书，全是凭自学掌握了英法诸国文字，他用英文做的考卷真是漂亮极了，可了不得呀。只是他……”

林则徐关心地问：“你说他这么好，是不是还有其他原因？”

亚孟点头，表示承认，说：“这个生员在考卷里写道，中国之出路，要以夷人为师，将是国之幸、民之福也。”

怡良眉头一皱，说：“狂言乱语。”

龚孝拱在一旁则不以为然地说：“巡抚大人此言差矣。我想诸位都应知道魏源这个大名鼎鼎的人物吧？他说过这样一段话‘天下无数百年不弊之法，无穷极不变之法，无不除弊而能兴利之法，无不易简而能变通之法’。可以这样说，魏先生将是我大中华传万世之人。在下不才，就是刚才亚大人所说的生员也。”双手一揖至地。一下，房里的人都蒙了。

怡良一下愣了，问道：“这真是你……你的卷子？”

亚孟扶着镜片仔细地看看龚孝拱，激动地说：“就是他。没错，是他。”

林则徐哈哈大笑，说：“行啦，年轻人口出狂言，这说明他有思想呀。亚孟，你就去发榜吧，连同龚孝拱这四个我都录用了，要他们明天就来就职。”说着略是停顿了下，看了下伯驾又说：“亚孟，还有一件事，你给我从京城带来的那本关于外国刑律的书，我看你也没时间翻译，正好伯驾先生在这儿，他的汉语不错，你就跟他说是我交办的事，请他尽快翻译一部分出来，本部堂急着用。”

亚孟正为那本砖头厚般的洋书翻译头疼不已，现在林则徐开口了，他马上就对伯驾说了林则徐的意思，伯驾一脸的兴奋，那神情表现出了他很乐意做好这件事。亚孟高兴地告诉林则徐：“部堂大人，伯驾先生很乐意干，说这是他的荣幸。”

林则徐对伯驾客气道：“伯驾先生，那就辛苦你了。”

伯驾用汉语恭敬地回道：“谢谢部堂大人的看重，给了我一个为贵国服务的机会。”

林则徐点了点头，说：“他山之石，可以攻玉。与他国往来，就要知晓他国之法，为我所用吧。”

邓廷桢笑道：“部堂大人，四个通事你要留一个给我，我们也需会说夷语的通事。”

林则徐打趣道：“嶰筠兄，你这可是趁火打劫，与你堂堂的两广总督身份不符。要送也不可厚此薄彼，我看孝拱就留在我这，其他人分别去督府和巡府，还有水师营那边，你们看如何？”

怡良马上说：“部堂大人明鉴，太好啦。”

邓廷桢乐了，道：“怡大人呀，你这是上山打猎，见者有份也。呵呵。”

怡良大声喊冤：“部堂大人，你可得替民伸张正义。”

林则徐开心地说：“悦亭，你也不是一盏省油的灯，呵呵。”他对怡良在京城时就有好感了，他虽然是满人，为人却实在，办事干练。在林则徐还没到广州之前，他与邓廷桢联手禁烟行动，已经搞得轰轰烈烈的了。林则徐点点头接着说：“随着朝廷与各国交往日益增多，现除了广东一地会夷文夷话的人多些外，其他省包括京城都极其缺少。我看办一个专门培养与夷人打交道的书院，不仅广东一地可用，还可往外输送。不知二位大人意下如何？”

邓廷桢和怡良同声叫好。林则徐兴奋道：“那好，这办学的事就请亚孟费心了。有关经费我上折子请朝廷支持一部分，但主要办学的费用得由巡府和地方来承当。亚孟，我给你一年的时间把书院组建好，到时你就可回京城，怎么样？”亚孟当然高兴，他曾多次向朝廷上过折子申请办专门培养会夷文夷话人才的书院，可一直被经费的事给耽搁了。他激动地说：“请各位大人放心，亚孟虽不才，但有部堂大人错爱，我一定倾尽全力，不丢部堂大人的脸。”林则徐轻轻拍拍亚孟的手，说：“亚孟，办学是辛苦的事，有何困难就找邓大人和怡大人，只是你叹早茶的工夫可就没得了啦。呵呵。”其他人都会心地笑了起来。亚孟一脸的窘态，傻傻地笑。林则徐见伯驾与龚孝拱在不停地交流，便问亚孟：“他们俩在说什么？”

亚孟道：“部堂大人，伯驾说他是医生，有责任去拯救坠入罪恶深渊的人，说这是上帝赋予他的权利。龚孝拱在跟他说禁烟是中国内部的事情，要他不要掺和进来。”

林则徐一听，马上兴奋地说：“你告诉伯驾，禁烟不仅是大清的事，也是世界上所有国家的事。他是医生可用洋药治疗那些吸鸦片人的病。你跟他说本部堂欢迎他。”

邓廷桢点头，说：“这是好事，在严惩烟贩的同时，又抢救鸦片中毒者，此举得人心也。”

亚孟一番夷语说后，伯驾竟学着龚孝拱，双手一揖，弯腰行礼至地，说：“上帝伟大。”众人都乐了。

林则徐问龚孝拱：“小子，他说什么？”

龚孝拱回道：“世伯，他说上帝伟大。”

林则徐不解，问：“夷人怎么开口闭口的老是上帝，上帝是什么东西？”正说着，豫堃和关天培一前一后地匆匆进来，见林则徐正在大发议论，脸色才放松了些，豫堃擦拭了下额头上细细的汗珠，说：“部堂大人，你的谕令一下，现在广州城可热闹了，上千官兵把夷馆区包围得水泄不通。据报，义律正召集夷商在公所开紧急会议，商讨对策。”

关天培担忧道：“部堂大人，现在包围夷人商馆的不仅有官兵，还有好几千民众也跟着搅进来了，他们举着火把刀枪说是杀夷鬼。民众若行为过火，恐怕会出事。”

豫堃点头说：“我来的一路上，百姓犹过花节般往夷人商行拥去，说是去发洋财，关军门所言须提防小心才是。”

林则徐认真地听完豫堃和关天培的话，脸上有了笑容，说：“看来民众对鸦片是恨之入骨了，好呀。禁烟是朝廷的大事，但也是天下民生之大事。鸦片之害已甚于猛虎，已到了是可忍，孰不可忍之地步。朝廷禁烟乃天意，亦是民意，既然符合民意，民众就会有发泄、参与的行为。本部堂以为，目前若才开始禁烟就禁止民众参与，恐得不偿失，失去人心。”说着语气重了，“但任由他们的行为不受节制，确会有乱民趁机捣乱、杀人越货之事发生，应引起我们的警惕。这样吧，由广州知府出面组织以所辖县治地保为首，每二十人为一伍，协助官兵守口巡道，其他抓人扣货的事由关军门负责，民众不得参加。”大家点头称是。

书院外传来一阵阵铜锣声，人声喧哗，火光冲天。林则徐满意地笑了，说：“好哇，余保纯的动作好快呀。关军门，请你即刻回营布兵对广州城区实行警戒，以防事态扩大，严禁游民和好事之徒滋事，若有不听劝告者，一律缉捕，以扰乱社会秩序之罪严惩。怡大人和豫大人，由赵铁头率督署的亲兵陪同你们前去夷人公所，带上公行的总商会长伍绍荣和卢继光与你们随行，向义律传本部堂的谕令，明示我大清皇帝威德同天，今圣意要绝鸦片，即天意要绝鸦片也。凡在本部堂限定时间内，主动缴出鸦片的夷商每缴出一箱，给茶叶五斤，以示嘉奖。逾期不缴者，本部堂奉旨没收，并严惩不贷。故不惮如此苦口劝谕，祸福荣辱，皆由自取，毋谓言之不早也！”

邓廷桢拍手称好，说：“好，部堂大人恩威并施，只是本官有一事不明，你是以何依据作出每一箱鸦片补五斤茶叶的决策？”

林则徐笑笑，说：“据查，鸦片在广州的中间价为每箱七百多元，但在印度离岸的原价每箱二百元左右，也就是说夷商每箱要获取利润约五百元。故本部堂从与夷国贸易愈旺之考虑，夷商只要承认过错，且能主动上缴鸦片，过往所为就不予追究。嘉奖茶叶既有抚慰之意，又含补贴之实，此乃彰显我大清的仁爱之心。”

怡良、关天培和豫堃，还有赵铁头，他们双手一揖，大声地说：“遵命。”说完转身出门。龚孝拱赶忙对怡良说：“抚台大人，在下已是部堂大人的通事，我陪你们去见夷人。”林则徐对怡良点头说：“让他跟你们去吧。”这时刘师爷已领伍绍荣和卢继光在门外候着了。关天培出书院翻身上马，率亲兵急驰而去。督署的亲兵已在门外列队听令，豫堃和怡良一上轿，赵铁头精神抖擞，一声令下：“出发！”

第四章

英国驻大清国商务监督义律，获悉钦差大臣林则徐发出谕令要逮捕颠地的消息后，连夜从三百里外的澳门乘船赶到广州城时，天已大亮了。他进英国驻中国的商务监督公馆后，第一件事就是升米字旗，他这是在向世人宣告，大英帝国是神圣不可侵犯的。在公馆一楼的宴会厅，铺有亚麻白棉布的餐桌上，摆满了西式点心和洋酒，围着长桌而坐的都是十三行街的夷商们，还有的是因季节风没有到来在商馆里休息的大班，这些人其实就是船的货主，他们刚开始跟大清做生意时，是跟着船一起漂洋过海地往来，后来生意做大了他们就不再跟船走，在商馆里组织货物，装运船只。从乾隆年间开始，官府禁止夷商在广州过冬，所以到了岁末年初，洋船满载货物起航远去后，他们就到澳门去过冬，到了三月再回到广州城里来。他们做梦都没想到，上岸才几天就碰上林则徐来广州禁烟的事了。现在十三行街区被官兵封锁得死死的，大家一下都慌了，当义律召集各国商馆的夷人开会，他们无一人缺席。

几乎开了一整天的会。宴会厅的那座自鸣钟有着一人高，钟的四面镶的是透明水晶玻璃，座基是印度檀木，四根雕饰葡萄藤立柱是用黄铜铸造，散发出大英帝国的威风和奢华。这座钟每到一小时，就准时会有只小鸟从钟的一只小盒子里跳出来，用中国话和英语报时。“当当当——”发出金属般的响声，告诉大家是下午五点了。坐在长桌顶端的义律，他头顶上是一盏水晶装饰的吊灯。他一头金黄的软发，白皙、略长的脸，鼻子下端浓浓的胡须，一米八二的个子。他一八〇一年出生德国萨克森公国的德累斯顿，早年在英格兰的伯克郡就学，一八一五年三月肄业并加入英国皇家海军，二十八岁时获得海军上校军衔，一八三四年跟随律劳卑勋爵抵达中国。律劳卑在同年逝世后，义律升任为驻大清商务副总监，后又接替罗拔臣爵士出任商务总监一职。他面对在不停地酗酒的白痴们，站起来两手撑在桌子上，大声地嚷道：“先生们，静静。”

宝顺洋行的颠地长得像只大马熊，他已经被法国白兰地酒烧得就像一只发情的公狗，脱去了黑色的燕尾服，白衬衫的衣扣也全解开了，露出胸脯上黄黄的毛发，他举着玻璃酒瓶在咕噜咕噜地往嘴里倒酒，呈琥珀色的酒液顺着他嘴又流出来，白衬衫成了一块肮脏的抹布。夷人们围着颠地不停地干杯，浓烈的酒味弥漫了英国商馆。“够了，先生们！”义律铁青着脸，宴会厅里唯有他身上是着燕尾服，在任何时候和地点他总是保持着绅士的风度。他狠狠地把一只洋酒瓶子往地上一摔，“砰！”的一声响，把宴会厅里的人全都给镇住了，顿时大厅里静得只剩下自鸣钟在行走的清脆声音了。一下大家都瞪着眼，酒也醒了一大半。在宴会厅的夷人中，义律是唯一有官方身份的人，所以大家自然而然地就以他为中心。“白痴！统统的白痴！你们以为这里还是你们这些夷人们的世界吗？先生们，你们要记住，你们的脚下踩的是中国的土地。这块土地现在是一处火山的爆发口，它即将要喷射出的岩浆，要把你们全部熔化成灰尘！”他说着，做出一个恐怖的动作，嘴对着摊开的手，吹了一口气。那意思再也明白不过了。“我们大英帝国从一七三九年，乔治三世国王就派马戛尔尼为特使、乔治·斯当东为副特使的一个庞大的使团，随员有六百多人来到中国，再到一八一六年，乔治四世国王委派阿美士德勋爵率有六百人的豪华使团又来到了中国。我们为什么不远万里要到这个神秘而又陌生的国家来呢？先生们，我想你们跟我的心情是一样的，这个国家太伟大了，它是我们这个星球上最早出现文明曙光的国家。仅仅在一百年前，这个国家所拥有的财富，比我们所有国家的财富加起来还要多了去。它太富有了，它不需要我们，而我们需要它。你们不要以为现在的中国人是懦夫，我告诉你们，在二十二年前，阿美士德勋爵从中国回国的路上到了圣赫勒拿岛。先生们，不用我说你们都知道，这座小岛上关押着有欧洲雄狮之称的拿破仑将军，他听了阿美士德勋爵在中国的种种事后批评我们的英国使团，说在意大利即使吻教皇的骡子，也不会被人视作卑躬屈节的行为。”美国旗昌洋行的亨特，站起来大声地说：“义律先生，拿破仑将军还说了一句令这个世界震惊的预言，说中国是东方沉睡的雄狮，当他醒来时世界将为之震撼！”他话没说完，颠地大声地吼叫着，说：“不，不！阿美士德勋爵说过这样的一句话，大清是泥足巨人，不堪一击！哈哈，中国需要我们，我们所有西方文明的国家在帮助这个国家。鸦片是拯救他们灵魂的神药，是他们通往极乐世界的安魂曲。哈哈！”宴会厅里爆发出一阵狂笑声。义律皱着眉头，几乎是声嘶力竭地吼叫着说：“混蛋！我真想让林则徐把你们这帮白痴统统地都给抓了去！我今天从澳门赶过来，是受你们所在国商务代表的委托，以英国驻大清国商务监督的身份，来向他们朝廷表达我们的声明，所有夷商的人身安全必须得到保证，商行的利益不得侵犯。我是代表上帝的意志和国家的尊严在行使我的责任，但以你们的罪过，我真希望你们应该全去下地狱吧。”他正说着，怡良和豫堃率赵铁头龚孝拱和伍绍荣卢继光等人从外面进来，亲兵们把公馆里外围得严严实实，公馆里的夷人们一下惊慌失措了，他们对豫堃很熟悉，都知道他是当今皇帝的亲信，眼巴巴地看着豫堃不敢吭声。在中国官场里满人比汉人更好办事，只要给了好处，一切都好办，豫堃喜欢洋玩意的痴迷劲是人人皆知。他曾听说英国人发明了一种叫蒸汽机的机器，只要喂煤就会开动起来，力气很大。他向颠地打听蒸汽机是怎么回事，颠地向豫堃解释蒸汽机是一个叫瓦特的人发明的，会产生巨大的财富。豫堃怀疑地问，难道蒸汽机会生产出金子？颠地认真地点头说，豫大人你说对了，它本身不是金子，但确是产生金子的宝贝。豫堃听了心痒痒的，竟要颠地给他整一个蒸汽机带到中国来。颠地两肩一耸，很遗憾地说，在一八一〇年他们国王发布过法令，凡是将蒸汽机出口的一律处以死刑。为这件事，豫堃专门给道光上一道密折，说夷人有一种生产金子的蒸汽机云云。据说道光批了两个字：荒谬！“先生们，你们都在这里，很好。”这时，豫堃说了一句就停顿下来，龚孝拱毕竟还是第一次当差，白皙的脸孔上涌现出一层红晕，他见豫堃不说话了，瞪着眼看着他，他愣了个眨眼的工夫，马上就用流畅的英文把豫堃的话翻译出来，豫堃从夷人专注的神色上看出，他的话经过龚孝拱的翻译，引起了夷人们重视。在十三行街上的书店里有本叫《鬼话》的书，把夷人的话用中文标出，读起来竟也能听个大概，这书还真畅销得很。只是这书上不得台面，要是用这书上翻译的中文来表达，那就笑话百出了。所以到了礼节性的往来和商务洽谈以及公文交换的时候，双方都还是带翻译出场，以示重视，不出问题。他开场白说完，随即脸色一变，口气也冷了：“先生们，我向你们介绍，这位是我大清广东巡抚怡良大人。钦差大臣于三天前给你们发了谕令，限你们三日即把你们运到中国来的鸦片全部缴出来，并要你们立甘结，也就是保证书，自此后永不夹带鸦片到中国来。可你们不把钦差大臣的谕令当回事，到今天为止，你们仅缴出了一千零三十七箱鸦片，也不立下甘结，竟还想请牌走人？”怡良在一旁，铁青着脸，眼睛在每一个夷人身上扫来扫去，把人看得心里发毛。龚孝拱反应极快，几乎是不停顿地把豫堃的话直译出来。豫堃歇口气，朝在不停地擦汗的伍绍荣看了眼，说：“伍会长，该你说了。”

伍绍荣想要卢继光去对夷人说话，他却溜到人群后了，只好自己上前一步，打着拱手，哭丧着脸说：“先生们，我说过多次了，请你们务必要引起重视，你们总是不信。先生们，”他嗯嗯噔噔地说了半句话，就露出一脸的尴尬神色，豫堃在旁咳一下，他不得已地接着说：“你们商行和公馆租用的房屋，我们要、要收回了。请你们在三天之内搬出去。当然，如果你们有人立甘结，把鸦片上缴，房屋会继续租给你们。”

大厅里的夷人们一下都被激怒了，颠地叫嚷得最凶：“我们租房是有合约的，坚决不搬！”

伍绍荣哀求着说：“先生们，你们脑袋是不是进了水，怎么一点也不醒事呀。”亲兵们哗地一下把大厅的门窗全都打开，手中的线膛枪对着屋里的人。公馆外面被火光映红了半边天，锣声不绝于耳。一夷人匆匆地进来，慌乱地大声叫喊：“先生们，不好啦。中国人把公馆全包围了呀。”

颠地一下冲动地要扑到怡良面前去，赵铁头把腰间的刀一拔，猛喝：“大胆，休得无理！”

义律一把拖住颠地，说：“颠地，你疯了！退回去。”

颠地脸红脖子粗的了，用生硬的中国话说：“我抗议，你们这是强盗的行径，是在向我们文明的国家挑战！”

“哈哈哈，”怡良一阵狂笑，他的笑声把大厅里的人都给惊吓住了，冷厉道，“好一个强盗的混账话！你们把鸦片当作药卖到我大清来，已历数十年，所得不义之财，不可胜计。查尔等以此物蛊惑华民，诱人贩之、吸之，实是干尽了谋人财害人命之丧尽天良的事，此乃才是真正的强盗行径。你们如此无理抗缴拒结，乃藐视我大清国，泱泱赤县如无人也。收缴鸦片是上应天理、下顺民意，乃正义之举、文明之倡、民众之福、国家之兴的幸事。你们却混淆黑白，颠倒是非，歪曲公理，这就是你们所谓文明国家的行为吗？可恶之极，实属十恶不赦之滔天罪行！来人！”他不等龚孝拱把话翻译完，就一声吼道。

赵铁头一声喝道：“卑职在！”手一挥，一队如狼似虎的亲兵端着线膛枪冲进宴会厅。怡良咬着牙说：“本巡抚奉钦差大人谕令，宝顺洋行夷商颠地抗令拒缴鸦片，大肆贿赂官吏将领，屡行走私贩毒，诚为首恶，断难姑容，缉拿颠地一犯，听候审办。”

赵铁头上前把手上的牛筋绳索一抖，三两下就把颠地捆了个结实。

这下义律再也顾不及斯文了，他冲到颠地前面双手一展，不准亲兵把人带走，叽里呱啦地说了一大通夷话。龚孝拱翻译出来："我是英国驻中国的商务监督，我有权保护英国公民的生命和财产安全。你们没有权力在商务监督公馆里抓人！你们这是严重违反了国际法。我抗议，我要控告你们的违法行为，你们要为之承当所有产生的一切后果。"

怡良愣了下，抬头看眼豫堃，平时他是从不过问夷务上的事，所以他不知夷人所说是否属实，沉下脸，问："豫大人，夷人是否乱言？"豫堃附着怡良的耳朵低声道："怡大人，现不便详述，这儿你就交本官来处理吧。"他见怡良没吭声，转而对赵铁头说："暂且放了他，谅他也逃脱不了。"赵铁头见怡良没吱声，只是脸色越发难看了，他手一扯，颠地身上的牛筋绳索就解开了。

"本巡抚警告你们，从现在起若有谁胆敢离开公馆一步，外面民众将乱棒揍之，生死由之，概与地方衙门无关。"怡良丢一句狠话，转身离去。豫堃、龚孝拱、伍绍荣、卢继光等人紧跟随出门，赵铁头临出门时从一亲兵手上拿过一支枪，头也不回，朝背后就是一枪，"砰"地一响，大厅那盏水晶吊灯随着枪声哗地掉下来，好几个夷人吓得往餐桌下钻去。怡良和豫堃等人也是吓了一跳，怡良问："怎么回事？"

赵铁头笑嘻嘻地边走边回话："大人，卑职不小心，这洋枪一碰就走火了。"

龚孝拱扑哧一声笑了。怡良回头看了下一片黑暗的大厅，淡淡地说："胡闹。"他们出了公馆，只听得里面是一阵鬼哭狼嚎之声。

一大早天就是灰蒙蒙的，不见日光。公馆门前旗杆上的米字旗由于无风，旗子耷拉着，就像是块脏兮兮的抹布垂吊着。往常这时候在公馆的后花园里，是夷人们最活跃的时刻，在温暖的阳光下，打着赤膊在花园里莳花弄草，品味着从家乡捎来的咖啡，一边哼着家乡的歌曲，仿佛是生活在田园般的仙境里，多么惬意的日子啦。他们是这样对远在万里之外的亲人描绘，中国是他们梦境中的香巴拉，一个传说中的只有上帝才去过的地方。欧洲、美洲的夷人们是怀着火一般的热情和梦想到到中国，去实现美好的梦想，去追求人生最大的快乐和享受。然而这一天，却是他们永远难以忘怀的日子了。突然间发现中国人脑后那根长长的辫子，在一夜之间变成了一根坚硬无比的钢刺了，生生地扎在他们的灵魂里了。从昨夜到现在夷人们就像是一群饥饿的狼，一整夜里在发出恐怖的嚎叫。让他们更为难受的是没有水喝，口渴极了。公馆后门到江边是二十几米的距离，过去都是佣人们从江里把水挑到院子的水池里，可昨天晚上佣人离开公馆时，偷偷地把水全放光了。夷人们想去江边打水，可只要他们的身影在门口晃动一下，立刻就会引来一阵铜锣声响，无数的石块雨点般地朝他们扔来。扔石头的人都是身着布衣的百姓，官兵远远地立在街口，仿佛什么也没有看见。义律气得快发疯了，他舔着干裂的嘴唇，对想到江边去提水的颠地嘶哑着声音说：“颠地，你不要去白费神了。政府的官兵不出面，是有意让市民来阻挡我们去提水，是在逼迫我们投降。”

颠地把手中的大铜壶往地上一丢，狠狠地说：“义律先生，你是大英帝国的代表，我们是合法商人，我们并没有直接向中国卖鸦片，是中国人到伶仃洋来跟我们做生意的。他们要惩办也应该去惩办那些跟我们做生意的中国人，还有那些收受我们好处的官员们。”

其他夷人也跟着表白自己是行为端正的商人，指责中国人的不是。

义律冷笑一声，说：“你们总是把自己当最优等的人种在看，你们知道中国人把你们当什么看？”他指着大厅里的夷人说：“英国人是‘红毛鬼’，法国人叫‘白头鬼’，葡萄牙人叫‘西洋鬼’，美国人叫‘花旗鬼’。把我们所有的外国人统统叫做是‘夷鬼’。哈哈，多么有形象的叫法，这就是中国人的幽默。他们不需要法律的制约，他们是用智慧在逼迫你们把鸦片缴出来。中国的皇帝是在他们那部《大清刑律》之上，我们还能去跟他们讲法律吗？先生们，跟中国人对抗，只能用智慧来维护我们的生命和财产安全。”

颠地像一只大狗熊高举双手，恶狠狠地嚎叫：“义律先生，你错了，还要用这个！”他把拳头紧握，声嘶力竭地说：“明白吗！只有用这个才能解决所有的问题。”其他的夷人们都跟着叫喊，说颠地说得对。

“义律先生，我们不是有艘‘冈不里奇号’兵舰在澳门附近洋面上吗？把兵舰开进珠江来，中国人就会举手投降的，只有战争才是解决一切问题的最后手段。我了解他们，他们现在用的都是冷兵器，我们是蒸汽机时代了，我们手中的武器是热兵器，他们是无法战胜我们的。”颠地捶着自己的胸脯，激动地说道。

这时公馆门外传来打铜锣的响声，有人在喊：“夷鬼们听着，行商总会的伍会长给你们送水来啦。”美国商人亨特一听，马上从椅子上起来，激动地嚷道：“天呐，上帝派来天使了。”他第一个去把公馆的门打开，果真是伍绍荣和卢继光两人抬着一只盛满了清水的红漆水桶进来，夷人们蜂拥而上去抢水喝。伍绍荣急忙把水桶护住，说：“先生们，钦差大人说这是你们一天的水，要是碰翻了你们这一天就没水喝了。”颠地上前把挤在水桶前的几个夷人像是丢包袱一样，抓起就往一边摔去，提起水桶就要往外丢去，凶狠地嚷道：“谁也不准喝水，中国人在水里下了毒。”卢继光拿起勺子舀水咕噜两口喝光，他的这动作还需去说什么呢？可是颠地像是扔铅球一样，还是把水桶丢到公馆大墙外了，溅出的水像雨水洒在大家的身上。亨特气得脸上的青筋直暴，二话不说，出手就是一记重重的直勾拳把颠地打倒在地上。这下公馆里可是捅了马蜂窝似的，平时夷人们对颠地一伙的痞子行径早已怨声载道了，这时趁机蜂拥而上，打作一团了。早在一七五六年，朝廷就知道这帮夷人生性爱闹事，尤其是英国和法国人一上岸就会去狂饮当地一种烈性的三蒸酒，喝多了人就会发酒疯，时有发生追逐女人，相互斗殴的事情。乾隆皇帝获悉后就发布圣谕，把黄埔的长洲岛和深井岛分别作为英国和法国海员的居住地，不准进城逗留。这会大家已经憋了一肚子的气，这一天多所遭受罪的根源就在颠地身上，钦差大臣点名要缉捕颠地，义律不把他交出去，把他们都连累进去了。所以亨特一动手，大家就趁机发泄一番。义律见这场面越发不成样了，掏出手枪朝天一枪，打作一团的夷人们这才被枪声镇住，义律大叫着：“伍浩官，你们出来！”伍绍荣和卢继光从假山后面出来，拍了拍衣服上沾满了的苔藓泥土，问：“义律先生，你还有什么吩咐？”伍绍荣看了看从地上艰难站起来的颠地，他一脸的血，有点害怕地后退了两步，想早点离开这个是非之地。

义律没好声地说：“伍浩官，林大人要你们两个送水，就没有别的事？”

卢继光忙说：“有，当然有。义律先生，钦差大人有谕令，只要你们如实把鸦片缴出来，再签份甘结，也就是保证书，保证以后不再夹带鸦片，如有带来，一经查出，货尽没官，人即正法，情甘服罪。”好在卢继光的洋浜腔的夷话，让夷人们都听明白了。

一夷人大声地说：“我们不是已经缴了一千一百多箱吗？我们都上缴了。你们可以派官兵去查，只要查出一两鸦片来，我们甘愿服罪。”其他的夷人也跟着起哄。

伍绍荣双手作揖，连连说：“先生们，你们不要再玩小聪明了。钦差大人早就把你们的底摸清楚了，他要的是你们在伶仃洋趸船上的鸦片。”他从衣服口袋里掏出一封信，说：“义律先生，这是钦差大人着我当面交给你的一份谕令。”他双手递给义律。义律本想伸手去接，突然他把手收回来，说：“你不是政府的官员，我不能从你手中接收任何有关两国之间的公文。”伍绍荣愣了下，他马上转了个念头，说：“你不接，那我就念给你们听。”义律其实还是极想知道中国的钦差大臣到底想要干些什么，但他故意说：“这是你们的事，你们有权力去如何表达你们官方的意思。”

亨特嚷道：“说吧，我再也受不了了。”

夷人们的性子是火上来得快，也熄灭得快。这会他们根本就像没有打过架似的，全心地在听伍绍荣宣读林则徐的谕令了。“你们听着，钦差大人谕令：大皇帝已决心根除鸦片，宣布贩卖鸦片者、开设烟馆者，乃至吸食鸦片者都要处以死刑。”他念到这里，特意做了动作，用手在脖子上抹了下，示意是砍头，见夷人们面部恐怖的表情，他心里偷偷地一乐，故意咳嗽了下，又接着念：“此次本大臣自京面承圣谕，法在必行。且既带此关防，得以便宜行事，非寻常查办他务可比。若鸦片一日未绝，本大臣一日不回，誓与此事相始终，断无中止之理。今令行商伍绍荣等，到馆开导，限三日内回禀，一面取具切实甘结，听候会同督部堂、巡部院示期收缴，毋得观望诿延。”

公馆的大厅里顿时显得静谧极了。

伍绍荣把宣读完毕的谕令递给义律，说：“收下吧，义律先生。”

义律接过伍绍荣递给他的谕令想扯烂了它，可他一看亨特几个夷商一脸的愤怒表情，不觉心里有点发虚，又怕引起一番麻烦来，他便把谕令往口袋里一塞，说：“伍浩官，告诉你们的林大人，是你们的皇帝准许我们外国人到中国来做生意的。你们出尔反尔，违反国际商业准则，给我们的商业利益造成了严重的损失，是要赔偿的。”

伍绍荣阴笑了，说：“义律先生，赔偿这词有不妥，我建议你最好不要使用。你还嫌现在的麻烦不少吗？我和卢浩官给你们送水来时，钦差大人说只要你们把鸦片缴官，他代表朝廷会给你们表示一定的心意。”

颠地马上问：“给我们赔偿多少？”他嘴角边的血迹都没有擦干净，他一听说有赔偿，脸上的表情马上显得有光彩了。

卢继光接过话说：“再说一遍，这不是赔偿。部堂大人说了，每上缴一箱鸦片赏五斤茶叶，只要立下甘结，保证你们在华经商的利益和财产的安全。”

亨特第一个叫好，说：“我就立甘结，立了就可以出去吗？”

伍绍荣笑着说：“亨特先生，钦差大人说你们美国人没有参与鸦片贩卖活动，只是你为马地臣商行代销的一千五百四十箱鸦片，你打算怎么处理？”

亨特脸一红，点头承认，说：“钦差大臣明鉴：”马上对马地臣商行的查顿逃走后，暂时打理商行生意的一个叫参逊的英国人说：“参逊先生，你委托我们商行代销的这批货，我只能根据大清朝廷的命令，上缴了。”他两肩一耸，表示很遗憾了。

伍绍荣和卢继光拍手叫好，说：“钦差大人说了，只要把鸦片缴了的商行可以马上出去。”

卢继光拉住亨特的手说：“亨特先生，你可是我们的大恩人，你带头缴出鸦片，部堂大人就可免我们一死了呀。”说着，他两眼竟盈满了泪水。

亨特在中国待了十多年，知道中国人说一个人是另一个人的大恩人，这话可是有分量了。他真诚地道：“你才是我的大恩人。”

伍绍荣对夷人们深深地作了个揖，说：“诸位先生，钦差大人有谕令在先，说是你们再不上缴鸦片，就要拿我们问罪了。说我们跟你们是穿一条裤子，狼狈为奸。你们在中国的土地上犯了罪，就要按大清的条律来治罪，我们这些为你们担保的行商也同罪处之。”

义律气愤地说：“胡说，狼和狈是动物，我们是人，是文明的人。这是对我们的污辱。”

卢继光知道这些夷人又在钻牛角尖了，赶忙说：“先生们，请你们向亨特先生学习。就看在我们平时的友好情谊，把鸦片缴了吧。钦差大人说，只要你们先缴出四分之一的鸦片，就允许为你们做事的仆人回夷馆，恢复供应食物和水；缴了一半的，可发红牌坐船回澳门办事；缴了四分之三的，许可恢复生意；全部缴了的，除奖励茶叶外，今后还可享七品官之待遇，也就是说可在城内骑马坐轿。”

义律由于快一天没有吃东西了，他高大的身躯一下倒在椅子上，面色惨白，手指着，竟说不出话来了。颠地一下急了，上前抱住他说：“义律先生，你想干什么？你说话呀。”

义律脸上渗出豆大的汗珠，好不容易才艰难地说出：“伍浩官，请告诉你们钦差大臣，我可以陪颠地去见他，这是我作为英国商务监督的职责。关于你们要我们立保证书，这事关一个国家的荣誉，我们必须要请示我们的政府才能正式答复你们。是否上缴鸦片，由各个商行自己商量决定，我们政府不能替代他们。如果你们仍以这种野蛮的行为对待我们，产生的所有后果，将由你们的朝廷承担。”说着头一歪，晕了过去。

伍绍荣赶忙从身上摸出用荷叶包着的一只白斩鸡，扯下一只鸡腿往义律口里塞去，一边说：“这是我准备送给亨特先生的，义律先生这是饿晕了，没事。”好家伙，义律一闻到香味，口就张开了，竟三两口就把一只鸡腿吃光了，而且连鸡骨头都嚼碎了。他噎口气过来，说话声也有些力气了：“水，我口渴。”颠地不好意思，把脸扭到一边去，伍绍荣和卢继光抬进来的水桶被他扔到墙外去了。卢继光赶紧从身上拿出装有白兰地的银扁壶，拧开盖把酒小心地倒进义律的口里，从酒壶里散发出的酒香，把夷人们的胃口逗得难受极了。颠地不等卢继光把酒壶盖上一把抢过，说声：“感谢上帝。”他咕噜咕噜地喝了一大口，参逊急了，喊道：“颠地，你太不像话了。”他上去就把酒壶抢了。

伍绍荣拉上亨特往馆外走去，一边说：“咱们赶快离开这里。”

亨特却把伍绍荣的手一推，说：“伍浩官，对不起。我不能跟你们离开这里，我要跟他们一起，等这里的事情有了结果才离开。”

卢继光感到奇怪，说：“亨特，你没搞错吧？你已经答应把鸦片缴出来了，就可以出去。钦差大人说，你们美国人比英国人要懂事多了。”

亨特笑笑说：“你们中国人有句话说，什么本是同林鸟，大难临头各自飞。我们不能这样，我们是要讲信誉的，在问题没有解决之前，大家要齐心协力来应对所有的麻烦。请告诉钦差大人，英国政府的兵舰已经在澳门的洋面上。好了，请你们以上帝的仁慈之心，再送些水和食物来。”说完就转身回公馆里去。伍绍荣叹口气，什么也没说就出了公馆的门，卢继光在嘟囔着：“夷人是不是脑子少了根筋？”

门外，又是一个夕阳西下的时辰了。这一天是一八三九年三月二十五日。

也就在这一天的下午时分，越华书院的议事大厅里，正在召开钦差行辕庭前议事会议。也许是天色灰暗的缘故，就敞开了彩色玻璃门。沿长廊布满了威风凛凛的亲兵，厅正中靠墙的紫檀雕莲瓣束腰长案上，摆放有一方用黄绸布包着的印盒。林则徐和邓廷桢依秩坐在长案前老酸枝木镶大理石的椅子上，沿他俩排次而坐的是怡良、豫堃、关天培、德克布金、奕湘、韩肇庆、余保纯、亚孟，官复原职的赵铁头以及南海知县王福寿、番禺知县张熙也忝列其中。广东地方署抚府县的文武官职今天都是身着官服，挺直身子，不苟言笑，一脸肃然。

“诸位臣工，本部堂奉旨专办海口事务，查缴鸦片。自本月十日到贵地至今已是十五天了，承诸位的鼎力相助，自是收获不少。在本朝十七年九月九日邓大人接上谕以来，诸位闻风而动，数十天里即破获开窖口案件一百四十一起，逮捕烟犯三百四十五名，缴获烟枪一万一百五十八支。当时我在湖广任上，从京报得知这一消息，令人欣慰不已，大快人心。”他话锋一转，口吻一下严重起来了，说：“关军门，这一向有劳你辛苦了。你遣大鹏营和香山两标水师在伶仃洋与黄埔珠江水道，布置了严密的水上封锁线，把烟贩与洋面上趸船的通道切断了。但据当前的形势看，还须加强对洋面的封锁力度，即调南澳临海二镇水师，加强对夷人趸船的巡防，同时你提出在虎门武山与横档间的江面，增设两道木排铁链防备夷人炮舰船只进入，此意极妥。据报英夷已把一艘大型商船改装成了炮舰，上有二十八门大炮，已停在了澳门的洋面上。为防不测，关军门所提之事可即办，刻不容缓。邓大人，你看可否？”他转而征询邓廷桢。

邓廷桢点头认可，说：“部堂大人谋事深远，当是缜密。只是这时在江中再增设两道木排铁链，经费从哪而来？等朝廷的钱下来再动工，恐怕是难以解燃眉之急，不知怡大人有法子可想？”他把这一难题交给了怡良。在清朝的官职中，总督为地方最高长官，辖一省或二三省，总理军民要政，有节制文武大权；而巡抚总揽一省的军事、吏治、民政和刑狱等。所以邓廷桢虽说是总督但一说到钱粮事上，他得去向怡良开口了，这事他还真做不得主。

怡良眉头一皱，说：“总督大人问我有什么法子可想？实是想问我库银可有盈余么？我知道禁烟是朝廷的大事，不瞒诸位我是拿不出一两银子，朝廷现在赋税苛捐比哪年都多，已是寅吃卯粮了。就在昨天还收到户部的催款部帖，限我三日解款上京呢。”他苦笑了下，说：“我大概算了下，把两道木排用铁链锁起来至少要八万六千两银子去了。这钱全要靠府衙来承担，恐怕事难办。”

关天培一听，急了，直统统地说：“怡大人，照你这么说，那就不要禁烟啦？”

怡良一听也来火了，大声说：“关军门，谁说不禁烟啦。这几年我广东巡抚衙门为大清国事，可谓是赴汤蹈火，在所不惜，民心可鉴，人神共知。”

德克布金是八旗驻广东的首领，清朝的军队主要分八旗和绿营两个体系，而八旗又分京营和驻防两部分。京营就是拱卫京城的部队，而驻防的八旗视所辖地方不同，由将军或是都统、副都统、城守尉、防守尉等官带领。朝廷有严格的命令，驻各地的八旗军队不得干预地方政务。这次林则徐是以钦差大臣节制该省水师，德克布金和八旗驻防统领也就参加钦差行辕会议了。他见怡良和关天培两人争吵起来了，两眼一瞪，说：“吵什么，大清国二百年了，钱到哪里去了？还不是你们这些汉人人多吃光了，用光了。我们老祖宗当年替你们杀了昏君皇帝后，你们才有官做才有好日子过。”他还要大放厥词，奕湘见林则徐的脸色铁青了，赶紧说：“老将军，今天是钦差行辕会议，你胡说什么。”他这一说，把德克布金提醒了，他忙把嘴闭上。林则徐猛地把桌子一拍，厉声道：“成何体统！你们不以国事为重，却相互攻讦，有失臣工风范，谅尔等事由公事所引，本部堂暂不记责难，若再有此类事发生，必依律裁之。”怡良和关天培起身执礼示歉意，说：“本官知过。”

林则徐两眼一横，对德克布金厉言道：“德克布金，你刚才说汉人人多吃光用光之言，你可知这是在挑衅满汉矛盾吗？大清立国二百年来，历朝皇帝就有圣谕，乱言满汉之事，可是要削职问罪的呀。”

德克布金一下吓得竟跪下了，伏地求饶：“部堂大人，老朽糊涂，乞求大人饶我无知。”奕湘知道林则徐的话绝非儿戏，忙执礼道：“部堂大人，请谅老将军年过七十，人老糊涂，有失语之错，下官代他向诸位请罪了。”他朝大家深深地鞠躬行礼致歉。

邓廷桢见状，知道这些八旗军官能放下架子，向汉人赔礼道歉已是面子丢大了，平时他们眼中把汉人看做比他们要低人一等，在广东地方上打架滋事是常有的事，让抚府县衙头痛不已。现在让林则徐这么一整，想必这些八旗驻军会有所收敛。想到这，他上前把德克布金扶起，说：“老将军，满人和汉人都是中华民族之子孙，你这番不识大体的想法不可再有啦。起来吧，部堂大人批评你也是为你着想，人老了还是守本分为好。”

德克布金讪讪地起身回到交椅上，头耷拉着不再吱声了。

“豫大人，你是海关监督，你说这事怎么解决为好？”林则徐点名道。

豫堃先是一愣，马上就醒悟过来了，眼睛一眨，一脸的笑容了，说：“部堂大人的本意本官明白，这笔建木排铁链的款得由我们海关来想办法，是不？”

林则徐的脸色难得有了点笑容，道：“厚庵，你说说看。”

豫堃一口的京片子话在广东的官僚们中是很中听的，娓娓述道：“诸位，要说天下富有，广东当属第一，这是不争的事实。不是有句话说‘运气通，选广东’，京城的官员就以外放到广东来是福气。那么广东人是谁最富呢？不用我说，大家都知道是十三行的行商们。仅就伍绍荣一家的财产，我估摸有近三千万两银元。”

大家听了不由发出啊呀声。近三千万两银元，真是富可敌国呀。

“不过，”豫堃正色道，“我需要说明的是，伍绍荣家族的成员从他们祖辈下来，历来多财善贾，手握货利，可谓是枢机数十年。广东这边有钱人做善事舍得出钱，多年来仅伍氏商行就累计出资有一百六十万之多。所以建两木排铁链花数万两银子，要伍家捐献，我看不是难事。”他这么一说，大家一听顿时松了口气。“可我必须指出，眼下自禁烟十几天来，奉部堂大人谕令，封舱禁航，断其生意，现所有的夷商和停在黄埔港的夷船都已停市，在义律的干预下，夷商以他们所谓的民主和法律抱团在与我们对抗。”

关天培冷笑道：“什么民主法律，抵得了刀枪？可笑！”

亚孟不冷不热地说：“关军门，夷人的那民主和法律威力可不比刀枪差。”

奕湘不由问：“亚大人，夷人的洋枪洋炮和兵舰已是够厉害的了，要是再加上什么民主还有法律这武器，那夷人们还不上得了天？”

邓廷桢摆了摆手，说：“诸位，现在不是讨论什么民主法律，听豫大人说下去吧。”

豫堃神色凝重起来，说：“由于封舱禁航停市，现所有与夷人的商业已中断。这就意味着海关的税金便无分文可收，在我大清总收入中关税是继地丁、盐税之后的税课，而粤海关的税收占了大清国所有关税的四分之一，去年的税金收入是一千三百六十五万八千五百三十三两，再加上地丁和盐税，入库银也不过二千七百多万两，可朝廷去年的支出却有三千一百七十八万三千两。”他一口气说出的一连串数字，把大家听得直抽冷气，惊讶不已。自康熙朝以来，税关的税金收入一直是由户部直接收缴，秘而不宣，地方督巡府县衙门不得过问，更不得去强行截留。所以，豫堃把海关的税金收入底子一说出来，何尝不叫他们吃了一惊呢。就连林则徐也是第一次听说，他打断了豫堃还要说下去的话说：“豫大人，你的意思是说本部堂的封舱禁航停市，影响了海关的税金收入，其责将由谁所负？”豫堃拱拱手，说：“部堂大人，既然说到这里了，本官还有话索性把它说透。”会议厅里的气氛顿时紧张了。一个是钦差大臣，一方诸侯，一个是皇帝的亲信，天下第一海关监督，而且他两人过去又在一起共过事，私谊不错。如今却因国事政见有别，针锋相对了。“豫大人，有话请说。”林则徐慨然道。

“得罪了！”豫堃略一执礼，道：“禁烟是当今国事，作为臣工责无旁贷，理当尽职。但本官以为，部堂大人身负皇命，行事有操之过急之嫌。你应从广东地方的特殊情况考虑，此地为大清与夷人通商唯一港口，近百年来历朝皇帝是以宽厚待之，其目的是增税富国。可你却不分青红皂白全面封舱停市，威逼夷人把鸦片缴出来。可如今已是三天过去了，结果如何？如此下去，恐有边衅即起之虑。”

自进会议厅后就一直没有吭声的韩肇庆突然冒出句话来：“大人，据报三元里一带的百姓传出号子，说要发财杀夷鬼，有人已在磨刀擦枪做准备了。”

怡良是广东巡抚，总揽地方的一切事物，如有变故首当被追究的就是他了，所以他有点担心地问韩肇庆：“你是从哪得来的消息？”韩肇庆今天来参加钦差行辕会议本是满心欢喜，可他在进行辕大门时，被守候在门口的赵铁头拦住，笑嘻嘻地对他说：“韩兄，钦差行辕重地，任何人不得带刀枪进入。请暂且交门房看管，出门时再退还给你。”他有点不情愿地把身上的腰刀取下递给赵铁头，可赵铁头伸出的手还是拦着，韩肇庆一下满脸的不高兴了，问：“赵军爷，我可是奉令来参加钦差大人的行辕会议的呀。”赵铁头是个老兵油子了，他一点也不生气仍是一脸的笑，做了个手指勾枪机的动作，说：“韩大副将，还有这个的没交出来。”韩肇庆腰后衣服里插的洋短枪，可连发六粒子弹。“这个也要交？”赵铁头眼睛里一下冒出一股杀气，说：“交。”只说了一个字。韩肇庆一直是在广东地方上混，六年前他还是一个守备，短短几年里他从都司、游击、参将到副将，有人问他升官的奥秘何在，他说了一个字，钱！自钦差大臣林则徐来广东禁烟，而且还节制水师。他心里总是隐隐不安，按他自己说这十来天，左眼睛跳得心悸。他出门时把短洋枪里的子弹装满，昼夜不离身。现在他只好把短洋枪交出，等他进了会议厅，见德克布金身上挂了把腰刀，头轰地一炸，下意识地转身要往外走，紧跟他身后的赵铁头一把拉住他，不由分说就把他往椅子上一按，说：“别动，请坐。”贴着他坐下。

韩肇庆这下哪还有心思开什么会了，手心里出汗了，故作镇静地坐在交椅上，脑子里在想着法子怎么脱身。当豫堃说起恐有边衅的话时他突然灵光一冒，就说出三元里的事来了。怡良一问，他马上说：“怡大人，下官也是来行辕前才听说的，要不我就去核实一下？再据实禀报。”说着他就起身要走。

怡良对林则徐说：“部堂大人，民间流言不是空穴来风，小心提防才好。请韩肇庆去探个究竟，可否？”

林则徐咬着牙说：“韩肇庆你急什么？坐下。”韩肇庆只好讪讪地回到椅子上，头上冒出汗了。“流言不可以不察，这次本部堂恭膺简命来粤查办海口事件，首在严拿汉奸。自查办烟以来，督抚府各级以雷霆万钧之力，横扫鸦片之毒，可至今为何外夷鸦片仍能得以私售，实是皆由内地奸民多方勾串，以致蔓延日广，流毒日深，根绝万难。为何如此？本部堂认为这当中肯定有内鬼在作祟。本部堂南下途中，发谕令给广东布政司和按察司，二司即雷厉风行，现已缉拿归案的有王振高、关信良等勾结夷人贩卖鸦片、开窑吸毒人犯五十七名。经讯取供情，以及粤秀、越华、羊城三书院数百名生员不记名的‘观风试’揭发，与某人罪恶一一具实，罪证如山。”

怡良吃了一惊，冒失地问：“部堂大人，你说的某人是谁？”

林则徐大吼一声：“水师副将韩肇庆。”他话音未落，赵铁头出手极快，一个漂亮的擒拿术，把韩肇庆活生生地给收拾了，干净利落。

会议厅里的人一下全都是心惊胆战，大气儿都不敢喘出声来。

“本部堂饬令，依大清刑律，将韩肇庆等一干人犯明日处以极刑，以儆效尤。交广州知府承办，由余保纯监斩，把人犯韩肇庆押去死牢。”

余保纯双手一揖，说：“下官得令。”一脸的杀气陡生，一挥手四个亲兵上前把捆了个结实的韩肇庆拖去死牢。韩肇庆人在门外好远了，还听得见他在喊冤，说要举报。

豫堃哪见过这场面，他额头上渗出了细细的汗水，在不停地擦拭，嘴唇打着哆嗦。邓廷桢则是一脸的尴尬表情，他做梦都没想到林则徐会出这一手狠招，以迅雷不及掩耳之势，一下就把局势给掌控住了，他心里不得不佩服林则徐是一干臣，只是心里也有一丝不安，这个韩肇庆平时在他眼里还是一个听话能做事的人，逢年过节上门磕头出手大方，他六岁的儿子过生，他得知小公子属猪，生日那天竟送上一只金猪来贺生。想到这些，脸色就变白了。而这时豫堃心里也是在打鼓，水师隶属海关，不说韩肇庆平时是如何孝敬他的，就以他的罪恶之极，他也是脱不了干系。德克布金和奕湘跟韩肇庆不是一条道上的，但水师跟驻军也是有暗地里的勾结，调兵借道，为鸦片贩子提供方便的事也有过的。要是钦差大臣一并追究下去，那可是要掉脑袋的呀。想到这，他们也怕了起来，所以一听说明日就斩韩肇庆等五十七个人犯，顿时松了口气，马上表示他们派军队去保护刑场。

林则徐起身在大厅里来回走动，他坐久了痔疮就会发作，胀疼难忍。这会他说话的声音平缓了许多："诸位，韩肇庆是一人之罪，罪有应得。速决可震慑奸民，抚慰人心。邓大人，你认为如何？"

邓廷桢心里一暖，脱口而出："部堂大人英明。"林则徐此番动作，再不清白的人也都知道他是杀韩肇庆，稳众人心。

"厚庵，你说下去，你还没有说完。我洗耳恭听着呢。"林则徐好像对刚才发生的事与他不相干似的，一脸的平和神情问道。豫堃的魂还没收回来，一下不知说什么才好，嗯嗯噔噔地说："部、部堂、部堂大人，我，我？"林则徐不满地说："厚庵，你是说恐有边衅即起之虑吧。你说的是实情，烟之不禁，银将大量外流，财竭源枯；而禁烟必会引发夷商抗拒，现澳门洋面上已有英夷兵舰在游弋了，边衅之虑并不是空穴来风，缴烟已处成败之关键，若是退缩一步，将前功尽丧，有违圣意；但若因禁烟断了海关税银收入，这亦是皇上不愿见到的结果。本部堂身为钦差，虽有便宜行事之权，亦实为两难也。所以本部堂想听听你们的高见，如何是好？"

豫堃忙说："部堂大人，高见不敢。据知，贩卖鸦片的主犯是英夷的东印度公司，其他夷商有一点，但不多。我们只要把英夷镇住了，其他夷商便可不攻即破。"

林则徐点头认可，回头对怡良说："怡大人，广东一地属你管辖，豫大人所言甚妥，对夷商采取各个击破，分化瓦解之计，而对英商围而不攻，逼其就范。须攻心为上，严令官兵不得轻举肇衅。"他来到南海知县王福寿和番禺知县张熙面前，轻轻拍了拍他们的肩膀，说："你们一个是南海，一个是番禺的地方父母官，属地有责。切记不可让民众对夷商肆意扰之，以防夷人使诈，制造事故，陷我于被动，以所谓之法来挑衅事端。稳定民心，保一地平安，是你们当下紧要之事。”

王福寿和张熙忙起身恭敬地执礼道：“下官明白，定当牢记部堂大人所嘱。”

林则徐对亚孟交代：“亚孟，请你交代龚孝拱等人，要他们把所有夷人办的夷文书报上有关机关技巧的文章，翻译成中文交我，并注意近日夷人关于禁烟的言论。还有把我写给英国国王的那封信翻译成夷文，交由澳门衙门托人捎去。”

亚孟一说话，架在鼻子上的水晶眼镜就往下掉，他扶住眼镜回道：“下官明白。”

关天培性急，他忍不住了，说：“部堂大人，还有事要交代吗？不然我要回营去布置啦。”

林则徐说：“关军门，韩肇庆的水师归你节制。自今日始，广州城的水陆海防皆由你负责，若有差错，唯你是问。”

关天培双手一举，声若洪钟：“老夫愿将七尺身躯，血祭山河。”

林则徐击掌叫好：“好！”他神情振奋，对邓廷桢和怡良说：“二位大人，本部堂虽是钦差，即便如此，就是神仙下凡，亦须问土地菩萨。广东禁烟事关大清江山命脉，此举只可胜不许败。你们须全力以赴，不得有丝毫松懈。在此，本部堂拜托你们了。”他竟深深地朝大家躹一躬。大家全被林则徐的一颗赤诚之心给振奋了。

就在这时，刘师爷从门外进来，手里高举一个黄绸包裹，报告道：“老爷，刚才京城六百里快递送来的包裹，说是须由老爷你亲手解开。”

林则徐解开黄绸缎布，是一只紫檀木盒，他小心地把木盒打开，盒里竟是一块巴掌大的鹿肉，由于长途运送，本是鲜红的肉色有点发绿了，散出一股淡淡的变质的味儿，还有一纸道光御笔题写“鸿运长寿”的字。大家一下惊愕住了，这是什么意思？只见林则徐顿时两眼放光，恭敬地把道光的题词和鹿肉往长案上一摆，朝服一撩，双膝一跪，面朝北向，山呼：“吾皇万岁，万岁，万万岁！”邓廷桢和大家也一齐下跪，山呼万岁。邓廷桢起身后对林则徐连连说：“哈哈，恭喜贺喜部堂大人高升。”怡良等人也向林则徐贺喜。亚孟一头雾水，京城六百里加急送来一块鹿肉，他们竟是如此激动？他不解地问怡良：“怡大人，皇上这么远送块鹿肉给部堂大人，是什么意思？”一手捂着鼻子说：“变了质的肉是吃不得的，会拉肚子的。”

怡良笑道：“部堂大人要高升啦。鹿就是禄，禄是升官的意思，还有皇上亲笔给部堂大人题写‘鸿运长寿’，皇恩浩荡。哈哈。”

行辕上下顿时扬起了欢乐的笑声。

第五章

雷打立春节，惊蛰雨不歇。溟蒙烟雨中的金陵古城，依依杨柳，湿燕双飞，嫩绿残红，春色重妍，江流清浅，山色有无。魏源和胡林翼还有包世臣陪同一中等个头、大脸庞、浓眉大眼、敦实厚重的青年人，从南城大全福巷的瞻园出来。此人身着青色京样衫子，腰间系条罗布汗巾，脚下是一双南方人常穿的双梁青布千层底布鞋，走路时习惯性地甩开大手，路过之处，风生水起。瞻园是明中山王徐达的园墅，一时大家都沉默不语，对于明代江山湮没，给人以太多想象的尘埃了。“五百年间人事纷变灭，惟有青山滚滚今古同。”发这番感叹的是一口湘音的青年人，他驻足回头望了望已迷离于烟雨之中的瞻园，又发出笑声，说：“哈哈，江山替代，千古始然。放眼天下，吾辈来也。”他就是陶澍的亲家左宗棠。

胡林翼本是官宦子弟，一身湖蓝色的绸缎长褂，与这迷溟烟云浑然一体，似是画影水中飘渺。他脸上现出笑容，说：“季高，堂堂剑气，直干云霄，不愧是当今的亮白啊。”大家发出会心的笑声。亮白是左宗棠的号，取意于三国时的诸葛亮，自称“卧龙”“今亮”，又号“亮白”，这还不足以表明他的志向，竟在自家的书房门上书一对联，大言“文章西汉两司马，经济南阳一卧龙。”好大的抱负，心锐于一人之下，万人之上。

魏源一身南布长褂，只是外罩了件藏青色的马褂，笑道：“季高呀，你来南京二天了，我是胜读了三年书呀。陶公见了你后，病情都大有好转。你写的那副对联‘春殿语从容，廿载家山印心石在；大江流日夜，八州子弟翘首公归。’陶公把它挂在了书房醒目之处。”

包世臣从后面小碎步赶上来，头上那顶瓜皮小帽都歪一边去了，一件打补丁深绛色的绸缎长褂下摆掖在腰上，喘着粗气说："季高呀，你在渌江书院与主公的那一晚相见，纵论古今，秉烛达旦，可是传为佳话了。"胡林翼是湖南益阳人，生于嘉庆十七年六月，这一年他父亲胡达源正在岳麓书院读书，与他同窗的学友湘阴人左观澜也在这一年冬天里生了个儿子左宗棠。他俩相识是在道光十三年正月，左宗棠以举人的身份第一次上京赴考，去京城碾儿胡同的胡府拜访，胡达源很高兴地把儿子胡林翼叫出来与左宗棠见面，两人一见订交，大有相见恨晚之感。那段时期左宗棠就住在胡家，跟胡林翼同床共寐，激扬文字，江山览胜，快哉快哉。胡林翼乐道："我跟季高同年，可论辈分，我还得叫他'姻丈'啦。"他笑出声来，大家也是一番乐不可支。左宗棠是陶澍的儿女亲家，而胡林翼则是陶澍的女婿，所以胡林翼是没说错。好在左宗棠生性廉介刚方，秉性良实，与时俗迥异，大丈夫行事忌惮他人流言，哈哈大笑，道："润芝，管它什么礼数，我们是兄弟。哈哈。"

大家笑谈间，顺着大全福巷口下的一条石径到一长满青苔的码头上，停靠有五六条舢板小船，当地人叫做"七板子"船，窄长有一竹棚遮风雨，横搁两块木板，仅容四人抱膝而坐，是秦淮河上专供客人游览的船，又叫"花船"。划船的都是年少女子，头上系块印花蓝布，有一名儿叫"船娘"。胡林翼左宗棠魏源一跃而上了船，只是包世臣在码头上两脚左右迈开了两下，瞧船的晃劲儿，他不知先上哪只脚好了，船娘使劲撑住长篙，笑嘻嘻地说："客官，淹不了哩。"包世臣咬咬牙，几乎是蹦上船去，左宗棠一手拉住他落座，船一个侧身，水差点儿淹进舱了。惹来码头边船上的船娘们哧哧笑声，有人打趣嚷："咦，还爷哩。"

包世臣摸了摸胸，喘口气说："好险。"船一晃，他一把紧攥住左宗棠，一声嚷："救我。"众乐不已。

"开船呐——"船娘好听的嗓儿扯得好远好远，船在水影般的画中动了。有"江南锦绣之邦，金陵风雅之薮"的秦淮河两岸，一长溜的青砖黑瓦、飞檐镂窗、雕梁画栋的金粉楼台，鳞次栉比；绿水荡漾的秦淮河面，船只往来，桨声响过，留下的是波光碎裂的片儿，一块块地缀满了河道。“客家，你们是去‘香美楼’吧。嘻嘻。”船娘浓浓的吴语似是莺哥儿唱歌的声音。船儿在轻轻的晃荡里，走了。

胡林翼舒服地伸了个懒腰，船便左右晃了下，似是给揉出了汁，生生地染绿了水面。有雨是否停了？烟霭轻似薄纱，从水上生起，犹是一束束缫丝亮开，白生生的晃眼。他展开五指在水面上划过，哟，那荡漾起的水线极似古琴上的弦，吟、猱、绰、注、撞、逗等在弦丝上移动，声之波澜，把风吟，听雨声，凄凄如诉，一时寄心身归宿于自然也。五指收回，便留下点点珠链散尽。他回眸一笑，那船娘心知，桨叶所归，见那河岸边的香美楼了。

上岸了，抬脚便是香美楼。它左牵文德桥，右携来燕桥，南望乌衣巷，北依夫子庙。胡林翼与左宗棠并行上香美楼二楼，店主是个二十出头的小女子，一口脆生生的吴语嚷嚷着：“公子爷，奴家可想死你啦。”她如云的鬓发上簪一朵素雅的茉莉，一身嫩绿绣满桂花的紧身束腰衫袄，配一条凤尾裙，步移间把她婀娜多姿的身段展示无遗，似是蜂蝶飞舞，笑吟吟地接住胡林翼时，又不忘朝左宗棠抛一媚眼儿，笑盈盈地招呼道：“爷是第一次来吧，奴家瞧着眼生呢。”她手一招，说：“美儿，你没长眼，快来接爷咧。”叫美儿的姑娘十六岁模样，脑后一条油青青的长辫齐细腰上，一身光鲜的红绿绸衣裤，说是红配绿丑得哭，可到了美儿身上，那才是红配绿看不够哩。她上前牵左宗棠的手上楼，脆生生儿道：“爷，你慢走咧。”一双十指如葱的小手，肌肤如雪，初发芙蓉般的鲜嫩可人。左宗棠犹是触开春的冰水，手颤动了下，美儿小手却捏得更紧不放了。胡林翼见左宗棠一脸的窘色，不由乐了，道：“死妮子，且不可怠慢了我兄弟。香儿，他就是我常说与我同庚的左宗棠。”叫香儿的店娘，一下两眼放光，吃惊道：“公子爷，这位左爷就是你说的那位今世诸葛亮？”

胡林翼乐道："没错，就是他了。"左宗棠忙说："店娘，你千万别听胡公子瞎说。"香儿抿嘴一笑，娇声儿说："左爷，你叫我香儿，嘻嘻。"

魏源和包世臣还在楼下正争论着纳兰性德的诗词，包世臣说急了，就有点口吃，说："默、默深，纳兰性德虽、虽是满人，可他对唐宋名家的词作评说，我、我可以说是极有禀赋。他认为'花间之词如古玉器，贵重而不适用，宋词适用而少质重；李后主兼有其美，更饶烟水迷离之致'。你不能因、因他是满、满人，就嫌其词作少有性情至灵。我就知道你跟定庵只对那个女中太清词人高看，其、其他满人的词就不屑一顾了。"魏源被这老夫子的话弄得哭笑不得，说："慎伯兄，你这是说哪家子的话呀。我也没说纳兰性德的词不好呀。"胡林翼已上了楼，大声地喊道："二位先生，上来呀。"

"好好。"魏源赶紧应道。拉上包世臣的手，说："上楼去，今天可是为季高送行，如下的话以后再说。不过你才说到定庵，我倒是想起了他昨日给我的信，要我向季高捎话的事，差点儿都忘记了。"他们一进二楼的雅间，眼睛一亮，一黄花梨琴几于南窗下，摆有一张古琴，搁一青花绣墩，琴几上一只青釉梅瓶插数枝柳丝条儿，米粒般的芽苞欲绽放；一组老红酸枝的博古格，摆有一面西汉古铜镜，一把明永乐青花绶带耳扁壶、一只康熙青花斗彩笔筒、一件和田白玉摆件、一座沉香观音佛像，数册古籍扣在紫檀匣里。墙上挂张写有"不知何处烟波叟，日出呼儿泛钓船"的条幅，落款是李香君，字迹清娟秀丽，一看便知是闺中之作。整个房间高雅文重，无粉脂之气。窗外正夕阳临水，青山独远，人影散乱，渔舟唱晚的时分了。今天左宗棠是客，于八仙桌前居南而坐，他人依秩坐下。金丝楠木的八仙桌，边框饰有紫檀红线，阴刻菊花纹饰，桌上摆有四双象牙筷子，与绘有花鸟的薄胎瓷杯搭配；四碟佐茶素食，白水笋片，酱汁香菇，什锦萝卜，乳黄瓜，样样精巧，诱之生津。店娘忙着给每人面前的瓷杯里添绿茶叶，白生生的手上戴有绿翡翠圈儿在晃着，是那样自然亲昵，让人瞅着儿眼热，想着儿心乱。胡林翼在南京城里是有名的公子哥儿，风流倜傥，走到哪都是人中凤凰呢。他嘻嘻笑道：“诸位先生，这店娘只一个名儿，叫香儿。香儿，侬是越发‘清赣’呐哩。”

香儿嫣然一笑，娇柔道：“公子爷寻奴家开心呐哩，阿妹‘隔蛮’哩。”

魏源见左宗棠一头雾水，不知胡林翼跟香儿在说什么，便笑着解释道：“季高，你这个同年可是个风流才子呀。他是用吴语在跟店娘调情呢，‘清赣’是说人家漂亮，店娘说‘隔蛮’是自己勉强长得一般的意思。哈哈。”

左宗棠乐了，道：“润芝，你调口味也要选地方呀，有本事就领香儿到督署去。”

大家訇然大笑。包世臣大拇指一翘，眯着眼儿，道：“妙也。”

魏源吐一个字：“高！”

胡林翼自我解嘲道：“吾本风流不下流，真性情也。”

香儿掩嘴一笑，说：“诸位爷，公子爷可是个天下一等一的正派人，从来是动嘴不动手，你们可不要冤枉他哩。”

大家更是乐不可支了。

胡林翼有点不好意思地摸了把下巴，笑道：“香儿，你这是在帮倒忙，越抹越黑了。好了好了，你去给我们安排吃食，这几位爷我可得罪不起的哦。”

香儿伸吐了舌头，一去风情味儿了，显纯真了，她接过小二端上的茶壶，把小瓷杯一一筛上滚开的热水，热气携一缕绿茶的清新味儿弥漫开去。左宗棠在乡下时，家里种了数亩茶，他对绿茶有一种与生俱来的亲切感，不由赞道：“好茶。”他端起茶杯眯眼闻闻，问：“请问香儿姑娘，这是今年的明前新茶吧？”

香儿两眼晶莹，她在与胡林翼打情骂俏间，一双凤眼可是没离开过左宗棠，他虽貌不惊人，可举止间稳重大方，精气充盈，两眼严峻有威。她瞧眼左宗棠心口就扑扑地跳，手心里湿润有汗，好在她略是慌乱的神情似是飞鸿掠过，水影儿都没留下，心儿平实了，道：“吔，左爷是茶君子哩。奴家只知这茶在‘春分’时才开始萌芽，在‘清明’前采茶。说是一个采茶工，一天也只能采半斤鲜叶，而四斤鲜叶才做出一斤干茶，芽头在六千个以上。其色泽绿润，冲泡后根根直立，入口香绵长而味醇厚。诸位爷，你们看看杯中的茶叶可是否？”

可不，杯中的茶叶根根直立，似是旗枪不倒。左宗棠抿口茶水，齿间便生津，由衷表白：“好茶也。前人喝茶有一体会，说独啜曰神，二客曰胜，三四曰趣，五六曰泛，七八曰施也。”

胡林翼眼一白，说：“季高言下之意是说，今儿我们喝茶是人多啦？那好就你和香儿俩喝茶，我们就打道回府吧。”

众人闻之，哈哈大笑。左宗棠更是脸窘得像是抹了层红彩似的，挂不住了，他伸手要去拧胡林翼的脸，胡林翼一扭身躲到香儿的身后，笑弯了腰。香儿一脸的光彩，一个闪身便是立一旁了，弯弯腰，执一万福，满心欢喜道：“公子爷尽拿小女子开心，嘻嘻。爷，你们吃茶，奴家去备菜哩。”她下楼去，裙裾飘摇，移步款款，风韵醉人。这可人儿的妙影，就连素以坐怀不乱自称的老夫子也禁不住眯眼评道：“江南美女，君子好逑也。”魏源扑嗤笑了，说：“食色性也，乃大丈夫之真性情也。”左宗棠笑笑，他回头眺望窗外，发出感叹道：“大丈夫还应以居天下之广居，立天下之正位，行天下之大道；得志，与民由之；不得志，独行其道。二者皆俱，乃真性情也。”

胡林翼笑道：“魏先生与季高兄所言之人，我看此人就在眼前了。哈哈。”

包世臣拍手称之：“没错，季高也。”

左宗棠大窘，忙转个话题问：“润芝，香儿是不是与香美楼有何关系？”

胡林翼收起脸上的笑容，说：“曾听香儿说，她就在这屋里出生的，她祖辈人说这屋原是前朝秦淮河畔‘秦淮八艳’之一李香君的故居。孔尚任一曲《桃花扇》把李香君跟侯方域的一段刻骨铭心的爱情故事，演绎得催人泪下、情动天地。至于香儿跟她是何关系，已有三百多年了，谁还能道个明白呢？”

左宗棠背对屋内，两眼远眺，默不作声，不知他作何想？包世臣和魏源肃然起敬，秦淮八艳缠绵悱恻的美艳传奇故事，文人骚客们谁不恨自己生不逢时，以瞻其风姿哟。包世臣到条案前，案上供着八块小木牌位，他仔细看去，念道：“柳如是、顾横波、马湘兰、陈圆圆、寇白门、卞玉京、李香君、董小宛。”这些香艳的名字一上口，便让人神清气爽。

胡林翼长吟道：“青莲亭亭，自拔淤泥。试问别来多少恨，江水悠悠。如此心语，风流蕴藉，不减李清照。”魏源本是性情中人，他对案上的八个牌位恭敬地行了个礼，然后道：“此番与美人神交，要是给定庵碰上了，那才是有戏文看了。”左宗棠闻言，忙问：“默深，定庵近况如何？我一直与他有书信往来，可惜就没机会相见。”魏源回到桌旁，说：“季高，正好昨日我收到定庵的信札，他在信中说你如方便，他将择日去湖南专程拜访你。哈哈。”

左宗棠兴奋地说：“好哇，久仰定庵学问，非常之人，当以非常之礼待之。哈哈，默深兄，你作陪，不醉他个三天三夜，就别想离开湖南哟。”

魏源豪爽地说：“季高，定庵虽与你还没相见，但你在他心中神交已久。我定当作陪，哈哈。”胡林翼大叫：“不能少了我也。”包世臣乐道：“老夫亦要去热闹也。”众乐。

香儿领小二托一盛满菜碟的木盘，美儿捧一坛泥封的女儿红酒上楼。香儿的小圆脸上渗出细细的汗珠，欢快地说：“诸位爷，让你们久等了，这可是奴家亲自下厨做的菜，就不知合爷的胃口不。”茶食退去，上来的四盘热菜，其色香味儿让胡林翼拍手叫好，道：“知我者，香儿也。来，你先向左爷他们介绍这几道菜，再上酒吧。”

左宗棠一抬头，与香儿一对视，脸一热，赶紧收回，盯住满桌的佳肴，自语：“真香。”鼻子还特意吸了下。香儿脸红扑扑的，她用筷子点了点一只鱼形碟盘，娇声儿道：“左爷咧，这是道清蒸刀鱼，佐以火腿笋片，其肉细、骨软，味极鲜美。刀鱼每年三月才在长江下游的三江营一带出现，平时栖息长江口近海一带。爷是好口福也。有诗人誉美‘尚有桃花春气在，此中风味胜莼鲈’，哪位爷可知这是谁的诗吗？说出便可先品尝。”

包世臣把筷子一举，道：“东坡居士也。”夹一块鱼肉，入口即化，美滋滋的味儿呀。

左宗棠笑道：“慎伯兄，小心别把小舌吞下肚了呀。”

魏源吞了吞口水，笑着说：“民以食为天，可在中国吃还是门艺术，要不乾隆皇帝怎么会恩准把食谱与六艺归于一类呢？”

香儿好得意，用筷子点另一道菜，说：“这道菜名‘樱桃鲥鱼’。不知哪位爷可吟诗描绘？”她眼睛火辣辣地盯着左宗棠，那意思分明是要他来拔头筹。包世臣这老夫子又要张口，胡林翼是何等聪明的人，他从香儿的眼睛里读出了她的心思，一把拉住包世臣说：“老夫子，你不要一个人吃独食呀。”

魏源知趣，在一边说：“润芝说得对。季高该你啦。”

左宗棠为难地挠了挠头，说：“吟诗作词不少，可还真没作过吃的诗词呀。”

香儿一下冲动地拉住左宗棠的手，说：“左爷，你也可以吟别人的诗，这又不是考状元哩。”她话一出口，见胡林翼在一边歪笑，慌得忙把左宗棠的手一丢，朝胡林翼一瞪眼说：“公子爷坏。”胡林翼哈哈大笑，说：“季高，你就恭敬不如从命吧，香儿这一关你不过，今天这酒我们就喝不成了。”

左宗棠笑道：“哈哈，这还真强人所难也。香儿姑娘，我可是第一回用别人的诗来解围，可不许笑话我。”他不敢去看香儿的目光，把头抬高些，他这神情却让香儿心中涌满了情意。“郑板桥有诗云‘江南鲜笋趁鲥鱼，烂煮春风三月初。’不知是指这道‘樱桃鲥鱼’？”

香儿拍手称道：“左爷真厉害，就是说它哩。”

包世臣咂巴着嘴皮说：“诸位，今天我们是来为季高饯行，还是来看菜吟诗呢？”他这一说，大家都乐了，就连香儿也觉得不好意思了，忙说：“爷，都怪奴家不好，余下的菜就不再一一介绍了，都是公子爷特意交代的须是江南名肴。”她边说边把酒坛的塞子拔去，一股酒香扑鼻而来，流进酒杯呈琥珀色，透明澄澈，色浓味醇。

“好酒，女儿红呀。”左宗棠一声赞道。

香儿举杯，脸红扑扑的，说：“四位爷，小女子今生能逢上你们，是奴家前世修来的福气，小女子敬你们一杯！”她说完，抬头一口而尽。这四人一番酒下来个个是微微醉乎，快哉也。胡林翼搂住左宗棠的肩，醉眼蒙眬地说：“季高，你我是剑走天下，他们——”他手指魏源和包世臣说：“以笔为刀著青史。古人有言，舟大者任重，马骏者远驰。当是吾辈为国出力的时候啦。哈哈。”

魏源一声大叫：“说得好！”

再看包世臣，他双手撑着花白的脑壳已是醉醉乎之神态了。

左宗棠哈哈大笑，这是他到金陵三日来如此开怀的大笑，捧起酒坛，直往嘴里倒。

香儿两行热泪直流，一声惊呼：“英雄也！”她把古琴上的红绸布掀开，坐在青花绣墩上，裙下的一双着红绫绣花鞋的小脚相搁而露，似春光偶泄，绰影如无，空香数点。“四位爷，奴家知道你们今天是为左爷送行，小女子唱一曲儿献丑了。”她深深地道了个万福，手指儿在琴弦上一扫，空谷回响，珠兰之妙，惊才绝艳，唱：

绢扇开出满屏桃花，

来点缀扇頬。
因血融墨牵引笔画，
遂难分真假。
若满屏桃花纷然磕下，
则拂动丝发。
若反其道被收押，
则难以再现潇洒。
绢扇凭生满目桃花，
谴风颂清雅。
以血和墨将情克化，
遂酿就佳话。
……

曲音未绝，只听得一阵撕裂锦帛之声陡起，齐刷刷七根琴弦断了，香儿的十指指甲鲜血直滴，似是桃花朵朵浸漫琴身，她伏琴晕了过去。美儿凄惨绝哭："姐也——你好命苦呀。"

窗外日暮如一曲未终的戏，大幕直落。多少旧欢新恨，书杳杳、梦悠悠，由谁来续编？

按日子排算，三天后就是道光逢祭的时候了，他就要斋戒，不饮酒、不茹荤、不理刑名、不宴会、不听音乐、不入内寝等"六禁"，躬身诚敬。未时，道光吃了碗冰糖莲子炖燕窝羹，正准备到养心殿后面随安室去就寝时，王金水双手捧着官函进来，讨好地禀报道："皇上，是南边来的折子咧。"这一向来，南边的消息好事不断，使道光的心情大好，他脸上浮现出笑容，道："先放一边吧，林爱卿的折子不用看，朕都知道是什么内容了。"他边说边去随安室，这是道光斋戒期间的卧室，平时他都是住在东暖阁里。

王金水赶紧上前一步把门帘掀起，弓着身子说："皇上圣明。"

道光抿嘴笑，出门过东暖阁进随安室，靠墙的炕上设有床帐，上有一条乾隆题写"随安室"四个字的帐檐，垂两条绣有金黄色龙的幔带。虽说是开春的天气了，床帐还是冬天用的绸缎夹帐，一合上里面就黑黑的了。他就喜欢这个环境，睡得踏实安稳。

王金水悄悄地把门关上，站在走廊上两眼看天，就是有只麻雀飞过，他都要挥手赶走。那些穿黄褂子的侍卫们更是大气儿都不敢出，木桩似的立着。道光睡着了，可他仿佛觉得是被皇阿玛牵着他的手到书房里，在书案前提笔在纸上写四个字：养正书屋。嘉庆问道："二阿哥，你可知其意？"他回道："儿臣明白。'养正'二字取自《易经》的'蒙以养正圣功也'。皇阿玛告诫儿臣从小就要注重道德修养，立下做圣人的根基，将来完成齐家、治国、平天下的功业。"嘉庆龙颜大悦，道："二阿哥既知朕之用心，切莫辜负朕之期望。"他忙跪下谢圣恩。嘉庆反复告诫他要"屏窥测、杜猜疑"。道光心领神会，就在书房悬挂四张条幅，分别书写"至敬""存诚""勤学""改过"，称之为四箴。他把《圣祖圣训》《庭训格言》《三帝实录》《开国方略》等"圣训"，朝夕研读，铭记在心。

乾隆六十一年，十五岁的绵宁娶亲成婚，对象为户部尚书布彦赉之女钮祜禄氏。成婚之际，正是嘉庆登基、乾隆归政时期，身为皇祖的乾隆和皇父的嘉庆的两代君主，一同共享绵宁的大婚喜事，应了史载上那句话"两朝恩眷，日加隆焉"。

嘉庆十八年，在京南一带，一伙无法无天之徒成立一个叫天理教的教会，他们听说星相有主兵之兆，便在民间散布"二八中秋，黄花落地，闰八月死，在劫难逃。"趁嘉庆秋狩木兰，启銮而去的当天，这伙狂徒进攻紫禁城皇宫，他们一路杀来，竟然攻打到了隆宗门，喊杀声震撼着养心殿，眼看一场腥风血雨就要掩盖紫禁城了。从大清立国二百来年，还从未发生过暴徒冲击皇宫的事件，顿时宫里一片混乱，嫔妃们吓得魂不附体了。此时，正在尚书房读书的皇子们顿时惊慌失措。从康熙十六年起，皇帝对子孙们的学习是作为江山永续的一项大事来重视，阿哥们五岁发蒙，五更就要起床，小的跟着大的阿哥们打着白纱灯笼，一路上排着队，哈欠连天地进尚书房。阿哥们每日的功课首先是学蒙古语，再读满文书二刻，到了卯正末刻读汉书，申初二刻散学。散学后吃完饭休息片刻，就开始习骑马射箭的作业了。这时已三十二岁的绵宁，他本来已不需与皇子皇孙们在一起上课。这天正好是尚书房师傅秦承业讲解《资治通鉴》，秦承业是绵宁的启蒙老师，字补之，号易堂，他于乾隆五十四年考取进士，任国子监司业、翰林院编修。于是绵宁也与众皇子一起来听师傅的讲解。绵宁对史籍有独到的体会，他起身恭敬地向秦承业询问：“师傅，自古以来帝王尧舜之始至前朝，我泱泱华夏帝国可圈可点的帝王以何人为优，何人又为劣呢？”秦承业一下两眼放光，说：“二阿哥，你问得好！尧舜姑且不语，秦始皇、汉高祖、文帝、光武，唐太宗，宋太宗，元成吉思汗，明洪武可为一代天骄，而亡国之君皆为劣矣。”绵宁侃侃而言：“师傅所言极是，纵观千年风云人物，谁可为翘楚者呢？”秦承业稍一思索，含笑道：“吾独荐唐太宗，文治武功极盛也。”三阿哥绵恺大声叫嚷：“我说是元成吉思汗，他多英勇呀，都打到外国去了。”绵宁淡然一笑，随手一挥，说：“学生与师傅有不同之见识，我倒以为明洪武皇帝值得推崇。我大清自立国至今仍能为炎黄子孙所拥戴，原因何在？就在于洪武皇帝当初创立了一整套极为完备的治国之制度，明嘉靖皇帝二十年不临朝，国家仍能正常运转，这说明国家的文官制度之完备，是国家治理之根本。至于明朝为什么会被我大清所灭亡，这当然有它气数已尽之天意，但更与朝政腐朽、官吏贪赃枉法有关。古人云‘以近知远，以一知万，以微知明’，犹如警钟长鸣。”他正说在兴头上，忽然外面传来一阵揪人心房的喊杀声，绵宁一惊，还来不及问事由，太监王金水一头是血地扑进来，惊恐地嚷道："王爷们，不得了呀。快跑！"

绵宁心一紧，问："怎么回事？"

王金水结结巴巴地说："有、有反贼冲进宫里来了。"

外面传来的喊杀声一阵比一阵更凶狠了。候在殿外的侍卫纷纷持刀举枪喊："救驾护主！"绵宁顿时脸色雪白了，一脸的杀气涌现："反啦！"从侍卫手中接过一支枪，显得异常镇定自若，说："都听我的，谁也不许临阵逃跑，退一步者杀！"刚才还显慌乱的场面一下叫他给镇住了，大家一下都勇气倍增，就连平素走路还生怕踩死蚂蚁的太监们也纷纷取来家伙，跟着他冲出尚书房去迎敌。秦承业也顾不得斯文了，拿一根紫檀戒尺追上去，王金水更是奋不顾身地冲在绵宁身前，手里举着一把刀，尖细着嗓门叫道："反贼，有种就冲我来呀。"就凭着他这勇气，绵宁登基后就把王金水调到身边，成了宫里的大太监。这时有好几个天理教徒已经爬上了高高的墙头，绵宁举枪就射，子弹没有了，他急中生智，取下衣服上的银扣子作子弹又开枪射杀，眼见官兵越来越多围上来了，天理教徒被迫撤出逃跑了。绵宁英勇果敢的行为令嘉庆大喜，在论功行赏时，当众宣布："二阿哥护宫有功，朕封他为'和硕智亲王'，使用过的那杆枪，赐名为'威烈'。"

嘉庆二十五年七月十八日，嘉庆皇帝在承德避暑山庄突然崩逝。

……道光一惊，醒过来了。他继位近二十年以来，对接下一个表面看还是光鲜的江山，可骨子里却是痼症难痊的祖宗基业是深感忧患。他不是不想作为，他继位的第一件事就是整饬吏治，在登基不到一个月里，钦定《六部律令》以整饬朝政作风。同时，他对王公显贵只要犯错，也毫不留情地予以惩处。在他登基的那个月里，发生了豫亲王裕兴强奸使女自杀的事件，裕兴是世袭罔替的八个铁帽子亲王之一，祖制规定他享有免死牌不能杀他，道光就把他圈禁三年。他以铁面无私的手段连出重拳，朝野上下、宫廷内外都给镇住了。可是道光深知摆在他面前的还有一道无法逾越的坎，就是国库空虚，财力匮乏。嘉庆登基，首先拿和珅开刀，和珅跌倒，嘉庆吃饱。从和珅家里没收的财产全部合计约值十一亿六百万两，相当于清朝一十五年的财政收入。可到了道光登基，他可就没先帝的好命了，他颁布《声色货利论》，把骄奢淫逸之风的蔓延提升到事关大清王朝生死存亡的高度，严厉指出声色之害“常人惑之害及一身，人君惑之害及天下”。要求为官从政者不能为声色货利所诱，要“检束身心，摒除声色”，一切“概从朴实，勿尚虚文”，要官员牢记“一丝一粟皆出于民脂民膏”，任何时候都要“务存俭约之心”。过去皇帝吃餐饭至少要有二十道菜，道光规定每餐不得超过四菜一汤。开始朝中的官员以为道光是做给别人看的，可在一次给皇后过生日，道光仅让御膳房杀了两头猪做打卤面款待臣工。还有一次是在他登基的第十天，已被乾隆镇压的大和卓木的孙子张格尔与浩汗国勾结，率兵数万人马大举向新疆西部进攻，一连夺下四城，又向南疆入侵。道光即以钦差大臣关防授陕甘总督杨遇春，令其率部前往新疆剿匪，经过数年苦战，于道光八年终于生擒张格尔。为纪念这次西北用兵的胜利，道光下旨勒碑太学及喀尔铁盖山，又将有功将士图绘紫光阁，亲自序言“朕志先定，默磕天祖，勉竭寸忱，非敢邀功拓土，只以失守旧疆是惧”。这么大的一件事，道光在万寿山玉澜堂设宴庆贺，也仅是上了两荤两素的菜款待臣工。他非常清楚地看到了先祖先父执政的弊病，他一登基就立下了想革除弊政，重振王朝的雄心。可事与愿违，他劳心费力，结果如何呢？他那一张整天垮着的脸就说明所有的一切了。这一向来他好不容易脸上有了笑容，走路的脚步也显轻快蛮多，可这一觉睡得他心里有点发怵，这时辰里梦见到父皇，是什么意思？一种不祥的兆头在他心底油然而生。他轻咳嗽了声，一直立在门外的王金水马上轻手轻脚地进来，一边讨好地说：“皇上，你睡得可香哩。比平时都多了半炷香，奴才在门外候着，都听得着皇上你的鼾声，可比龙吟虎啸啦。”他这话要是搁在平时，道光心情大好时最爱听了。他说着话一边躬下身去，给道光脚上穿一双绸缎绣花棉袜，才穿了一半，突然道光把脚一收，厉声骂道：“狗奴才，你想热死朕，是不？”他一脚踢去，王金水滚在地上，头像捣米似的在青钢地砖上磕着：“皇上饶命，奴才该死。”正进门的敬事房领班太监丁三见此情景赶紧跪下，一帮来伺候道光的太监们也都跟着他跪下，一个叫狗儿的小太监手上端只错金镶银、饰有双龙戏水的镀金铜脸盆，心一慌，手一歪，脸盆里的清水都洒了出来，浸湿了一地，脸盆眼看就要掉在地上了。天呀，就连站在门外长廊上的侍卫也跟着吓了一大跳，只要脸盆落地，人头就会落地。就在这一刹那，丁三一个鱼跃飞扑上去，双手稳稳地接住了脸盆。啊呀一声，众太监不约而同长吁口气。这一幕情景，道光全看到了，他袜子也没穿，光脚趿上双软底青缎镶有米珠的朝靴，把炕边紫檀矮柜上的一顶黑缎绣万寿字红绒结顶帽往头上一扣，王金水赶紧从地上爬起，拿起黄花梨衣架上的一件绛色缂丝夹层常服悄没声地披在道光肩上。道光出门时眼睛都没抬下，脚下踩着水渍，留下一长溜水洇出的脚印在青刚砖上。王金水紧跟道光侧身躬腰在前挑帘穿堂去西暖阁，他把一只手伸在背后，大拇指小手指一张，摇晃了两下就收了回去。

待道光的背影一消失，丁三起身扬手就一巴掌打在狗儿脸上，立刻现出五个手指印，狗儿跪在地上，左脸一扬，咬着牙说：“三哥，这边还来下，打了长记性。”

丁三点头，说：“有种。”话没落音，他又是一巴掌扫去，比刚才那一巴掌还狠。狗儿就地一滚，吐出一口血牙，其他太监匍匐在地上，头都不敢抬一下。“起来吧，别以为你们长着个人模样，你们是去了势的人，是一条狗。狗吃屎是长记性的，明白吗？”太监们个个点头，从他们的眼中流露出的是做人的绝望神色。“听着，皇上今儿是开了恩，依律狗儿是要掉脑袋的。太公公说了皇上没有问罪你，是你屋里祖宗前世做了好事，积了德。”

狗儿一边擦拭着嘴角边的血渍，问道：“三哥，太公公没说话呀。”

丁三把拇指小指伸开，问：“这是什么？”

狗儿道：“是六呀。”

丁三不屑地说：“傻鳖。六六大顺，顺就是平安啦。太公公要我们当差小心点，再也不能出掉脑袋的活了。”

狗儿两眼露出与他年龄不符的神色，扑通一声跪下，说：“三哥，狗儿今儿这条命是你救下的，从今往后我就是你的人了，不，是你的一条狗。”他连磕了三个响头。丁三把狗儿扶起，说：“都是条狗，理应互相关照。你们马上去把脸盆里的水换了，等会皇上办完事，就要回来歇着，大伙儿小心着哩。”

狗儿等太监齐声应道：“小的记着。”

天黑了，西暖阁里炕上，道光还在拿着折子凑近烛台阅读。王金水跪在地上，小心地把道光脚上的朝靴脱下，套上双素色丝绵薄袜。突然，道光桌子一拍，烛台差点都要震翻了，烛光亮扑闪了下，王金水忙伸手把烛台扶住。“传穆彰阿和王鼎，速来见朕。快！”道光说话时脸在灯光的摇曳下，变形拉长。“喳。”王金水应一声，猫着腰疾步退出。不消一刻时分，穆彰阿和王鼎匆匆从军机处赶过来，进门就要伏地行礼，道光手摆了摆，说：“免了吧。”一脸的铁青。他把折子递给穆彰阿，穆彰阿凑近立在炕前一盏掐丝珐琅缠枝莲镀金铜柱灯前，看完后默不作声地把折子递交给王鼎。王金水来叫他们时，王鼎正头昏脑涨地在向前来接班的穆彰阿交代事项，道光一声喊，他只好匆匆跟着穆彰阿来了。他眯着眼几乎是贴着折子看，道光瞧王鼎这痛苦的模样，便把炕桌上的一副无框可折叠的水晶眼镜递给他，那意思是要王鼎戴上它看折子。道光的眼睛不好使，他像雍正皇帝一样凡是他走动的地方，都摆有随手可取的眼镜，这恐怕是他唯一的奢侈了。王鼎先是一愣，接过后就要下跪谢恩，道光把手挥挥，说："王爱卿，你别啰嗦了，快点看吧。"王鼎忙说："臣明白。"他戴上道光的眼镜，立刻一目数行把折子阅毕，不由赞道："好眼镜，用着舒服极了。"道光瞧他爱不释手的神态，哼了声，说："王爱卿，你是不是想打秋风呐？"王鼎执礼道："回皇上，臣是有此念，但不敢。"他说着双手恭敬地把眼镜奉还。道光把眼镜拿在手上掂了掂，说："这副眼镜还是豫爱卿替朕托夷人从英国买来的，确实好用。既然你喜欢，朕可以赏赐给你。"王鼎喜不自禁地要下跪谢主隆恩。道光说："王爱卿，你先别谢恩，朕还有话要说。这眼镜是朕的用物，现在你读了豫堃折子，该如何处置为好？你若能让朕认可，这眼镜你再拿不迟。"

王鼎脸色一正，说："皇上，豫大人的折子所言是实。林大人起身南下时，臣就已预计到了夷人会有这一招，提醒林大人要有防范措施，以应对夷人的诡计。"

穆彰阿冷不丁地道："王大人的先见之明，不知可否说出来，让我也长长见识？"

道光对穆彰阿阴阳怪气的话甚感刺耳，但他看着王鼎没有吭声，那意思是你说下去。王鼎从容地道："皇上，在这次林大人南下禁烟前的二十年里，臣约莫统计了下，大清流到夷国的白银有五千五百万两之多，是以大清有用之财，填夷国无穷之壑。皇上，夷人以鸦片易银，直可谓之谋财害命啊。豫大人所言夷人罢市，不事经商，海关税银锐减，这是夷人在跟我们较劲。皇上，臣在来之前才收到林大人六百里廷报，正待向穆大人说时，王公公传皇上召见，就急匆匆地——"他的话没说完，道光性急地问："林爱卿说了什么？"王鼎从衣袖口里掏出份折子，双手递上，说："请皇上览。"道光把手一挥，说："别啰嗦了，快说吧。"

王鼎习惯性地抖抖衣袖，再把胳膊抻了抻，展开折子，道："皇上，林大人在廷报上说，至三月二十七日，英夷商馆与其他夷商一共上缴鸦片二万零二百八十三箱。林大人为表示我大清朝仁义，即派人给各夷商馆送去二百只牛羊和食物。待夷商们把鸦片上缴完毕，就准予他们离开广州，回到澳门去。”

“哈哈哈，”道光接过林则徐的奏折，放声大笑了起来，一扫刚才的冷漠之色，连连说，“好好，林爱卿没有辜负朕的期望啊。如此处置甚好，对夷商须是恩威并施。陶爱卿病中多次上折荐他出任两江总督，朕亦有此意，原考虑禁烟事毕林则徐即接任两江总督。现因时局有变，人事亦须调整。穆爱卿，你即刻拟旨，改林则徐以钦差大臣兼两广总督，以便他总揽全局，以期禁烟之一决胜。邓廷桢朕另有安排，在此期间，他暂留广东协助林则徐相机行事。陶爱卿已三次上折请假回籍休养，朕体察其心意。告诉他，朕准了，嘱他好好休养，一俟痊愈，即到军机处助朕。”

王鼎兴奋地说：“皇上，林大人在折子里还有请旨，他与邓廷桢、怡良商议，附上所拟制定的禁烟章程十条，他们已在广州地方刊刻颁发执行。此章程是地方之规，奏请皇上圣明乾断，是否可要全国推行？以便在收缴夷人的鸦片后，即在全国开展一场声势浩大的禁烟活动，以绝鸦片之流毒矣。”他说这话时，道光已经把林则徐的奏折拿在手上阅读了，当王鼎说完还没来得及喘口气时，他就把林则徐的奏折过目完了，想了下，对穆彰阿说：“穆爱卿，林爱卿这次所奏的禁烟章程与他去年六月上折《筹议严禁鸦片章程》，内容有所增加，但其禁烟的惩治手段只是一地之做法，要在全国行之，还须补充。这样吧，由你和琦爱卿对林爱卿所奏报的禁烟章程正之。林爱卿在奏折中所言趁此机会严缉痛惩，首缴者许以自新，怙恶者置之重典，此言甚好。这奏折你拿去仔细体察，此事须愈快愈好，朕要把它颁发天下，一并把林爱卿这几日奏报上来的在广州已布告的《颁发禁烟治罪新例告示》《查禁营兵吸食鸦片条规》和《编查保甲告示条款》，以及成立由开明绅士综理民间收缴总局的做法一并转发，各督抚府视本地情况，一体遵办。”

穆彰阿心里打了寒噤，道光说话似是漫不经心，可其中是话里有话，皇上要他和琦善来修订林则徐所提出的禁烟章程，这明摆着让天下人看他笑话，在掴自己的脸吗？他心里窝着一肚子火，脸上却不敢有丝毫的不满情绪表露出来。他恭敬地接过道光递给他的奏折，说："奴才领旨。"王鼎对道光如此处置林则徐的奏折，感到十分诧异，让反对禁烟的人来修正禁烟章程，这真是太出乎人意料之外了。他转而一想，茅塞顿开，一双平素习惯眯缝着的眼睛，这会竟然瞪得圆溜溜的了，兴奋的神情全表露了出来，一瞧道光那张似笑非笑的脸，一下又吓得赶紧把大眼给眯上了。"王爱卿，不是想乐吗？乐呀。"道光毫不客气地说道。王鼎忙执礼道："皇上，臣是想乐，且乐不可支啦。"穆彰阿一听，气得胡须几乎要直立了起来，若不是在道光议政的房里，他真恨不得上去就给王鼎一拳。道光脸一黑，说："好啊，竟然还是乐不可支？那朕也想听听。"

王鼎道："皇上，臣所开心的是，皇上不愧为一代明君，从善如流。制国有常，而利民为本；从政有经，而令行为上。林大人于去年所上的奏本，皇上你还记之于心，令穆大人予以补正，以公布于天下。此乃实属我大清中兴之兆，臣何乐而不为呢？"

道光马上一脸的光彩了，道："哈哈，该乐。"他拿起炕桌上的那副眼镜对王鼎说："王爱卿，朕的这副眼镜就赏赐给你了。"

王鼎马上把衣袍一掀，跪下双手接过道光递给他的眼镜，谢道："谢主隆恩，吾皇万岁万岁万万岁！"

道光手示意了下，说："起来吧。"王鼎起身，对穆彰阿真心实意地说："穆大人，王某不才，若有得罪之处，乞谅。"言毕，毕恭毕敬地行礼。

穆彰阿此时心里有怨恨也吭不得声了，佯笑着说："王大人不必多礼，言重了。"

道光揉揉眼，说："二位爱卿，公不涉私，谁也不要记在心上。林爱卿在奏折里说他给英国的国王写了封信。不知这个英国与朕的大清国有无陆路可通？”

穆彰阿想了下，说：“皇上，奴才听说这个英国是在海的那边，有万万里之远。要不，那些英夷为何乘船来我大清经商呢？”

道光点点头，说：“爱卿所言有理。朕还听说英国的国王是个女的，真有这事？”

穆彰阿说：“皇上，奴才听理藩院的通事说，确是女的，而且还只有二十来岁。叫做什么维多利亚女王，可漂亮哩。”

道光口半张开着，半晌才说话：“穆爱卿，你可知欺君之罪吗？”

穆彰阿吓得扑通一声跪下，磕头不已，连连说：“奴才不敢，奴才所言全是听理藩院通事们所说。”

王鼎在一旁说：“皇上，臣也曾听说过英夷的国王是个夷妇吔。”

道光见王鼎也是这么说，说：“起来吧。”他在房里来回走着，口里念着：“夷妇，这可能吗？牝鸡司晨，这不是天大的笑话，这世道怎么啦？”他左右不得其要领，他摆了摆手，要穆彰阿和王鼎下去。

穆彰阿和王鼎赶紧退下。他俩从西暖阁出来后，穆彰阿擦拭了下头上渗出的汗水，对王鼎执礼道：“谢王大人相助之情。”王鼎忙说：“穆大人，区区小事不足挂齿。”边走，边问道：“穆大人，你说这个英夷国王真的是个夷妇吗？”穆彰阿反问道：“你不是才跟皇上说，确有其人吗？有在海外生活过的通事说，他们还真见过英国的女王，说女王长得真漂亮，只是那个女王没有什么权力，是他们国家摆样儿看的。”说完，穆彰阿对王鼎拱拱手，说：“王大人，你好走，我可得去守庙啦。看样儿，今晚皇上又是一个晚上不得安宁了。哈哈。”他打了个哈哈，走了。

王鼎就没理会穆彰阿在说什么，自顾自走，一边在自言自语道：“国王没权，那她干什么呢？这个国家怎么管理呢？臣子和百姓又是听谁的？”穆彰阿走远了，小太监打着灯笼在前引路，长长的走廊上，有一团光影在移动，黑黝黝的人影被一路上的黑暗吞噬了。

第六章

北京的四月天，正是风沙多事的季节。祁寯藻午时初刻出门时，他还特意看了看天色，阳光和煦，把手伸向天空，有一丝丝暖意似流水淌过，手心里微微发烫，好天气哩。他着一身藏青色的布长褂，脚上蹬一双油布牛皮软底便鞋，走路不沾灰，又轻松。跟在他身后叫六儿的家仆，一身黑土布夹衣，腰上围条白罗布汗巾，青布圆口布鞋上的裤脚口用棉纱带子扎紧，肩上搭了条装东西的布褡子，挺精神地问："老爷，是去琉璃厂的'老二西堂'吧。"祁寯藻瞟眼看了下六儿，冷笑声说："哟，六儿，长精神啦，不是去相亲吧？"

六儿有点不好意思，挠了挠刮得发青的头皮，笑嘻嘻地说："老爷，你这是笑话小子啦。嘻嘻，你老人家还不知道我六儿几斤几两？"主仆二人边说边出了门。

北京城自明以来就有"里九外七皇城四，九门八点一口钟"的说法。是指北京内城有九座城门，外城有七座城门，皇城有四座城门。紫禁城有午门、神武门（康熙以前叫玄武门）、东华门、西华门；皇城有天安门、地安门、东安门、西安门；内城有前门（正阳门）、宣武门、崇文门、阜成门、朝阳门、西直门、东直门、德胜门、安定门；外城有永定门、左安门、右安门、广安门、广渠门、东便门、西便门。从大清入关到嘉庆中期，内城一直住八旗军队及所携家眷，为军事驻防地兼家属区，外城则是汉人居住区。因皇城居于内城正中，八旗分列四角八方，各据一门。城北驻德胜门内的是正黄旗，镶黄旗驻扎在安定门内；城东东直门内驻的是正白旗，镶白旗就驻在朝阳门内；城西西直门内驻的是正红旗，镶红旗就驻在阜成门内；城南的崇文门内驻的是正蓝旗，镶蓝旗就驻在宣武门内；旗兵称自己的所居地为“四九城”，是拱卫紫禁城的军队。这旗那旗的在京城里摆布，朝廷是根据五行相生相克的原理，把八旗兵按照各自的颜色分布在四城。东方属木，金克木，金近白色，所以正白旗和镶白旗驻东直门和朝阳门里；西方属金，火克金，火近红色，所以正红旗和镶红旗驻西直门和阜成门里；北方属水，土克水，土近黄色，正黄旗和镶黄旗驻在德胜门和安定门里；南方属火，水克火，水近蓝色，正蓝旗和镶蓝旗驻崇文门和宣武门内。

内城的九门各有不同的用途，说是“九门有九车”。东直门走砖瓦木料车，过去的砖窑多是设在东直门外，由外地运来的木材也多是从这个门进城；朝阳门专走粮车，经由京杭大运河北运的漕粮到了通州后就经朝阳门进粮库；西直门有水门之称，历朝的皇帝都是喝玉泉山的水，所有运送宫廷用水的水车都从这座门进出；而阜成门因与西门头沟最近，四九城的生活用煤全从这座门进，再分散四处；那崇文门专走酒车，因崇文门设有税关，酒是大清的重要税源，不管是从哪座门进的，都要转到崇文门去报税，所以崇文门一年四季里总是飘着酒香；只有宣武门有走囚车之说，因它与菜市口最近，菜市口是清朝刑场，死囚报皇帝批决后就直接从大牢押菜市口问斩，那囚车都要经过宣武门。京城九门，各有各的讲究。西直门走水车，城门洞刻了三道水纹；朝阳门走粮车，城门洞刻了麦穗。菜市口在宣武门外，所以城门洞刻了三个大字“后悔迟”。九门的报时，有八个门是击鼓报点，唯独崇文门是打钟报时，所以就有了“九门八点一口钟”之说。清时朝廷的汉臣一般多在宣武门外居住，祁寯藻主仆二人从丞相胡同出来经南横东街的圆通观、千佛庵，关侯庙，果子巷的万顺客店等，再从胡同北口外东部至铁门胡同南口就到了海王村。这一带因在元明时曾设琉璃窑厂，便有“琉璃厂”之称。清初古董商开始在此经营，乾隆时期已成为古玩字画、古籍碑帖及文房四宝的集散地。老二酉堂是一四合院的店，在路南沙土园北口，处在有商家所说的金角银弯的旺地。店堂的门开在左侧，进门南房靠西有老酸枝木的书架，书架上都是一摞摞的老二酉堂刻本的书，主要是举子应考的一类读本和古籍重版书，还印有些市俗俚语的唱本，另兼顾销些文房四宝，习字的红模子、仿影和书法字帖。院内东、西、北房都是作坊，屋里存放着印书用的木雕版。祁寯藻一进店，店老板姓谢，人称谢瞎子，其实他一点也不瞎，见人就眯着双小眼，哈着腰恭敬客人，碰上是熟客他都是亲自敬茶，礼性周全。他不知为何事正在呵斥店小二，一见祁寯藻进店，马上就换了副脸孔，笑得一张老脸上尽是菊花纹展开，嘴里发出咂咂的声响，双手来回搓着，说："祁老爷呀，好长一向日子没见你老人家了，可见长精神啦。"他这话才落口，六儿在一旁扑哧笑了出来。祁寯藻眼睛一瞪，一屁股坐在老酸枝木八仙桌前的椅子上，没好声地抢白六儿："你小子是嘚瑟了吧？滚一边去。"六儿一脸是笑地站在祁寯藻身后，那笑意还在脸上漾着。只是苦了谢老板，他不知是哪门子的事让祁寯藻脸色挂了。他哪知道祁寯藻出门时说六儿见长精神了这句话，他又原样儿说了祁寯藻，这不明着是替六儿出了口气不？没等谢老板把杯子里的茶水倒满，店堂外又进来了一位爷，他身后跟着一个一看就是南方那边乡下的青皮小后生。此人一进店堂，目光就盯在那满墙的书架上了，竟然没看见祁寯藻坐在桌旁，他径直到书架前，眼睛在书架上扫来扫去。谢老板虽没在官场里混过，可他店里常来往进出的大都是朝廷里做了官的读书人，要不就是住在宣武一带在京赶考的举子，识人阅历可谓丰富，对祁寯藻摇摇头，低声说："祁大人，这位爷眼生，是第一次到店来的。看样儿是新科进士，应是在京城谋职不久。"他说这话时，不是瞧人不来，而一般来说寒窗十年博得了功名，头一两年在京城任职，无论在何地何时，言谈举止、衣着打扮一时还是脱离不了过去的习惯。这人一身的青色棉细纱长褂，脚下一双南方妇人纳的千层底布鞋，他的家仆，十六七岁模样，与六儿比精神差远了，站在店门外缩手缩脚，像是在街上捡烂食儿的。祁寯藻盯着那人的背，脑子在想这人是谁，他在朝廷里任职少说也有十几年了，军机、内阁、六部、再到理藩院、都察院、翰林院、通政司，还有大理寺、太常寺、光禄寺、太仆寺、鸿胪寺、国子监、钦天监、太医院、宗人府、詹事府、内务府，就连只管收文的奏事处他也想到了。这些衙门里的堂官、郎中、员外郎、司官等，凡他熟悉的或是照过一两回面的，都一一想到了，是谁呢？谢老板一句话激灵了他，哟，是他！脱口而出："是涤生吧？"那人一回头，一张长脸，下巴上有几绺短短的青须，浓眉下一双三角眼格外醒目，一双长手，几近膝盖骨了。也许是店堂里的光线暗了点，他先是走近看看，边问："是哪位？"一口的极难听的湖南湘乡话里夹着些京腔味儿。他就是曾国藩，道光十八年进士，此时他才任职翰林院检讨，七品官员，正二十八岁。

祁寯藻笑了，起身打个拱手，道："本人祁寯藻。"

曾国藩一听，赶紧要下跪行礼，说道："哟，是祁大人，国藩失礼了。"

祁寯藻忙扶住曾国藩到八仙桌前坐下，说："涤生，如此大礼，可是见外了。"

曾国藩双手抱拳行礼，道："祁大人是前辈，晚生不才，到京城供职年余，忙于俗事，无脸面见大人。还请见谅。"

祁寯藻笑笑说："涤生啊，你虽在京城日子不长，可你的大名你的学问我早就久闻了。呵呵，穆中堂对你赞赏不已，说你是'国之藩篱'，将来必是大清国的栋梁之材哇。"

曾国藩赶紧表白道："穆中堂对我是有知遇之恩，晚生与他有门生之谊。"

祁寯藻把茶杯端起，说："涤生，你千万不要误会。一个当今天下第一的满人权相，能如此看重你一个无权无势、来自湖南乡下的读书人，你这是为天下的读书人做了榜样。读书人当以国事为己任，大清国虽是满人立国，但满人如今都不以族别识人了，皆以炎黄子孙而自居。而我们一些读多了书的汉人，却还在用陈腐的民族意识来看今天的大清，真是可笑。涤生，我以茶代酒，敬你一杯。”他示示茶杯，一口喝了。

曾国藩忙把茶杯端起，一口而尽，真诚地道：“有祁大人如此见识，晚生落心了。”他与穆彰阿的师生之事，在一些汉人的私底下有不雅之说，说他是为博取功名，投靠满人门下，甚至说他是卖祖求荣。谢老板是做生意的人，见这个眼睛长到脑门顶上去的祁寯藻，对一个还只是七品的穷官员如此客气，这人必有过人之处。他借给二位续水的当儿，笑眯眯地说：“二位老爷，你们尽说些朝中的事，俺听不清白。俺就知道你们是天上的文曲星，学问大着呢。本店自前朝时就开办了，可一直以来店堂门前就没有贴过对联，上百年来有好多人想要给本店堂写对联，可上辈人说本店堂号是老二酉，必是两个同时在店堂相见的进士，才可给本店堂写对联，否则宁可不开口求赐墨宝。”

祁寯藻听了哈哈大笑，说：“谢老板呀，都说天下最精的人莫过于做生意的人了，今天我算是真领教了。想谋副对联还编出个百年史话出来，算你有本事。你店堂门口为什么没有对联，你以为我不知道？你呀，是在打窝子撒鱼饵，等那些好出风头的文人上当去写对联。前朝的大戏剧家汤显祖给你店写下‘储藏二酉，汇集百家’，本朝乾隆年的大学士纪晓岚也给你店写过一副对联：‘老二酉堂，大六壬馆。’哈哈，这些大名人的对联不是对联？你呀是在吊我们的胃口，借机收藏名人们的墨宝吧。”他这一番揶揄，说得谢老板讪笑无言。

曾国藩点头，道：“祁大人，这大六壬是算命的玄学，它于《易》的‘三式’其中即有六壬，它式应该属于《归藏易》或《连山易》。历史上精于六壬者，唐代名家僧一行便撰有《六壬明鉴连珠歌》和《六壬髓径》。宋代沈括的《梦溪笔谈》、明代王肯堂和茅之仪的《郁冈斋笔麈》《武备志》等，均有六壬内容的研究与阐述。这是本影响千年的奇书，只是它怎么与老二酉堂扯到一起？”

祁寯藻叹服道：“国藩呀，书读到你这一地步可谓是登峰造极啦。你号涤生，涤者，取涤其旧染之污也；生者，取自明袁了凡之言‘从前种种，譬如昨日死；以后种种，譬如今日生也。’你志向远大，太常寺卿唐鉴是湖南善化人，与你是老乡，这位老先生可是当今有名的理学家，他和大学士倭仁同以理学相号召，倡导束检身心，读书明理，当以《朱子全书》为宗。涤生你对他们是以前辈之礼事之，他们二人赞谓你专修‘内圣外王’之绝学，即物求道，身体力行。仅就刚才说的大六壬，你就如数家珍，娓娓道来，吾辈愧之也。”

曾国藩赶紧拱手致礼，道：“祁大人过奖了。若论才学，吾视大人和宣南诗社前辈，如仰望星空，心仪久之。读书人一生所求的是什么？进以修养身心道德，退以怡享常人之乐。若如此，须要以‘清、慎、勤’为三箴践行，吾尚年轻，打算坐十年冷板凳，用破一生心去究其根本，才不枉为读书人也。刚才大人所言的对联，虽说是戏谑之语，游戏之作，可对仗之工整，一看是出自名人之手也。”

谢老板忙摇手，搭讪道：“老爷请别说了，这是民间版本，哪有这事。”

祁寯藻拉着曾国藩的手，到店窗户前指着对面路口说：“涤生，你看对面是什么？”

曾国藩一看，不由笑了，抚掌乐道：“哈哈，我百思不得其解，纪大学士怎么会想到以大六壬来对老二酉呢？果真奥妙在此也。”原来与老二酉堂对面的是一家算命的馆子，门前高挑一幡子，上书四个大字“大六壬馆”。就在他俩说话时，谢老板已叫小二把八仙桌上的茶水撤去，铺上块羊毛毡子，展开张八尺宣纸，一应笔墨摆放在旁伺候。他笑眯眯地对祁寯藻和曾国藩说：“二位老爷，请赏赐墨宝。”

祁寯藻拿起笔在墨池里探探，不由说：“好笔呀，提而不散，铺下不软，笔锋尖锐，刚柔兼备，应是戴月轩的毛笔。”

谢老板伸出大拇指夸道：“老爷好眼力。”

曾国藩把桌上的宣纸捏起一角儿，在手里试了试，又打开印盒闻闻，三角眼大开，惊喜道：“御版宣纸、八宝印泥，这可都是清秘阁南纸店专供皇宫用的呀。”

谢老板得意地说：“小的知道老爷们所爱，我已给二位老爷备好了，略表心意。呵呵。”

祁寯藻笑道：“谢老板你这是下老鼠药想闹死曾大人呀。”他把笔递给曾国藩说：“涤生，你的‘八本’之说传之天下，读书人奉为经典。这会当是你作诗文的商机了，写副对联，换几样东西，值。哈哈。”

曾国藩心痒痒的，但他还是谦让道：“祁大人，你在前，你请。”

祁寯藻是个率性的人，把手一挥，说：“涤生，你就别谦让了。”

曾国藩一介穷书生，哪使用过如此好的文房物品，也就不客气了，握笔在墨池探探，稍一凝神下笔，宣纸上落下他遒劲有力的行书墨迹“文章千古业，春秋五车书”。

祁寯藻大声叫道：“好！此联暗合了秦始皇焚书坑儒，二酉之书典故。联语对仗、声律、平仄、修辞、用典，字字精巧，可见涤生是腹笥渊博，令人豁然开朗呵。”他对谢老板说：“你呀，别看今天的曾大人才是个七品官，可我敢断言，十年后必是这个——”他大拇指高翘，道：“位极人臣。有涤生在此，他人是不可再舞文弄墨了。”

曾国藩听了吓一跳，忙说：“请祁大人饶我也。国藩不才，哪有大人所说的志向？”

谢老板听祁寯藻这一说，曾国藩的形象顿时在他眼里光彩了许多。他赶紧要小二把墨汁未干的宣纸收到一边去，把备好的两份礼品一一送到曾国藩和祁寯藻手上，说：“不成敬意，多谢老爷费心了。”曾国藩还想客气下，祁寯藻却是收下交给六儿，笑道：“涤生，跟谢老板不需客气。他呀是有名的奸商，从不做亏本生意。哈哈。”曾国藩听他如此说来，也半推半就地收下交给他的家什。谢老板挥了下手，店小二把一摞书摆在桌子上，一脸的笑，说：“祁老爷，你要的书给备好了。”

曾国藩随手拿起一本打开，不由惊讶了声，说：“啊呀，曹雪芹的《石头记》，还是乾隆甲戌年刊刻版本吔。”他那湖南湘乡话虽然听天书般的难懂，可朗读诗文却是抑扬顿挫，极富声韵：“满纸荒唐言，一把辛酸泪；都云作者痴，谁解其中味。奇书，好书哇。”

祁寯藻见曾国藩如此喜爱这本书，就说：“涤生，我送你一套《石头记》，聊作闲情逸趣的书读吧。”

曾国藩眼睛一亮，瞬间就收藏了他的精光，把书放下，歉意地说：“大人的心意晚生领了，只是大人有所不知，家父和九弟国荃还有内人，近日又添一犬子，取名叫纪泽，十几口人骤然来京，原棉花六条胡同的房子已不够住，只好在绳匠胡同租了个四合院。九弟国荃是随家父上京就读，可他生性好动，若是此等书一入他眼，其他的书就不会读了。我这会上老二酉堂是来访《玉海》书的，没想到与大人相聚，这是缘分啦。”

祁寯藻道：“涤生，看来你是在为你的九弟博取功名作准备吧。《玉海》一书是一部类书，南宋王应麟编撰，分天文、地理、官制、食货等二十一门，有二百卷，再加上卷末还附有《辞学指南》四卷，并有辑者所作《诗考》及《诗地理考》等十三种。这书是专为词科应用而设，胪列条目，率巨典鸿章。所引自经史子集，百家传记，无不赅具，你我都是以它为敲门砖步入仕林。此道可是一条独木桥，不好走呀。你对九弟还是以顺从天性为好，何苦去逼上梁山呢？说不定他将来作为成就不在你我之下哩。知之非艰，行之惟艰。谋学问不难，难在践行，学问再大，如不能有所用，那又有何补呢。你们那个老乡魏源，他不也只是个举人，可他的学问他的思想，持一笔而有横扫千军之力。好了，家事是本难念的经。涤生，过几日我再登门拜访，看望令尊大人。”他抬头看看窗外的天色，刚才是好好的亮得发蓝的天空，这一会却是阴暗作晦了，对曾国藩说：“涤生，咱们得早点走，不然就会赶上扬尘的天气了。北京城千好万好，就是这四月天的沙尘天气令人受不了。”他对六儿交代说：“不等黄大人了，把书打包回去。”他话音未落，一人进门就急急地说：“实甫，出事了。”

祁寯藻一听吓了一大跳，忙问：“树斋兄，是不是林大人那边出了事？”进来的人忙摇手，说：“不是不是，林大人现在在广州搞得风生水起，形势好着呐。”祁寯藻一听大为高兴，说：“林大人不负皇上重托，好好。”忙热情地向黄爵滋介绍在一旁的曾国藩：“这位就是以经世致用而朝野闻名的曾国藩。涤生，这就是黄爵滋大人，呵呵。”可黄爵滋竟只瞟了曾国藩一眼，他一向是以直谏负时望的人，平素对官场的虚伪人情深恶恨之，所以他淡淡地说：“哦，你就是曾大人？久仰。”说完拉上祁寯藻的手，就匆匆地往外走，一边说：“定庵人不见了，他夫人刚才到我家哭泣泣地告诉我，定庵一清早只身一人，带家仆龚五租辆马车匆匆地走了，也没告诉家人去了哪里？你说急人不？”他这一说，把祁寯藻也弄心慌了，他匆匆跟曾国藩打声招呼，出门乘上黄爵滋的马车走了。六儿把包扎好的书扛在肩上，不无歉意地对还在发愣的曾国藩说：“大人，请别介意，我家老爷和他的那帮好友都是性子急的人，见谅。”说完也出了门。

谢老板见曾国藩一脸的稳重，不显焦躁，便小声地问：“老爷，定庵是谁呀？”

曾国藩一笑，说：“你说京城里，朝中做官的是谁最疯？”

谢老板把脑袋一拍，笑道：“谁都知是叫龚自珍的老爷，说他是‘狂来舞剑，怨去吹箫’的疯子。他常来我们书店里买书，他买书前要我们给他备酒，不然就不买书。他就是定庵？不过龚大人还真是个好人，对我们这些小生意的人可是和蔼呢。”

曾国藩哼了声，说：“若一味书生意气，不堪大用。”他丢下句话，扭身出了店门，他的家仆紧跟上。谢老板跟在后面喊：“曾老爷，那《玉海》还要不？我送上门去。”店外起风了，天色昏暗，风刮起一地的沙土，尘满衢陌。不知曾国藩听进了谢老板的话没有，他的身影在漫天的黄尘中走远了。

这一天是己亥年四月二十三日。龚自珍带着家仆龚五，租一辆马车从手帕胡同急急驰出。当马车路过宣武门内太平街头西侧的太平湖时，他悄悄掀起车上窗帘布一小角，对坐在马车前的龚五说慢些，瞟了眼匆匆而过的荣亲王奕绘王府，随手抛出一枝枯萎的丁香花，帘子放下了。龚五头上的一顶毡尼帽快压着眉头了，压低声音对车厢里的龚自珍不满地说了句：“老爷，她们娘儿早被赶出王府了。你还是安稳些好不，嫌自个的麻烦不够是不？”落在地上的那枝丁香花，被滚滚车轮碾成碎叶残渣，随车轮带起的一阵风卷起，与漫天黄尘搅混在一起了。车内，龚自珍掩面长叹，发出幽幽哀怨：“走吧。零落成泥碾作尘，只有香如故。”

马车急速地冲出才大开着的城门，一卫兵差点被马车挂在地上了，等卫兵想去拦住时，马车已过城门走远了。当王爵滋和祁寯藻火急急地乘车赶到宣武门时，天已黄沙滚滚，五步外就看不见人影了。祁寯藻跳下车去问躲避在城门边一木棚子里的卫兵：“你们看见辆马车出城门了吗？”士兵大声告诉他说：“老爷，你是问龚老爷吧？”“没错，就是他。”“老爷，城门一开他的马车就出去了。走得火急，还把我们一个兄弟的衣服给挂破了呢。”祁寯藻没再问话了，丢给士兵几枚铜钱跳上车说：“已走远了，回去吧。”

路上，王爵滋苦着眉头，问：“定庵是不是跟那个顾太清的事发了？”

祁寯藻惋惜道：“他呀，性情中人，无事也可闹出事来。唉，何苦呢。”

王爵滋慢慢地说：“祸之作也，非作于作之日，亦必有所由兆。说来，奕绘王爷还算是个有度量的人，就凭他是皇上的亲侄子这一身份，他只要稍动一个指头，不消说一个龚自珍就是十个龚自珍也会被他灭掉的。顾太清在王爷活着的时候，她与定庵的诗文往来，虽有流言，但谁也不敢拿她怎么样。可王爷一死，她的那个额莫克我们汉人叫婆婆的绵亿，还有王爷的儿子载钧，这些人可不是善良之辈。果不然，奕绘王爷尸骨未寒，顾太清连同四个孩子一起就被赶出了王府大门。你想他们会放过定庵吗？”

祁寯藻说：“树斋，我也相信定庵是绝不会去做出格的事。唉，只是这事闹得四九城都知道他跟顾太清真有事似的，说来这也跟他口没遮拦的毛病有关。默深曾专门去信说他‘酒席谭论，尚有未能择人者，此事须痛自惩创，不然积习非一日可改，酒狂非醒后所及悔也’。他对我也曾指天画地发誓说，吾将缄舌裹脚，杜绝诸缘。结果如何？现在可是验证了吧。他这次匆匆出走，会去哪儿呢？”他不由担忧起来。

黄爵滋倒是不像祁寯藻那样显得有情绪，说：“这你放心，就凭龚自珍这天下第一名士响当当的名牌，他到哪儿没饭吃？说不定我们还在替他担忧时，他呀已与一帮酒友在聚宴了，意气飞扬，纵谈高论，有不堪一世之意呢。”

祁寯藻有点不满地说：“树斋兄，你还有心思笑话他？古人尚且知不以一眚掩大德。以定庵之才，数百年所仅有，非常之人才可有非常之事也，我们回去吧。”

黄爵滋歉意地说：“惭愧。实甫，我看定庵此番南下定去扬州见魏源了。”

祁寯藻惊愕了下，说：“魏源不是在南京吗？”

“我前日收到魏源的信，陶公本已告假回乡下休养，可他的身体状况受不了舟车劳累，就在金陵府上闭门养病，魏源也就回扬州絜园关门著书。你想定庵称魏源是读万卷书、行万里路、总一代典、成一家言的大家人物，他们之间是惺惺相惜，世间唯有默深是他可倾诉内心万般苦楚的至交，此刻不去找他，还会去找谁呢？”

说话间，马车到紫禁城门前，黄爵滋掀开帘子一看，不由啊了声，说：“哟，到了。快停车。”他不等车停稳就跳下车，祁寯藻有点不解地问：“树斋兄，今天是休假不理事，你怎么还去值房？”黄爵滋苦笑了下，问：“实甫，今年是何年？”祁寯藻下车伸手摸摸黄爵滋的额头，说：“你没发烧吧？己亥年呀。“黄爵滋冷笑道：“你呀，今年是朝廷的大计考核之年了。”祁寯藻拍了下脑袋，说：“京察是逢子、卯、午、酉年进行，大计每逢寅、巳、申、亥年进行。我倒是差点给忘记了，只是这事与你有何关？”他说这话的意思是你黄爵滋是鸿胪寺卿，那京察大计是归吏部管理的事。所谓京察大计按朝廷规定，文职官员每三年考核一次，对北京官员的考核称为京察，大计考核的对象为管理一省钱粮征收事务的布政使、案件审核事务的按察使等，京察和大计均由吏部会同都察院、吏科、京畿道负责审核。对官员考核内容十分广泛，凡职务之内，均为考核内容，考核合格者分为三等，分别为一等称职、二等勤职、三等供职。京察优异者称为京察一等，大计优异者称为大计卓异。不合格者列入六法，为不谨、罢软无为、浮躁、才力不及、年老、有疾。“老中堂大人向皇上荐我出任今年大计考核的主官，这不是得罪人的事吗？”黄爵滋一脸极不情愿的表情。

祁寯藻笑着说：“我说树斋兄，他人可是削尖脑袋想谋这一位置呢。”

黄爵滋眉头高挑了，这是他心里有气要发前的动作，祁寯藻赶紧说：“树斋，你千万别发火，此乃戏言也。”“实甫，你说的是实。皇上圣明，本来这事以前都是穆中堂管，皇上却交给了老中堂大人，人员由他去定，老中堂大人就把我给拉上了，而且还把另一个大人物也给拉上了。”说到这，他脸上浮出一抹笑容。

祁寯藻忙问：“是谁？”

黄爵滋一下仿佛是第一回见到祁寯藻似的，认真地望着眼前这个高单瘦，脸上的皮紧贴着，显不出一点肌肉感，着一身洗得发白不见纱路了的单衣长褂，下巴上的胡须与他的头发一样已是花白了的祁寯藻，笑了，说：“此人乃江苏学政祁寯藻大人也。”

祁寯藻大吃一惊：“你，你没开玩笑吧？”

黄爵滋点头，认真地说：“朝廷之要事，可胡言么？老中堂大人可真会选人呀。说你撰写《新乐府》三章，刊示各地，痛陈鸦片烟之害，其文犀利之极，前所未有的。现由你这个六亲不认的西老倔出来主考大计，我看今年的大计不把那些职官考出一身油来，才是怪呢。”

祁寯藻双手作揖，说：“树斋呀，我明白了，老中堂大人急着要我赴京，原来是为这得罪人的事呀。”

黄爵滋笑笑说：“老中堂大人向皇上举荐了你我为今年大计的主官，所以把你召进京来。呵呵，这叫做有难共当，有福共享。待大计事毕，我做东，你作陪，以感谢老中堂大人的知遇之恩。”

祁寯藻乐意道：“好呀，还是我做东，你那几个俸禄银子养家糊口还不够呢。大计是得罪人的事，老中堂大人是看你我好说话，就把这苦差事儿交由我们天下第一的傻瓜来办了。在地方当差多好，有吃有喝，有拿有送，肥着呢，只有傻瓜才到京城里干哩。哈哈。”

黄爵滋苦笑道：“实甫，瞧你这一身瘦得跟豆壳子样，快别说这没油盐的话了。快走，又要起沙尘暴了。”他俩从紫禁城的二门进宫去了。风搅着漫天的黄沙尘暴，铺天盖地扑来。

遇上黄沙尘暴的天气，慈宁宫的大门就紧闭着。孝和睿皇太后寝殿进门的那张厚厚的门帘拉得死死的不算，还又临时加挂了西藏达赖喇嘛进贡的一床毡毯，尽管室外的狂风刮得院内才吐出新芽的老柳树像个疯婆子在撒泼，屋里却是一派宁静。孝和睿皇太后一脸的倦容，着一身湖藕色的团龙暗花绸袍，歪着身子靠着炕上一条绘有凤凰图案的黄绸缎枕头，透过玻璃窗把室外的沙尘天色看了足足有抽一窝子烟久的时辰，她才收回目光。而坐在炕边一青花缠枝莲花卉纹绣墩上的孝全成皇后，着件石青绸缎褂，也随皇太后的目光在移动，炕上一嵌螺钿高束腰方几上摆四小碟儿。一样是万全堂的茯苓饼，因它有清心火、健脾、祛湿浊的药用，成了后宫里女眷每日必不可少的糕点；另一样是御膳房点心局内烙案专门为后宫做的饽饽，小发面火烧，一拇指儿般大小，精细香甜，入口即化。还有两碟儿的时鲜水果，一份产于浙江余杭的塘栖枇杷，黄灿灿的皮上着一层茸茸细毛，嫩叶儿附着上面，水汪汪的诱人；再就是有名的吴越杨梅了，紫红艳丽，实是爱煞人儿的鲜味儿。“我说了吧，这天气里，你们都不要来我这儿朝觐了，你犟着来啥？身子骨才好上点儿。瞧瞧，你现在就是想走也是出不了门。”孝和睿皇太后着双白缎绣五谷丰登袜子的脚，若是光看这一双小脚，没有人不会当是汉人女子的小脚。她一头油青的长发绾在脑后，纤细光洁的手指拈了枚杨梅，见孝全成皇后直立着身子端庄地坐着，不由数落道：“沙里甘追呀，你不要在我面前老是端着皇后的身架好不？也不嫌累，歇着吧。”满语里沙里甘追是侄女的意思，孝和睿皇太后用满语称呼她。“姑爸爸，沙里甘追不累。”满人把姑姑叫做姑爸爸，孝全成皇后白皙发青的瘦脸上浮现出一层浅浅的笑容。“还说不累，头上那什物儿没有半斤也有三四两的了。你吃点水果呀。”孝全成皇后用手掩着小嘴说：“姑爸爸，我瞧着这杨梅牙齿就软了，怕酸。”孝和睿皇太后用手轻捏了枚杨梅含在嘴里，说：“有口福不会享受，南方的水果就是比北方的要好吃多了，难怪当年先帝乾隆爷要六下江南哩。”孝全成皇后笑道：“姑爸爸，祖宗爷要是有灵听见了你说他怪话，非撕了你这个媳妇儿这张利嘴不可。呵呵。”孝和睿皇太后笑道：“没大没小，去去。”发着感叹说道：“沙里甘追，皇帝也是人。大清到今天这分上也有二百年了，要说日子过得苦的皇帝，就是道光了。就说这杨梅和枇杷，还是昨日里琦善的大福晋送来孝敬我的，要靠皇帝他是吃不上了。与列祖列宗相比，他当皇帝二十年，我就没见他过个舒畅的日子，舍不得吃舍不得用，就连我们后宫也是跟着他受憋气儿过日子。不知是这世道变了，还是老天爷在跟他作对。唉，当大清这个家不容易呀。”她叹了口气，看了眼孝全成皇后手指儿全是用长长的金套护着，又引起了她的话题：“沙里甘追，不是我看不起满人的一些生活习俗，你说你手上带这么多护指甲的金套有何用，好看吗？”她摇摇头接着说:“不好看又不中用,女人呀要的是会女红会持家会生孩子。”孝全成皇后笑了，说：“姑爸爸，你说女人要这会那会的，你老人家会哪样？嘻。”孝和睿皇太后也跟着笑了，说:“死妮子,你是在挤对我呀。”说着她拿起孝全成皇后的手，取下她手上护指甲的金套子，端详着看了好一会儿，说：“沙里甘追，不是姑爸爸说你，从你手指甲看，指甲洁白，不见血色。你身为六宫之主，在一些事上不要太过多地去用心思了。你把自己的命搭上去了，是不值得的。我在宫里几十年了，听到的见到的事还少了去？瓜扭氏借给我表孝敬的机会，实是来向我诉苦，说扬州的官员给琦善送了个会唱曲儿的汉人小女子，琦善当宝贝儿藏着，被她察觉了，要到皇帝那里去告状。我就劝她，男人都是一路货，吃在碗里，看在锅里。他要偷腥就是狗要吃屎，桐子叶都罩不住。你只能是睁一只眼、闭一只眼，你还能把他们怎么着吧。再说那个汉人小女子又不是给琦善做小，他养个唱曲儿的乐乐，又没犯着大清的哪条律法。家里这破事儿，就别去皇帝那儿烦人了。我要她看看宫里的女人们，别看她们光鲜得很，从皇后、皇贵妃、贵妃、妃、嫔、贵人、答应，一年里她们能有几次与皇帝同寝？她们有苦还说不出口呀。我说你瓜扭氏至少还能天天看到他，时常还能在一个被窝里躺着。女人就是这个命，你不认也得认。”

孝全成皇后眼圈儿红了，她用手帕擦拭了下眼窝，说：“感谢姑爸爸的心意，沙里甘追明白。今上午儿，已过了的荣亲王奕绘的大福晋妙华到我那说，她把王爷的侧福晋顾太清和她的儿女都赶出了门，还要去宗人府注销顾太清儿女的户籍。说这事请太后娘娘做主，下懿旨给宗人府。”

“胡闹！”孝和睿皇太后脸色一沉，生气地说：“奕绘是皇帝的亲侄子，他人死了，可他与那个顾太清生的儿女还是爱新觉罗的血脉不？怎容得他们想怎么着就怎么着了。你去告诉他们，小孩要找回来好生养着，那个顾太清不守妇道可驱逐出门，但不得去伤害了她，要重在奕绘生前的面子，别逼人太甚。不要以为我这个老太婆是睁眼瞎子，不理一点世事的人。顾太清是我们满族女人中的才人，她跟那个汉人叫龚什么的？”她一下想不起来名了，孝全成皇后在一旁说：“叫龚自珍，说是当今天下第一名士。”“他们是文人，喜欢做些诗词表达个什么情呀意的，奕绘在世时都不管，他们凭什么去追究人家的不是？真是的，现在都多少年了，还在把自己当二百年前满人才入关的劲儿在显摆着？这些人自以为是，吃老祖宗的饭，不思进取，再大的家当也会坐吃山空。”孝和睿皇太后说着气越发涌上，脸色潮红了，大口气儿有点接不上来了，孝全成皇后赶紧上前去抚摸她的背，说：“姑爸爸，这事儿就交儿媳去办。你歇着儿，养身子要紧。”孝和睿皇太后平喘了口气后，看了看玻璃窗外的天气，院中的那棵老柳树的嫩枝儿只是轻轻地随风在摆动了，便说：“这会儿风停了，时候也不早了，你回去吧。我得提醒你，你是六宫之主，那些什么诗词歌赋少去沾染。女人以德为重，德厚乃能载福。”她这话不明究理的人听了不知所云，其实个中的纠结还是在道光十六年皇太后六十大寿那天，孝全成皇后因一时兴起，随道光为孝和睿皇太后写寿颂十章恭和了御诗十章。不想这事竟引起了她的不满，说是皇后所为会给宫中其他妃嫔起不好的作用，姑侄俩由此产生了隔阂。这会孝和睿皇太后又是旧话重提，显然是含有警示之意。说罢，她两眼合上，靠在枕头上养神了。孝全成皇后起身给孝和睿皇太后道个万福，悄声说皇太后金安后，又把她盖在身上的丝绵薄被掖了掖才离去。这一细小的动作，全让微闭着眼的孝和睿皇太后感觉到了，她在心里默了下神，长叹息一声，做皇帝的女人难呀。

直隶总督署的黑色三开间大门，坐北朝南，悬一匾额，上书“直隶总督部院”。院内有数十株粗大的桧柏，每逢冬季，数百只猫头鹰栖息其上，“古柏群鸮”便成了衙内特有的景观。因直隶总督有护卫京畿之责，其位列清廷八大总督之首。总督署大堂，五开间，堂前有抱厦三间，堂外有露台，大堂森严肃穆。大堂对面的戒石坊为一座四柱三顶的木牌坊，南面书有“公生明”三个红底金字，北面竖有一木牌雕刻的箴规“尔俸尔禄，民脂民膏，下民易虐，上天难欺”。儆诫官员须谦恭尽职，公正廉明。

二堂院是总督平时的办公处所，呈四合院形制，布局严谨，四周廊庑相通。总督署虽然地处北方，但其建筑却有江南风格，堂屋的托檩、廊檐、门楣雕工精细典雅和厚重，堂内悬有“政肃风清”匾额。三堂又称官邸，是总督的书房和签押房。中间经一过厅，可进入四堂。四堂又称上房，是总督及其家眷生活居住之所。这几天来，琦善把衙署里的事都放在一边了，在签押房里埋头把林则徐去年六月以来上的《筹议严禁鸦片章程》《颁发禁烟治罪新例告示》《查禁营兵吸食鸦片条规》和《编查保甲告示条款》等奏折一一梳理。在他身旁的钱师爷从没见主子这么认真地审读过文稿，不由有些疑惑地问：“老爷，皇上要你老人家修改林大人的这些奏折，是不是还有其他的那个？”他是浙江绍兴人，那一带出来做师爷这一行当曾有“不啻万家”之说。琦善久经宦海，办事干练，但毕竟他不是科班出身，在文牍辗转间，全靠他身边的一帮师爷幕僚了。而这个钱师爷是他督府里这一帮人中有“文胆”之称的人，他所写的奏稿，就连道光看了也称好。所以，琦善对他以“先生”之称，所给的年脩也是其他幕僚的数倍。

“钱先生，这些奏折是皇上交我和穆中堂的‘作业’，整理后布告天下。朝廷上下里外，在禁烟事上都当我和穆中堂是所谓的‘弛禁派’，本来政见不同是很正常的事，就让好事的人给搅浑了。”他说着就来气了，起身使劲擤了擤鼻子，钱师爷赶紧从炕桌上拿起只白地套红料松鼠葡萄鼻烟壶递过去，琦善拧开镶金的绿宝石小盖，小心地用小勺从壶里舀了点细细的烟末，沾在手指甲上，贴着鼻孔使劲一吸，再张开大嘴，“阿欠！”打喷嚏的响声，震得钱师爷赶紧捂着耳朵站一边去，嘟囔着：“老爷，你打喷嚏的响声，这屋顶都会震垮的呀。”

琦善揉揉鼻子，浑身一下通泰多了，他仔细地把鼻烟壶的盖子合上，一边说：“钱先生，看你骨瘦如柴的样，你怎么就放不下那口烟？我说了你多次，闻鼻烟多好，又过瘾，又不伤身体。如果没有好处，当年雍正先帝爷会把一个夷人的玩意拿来中用，并把它的原名‘士拿乎’亲自命名为鼻烟吗？你别小看这烟末一点点的，它制作起来可费劲呢。它是用蛤蟆头烟面加入一些黄羊粪灰，因为黄羊吃的草是一种名贵的药材，黄羊粪对一些疾病能起治疗作用。然后将烟叶晒干、粉碎过筛后的粉末配上草豆蔻、薄荷冰、冰片、白芷、白檀或紫檀香、红花、丁香、面碱等搅拌均匀，分装小瓶或小包，然后用洋酒和香精浸泡入味，再加入鲜茉莉花入缸发酵，一缸鼻烟要进行七八次发酵以后再将这些鼻烟密封保存，这叫‘泄劲’。这还要过四年以后才可食用，食用前还要再用新鲜的茉莉花提味。”

钱师爷连连啧了几声，讨好道：“老爷，难怪说一两烟面值一两金，好东西哇。”

琦善把鼻烟壶拿在手上把玩，在房间里来回走动，“钱师爷，”他一改称先生的口气，面色冰冷了，说：“这份《严禁鸦片烟条例》共计三十九条，条条可置人于死地，本中堂可不想因你而把头上的这顶帽子丢了。从今起你给我把烟断了，下帖子告示本衙署里的所有人，若有偷食鸦片者，一经查获，就地正法。”

钱师爷赶紧哈腰应道："在下明白。"他回这话时，一线鼻涕清水流出，像线儿吊得长长地垂着，竟还随着他身子在晃动着，他赶紧用手一抹，再顺手在衣袖边儿一擦。琦善见了，一下极其厌恶地说道："瞧你这德性！我就不明白，陶中堂身边的幕僚魏源、包世臣跟你一样都是汉人，可人家就那么有正气。"他手一挥，要钱师爷下去。

钱师爷赶紧退身而出，他一转身，见琦善的大福晋瓜扭氏站在签押房门口，忙哈了腰，叫了声："夫人，你回来啦。"灰溜溜地去了。琦善本是一脸的恼怒之色，一见瓜扭氏在门口，脸色马上变成了暖色，一脸的谄笑说："夫人这趟京城之行辛苦，皇太后可福气吧。"他挥手要随从赶紧给夫人上茶。"去去，喝什么破茶。"瓜扭氏没好声地把随从轰出去，进门把房门一关，四下看看，冷笑着说："你还有心惦记着皇太后，难为你还有这一片孝心。她老人家说琦善这奴才可会当差，皇上对他圣眷正隆，要我小心着服侍着你呢。"琦善着急地极力表白道："夫人，你这是在折我寿也。你就是借我十个胆儿，也不敢有劳你呀。"瓜扭氏下腰双手在腰间弯弯，学着汉人女子示礼，说话的那声腔极是柔情道："夫君，小女子给你赔礼呐。"天啦，琦善哪见过瓜扭氏如此的模样，琦善差点要下跪了，说话声都变腔了，结结巴巴地说："夫、夫人，你、你这是哪、哪门、门子的事呀。我、我？"他一下手足无措，不知如何才是好。

瓜扭氏拍拍手，门打开，两妙人儿一个背着一架用蓝绸缎包着的古琴，一个身着红绸缎衣，挽着一个小包袱立在门口。琦善一下仿佛是冰冻住了，一身的僵硬，两眼发直，失声道："呀，是兰儿、阿珊，你、们？夫、夫人，这、这是怎么回事？"

兰儿和阿珊双双跪下："老爷，是夫人接我们来哩。"兰儿那话音似是翠林莺声，婉转悠扬，酥软人心。琦善着实被瓜扭氏的所为给怔住了，心口在扑扑的蹦跳，瞅着如画般的兰儿，她黛眉间聚千般苦楚，琦善心尖儿莫名刺疼般地抽搐了下。琦善冲动地上前去扶起兰儿和阿珊，“起来，起来。地上凉着呀。”说话的那声儿竟然极是亲切和蔼。瓜扭氏瞅着琦善那痴迷的神色劲，心窝里在翻腾着酽酽的醋劲，她那一张秀丽丰润的蒙古人的脸庞，被内心的妒火焚烧得快要变形了，冷冷地道：“好一个琦善，胆子不小呀，家里有三房了，还敢在外面金屋藏娇！我去了皇太后那里本是要告御状，皇太后发了话，说男人是狗改不了吃屎，那好我就把这两个骚蹄子找回来，好好地供着，让你天天看着，吃不着的。来人！”瓜扭氏身边的丫环应声推门而进，道：“大奶奶，奴婢在。”“领兰儿和阿珊姑娘去后院的偏房里安顿好，不可怠慢了她们。”瓜扭氏交代完就不再说话了，手上的丝绸彩巾一扬，扭身而去。兰儿和阿珊随领路的丫环往后院走去，过月牙门时，兰儿回眸瞅一眼儿琦善，双瞳剪水，犹怜天人，身影随即消失了。

琦善连连拍了几下自己的脑门，似是在幻境中，可美人留下的那肌肤之香，唯有那心痴如醉的人才可感觉出来，才可从万千人中闻之出来。这正是相思休问定如何，情知春去后，管得落花无？钱师爷匆匆进来，见琦善在那儿发愣，不知发生了什么事，小心地禀报道：“老爷，盛京将军耆大人来看你啦。”

“不见不见。”琦善听都没听清楚是谁来了，就把手挥挥，连连说道。他心里那个乱呀，哪还有心思去听别的事。“哈哈，琦中堂，部将耆英给你请安啦。”一个武高武大的满人着从一品武职将军的服饰，乐呵呵地进来，大声道。琦善抬头一瞧，马上是一脸地笑了，忙回过神来执礼，连连说：“哈哈，是介春呀。失礼失礼，不知是哪股风把将军大人吹来的呀。”自称耆英的人是正蓝旗人，字介春，与琦善同年，盛京将军。琦善亲热地拉住耆英的手，不待耆英开口，笑道：“介春啦，回朝廷述职也用不着绕一个大弯，多走好几百里路从山西转道上我这儿来，花这么大的脚力就为着是来看我？这当中恐怕另有所图吧。来，坐下歇口气，给耆将军看茶。”他话没说完，钱师爷又是兴冲冲地进来禀报道：“老爷，云贵总督伊中堂大人来见你啦。”琦善和耆英腾地起身，忙说：“快去开中门迎客！”琦善交代的话还没落音，一身干瘦的伊里布着一身行袍，风尘仆仆地进来了，道：“琦中堂，这礼节就免了吧。”他见耆英也在，高兴地揖礼道：“难得呀，这真是唱了出《群雄会》大戏啦。耆将军好久不见，你气色如此亮堂，甚胜于琦中堂了。呵呵。”伊里布比琦善和耆英要大了十八岁，镶黄旗人，嘉庆六年进士，字莘农，在满人中跟穆彰阿一样属翘楚。他们三人一番礼让后落座。钱师爷把茶水端上，琦善兴奋地交代道：“钱师爷，你去满园春酒楼订一桌满汉全席，我要为伊中堂和耆将军洗尘。”钱师爷忙点头应答，轻轻地把门带上退出。签押房里就他们三人了，其余的下人一概回避，到门外候着。

琦善对伊里布是优礼有加，虽然他在清廷的八大总督中位列第一，但对他伊里布是以兄称之。“莘农老兄与耆将军，一路辛劳，请用茶。”他两眼在伊里布和耆英身上转来转去，伊里布横了眼琦善，说：“看什么？是不是认为我和耆将军早就商量好了，一起到你这天下第一的督府来打秋风了？哈哈。”他端起茶杯把杯里的茶水一口就喝光了。琦善亲自把壶续水，一边说：“莘农老兄，耆将军前脚才进房，你后脚就跟着进来了。你说这当中能不让人觉得有点儿不正常吗？”耆英点头称是，说：“琦中堂所言是实。”伊里布本已端起了茶杯，又放下来，说：“是啊，耆将军远在盛京，回京城也不用转到保定来。你们是不是有要事面叙，要不我回避？”他说着就要起身。

琦善赶紧摆手，说：“莘农老兄，你就别打哑谜了好不？你也不是一盏省油的灯。你跟耆将军不约而同亲临保定，仅只是来品尝满汉全席？恐怕没有那么简单吧。”

耆英乐道：“琦中堂不愧是满人中的诸葛亮，本将军佩服不已。”

伊里布对着手中的茶杯吹吹，笑着说：“琦中堂，你说不简单，那就说下去呀。老夫洗耳恭听。哈哈。”

琦善正要开口说话，钱师爷一头扑进来，惊喜地禀报：“老爷，又来了一位大人。”琦善吃一惊，忙问：“是谁？”他话音一落，门外就有人在大声地嚷着：“是谁？当然是我呀。”房里人全都笑了，一齐起身道：“哈哈，是奕经将军呀。”

琦善更是乐了，亲自大开门，双手执礼，道：“奕将军，你看看房里还有哪些人？”奕经于道光十年，浩罕入侵新疆喀什噶尔等地，他随从钦差大臣长龄驰往剿办。由于长年在边塞一带驻防擢至伊犁将军，风霜雨雪的浸染，一脸的黑红。他一进房，见伊里布和耆英，那个乐呀，上前就朝伊里布来个满人的大礼抱腰礼，右腿上前一步，两手张开，双手抱住伊里布的腰下拜，伊里布抚摸了下奕经的背作为还礼，道：“奕将军，你松手，老夫的一身骨头快被你挤断了。”奕经起身，他跟耆英都是驻外的将军，两人乐呵呵地碰了碰肩膀头来个擦肩礼，以示亲热。

琦善乐道：“呵呵，有朋自远方来，不亦乐乎。诸位请坐，请喝茶。”

伊里布笑道：“哟，琦中堂竟然也满口之乎者也啦。呵呵。”

奕经身上散发出草原上一股特有的羊膻味，对琦善大声说：“琦中堂，我给你带来了一车草原上的黄羊肉，可香着呢。实在不知你们二位也在，下回再补。”他歉意地对伊里布和耆英说。伊里布笑笑说：“好啦，我不吃羊肉，你就别操这份心了。琦中堂，你刚才要说的话还没说出来，正好奕将军也来了，你说说看。”他用手掩了掩鼻子，奕经不介意伊里布的举止，反而故意凑近他问：“伊中堂，你说什么来着？”

伊里布忙连连挥了挥手，说：“去去，听琦中堂的。”

琦善两手一摊，笑道：“哈哈，现在还用说吗？诸位都是朝廷的封疆大吏，能从四面八方把你们一同召集上京，只有穆中堂了，他肯定是秉承皇上的意思，利用大计时机把你们召回京，看来还有其他事要与你们交谈。”

耆英快语道："琦中堂，你在天子脚下知道的事多，我舍近求远来找你探个究竟，以往回京大计述职，都是吏部下文通知，用不着穆中堂出面，而这回是他发六百里加急，我就觉得有点儿不正常了。"

奕经说："我也是一路上摸不着北，穆中堂要我赶紧回京，我想新疆这一向并无战事，那是为什么？所以我也是特意转道来向琦中堂讨个明白。"

伊里布在房里来回踱着，若不是他那口满人腔的京味儿的话，谁也不相信他是个地道的满人了，他沉稳地说："看来，我们这次回京与南边的事有关。大计这事今年是由江苏学政使祁寯藻和鸿胪寺卿黄爵滋为主考，听说这两人可是不太好打交道。皇上这样安排自有他的用意，你们不要掉以轻心啦。"

耆英不解，问："南边是什么事？"

琦善道："莘农老兄果真是足智多谋，诸位对今年的大计不可轻慢了，祁寯藻和黄爵滋都是老中堂推荐的人。"他说到这，拿起桌上一份林则徐的折子掂了掂，没再说下去了，转而说："广州那边在林则徐的威力下，以英夷为首的各国商馆把鸦片全上缴了。但英国政府认为我们是背信弃义，制造事端。他们正从国内调集兵舰往澳门洋面聚集，广州那边也全力在部署兵力备战，目前的局势是处在一触即发的当口。你们这次回京，皇上有可能是想听听你们的看法。"

奕经顺手在桌上碟子里拿枚枇杷，连皮也不剥就放在嘴里边吃边吐出核，说："看京报说形势大好，夷人都俯首称臣了，怎么还会有战事呢？"

伊里布摇摇头，说："商人的利益背后是国家的利益。禁烟于我大清有利，但对夷国来说就是不利了。如果皇上决心要禁烟到底，看来战争是免不了，但我们是否胜券在握？若以一战而定乾坤那是好事，可是后果将如何？谁也无法预料。"

琦善点头说："莘农老兄的分析在理，现在夷人都已罢市不经商了。

夷人不做生意，就没有税收了。听说豫堃上了密折给皇上。”奕经忙问：“说了什么？”琦善一笑，说：“我要是知道了，还叫密折？呵呵。”奕经脸一红，讪笑不语了。“豫堃是粤海关监督，税银是国库的重要税源，皇上可把它看得比命还重。”琦善说完，伊里布点头，沉思道：“问题就在这，我们这次上京，该说的还得直言。”

奕经问：“伊中堂，直言什么？能否明白点。”

耆英接着问：“伊中堂，你这话叫人听了云里雾里的，什么意思？”

伊里布摇摇头，狡黠地说：“琦中堂，你说呢？”

琦善在心里骂着伊里布是只老狐狸，可脸上一脸的笑容，说：“皇上自有主张，我们做臣子的唯有以皇上的旨意行事。只是这两天，皇上要我和穆中堂修正林则徐上的一份《筹议严禁鸦片章程》文稿，本人才完毕，诸位来了正好指点一二，也许能有所启发吧。”

伊里布把琦善递给他的文稿翻了翻，说：“皇上禁烟之事，看来到了该是以重典治之，不想拖延太长了。这也就是说皇上他？”他话到嘴边突然又不说了，冒出句话：“天机不可窥测。”

钱师爷进房，哈着腰说：“老爷，酒席备好了。”

琦善客气道：“诸位大人请。”附着钱师爷的耳朵交代了下。

出门时，奕经还在嘟囔着说：“伊中堂怎么看像个汉人了，说话一点也不痛快。”

琦善说：“瞎想什么呀，到了京城就明白了。喝酒去！”

第七章

当龚自珍乘坐的马车到固安县永定河边时，已是天近黄昏了。固安县属京师顺天府南路厅，有京南第一城之称。永定河原来叫浑河，每逢发大水时，因水四处漫延，无所定处，灾难不已，所以又叫不定河。康熙三十七年于成龙以总督衔管直隶巡抚，奉诏主持浑河治理，使京畿免受水患数十年，康熙于是御赐河名"永定河"。永定河水在夕阳的余晖下，闪烁着青缎子般的波光，两岸倒垂河面上的林柳间，偶尔一二浮鸭，一声欢鸣"嘎——"，亮翅掠水面数步，又一头扎进水里，似是生生地撕裂了水面上绸缎般的水片儿。龚自珍下车就到河边码头上，蹲下身子，双手掬一捧清凉的河水在脸上擦擦，顿觉晕晕愕愕的疲乏劲儿清醒了许多。车把式笑嘻嘻地问："老爷，你今夜还赶路哇。"

龚自珍抹了把脸，起身看了看天色，说："走。"四下看了下，问："龚五人呢？"

车把式一边在整理车轭，一边说："五哥叫船去了。"正说着，龚五从码头那边过来，高兴地说："老爷，愿意去南边的船只有一条了，船还是结实，只是船价儿高了点。"

龚自珍是从不问钱上的事，说："好。"码头上人已稀少了，编织好的柳箱、筐、篮、升、斗、簸箕、笸箩等小山似的堆集在码头上，等着装船销往南边去。一条专走京杭大运河，两头高翘、双篷桅的朴梢船慢慢靠近码头，这种船吃水深，抗风浪能力强，有两间客房的舱间另还有间下人住宿，里外方便。船一靠稳，船家抽一跳板搭在船舷边和岸上连接，在跳板上走了两个来回，才大声地说："老爷，可上船啦。"龚五和车把式把车上的四个大箱卸下，在船老大的帮助下把箱子装到船舱里了，龚自珍才上船。船老大正要抽跳板时，突然从码头上奔来一辆马车，一小女子呼喊道："船家，请等一下。"马车到了船面前才急急地停下，马直喷白沫，冒一身的汗水。车上的轿帘掀开是阿珊，她下车把兰儿从车里扶出来，她俩虽然是云鬓不整，但那俏丽娇柔之容貌不减，阿珊急嚷嚷地问："船家，船去南边吗？"

船老大应允道："小姐，船是去南边，只是这船已有主租了。"他说着去抽跳板。

阿珊急了，见码头上没有其他的船了，几乎是哭着求道："船家，我家小姐有急事要南下，这会儿去哪儿找船呀？你就行行好，让我们搭上吧，我们多出银子便是。"

船老大一听说有银子给，马上笑嘻嘻地说："这得看东家的意思了，我是愿意行个方便，东家是个读书人，你们去求他吧。"龚五一脸的不高兴，说："说好了，这船是我们老爷包了，不得上他人，开船开船。"嚷着，手在挥着。兰儿挽着细软的包裹，听龚五这一说，竟然双眼流出了泪水，不顾地上泥土，双膝一跪，嘤嘤泣道："老爷，奴家若是搭乘不了你这条船，奴家就只有死路一条了。"阿珊背着一架用蓝绸缎包着的古琴，见龚自珍一言不发地看着她俩，便扶起兰儿说："小姐，这老爷是黑了心，咱们死了也罢。"送她俩来的车把式急了，忙求情道："老爷，你就行个好吧。这两个小姐是从一个大官员家里逃出来的，你没见我的马都快要跑死了，把她俩带走吧，不然她们真的是没命了。"

龚五一脸的不耐烦，说："不听，我家老爷自个儿都拎不清哩。开船开船。"他这话一出口，兰儿脸色惨白了，手一松，小包袱便掉在地上了，人慢慢地往河边走去。阿珊一声惊嚷："小姐，你死不得呀。你要去了，我也不活了。"跟上去。车把式急了，嚷："小姐，你们要去寻死也得把车钱给了，这怎么得了。"残阳把兰儿和阿珊的身影拉得长长的。龚自珍一声喝道："小姐且慢，有话好说！"纵身一跃，从船上直落到兰儿跟前，双手一伸，兰儿倒在他怀里昏过去了。他把兰儿抱到船上客舱里的床上，问阿珊："小姐，我是去扬州。你们是要去哪？"

阿珊道："老爷，奴家也是去扬州哩。"

龚自珍先是一愣，马上说："那好，一路同行。"说罢，出舱从身上摸出一块银子丢给送兰儿来的车把式，示礼道："谢啦。"车把式蛮高兴，接过银子回话："老爷，你是大好人，好人有好报哟。"他一声吆喝："驾——！"长鞭一挥，赶着马车走了。"开船——"龚自珍一声喊，暮色下的永定河在桨声中发出轻微的喘息声，鼓起的船帆，像只巨大的蝙蝠开始在黑夜到来的时刻，蠢蠢欲动了。

龚自珍立在船头，手里拿着那只从不离身的箫，任风撕裂着身上的长袍，长发飘逸。他面对渐行渐远的码头，泪流满面。两岸人家的灯火亮了，几声鸡鸣狗吠，依稀可见袅袅炊烟。此情此景，无不在他心里唤起久远的回忆，我的家在哪里？他一生的抱负、他的情爱、他的友人、他太多的放不下的那千般牵挂，半生飘零，几度沉浮，叹人生似雾，恍若如梦；唉鬓角变色，华发悄长？呀呀。他喃喃自语道，我是好人吗？我会有好报吗？箫横在嘴唇边了，清冷的箫声诉不尽他内心万般的痛楚与怨恨，似是天外之声相伴，一曲清幽的古琴之音凌空闪过，孤高绝世，星斗张明，错落水中，如珠走镜，若骇若惊，奄忽去来，不可收拾也。

船老大打了个冷噤，对龚五说："你家老爷是人还是神呀，他吹的那声音，与小姐古琴相伴的曲儿，听得我一身好冷的呀。"

龚五怀里抱着把剑，压低声音，冷冷地说："走你的船吧。"

"吱儿呀——"船儿走，夜色漫，桨声灯影里的永定河远了，远了。

龚孝拱出门时，林福特意送他到越华书院门口，以长辈口吻一再交代说："龚侄，老爷这几天火气大着呢，要不他的痔疮会老是不好哩。

你快去快回，我等着你从洋医那里把药取回。这洋药就是好，嘿嘿，你要是能多拿点就给我也顺便捎点。”龚孝拱笑着说：“福叔，药又不是金子银子，当不得饭，你也眼红？”林福四下看看，悄声说：“你小子知道个屁，十男九痔，用了舒服着呢。”龚孝拱夸张地说：“呀，福叔你偷了老爷的药用，好呀，我要告诉老爷去。”林福一下急了，扬起手吓唬道：“你敢告阴状子，我就告诉你爹，说你在外面不务正业，跟夷人在一起看光屁股洋女人的画片。”龚孝拱身子一闪，躲避了林福扫过来的一巴掌，乐道：“福叔，那是洋医书上的女人解剖图片呀。你不也是要我把那画片留给你看么？还说夷人婆娘好是好看，就是胖得像猪样呀。拜拜。”他丢一句夷文，手在嘴边一贴，飞了个吻，走了。林福站在台阶上，手在嘴边贴了又贴，飞了下又飞一下，他往院里走去，手在不停地动作着，喃喃自语，这小子玩什么把戏？门口的亲兵见林福进了书院里面，他们才放声地笑了起来，乐道：“福爷可逗乐哩。”

龚孝拱来到十三行新豆栏街彼得·伯驾的医局，这是一栋廊柱式建筑风格的房子，楼上住人，楼下是门面，挑出的部分临街叫做骑楼，为进出店铺的人遮阳挡雨。沿街楼房门面都不大，但那些异域装饰的柱桩、拱形门窗、卷铁栏杆和套色玻璃，形成了十三街特有的风情。由于街道狭窄，有得八九人就可把街面挤得水泄不通了。这时医局门口有一大帮人在围观，闹哄哄的不知出了什么事。龚孝拱拨开人群挤进去，伯驾一见他，仿佛是见到了大救星，嚷道：“龚，你来得太好啦。”他把龚孝拱拉进诊室，只见诊室里的一张帆布床上，躺着一个死了的中年人，骨瘦如柴，一看就是吸食过量的鸦片致死的。旁边有好几个男女在一旁哭泣着，其中有两个挽衣捋袖的泼皮后生在嚷嚷着。龚孝拱脸一沉，说：“夷人医局是治活不治死，你们把一个死人抬到这里来是什么意思？”一泼皮后生叫嚷嚷的：“夷鬼不是说他是上帝派来拯救人类的吗？还说上帝是无所不能的主。那他就要把上帝叫来治病，不然我们就要把这个医局的牌子砸了。”龚孝拱厉声说：“胡闹！本人是钦差大臣林部堂的通事，还不散去我就要报官了。”

门外有人起哄，叫道：“我们不怕报官，京城来的钦差老爷说了，是夷人到中国来贩卖鸦片害了我们中国人，我们要他赔人。”“对！要夷鬼赔！”医局里外的叫嚷声更是喧哗了。

伯驾慌了，紧拉住龚孝拱的手，不停地说：“无知，这是无知的行为。我要向贵国政府控告。”“哗”一声响，门上的一块彩色玻璃被人用石头给砸碎了，门边的木柱在摇晃了，群情沸腾了。龚孝拱还是第一回见到这场面，一下也不知该如何处理才好？额头上渗出了细细的汗珠。就在这时，一个声音从人群中陡地响起：“大家住手，让我来看看。”只见一个身着青衫褂子的汉子，肩上挂了条布褡裢，从人群外挤进医局里的诊治室。他就是曾在江西泰和县给林则徐面相的那个方士，只是他这会没有举幡子了。一时，医局里外的人都被他的举止给镇住了，没有人再吭声了，都在看他到底要干什么？只见他走近死者，把他的眼睛翻开看了下，又伸手用三个指头搭了下脉，说：“此人可救。”说着他从褡裢里掏出一个小布包打开，取了几根银针往死者的脑门人中处扎去，接着对死者家属说：“马上去捉只活鸭子来。”大家不知道他要鸭子的意思，但有人马上去办了。他又问龚孝拱有白糖么？龚孝拱忙对伯驾说：“白糖的要。”伯驾不解，问：“死人要吃白糖？”龚孝拱手一挥说：“去去，快点去拿，少废话。”他毕竟是中国人，知道这会有人出面来扛着，事情就不会恶化下去了。伯驾赶紧从柜子里拿了罐白糖递给方士。方士从糖罐里舀了几勺白糖用温水冲溶后，手在死者的下巴上使劲一捏，死者的口张开了，他把糖水灌进嘴里，这时有人捉只活鸭来，他把鸭的脖子皮捏住，手指甲似锋利的刀子在鸭脖子上一划，血喷出来，方士疾速让鸭血流进死者的嘴里。稍一会儿，死者的嘴角竟然轻微地抽搐了两下，眼皮也抖动了好几下。

人群莫不发出惊讶的嚷声：“活了，真活了呀。”

伯驾看呆了，两肩一耸，夸张地说：“巫术，神奇的巫术，上帝呀。”

活过来的病者家属“扑通”跪在地上朝方士磕头，称他是大慈大悲的救命菩萨。方士从病人头上把银针拔出收拾好，把死鸭子交给病者的家属说：“你们现在可以把人抬回去了。”用块白布盖在病人的头上，说：“一路上见不得日光，抬到家里要摆在阴凉处，三日后就可起床行走。只是如再吸鸦片，就是神仙来了也救不了啦。”

患者的家人千恩万谢地把病人从医局里抬走了，看热闹的人群也散去了。医局又恢复了往日的宁静，没等龚孝拱开口谢恩，只见伯驾把医局的门关上，摘下挂在脖子上的听诊器，脱下白大褂，换上一身黑色的燕尾服，而且还在头发上抹了层凡士林油，金黄色的头发油光发亮，脸上因兴奋而是红扑扑的，蓝色的眼睛里露出的炯炯目光。伯驾把全身都收拾整洁了，径直来到方士面前，直通通地跪下，伏地磕头，口里在说着：“死吾！”

方士被伯驾的举止吓得抽身就要往门外跑去，伯驾赶紧起身一把拉住方士，嘴里在不停地喊着：“死吾，你不系我？”

方士被伯驾拉住动弹不得，只好向龚孝拱求救，说：“先生救我，这夷人我没得罪他呀。他怎么要我死，这是怎么回事？”

龚孝拱先也是跟着紧张了下，他不知道伯驾是在搞什么鬼名堂，说什么也听不懂，连连退了两大步，用英语小心地问：“伯驾先生，你想干什么？”

伯驾忙用英语说：“龚，他是上帝派来的，太伟大了。我要向你们中国人一样拜他为师，要把师傅神奇的医术学会，让西方先进的医学再一次在中国的神术面前感到自卑。”他说着竟两眼含泪了，手在胸前画着十字。

龚孝拱刚才确实被方士救死扶伤的神术弄得不知所措，真是太悬了，让人不可思议。他把伯驾说的话翻译给方士听：“侠士，这个夷人刚才被你神奇的医术惊服了，他说要拜你为师，请你把刚才的神术传给他，他要带到西方的国家去，要让夷人们感到自卑。他说死吾是师傅的意思，不是要你死。哈哈。”说着他笑了起来。

方士大喘口气，拍拍脑门，笑着说：“我的天，我哪有什么神术呀。那全是哄人的把戏，哈哈。”他双手连连地摇着，说：“不行不行。”

伯驾的中文水平还可以，脸色一下变了，又一下跪了下去，还不停地磕头，说：“死吾不系我，我就不起来。”

龚孝拱乐得眼泪水都出来了，拉伯驾起来，说：“伯驾先生，这位侠士说了，他那不是神术。你就是要人家收你做徒弟，你也要人家情愿，不能强迫人家去收你吧。”

伯驾不起身，一脸的真诚，说：“中国人喜欢收礼，我在美国有我爷爷留给我的一个很大的庄园，我还存了三万七千元的美金。还有，中国人喜欢美女，我有一个中国人所说的如花似玉的妹妹，我都统统送给死吾。我以上帝的名义，并用法律文书签署我所有的诺言。”

龚孝拱怎么着也拉不动伯驾那牛一样的身子，只好对方士说：“侠士，夷人就好认个死理，你不答应他，他真的是不会起来的。他愿意把自己的家产都送给你，连他唯一的妹妹都愿意送给你做小老婆了。他这代价很大了，侠士，这生意做得了呀。”

伯驾听得懂龚孝拱说的话，马上纠正道：“不是做小老婆，是要我的妹妹做死吾终身的女朋友，上帝不允许我们的女人嫁有好几个女人的男人为妻的。”

方士这下被眼前的伯驾弄得不知如何是好了。

龚孝拱苦笑着说：“侠士，夷人跟我们中国人想事做事的方式不一样，一旦认准了的事就要做到，你就看在他的诚意上收他为徒吧。伯驾先生是一个传教士，从美国来到中国有十来年了，用他的医术在帮助我们中国人治病，他对穷人是从不收费的，只收有钱人的钱。”

方士莫可奈何了，对龚孝拱愁着张脸说：“我那是些见不得人的把戏，你们要想知道是怎么回事，你就要夷人先起来我再说，要不我就走人。”

龚孝拱忙对伯驾说，要他先起来方士才收他为徒。伯驾一听马上一跃而起，由于跪久了，起身的时候差点倒了下去，嘿嘿地笑着，双手在裤子上搓着说没事没事。他那神情完全是一副天真无知的表情，显得可爱极了。

方士叹口气，说：“你这是坏了我们江湖规矩，能给十吊钱，不把艺来传。醒了自己的门子，这把戏说穿了就一文不值。”他摇摇头，接着说：“你们可能不知，一般来说，才吸鸦片过量而死实际上是假死，两三天里是没气，只是昏醉了过去。但凡吞服鸦片而死的尸骨，待挖出来时尸骨的面大多朝下，也有朝侧面的，但唯独朝上者极少，而人死后入殓皆是面朝上的。可见这些服鸦片而死的人埋到土里后烟毒散尽，他们重新活过来时人已在棺木中了，于是一番挣扎翻滚窒息而死，自然尸骨就不是入殓时的摆法了，这就是为什么要摆上三天后才可说是真死了的原因。我摸了死者的皮肤还有一点余温，眼睛的瞳孔也没有散开，所以我就用银针对脑门的几处穴位扎了几针，这是刺激他神经，灌白糖水，是冲淡他胃里鸦片浓度。那鸭血全是骗人的把戏，遮人眼目，没有一点作用。”他一边说，龚孝拱就一边翻译给伯驾听，好半晌他俩才回过神来。伯驾脸上急切要拜师的表情也逐渐消失了，也不再对方士称做死吾了，两肩一耸，说：“亲爱的先生，谢谢你的坦诚和艺术性的表达，我明白了神秘的东方是把虚的当做实的，把实的用虚的来表现。这就是东西方古典哲学认识的不同之处，同样也是一种智慧的体现，只是我们西方人无法做到这一点。鸦片是一种毒品，它在残害人的灵魂和身体。刚才这个病人是一种假死的状态，你就要早点对他们说明，因为他还有救，还有生存的希望。可你却用一种巫术的形式来掩盖自己内心的阴暗行为，你这是不人道的，上帝不会因你做了一件好事而宽恕你。”他最后手一摊，那意思是要人离开这里。方士对龚孝拱翻译给他听的话，只听懂一点，就是他刚才救了那人，这个洋医并不看好，认为他应该把他所知道的知识早点告诉别人，不应该保守。方士火了，说：“你告诉这个夷鬼，老子不是为了要见你，我才不管这些吸鸦片的人的死活，这种人死了活该。”

龚孝拱有点不解地问：“侠士，我与你并不熟，不知你有何事要见我？”

方士说：“刚才你到医局时，你说你是钦差大臣林老爷身边的通事，我有话要对你说。”

龚孝拱恭敬地问：“不知侠士有何见教，贵姓？”

方士双手拱拱，说：“先生，本人是江湖人，来无影去无踪，何须名姓也。我在江西泰和县见过林老爷，他是为天下苍生谋事，是个好官。本人曾见过他的面相，威仪如风，如虎下山，百兽自惊；似是昆山片玉，洒然高秀而尘不染也。可惜其骨气岩棱谓之古，然古而不清则近乎俗也。”

龚孝拱是何等聪明的人，对于江湖方术历来就有心得，方士所言虽然不是全明白，但确是心机一震，问：“请教侠士，主公是否流年不利，可否明言？”

方士笑笑，说：“若遇辛干之流年则为‘正官主事’，恐有背禄逐马之灾。”

龚孝拱一时在心里默念了下，不安地问：“侠士，主公命有癸月有申日有庚时有辰，地支申子辰合成伤官局，泄身甚重，年支酉又是庚之羊刃，官为禄马为财，伤官害禄，羊刃去财。是否？”

方士收去刚才一脸的笑意，敬佩地说：“先生年少才俊，对江湖之术竟也是如此甚解，在下佩服不已。”他双手一揖，深深地弯腰执礼。在一旁的伯驾完全是云里雾里的了，像是看西洋镜似的，根本就不知道这两个中国人在说什么。

龚孝拱忙回礼道：“侠士过奖了，在下仅知皮毛，不知有若干法则可转危为安？”

方士正言道：“我今日见先生就是在此意，你家老爷命造有如此一劫，幸而他比肩重见，尚可支持，无可大妨。倘若以中和为贵，处世为事，可躲避此过也。”说毕，拂袖而去。

龚孝拱对方士的离去没有反应，怔怔地在发愣，喃喃自语着，比肩从男命来识，是说他的兄弟缘重。比肩心性，稳健刚毅，勇敢冒险，但亦易流于孤僻，缺乏合群，孤立寡合，伤官妨事，此寓不吉呀。伯驾见龚孝拱在自言自语，便小心地摇了摇他，说：“龚，死吾走啦。”见龚孝拱仍在愣着，又伸手在他的额头上探了探，说：“你没中邪吧？我的上帝。”话音未落，医局门被推开，关乔昌身着黑色香云衫衣，油黑清亮，手里拿着一把油纸扇，一进门就咋呼着：“伯驾先生，你要的澳门的新闻纸和书我都给你搞来了。”说着手上的纸扇一挥，一小厮扛着一大包的报纸杂志进来放在地上。伯驾马上高兴地说：“亲爱的啉呱，这么快就从澳门回来啦。辛苦了，上帝爱你。”龚孝拱见有人来医局，仍是一副心不在焉的神情，说：“伯驾先生，我先走一步，你有空时请到书院来趟，我家老爷老毛病又犯了，请你过去看看。”说罢转身出门。“你等等，”伯驾忙对龚孝拱说，“这位就是我对你说过的‘啉呱·靓像画师’关乔昌先生。”又接着向关乔昌介绍道：“这位就是托你从澳门找报纸的钦差大臣林大人的通事，龚孝拱先生。”龚孝拱一下热情了，双手执礼道：“久闻大名，幸会。”关乔昌也表现得非常的热情，以西洋方式的礼节行礼，说：“满广州城都在传，钦差行辕这次录用的四名通事，个个都懂好几个国家的语言。说其中一个叫龚孝拱的年轻人更是了不得，是当今天下第一名士龚自珍的公子，他没留过洋也没进过洋学堂，居然也能说几国的洋话。没想到今天在这儿见到了你，这真是我三生有幸啊。”龚孝拱哈哈大笑，说：“吾父臭名昭著，连我也脱不了干系哇。关先生，你从澳门带回来的书报是我委托伯驾操办的，在下代部堂大人谢谢你啦。”

关乔昌忙说：“区区小事，不足挂齿。只是小民有一疑惑，钦差大臣日理万机，这些过时了的书报对大人有何作用？”龚孝拱一笑，说：“这事还是请伯驾来回答吧。”

伯驾转身从诊治室里间拿出一本厚厚的硬壳布面烫金、用西班牙文写的书，说：“啉呱，这本书名字叫《Law of Nations》，翻译成中文叫《各国律例》，作者是瑞典有名的法律学家埃梅利克·瓦台尔先生。你知道是谁叫我翻译的吗？”

关乔昌摇摇头说：“伯驾先生，你怎么也像我们中国人一样了，说话也是在卖关子了。难道你还想说这是钦差大臣要你翻译的吗？哈哈，除了部堂大人外，我跟朝廷官员打了多年交道，他们是从不想知道外国的事，他们只知道要钱。”

伯驾做了个肯定的手势，说：“OK！亲爱的啉呱，你真聪明。”

关乔昌大吃一惊，胖脸上一双眼睛瞪得溜圆，怎么也不敢相信，朝廷的重臣会重视夷人的法律？他看着龚孝拱，口吃着问：“通、通事大人，这、这难道是真的吗？”

龚孝拱点头说：“伯驾没有说错，是部堂大人交办的事。伯驾已经翻译了书的一部分内容，在这次跟夷人的交涉中，就起到了很好的作用。请你收集夷人的报刊资料，大人是想编一本供朝廷官员了解外国情况的书。”

关乔昌先是一愣，一下马上激动了，说：“真要是这样，我们与夷人的生意就好做了。”

龚孝拱虽说才任通事没几天，但知自己是朝中之人，对朝廷之事不可随意发表见解，笑道：“乔先生，本人来广州之前曾读到一首描写广州之富裕的诗，诗曰‘五丝八丝广缎好，银钱堆满十三行’。到广州的这些日子，已领略到了十三行之富有，就是连富甲一方的两淮盐商也没法与之相比，堪称是大清行业之首富了。”不知怎么他这话让关乔昌听了，脸上竟没有半点喜悦之色，嗯噔了下，说：“通事大人，本人虽然也在十三行街上经商，可我做的是手工活，专做外销洋画。在同文街和靖远街上像我这样的小店就有三十来家，做这活的有两千多人，竞争激烈，生意不好做。而十三行商的生意这一向因禁鸦片之事，夷商都不做生意了，我看他们的日子现在也不会好到哪去。”

龚孝拱从关乔昌的话中听出了言外之意，笑了，说：“哈哈，关老板你误会了。本人只是一个小小的通事，不是来杀富济贫。今日见了你，我有一想法，是否可请你为部堂大人画一张像？部堂大人的禁烟之举，必将在中国历史上留下彪炳千秋的一段佳话。”

关乔昌一听，忙兴奋地说：“通事大人远见，本人能有如此荣幸，当尽力而为。”

“只是这事我还得先去做部堂大人的工作，这事暂且不急。”这时，伯驾把出门看病的小药箱备好了，对龚孝拱说：“龚，咱们走吧。”突然医局外传来一阵震耳欲聋的鞭炮声，无数的人在喧哗，接着又响起了锣鼓铜钹的热烈打击响声，整个广州城沸腾了。

关乔昌的小厮兴冲冲地跑进来，激动得说话的声音都变了，双手高举着连连地挥着，几乎是在嚷：“老爷们，我们胜了呀！胜了呀！”

龚孝拱血往头上冲，脸红了，颤抖着声音问：“是禁烟胜了？”

小厮点头，激动地说：“是的。衙门出了告示，说夷人们把鸦片全交出来啦。”

龚孝拱往外奔去，狂嚷着：“我们胜利了！”

伯驾忙拿起药箱跟上去，在后面追着喊：“龚，等等我呀。”

关乔昌冲着小厮嚷：“快回店里，要画工上街去把这一幕情景画下来，是好素材呀！”……

从一八三九年三月二十四日开始，对夷商商馆实施封锁绝食断水，接着实行封舱中止贸易，一连串的高压手段使夷商们扛不住了。第三日一早，义律不得不宣布一纸公文，以大不列颠女王陛下政府的名义，责令在广州的英国商馆，将他们手中的鸦片如数上缴清政府，不得有隐瞒和私自处置的行为发生，不听服从者，一切后果自负。在一个多月里，在广州贩运鸦片的各国夷商，见英国政府的商务总督义律都不得不低下了他那高贵的头，他们还能说什么呢？按钦差大臣林则徐谕令，到虎门外的龙穴岛上缴鸦片。这一天是五月二十一日，以英国为首的东印度公司和各国夷商一共上缴了二万一千三百零六箱鸦片，其中东印度公司上缴的鸦片有二万零二百八十三箱，总计二百三十七万六千二百五十四斤，约合一千一百八十八吨。

龚自珍所乘的船一路南下，走走停停于五月二十日到了淮浦的运河河道上。河两岸土地肥沃，桑林连片，远远望去那些身着蓝衣黑裤、系白头巾的采桑女，挎着细篾篓子在林间似是蚕儿在蠕动。从她们嘴里飘出的小调顺水面上流：

唱一会啰哩啰，
论清闲谁似我。
清风明月咱三个，
清风是大哥，
明月是二哥，
论三哥咱也做得过。
啰哩啰，
清闲处快活，
沉醉了待如何？

站立在船头的龚自珍抚掌叫好道：“兰儿姑娘，你快来听听，这等妙词你去哪里寻呀。”兰儿从舱里出来，她着一身湖藕色的绸服，与这江岸景色相吻，“老爷，侬可从小就是听这小调儿长大的哩。嘻嘻。”兰儿哧哧一笑，嗔道。

龚自珍笑道：“哟，我还真忘了你是扬州人了，哈哈。”他开心地笑了。

江边白浪雪花吹，
姐听情郎做一堆。
杯中有酒，
畅饮莫辞，
旁人闲讲，
推做不知。
姐道：郎呀，
天大事来只是拼一醉，
酩然直到太平时。

龚自珍乐了，大声嚷起来了：“嘿哎也——，对面唱歌的小妹妹，再来一小曲儿呀！”

桑林里扬起一阵脆生生的笑声，一群雀儿从河岸边的槐树林里掠水面扑来，就在快要撞上船帆时，陡地一个大后翻跟似的贴船帆直拉上了天空，留下的是鸟儿叽叽喳喳欢快的鸣叫声，充盈了天地间。船老大在船尾把着舵，让船儿顺水慢慢地移动，笑着说：“运河上的雀儿可精呢，当我们这条船是漕船，是来捡食的哩。”

桑林里一女子扬扬白头巾，远看去似是画影儿的人，那甜声儿道：

乘船的阿哥也，你听着——
傻俊角，

我的哥！
和块黄泥儿的捏造咱两个。
捏一个儿你，
捏一个儿我，
捏的来一似活脱，
捏的来同在床上歇卧。
将泥人儿摔破，
着水儿重和，
再捏一个你，
再捏一个我。
哥哥身上也有妹妹，
妹妹身上也有哥哥。

伫立在龚自珍身旁的兰儿的小脸上，两行清亮的泪水挂在脸上，这曲儿把她内心的苦楚描述，她冀盼着的情爱世间寻觅，人今千里，梦沉书远，为谁追惜？她开口了，昵昵儿女语，恩怨相尔汝：

青山在，
绿水在，
冤家不在。
风常来，
雨常来，
书信不来。
灾不害，
病不害，
相思常害。

春去愁不去，
花开愁不开。
泪珠儿汪汪也，
滴没了东洋海。

……船儿走了，走远了，桑林堆烟，涟漪微动，沙禽掠岸。

“小姐，你进舱里去吧，小心着凉了。”阿珊扶着兰儿说。兰儿用手帕擦拭了下脸上的泪珠，有点不好意思地说：“老爷，让你见笑，小女子失礼了。”她歉意地道了个礼，对阿珊交代说：“你进舱去把行李收拾好，前面就要到淮阴了。”

龚自珍忙问：“兰儿姑娘，我正要与你说，你此番从保定逃离出来，扬州恐怕不是你久留之地，若有为难之处时，你可持我的信去广州找一个人，他是一个好人，天下还没有人敢与他作对，他一定会帮你。只是你为何在淮阴下？”说着从衣袖里掏出封信递给兰儿，兰儿收下龚自珍的信，执礼示谢，泪水闪烁。她略一停顿，眺望着远处，过了好一会儿，才敞开心扉说：“老爷，侬本是扬州一戏班子的歌女，因一官爷把侬买下送到京城给一个叫琦善的老爷，说琦老爷喜欢听曲儿，我们只管为他唱曲儿就行了。琦老爷待侬客气，把我们安置了才几天，没料想这当中出了变故。”说着她嘤嘤地哭泣了起来，一边抽泣着诉说：“琦大人的大福晋把我们带到她家里，那天正好来了好几个朝中的大官，他们在喝酒时把侬带出，弹琴助兴。席间琦老爷悄悄告诉侬，说大福晋把侬接到家里不安好心，要师爷把侬送走，写了张纸条要侬到淮阴的淮扬道治所去见一官家，说他会把侬安顿好。”船靠近淮阴码头，船只云集，人声喧哗。从山东、河南、江苏、安徽、浙江、湖北、江西、湖南等省的漕船在这里集中之后，再分批从瓜州入口北上通州，一年四季码头上总是热闹非凡。

“哦，原来小姐是直隶总督琦善的所爱。有眼不识泰山，见谅。”龚自珍神情一下显得冷冷的了，说话也是不阴不阳的腔调了。

兰儿一下心凉了，冷笑道：“侬到你船上后，读了你一路上所写的诗，才知你就是‘怨去吹箫，狂来舞剑’大名鼎鼎的风流才子龚‘狂士’，好一个‘落红不是无情物，化作春泥更护花’。虽说诗言志，可是侬一路上想，当你知道了侬的身世便会如何对侬，还会护侬吗？你不是天下有名的怜香惜玉的大才子吗？敢把侬娶进屋，藏着掖着无论你怎么着都可，你敢吗？侬今就是要当着你面把侬的事说与你听，果然你不敢，你要名声你要身份你要家业。你呀是把女人当水用来给你洗脸的，用来濯足的，你消遣你快乐你偷欢你也是把真情付，但你是为自己而在活着，娱情寻乐，你呀是天下最自私的男人。”说着从袖口里掏一便条对龚自珍扬了扬，说：“这是琦大人写给侬的纸条，我拿它去找人，我这半辈子的吃穿就不用愁了。你于侬一路上眉来眼去，侬在想只要你龚才子说一句话，是掏心窝子说，你爱侬。侬便将干净的身子、一生的真情付你。侬不记名分，只将你守候。谁叫你是天下至情至性的男人呢！可你却将侬当什么人了？是一个贪图钱财的女人了。哎呀呀，幸而老天没瞎眼，让我看清你，识透你是只点水的蜻蜓，点着水就飞。”

船在码头上靠稳，船老大把跳板搭在青石台阶上，阿珊把古琴背在肩上，挽一小包裹从舱里出来，兰儿接过小包裹，对阿珊说：“我们走吧。”她临上跳板时对一脸惨白的龚自珍道了个万福，低声说：“老爷，一路多承关照，若他日有缘相见，再容报答。”说完便上跳板去了码头。行走间，只见她把琦善写给她的纸片撕碎了，手一挥洒去，像是白蝴蝶在空中曼舞。她那身姿在码头的人群里闪现、隐约……正应了他这一路上因兰儿的一身绿衣裳，嫣然摇动，灵光闪现，冷香飞上诗句，“满拟新桑遍冀州，重来不见绿云稠”。春去，谁最苦？泪欲盈掬，长亭折柳，同是飘零哟。哈哈，旁观拍手笑疏狂，疏又何妨？狂又何妨？他一生自以为是以口写心，肺腑洞见，与人肝胆相照，却不知今日被一小女子把他内心的阴暗暴露无遗。龚自珍心在滴血！人间自有情痴，风月何处归程。岸边走上水的漕船长长的纤绳，在十来个的纤夫背牵下，正缓缓地移动，阳光把纤夫们的身影拉得长长的，像是一道堤坝耸立。那含着血和泪的劳动号子，震撼着龚自珍的灵魂，他的眼眶湿了，他用心和情写下了一首他对这个世道的嫉恨和鞭笞：

只筹一缆十夫多，
细算千艘过此河。
我亦曾糜太仓粟，
夜闻邪许泪滂沱。

在这首诗下面，龚自珍特意注明是于五月二十日抵淮浦作。

船老大见龚自珍久久不说话，只是望着已没人身影的远处在发呆，他不知如何办才好？便大声地问龚五："五哥，走还是歇着呐？发句话呀。"

龚五抬头看看天色，虽已是落日时分了，但他不想再在此地久留了。他了解自家老爷的为人，一旦为情所困，常做些让人料想不到的惊世骇俗之事出来。所以兰儿一下船，大松了口气，这会生怕龚自珍陡生变故，一下冲动了要去寻找已走远了的兰儿，那可是苦了呀。所以他赶紧说："走走，下扬州呐——"

顺风又顺水的船，走得轻快。岸上的纤夫们牵拉着缆绳，小调儿贴着水面上飘荡：

鬼门关，
告一纸相思状。
不告亲，

不告邻，

只告我的薄幸郎。

把他亏心负义开在单儿上，

欠了我恩债千千万，

一些儿也不曾偿。

勾摄他的魂灵也，

在阎王面前去讲。……

关天培和赵铁头从虎门水师提督署出来，跟随他俩身后的是镇守九龙官涌山炮台参将陈连升，已六十多岁的人了，为人老成持重，湖北恩施土家族人，这次也随林则徐南下。关天培一行来到提督署旁边一处重兵把守的民房院子前，这里存放的全是从各个洋行商人手上收缴上来的鸦片。装鸦片的木箱是用南洋产的芒果树木做的，每个箱子重一百二十斤，两万个大木箱一个院子放不下，就在院子的前坪临时围一道木栅栏，把鸦片木箱码好用油毡布盖住。广东巡抚派十二名文官坐镇值守外，林则徐又要赵铁头亲自看押，并要陈连升率兵百余人昼夜巡逻。他们绕贮存鸦片的场地转了个圈后来到虎门海滩上，上百的民工正在挥锄挑土，地面上已是挖了两个深坑。关天培围着深坑来回走了两圈，他用脚一步一步地丈量，接着他又纵身跳下坑里，两手高举起，把坑里的高度量了后，顺着坑里的踏板三两步上来，拍拍手上的泥土，对工地督工的一官员交代：“这池子的四周要有十五丈宽，深要有丈五，池子内的四壁要钉上木板，池底要垫上青石板，进水的涵洞口的沟道要顺畅，向海一面的闸门须用石条块撑着。部堂大人可是个认真的人，他要是检查发现你们偷工减料，他手中的尚方宝剑可不是摆样子的呀。这须切记，大家明白么？”

督工的官员说：“关爷，你放心。这事办砸了，可是要丢脑袋的哇。”

赵铁头说：“我不是吓唬诸位，部堂大人任湖广总督起，我就一直在他身边，从来就是说一不二，是奖罚分明的人。如此浩大的禁烟成果，大清国可还是第一回呢。好好干吧，部堂大人是不会亏待大家的。”正说着，从广州方向驶来一艘挂有粤海关龙旗的官船，朝海滩上的码头靠拢来。关天培对赵铁头说：“这个老滑头，怎么这时辰过来了？”大步上前，其他官员也跟着他到码头上去迎接。“呵呵，豫大人啦，今天的风向打偏，你也乘船出海，那应是火烧屁股的事把你逼的吧。”关天培执礼笑道。豫堃从船上下来，对关天培等一干人打拱手，笑道：“哈哈，知我者关军门也，本官确是路过虎门去澳门公干，顺便来看看诸位。”大家自是一番客气。豫堃牵着关天培的手来到存放鸦片的地方，其他人都自觉地拉开几步远驻脚。“老兄呀，”豫堃亲热地说着，手在装满鸦片的木箱子上连连拍了好几下，“这可是一箱箱的钱呀。”他凑近木箱闻了闻，说：“这是‘公班土’出自孟加拉的上等货。”他又闻了几箱，一边说道：“这是出自马尔瓦产的‘白皮土’，一般的货，这是马德拉斯的‘红皮土’，下等货。”闻了好几箱后他的鼻子发痒了，使劲地擤了好几下才说话：“这些鸦片在印度的离岸价是每箱二百元，到鸦片贩子手中的批发价是每箱七八百元了。一箱是一百二十斤，拆零卖是一斤要十二元，而到了吸食者手上就是一千四百元一箱的价了，这二万多箱的鸦片值多少钱？哈哈，把它折算成银两就是五百多万两呀。”

关天培笑道：“豫大人，你算得精呀。不过我倒是跟你的看法不一样，鸦片这东西是害人的货，不是皇上下决心派林大人来禁烟的话，真不知还要害得多少人家破人亡。”说着脸色凝重起来，说话声也粗了：“这些害人的东西再值钱也得烧了，不能再祸害人了。”

豫堃的脸色一下也是变了，不再称关天培做老兄了，板着脸说：“关军门，我可不是来跟你争个是非高低的，禁烟我也是举双手赞成。你们吃粮当兵的当然是不关心大清的家底，还以为大清还是康熙乾隆朝那样，富得流油吗？哼，不当家不知油盐柴米贵。前几日户部和内务府找我要税银，跟催命鬼似的。好了，现在一禁烟夷人就不做生意了，我从哪里去收税银？昨天部堂大人又下令要我筹款给你们水师营添置火炮和弹药，我就对部堂大人说，把这些鸦片再转手卖给夷人，要他们倒到国外去，不就有钱了吗？”

关天培忙问：“部堂大人认可么？”

豫堃冷笑声，说：“我是说怄气话，部堂大人会当真吗？好了，我还得急着赶路去澳门。我跟你说正经的事。”他从衣袖里掏出一纸条递给关天培，说：“你先看了再说。”关天培接过纸条看了眼，不觉啊呀了声：“是内务府的密函？他们要四箱鸦片，难道就不怕皇上知道？”豫堃附着关天培的耳朵悄声说：“这事就你我知道，是存到御药房做药用。这事不可张扬，若有人问及叫他来找我就是，不须你做解释。还有六月一日那天，部堂大人等将来举行仪式祭海神，你们要做好准备。”关天培浑身一热，问：“是不是要焚烧鸦片了？”“部堂大人算了日子，定在六月三日，焚烟池子这两天得完工，怡大人会提前来验收，不得有误。”豫堃交代说。关天培有信心地说：“请豫大人放心，一定如期完工。”豫堃看了看正在建池子的工地上热火朝天的情景，不冷不热地说：“国人一听说跟夷人开战，就来劲了。唉，打仗要有实力才行呀，不是喊几句口号就可把人吓跑的。”说完他大步就往船上走去，关天培客气着说：“豫大人，还是喝杯酒再走吧。”豫堃对关天培拱拱手，说：“关军门，今天是五月二十四，义律带着颠地和商行里的英国人离开广州去澳门，我得赶去处理一些事情。酒就暂且寄存到下次来时再喝，哈哈。”他打个哈哈，三两步过了跳板到船上，走了。

赵铁头见关天培一脸的心事，便上前问：“关军门，我们还上炮台去检查吗？”

关天培打了个激灵，头脑一下清醒了，说：“去，怎么不去？走！”

海风吹来，把工地上民工劳动号子的嗨哟声传得远远的，在铁灰色的云层下，那声音显得悲壮沉重，盖过了海浪拍打岸边巨石的声响。

关天培率赵铁头、陈连升等一干人骑马来到在南山西北的镇远炮台，这个炮台早在一七一七年就设防。最初时仅在横档和南山有两座炮台，各置铁炮十二门，后历时多年陆续在沙角、新涌、镇远、大虎、大角等处新建扩建炮台，火炮达到了一百三十门之多。一八三五年初，关天培担任广东水师提督后，在南山炮台前又筑造威远炮台，置四十门火炮，背山面海，墙体用石灰、沙石加上糯米拌红糖之后建成，特别坚固，险要壮观。并在横档背面山麓建永安炮台置炮四十门，在对岸芦湾山脚建一隐蔽的炮台，置炮二十门，铸三千斤和八千斤重火炮，以增强威远炮台的火力，与镇远炮台、靖远炮台遥相呼应，为珠江通江达海的"锁喉骨"。林则徐在广州的两个月时间里，在开展声势浩大的禁烟活动的同时，又紧锣密鼓地加强军备防范，在靖远炮台的江面下又添建两道拦江木排铁链，这两道木排铁链是用八条铁链连成一股粗铁链，铁链上每一个环有十八斤重，第一道铁链横在南山与饭箩排的礁石间，长三百零九丈，铁链上系着大木排三十六排；第二道铁链在南山与横档之间，长三百七十二丈，系大木排四十四排，每一大排由四小排并联，每一小排又是用四根长四丈五尺的木头连成，横穿插根木头用铁链箍紧。铁链可开合，有事则横绝中流，无事则停江岸，以通出入。关天培对炮台新建的兵房、望楼、官厅、军火库一一检查后，在一重炮位旁对陈连升说："兄弟，这炮台就交给你啦。"陈连升坚定地说："军门大人，请放心，卑职在炮台就在。"关天培拍拍陈连升的肩，什么也没说，两眼望着炮台口外。陈连升指着炮台口外说："军门大人，这一向洋面上夷人的舰船比平时要活跃得多，常听见他们在外海打炮试火，活动频繁。"关天培对着茫茫江海，发着感叹说："古人有言'国虽大，好战必亡；天下虽平，忘战必危'。我们作为军人，守土有责啊。"

陈连升不善言谈，只是使劲地点头，末了说了句话："卑职以死报国。"

赵铁头大声地说：“关军门，战死沙场才是军人的本色。”

“好！”关天培哈哈大笑，说，“老夫早就盼这一天啦。”一个身上有把总标徽的年轻军人过来报告说炮弹装填好了，关天培说：“打对岸的那棵老槐树。”军人响亮地回答：“是！”只见他带领一个班的兵士熟练地操纵六千斤重的火炮，用大拇指瞄准标尺，眼睛一眯，随后大喊一声：“放！”“轰隆——”一声，炮口喷出一团火焰，震天动地，江对岸的那棵老槐树炸飞了。好哇，关天培带头鼓掌，亲切地拉着年轻军人的手，说：“你还是把总呀，打得好。将来在战场上立了功，我请你喝酒。哈哈。”陈连升在一旁呵呵乐道：“军门大人，他是我儿子，嘿嘿。”关天培哈哈大笑，说：“我听说了你有个儿子在军营，他就是陈长鹏？将门出虎子，好哇。”说着他把腰上一把蟒皮的腰刀取下，说：“好样的，这把刀就送你，有朝一日用它来多杀几个胆敢来侵犯我们国土的敌人！”

陈长鹏双手激动地把腰刀接过，说：“请军门大人放心，有我和我爸还有弟兄们在，阵地就在，愿以死报效国家！”

陈连升激动地说“儿子，你说得好。老子没白养你，做人就要有骨气。”江对岸的那棵老槐树还在燃烧，狼烟冲天而起，掩盖了半边江海。

第八章

从澳门南水湾的码头上望去，整个澳门城除西部内港外，北部、东部及南部都建有城墙，墙垛上设有炮台。而位于澳门半岛最高峰的松山上的东望洋炮台，可俯瞰整个半岛。它紧靠着圣保禄修道院，由于葡萄牙语的圣保禄被当地人说成了三巴，于是又把它叫做大三巴教堂。葡萄牙人早在明宣德年间就进入了澳门，当时的澳门还只是一个小渔村，附近盛产蚝，当地人就一直把它称之为濠镜。乾隆年出的《澳门纪略》记载："濠镜之名，著于《明史》。东西五六里、南北半之，有南北二湾，可以泊船。或曰南北二湾，规圆如镜，故曰濠镜。"葡萄牙人为了防备他国商船炮舰的攻击，于一六一七年开始修建这个炮台，长有数百丈，四个墙角外突成为棱堡，炮台东北、西南及东南面墙身建基于花岗石基础上，墙身以夯土砌建，并以蚝壳粉末作灰泥，非常坚实，墙高约三丈，往上收窄成一丈余宽。女儿墙成雉堞状，可架设多达三十二门葡萄牙当时最先进的叫做佛朗机的大炮。东南墙两角设有碉堡，面向中国内地的西北墙身，以花岗石砌筑，墙垛上没有设置炮口，以示对大清的友好姿态。义律率六十三只船到达澳门，船上是从广州撤出的所有英国商务人员以及家属。他不等船上跳板在码头上摆稳，就匆匆地下船，在海水的摇晃下，跳板差点掉到水里去了。好在义律身手敏捷，三两步就从船上着地了，可紧跟在他身后的黑人仆人就倒霉了，跳板一个晃荡，人掉到水里了。义律厌恶瞧了眼，骂道："蠢猪！"转身就走，立在船头的颠地见义律是一个人进城，二话没说，顺手抓根缆绳，纵身一跃，飞身着地落在义律身边，笑嘻嘻地说："义律先生，请允许我随你上岸走走，这儿的空气新鲜多了。哈哈。”

义律这时虽然没有在广州会所里的那样穿戴工整，没有戴礼帽，可他的头发仍是梳理得一丝不乱，下巴上被刮得发青，只是他的双眼因连日的煎熬，布满了血丝，露出狰狞的目光。他看了看颠地，说：“颠地先生，你如果要跟我去见总督，请你把腰上的那些家伙都给我下了，澳门虽然是葡萄牙管辖范围，可还是中国的地方，你不要再给我添麻烦了。”

颠地啪地敬个礼，说：“遵命，义律先生。”说着他就把挂在腰上有短枪和佩剑的武装带解下，往船上一丢，一个水手接住。两人离开码头进城就到圣保禄教堂，这时教堂里正在做礼拜，悠扬的钟声清脆悦耳，从教堂里出来的大都是身着华丽服装的夷人，其中被当地人叫做番妇的洋女子，更是把澳门这个小小的城市抹上了道浓厚的异域风情。义律径直往前走，而颠地仿佛从冰天雪地里来到了充满春天气息的花园，两眼在燃烧着情欲的火焰。一个肥胖的番妇打着一把小洋伞，束腰紧身的莲蓬似的裙子，把她的奶子挤得快要全跳出来了，裙边衬得像一把撑开着的伞，路过颠地身旁时，颠地闭着眼使劲地用鼻子吸了下，似是要把洋妇身上散发出的那特有气味全纳入肺腑，脸上表现出那贪婪的神色。番妇发出咯咯的笑声，小洋伞轻佻地从颠地头顶上轻轻一掠而过，蓝眼睛里抛出勾人的媚眼，颠地神魂儿出窍了，他竟痴痴地跟着番妇走了几步。义律一声呵斥：“混蛋，公狗！”颠地赶紧摇摇头，一下清醒了，马上跟上义律，怪不好意思地说：“上帝给了我好心情，嘿嘿。”义律回了句话：“上帝说你是魔鬼。”两人说着从圣安多尼教堂前路过，因圣安多尼人是天主教徒所奉的“婚姻主保”之神，葡人的婚礼都要在这个教堂里举行，自然门前的这条街也就被当地人叫做“花王堂街”了。这条街还有个名叫做“猪仔街”，从内地招来的华工到澳门后就在这儿集中，然后再乘船到世界各地去打工，一个时期里专门做贩卖华人的夷人达到了上万人。由于澳门地域窄小，几乎城中的街巷都是曲里拐弯上上下下的延伸着。义律和颠地从熙熙攘攘的花王堂街穿过，来到三街会馆葡萄牙驻澳门的总督府，这是栋巴洛克建筑风格的房屋，砖木构成椭圆形拱顶的坡屋顶上插了面葡国的旗子，立在台阶两边的两个印度卫兵，当地人称做是“红毛夷鬼”，他们一见义律马上把手上的长枪一举，“啪”地敬了个礼。一个着礼服的葡人在门口彬彬有礼地说：“义律先生，总督先生已经在等你啦。”说着就领他们走进大厅。大厅不大，长方形无柱廊阻隔，倒也显得宽敞，从天花拱顶的正中处垂下一只华丽的枝形水晶大吊灯，四周窄长窗户上的玻璃折射着室外的阳光，仿佛把大厅切成了黑白两个世界了。五十来岁的总督委黎多，个子不高，一脸的大胡子，挺着个大肚子，当义律和颠地进来时，他夸张地把双手展开，上前就一个拥抱，一边说道：“亲爱的义律先生，维多利亚女王陛下可好吧？听说她跟她的丈夫阿尔伯特公爵情深义重，我们葡国的女王玛丽亚二世说，上帝为什么把这么美好的爱情，只让维多利亚女王独享呢？这太不公平了吧。”

义律两肩一耸，说：“总督阁下，上帝总是带着偏见在处理问题，你说得不错。当我一踏上澳门的土地，就好像来到了另一个国家，不是在中国的国土上。三王花街上竟然还有烟馆，鸦片的香味在四处飘浮。你我都是中国人所说的夷人，可我们现在所遇到的问题，怎么不见上帝一视同仁地对待呢？”

委黎多一脸的和气，笑眯眯地说：“义律先生，这怪不得上帝。哈哈，我不是对你说过吗？在跟中国人打交道时，你千万要记住，中国人好面子，你给他一个面子，那一切都好商量，都好办。澳门是中国的，你没见在澳门就有大清朝廷的龙旗在飘扬，大清朝廷的同知官员在办公吗？可澳门却是由我们葡国人在治理。我们要的是实质性的东西，我们是在帮助他们。可你们英国人自以为高人一等，为什么就不能向中国的大皇帝去行个跪礼呢？所以你们现在遇到的问题，就是上帝也无法解决。”

义律冷笑一声，说：“总督阁下，好一个在帮助他们，鸦片买卖的好光景我想在澳门不会太长了。我这次来总督府上，不是来跟你探讨女王们的情感如何伟大。我是想告诉你，从北京来的那个钦差大臣林则徐，与其他官员可不一般。按中国人的话说他是个六亲不认的家伙，要不我们会像条丧家之犬离开吗？”

委黎多由于一直站在大厅的阴暗光线下，他脸上的表情看不出来，但从他说话的声音可感觉出他内心里的不安：“义律先生，你们在广州那边的事情我都知道了，关于林则徐我也对他的情况做了些了解，我们已经做了布置，从明天起禁止在澳门交易鸦片生意了。中国有句话，叫做枪打出头鸟。嘿嘿，我们是不会犯你们已经犯过的错误了。”

颠地见义律的脸色越发不好了，就不客气地冲着委黎多说：“总督阁下，我们大不列颠国是一头雄狮，不会就这么让长着尾巴的猪得意的。”

委黎多冷冷地说：“先生们，你们今天来不仅是为了告诉我，你们想报复中国人的想法吗？我奉劝你们，中国是一个恩怨分明的民族，不然他们怎么会有几千年的历史呢？你我的国家才有多长的历史？他们现在是不行，但这并不说明他们十年、百年后就不会崛起？曾几何时，我们葡萄牙和西班牙的无敌舰队是何等的威风，可最后的结局如何？我想这就不要我来说了吧。说吧，你们找我是有什么需要我帮助的地方？在中国人眼中，按他们的话说我们是一丘之貉。哈哈。”说着他自个儿竟笑了起来。

颠地愣愣地问：“总督阁下，一丘之貉是什么东西？”

委黎多在中国有二十年了，成了中国通，解释道：“颠地先生，貉是一种形似狐狸的野兽，在中国文化里把它比喻彼此同是丑类，没有什么差别。我们在中国人眼里都是夷鬼，哈哈，是没有什么差别的。”

义律有些瞧不起颠地的问话，说：“这话题不要再聊了，今天我们不是来跟总督阁下学习中国文化的。阁下，由于大清朝廷不遵守国际商业法则，擅自毁约，为保护大不列颠国民的利益，我以女王的名义向他们提出了严重抗议，并决定撤走在广州的全部英国人。”

委黎多冷冷地说：“义律先生，我真不理解你们英国为什么总是高高在上？鸦片是一种药，可也是一种毒药。这事放在哪个国家都会引起麻烦，大清朝廷要你们做保证不再贩卖鸦片了，你们为什么就不按照中国皇帝的要求去做呢？如果你们遵守了他们皇帝的旨意，我想也就不会出现中国人所说如丧家之犬的结果了。好了，我知道你们是想让所有从广州撤回来的人上岸，我表示深切的同情。不过我也必须告诉你们，澳门不是英国的管辖地，它还有大清官员在行使国家的主权，出于人道主义，你们商务人员的家属可以上岸居住，其他人员一律不得离开船。”

颠地不等义律开口，就哇哇地大叫起来，嚷道：“总督阁下，你这是见死不救。我要向你们女王控诉你，要让全世界都知道你是中国人所说的那种不仁不义的混蛋。”

委黎多冷笑一声，说：“先生们，粤海关监督豫堃大人马上就到澳门了。对不起，我还得跟澳门同知蒋立昂大人去码头上迎接他，请便吧。”他说罢，立刻有两个持枪的卫兵上来，一脸的威严注视着他俩。

义律咬牙切齿地说了声：“总督先生，豫堃来了就好，我相信在不久的将来他会告诉你，请英国的义律和他们商人们上岸吧，也请你不要忘记，当年克伦威尔将军的‘铁军’是怎样横扫欧洲大陆的。”说完转身就出了总督府大门。委黎多一下发怔了，义律所说的克伦威尔是英国历史上有名的将军，曾带领一支骑兵于一六四四年取得马斯顿大捷，被誉为“铁军”。于一六四九年期间先后征服爱尔兰和苏格兰，打败荷兰和葡萄牙。一七〇七年，苏格兰正式并入英国，英国从此称大不列颠。阳光收去了最后一抹光芒，大厅里顿时黑暗了，委黎多在喃喃自语着，天呀，上帝的铁笼里的恶魔终于要出笼了。

过了午时，船就到了扬州城南门的渡钞关码头。龚自珍在舱里喊道："老五，你来下。"龚五正在整理行李，忙得一头汗水，也不客气地回话："老爷，你没见我在忙，船已靠码头了，你不帮忙也就不要给我添麻烦了。"龚自珍在舱里说："我是问你我的书箱你是不是打了包，我还有几首才写的诗要收捡好呀。"龚五回话："老爷，你写的那些当不得饭的劳什子诗，我全收捡好了，你放心。"他边说手上的事却没停过。正在落帆的船老大在一边悄声地说："五哥，你们家的老爷人是个好人，可他有时也有点不正常，他是不是有点？"他话到嘴边就不说下去了。龚五看了下舱里，唬道："你是不是说我家老爷有点神经？你莫打乱讲。我家老爷是文曲星，你知道什么是文曲星？天上下来的神仙，你讲神仙的坏话是要烂嘴巴的。"船老大笑笑说："那还真是个神仙，神里神经的仙。"他说话时，手上的缆绳抛到码头上的石磴子上，稳稳地把船拴住了。龚五不由赞道："好功夫。"龚自珍从舱里出来，换了身湖蓝色的绸缎长褂，围腰系了条绣有梅花争俏的湘绣白丝绸腰带，一路上从没有梳过的长发也编织成辫垂在腰后，发梢上还挽了蝴蝶结儿吊着，整个人显得有精神。他一脸是笑地对龚五把手一伸，说："拿来。"

龚五把腰间的口袋一捂，极不情愿地说："老爷，你是访友做客，也要带银子出门？"

龚自珍用手指不轻不重地在龚五的头上弹了下，说："少说废话，想讨打？"

龚五只好把口袋打开，说："老爷，你自己看看，还有几两银子？等下还要跟船老板结账。"他说这话时，船老大还真瞟了眼龚五钱口袋，龚五不由来气了，嚷道："船老大，你也太不懂事了，你还当真我们付不出你的租金么？我是说老爷，他大手大脚用惯了的人。我们不会欠你一钱银子，别那个鬼相好不。"

船老大赶紧表白："五哥，你可别冤枉我啦。你们就不给钱我也心甘情愿，你家老爷看得起我们驾船的下人，一路上好酒好肉的管够。我走船十几年了，还从没碰上这么好的老爷待人的。”龚五这才笑了，说：“老爷这人是没说的，好人咧。”说着从包里取了十几两银子包好，道：“我就知道老爷一上岸肯定是先去混堂子过瘾，去吧去吧，在船上十来天了，一身也是发臭了。”龚五说的混堂子，是扬州人对澡堂的叫法。龚自珍只是笑，他对世间的俗事是从不上心，也从不去过问，他眼热着在看城门进出的人，心早就飞上岸了。他接过龚五递给他的一包碎银子，从船上一跃而下，脑后的长辫甩了道弧线，那发梢上的蝴蝶结儿随着他身子的腾跃，似是蝶儿飞舞，漂亮极了。

船老大羡慕地说：“五哥，你家老爷真是个活神仙啦。”

龚五大声地喊道：“老爷，待会到客栈安顿好了，我就去魏老爷那里寻你呀。”

龚自珍的背影随着人群进渡钞关了。

扬州城在明朝时就有旧城和新城之分。在新城建起之前，扬州已是商贾集中之地，嘉靖三十四年倭寇来犯，以致外城萧条，百八十多家商店多遭焚劫，于是经此祸乱后在旧城外环河筑新城，自此虽经清初扬州十日屠城之毁的祸害，但到了康熙朝时，扬州城已是清朝最为繁华的城市了。龚自珍一进城门洞子，果真如龚五所说的，他并不一下就去丁家湾的新仓巷絜园与魏源相见。一路走去，过彩衣巷、经教场、辕门桥、多子街、埂子上、小东门。天不分南北，路不分东西，哪里热闹他就往那里钻，缎铺、裁缝店、毡铺、鞋铺、帽店、首饰店、香铺、金铺、书局、花店、装裱店、木行、漆行、玉行等等，那酒楼茶肆更是遍布大街小巷，北门外的双虹楼，辕门桥的二梅轩、蕙芳轩，小东门的品陆轩，埂子上的丰乐园，广储门的雨莲轩，琼花观的文杏园，万家园的四宜轩，花园巷的小方壶，天宁门的天福居，西门的绿天居，这些茶楼酒肆各据一方之胜，自有其当家之特色小食，糖馅、肉馅、干菜馅、苋菜馅的烧饼，灌汤包子、糟窑馒头、春饼、烧卖、小菜饺、淮饺等，而那些小茶肆的油镟饼、甑儿糕、松毛包子更是扬州人常食之物，龚自珍路过之处，他只是使劲儿地闻闻，并不进店去。他是个美食家，当下一身的舟车劳累，不是品尝美食的时机，但他过小东门的杏春楼面馆时，肚子里在咕咕作响了，于是一头扎进去，这时还没到进食的当儿，店里的客人不多。店小二马上热情地迎上，引他到一张光洁得照出人影儿来的八仙桌前落座，不及小二开口，龚自珍张口就说："来碗重二的三鲜面。"小二朝厨房里唱喏："客官老主一位，三鲜重二。"所谓的重二，是一小碗的意思，大碗叫大连，半碗叫中碗。小二将搭在肩上的白布巾顺手在桌子上抹了遍，从乌木筷子盒里抽出黑漆筷子一双摆上，揭开已摆在桌上的茶碗的盖，里面时时备有绿茶，茶壶高举，一线热水冲进茶碗里了。"客官请便。"说罢，小二转身就从厨房里用红漆木盘端一碗浇有鳝鱼、鸡、猪肉的三鲜面来。龚自珍先是使劲地闻了一下，道："嗯，香。"接下来是不顾汤烫，三两下就吞下肚了，末了连碗里的汤也喝光了，小二在一旁瞧着高兴，说："客官，要不再加点？免费的。"

龚自珍笑笑，说："够了，这肚儿还得空着，好吃的还在后面哩。"起身随手放几枚铜钱在桌上，离店在门口叫了辆青驴拉的轿车，这时一直蹲在店堂门旁的一个叫花子，正从身上只剩半截了的破烂棉袄里扯出一团黑乎乎的棉花，塞在一根象牙烟管里抽着。龚自珍正要上车时，叫花子突然一下朝他扑来，双手死死抱住龚自珍的脚不放，哀求道："老爷，行行好，赏我一碗面钱吧。"叫花子身上散发出的那股恶臭味让龚自珍掩着鼻子后退了几步，店小二赶紧操一根木棍扑头就一棍子扑去，顿时叫花子一脸的血水流出，龚自珍吓了一大跳，厉声道："不准打人。"忙从衣袖里抽出一条白绸手帕要扎在叫花子头上，叫花子却从棉衣里扯出一团棉絮贴在伤口上，感谢道："老爷，你是好人呀。"说罢，干瘦的脸皮上现出一抹血色，起身朝龚自珍鞠一躬，摇摇晃晃地走了。店小二见龚自珍脸色不好看，小心地说："老爷，这样的叫花子在扬州城里到处都有，他们当中原来不少是富得滴油的老板，就因抽鸦片把个家产全抽光了。刚才这个叫花子十年前还是我们这家店子的股东，他身上的那件棉衣一年四季穿在身上，从不换洗。老爷你不知道吧？叫花子身上的那件棉衣用鸦片熬过，所以他就用棉花来止血。哼，等身上的棉花抽完了，人也就完了。老爷，如今这年头善心发不得呀。老爷，你慢走咧。"说完，小二拿着棍子进店里了。

在一旁袖着手看热闹的车夫这时插话说："老爷，你也别烦着了。这事儿小二没说错，这些年里，夷人那害死人的鸦片不知整垮了多少人家。广州那边林青天在禁烟，扬州城里的烟馆就关了，禁得好呀。再不禁，我看这大清迟早会有一天要——"他顿了顿，用块布把车辕边的一座板擦拭了下，又说下去："要那个了呢。"他不明说了，笑笑："客官，上车吧。朝廷想的是天下大事，咱老百姓想的是每天的柴米油盐，要过日子啰。"龚自珍坐在车辕边座上，对车夫说先顺着城西南一带转转，再去新丰泉混堂子。车夫应道好咧，一边说客官看你样不是扬州本地人，要说园子好看，全扬州城里现就数个园了，去不？龚自珍淡淡回道，两淮盐商黄至筠的园子听说过，有四季假山之景，宣石山子为冬、黄石山子为秋、湖石山子为夏、门景竹石为春，这些以垒叠石头来造景，想必也就是只那么有趣了。走吧。他说这话时，车夫不由回头看了他眼，打趣道客官你说这话，比当年乾隆爷的口气还大哩。龚自珍笑笑，不言语了。车夫哪能体察出龚自珍是何许人也，他出身于杭州，时人有评价说，杭州以湖山胜，苏州以市肆胜，扬州以园亭胜，三者鼎峙，不分轩轾。龚自珍眼界高远，一般的园林不可入他法眼。车夫被龚自珍那种天生贵人的气质所镇住，再也不敢多言了，赶着驴车朝有八大名园之称的王洗马园、卞园、员园、贺园、冶春园、南园、筱园、影园走去。一路上，龚自珍对所经过的园林只是瞧了眼，就没兴趣下车了。他从门口台阶上的萋草乱长、门楣油漆剥落，有的园林甚至几成瓦砾场了，一幅非旧时光景的衰败芜废的景象，心底油然而生今不如昔的感慨，长叹息声轻吟道，楼台也似佳人老，剩粉残脂倍可怜。车夫搭了句话说，老爷，看你这样儿从京城那边过来的吧，你认得一个叫林则徐的大官么？龚自珍不说认得也不说不认得，你问这干嘛？车夫说那是个好官呀。他在南边禁烟的事，我们做百姓的都知道了，当弹词儿在唱哩。只是大清的天下这么大，就靠一两个好官能把这世道整好吗？难呀。当年这一带多红火，康熙爷南巡扬州修了好多园林；乾隆爷来时，还从城外东北的香阜寺抵天宁门行宫开了条新河。自此，这一带是画船箫鼓，殆无虚日，这都是那些有钱的盐商给玩出来的。有一小曲儿唱道，扬州好，宵夜小桥西。八座名园如画卷，一班时调唱黄鹂，竹柳总迷离。车夫小曲一哼完，叱喝一声，驾！拍了下驴的屁股，说老爷前面就到新丰泉混堂子了。驴撒开蹄子跑开了，车辘滚滚，扬起了薄薄的尘土。

新丰泉是一座典型的江南小院，前门临街，后院傍水。新丰泉三个招牌字黑漆描金，高悬在青砖黑瓦的小院门上，在五月正午的阳光映照下蛮惹人眼。龚自珍下车把车钱交后对那个车夫说了句，兄弟，你的小曲儿唱得不错，谢啦。手一扬人就进了混堂的小院门，一跑堂的小二马上哈腰迎上，笑嘻嘻地问：“这位爷，里面请，是全套还是单边咧。”边说边从门旁一只红木蒸笼里取一条热乎乎的白毛巾，双手捧上请龚自珍先擦把脸，他对扬州混堂子的门道可精熟哩。接过热毛巾擦了把脸，双手一伸，那意思是说全套的活儿。烫水烫脚丫，修脚把脚刳，没事把耳扒，是扬州人的三件乐事。所谓全套是有擦背、捶背、推拿、按摩、修脚、剃头、擦鞋等内容，单边只是洗个澡走人的说法。用全套活的主，有单间侍候着。小二把龚自珍引到一间精致的里间，立刻就有十六岁的小女子捧上杯清明绿茶送到龚自珍的手上，娇媚儿声道：“爷，你用茶哩。”身上仅着了件红绸绣着牡丹花的小衣，两个小青莲似的乳房顶着小衣，一手握着般的大小，爱煞人也。龚自珍那个乐呀，道："姑娘，把爷给整舒服了，爷有银子赏。"小二笑嘻嘻地说："牡丹姑娘，爷是你的亲爹，亲爹要啥你不可怠慢呐。"小二给龚自珍哈了下腰，说爷你慢慢美着哩，出门顺手把门给带上。房间的纱窗上透着室外柔和的光线，房间里却是一团暗红，朦胧中盈着可人的温暖。牡丹白生生的小手儿在龚自珍腰间轻轻地扫了下，痒痒的，那感觉妙极了。龚自珍闭目间在品享那心痒痒儿的滋味，不知不觉间身上的大褂就让小女子给剥了下来，当小手儿在腰间上要解下他身上最后一条小短裤时，龚自珍一个哈哈响起，道："这事就不必姑娘亲自操劳了，哈哈。"说着把披在肩上的一条白纱浴巾缠在身子上，再一下就褪去了小短裤。牡丹哧一声笑，小脸上飞一抹红晕，掩嘴笑道："原来爷是风流不下流的君子哩。"龚自珍兀显慌容，眼不看牡丹，道："我得先去泡个澡。"牡丹往他肩上搭了条下水浴巾，撩开一道布帘子说："爷，请从这小门进，拐弯便是浴池。侬在这儿候着你呢。"说这话时，那神情间川泽秀媚，举止婉慧，其秀淑之气当是显真情意在了。龚自珍心里一个激灵，竟慌不择路一头往外走去了，牡丹哧哧一笑，道："爷，这边哩。"小手儿在龚自珍赤溜溜的脊背上顺势轻轻一推，送进了门帘后。浴间里有大小三个水池，是用白矾石砌成，其大者近镬水热，为大池，次者中池，小而水不甚热者为娃娃池。因是中午期间里面的人不多，水温适度，水面上热气氤氲，几步外人泡在水中似是被雾气重重裹住了，闻其声不见其人。一个下身围了条浴巾的跟池小二过来，搀扶着龚自珍下到大池里，一边说："爷，稳着点哩。"龚自珍一下水就一头沉到水里了，气泡儿咕咕直冒，好一阵龚自珍才从水中抬起头来，扬了扬一头的水珠，平躺在水池边的木床上，双目闭着，跟池小二上来先是用干浴巾擦擦龚自珍的身子，然后双手握着空拳捶或空掌轮番扑，时而也施手捏、推拿或用肘压碾等手法。用拳捶时，发出时紧时松、有节奏的"咯嗒、咯嗒"的骨节响声；用空掌扑时，能听到掌扑时发出有节奏的“啪、啪”脆响。龚自珍任由跟池小二在他身上劳作，闭目养神间，水池里有人说着话，那说话声全进了他的耳朵里。“听说你前天给阮老爷子送了件货去，你小子也太胆大包天了，竟然也敢拿赝品去骗阮老爷子。阮老爷子可是当今的太子太保，他要是发觉了你在骗他，你小子准备去坐大牢吧。”回话的人一点也不着急，笑呵呵地道：“你放心，阮老爷子是三朝元老，他的学问没人可比。老爷子在古董的鉴赏和收藏上自夸是‘老眼无花’，所以他在这方面就是吃了亏也不会吭声。哈哈。”那两人肆无忌惮地放声大乐。跟池小二在龚自珍身上把捶背的功夫使完了，便捏着一块老丝瓜络筋在他身上轻重有缓地来回擦搓。先面颈、后脊背，再两臂和双手，次胸腹，再擦双腿和双足，最后转过身体擦屁股至两脚跟。在擦手和脚时，还用手掌裹浴巾擦手丫和脚丫，末了再打一小桶热水淋到身上，洗净从身上搓下来的污垢。龚自珍闭目躺在木床上，舒服着呢。在水池里的人突然一个个光溜溜地立起来，纷纷向进来的一个老人哈腰示礼客气道，阮老爷好，相国爷好，世伯爷好，老太傅好。各样称谓都有。他就是阮元，字伯元，号芸台，又号雷塘庵主，晚号怡性老人，江苏仪征人。龚自珍在朝廷行走时，与他有过交往。他曾在阮元六十大寿时撰文对其大半生的学术成就进行了总结，称他“凡若此者，固已汇汉宋之全，拓天人之韬，泯华实之辨，总才学之归”。他本想也起身去恭迎，可一看自己赤身露体，不成体统，故双眼闭着。阮元一行从他身边路过下水池时，跟池小二还悄悄地用手在他身上示意了下，龚自珍故意发出轻微的鼾声。阮元这老头还真是精怪，水池里的人见了他莫不是恭敬有礼，而这还有一个人对他竟视而不见，不由多看眼这是个什么人，甚至还低下头去瞧了下，水池子冒出的热气弥漫着，雾里看花。旁边有一个人对阮元提醒着，老太傅，小心脚下。龚自珍一听那个说话声，突然一个翻身而起，嚷道：“是默深呀。”他身上的白布澡巾掉在地上了，光着身子现出。魏源闻声也是一下激动了，说：“啊呀，是定庵呀。哈哈。”披在他身上的白布澡巾也掉在地上了，两人光溜溜相抱。阮元在一旁乐了，笑道：“闻名天下的两大才子，赤条条地在混堂子里相见，这可将是文坛上的一大轶事哟。”两人赶紧把澡巾缠在身上。

龚自珍忙向阮元致礼道：“老太傅，晚生刚才失礼了。”他深鞠一躬。

阮元乐道：“哈哈，我才想在扬州这地方上，谁见了我都是恭敬有礼。你可是大路向天，各走一边。想来是个人物，原来是你这个龚才子，那就不奇怪了。哈哈。”

水池子里的几个泡澡的人因阮元的到来，都识趣裹上澡巾离开，偌大的池堂子里就他们三人了。魏源笑着对龚自珍说：“定庵，别让老太傅着了凉，到热水里泡着说话吧。”

阮元点头，跟池小二赶紧搀扶着他下水去，龚自珍正好做完搓背按摩，也要下水去泡个回头澡。魏源从小就在资江边长大，对水天生有种亲近感，在南京时只要有空就要到长江里游个来回不歇口气。他一头就扎在水里，好一会才从水里浮出，吐出口水后说：“好过呀。”他说的是他家乡的话，那意思是舒服极了。龚自珍也从水里冒出头，说：“爽也。”

阮元由着跟池小二在他背上轻轻捏着，全身泡在热水里闭着双目，一边在舒服着，一边说着话：“定庵，道光十六年有日，你和那个当今的大书法家何绍基、时任两江总督的梁章钜一起到我府上，在节性斋共研一篇从出土铜器上拓下的金石文字，你虽年轻，但你家学渊源，考据训诂之学自成一家，当时你的高见为大家击节叫好呢。还记得这回事么？”

龚自珍忙说：“是有这事，是老太傅你们看重啦，惭愧。”

阮元一笑，眼就眯成一条缝了，说：“你这次从京城出来，那边的事儿怎样？”

龚自珍愣了下，想来想去不知阮元问那边的事，是指哪边？看眼魏源，魏源用手指指北向，龚自珍明白了，对阮元说：“老太傅，你是三朝元老，朝廷的事哪样能躲得过你的法眼？哈哈。”说着轻轻地笑了起来。

阮元自嘲道："什么三朝元老，是做了三朝的奴才啰。"他一口痰上来，堵在喉咙眼上，一阵急促的咳嗽涌上，龚自珍一下慌乱了，正要开口叫人来抢救，跟池小二手脚利索得很，起手就在阮元的背上往上一捋，只见阮元一口气就上来了，他长吁一声，口一张，跟池小二伸手一接，一口发绿的浓痰吐在手心里，再顺手摔到水池下的水沟里冲走了，对龚自珍一笑，便继续小心地为阮元擦背。龚自珍看得一身发麻，一下子阮元在他眼里就是一个行将就木的市井老人了，那怜悯之心油然而生，人生下来不就是赤条条来而又赤条条去吗？阮元开口了，他在自顾地说道："我呀自乾隆五十四年二十五岁中进士，入翰林院任庶吉士，次年授翰林院编修。一年后受高宗赏识升任少詹事，入值南书房、懋勤殿，迁任詹事。先后任山东学政、浙江学政，嘉庆三年返京，任户部左侍郎，会试同考官，未几又赴浙江任巡抚有十年之久。后又先后出为湖南、浙江巡抚、江西巡抚，因捕治逆匪胡秉耀有功，加太子少保，赐花翎。嘉庆二十一年升湖广总督，后又任两广总督。呵呵，我在粤期间，建议禁鸦片，上书嘉庆帝言'宜镇之以威，不可尽以德绥'。道光六年迁云贵总督，道光十五年回朝，为体仁阁大学士，管理刑部，调兵部。到去年致仕，皇上恩典加给半俸，封太子太保衔。人一生啊，活着是为了谁？哈哈，说理上的话是为国家、为皇上，说实在话是为自己的脸面。我这一辈子够了，知足啦。"这个老人对自己的一生所走过的路和履历过的官职，如数家珍，娓娓道来，清晰得很。龚自珍心中发着感叹，人老了是不是都是这样，把回忆过去作为延续生命的时光？魏源虽然一直没有吭声，全身泡在热水里舒服着，但他的耳朵却一直在听着阮元的说话，时不时透过热雾气儿瞟眼龚自珍。阮元还在自言自语地说着："自皇太极入关到顺治爷后是康熙爷接着又是雍正爷到乾隆爷，这中间史上出了个'康乾盛世'的景象。可如今国家的日子是越来越不好过了，原因何在？若说本朝皇帝不尽力，那是天大的冤枉啦。大清的皇帝个个是有本事的人，可要说谁是最苦最累最穷的皇帝，我看就是当今的皇上了。究其根本，依我之见，一是这些年来大清的人口在暴增，记得《皇朝通典》记载乾隆二十二年的人口为一亿九千零三十四万，到了道光十年的《户部档案》则记载，全国的人口到了三亿九千四百七十八万余人了，我离开朝廷时户部档案登记人口已过了四亿。而全国可耕土地仅只增了两成，这与人口所增是严重失衡。其二，与夷人在我大清国贩卖鸦片有关。在我致仕回扬州前，大清一年的收入也就在四千万两银两左右吧，而我们去年一年仅进口鸦片就花了一千五百万两，还不算上一千万两进口棉花等物，大量的白银外流而不进，国力岂有不穷之理？其三是人才难出，治国安邦，人才第一。定庵呀，默深今天到我府上来是请我看你这一路上所写的诗，我顺便约他陪我到混堂子来泡个澡。没想到在这儿与你赤条条地相见了。呵呵，你的诗写得好，也道出了老夫想要说的话。”他竟然背诵了出来：

九州生气恃风雷，
万马齐喑究可哀。
我劝天公重抖擞，
不拘一格降人才。

“人才不出，国事难为。我看将来大清的国运，大有由默深等湖湘弟子所担当了。”此言一出，魏源浑身一震，忙说：“老太傅，这话当是私下戏谑之言，千万不可对外言之。”

阮元笑笑，平静地说：“默深，老夫可曾在湖南任过巡抚啦。你们湖南人那性子是火点得燃，有血性。要是中国人都像湖南人一样，我看大清就有生气了，有活力了。你们那里的读书人，经世致用，是把书读活了，这才是有出息的读书。在当今湘人中以两江总督陶澍为始，后有现在京城尚未成名的曾国藩，以及江忠源、胡林翼、刘长佑、彭玉麟，还有传闻是当今诸葛的左宗棠等。这些人定庵你有的连名字都没有听说过吧？呵呵。我在湖南时就有耳闻了，他们有的是当今进士、举人，有的只是个小秀才，还有的甚至连功名都没有呢。可他们个个胸有大志，等着瞧吧，他们将会横空出世，会给这世道带来摧枯拉朽的力量。我是看好了他们的，湖南人了不得呀。哈哈，你看我把话扯到哪里去了，定庵，这次来扬州，不是来买‘瘦马’的吧？我跟你说：挑选‘瘦马’还真要有眼力，最重要的是‘瘦马’的小脚。鉴定这‘三寸金莲’要用‘瘦、小、尖、弯、香、软、正’等七个条件去取舍，这可是秘诀，不可外传。老夫已是不中用啦，不然也想要牵一匹‘瘦马’乐乐呢。”阮元一说完，自个儿先是乐了。龚自珍脸一红，知道阮元所说的买‘瘦马’在扬州是指买妾的意思。扬州盐商富甲天下，当地的一些媒婆投其所好，便把一些模样端庄十三四岁的小女孩从穷人家里买来，悉心调教，琴棋书画，吹拉弹唱无所不会，到了十五六岁时便可卖给有钱人家做小妾，故娶小置妾，皆以扬州为渊薮。他忙表白道：“老太傅，自珍哪还有闲情玩这一票啦。”

阮元笑道：“我说着乐哩，哈哈。你说说那边的事，道听途说亦可。”

龚自珍想了下，突然想起了离开京城之前，偶然听说皇上把盛京将军耆英、云贵总督伊布里、伊犁将军奕经和直隶总督琦善召进宫里密谈，奕经擢为吏部尚书，兼步军统领等事，京城里私下众说纷纭。于是他把这些事说与阮元听，阮元本是笑容可掬的脸上顿时变了，一瞬间两眼露出少见的精光。他花白的眉头紧蹙，那神态一下让龚自珍心里一缩，不由说：“老太傅，这没事吧，我也只是听说而已。”

阮元一脸肃容，道：“皇上把这些封疆大吏突然间一下召回到京城，这当中肯定有其隐情。这些天我就一直在琢磨，皇上大张旗鼓地禁烟，图的是什么？大清是国，但也是大清的家。烟若不禁，国之不存；然若因禁烟又影响了国家税银收入，那大清这个家又何长存？一两天尚且可以，若是连续下去，大清的家底能支撑几日？我曾兼任过一年的粤海关监督，一个海关的税银占了全国税银收入的四分之一。广东一地由于禁烟，弄得夷人都罢市了，皇上能不急吗？大清的皇帝虽说是满汉不分，但到了事关国和家的大事上，他们还是以满人为重，这也怪不得他们。这天下二百年前，是他们老祖宗打下的，堂堂的大明就被满人十几万人的铁骑给摧毁了，怪谁？怪自己不中用，你不服也得服。北魏时的孝文帝不就是鲜卑人，他宇内清一，八表归义；金辽元诸朝皇帝当中不乏有雄才大略的人物，他们对几千年泱泱中华的一统江山的稳固和延续，是有史不可抹的功德。唉，说远了，还是说你才讲的事，这恐怕是穆中堂出的招，要不皇上不会这么急地把他们召进京城议事。看来最近一定又会有新政要出来了，我想少穆的日子恐怕是不好过啦。”他一笑，拍了下脑门子，一下又自嘲道：“我已是市井之徒了，还劳神操这份空心，老朽还是过几天舒心的日子算了。这世道我是看不懂了，是你们的世道，该是由你们这些年轻人去担当的了。”说着他眼皮儿竟要搭上了，说话声也一下有气无声似的了，手指着龚自珍说：“你、你们，不、不要走，老夫今儿做东，去——”话音未落，他竟然靠着水池的台阶一下睡着了，身子在水中显现着白生生的身躯。魏源和龚自珍不知如何是好，跟池小二轻轻地把他从水中抱起，小声地说：“二位老爷，老太爷常是这样，人老了睡一下就会醒了的，没事。”他说话时，把阮元用条白澡巾裹着抱到一间雅室去休息了。

龚自珍对魏源发着感叹说：“默深，阮老爷子不糊涂呀。世事洞察如若观火，他刚才的一席话，可是把几千年中国的历史变迁一脉精要而言之啦。”

魏源道：“天道有迁异，人理无常全。老太傅久经宦海，目前大清须要以变为图强之道，已是大势。是以天下为己任而去求变，还是抱有私利而去谋变？此乃实要害也。康熙年的名士储欣在他的《陆草堂文集》里对前明末年甲申之变有其独到见识，言‘咎岂特将师庸，士卒怠哉，郡守县令，闻风先遁，贼至数百里外，多容连辔，入掠仓库金钱粟米，车载骡负，饱欲飏去，不控一弦。驯至甲申，痈溃疽裂，庙社为墟，似有以焉，非尽不幸也’。如此，国何有不亡之理也。”

龚自珍拍了下脑门，笑道：“我一路在想，这回与兄见面要在扬州快活几日，没想到是赤条条地在混堂子里相见，开口又说的是国事了。唉，我们真是有病啦。”

魏源边用澡巾擦身子边说：“定庵，你一路通过驿站传给我的诗词，字里行间处处显着你位卑未敢忘忧国的心怀。老太傅请我去游瘦西湖，我把你南下写的诗词请他指教，他读了你的诗词说你，国事、世事、家事、身事、心事系于一身焉。”

龚自珍泪光闪烁，喃喃自语：“丹楼碧阁皆时事，只有江山古到今。知我者老太傅也。”

魏源知道龚自珍是性情中人，已见怪不怪了，说：“定庵，老太傅发了话要为你洗尘，我们在此等候老太傅睡醒过来，不妨也趁机这个一回吧。”他一脸的兴奋，那手势是做了个摸棋子的动作。

龚自珍顿时眉开眼笑了，连连说：“好好，宋人欧阳修以‘六一居士’自居，他藏书一万卷，集三代以来的金石遗文一千卷，古琴一张，置酒一壶，有棋一局，自为老翁一人，哈哈。只是我尚不可称老翁，不然我也可以‘六一’自居了。”

魏源笑道：“那你就以‘五一’居士为号呀。呵呵。”

“不敢，欧阳修会骂我不知人间有羞耻事也。哈哈。”龚自珍说罢，叫跟池小二去把他们的衣物领来，二人穿戴整齐来到雅间。一进门，牡丹一见龚自珍便一脸的春色荡漾，再一看他后面跟着单瘦的魏源，忙说：“又是位爷啦。爷你先歇着，奴家马上给你叫一姑娘来。”魏源连忙摇手说：“姑娘，免了，这福我消受不了。”龚自珍乐道：“牡丹，去叫一个来。这位爷好面子，听我的。”牡丹嬉笑着对魏源说：“爷，你随意些。”

她对进雅间送零食来的小二说，叫春儿来陪爷哩。小二应诺声对门外大声地喊，春儿姑娘伺候爷咧。小二手上端着盛有什物的果盘，香干、臭干、五香茶干是来自高邮界首，亦称为“界首茶干”；小蒲包的是炒货，花生、花生米，有椒盐、五香、油炸；而五香蚕豆、油爆蚕豆、油炸蚕豆瓣，盐水炒黄豆、油炸黄豆，糖炒栗子、炒白果，炒葵花子、炒西瓜子等用纸包成三角包；糖果类有花生糖、芝麻糖、生姜糖、薄荷糖、桂花糖、寸金糖、董糖等，随浴客选食。龚自珍取了五香茶干、油炸蚕豆瓣和桂花糖，就要小二下去。

门帘一掀，一个与牡丹一般儿大小的姑娘笑盈盈地进来，一口浓浓的吴语：“爷，春儿给你沏杯西湖龙井漱漱口吧。”着湖藕色小衣，丰乳肥臀，更是娇艳。牡丹麻利地在桌上摆了副棋盘和两个盛黑白棋子的小罐，魏源接过春儿捧上的温茶，抿了口说：“好茶，谢春儿姑娘。”春儿娇柔道：“嘻嘻，爷，勿客气哩。”魏源说话时瞟一眼桌子上的棋盘，便发出惊讶之声：“呀，是榧木棋墩的棋盘，这小罐还是黄花梨木哩。”伸手就从小罐里捏了枚棋子，开心道：“永子也。”便爱不释手了。那一枚枚触之如婴儿肌肤、观之如玉，产自云南永昌的棋子，沉重扁圆，质地结实，古朴浑厚。白子洁白似玉，晶莹可爱；黑子乌黑带碧，光亮处呈墨绿色，粒粒皆色泽柔和，不炫目耀眼，造型雅致；着盘挫骼，重扣而不碎，手抚冬温夏凉，为弈者平添妙趣。早在明代“永子”就成为贡品，历来大夫们以拥有“永子”而得意。龚自珍颇为得意地往椅子上一坐，伸手便捏了枚白子，往棋盘上一摆，说：“花下坐稳，手谈不乱也。”开口就把南北朝刘义庆《世说新语》中王中郎以围棋为“坐稳”，支公以围棋为“手谈”二语切入此刻情景中了。

“定庵，都说你是当今的第一风流才子，果真是名不虚传。你这一生若无花月美人，不愿生此世界也。”魏源发着感叹说，随手便布了一枚黑子。

龚自珍大言不惭地回道：“呵呵，若无翰墨棋酒，不必定作此身也。”他的棋风一上阵就攻围冲劫，凌厉逼人，而魏源则是以静制敌，使握中权，尺盈揪枰，风云变幻。牡丹和春儿在一边各为其主，似懂非懂间不时发出惊讶之声，平添了些许可人的情趣。当阮元着一身青绸缎长褂出现在他俩面前时，这时天色已近黄昏了，魏源一声啊呀，过了两时辰啦。牡丹揉揉因看棋久了而有些酸胀的眼睛，身子歪歪地靠着龚自珍，撒着娇说：“爷，奴家帮你们去叫餐，好不好呀。”那春儿也是傍着魏源媚眼儿直直地望着，她对魏源悠闲淡定的君子风度暗慕不已，牡丹见她无甚反应，便在她的小脸上轻捏了下，笑道：“春儿，发什么痴，去给老爷们叫餐吔。”春儿一下没反应过来，愣愣地问：“什么餐？”这下就连阮元也乐了，说：“呵呵，默深惹佳人病也。”魏源脸红了，打着哈哈说：“老太傅情趣不减，呵呵。”龚自珍打趣道：“呵呵，老太傅所言极是也。”两姑娘见惯了风月场中的戏谑之言，一脸的天真显可爱，牡丹给阮元泡杯茶敬上后，阮元对牡丹和春儿叮嘱道：“在这吃也好，那就不去得月楼了。姑娘，你们去七贤居，就说我名号，狮子头是必备之主菜，其他的菜品他们都知道。今天有贵客，还要增一份‘小八珍’冷碟，眼下正是春夏之际，应是燕笋、牙笋、香椿、早韭、雷菌、莴苣了。酒水要通州雪酒，快去快回，不可误事。”两姑娘听了直咂舌，忙出门去安排餐食的事。龚自珍对吃自称是美食家，一脸的馋相，笑嘻嘻地说：“老太傅，听你报的菜名，本人已嘴馋了。”阮元笑说：“定庵，你是杭州人，论天下美食，苏杭当是第一了。默深，你不要瞪着眼睛看我，我在湖南任巡抚时，湘菜确不错，只是油太重，更要命的是太辣，本人消受不了。呵呵。”魏源忙说：“老太傅，我已是半个苏杭人了，食上已能中庸啦。”“不食辣，也就不是湖南人了。哈哈。”阮元说着看了看棋盘，不由赞道：“如此棋局，堪称国手了。”两人忙谦虚道：“老太傅过奖啦，当今仕林谁不知老太傅是弈棋大家呀。”阮元捏了枚黑子，说：“宋宣宗时，当时的宰相令狐绹拟授蜀人李远为杭州刺史，宣宗说李远有一首诗曰‘青山不厌千杯酒，白日唯消一局棋’。如此，安能治民也？令狐绹为李远辩解说，诗人托此以遣兴耳，未必实然。宣宗便说：‘且令往试观之。’好在李远还争气，在杭州期间果然不废政务，受到百姓的好评。呵呵，在京城期间，老夫也常跟曾国藩一起走棋，他的棋品如同他的为人，好弈而不工，棋风阴毒狠辣，善谋略，此人将来必是国家栋梁之材。涤生且有一劣疾，他长一身的癣，一下起棋来则是半身伏案上，似是要把棋盘给抱走了似的，他身上的癣一痒起来，手就在身上乱抓，那皮肤上的癣屑就落了一层在棋盘上。京城里没人愿意跟他走棋，好在老夫也是嗜棋如命，但有一哮喘的毛病，一咳嗽起来就一地的浓痰，他人亦不愿跟我走棋，我和曾国藩是惺惺相惜，谁也不嫌弃谁了，哈哈。”

门外传来牡丹和春儿的欢喜声，嚷着老爷们宴席送来咧。

第九章

六月三日，晴空万里，碧水蓝天。从四方八面赶来的人群把虎门寨的海滩围了个严实。一杆黄绫长幡迎空高昂，上书“钦差大臣奉旨查办广东海口事务节制水陆各营总督部堂林”的大字，似是蛟龙劲舞，在海风中猎猎作响。

面对销烟池搭了个临时的观礼台，挂麒麟帐，铺红氍毹，摆了一排套红绸缎布的椅子。这时的赵铁头全身披挂，整个偌大的禁烟场面的安全和秩序都得由他负责，一直跟在他身旁的余保纯也是一身的披挂。他们所经过的地段，兵丁们莫不行礼，齐声喊道：“长官好！”余保纯瞧着有点不对头了，怎么看这些兵丁都有些眼生，个个腰板结实、头皮上刮得铮亮，腰上挂腰刀，手上拿的是英国造的洋枪，可威武哩。余保纯不由悄悄地问：“哎，铁头，这些兵丁我怎么瞧着有点眼生呢？不像是老营里的兵呀。”

赵铁头笑道：“余大人好眼力，你说的没错。这些兵是部堂大人到广州后特意要我招募的五千兵勇，他们大多是两湖川贵四地的兵，人人熟悉水性，个个都有一身好功夫。”来到销烟池前，赵铁头问：“陈长鹏，今天你们这一岗位可不能出半点差错，如有事故，唯你是问。”陈长鹏把胸一挺，大声地说：“请长官放心，我和弟兄们把命都押上了，弟兄们是不是？”他身边的一干兵丁们吼声像是从枪管里喷出来：“是！”火药味冲人。余保纯不由发出赞叹，说：“铁头，要是大清的兵都是你手下这如同虎狼之兵的话，大清可是要国威大振啦。”正说着，牛角号吹响了，呜——那呜呜声似是阵雷从江面滚滚涌来，涛声没了，风声停了，浩浩乎，天地间充盈着人间的正气。

来了，海滩上传来一阵阵沉稳有力的脚步声，踏在沙石地上发出嚓嚓的声响。林则徐走在最前面，精神矍铄，着一身崭新的朝服，朝冠顶镂花金座，中饰东珠一颗，上衔红宝石，插有双眼花翎，补服上是仙鹤图案，邓廷桢、怡良、关天培、豫堃以及德克布金、奕湘等人也身着官服随后而行。那些前来观看销烟的夷人们一见到林则徐便发出尖叫声，站在最前面的伯驾用半生不熟的汉话大声地嚷着："部堂大人，我爱你。"他这一嚷，其他的夷人也跟着嚷了起来，把本是充满肃杀之气的禁烟场面带来了异样的情趣。国人们一见到林则徐，纷纷下跪，伏地磕头，高呼："林大人，青天啦。"十三行的商人在伍绍荣和卢继光带领下，一大早就从广州城赶到虎门海滩上，当林则徐从他们面前走过时，纷纷下跪恭迎，林则徐驻脚，双手扶起跪在最前面的伍绍荣，说："起来，起来，今日虎门销烟，你们是功不可没啊。"伍绍荣等起身，激动地说："钦差大人辛苦，小民们是应该的。"林则徐等一干人上了观礼台，余保纯见要员们都上了观礼台，精气一提，上前双手执礼，大声报告："钦差大人，虎门销烟，一切准备就绪。"

林则徐放眼扫去，江海波涛平息，青山静默，众生仰望。他表面沉稳，但内心却有如这江海下的潜流在翻涌不息。邓廷桢和怡良、关天培一脸掩饰不住的兴奋，豫堃面对今天虎门滩上即将要销毁的鸦片，心里发着感叹，林则徐作为禁烟钦差，皇上是没用错人，大清是露了脸啊。他从夷人的情绪上看出，他们对林则徐以雷霆万钧之力，数十天收到如此的成果，表示出不可思议。可他们更高兴的是把英国商人全赶出了中国的市场，这对他们来说可是大大的利好，难怪他们如此兴奋不已啦。

"嗵，嗵，嗵！"三声炮响，关天培在观礼台上把手中的令旗一扬，威武地喊道："全场肃静。"一下整个虎门滩上鸦雀无声了，只听得高扬着的黄绫长幡在风中猎猎作响。

“请钦差大臣林则徐大人训示。”关天培说完，对林则徐执礼，请他到观礼台前去。林则徐来到观礼台前，向众人双手执礼，饱含着激情，大声地说：“上苍作证，民心可鉴。本部堂奉旨禁烟，今当众销毁鸦片，其功在圣上、利在国家、福在民生，此乃是我中华之万幸也。”众人发出海啸般的欢呼声。他双手摆摆，众声稍弱，庄严宣布：“奉旨销烟，现在开始！”话音一落，顿时炮声轰然响彻云霄。以陈长鹏为首的士兵们赤膊上阵，扛着一包包的鸦片往池子里倒，另一队人马上跟着往池子里倒一筐筐的生石灰，站在跳板上的兵丁手拿铁锄、木耙来回翻搅，在生石灰的催化下，鸦片燃烧了，青烟直冲，火光熊熊。这时江水上涨，巨浪盖过了销烟池，只见陈长鹏与弟兄们冒着扑头盖来的江水，推着转链轴杆把销烟池的闸门提起来，满池已化成糨糊状的鸦片在江水的推涌下，以排山倒海之势，倾泻而出，流向大海深处。成千上万的人欢呼着冲向销烟池，拥向观礼台。伯驾面对太阳，在胸前画着十字，喃喃自语：“上帝，中国人给这个罪恶的世界带来了福音，你听到没有？”啉呱领着几个画工在画速写，他们要把这激动人心的场面记录下来。委黎多指着飘舞在空中的黄绫长幡，对身边夷人发出惊讶的声音，说：“你们瞧，那面长幡怎么像是一条长龙在舞动呢？”江风陡起，排浪凌空。林则徐等一干官员，也兴致勃勃地捋袖扎衣加入到扛鸦片队伍中去了。

这一天是大清道光十九年六月三日。历史将永远铭记这一天。

紫禁城门旁一排的偏屋，是进宫办事官员的轿夫和随从休息的地方，主子进宫后他们就在这里候着，屋前坪里摆了一长溜的轿子。大白天里，这偏室是最热闹不过的地方了。别看是下人待的地方，这儿的人也分着个三六九，平素只要王碾一出面，那室里面的人儿就都亲热地上前哈腰行礼，称道碾爷辛苦。让座的敬茶的捧水烟的，更有甚者还去给他捶背了。就是来点小意思，推推牌九，他也只赢不输，大伙让着他，谁叫他是老中堂的管家又是内亲呢。这会天黑了，平素便屋里人哄哄的，现都先后随着主子走光了。室内只剩下他一个人，四个轿夫正在隔壁房里吃饭。这里有规矩，主子在宫里当差误了吃饭的时辰，门房管饭。王碾也有过因主子误了饭的时候，但往往还没等他开口，就会有人去叫食，两菜一汤，外捎上壶小酒，久了他也就不习惯跟轿夫一块吃了。肚子咕咕叫，口渴水壶没水，而在隔壁的轿夫们吃着死面大饼夹大葱，蘸上麻酱，嘴巴在叽叽叽叽响，吃得那香呀，让王碾口干舌燥，口水直咽。这时房门推开，军机处的小章机提着一盏用亮油纸糊的小宫灯进来，开口就问人呢？眼一抬又问谁是王碾呀？王碾忙上前弯弯腰，一脸的讨好相，说："老爷，小的是。"他心里却恨不得上前就给小章机一拳头，老子不是人？心里窝着一肚子的火，脸上却笑眯眯。小章机连门槛都没迈进，在门口丢下句话："老中堂今晚有事，要你们先回去，明儿早朝散了来接他。"说完转身回宫里去，突然他又驻脚说："忘了，老中堂特意交代要他公子王沆，明一大早去绳匠胡同找翰林院的曾国藩，说他是当朝最会读书的人，要他好好跟曾国藩学，不可误了学业。老中堂已跟曾国藩说好了，去就是。"黑夜里小章机手上的油灯发出的一团光亮在晃着，像萤火虫在宫里飘然。王碾心里默念了下刚才小章机交代的事，来到轿夫房见他们还在呷得有滋有味的，气呼呼地吼道："饿牢鬼变的，明早儿来接老爷，回去。"顺手把一轿夫手上一张吃了一半的饼抢了，边走边吃，嘴里嘟囔着："没良心的，有吃的也不给老子，想饿死老子。"轿夫抹抹一嘴的油，乐了。

军机处里灯火通明。穆彰阿是满人，到哪儿都习惯在炕上办事，一盏带玻璃罩的油灯搁在炕上一张铁梨木的矮几上，他手中的毛笔在砚盒里探了好几下，举起了又把笔搁下。而在他对面的王鼎从掌灯时分起就一直伏在桌上挥笔不停，桌上那盏玻璃油灯发出的光亮，把王鼎那张清瘦的脸拉得老长，而本是最显眼的那双大眼在灯光的缩影下，眯成了条细缝。穆彰阿伸伸懒腰，松开一直盘着的腿趿上搁在炕下的一双青贡布便鞋，踱步来到王鼎面前，很认真地说："定九兄，我怎么觉得你变了？"

王鼎抬起头，手上的笔还在握着，不解地问："穆大人，你说什么？"穆彰阿伸手把王鼎手上的笔取下搁在笔架上，说："哎，你还是叫我子朴吧。我是说你变了，你不觉得？"

王鼎不解，说："我变了，变了什么？"左右看看自己，一脸的茫然。

穆彰阿点点头，说："你看，我说你变了，没错。"

王鼎再看看自己，说："没有呀。"

穆彰阿说："你在写字的时候，我看你的脸变长了，嘴也没了。哈哈。"他说着乐了起来。王鼎起身把桌上的灯举在手上，凑近穆彰阿的脸，仔细地瞧了番，然后长叹口气说："子朴兄，你还有心情说我，你呀。我不说了，唉。"把玻璃油灯放回原处，不再说话，一脸苦难相。穆彰阿用手把脸摸了遍，感觉没什么地方不对头呀。他疑惑地看着王鼎，而王鼎一脸的沉默，根本就没搭理他，握笔在砚池里探墨，穆彰阿按住王鼎的手说："定九兄，你把话说完再忙。"

王鼎严肃地问："你想听？"

穆彰阿点头，说："你们汉人这一点不好，说话喜欢藏着掖着，不痛快。"

王鼎说："说了不许生气，好不？"

穆彰阿忙点头，说："你说，我绝不生气。"

王鼎语气沉重地说："你呀，我还只是脸变了形，可是你连脸都没啦。"

穆彰阿被王鼎这一说，气得七窍冒烟，挥着双拳恨不得把王鼎捶扁。王鼎哈哈大笑，口一张，那大眼睁得鸟蛋般大了。穆彰阿恨恨地说："你，你不得好死。"一把夺过王鼎桌上的折子，从头到尾看完后说："我本来可以一挥而就，就是你害我文思一下枯竭了，你这关于西藏要情的折子要署上我的名，不然我就跟你没完。"

王鼎乐道："好好，二百年前你老祖宗肯定是'山大王'，到你这一代了，还是老毛病不改，连写个折子也要沾光。”穆彰阿拿笔就在折子上签上自己的大名，马上又一脸笑了，说：“定九兄，我老祖宗二百年前是干什么的，我还真不知道。嘿嘿，不是我打秋风，皇上为西藏的事着急，不然把你留下来干什么，是要你出对策呀。等下皇上问起西藏事务，我还真说不到道上。西藏无小事，事关大清国事我可不得乱言。”正说着，门外传来王金水一声喊：“皇上驾到——”穆彰阿和王鼎赶紧跪下，张口还没来得及山呼万岁时，道光由小章机陪着进军机处。王金水就站在军机处二门外台阶下候着，军机重地就连朝廷官员也不得走近它。自军机处成立以来，雍正乾隆嘉庆皇帝先后颁有严旨，自王、贝勒、贝子、公、文武满汉大臣，俱不准至军机处同军机大臣谈事，否则违者重处不赦。上谕中外各衙门敬谨凛遵，违者不恕。“二位爱卿，起来吧。”道光抬抬手，和蔼地说。然后他一屁股坐在王鼎的座椅上，见桌子上有杯茶水，汤色深红清亮，端起茶杯闻闻，溢出浓厚醇和的茶香味儿，竟然一口把杯里的茶水喝光。王鼎一下慌了，结结巴巴地说：“皇、皇上，这、这是臣喝的茶。”

道光把杯子捏在手中，笑着说：“瞧你那没出息的样，朕也就只是喝了你口茶，就把你吓得像丢了魂样。哼，怕什么，你王鼎喝了活得好好的，朕就喝不了吗？朕看你小气。嗯，只是这茶跟朕平时喝的茶有点不一样。朕想起了，是陶爱卿家乡一个叫安化地方的黑茶吧。朕听说陶爱卿一生清廉从不给任何人送重礼，唯一就送他家乡所产的黑茶。他虽然是人情往来，朕看他还另有一层意思，为他家乡黑茶在做推介，哈哈。为家乡百姓做点事，这不为过，也真难为了他的一片心意。”说着提起桌上的大瓷茶壶，给自己续上杯水，还把桌上两只空茶杯也续上茶水。道光这一动作让王鼎和穆彰阿看了目瞪口呆，他们还是第一回看到皇帝自己动手倒茶水喝。“来呀，难道还要朕亲自给你们敬茶？”道光端起茶杯对王鼎和穆彰阿说。王鼎和穆彰阿哪消受得了这般福分，两人一跪在地，呼道："谢主隆恩。吾皇万岁！万岁！万万岁！"道光抿口茶，说："好啦，都起来吧，茶都凉啦。"王鼎和穆彰阿从地上起来，一口气把茶杯里的水喝光。道光放下茶杯，见房里南墙上悬着一块匾额，上有雍正御笔四个大字，便轻轻地念出来："一团和气。"回头目光在王鼎和穆彰阿两人身上转了转，又说道："此语出自宋代朱熹《伊洛渊源录》卷三引《上蔡语录》'明道终日坐，如泥塑人，然接人浑是一团和气。'二位爱卿，不知朕说对了没有？"

穆彰阿马上极力奉承，说："皇上天资聪颖，奴才天天看着先帝爷的御笔，就是没想到出自何典。"道光稀疏的眉头皱了下，看着王鼎不吭声。王鼎略一思考，说："皇上，臣有一体会，说出来若有不当之处，还望皇上恕罪。"道光说："本是学问之论，言者无过。"王鼎双手礼毕后，说："皇上圣明。先帝爷当年书写这块匾额时，其意是要我们军机同人和睦相处，共襄国是。但臣还有另一层解读，先帝爷题写的这块匾额，其中蕴含有《老子》第五十六章'知者不言，言者不知。塞其兑，闭其门；挫其锐，解其纷；和其光，同其尘，是谓玄同。故不可得而亲，不可得而疏；不可得而利，不可得而害；不可得而贵，不可得而贱；故为天下贵。'先帝爷借此教诲臣工，要通过自我修养，排除私欲，超脱纷争，混同尘世，不分满汉，国家为重，为民谋利，永葆江山。"道光听着竟然站起来了，拍拍双手，脸上大放光彩，高兴地说："王爱卿，西周末伯阳父有'天地之气，不失其序'之言，《礼记·中庸》有'和也者，天下之达道也'之说，这与先帝爷倡导的一团和气的精要融合啊。朕着你就先帝爷的'一团和气'精要与朝廷百官开讲，朕亲自聆听。"王鼎一下慌了，说话又开始结巴了，说："皇、皇上，臣也、也是一知半解，何、何以去……"道光冷言："王爱卿，你想抗旨？"王鼎赶紧说："皇上，臣绝无此意。只是臣才学粗浅，恐有负圣听啊。皇上，要不臣向你推荐一人，他人虽年轻，但其学问不在臣之下。"道光双眼微眯，道：

“哼，竟然还有你王大眼高看的人？说说看，是谁？”王鼎一笑，说：“此人乃穆大人门生也。”穆彰阿脱口而出：“曾国藩？”“不错，就是他。此人满腹经纶，即物求道、身体力行，以其高尚之道德，轩茂之文章，影响之广，可了不得呀。我说穆大人，老朽对你所为不加妄评，但在慧眼识人，不以满汉之分，为国选才，敬佩。”王鼎真诚地双手执礼致意。他这一说，倒是把穆彰阿本来对王鼎刚才在道光面前大谈和气之辨证，弄得一肚子的醋劲儿消了，心里暖和了。他也是一嘴的谦和，道：“王大人过奖了，这全是皇上的教诲。”道光很开心，说：“君子和而不同，小人同而不和。二位爱卿都是朕的左右臂，缺一不可。好了，朕就准王爱卿所荐，就由穆爱卿去跟曾国藩说，要他以和气之辩义，结合湖湘文化之经世致用，写篇策论呈朕，待朕看了后再定开讲的事。”穆彰阿说：“奴才领旨。”道光说完端起茶杯，喝了口后说：“这茶还真经泡，汤水味儿不错。多少钱一斤？”王鼎说：“回皇上话，听陶中堂说，这茶在他们那儿很便宜，是平常百姓喝的茶。制成砖茶供蒙古西藏和新疆的少数民族，他们平时食肉为主，以这茶来助消化。”道光放下茶杯，发着感叹说：“大清国内各个民族都需要互利才得以生存下去，那国与国之间更要利益相融，才可和睦相处。朕听说英夷人若不食我大清的茶叶就会肚子痛，我大清若断了他们的茶叶供应，那英夷就不战自溃了吗？”他想了想，突然大笑了起来，连连说：“好主意。二位爱卿以为如何？”穆彰阿马上说：“皇上圣明。”王鼎也跟着说：“皇上这主意是好，只是英夷人是不是真的要靠我大清的茶叶来保命一事，还得先了解一下为好。”道光点头，说：“这事就由王爱卿给林则徐去信，问个清楚回朕。”他翻了翻桌上王鼎和穆彰阿两人签署上报的奏折，说：“孟保从拉萨发来的奏折，说在阿里以西的克什米尔的狮泉河谷上游一带，一个叫谷朗森的部落，其首领古拉伯·辛格最近以率番众朝拜雪山为名，闯入阿里地区肆行抢劫。且目前局势愈加严峻，二位爱卿，该如何处置为好？”

穆彰阿不待王鼎开口，就说："回皇上话，奴才正与王大人一起在商议着此事，所议已在奏折里了。"

道光点点头，说："王爱卿，你在朝廷对西藏事务一直予以留心，你说说吧。"

王鼎道："皇上，有关西藏事务历来是我中华自唐以来的国家要事，在宋朝时就在青海等藏区推行屯田戍边，治理地方，开设马市，交换内地茶叶等生活物品。在元朝设宣政院秩从一品，用三台银印与元的中书省、枢密院、御史台平级，专事西藏管理。至明洪武二年即继承元在西藏的统治权，派遣官员进入藏区招抚各地僧俗势力，以封授国师等官职，不劳师旅之征，确立明朝廷对西藏地方的辖属。至我大清，太宗先帝爷以其高瞻远瞩的目光，审时度势，若要收服和联合长城以北蒙古诸部完成统一大业，须以改奉蒙古族广泛信奉的藏传佛教为国教，逐立'兴黄教即所以安从蒙古'之国策。一六三七年，固始汗与四世班禅、五世达赖共同遣使前往盛京拜太宗先帝爷。顺治九年五世达赖朝觐世祖先帝爷，赍满、汉、藏三种文字合璧的金册和金印，册封五世达赖为'西天大善自在佛所领天下释教普通瓦赤拉呾喇达赖喇嘛'，以此正式确立了达赖喇嘛在西藏的宗教领袖地位。康熙五十二年，圣祖先帝爷得知西藏的第巴·桑结嘉措，他是代达赖喇嘛理事的人，'匿丧'五世达赖喇嘛圆寂，不向朝廷报丧，也不向西藏地方发丧之事，以达赖喇嘛'入定'为由，独自大揽政事达一年之久。此事虽然不是针对朝廷而为，是第巴·桑结嘉措与和硕特蒙古汗王的权力之争，但其所为引起了圣祖先帝爷警惕，敕谕第巴·桑结嘉措，严词责问，大加罪谴，说五世达赖圆寂不奏闻朝廷，以'久故之达赖喇嘛诈尚存，匿而欺众，阳则奉宗喀巴之教，阴则与噶尔丹朋比，欺班禅胡土克图，朝廷召请班禅进京，却叫噶尔丹而杀之'。圣祖先帝爷严厉责问'尔之所行，为道法乎？抑为己行诈乎？'命他奏明达赖喇嘛已故始末，尊奉班禅胡土克图，使主喇嘛之教。第巴

·桑结嘉措自陈乞怜，畏罪矢誓，表示臣以无知，或有违圣意之事，伏乞宽宥，竭力自效。在这个情况下，圣祖先帝爷从西藏地方大局考虑，上谕‘达赖喇嘛与我朝交往，六十年并未有隙，第巴既如此奏恳，事亦可行’。此后又发生五世达赖转世灵童仓央嘉措坐床前，第巴·桑结嘉措请班禅罗桑益西剃度受戒，由此而确定了达赖和班禅的师徒关系。但拉藏汗以其强大的势力又把第巴·桑结嘉措给推翻了，联合五世班禅向朝廷提出立由他选出的意希嘉措为六世达赖喇嘛。圣祖先帝爷反复权衡后，发布上谕册封意希嘉措为六世达赖喇嘛。但这事又遭到西藏僧俗上层的抵制和反对，西藏政局不稳的情况让圣祖先帝爷决定正式册封五世班禅罗桑益西，发布上谕‘谕理藩院，班禅胡土克图，为人安静，熟谙经典，勤修贡职，初终不倦，甚属可嘉，着照封达赖喇嘛之例，给以印册，封为班禅额尔德尼’，是由我朝封为‘班禅额尔德尼’的第一人。由此，班禅和达赖喇嘛须经朝廷册封，成为定制。高宗先帝爷总结了历朝历代治藏的经验教训，以‘政教合一’的噶厦政府，立章定制，上谕颁布《西藏善后章程十三条》。后乾隆五十七年，高宗先帝爷根据西藏政教合一的实施情况，又颁布了《藏内善后章程二十九条》。八世达赖喇嘛表示‘立定法制，垂之久远，我及僧俗番众感切难名’。自此，从达赖喇嘛、班禅额尔德尼起，西藏噶厦政府上下均将其奉作永远遵行的法规。”说到这，王鼎口渴极了，也不客气地端起道光给他倒的茶水，一口喝光，末了还擦拭了下嘴唇边的水珠子，长吐口气出来直冲道光。道光不由侧了下头，陕西人好吃大蒜，那喷出的气味实在是难闻。王鼎见道光一下眉头紧皱，以为人不舒服了，忙问：“皇上，是不是龙体欠安？要不今天就不说了。”

道光不由得又好气又好笑，手一挥，说：“王爱卿，朕的龙体不安，全是你那张大嘴里出来的口臭气害的。”王鼎吓得跪在地上请罪：“皇上，臣有罪，罪该万死。”穆彰阿在一旁笑出声来，这下好，一笑扑通一声，放了个响屁，他一下也吓得要死，往地上一跪，道：“皇上饶命，奴才该死。”

道光莫可奈何，捏着鼻子对他俩说："起来吧，下回再如此大不敬，朕就把你这张臭嘴整成个小嘴，把你的屁眼缝了。"道光在房间里来回走动，一边说："刚才王爱卿所说西藏事务，言之所在。"他两眼望着窗外星光闪烁的夜空，深有感慨地说："圣祖先帝爷说过，守国之道惟在修德安民，民心悦则邦本得，而边境自固，所谓众志成城者也。大清建国有二百年了，朕承列祖列宗之荫庇，接天下之政，治天下之民，终日不敢怠慢。孟保的奏折还说在西藏阿里以西的拉达克狮泉河谷上游一带，以产金出名，历来为强悍之徒必争之地。当地有一个叫谷朗森的部落，首领叫辛格率番众侵占拉达克后，又是以朝拜雪山为名，闯入唐古特边界，肆行抢劫，侵占营官，其势大有征服西藏的意图。"道光说到这，拳头在桌子上狠狠地击了下，桌上的茶杯震得晃了晃，穆彰阿和王鼎见道光发这么大的火，吓得连大气都不敢喘一下了。"是可忍孰不可忍。穆爱卿，你说此事该如何处置为好？"道光口气严厉地问道。

穆彰阿是朝廷中枢的核心人物，老谋深算，他脸上的表情比道光还显得义愤填膺，道："皇上，谷朗森和辛格敢与我大清公然作对，一定是有人在背后给他们撑着，否则哪有如此大的狗胆呢？"道光两眼盯着穆彰阿，听他说下去，"拉达克狮泉河谷紧靠印度，英夷多年来通过印度进入西藏，派人在僧俗中制造藏汉矛盾，妄图把西藏从我大清国土中分裂出去，此蓄谋甚久。这次谷朗森和辛格暴虐乖张，恣行无忌，必重兵剿之，以去我大清之心患。"王鼎在旁道："皇上，臣赞同穆大人所主张。"其实穆彰阿所说的话是王鼎写在对策里的主张，现经穆彰阿抢先一说，倒变成他的政见了。

"好！"道光赞许地点点头说，"二位爱卿所言极是，王爱卿拟旨，"他停顿了下，看王鼎握笔探好墨后才开口，一字一句地说："孟保由正红旗蒙古副都统衔担任驻西藏帮办大臣，并有节制青康两地军队之权。谕达赖喇嘛、班禅额尔德尼并噶厦政府，寇贼盗匪，无理取闹，事已至此，切莫恐慌；入我寸土，以眼还眼，以牙还牙，以暴易暴。西藏事务因路途遥远，可视情况先断后奏。钦此。”见王鼎拟好旨后，又对穆彰阿说：“穆爱卿，你即着兵部、户部做好兵马和粮草入藏打仗的准备。你和琦爱卿所修订的《严禁鸦片烟章程》，肃亲王敬敏呈朕审定，俱着所议办理，明日颁布。朕惟姑息非所以爱民，明刑即所以弼教。朕言出法随，决不宽贷，永远遵行。”穆彰阿和王鼎赶紧下跪说：“臣、奴才领旨。”道光把手示意了下，说：“起来吧。”打了个大大的哈欠，说：“你们还没有吃饭吧？叫方略馆送些吃的来，饭后就一一落实，不得有误。”略一思索了下，说；“王爱卿，你代朕向林爱卿表达朕的心意，焚烟事毕，深感欣慰。亦须严密提防英夷狗急跳墙，如有事态须报朝廷定夺。另邓廷桢任两江总督，何时上任待朕旨意吧。”道光的话着实让穆彰阿和王鼎心里震了一大下，这意味着林则徐手中的钦差大臣“便宜行事”的决断之权上交了。邓廷桢的任命已定却又不下圣旨，其意何在？但谁也不敢吭声，惟有连连点头接旨而已。道光走到房门口了，突然驻脚问道：“听说陶澍过世，不少人写了悼念的联幛，其中不乏精彩之作。王爱卿，你替朕推荐几副看看。”王鼎忙应答：“皇上，陶中堂一生为大清鞠躬尽瘁，高风亮节，众人悼之，皆以他为我臣工之楷模也。”道光点头赞许道：“陶澍是大清一完人呀。”话刚说完，一直在门外值事的小章机急急地进来禀报：“皇上，王公公在门外递话，说长春宫那边来人说娘娘有事啦。”道光一听，二话不说，就急急地出了军机处。

穆彰阿和王鼎两人相互用眼神交流了下，谁也没说什么，几乎同时都发出一声叹息，都明白所谓娘娘有事，此事绝非小事，可谁也不敢把话挑明。穆彰阿往炕上一躺，对小章机说：“去方略馆叫两份餐来，饿啦。”

小章机应了声：“哎。”转身就出了门去。王鼎盯着小章机消失了的背影半晌才说出句话：“皇上命苦啦。”穆彰阿长叹息道：“唉，做臣子的也就跟着苦命呐。”说着一下翻身起来，脸上挤出笑容来，说：“定九兄，刚才本人借你策对说与皇上听，还请见谅。”王鼎忙摇手道：“穆大人千万不要这么说，这策对都是你我共同商议的，谁说都一样。且穆大人对西藏问题要害一言而击之，是我行效之榜样。”穆彰阿也谦虚地说：“若陈述事由之往来，你们汉臣所体现出的学问，是我满人无法可比肩。”这时小章机提着一只榆木食盒进来，说：“大人，饭菜来哩。”边说边把食盒的盖打开，一份是猪肝炒韭菜，一份是鸡蛋青叶菜打汤。“就两样菜？”穆彰阿盯着摆在炕桌上的碗筷，又看看食盒里，那意思是还有没有其他可吃的东西。小章机笑道：“大人，今天是你们大人吃，这还给了两样菜，平时我们当差时就一碗杂酱面哩。”他给穆彰阿和王鼎的碗里盛上米饭，说：“大人，趁热吃吧。”王鼎端起碗就大口地扒着米饭，吃得好香。穆彰阿没办法也只好端起碗，用筷子扒了几粒饭后，菜也没动下就放下筷子，对小章机说：“我不习惯晚上用餐，收了吧。”王鼎乐道：“哈哈，本人还真饿了，那就对不起了。”说着他就把猪肝全倒进碗里，一边说：“好吃好吃。”穆彰阿瞧他吃的那香劲儿，不由气来了，讥讽道：“王大人，你是从饿牢里放出来的吧？”王鼎也不理睬穆彰阿在一旁讽刺他，吃第二碗饭时，竟把那碗鸡蛋青叶汤泡饭，就像是吃羊肉泡馍一样，呼啦呼啦地全吃光了。这下就连小章机也吃了一惊，小心地说：“大人，没人跟你抢吃，小心噎着啦。”穆彰阿气恼地说：“噎死了才好，大清又多了一个陶澍样的‘完人’进忠烈祠了。”这时王鼎已吃完饭了，放下了碗筷，用手在牙齿缝里掏着饭菜的残渣儿，青菜色的脸皮上因吃饱的原因，现出温暖的色彩。他打着饱嗝，喝一口小章机泡的黑茶，笑眯眯地说：“穆大人，忙哩。”说着就坐在写字桌前了，一下就收去了刚才还一脸的嬉笑，威严有神。小章机轻手轻脚地把碗筷收进食盒里提出去。穆彰阿摇摇头，也只好回到炕上，盘起腿把老花镜挂到耳朵上对门外喊声：“小章机，去叫兵部和户部当值的大人到二门外的值房来商议西藏的事务。”小章机在门外应声：“大人，知道啦。”

王鼎透过镜片看了眼穆彰阿，嘴角边扯出丝笑意，拿起了毛笔，又放下问道："穆大人，明日是几号？"穆彰阿随口回答："六月十五日，你忘了？"王鼎道："林则徐正在广州销毁鸦片，其势如火如荼，这下皇上又颁发《禁烟章程》，这可给当下的禁烟之势是火上浇油，燎原之势谁也阻挡不了。皇上英明，我大清中兴在望啦。"这话说得穆彰阿不知怎么说才好？从炕上下来，趿上鞋就往军机处门外走去。小章机正好从门外进来，迎面与穆彰阿相撞。穆彰阿火气陡地上来，骂道："没长眼睛，瞎啦。"小章机挺受冤屈地说："大人，是你撞上我的呀。我来请你，兵部和户部的大人都在二门外的值房里候着哩。"穆彰阿一下也觉刚才自己的行为有失体面，没说什么了，说："你跟我去办差。"小章机看眼王鼎，他已是埋头在纸上挥毫，根本就没理睬穆彰阿刚才的所为，小章机赶紧跟着穆彰阿出门去。

当道光匆匆赶到长春宫时，孝和睿皇太后已经到了，她一脸的泪水坐在床旁的一张黄缎坐垫的五彩双凤绣墩上，躺在炕上的孝全皇后一见道光进来，挣扎要起身给他请安，道光赶紧上前按住孝全皇后的身子说："免啦。"伸手把盖在孝全皇后身上的紫锦缎褥子往上扯扯，那一干妃嫔贵人本是立在皇后寝宫里暗自悲伤不已，道光一进来，她们就都跪下了，齐声道："臣妾给皇上请安。"孝和睿皇太后心情烦躁地说："好啦，你们回去吧，别在这儿给人添堵了。"众妃嫔等回转身时，她又对孝静贵妃说："孝静媳妇儿，你留下陪同皇上坐坐。"一宫女忙在炕边添了张绣墩，只是上面盖的是块绣有白梅花的绿绸缎坐垫。孝静二十六岁人，青春焕发，举止端庄，与躺在炕上脸色惨白的孝全皇后相比，真是天壤之别。孝静在来长春宫之前，就刻意把自己身上有彩儿的物品、小脸上的香粉抹去，着一身素色、镶了荷叶小边的湖藕色长袍，脚下的马蹄底旗鞋特意套了个软垫儿，这样在行走时就不会发出声响。道光的手搭在孝全皇后纤细的手上脉搏处号脉，号完了左手又去号右手的脉搏。他探完脉后，孝和睿皇太后有点担心地问：“皇儿，皇后没事吧？”

道光把孝全的手放进被窝里，然后才说：“皇额娘，皇后的脉象是有点儿弱，太医是怎么说的？”

孝和睿皇太后看眼孝静，说：“我来时是孝静在伺候着皇后，你对皇上说吧。”孝静从小在江苏长大，说话时夹着清脆的南方口音，吐词儿抑扬顿挫，声音婉转流利。她于道光初年不到十岁就进宫封静贵人，在她十四岁时就生下皇次子奕纲，遂母以子贵于当年晋升为静嫔，可不到四个月奕纲夭折，道光念静嫔丧子之痛，于道光六年四月诏封她为静妃，于道光九年生皇六儿奕继可仅二十天后就夭折了。到道光十年生皇六女，封为和硕公主。其后于道光十二年，二十岁那年生下了皇六子，也就是后来的恭亲王。“皇上，娘娘这一向腹痛恶心，神气倦甚，时有汗淋，来了两个太医都说是温病之症。”孝静说着起身把摆在炕桌上的两张太医开的药方双手递给道光说：“这是太医给娘娘开的药方，请皇上过目。”道光接过药方，四处看了下，孝静马上明白他是在找眼镜，道光的后宫中每一嫔妃贵人的寝宫里，都备有他的眼镜以便他使用。她忙从炕桌上的象牙雕花梳妆匣的小抽屉里，取出一副金丝水晶眼镜。在一旁的孝和睿皇太后瞅着，眉宇间不由露出一丝不快，这小妮子是怎么知道孝全把皇帝要用的眼镜放在梳妆匣里？孝静是何等聪明的人，她那心机似是电光闪过，把眼镜递给道光，低声道：“皇上，请用镜子。娘娘每每教训臣妾，说是皇上的用物不可随意摆放，应捡拾在日常紧要之处，娘娘还曾亲手拉开匣子给臣妾察看哩。”这话在道光听来甚是舒适，可孝和睿皇太后听了更是不快，她一张扁平的脸拉得更长了，心里想的事没出口就让他人给点破了，瞧着自己亲侄女一副病恹恹样儿，心底不觉抽了口凉气。道光用赞许的目光看了眼孝静，没说什么接过眼镜挂耳朵上，凑近烛灯把两张药方看了遍，从他的表情看得出他对其中的一张药方甚是不满，看完把眼镜取下开口说：“此方出自《太平惠民和剂局方》，病者一身的气血有深浅，体段有上下，脏腑有内外，时月有久近，形志有苦乐，肌肤有厚薄，怎可以一方统治各病，庸医误人。”生气地把药方撕成碎片儿丢在炕边的一只红雕漆花卉式唾盂里，然后拿起另一张药方说：“朕看这一药方可取，苟正气实，邪无自入之理。一方之中，自有攻补兼施者，亦有先攻后补者，有先补后攻，攻击宜详审，正气须保护。皇后平时津液随上升之气郁积而成，郁积之久，湿中生热，故从火化，遂作酸味，非热而何。其有积之于久，不能自涌而出，伏于肺胃之间，肌表得风寒，则内热愈郁也。此方是以青葙子、黄芩、黄连、黄柏、苦参、山栀、天花粉、龙胆草等味为方，确是治伤寒结热，清热解毒之良方也。”言毕，对一旁的王金水冷冷地说：“传朕口谕，把庸医驱逐出宫，发他到黑龙江给披甲人为奴，此方若能治愈皇后的病，赏太医百两银子。”“奴才领旨。”王金水躬身退出。孝和睿皇太后见道光一脸的倦容，便说：“皇儿，你也辛苦了。这边的事儿有我和孝静在招呼着，你也该去歇会啦。”道光把孝全皇后的被角往里掖了下，说：“皇额娘，儿媳让你操心了。朕略知医治一二，皇后只是风寒所引，吃几服药便无大妨了，你就放心吧。皇儿还有一事与皇额娘说，林则徐南下禁烟已大获全胜。朕想近日在宫里唱出戏热闹一下，不知皇额娘认为如何？”孝和睿皇太后一听，马上一脸的高兴起来，说：“好呀，自你当皇帝，于七年将南府改为升平署，由过去的上千人降至二百多人以来，就没见招过艺人在宫里唱戏了。你这个皇帝也该放松一下，找个乐子提提神啦。”道光笑道：“那这事就请皇额娘操心，只待皇后病好就择日子唱戏吧。”孝静也一脸的光彩，说：“有皇太后费心，那该是好戏连连哩。”就连歪在被窝里的孝全皇后也轻言道：“这事儿好，宫里上下的人，都不知该如何高兴才好哩。姑爸爸，你不要等沙里甘追的病好了，说不定姑爸爸的戏开锣了，我的病也就好了。”说着就咳嗽了两下。道光起身说：“朕还有事要办，不多待了。

今晚朕就在——”说到这，道光看了眼脸上溢着光彩的孝静，顿了下又说：“去孝静宫里就寝。”说完，他给孝和睿皇太后行了个礼，便转身离去。孝静那一下发怔了，竟然连给道光行礼的规矩都给忘了。孝全皇后见状，轻轻一笑，伸出手拉了下孝静说：“妹妹，你也早点回去吧。等会皇上去你那里，你还得做些准备哩。”孝静心里一热，眼睛里含着按捺不住的喜悦说：“臣妾谢皇太后和皇后娘娘的关爱之情。”说完，忙转身急急地奔回宫去。孝和睿皇太后一直目送孝静的背影消失了才说句话出来：“沙里甘追呀，好在你争气生了个四阿哥，要不是你——”她的话还没说完，一个十岁模样、身着小黄袍的小孩进来，高声地嚷着：“额娘。”他一见孝和睿皇太后在，马上跪下行礼说：“幺嬷，孙儿给你请安。”幺嬷在满语里是奶奶的称呼。孝和睿皇太后一见这个孩子，竟从炕上下来，把他抱在怀里先是亲亲他的小脸蛋，然后才问：“四阿哥，今天的功课都习完了吗？你师傅知道你来宫里了吗？”四阿哥叫奕詝，他挺认真地回话说：“幺嬷，你孙儿不会耽误了学业。是师傅告诉我说额娘病了，要我来看看的。”他说话间来到炕前，先是给孝全皇后行礼请安后，拉住她的手说：“额娘，叫了太医来没有？”孝全皇后亲切地说：“四阿哥，额娘没事，太医开了药方，你皇阿玛也才来过。”她注意到奕詝走路时，腿有点儿跛，马上问：“四阿哥，你的腿怎么啦？”孝和睿皇太后也瞧见了，忙关心地问：“快给幺嬷看看。”奕詝小眉头皱了下，后退一步说：“幺嬷、额娘，没事啦。是我骑马时不小心从马上摔了下来，太医已给上了伤药打了包带，过几天就会好了，你们就不用操心了。”孝和睿皇太后指着奕詝对孝全皇后指责道：“沙里甘追呀，瞧瞧你教育的好阿哥，一丁点儿大的人说话口气就像他皇阿玛了。伤筋动骨一百天，他还四处走来走去，他师傅杜受田是怎么当的，四阿哥真要出了事，他的脑袋也就留不住了，哼。”重重地哼了声，两眼露出冰冷的目光。奕詝忙说：“幺嬷，这事怪不得我师傅。我今下午是习武射箭骑马，师傅他是汉人不教这门功课。”孝和睿皇太后一听更是烦躁了，恨恨地说：“这劳杂事儿，怎么全是一帮子不争气的满人在里面搅和！四阿哥，你明五更要起床去上书房念书。沙里甘追，你好好歇着吧。”她牵着奕䜣的手说：“四阿哥，我们走吧。”孝全皇后含着泪对奕䜣交代道：“四阿哥，你要听师傅的话，把书念好。额娘的身子没事，你不要牵挂，你跟幺嬷去吧。”奕䜣投在地上的小人影儿与孝和睿皇太后的身影融合在一起了，一老一小手牵着手出了寝宫门。顿时，宫里宫外忙乎开了，轿子备在门口，宫灯亮了半边道。

大清驻澳门的同知蒋立昂不等坐轿落地摆稳，就匆匆从轿里出来，澳门总督府门口的红毛印度士兵一见他，啪的一个标准的挎枪甩臂的敬礼动作，每每要把蒋立昂吓一跳，生怕红毛印度士兵甩手的动作幅度大了，那洋枪上的枪刺不小心就凿到了身上，他多次向委黎多提出免了这一吓死人的洋礼节吧。委黎多为这很严肃地向蒋立昂提出外交照会，说是否取消礼仪规定须经两国政府同意。蒋立昂一听这事还要闹到朝廷去，赶紧说千万别把事儿闹大了，你们夷人要怎么搞都行。所以每回他到总督府要进门时，先要看看门旁红毛印度士兵手中的洋枪，再缩缩肩，头下意识地勾下些再进去。站在客厅玻璃窗后的委黎多每一见到蒋立昂这一缩肩勾头的动作，就从心底里流露出高人一等的得意笑容。此刻对与他并肩站在一起的义律用英语说：“瞧，长尾巴的猪来了。”义律盯着委黎多轻蔑地说：“总督先生，从外交官口中好像不应该说出这种不符你身份的话吧？你在虎门销烟的现场可不是这种表现，据说你称赞林则徐是大清国的这个。”他把大拇指竖起晃了晃。委黎多点头表示承认说过这样的话：“没错。到今天我还认为林则徐是大清国的这个，也是这个世界的这个，他是将记载于历史的英雄。”他刚说完，管家领蒋立昂来到客厅。委黎多马上一脸的笑容，双臂夸张地拥抱住蒋立昂，亲热地说“蒋大人，今天我一起来就听见花园里有喜鹊在叫，按中国人的话说是有贵人来。哈哈，果真蒋大人就光临鄙人的寒舍啦。”蒋立昂笑道：“总督先生，按中国人的话说，你是牛胯里扯到马胯里了。澳门从来就没有过喜鹊，胡扯。”他说话时看到义律也在厅里，先是吃了一惊，双手示礼说：“哟，是大名鼎鼎的义律先生，失迎失迎啦。”一脸皮笑肉不笑的表情。义律略一弯弯腰，礼节性地说：“同知大人，您好。”蒋立昂打着哈哈说：“哈哈，大家都好都好。”他接过管家端上来的玻璃酒杯，琥珀色的葡萄酒晶亮色彩晃人眼，蒋立昂一只手轻轻地捏住高脚玻璃杯的底边，动作娴熟地把酒杯轻轻地摇晃几下，才抿了一小口，由衷地说：“好酒，香。滋——”只是他最后的表现却有点儿差劲了，品味间发出中国人喝小酒到了得意处，嘴里发出滋的响声。义律没有去端酒杯，这一段日子可以是说如坐针毡。自林则徐宣布凡是不签署保证书的夷商，一律赶出广州城，永远不许在中国境内从事贸易生意，义律以未得到女王政府的旨令，他不能要求英商们签署这样的保证书，只好率英商离开广州到了澳门。他前脚一走，以美国的“巴里斯号”和“南特斯克号”为首的十一艘美国商船，趁机与广东巡抚府签署了保证书，大举进入黄埔港做贸易生意。这对已经占有对华贸易半壁江山的英国来说，无疑是一次心头之痛。义律一到澳门就把他在广州商馆被围、鸦片被缴、英商被赶出广州、禁止贸易的种种事故，向外交大臣帕麦斯顿写了份充满愤慨的报告，通过印度孟买把信捎回国去。同时他还向印度总督奥克兰求援，要求派兵舰前来保护他和流落在澳门洋面上的英国商人。这时，他正在与委黎多交涉，要求准许至今仍还生活在商船上的英商们上岸，和他们的家眷团聚，他以大英帝国的名义表示派军队保护澳门。委黎多不敢承诺，说要禀报他的政府与大清朝廷后才能回答。明代时，葡萄牙国以借用的名义占据澳门委派总督管理，此后一百多年曾多次要求把澳门永久租借给葡萄牙，但明清朝廷从来没有答应过，也一直派官吏在澳门驻署行使国家统治的权力。委黎多正是深知其中的厉害，他宁肯得罪义律，也不敢与中国作对。两人正闹得不愉快时，蒋立昂来了。义律对委黎多冷冷地说："总督先生，告辞。"他转身就往大厅外走去。蒋立昂放下手中的玻璃酒杯，对义律说："请义律先生留步，本官正好有话要与你说。"

义律驻步，冷冷地问："不知阁下有何贵干？"

蒋立昂笑笑，说："义律先生，你此刻的心情，本官完全能理解，你现在应该也明白我大清为什么要禁烟。"

义律一听这话就来气了，一下提高了说话声音："阁下，你们朝廷不遵守条约，鸦片进口是你们皇帝亲自批准的，现在禁止鸦片也是你们的皇帝。守约是国际上所有文明国家的诚信，不讲诚信是野蛮与强盗的行为。你要我们怎么去明白？请阁下看看现在还困在洋面上我们大英的子民，他们在船上缺医少药，没有吃的，没有淡水供应，如果你们还不给我们提供人道主义的援助，他们就会一个个地死去。你们知道吗？这是严重违反国际法的行为，你们为此要承当一切后果。"

蒋立昂义正辞严道："胡说！好一个所谓的文明国家，以贩卖毒品来掠夺他国的财富，残害他国百姓的生命，这就是你们的文明？你们口口声声标榜自己是文明国家，实则是强盗国家，是丧失天理、没有人性的国家！"

委黎多一看气氛不对，忙说："蒋大人，请息怒。你不是有要事要告之吗？"义律铁青着脸要走，蒋立昂冷言道："义律先生，我今天来找委总督大人，这事与你们有关，一并听听吧。"义律听蒋立昂说与他有关，也就驻脚不动了。

蒋立昂清了下嗓子，双手朝内地方向示了下礼后才说："钦差大臣林部堂大人有谕令，"他抬头看一下委黎多和义律，要是中国官员一听说是钦差大臣的谕令，马上就会下跪伏地，而这两个夷人却无动于衷，木然地看着他要说的下文。蒋立昂脸色一沉，想开口斥责大胆，竟敢蔑视钦差大臣，可话到嘴边又吞了回去，今天他面对的是夷人呀，就连皇上对他们也要礼让三分。虽说现在把他们从广州城赶出来了，今后是个什么样的结局，谁也说不清楚。这么一想，没看见似的，继续说下去："部堂大人将于近日赴澳门巡视，着澳门同知蒋立昂告之葡国驻澳门总督委黎多阁下，做好相应的有关事项。"

委黎多先是着实地惊愕了下，马上又是一脸的惊喜，忙高兴地说："这太让人惊喜了，这是我们葡国的荣幸。"从澳门开埠以来，历来中国朝廷都派有官员驻守，但是朝廷的钦差大臣亲临澳门这还从没有过。蒋立昂抬起头看着义律说："钦差大臣还有谕令，英夷所有商人和他们的家眷不得在澳门逗留，从哪里来的就回到哪里去。部堂大人特意交代委黎多阁下，'此举专为英夷违纪，不得不制以威，与别国均无干涉，毋庸惊扰'。"

义律一听头轰地似炸裂了，再也顾不上他的绅士派头了，声嘶力竭地吼道："我要抗议，你们的政府，你们的皇帝是要承担一切后果的。在今天的世界，我们女王是至高无上的，你们会在我们的兵舰和大炮下低下你们那颗无知的头颅，要付出血的代价。"

蒋立昂不怒而笑了，说："义律先生，听说你们的女王才二十岁，她算什么东西？呸，给我们大清的皇帝当小老婆还不够格呢。我堂堂的大清国皇帝才是这个世界至高无上的，请便！"说到最后，恶狠狠地吼叫了句。

义律一言不发，摔门而去。

委黎多瞧着义律消失的背影，长叹一声，幽幽地说："同知大人，你们犯了一个不应该犯的错误。现在的英国如日中天，他们的兵舰和军队，还有他们的钱财和实力，是今天这个世界任何一个国家也无法可比的了。上帝保佑，灾难不要降临在你们头上。"

蒋立昂拍拍胸脯，大言不惭地说："总督阁下，我告诉你一个事关我们国家的秘密，你一定要保密，好不？”

委黎多愣了下，说：“我以国王的名义保证，绝对保密。”

蒋立昂见总督府的管家在大厅门口立着，就把说话声放小些，轻声地对委黎多说：“我们皇帝已经掌握了英夷人的一个致命的弱点，你知道他们为什么不远万里来我大清吗？”

委黎多小声说：“他们是来做生意，这是天下都知道的事情呀。”

蒋立昂哼了声，说：“这其中就有个天大的秘密，皇上已制定了一个可置英夷于死地的方略。英夷人为什么要买我们大清的茶叶？是因为他们吃了不洁的食物不能消化，必须要靠茶叶来解毒，不然英夷举国上下的人就都会死光。我们只要对英夷进行全面封锁，不把茶叶销往英夷，他们就会向我们来求饶了。哈哈，你就等着看好戏吧。”说完，得意地出了门。

委黎多眼睛半天没有眨一下，这就是一个国家的秘密？他呆呆地看着大清驻澳门的同知从客厅里走出去，木了。管家把蒋立昂送出总督府回到客厅，见委黎多还在发呆，那神情把管家吓住了，正要开口，突然委黎多猛然地狂笑起来，在客厅里高举着双手，发疯似的叫道：“上帝呀，你真伟大。一颗美丽的明珠澳门，在不久的将来就是我们葡萄牙的了。”

第十章

当陈长鹏把最后一箱鸦片倒进池子后，林则徐脸上露出了欣慰的笑容。他站在池边竹踏板上，用棍子在池子里搅拌了几下才放下，对陈长鹏身边的士兵们说：“弟兄们，你们辛苦了。”陈长鹏和士兵们豪气冲天地回道：“部堂大人辛苦。”邓廷桢在一旁对林则徐说：“部堂大人，现在所有的鸦片已全部销毁完了，你也该歇口气吧。这二十来天你亲自监督销烟，日夜操劳，没睡个好觉，这些年轻人都还熬不过你，他们都快要趴下了。哈哈。”所有的人都发出会心的笑声。

赵铁头却说：“总督大人，再烧它个两万多斤的鸦片也不觉累。”

怡良笑道：“铁头呀，你还嫌鸦片这个祸害害人不够？”

赵铁头一下急了，忙说：“巡抚大人，我可不是这意思啊。只要把在中国境内的鸦片都销毁光，再累我也心甘情愿。”

余保纯瞪着一双充满血丝的眼睛说：“铁头，你三天三晚没睡了，还在这儿说大话。”

林则徐看着烟雾迷茫的江面，对邓廷桢等人说：“邓大人，销烟是治表，鸦片今日已绝，明日呢？以英夷为首的不法商人在巨大利益面前，他们是不会轻易放弃。禁烟之根本是国家须强盛起来，在我们面前的路，任重而道远啦。”长叹息一声，对余保纯说：“余保纯，这里收尾清场的事就交给你了，不得有误。”

余保纯提提精神回答说：“请部堂大人放心，卑职保证完成任务。”略停顿了下，又问：“只是这销烟的池子还保留不？”

怡良插话说：“部堂大人不是说了，要你清场就是全清理干净。”

余保纯说："属下明白。"从隶属关系余保纯是归怡良管，所以他以属下自称。

林则徐摇摇头，说："这销烟池就不要拆了，以备后用。就是将来不用它，也可作为记载我们中国人一段可歌可泣、扬眉吐气的历史存在。"

邓廷桢击掌称好，说："说得好！俯仰无愧天地，褒贬自有春秋。"

其他人也跟着叫好起来。风来了，潮涨了，惊涛拍岸，销烟池淹了，又退了，又淹了……林则徐等一行人在余保纯等将士的目光中，上了停靠在江边的一只大船，风帆鼓劲，船移动了，箭一般驶去。

已是六月末的天气了，广州城里男女老少皆短衣短裤，打着赤脚趿着木板拖鞋，在青石街面上不分白天黑夜地响着。龚孝拱叫了辆人力车来到十三行新豆栏街伯驾的医局门前，下车后举起手中的纸扇去打门。伯驾在里面说："今天不看病，没见门上挂块牌子吗？"门上还真挂了块小木牌，上面写着有事外出，暂停营业。龚孝拱笑了，知道这准是隔壁的商家代劳捉笔。他推门进去道："伯驾，是我来呐。"

伯驾从里面屋里出来，打着赤膊，高鼻子上挂着一副金丝单边眼镜，手里捧着本书，一见龚孝拱就说："完了，完了。"那神情好像家里死了人似的，苦难布满了脸。龚孝拱对这个美国人大惊小怪的表情早已习以为常了，没搭理伯驾，自己动手拿起桌上的瓷茶壶，倒了一大杯水喝了，抹了抹嘴边的水珠子，打趣道："伯驾，你怎么不向广州巡抚衙门申请开办动物园呀。"

伯驾懵头懵脑地说："本人是开医院的，我没说过要开个动物园？"

龚孝拱强忍住笑，一脸的正经说："瞧你一身的黄毛，简直就是一只毛猴子样。哈哈，把你们夷人都关进动物园里，保证有钱赚。"

伯驾天真地问："这也可赚钱？"

龚孝拱点头说："卖门票呀，大清国民都说你们是夷鬼，哈哈。把你关进去，我就去守门收钱。”伯驾把书一丢，猛地一下把龚孝拱抱起要往地上一丢，龚孝拱赶紧大叫：“救命啦。”伯驾哈哈大乐，说：“你们中国人是天桥的把式，光说不练。吹牛是你们大清国的特产，难怪你们不被我们外国人看好哩。以后还嘴巴上损人不？”

龚孝拱连连点头说：“不损了，我保证。”伯驾这才把他放下。龚孝拱揉揉腰说：“还说不是夷鬼，我一身骨头都快被你捏碎了。我问你，你从哪儿知道天桥的把式，光说不练的话？”伯驾得意地说：“我在北京城待过三年，没事就到一个叫天桥的地方去逛街。那里有不少玩武术的人，他们老是说话，一把刀在手上玩了半天就是不表演。我问怎么不表演？有人说这叫做天桥的把式，光说不练。你们中国人的这种自欺欺人、唯老子天下第一的精神状态，是你们中国的国粹。我要好好研究它，写成一篇论文，去考人类社会学博士。哈哈。”

龚孝拱说：“跑江湖的人凭嘴巴功夫吃饭，真正的中国人是干了不说，说了算数的。”

伯驾想了下，说：“你是说你们的那个钦差大臣林则徐吧？”

龚孝拱头一歪，说：“你不服？”

伯驾忙点头承认，说：“服。他是真正的中国人，跟我们美国的华盛顿总统一样伟大的人。”龚孝拱又问：“还有一个人，你服不服？”“你说谁？”伯驾谨慎地说道。“我呀，哈哈。”龚孝拱乐道。伯驾笑道：“你小子是我中国朋友中的好朋友，不过在你们国家你是另类，也只有林大人才敢重用你，可惜了你的才华。”龚孝拱摇头说：“不说这个了，部堂大人今天从虎门乘船回来，痔疮又发了，我是特意来请你去看病的。”伯驾连忙说你等我一下，说着转身进卧室。当他一身西装出现在龚孝拱面前时，是一副绅士的派头了。他把药箱挎在肩上，出门时把那块写着“有事外出，暂不营业”的牌子挂在门上的铜手柄上。龚孝拱说：“伯驾先生，你开医局，不是在做生意，怎么用营业两个字呢？笑话。”伯驾两肩一耸，说："我看见隔壁店家有事要离开时，挂一块牌子，我请他帮我写了一块。凡是收费的行为就是营业，错不了。"他俩边说边走到路口招手要人力车时，见不少人在围着看什么，闹哄哄的。突然人群中有人一看见伯驾就对他嚷，伯驾医生，你快来看看，有人病倒在地上了。伯驾连忙过去，走近一看是阿珊抱着已昏迷不醒的兰儿在哭泣。"让我看看。"伯驾二话没说，蹲下身子用手去探她鼻息，阿珊警惕地把昏迷的兰儿抱得更紧了。龚孝拱和蔼地说："姑娘，你别怕，伯驾是医生。"旁边的人也都说伯驾是个好夷人，要她放心。伯驾探了下她鼻息后，马上说抬到我医局去。正好林福匆匆赶来，林福和龚孝拱把兰儿抬到医局诊室的一张小床上，伯驾要他俩到门外，他要给兰儿做检查了。龚孝拱和林福才从诊室出来，突然里面传来阿珊的尖叫，要流氓呀。龚孝拱和林福吓一大跳，赶紧进去一瞧，只见阿珊握一双小拳在伯驾身上扑打，而伯驾用手护住头在躲避。龚孝拱忙拉开阿珊，问："姑娘，这是怎么回事？"阿珊两眼圆瞪，一脸的愤恨，大声地说："夷人坏，他想要流氓，要在小姐身上用这个去摸。"她指着伯驾手上的听诊器。

伯驾激动得一脸通红，结结巴巴地说："我、我是用听诊器去胸部检查。她、她误会了。龚，你给她们解释，不许对我的人格进行污辱。"

龚孝拱明白是怎么回事了，笑着对阿珊说："姑娘，洋大夫是用听诊器做检查，你放心。"

伯驾两肩习惯地耸了下，说："姑娘，你明白了吧。我不是流氓，是医生，我给人看病必须要做的检查程序。""姑娘，洋大夫没说错。"龚孝拱点头认可伯驾说的话。伯驾已经把听诊器轻轻地贴在兰儿略是耸着的胸口上了，一脸的严肃。林福看了下兰儿的胸前，把眼光收回转一边去。阿珊在一旁守护着，见伯驾确是只用听诊器在胸口上贴着，没有用手去摸，她的目光也就流露出感激的神色。伯驾听了下后收回听诊器对龚孝拱说："龚，小姐没大的毛病，是疲劳过度，打一针休息会就会好的。"

他取出打针的用具，阿珊一见那长长的针头，一下恐惧地问龚孝拱："爷，他、他这是干嘛？那一扎下去会要人命不？"

林福马上说："姑娘，不会的。我以前也跟你一样不懂。洋大夫打针一点也不疼，不信我也来打一针给你看看。"

伯驾头摇晃着说："不不，这药很贵的，你没病就不要打。"

林福小声地说："小气鬼。"

龚孝拱取笑道："福叔，你也太爱占小便宜了呀。这是药，又不是金子银子。我忘了问你，你怎么也到医局来了？"林福嘿嘿笑道："龚侄呀，不是你福叔爱这一口，洋大夫的这洋药真灵，打了针一身就舒服。我给你说，老爷就要到医局来看病了，我来打前站的。"伯驾正全神贯注地在给兰儿打针，只见兰儿在针头推进手臂一刹那间，发出一声轻微的啊呀后再也没吭声了。阿珊看呆了，痴痴地看着伯驾一双手灵巧地在推针进药。当伯驾把针头拔出，兰儿就双眼睁开了，首先映入她眼里的是伯驾，再就是龚孝拱和林福。她茫然四顾，发出声音："阿珊，我们这是在哪儿？"

"小姐，你醒啦，你刚才可吓死我了。我们在一个夷人的医局里，是夷人和这两位爷救了你呀。"阿珊激动地说。伯驾对兰儿说："小姐，你现在需要休息。"接着又交代阿珊："小姐，这位小姐现在不能说话，你就在这儿陪她。我还有病人要去看，这儿很安静，不会有人来干扰的。"这时一顶便轿在医局门前停下，林则徐一身素服，由梁廷枏和赵铁头陪同走进医局。伯驾一见林则徐愣了，在他眼里林则徐是官服着身、威严有加的形象，这会完全是个教书先生的模样了。医局的小杂役没等伯驾吩咐，就端上煮好的咖啡，给他们一一奉上。

林则徐闻闻热乎乎的咖啡，说："好香。"

梁廷枏端着杯子说："林公，这是咖啡。"

林则徐轻描淡写地说："夷人除了咖啡外，还有一种叫威士忌的酒，也不错。"

梁廷枏一下脸红了，知道自己小看了林则徐，便说：“林公可是中西兼备啦。”

伯驾先是出门四处看看，然后才问：“林大人，还有人呢？”

林则徐不知其意，说：“人？不是都在吗。”

伯驾认真地说：“大人，你的卫队还有你的同事们，他们怎么今天都没有跟着你？”

林则徐笑了，说：“伯驾先生，那些人跟随我是因为工作，现在我是来访友的，是属于私人行为，当然就不应再跟我了。你说对不？哈哈。”

伯驾点头，夸道：“大人你与其他的官员不一样，他们平时到我这儿来看病都是前呼后拥可威风啦。”梁廷枏在一旁说：“林公公私分明，实属从政者之楷模也。”林则徐不以为然，说：“梁先生，这本是应遵照执行的规定，没什么可张扬的。本来正常的事却成了稀奇之举，说来是朝政纲纪颓废之病也。”他深恶痛绝，但却也感到力不从心，只能是明哲保身了。“伯驾先生，这几日我的那个老毛病又发了，我的家人林福不明事理，擅自要龚侄把你请到我那儿专为我一个人看病，我已责骂了他。我现在过来是以一个普通病者的身份，请你给我看病。”伯驾很受感动，说：“大人，我一个外国人从你身上看到了中华民族古老文明的伟大，你太让人为你而感到自豪了。”

林则徐笑道：“谁说夷人不会拍马屁，拍起来比我们的国人还有水平些。哈哈，千穿万穿，马屁不穿。伯驾先生，你不要到中国久了，近墨者黑，把中国人的那一套吹牛拍马学到手了，忘记了自己的专业啦。”他的话把大家都逗乐了。伯驾戴上橡胶手套，用针筒从一只小玻璃瓶子抽出药水，一边说：“大人，按中国人所说的，我这是入乡随俗嘛。”说着手上的针筒准确地扎在林则徐屁股上。他把针头拔出后，对林则徐说：“大人，你稍歇会，我再给你开些药丸带回去口服。”林则徐整理好长衫，见桌子上摆有三本线装书，拿起一看都是古籍，不由问道：“伯驾先生，你能看懂这些书？这本是元代王祯写的《农书》，这本是明代徐光启写的《农政全书》，这本清鄂尔泰等编的《授时通考》，全是有关农业方面的，就是我们这些读书人一般也不会去读它。”

梁廷枬也感到奇怪，说：“伯驾先生，你不会又想研究中国农业方面的事吧？”

伯驾有些得意地说：“研究谈不上，只是想从中寻找出一些规律性的东西出来。”

龚孝拱头摇了摇，说：“伯驾，部堂大人可是当今天下有名的大儒，梁先生是越秀书院的监事，他们都是大学问家，你就别在这儿瞎扯啦。”

“龚，中国不是有句古话，不能则学，不知则问吧。我正想趁此机会向大人和梁先生请教哩。”伯驾虽说汉语不太流畅，但开口闭口却也能引经据典，之乎者也了。

林则徐赞许道：“伯驾先生说得好，有何见教，请说来听听。”

伯驾谦虚道：“大人，请千万别用见教二字，你这是要我命也。”林则徐乐道：“呵呵，伯驾先生，你就别咬文嚼字了，说说你的想法吧。”伯驾点头，说：“大人， 我有个问题在思考。为什么今天的大清与世界上其他的文明国家相比，差距是越来越大了呢？”伯驾把一个手指竖起，晃了晃那意思你们不要开口。他顿了顿，尽可能地用中文把他想要说的话表述完整：“大人，你知道吗，在英国有一个叫亚当·斯密的学者，一七七六年三月出版了一本叫《国富论》的书，这本书可以说是震动了全世界。”他说着从书架上取下一本英文版书，“在这本书里，亚当·斯密有这样一段对中国的评价，他说‘中国是世界上最富有的国家，土地肥沃，耕作最精细，人口最多也最勤劳。可是许久以来，他们似乎是停滞不前了。今日到过中国的旅行家关于中国耕作、勤劳和人口稠密的状况，与五百年前到过中国的马可·波罗笔下的记述比较，似乎没有什么变化。’你们可能对一个夷人这样描述中国的情景会有看法，我又专门找了你们的书来探讨。这三本书都有关于农业的内容，我仔细地比较了下，从这三本书里所提到的农业生产工具，在过去上千年里我们不说它，但在这二百年里，且没有任何的变化。而在欧洲，现在已是进入蒸汽机的时代了。什么叫蒸汽机？它可替代人工去做事，一台机器一天可顶一百多人去完成你们想做的事，想想它可产生多大的经济效益？财富就是从生产力中产生出来的。它创造出的财富，是你们没法想象的惊人。你们若跟这样的国家打仗，你们是赢不了的。你们是水洞里的——”说到这他想用一个词语来表达，一下子又说不出来，龚孝拱轻轻地提示了下：“井底之蛙。”伯驾忙点头说：“是这个意思，井里的青蛙只看到一个小小的天空，看不到这个世界有多大，世界在发生多大的变化。”他还要说下去，抬头见林则徐已一脸的青白色了，头上冒出了冷汗。林则徐摆了摆手，有气无力地说：“伯驾先生，你不要再说了。请你在适当的时候把你刚才跟我的一番话，整理成文章和我请你翻译的书稿一并交给梁先生，他会帮你把书稿整理好，在必要的时候由广州的书局刊印出来。”接着问梁廷枏：“梁先生，你说为什么我们大清出不了伯驾先生说的那个亚当·斯密的学者，是什么原因？”他两眼显出迷茫的神情。梁廷枏实在地说：“林公，你也不要为之伤感，国情不同，风俗有异，人亦如此。英国有个亚当·斯密，我想在我大清很快也会有这样杰出的人物出现。时势造英雄，我就认为魏源将来必定与亚当·斯密一样，也是影响世界的人物。”林则徐点头表示认可梁廷枏所言，“还是梁先生见识高远。咳咳。”说着气上不来，咳了两下。伯驾见林则徐的脸色一下难看极了，忙一把拉住他说：“大人，你是不是病啦？我给你看看。”

林则徐苦笑了下，说：“我是心病。没事。”

伯驾不由分说把林则徐按在椅子上，说：“心病就是生理肌体的变化所引起的，那更要看了。”拿起听诊器就往他的胸口上去贴。

“哎呀，伯驾先生，我的病是你刚才的一番话引起的，还真没办法治啦。”林则徐起身，林福赶紧上去扶他，生怕他立不住了。这时，诊室的门打开，兰儿由阿珊扶着出来，她一见林则徐就跪下抽泣起来了。林则徐一下愣了，这是怎么回事？他看着伯驾。伯驾连忙说：“小姐，请快起来。你的身体不允许你跪在地上，会受凉的。”龚孝拱也在一旁说：“姑娘，有话起来说。”林福向林则徐解释：“老爷，这两个小姐在你来之前正晕倒在路旁，是伯驾大夫把他抬进医局救了过来。”伯驾马上纠正说：“还有你和龚，是我们一起救了她。”林则徐上前和蔼地说：“姑娘，伯驾大夫说得不错，地上湿气重，你身子单薄会受凉的，有话起来说吧。”兰儿在阿珊的搀扶下立起身来，她一路奔波，到了广州城后已是身无半文了，劳累再加上饥饿，使她晕倒在地了。她在诊室休息时，外间人说话她全都听见了，得知这些人中有她此行前来投奔的人后，便顾不得身子才暖和过来，出来求见。兰儿虽然云鬓凌乱，却不减她的妩媚和靓丽。梁廷枏一口的广东话说：“小姐，你有何冤屈，就赶紧向部堂大人说呀。”兰儿不知梁廷枏在说什么，她看着龚孝拱想问下这位爷是说什么，但又不好意思开口，脸上两颊现出一抹红晕。阿珊很精灵，问龚孝拱：“公子爷，这位老爷说什么呀？我家小姐听不懂哩。”

龚孝拱说：“梁先生问你们有什么冤屈，就赶紧向部堂大人说。”

兰儿从横挂在身上的小包裹里取出一封信札双手交给林则徐，悄声地说：“老爷，小女子也是万不得已了才持他的信来找你，他说你是大好人。”

这封信札寥寥数语，林则徐只过了下目便收起塞进衣袖口里了，似笑非笑看了眼龚孝拱，头摇摇苦笑了下，说：“哦，他呀。”说了半句话便又打止了，对兰儿说：“你叫兰儿，你叫阿珊，一路辛苦啦。先给你们寻个地方休息。”对龚孝拱和林福说：“你们俩去给兰儿和阿珊寻个清静的小院，让她们住好，不可怠慢了。”伯驾在一旁说：“大人，我医局后面还有两间小屋空着，要是小姐不在意条件差了点，就住在我后院里，那有个门可单独进出。”兰儿还没开口，阿珊马上欢喜地说：“好哩，我家小姐正好还要请洋大夫给看病，这也方便些不。”兰儿抢白了句，“阿珊，别胡说，这事儿得听老爷的。”阿珊噘着小嘴说：“我们又不是白住洋大夫的房子，我可以给他打扫卫生呀。再说，我还可以跟洋大夫学打针哩。”

伯驾一脸的阳光，兴奋地说：“那太好了，我早就想在中国培养个女助手了。有了女的做帮手，我就可以为女的看病了。感谢上帝。”他在胸前画了个十字。林福两眼一直目不转睛地盯着阿珊。他虽说是做下人的，这些年来一直跟在林则徐身边，从巡抚到总督又到钦差大臣，那感觉是好极了。这也就养成了他在娶老婆的事上眼高得很，一般的他看不上，有身份的人家又不把他放在眼里，这么着也就耽误了一些年头。这会打从第一眼看到阿珊跟她主子后，心里莫名涌上一股酸甜酸甜的滋味了。所以，当他听伯驾说欢迎阿珊主子两人住到他后院，还答应阿珊跟他学医，他想都没想就说：“不行。一个汉人女子跟一个夷鬼学医，这不乱了套，成何体统啦。”他这一说，把大家都愣住了，就连林则徐也一下没反应过来，平时这小子在他面前大气都不敢哼一下，更不用说还有好几人在场的时候了。林福话一出口，突然一下脸色变白了，腿有点发抖了。阿珊瞧林福那屃包的神情，小嘴一噘，一脸的不屑：“我还当是位爷在发话，这世道太不平啦。你们男人想干什么都成，为什么我一个小女子想学点儿东西，就连一个跟我一样做下人的男人也来反对。我偏不，我要跟伯大夫学。他是夷鬼，可比那些人模狗样的中国人要好。”龚孝拱情不自禁地拍起手来，赞许道：“好，好极了，小妹可谓当今奇女子也。”林则徐嘴角边现出笑意，说：“这事就交给伯驾先生吧。”没个好脸色给林福看，说：“也不怕丢人！”转而说：“我还有事要办，告辞。”言毕，转身而去。梁廷枏和赵铁头还有龚孝拱跟着走了，林福略迟缓一步，悄声对阿珊说：“阿珊姑娘，夷鬼若欺辱你，你就告诉我，我来收拾他。”他狠瞪了眼伯驾，那意思是警告伯驾不要打阿珊的主意。伯驾乐了，双拳一握，来回跳动两下。兰儿和阿珊一下看傻了，这是什么意思，才好好的，怎么就要打架了？阿珊一声惊叫，下意识地用身子护在林福跟前说：“伯、伯大夫不准打、打人。”林福往后退了两步，以为伯驾真要对他动手了。阿珊挺身而出让他心里顿增一股勇气，也把衣袖一捋，亮出胳膊说：“阿珊姑娘别怕，我来保护你。”阿珊气恼不过，说：“谁要你来保护？也不屙泡尿照照自己去。”门外赵铁头在喊林福快点呀。林福只好悻悻地走了。伯驾哈哈大笑起来，开心地说：“这个林，好可爱的。哈哈。”

兰儿对伯驾行了个礼，红着脸说：“兰儿给伯大夫请安，给你添麻烦了。”

伯驾虽说来到中国也有好几年了，但与中国姑娘面对面的还真是第一回，别看他平时大大咧咧的，这会却显得有点手足无措的样子了。他笨手笨脚地竟也学着兰儿示礼的动作，道：“姑娘见笑了。”兰儿和阿珊被他逗得花枝乱颤，就连在旁的小杂役也咧嘴笑了。伯驾一脸正经地对小杂役说：“小大，你陪姑娘们去后院，看还需要添置什么东西？你就去办。”

阿珊问小杂役：“小哥，你怎么叫小大呀。”他用手指指嘴，那意思说他是个哑巴。

伯驾在一旁整理用过的器具，一边说：“小大是个哑巴，他能听见我们的说话，只是说不出来。他是我三年前从孤儿院领回来的，人很聪明，没父母也没有姓名。你们中国人对人有老爷和小二的称呼，这不公平。我又不能叫他做小二，就叫小大了。”正说着，门外传来一阵喧哗声，伯驾和兰儿阿珊忙出门，只见满街都是人，一队官兵押着一串五花大绑、脖子后插着用红笔勾决牌子的犯人从医局门前路过，看热闹的人兴奋不已，有的还朝犯人丢鸡蛋菜叶。伯驾在胸前画着十字，不停地念着：“阿门，上帝宽恕你们。”

阿珊恐惧地问：“他们是犯了什么罪，要带到哪儿去？”

站在门前石阶上的一人说：“都是贩卖鸦片的犯人，哈哈，游街示众后就这个了。”那人用手在脖子上示意了下，大声地说：“砍头。哈哈，不是钦差大臣来广州禁烟，谁还杀得了这帮祸国殃民的家伙呀。”另一个人叫喊着：“那些贩运鸦片的夷人也要杀，去杀夷人啦。”大家跟着示众游行的队伍闹哄哄地往前走了。兰儿见伯驾的脸色不好，转身回医局里，她和阿珊悄悄地把医局的门关上，街上那喧嚣的声音立刻小了许多。伯驾跪在墙上供着的一张耶稣像前默默祷告，一抹光亮从窗口处射进来，映照在耶稣像上，又慢慢地移到伯驾那虔诚的脸上了。不知从何处吹进来的风，掀着桌子上线装书的书页。小大跟在伯驾后面跪下，兰儿和阿珊也跟着跪下了。

每年到六月时，正逢西南季风，各国的商船赶在这个季节满载着各自的货物争先恐后地顺风而来，这时是黄埔港最为繁华的时候。这个依山临海的港口呈半弧形，水深开阔，是个天然良港，而且它离广州城区也只有二十里水路。来华经商的船只中最为壮观的是英国的商船，他们的船是所有商船中最大的，以二十艘船为一队徐徐地驶入珠江，船上的乐队鼓乐齐鸣，彩旗飞舞，船员们身着号称“星期天”的服装列队在船舷的两边，向沿途的市民挥手致意，当船停靠码头时鸣响礼炮。广州市民只要听说是英国的船队要进港口了，不惜炎热也要去码头看个热闹。而现在，当豫堃顶着红火的日头来到黄埔庙头村时，平素商船云集的港口，这时是出奇的冷清了。有十几艘商船停在码头上，但没有人在装卸货物。他瞧这情景，一张圆胖的脸拉得老长的了。陪同他到码头来视察的黄埔税馆、永靖营、买办馆、夷务所的大小官员们个个不敢吭声，这时有一只专门往来二十里珠江水道，从广州西门外夷馆运送货物到大船上的叫

“西瓜船”的驳艇，在码头上刚停靠稳，豫堃在旁人的搀扶下上驳艇，他掀开罩在货物上的油布看了下，船舱里全是打好包的茶叶，包上盖有伍家戳记。船老大哪见过这么多的官员上船来，吓得一下跪在舱板上，喊道：“老爷，我是送货的呀。是伍家管家要我送的，我不是走私呀。”豫堃对船老大倒是客气，说：“起来，起来说。我们不是来查走私的，你不要害怕。” 一官员在旁边说：“豫大人要你起来，你就起来回大人的话。”船老大在这一水道上驾驳艇有多年了，他知走私货物是重罪处罚，所以听豫堃这么一说，心里就放松了些，起身颤抖着说：“老爷，小的不知说什么？”豫堃笑笑，说：“我问你，你这船货送哪家洋行？”船老大见豫堃面色和蔼，他说话也就不那么紧张了，赶紧说：“回老爷的话，听伍家管家说，这批货原是怡和洋行要的，因英国夷人都跑了，伍老板就把这批货卖给了美国人。现在不只是伍老板一家压了不少的货，其他商家的货也都走不动。说英国夷人被官府赶走了，下一个就有可能要把他们这些夷商赶走，所以也就在观望，不敢收货了。”豫堃知道在十三行夷商中，英国洋行的贸易额占各国洋行的三分之二，他们一走势必会对贸易出口带来影响，但只要其他夷商趁此机会把英商的生意接下来，这对出口生意来说还不会有太大的影响。没想到其他夷商也弄成了惊弓之鸟，这下问题大了。他望着冷清的黄埔码头，心里在暗暗焦急，唉！他长叹息一声。其他人相互间瞧瞧，都板着一张脸不说话。豫堃的汗水把绣有锦鸡的补服前胸后背都湿透了，头上那顶凉帽上的顶镂花金座上饰有一颗花珊瑚珠子，凉帽带子拴在他胖胖的脖子上，尽管如此炎热，他身上的官服一粒扣子不松开，其他人就更不敢脱衣取帽了。珠江河道尽头是黄埔江的入海口，耸立在河道两岸的莲花塔、琶洲塔和赤岗塔就像三座灯塔，所有进入中国经商的夷商们的船只，只要一看到这三座佛塔就会情不自禁地兴奋起来，嚷着感谢上帝，我们终于到了中国。有的夷人还会像中国人一样，用中国话嚷菩萨保佑。黄埔港的长洲岛和深井岛是夷人们从船上到陆地休息的地方，朝廷为了防止夷人衅事，特意把这两个岛定为上岸夷人临时住宿的地方。由于到中国最早的是英国人和法国人，所以又被当地人称做法国人岛和英国人岛。眼下这两个岛上也显得死气沉沉，没有往日的喧哗了。这时，一些从内地携货来做茶叶、丝绸和瓷器生意的商人愁眉苦脸地围拢来了，他们不少人认得豫堃是海关的监督，便纷纷诉苦说豫大人这生意怎么做下去呀？往年这时候我们货都是被夷人抢脱了手，现在夷人见了我们就躲，朝廷要替我们想些法子。税馆的官员一边扶着豫堃下船，一边说："诸位，请让让。你们再耐心等等，你们急夷人比你们还急，他们不远万里来不载货物回去，那他们也会亏死去的。"豫堃在进轿子前，对商人们说："诸位，这位大人说得好，夷人比你们还急。大家放心，朝廷一定会有办法的。"说完打个拱手就进轿子里，其他官员也赶紧上轿骑马而去。

此刻，在十三行街的公行会所里，伍绍荣居中，卢继光等各大商行的当家人不分大小坐在椅子上，愁眉苦脸，唉声叹气。"丢他妈，又没死老豆，有屁就放啦。"伍绍荣这会一脸憔悴不堪的样子，自林则徐到广州以来，他就没睡个好觉。前些天他奉钦差大臣的谕令，协助官府恩威并施总算是把夷人手上的鸦片全收缴上来了，也看着销毁了。他还来不及松口气，昨天下午怡良又把他请去了，一席话说得他全身打战。从巡府回到家就直奔他父亲的房，只见才刚过十八岁的四姨太正在给伍秉鉴轻轻地捶腿，她一见伍绍荣进来，就用手贴贴嘴唇，那意思老爷才眯着眼。她从床榻上轻手轻脚地下来，拉着伍绍荣手到小花园月牙门后才松开，一张娇柔的小脸在阳光下显出红晕来，平时伍绍荣对这个进伍家门不到一年的小妈是敬而远之。他老豆说听人说身子骨疼，找个十八岁的红花姑娘冲喜就会好些。人是扬州买来的"瘦马"，自从她进了门后，伍老爷子的身子骨却愈来愈不见有好转。她只要见了伍绍荣那双水盈盈的眼睛就立马放光，伍绍荣心口就要嘣嘣乱扑腾几下。"当家爷，老爷昨夜里又是靠福寿膏在撑着哩。”四姨太说话时小嘴就成小圆圈似的了，一口糯米似的牙齿便好看地露了出来。广东女子由于气候和水土也许还有其他的因素，从女人水灵儿风情上，一般没法跟江南女子相比。伍绍荣也有三房女人了，可全都是粤人，这个四姨太看他的眼神里流露出近乎挑逗性风情，他怎能解读不出？他有贼心却不敢生有贼胆。他先四下看看，然后才说话：“老豆他、他说了什么没有？”四姨太一笑，用手在他鼻子上点了下，娇柔地说：“咦，我就知道你们有钱人最关心什么？”她话音未落，伍秉鉴就在房里发出一阵刺耳的咳嗽声，四姨太忙转身回房去，一边说：“老爷醒呐。”她一进房伍秉鉴正要开口骂道，见儿子也跟着进来就把嘴闭住，一双深陷下去的眼睛在伍绍荣和四姨太身上来回睃了好几眼，伍绍荣被他老豆瞅得心里发毛，好像做了什么亏心的事，不敢正眼去看伍秉鉴，进屋就去给老豆上茶。四姨太却没事似的，上前把伍秉鉴从床榻上扶起，说：“老爷，当家爷见你眯着了，怕打扰你就一直在外面小花园里候着哩。”

伍秉鉴接过伍绍荣奉上的茶杯，喝了口后才开口说：“是不是官府把你找去了，要公行把跟夷人的生意做起来，不然就要关了公行的门？”

伍绍荣吃了一惊，失声道：“咦！老豆，你、你是怎么知道的？”

伍秉鉴由于口水不住地流，把下巴上的胡须都粘住了，伍绍荣掏出手帕给老爷子擦拭了下，四姨太忙接过伍绍荣手上的手帕说：“当家爷，这事儿我来做，你歇着跟老爷说说话吧。”“哼，现在还只是夷人罢市，我看后面的事还大着，只怕收不了场啦。”伍秉鉴本来一副病恹恹的样子，一说起商业上的事，他的精神就上来了。

伍绍荣不得不佩服姜还是老的辣，说：“老豆，刚才怡大人把我叫去，说目前从各地运来的茶叶、丝绸和瓷器，已堆满了库房。官府说如果夷人不收货，我们公行就要全部吃下。”

伍秉鉴哼了声，说：“今年吃了，明年呢？大清国不是以前的大清国了。你马上先跟公行的理事们商量，现在不仅我们做生意的人日子不好过，官府的日子更不好过。我估摸英国人不会走了就不回来，他们需要中国这个市场。只是他们重新回到中国，恐怕麻烦也就跟着来了。但眼下是个大商机，你现在要各家商行对凡是送上门来的货，有多少收多少。”

伍绍荣有点不解，说：“老豆，现在谁要呀？我这两天送了些货给美国旗昌商行，他们说看在我们多年合作的友好关系才收，其他商行的货一律不收。”

伍秉鉴猛地一起身，在伍绍荣肩上重重地一拍，说：“儿子，这是你大展宏图的机会到啦。你从现在起，要把生意的重点放在美国洋行上。在生意场上夷人跟我们一样，唯利是图是生意人的本性。英国人跑了，其他国家的夷人在隔岸观火，若有美国洋行起了带头作用，就知道这是他们抢占英国人市场的最好时机，他们就会像狗一样扑上来抢食的。还有，最近约翰·福布斯来信说他准备在美国修铁路，他需要钱要我们去投资。”约翰·福布斯在十六岁时就跟随他叔叔前往中国，在航海途中他叔叔生病死了，他一上岸就被美国船长带到伍秉鉴身边，船长对福布斯说你到了上帝的怀抱里。就这样，福布斯在伍秉鉴身边学习和做事，叫他做义父。

伍绍荣小心地问：“老豆，铁路是什么呀？”

伍秉鉴嗯噔了下说：“铁路是、是，我也不清楚。听说是有两根很长很长的铁条，有一个专吃煤的、叫做火车头的怪物，拖着一条很长的厢子在铁条上跑得比马还快。”

伍绍荣想来想去，实在弄不明白，问：“老豆，那人坐在哪？”

伍秉鉴说：“听夷人说，人都坐在木厢子里。”

伍绍荣怪怪地笑了，说：“那不是关鸡关鸭一样了？人会憋屈得难受呀。”

伍秉鉴也想不通了，两眼望着窗外的天空，说：“夷人说他们这是科学，这世界我是越来越看不懂啦。你还年轻，在适当的时候你也跟着夷人的船到海外去看看，不然今后这生意就没法做下去了。福布斯是一个诚实有能力的美国人，他在我行里做了八年的伙计，自己又开了个商行，生意做得不错。他寄来一大堆有关铁路的资料你要好好看看，还有你也要听听其他夷人对铁路入股的看法。我累了，你去请那个美国的洋大夫伯驾来给我看病，夷人的药灵得很呀。唉！”叹了口气说：“你马上召集公行理事开会，你呢记住我的话，闷干。”

四姨太在一旁听了半天也没听出个名堂，懵懵懂懂地问：“老爷，闷干是不是闷骚呀？”伍秉鉴一口茶水喷出，扬手就一巴掌扫去，四姨太倒地大哭。

伍绍荣吓得赶紧溜了……

“说什么？伍会长你是公行会所的当家人，你都说不出个道理来，我们还能说什么？”卢继光个子高大，坐在椅子上也要高出别人半个头去了，到哪儿手就不停地捋着嘴唇上那一口浓密的八字胡，他人在背后喊他作假洋鬼子。他刚开个头，大家都跟着嚷起来：

“伍老板，十三行是做保行的。夷人不开市这怎么能怪我们呢？这是屙屎不出怪厕所。”

“朝廷办事也没个准，一说禁烟就不分青红皂白，一棍子把我们做保行的都当作是鸦片贩子了。这样下去，官家的生意谁还敢做呀。”

“当年准鸦片进口的是朝廷，现在禁鸦片的也是朝廷，这怎么叫人想得通。”

“哼，想不通也得想通，朝廷自有朝廷的想法。当年鸦片是当药进口，现在鸦片是毒品了，这叫物极必反。只是这一整，我们商行的生意不知如何做才好？”

“哼，禁烟风头一过，鸦片买卖照样又会有的。”

“是呀，过去朝廷不也是三番五次地要严禁鸦片，到头来鸦片生意越做越大，这是撑死胆大的，饿死胆小的。”

卢继光两眼一瞪，说：“不要乱讲怪话，小心传到官府耳里去。”

顺泰行的马老板专做丝绸生意，他焦急地说：“伍老板，我才从锦纶会馆过来，佛山那边的织造场一万七千多名工人现在都没事做了。织出来的丝绸堆积如山，夷人再不买，织造工场会关闭，工人也没饭吃。”

卢继光咳了下，说：“诸位，刚才马老板说到丝绸，我看茶叶，还有瓷器也是如此，全积压下了。伍老板你得想个法子，要让大家渡过这个难关才好吧。”

伍绍荣一直闭眼在听大家说话，这会他见卢继光点名请他发话了，把眼睁开，扫了大家一眼后，才开口说：“说完了吧？没说完的继续说。”他起身指着刚才发牢骚的人说：“好大的胆子，竟然敢出言不逊，妄论朝政啦。”口气略是放下些，说：“兄弟，我们是做生意的人呀。朝廷的事不是我们去关心的，懂么。鸦片过去是药现在是毒，此一时彼一时，没有错也没有对的是非之分也。眼下的局势表面看对我们不利，可当中也大有商机。你们的脑子就不开窍想想？”马老板迟疑地说：“伍老板，你说的意思是我们趁机把内地运来的货物先吃下来？”伍绍荣正要往下说话，突然他愣愣地看着公行会所的大门不出声了，大家顺着他的目光看去，是林则徐进来了，他身后跟着的是梁廷枏和赵铁头，还有龚孝拱。一下，大厅的人都起身谁也不敢先开口去说句客气话，都看着伍绍荣。林则徐进大厅，笑道：“诸位老板，不欢迎我林某？”伍绍荣赶紧双手一揖到地，说：“钦差大人，你、你是……”嗯噔着不知如何说才好，不仅是他，就是整个大厅里的人都不知所措了。林则徐神情轻松地说：“伍大会长，你这十三行的公所不会是总督府，闲人免进吧？呵呵。”伍绍荣一个激灵清醒过来，急忙让座，激动地说：“钦差大人，你有所不知，自公所成立以来，还从没有你大人这么大的官来过，请大人原谅失礼。”其他人纷纷执礼致歉。林则徐坐到刚才伍绍荣的座椅上，一仆人端着描金大红漆龙眼木茶盘上来，伍绍荣端起茶盘上一只绘有外国徽章图案的瓷杯，送到林则徐面前，恭敬地说："请部堂大人用茶。"

林则徐接过瓷杯，在手上仔细欣赏一番后，说："这可是闻名天下的广彩瓷杯，大清与夷人做生意的出口商品'三宝'，茶叶排第一，丝绸之后就是瓷器了。今天我到一家专做彩瓷的毓桂坊，还是第一回见识了瓷器上的彩绘过程，一只这样的杯子生产出来，要经过八九人之手才可成为一完美的东西。夷人把中国瓷器当作珍贵的艺术品和奢侈品，谁拥有它就是一种高贵和富裕的体现，听说法国和英国的国王专门辟有一座宫殿来收藏中国的瓷器。可在我们中国，一般的百姓也可使用它。呵呵。"他转而问龚孝拱："孝拱，这瓷杯上的夷文写的是什么？"

龚孝拱看了下杯上的文字，道："部堂大人，这是夷人一家族的徽章图案，围绕徽章的一条绶带上面写着'上帝让我们远航'，按我们中国话翻译是菩萨保佑的意思。"大厅里的人发出笑声，有人打趣说："夷人也跟我们一样信菩萨，呵呵。"

林则徐喝了口茶，点名问："听说做出口瓷的是东兴行，老板来了没有？"

谢有仁这时哪会想到威名赫赫的钦差大臣点了他的名，他还愣看别人呢。伍绍荣急了，指着他说："部堂大人，你刚才说的毓桂坊就是谢老板的。谢老板，大人问你呢。"

谢老板这才猛然惊醒过来，慌忙起身磕磕绊绊地说："回、回钦差大人的话，小、小民是谢、谢有仁。"

林则徐见状，笑笑说："谢老板，我今天可不是来公干的，你不要有心理负担。诸位请随意。"大厅里的气氛稍轻松了些。林则徐虽然这么说了，但大家心口还是在吊着似的，钦差大臣没事跑到十三行的公所来探亲访友？明事人何尝不明白，这肯定有备而来。梁廷枏见大家默不作声，便道："林公来之前到了南岸的瓷器作坊看了看，又到了茶行的作坊。听说你们正在公所议事，林公就特意来看望诸位。”卢继光小心地问：“不知钦差大人有何见教？”伍绍荣也跟着说：“钦差大人百忙之中来看望小民，实是我们十三行同行的荣幸，蓬荜生辉。”林则徐笑道：“呵呵，天下谁不知全大清的富人都集中在十三行了，公所的派头甚至超过督抚府了，还说是蓬荜？这个谦虚有点过了吧。”他眼光把在座的商人都扫了遍，目光所到之处，无不给人一种逼人的威力。“诸位，本人今天微服私访到你们的作坊和市面上走了走，目前这种情况你们不愿意看到，本人也与你们的心情一样。今天到公所来就是想听听你们的想法，大家放开心情，畅所欲言，言者无过。好不？”

谢有仁小心地说：“钦差大人，禁烟是国事，我们做生意的人得听官府的话，吃点亏不算什么。没事没事。”其他人也纷纷跟着点头说，老爷放心大人放心的话。

林则徐起身到谢有仁面前，在他肩上拍了拍，说：“谢老板，你前面说的话说得好，禁烟是国事，大清的臣民都得服从这个大局。后面的话说吃点亏没事，我看就有点言不由衷了。做生意的人有哪个想去做亏本的生意？除非他有病了。”他指了指自己的脑袋。大家发出笑声。谢有仁忙不好意思地说：“钦差大人说得对，那脑袋有毛病，嘿嘿。”

“所以呀，我看诸位老板个个脑袋没病，身体好着啦。呵呵。”林则徐说着发出轻松的笑声。“好吧，既然大家好着呢，我也就说话不客气了。”他话题一转，声调里透出股冷气，众人笑声戛然而止。“诸位老板，你们非常清楚现在与夷商的生意基本上是停止了，市面上处在非常不景气的阶段，再这样下去日子会更难过。你们急，我也不说假话，我可比你们还要急。”大家猛地一惊，伍绍荣脱口而出：“钦差大人，现在都说你禁烟功德圆满，不日就要启程回京邀功啦。”

谢有仁讨好地说：“钦差大人为国人争了光，大家都说你走时要给你送万人伞哩。”

林则徐笑道："这伞还是你们自己留着吧。皇上已有上谕，本官与诸位是共生死了。"

卢继光反应极快，不由问道："钦差大人是不是留在广东啦？"

梁廷枏在一旁说："林公现是钦差大臣兼两广总督。"

伍绍荣赶紧起身，其他人也跟着纷纷示礼祝贺道："恭喜贺喜钦差大人。"

林则徐双手摆摆，说："坐吧，这喜从何来？我可是愁呢。要不，我怎么会上门向诸位老板来讨教呢。"

伍绍荣忙说："不瞒钦差大人，刚才我们正在公所里商讨眼下市面上的事，不知如何是好？听说义律把英国商人带到澳门后，他们的政府从印度调舰船来，要用洋枪洋炮与我们大清干戈相见。大人，你说这打仗的事会有可能吗？"

林则徐一下说话声高昂起来："请问诸位，贼和强盗的区别在哪？贼是偷偷摸摸的，他怕被抓住了会挨打，而强盗则是明目张胆，公然入室抢劫，因为他手中有枪有炮。英国人本来是贼，现在他是贼变成了强盗，那我们就只能以暴制暴了。"说着手一挥，似有千军万马奔啸而来。众人莫不为之一震。卢继光失声道："钦差大人，你、你是说要跟英国人干？"

梁廷枏猛地把手中的茶杯往茶几上一放，发出清脆的响声，愤愤地说："什么我们要跟那些夷鬼干，是他们想跟我们干，欺人太甚！"

林则徐把手摆摆，说："情况还没到非要打仗的地步，请诸位把心还是放在做好生意上来。打仗的事是朝廷的事，做生意是你们的事。今天我到公所来不是来跟大家谈打不打仗的事，是与你们商讨如何在英国人走后把我们的市场搞活。如果因为英国人走了我们的生意就垮了，那就正中他们的下怀，我看这十三行的公所也得关门了。所以，当务之急就是把生意做起来，在座的诸位都有责任在身。我听说伍老板已经在收货了，这很好。在这个时候与夷人做生意的商行，我会下谕令减免部分税金，以资鼓励。可据我所知，还有其他的商行与夷商一样在观望，我看这种商行也就没必要再在十三行里混了。”此言一出，立即引起大家的一片恐慌，一下不少人叫苦连天。谢有仁两眼暴睁，嘴角边的白泡沫都流出来了，说：“钦差大人，不是我们不去收货，是夷人说朝廷不给个明确说法，他们不敢收，怕收了货出不了港口。”一个坐在最末的老板极不满地说：“钦差大人，伍老板财大气粗，有的是银子不怕压货，今年出不了货明年还可卖。我们店小本薄，不敢这么做呀。”“说得对，有钱人是船大抗得住大风大浪，而我们是小虾子毛板船，连毛毛雨也经不起。”伍绍荣站起来大声地说：“诸位同仁，你们不要在这里哭穷了。能坐在这公所里的都是十三行的当家人，哪个都不是盏省油的灯，都是可呼风唤雨的角儿。做生意如同打仗，这道理诸位谁不明白？今天钦差大人亲临公所已是高看大家了。我劝大家不要坐失良机，要为朝廷着想，也要替自己的生意谋略。不瞒大家，我伍家商行的大动作还在后面，我就不信夷人不远万里来到中国，会空手而归？做生意有风险，就有商机，机不可失。”从不在公众场所插言的赵铁头突然冒出一句话，说：“打仗用兵有一说法，‘用兵必须审敌虚实而趋其危’也。”大家一愣，对这个兵爷说的话一下还没反应过来，梁廷枏击掌道：“赵军爷说得好，做生意如同打仗，要趋其危而择其利也。”他这一解释，众商人都连连点头。正在这时，关乔昌一头火急急地扑进来，手里举着一张新闻纸嚷着：“不得了啦，不得了啦。打起来啦，打……”他话没完，赵铁头一声吼：“来者何人，钦差大人在此，休得无礼。”

关乔昌睁眼一看，坐在大厅正中的是林则徐，吓得双膝一软，扑通一声跪在地上求饶：“草民不知钦差大人在上，万望乞谅。”

不待林则徐开口，龚孝拱在一旁替关乔昌说情：“部堂大人，他就是我向你介绍过的那位画彩画的啉呱。”林则徐笑道：“呵呵，是啉呱先生，起来起来。”龚孝拱上前扶起关乔昌，说：“啉呱，是什么事让你火急急的？”关乔昌对林则徐行个大礼后，把手中的新闻纸递给林则徐说：“钦差大人，这是才从澳门传来夷人的新闻纸，要出大事啦。”

林则徐接过新闻纸见尽是夷文，递给龚孝拱：“说的是什么？”

龚孝拱展开报纸的头版略是扫了眼，脸色顿时一变，说：“部堂大人，新闻纸上报道英国一艘叫沃拉伊伯克兵舰，和三只武装了枪炮的商船出现在澳门洋面上。新闻纸上说沃拉伊伯克兵舰装备有二十八门大炮，专门为保护他们的商人从印度调过来的。报道还说，英国政府还从他们本国调了一支舰队驶往中国，已经动身了。”

林则徐一听，蓦地浑身一震，脸色随之冷峻了，冷笑一声，说：“哼，那就等着瞧吧。诸位告辞！”说完，他举手示礼了下，转身而去。梁廷枏和赵铁头疾步跟上，龚孝拱手里拿着关乔昌刚才给他的那张新闻纸也走了。商行老板哪还有心思再待在公所里，也赶紧出门了。

关乔昌愣愣地问：“伍老板，英国的兵舰开来是要跟我们打仗吗？”

伍绍荣对关乔昌有气无力地说：“你还待在这儿干什么？你问我，我问天去。”他一下突然来火了，吼道：“滚！”关乔昌吓得赶紧溜了。正端着一只茶盘进来续热水的仆人，被伍绍荣一声吼吓蒙了，一失手茶盘掉在地上，“咣！”连壶带杯全摔碎了。这下伍绍荣更是气冲顶了，挥着双手嚷：“完了完了，这日子没办法过下去了。”从洋面上吹来的风，把大厅门扑得啪啪作响，大好的晴日光线在来回翻扑中，不停地晃着时阴时阳的光影。

第十一章

当豫堃等一行人的轿子一进黄埔村荣西里的祠堂街，窄长幽深的巷子里迎面拂来的风，立马就带有凉爽的快意了。不长的巷子全是由青石板铺就，左垣家塾、晃亭梁公祠、化隆冯公祠和主山冯公祠等，均为砖木石结构、镬耳墙，投下重重的阴影缀地。豫堃不等轿子停稳就从轿子下来直奔税馆，椅子上留下了一个屁股的汗水印子。税馆的主管外号叫勾子李，有一绝，两只耳朵可同时听人报两本账本，两手可同时打两只算盘，且分毫不差。豫堃每次到税馆来巡视时，他不像前几任的监督到下面就是吃喝玩乐，他倒是个恪尽职守的人，自嘲是皇上的招财猫。只要有空他就到税馆里，除了看账本查税单外，就喜欢听勾子李打算盘发出噼噼啪啪的清脆响声，觉得比听那粤剧舒服多了。还有他每回必吃一家叫嘅猫记粥铺的艇仔粥，配料有鲜嫩鱼片、香脆花生、浮皮、鱼松、蛋皮、鱿鱼丝、油条、生菜等，那味儿鲜极了。早在税馆里恭候着的勾子李一见豫堃，一脸的谄笑，迎上去行个大礼，恭维着说："大人好精神，长命百岁呐。"要是在平时他听了这话舒畅着呢。这会，豫堃正气不打一块出，抬脚踢去，骂道："你他娘的，是嫌老子不死？"其他跟着来的官员谁也不敢笑出声来，强忍住把笑声吞回肚里去。豫堃也不看从地上狼狈爬起来的勾子李，接过仆人奉上的凉茶，猛喝了两大碗后，解开衣领透气，森然道："诸位，本海关的税银之盈绌，惟以洋船之多少为定。我所到之处，码头上没有一艘洋船在装载货物。若局面还是这样下去，你们就死定了。"那些官员们一听，吓得都跪在地上，胆战心惊地求饶："大人，小的有罪，有罪呀。"

豫堃气呼呼地问："知罪？罪在何处？说。" 夷务所的一个叫汤斯的主办官员，瘦脸上戴一副水晶眼镜，他从小在南洋长大，对中国官场里的恶习什么请吃送礼，孝敬上司，拉扯关系一概不清白。平时豫堃一见他一副假洋鬼子的派头心里就烦，好在他是粤海关里唯一通晓好几国文字和语言的人，对分内的事向来不假私情。豫堃一度想把他换掉，又怕影响了税馆里的事。汤斯从地上起身，拍拍身上的土屑，不慌不忙地说："回大人话，卑职以为此罪不应问责吾等臣工。"

豫堃火了，厉声道："好呀，你们刚才不是说有罪吗？"

汤斯双手执礼道："大人错矣。下官们所言知罪，此乃心情表达而已。若要论罪，须要有罪之凿证，才可谓之有罪也。"

"汤大人的意思，应问责的是我，是不？"豫堃手几乎指着汤斯的鼻子了，尖刻道。

汤斯道："大人，你又错了。你怎么会有责呢？你不过也是执行朝廷政命的人也。要说论责，不在大人更不是下官们了。要问责，首要是朝——"他的话没出口，豫堃断然一声猛喝："放肆！好大的狗胆，竟敢妄论朝政，你是想找死啦。"他打断这个呆子的话，怕他再胡乱说下去涉及皇上，那可是犯大不敬之罪。他知道这个呆子喝多了夷人的墨水，想事比他的同僚要少根筋，说话不知轻重。所以他封住汤斯的嘴，铁青着脸对在场的官员说："诸位，响鼓不用重捶。如何想法子把税银收上来是你们当务之急，朝廷等着银子用。若是你们的皮可剥下来当得了银子，那我也就不必去操这劳杂子心了。可惜你们都是一身臭肉，就是剥下来丢给狗吃，狗都嫌。不服？那就去拿银子来呀。勾子李——"突然他大喝一声，勾子李吓得说话声打颤了，说："大人，卑职在。""你小子听着，税馆若是十天——"突然税馆外传来一阵猛烈的火炮声把他的话炸断了，豫堃一下脸色就变了，动作麻利地往桌下躲去。汤斯却乐呵呵地说："大人，没事的，是关军门带水师官兵在演练，这一向每天都要打一阵子炮哩。"

勾子李讨好地把豫堃从桌子下扶出来，税馆外的火炮声还在响着，只是没有刚才那一阵子猛烈了。豫堃见那几个官员还站在那里看着他狼狈样，更是心烦了，嚷着："滚滚，十天内还没有洋船出港，老子把你们头上的顶子全摘了。"

官员们赶紧溜之，只有汤斯仍站着不动，两眼直直地盯着豫堃不动，也不说话。豫堃感到奇怪，也凑近去看汤斯，好像是在看一个怪物似的。别人都恨不得脚底抹油，他竟然还敢在他面前如此淡定，豫堃不由心生一丝敬意了，问："你怎么不走？"汤斯扶扶水晶镜片，说："大人说十天内洋船不装载货物出港，你就要把下官们的顶子全摘了。我在想与其在十天后被你摘了，不如现在我就先把顶子摘下送还大人，以免事后难堪。"说着他把头上的顶子摘下，恭敬地双手奉上。勾子李一看急了，赶紧说："汤斯，你是疯了。大人在气头上说的你还真当回事了，还不快走。""慢，"豫堃手一伸，头连连点了好几下，金鱼泡眼死死地盯着汤斯，说，"你小子有种，这顶官帽子暂且寄存在你头上。看来你看死了夷人不会装货上船，本官倒要听你说个子丑寅卯来，若说得有理，本官不仅不摘你的顶子，还要官升一级。若要想临阵开溜，这可不只是摘顶子的事了，以怠慢公事，不思作为论处。"说到末，冷笑了两声。

汤斯被豫堃的一番透着杀气的话懵住了，他不禁有些胆怯了，说话声也就低调了下来："大人，下官孟浪，有得罪之处乞求见谅。"

豫堃哼一声，说："说，本官洗耳恭听着哩。"

"大人，据下官所见，我大清与夷人之战已是箭在弦之势了，战争一触即发，夷商们肯定不会在这个时候，冒险去火中取栗。所以大人你要我们在十天内去完成税银的收缴，这根本就做不到的。我就、就……"豫堃冷笑道："是不是怕事后追责，就想开溜？想得好呀。你不是怕打仗吗？那好，本官就给你安排个去处。来人！"他大喊一声。门外的护兵应声而进："大人，有何吩咐。"

豫堃把手一挥，说："把他带下去，交关军门说若与夷人开战，就把他第一个送上前线。"

汤斯马上笑了，双手执礼道："谢大人抬爱，下官早就想捐躯赴国难啦。"

豫堃听他这一说，倒是愣了下，不由问："你不怕死？"

汤斯说："回大人话，下官怕的是心死。"

豫堃心头一震，没想到一介书生竟然也有如此心志，表面不露声色，问："何谓心死？"

汤斯道："请大人容我言语放肆。"声音顿了顿，又接着说："当前的问题表面看是因禁鸦片而所引起的，实是我大清近三十年来积痼而致。何谓痼？与世隔绝，不知夷域之变；官场腐朽，不以天下为重；民生何堪，四海未桑麻。皇上施以雷霆万钧之力禁烟，本是宣扬国威之举，可惜的是才初见成效，朝廷就撑不住之势了，夷人将视为朝廷已陷入了无米之炊之境地，他们这时必合手抱团以此趁机来要挟我们，重开贸易口岸，降低关税等。若不允，将以强盗行径在我国门耀武扬威，逼我就范。大清唯有革故鼎新，举全国之力，与英夷决一死战。四万万同胞乃汪洋大海，是任何力量也不可战胜之铜墙铁壁也。大人，下官所言是钦差大人的通事龚孝拱，前日来税馆了解夷务情况时说的，振聋发聩哇。"这时税馆外又传来一阵雷鸣般的火炮响声，这回豫堃不再往桌子下钻了。只是他脸色很难看，不知是汤斯的话给了他刺激，还是这一阵子火炮响声的原因，他对汤斯何时从他身边告别，他不知道。勾子李在一旁做不得声，心里暗暗叫苦，骂汤斯在寻死，尽说些让人心惊肉跳的话来。火炮声响过，豫堃也回过神来了，沮丧着脸说："去叫一锅艇仔粥，我肚子饿了。"勾子李忙应道："好咧，大人是该吃啦。"他转身要出门去，豫堃又把他喊住，问："刚才那个汤什么的，说钦差大人的通事龚孝拱前天也到过税馆？"勾子李点头说："是到了税馆，汤斯还陪同他去了码头与夷人聊了会。”豫堃脸上转而有了笑意，说：“这就好，看来钦差大人要有动作了。”忙出门去。勾子李在后头喊：“大人，你还没吃粥呀。”豫堃已上轿了。

林则徐前脚才进门，跟着关天培领着陈长鹏等几个干将，风风火火地来到越华书院，陈长鹏他们在门外长廊上候着。关天培在赵铁头的带领下去见林则徐，路上关心地问：“铁头，听说部堂大人这一向睡不着觉，他要是睡了，我就在外面等等？”赵铁头道：“关军门，部堂大人是很累，可他说了只要你关军门来了，任何时候都得立马相见。说你身系军情，要么不来，来了就是大事，严令我们不得有误。”到书房门口，赵铁头还来不及通报，林则徐就在屋里发话了：“是滋圃吧？进来吧。”赵铁头推开门，对关天培说：“关军门请进。”他待关天培进屋后，把门轻轻带上执刀立在门外，书房外走廊上的亲兵一动不动地立着，一派肃杀之气充塞书院里外。

关天培走进书房，执礼道：“部堂大人，关天培求见。”林则徐亲切地说：“滋圃，你来得正好，上茶。”他对门外叫了声后，又对坐在房中红酸枝镶大理石小圆桌旁的梁廷枏说：“梁先生，说曹操，曹操就到。呵呵。”轻轻地发出笑声。关天培见林则徐对一个布衣人士以先生相称，知此人必有过人之处，忙双手执礼客气道：“这位先生贵姓？”梁廷枏起身回礼笑道：“关军门客气，本人姓梁，名廷枏，一介穷书生也。”林则徐笑道：“原来你们还不熟悉哟。呵呵，来来，滋圃你坐下来。这不是你的军营，是在梁先生的书院里，他是这书院的山长，学问可不在我之下呢。”梁廷枏赶紧说：“林公，若论学问，吾辈视你如仰高山也。书院现在是你钦差大臣的行辕，朝廷的枢密重地，若不是你首肯，别说进这个院子了，就在大门外站下，也会被官兵们给赶跑的哇。”林则徐笑道：“滋圃，你看这世上还有公道没有？我南下到广州前给梁先生修书问他何处可安行辕，他回信说书院正是放假的时候，学生们都回去了，且书院又安静。现在倒打一耙，说是我强占了书院，人心不古啦。呵呵。”关天培知道林则徐在打趣，所以他也跟着开玩笑道：“既然梁先生话都这样说了，我看大人不如就下个谕令，把这个书院给征用了，给我做兵营。”梁廷枏一听这下真急了，忙起身双手连连摇摆说：“林公，这可使不得呀。这书院始建于乾隆年间，是一个叫范时纪盐运使倡议由在广州的盐商捐款合建，当时只招收盐商子弟。后经近百年的发展已成广东四大书院之一，若征用为兵营将会伤了读书人的心。”

关天培听梁廷枏这一说，知道这个书生较了真，赶紧笑着解释道：“梁先生，千万别当真。我就是有这想法部堂大人也绝不会同意的，请恕我无知妄言。”

林则徐笑道：“梁先生，滋圃是行武的人，他说话不知轻重，你就不要放在心上了。呵呵。”转而就一脸的肃穆了，心事都在脸上浮现出来，习惯地在房里来回走动，说话声也显得沉重了：“章冉，我南下到江西的路上收到你赠送《广东海防汇览》和《粤海关志》的书，这一向我粗略读完了它。你是用了心，本人受益匪浅。我已交代书局刊刻，要求广东督抚府县衙门的各级官员都要认真阅读。眼下，虽然我们禁烟取得了初步的成果，但夷人特别是英国人以罢市来与我们对抗，这一点我在离京时就想到了。但目前看来这种状况还有可能会继续恶化下去，这是我深为担忧的事。皇上已给我下了三道圣旨，与夷人的相斗勿启边衅。而目前的情况，英夷已大张旗鼓要以武力来要挟我们。”

关天培起身执礼道：“部堂大人所言极是，本人就是因近来的局势来向大人汇报。”这时邓廷桢和怡良进来了，他俩一见梁廷枏也在座感到吃惊，梁廷枏起身对他俩执礼道：“二位大人，草民梁廷枏失礼呐。”邓廷桢与怡良客气道：“梁先生，不必客气。”林则徐对邓廷桢和怡良说：“二位大人，章冉是我的客人。你们都是熟人，我就不再介绍了。”

豫堃一头汗水地进来，嚷道："这鬼天气，哪是人过的地方呀。"他一见梁廷枬也在林则徐的书房里，先是看看林则徐然后才问："梁先生，你跟部堂大人很熟？我怎么没听你说过？" 梁廷枬笑言："豫大人，吾与林公神交已久矣。"林则徐笑道："厚庵呀，梁先生是天下有名的大儒，哪个不知呢。"豫堃讪笑道："部堂大人说的是，《粤海关志》这部书若没有梁先生为主编著，还真没有人能搞出来。"邓廷桢感叹着说："一部《广东海防汇览》四十二卷，五十余万言，可耗尽了梁先生的心血啦。"梁廷枬忙说："诸位大人，《广东海防汇览》和《粤海关志》都是督抚衙门组织编撰的，书的总裁还是你邓大人和怡大人，本人只尽了本分，不足挂齿。"怡良笑道："虽说是官修的书，可没有你梁先生出面担纲，广东的那些经史学家陈鸿墀、曾剑、林柏桐、吴兰修和熊景星等能出来参与撰写吗？我这个总裁只是挂了个虚名，这还是邓大人为了要巡抚衙门出银子赞助出书，是给我面子上贴金啦。"他这一说，大家都笑了。

林则徐对在座的人说："梁先生是我特意请来会商海防事宜的。"说着他从书架上取下一册《广东海防汇览》。"在这本书里，梁先生早在十年前就指出了他省的海防，只防海寇，粤省则防夷人。果不其然，一语中的。大家抽空好好看看吧，发人深省呀。好了，闲话少叙，关军门你先说海防上的事。"

关天培一脸的肃容，说："部堂大人，自义律被赶出广州城后领三十余艘船只游弋在澳门洋面附近，近日又有从印度驶来的'窝拉理'号和'威廉要塞'号兵舰，率四只经过改装的武装船与义律他们相聚，以香港九龙尖沙咀为临时基地。由于我们在黄埔一带的水域抓得紧，洋船就驶到潮州、南澳、高廉、雷琼的洋面上四处窜往，与来自浙闽的走私船做鸦片生意。这是我们从水面上捡到的水牌。"说着他递上一块木片给林则徐，说："请部堂大人看看英夷玩的名堂。"林则徐接过木片，只见上面写着"九龙尖沙咀鸦片有售，价格优惠"，梁廷枬也接过木片看了看，接着大家都轮流地把木片看了下，又回到了关天培的手上。他挥着木片说：“这是英夷用来做告示的牌子，涨潮时放入水里随浪漂向岸边，引人来走私鸦片。近日我一艘巡逻船发现从雷琼过来的走私船正与英夷洋船做生意时，被我水师当场抓获，洋船竟然开足马力把我们的巡逻船撞翻后逃走了。”邓廷桢把桌子一拍，气愤地说：“欺人太甚！下回若遇上此事，就用炮轰了它。”豫堃在一旁说：“邓大人，我们的炮台在近海打打还可以，人家是在外洋上打不着呀。再说那夷人船上的炮，比我们岸上的火炮还要厉害多了。”怡良不满地说：“依你豫大人的话，那就任由夷人在我们眼鼻子底下耀武扬威啰。”豫堃也起高腔了，说：“怡大人，你此言错矣。依你的意思我不就成了勾引夷人的汉奸？”怡良是满人，他的脾气一下也就上来了，说话的声腔也高了：“豫大人，我可没说你是汉奸，是你自己说的啊。”林则徐见两人说话不成体统了，把桌子敲敲，说：“二位说话要注意分寸，汉奸这词不可随意使用。刚才关军门把英夷的一些活动情况给大家作了介绍。”从桌子上拿起澳门新闻纸扬了扬，接着说下去，“这张夷文报纸的消息，孝拱已翻译给我听了，报道英国一艘叫沃拉伊伯克兵舰，还有三只武装了枪炮的商船已出现在澳门洋面上，是英国政府为保护他们商人从印度调过来的。报道还说，英国政府还从他们本国调了一支舰队驶来，已经动身了。”他这一说，室内的空气仿佛是凝固了。

林福悄悄地给大家的茶杯里续上茶水后便退出，在门口对赵铁头吐了下舌头，悄声说：“铁头，我得去厨房准备晚餐，看样子老爷们的会不知要开到何时去了。”赵铁头对林福交代说：“要记得给关军门的弟兄也准备份饭菜。”“知道，老爷早就交代过不可怠慢了吃粮的兄弟，老爷他们若有事，你就招呼下，我去去就来。”说完他匆匆去后院厨房。

书房里，梁廷枏手指桌子上的一地图，侃侃而言：“广东海防当分三路。三路者，左为惠州、潮汕，右为高州、雷州、廉州，而广州为中。

惠州和潮汕二郡皆与福建接壤，而潮汕之地尤当其冲，柘林、南澳皆要区也。由柘林而西为大城、海门、靖海、蓬洲诸所，又西接甲子门、碣石、平海诸卫所，皆为西南之庇。倘若柘林、南澳失守，便无潮汕也；平海、碣石失守，便无惠州也；故惠州和潮汕之备，是以柘林为最要。柘林乃南澳海道之门户，居三路上游，番舶自福建趋广州皆由此入澳，离惠州、潮汕的水寨有几百里远，水寨为惠州和潮汕之拱卫，而柘林又为水寨之拱卫。慎固之防，不可不豫。而大城所声援差近，备尤不可或疏也。若中路之备，则在屯门、鸡栖、佛堂门、冷水角、老万山、虎门等，而南头澳在虎门之东，为省会门户，历来海寇往往窥伺于此，为阑人之途，则东莞、大鹏之戍守宜切也。西则峡门、望门、大小横琴山、伶仃洋、仙女澳、大灶、九星洋诸处，而浪白澳在香山之南。自开辟通商之口以来，为夷舶往来之要道：则香山所之戍守宜切也。西为厘门、寨门、海门、万斛山、硇洲等处，而笙洞澳在压门西，为番舶停留避风之门户，则广海卫及新宁、海朗二所之戍守宜切也。若西路三郡，去倭岛似远，而安南、占城、暹逻、满剌诸番，风帆易达，高州之南神电卫，所辖一带海澳，若莲头港、汾州山、两家滩、广州湾，皆南翰也。雷州凸出海中，三面受敌，其遂溪、湛川、涸州、乐民等四十余隘，固为门户之险。而海安、海康、黑石、清道、徐闻、锦囊诸隘，亦所以合海防澳者也。”

邓廷桢、怡良和豫堃听完梁廷枬对广东洋面水域海防形势的分析后，半晌没吭声，对他流露出钦佩的神情。关天培则对着地图一一地用笔在图上标记着，末了放下笔说：“梁先生，你可是活地图呀，我代表军营的弟兄们给你鞠一个躬。”说着他恭敬地向梁廷枬行了个礼，梁廷枬慌忙回礼说：“关军门，这可使不得。草民仅做了些纸上的事，真要到了弄枪动刀的时候，国家还得靠你们这些血性汉子呀。”

“说得好。”林则徐点头赞同梁廷枬的话，在房里来回走着，大家都知道林则徐是有话要说了，都仔细地去聆听。“诸位大人，目前的形势不容乐观。我到了十三行的绸缎行和瓷器行的作坊看了看，现都没有人做事了，商行老板们叫苦连天。孝拱去黄埔港了解情况，码头上的洋船都没有装货，而英夷又在蠢蠢欲动，大有要动干戈之势。大家说说，怎么办？”

豫堃说：“部堂大人，我有话要说。”

林则徐摆摆手，说：“厚庵，你讲。”

豫堃道：“我才从黄埔港回来，刚才部堂大人所言句句是实。本人于去年五月到粤海关任职，知道向来关税之盈绌，惟以洋船之多少为定。这四天来，户部是一天一道六百里加急件到我手上。”关天培不明就里，问：“豫大人，朝廷何事这么急？”豫堃重重地出口粗气，说：“要税银呀，自从乾隆先帝爷于一七五七年谕旨‘一口通商’以来，粤海关的税银已成了继地丁、盐税之后的第三大税收了。但这些年来，英夷的白银在逐年减少，其主要原因是鸦片的生意猛增，使得我大清的白银逆流出去。海关往年到这时，是一车车的银子往京城里运，除留下百分之三的税银给广东布政司藩库，海关之用的百分之三外，其中百分之七十要解交户部，余下的百分之二十四划归宫廷内务府。而现在，到今天为止还没有一辆解银的车子上京。夷人不装船，这就意味着没税银可收，海关也就没银子解交户部，好在内务府还没有下条子来，不然——”他话才说到这儿，门外就有人在喊：“豫大人京城急报。”豫堃苦笑了，说：“说不定是内务府要银子的急报。”赵铁头推门进来，双手递上信使送来的匣子，豫堃打开匣子取出一份信件，只看了一眼就说：“我没说错吧，是内务府要银子的急报。”他把信件往匣子里一丢说：“要钱没有，要命一条。”怡良这时对豫堃的处境表示同情，拍拍豫堃的肩说：“厚庵，布政司藩库的银两暂且可不交，说真的我本来也找你要银子的。”豫堃双手拱拱示礼谢道：“悦亭兄，先谢啦。只是你这一点银子是杯水车薪，解不了围呀。”

林则徐眉头紧蹙，叹息道：“唉，投鼠忌器呀。然而目前的形势已容不得我们在这里坐而论道了。”转而语气强硬地说：“我们要做好两手准备，一是加强军备，此事由关军门全权负责，尤其是虎门炮台是洋船进入广州的要塞，虽然有‘金锁铜关’天险之称，但不可掉以轻心。滋圃，你就广州海防形势的折子我与邓大人已会签，军备须以装备为要，所列单要求增加的火炮和弹药枪械数量已照准，不日拨至军营。着即整肃军威，蓄养精锐，静镇严防，密为布置，严阵以待。原定今年九月的水师操练会阅提前，择日我与督抚要员还有驻军将领等一行前去检阅，不可出任何差错。在此期间，请梁先生于危难之际助关军门一把，暂且委屈一下为滋圃幕僚，在要塞建设与布局上予以参谋。”关天培响亮地回话：“请部堂大人放心，本军门愿立下军令状，若有一丝差错，当以削职法办。”梁廷枏双手执礼道：“若关军门不嫌弃，愿为旗下之走狗也。”关天培马上向梁廷枏恭敬地行了个礼，说：“关某不才，能有先生相佐，吾如虎添翼也。”林则徐赞许道：“好。时穷节乃见，一一垂丹青。二位是惺惺相惜，广东海防就全拜托你们啦。”略停顿了下说：“二是嘛，税银的征收，此乃事关朝廷经营国事之急需，不可有丝毫怠慢。税银之征收，已不是豫大人所辖部门之所为了，大家身为朝廷臣工，须同心协力，和衷共济。古人尚且知兄弟阋于墙，外御其侮。”“部堂大人说得好，只是这税银征收之事，历来为海关一家所为，朝廷严命不准督抚府过问海关之事务，怎么去做？心中没底呀。”邓廷桢马上说。言外之意表示这事是当前朝政之棘手的事，地方督抚府衙门干得了吗？豫堃没想到林则徐会在这个时候为他分忧担当，他一下激动了，马上说：“邓大人，这个你放心，我马上向皇上陈情，部堂大人和诸位协助海关在非常时机完成税银的征收，此事朝廷何乐而不为呢？事后我定当向皇上请旨嘉奖诸位。”怡良见平时趾高气扬、不可一世的豫堃这会也低下了头来请求他们出手相助了，心中不期油然而生一股快意，脸上现笑容，问：“豫大人，你这么说就见外了，都是朝廷臣工，一方有难，理所当然地要出手相救吧。只是这税银我们巡府从没接触过，不知怎么去做，总不会派兵去将夷人都捉来，不装货物者一概不准出境吧？”邓廷桢断然地说：“这可使不得，眼下与夷人正闹得不可开交的时候，这岂不是火上添油，那会出大乱子的。”怡良说：“邓大人所言是理，夷人碰不得，那就去把十三行的行商们押来，要他们把税银先垫付，等哪天收了夷人的税银再偿还。这些行商们有的是钱，不怕他们不服，我们衙门整中国人还是有一套的。嘿嘿。”他说着竟笑了出来。关天培笑道：“杀富济贫，替天行道。哈哈。”林则徐眉头一拧，说：“胡闹，这是杀鸡取卵，自取灭亡。这一向来我一直在做调研，禁烟事关大清江山千秋万代，永世基业，而税银征收是朝廷当务之急，保障国家安稳之基石。”他咳了下，接着说：“据知，原本因禁烟没有立甘结的夷商，大量的货物都还压在船上没有卸下来。现在广东已开始进入霉雨季节，天气炎热潮湿，船上的货物眼看着就会霉烂。这些夷商都想赶快把手中的货物抛出去，他们见英商都走了，愿意立甘结。我考虑在此期间做了生意的中外商行，他们皆利与害共，休戚相关，应一体同视，都可给予税银的优惠，优惠多少，由海关自定。”

豫堃点头称好，说：“部堂大人这主意好。对夷商分化瓦解，各个击破。只是税银给予优惠一事，事先没报朝廷，若追究下来，那就……”言下之意，由谁来承担责任呢？

林则徐手一挥，说：“本部堂南下时，皇上决意严禁鸦片，就预见到夷人会有这一损招来对抗，特嘱本部堂便宜行事。今日之意我已上本朝廷，所有干系全由我来承担。”

邓廷桢脸露笑容说：“如此大事全由部堂大人一人承担不可，既然在座诸位都参与了议论，那谁也脱离不了干系。呵呵，说不定皇上还会为此而嘉奖呢。”

怡良乐道：“呵呵。这好事不能让部堂大人一人全占了，见者有份。”

大家都笑了起来。

林则徐知道这是邓廷桢和怡良以玩笑之话在为他分担责任，心中不由顿生感激之情，说："诸位大人的心意我领情了。那就说好，若皇上有嘉奖，概与本人无份。诸位就不要再议论了。"说着拍了下桌子，那意思是他决意已定，他人就不要再说下去了。

这时余保纯不等赵铁头通报，满头大汗地闯进房来急急道："部堂大人，不好了，出大事了。"邓廷桢一声喝道："放肆，不得无礼。"余保纯忙下跪见礼，说："请大人恕卑职失礼。"林则徐手抬了抬，说："余保纯，你起来说吧。"

余保纯起身，来不及擦拭一下头上的汗珠，说："部堂大人，刚才卑职接水师营急报，说在九龙尖沙咀村发生一起英国商船的水手酗酒行凶，打死了一个叫林维喜的中国人，并还伤及妇女和小孩多人。英方怕尖沙咀的居民闹事，派兵船去了。"

"啪！"林则徐猛地把桌子一拍，桌子上的茶杯震荡了下，溢出的茶水顺桌子流到桌子下了。其他的人无不愤而起怒，关天培更是气得下巴上的胡须根根飞扬，嗷嗷地叫着："部堂大人，养军千日，用军一时。请即刻下令，本人立马率水师与英军一战，不杀英虏誓不还。"

梁廷枏闻之，一身热血涌上，说："林公，本人一介书生虽手无缚鸡之力，可有热血一腔，愿随关军门一道上阵，与英贼搏一生死。"

林则徐大为感动，冷静地说："二位英雄气概，令本部堂敬仰。只是此事还须详尽了解为好，先听余保纯把情况介绍完再议论吧。"

余保纯喝了赵铁头给他倒的茶水，抹了抹嘴边的水珠子，说："部堂大人，义律闻知他的水手致死人命事后，即匆忙赶到尖沙咀悬赏二百两银子寻找杀人凶手的人证，然后又给受害者林维喜家人一千五百两银子的赔偿费，另加了四百两银子说是以防被人勒索，并还给被殴打受伤的村民每人一百两银子的安慰金。"

邓廷桢手指在桌子上磕着，脸色铁青，严厉地说：“义律是花钱在封口，妄图逃避罪责。这事须彻底查清，以我大清律条，把人犯绳之以法。”

怡良磨拳擦掌，大声说：“部堂大人，你下谕令，我马上就去尖沙咀办案，查他个水落石出，决不放走凶犯。”

豫堃见林则徐的目光在盯着他，知道林则徐想听听他的意见，犹豫了下，道：“诸位大人，本督从刚才余保纯的叙述中听来，此事恐是意外的事故。若夷人有意挑衅，他们就不会花钱去封口了。目前义律他们正处四面楚歌之中，哪还敢去惹是生非呢？”说到这，见所有的人都瞪着眼在看他，心里有点发虚了，说话声就有点颤了：“诸位大人，你们是不是认为本人所言有汉奸之嫌？那可是天大的冤枉，本督只是就事论事。”林则徐安慰道：“厚庵，大家都在听着哩。别给自己戴高帽子，没事找事。”邓廷桢说：“厚庵，你说下去，在座的诸位要说夷务上的事，你最有发言权。”豫堃擦拭了下额头上渗出的细小的汗水，接着说：“本督认为处理尖沙咀夷人行凶事件，须有证据依律而定，严防事态扩大化了。”林则徐问：“要是英夷不依大清律处罚，怎么办？”豫堃被林则徐的话问住了，支支吾吾地说：“部堂大人，这个，这……夷人还，还是会讲、讲道理的吧。”林则徐冷笑声说：“错矣。豫监督，义律他们恣意妄为，草菅人命。是在蔑视大清，余保纯！”余保纯大声道：“卑职在。”林则徐咬着牙说：“本部堂着你与龚孝拱即去新安县，会同知县梁星源赴尖沙咀详细调查此案，一定要把凶手绳之以法，杀人偿命，中外所同。”余保纯应声道：“遵命。”林则徐道：“请关军门派兵封锁英夷船只集结的海面，一经缉拿贩毒船只人员，船只烧毁，贩卖鸦片人员以汉奸论处，就地问斩，杀无赦！”关天培浑身一震，双手抱拳，朗声道：“关天培得命。”“豫大人，”林则徐对豫堃一口的官腔，冷冷地交代道，“着你即与十三行商会联手，除英夷商行外鼓励所有中外商人互通有无，放心大胆做好生意。对中外行商均可采取灵活的税银优惠政策，办事提供方便，各衙门一切均以有利于商而为。另本部堂多次接到中外商人举报海关恶习累重，卡拿索要已蔚然成风。本部堂正告，若再有人举报，一经查处，拿你豫堃问责治罪。知否？”豫堃一脸赧红，说话的气儿都软沓沓的了，林则徐话中有话，豫堃到粤海关才一年多的时间，他贪财手段之狠，广东督抚衙门上下皆知，只是他是皇上的近臣，谁也不敢去惹他，林则徐手下留情，话中虽有既往不咎之意，但也给他一记重锤，莫不让他心惊肉跳。皇上授予林则徐先斩后奏的钦命，谁有再大的通天本事也不敢拿脑袋去试尚方宝剑的刀锋了。他连忙躬身道：“部堂大人开恩，本督一定严加管束好部下。”林则徐喘口气，说话声稍轻缓些，问邓廷桢和怡良：“二位大人，你们还有可说的么？”他们二位已领教了林则徐行事作风，深为佩服。怡良双手执礼说：“部堂大人谕令如山，本官当是执行。”邓廷桢对书房里的人说：“诸位同僚，部堂大人谕令，所涉之事，不得有误。”林则徐说：“诸位大人，为官尽职之道，是以国计为先，而国计与民生相维系，朝廷之度支积贮无一不出于民，故下恤民生正所以上筹国计，所谓民惟邦本也。因事紧急，本部堂就不留诸位就餐啦。另请邓大人留步。”大家告辞出门，在门外林福两手油腻腻地挥着，大声地说：“大人们，晚餐都备好了，吃了再走呀。”怡良、豫堃、余保纯和已在门外候着的龚孝拱，匆匆出书院。关天培在林福肩膀拍了下，说：“林福，这哪还有空吃哟。”对兵弁大声说：“给梁先生备轿。”梁廷枏跟在关天培后面，小跑步着说：“关军门，我骑马，我会骑马。”关天培翻身上马，对梁廷枏说：“梁先生，你是先生，就要坐轿上路。有兵士护送你回营，我先行一步设宴为你接风。”说完打马而去。书院门外路人见从里面出来的大小官员都紧绷着脸，小声议论道，怕是要出事啦。兵马经过的道上，扬起的灰尘快把耀眼的日光给遮挡住了。

林则徐牵手邓廷桢，沿着院内的石径小路过月牙门到后院，只见清水一池，湖石障伏，有瀑突泉涌，水鸭数只，偶尔婉转一声，平添些许生气；曲径长廊与水中小方亭相接，亭台临水，石栏环绕，有淡泊水乡之趣矣。邓廷桢眼睛一亮，啊呀一声：“哎也，没想到广州城竟还有如此园林绝景也。”

林则徐笑道：“嶰筠兄，这么好的地方你竟然还不知道，我看你这两广总督是白干啦。呵呵。”他对一直跟随在身后的赵铁头说：“你去交代林福，就在园中小方亭里摆上几样闽食，我和嶰筠兄要好好喝上几杯。”赵铁头转身离去时，林则徐又叫住他：“来访之人一律免见，去吧。”赵铁头忙点头去了。方亭中有一圆石桌和四张小石凳，乃用太湖黄石垒成，石之性坚而润，有嵌空、穿眼、宛转、险怪，面面玲珑，绚丽的色彩、迷人的图案、嶙峋的肌肤、斑驳的纹理、委婉的孔洞和奇特的造型，显“皱、漏、瘦、透”之美。邓廷桢抚摸着石桌桌面，发着感叹说：“唐代身居相位的牛僧孺酷爱太湖石，他府第的太湖石极富，白居易称他‘休息之时，与石为伍’，笑他对石‘待之如宾友，亲之如贤哲，重之如宝石，爱之如儿孙’之地步，其爱石之痴，今日总算有真切的体会了。”

林则徐示意邓廷桢坐下，手指轻轻叩击石桌面，发出似是扣之铿然声如磬之音，说道：“按理在南边是不会有苏扬之地的江南园林，只是因这越华书院建造发起人是苏扬在广州的盐商们，他们为了培养自己的子弟，就出资建造了这所书院，所以其风格上也就以江南的园林景观为书院的特色了。”赵铁头端着茶盘来到方亭，他把茶盘里的茶具一一摆好在石桌上，一只砂质温润、色近橘红的紫砂壶，壶嘴堆雕瓜叶，把手饰瓜茎纹，盖状瓜蒂，叶脉筋络自然逼真，巧夺天工，妙趣盎然；而相配的四只紫砂茶盅更令人称绝，如核桃般大小，若不拿它上手的话，会当作两颗真核桃果实了。邓廷桢忍不住拿起茶壶，说：“且慢点泡茶。”他仔细端详壶身一侧刻有的一行楷书，轻轻念出声来：“仿得东陵式，盛来雪乳香”，再看壶底的款，道：“好壶，是陈鸣远的真品也。他可是继供春，时大彬之后至今成就最高的紫砂制壶制作大家呀。”林则徐挥手要赵铁头一边去，亲自提满是沸水的紫铜水罐去冲泡小茶盅，一边做着，一边说：“嶰筠兄，你说的不错，乾隆年间吴骞所著《阳羡名陶录》载‘鸣远一技之能，间世特出。自百余年来，诸家传器日少，故其名尤噪。足迹所至，文人学士争相延揽’。你是江苏金陵人，你们好喝绿茶，以龙井为最。其实真正懂得品茶的还是我们福建人，你不要不服。我今天就请你喝我们家乡一种叫大红袍的茶，出自武夷山上一个叫天心岩九龙窠峭壁上的几棵老茶树，一年的产量也不到一百来斤。我们福建人喝功夫茶有十一程式，有嗅茶、温壶、装茶、润茶、冲泡、浇壶、温杯、运壶、倒茶、敬茶、品茶，须式式皆精，才可称是茶道君子也。”他打开茶罐请邓廷桢嗅嗅茶叶后，然后用一紫檀木勺舀出一匙茶叶到壶里，将茶叶装至壶内一大半了，其数量之多令邓廷桢咂舌。接着提铜罐沸水冲入壶中，使竹片刮去壶面茶沫去水， 再冲入沸水，这便是第一泡茶了。他提罐沿壶边用沸水转了两转，介绍道：“这叫‘游山玩水’。”然后将小茶盅一字排开，依次来回浇注，又道：“这叫‘巡河’，是品功夫茶全套步骤中最讲究的一环。呵呵，白居易有诗云‘盛来有佳色，咽罢余芳香’。泡茶的水须山泉，最差的也要井水；煮水则用橄榄核烧火，次为蔗渣，最次乃炭火，煤当大忌。 可惜这儿无好山好水可取，将就着用书院里的井水冲泡吧。将来我告老还乡，请嶰筠兄再来好好品我功夫茶的手艺吧。”他啰啰唆唆地说了一通话，那神情哪还像个威镇一方的钦差大臣，有如闲来无事，絮絮叨叨地在说家长里短的一老者了。邓廷桢心里在发着感叹，林则徐说什么他也不吭声，只是连连点头。他连喝了几小盅茶后，见林则徐盯着他看，放下茶盅嘴巴咂了好几下，表情故意显一般般的样儿，说：“少穆兄，这茶吧，实在不敢恭维，有股子糊味儿，当然你这一套功夫还玩得不错，我还是领你老兄的情了。”

林则徐一听大为不满，连连摇头说：“唉，浪费了我的好茶叶，白费了我一番心情。你们江南人就知道喝个绿茶，悲剧啊。”

邓廷桢笑道：“少穆兄，江南绿茶可是有上千年的历史了。你刚才朗读白居易的诗句，可是赞颂绿茶哟。据我所知，皇上他也只喝绿茶，没听说过皇上他喝过大红袍吧？哈哈。”

林则徐大乐，道：“嶰筠兄，你是在狡辩。呵呵，天下人都说江南才子是鬼才，今天算是领教啦。”这时，林福领着两仆人提着两只黄花梨木的大食盒过来，老远就喊道：“老爷，来呐。”赵铁头忙把石桌上的茶具收拾好，林福把食盒里的菜肴一一端上石桌，碗筷摆好后，给酒盅里筛上了酒后，一脸是笑地说：“邓老爷，今天上的菜全是我们老爷家乡特产。”他才一开口，林则徐把手一挥，乐道：“去去，这还轮不上你来显摆。”林福乐呵呵地站一边去，赵铁头在一旁偷乐。林则徐手中的象牙筷子点着桌上的四小碟冷盘，一一说去：“这一碟是番薯粉扣，我们福建人婚丧嫁娶，乔迁贺寿的宴席，首先上的菜‘福寿全’，其实就是番薯粉扣。把鲜薯磨成浆后，经过沉淀、过滤、采浆、晾晒成淀粉调制，再蒸制，晾干后呈银丝色。可炒、蒸、煮，久漂不烂、久炒不碎。”他说一道美食时，邓廷桢就夹一筷子品尝。“这叫‘鼠麴糍’，你们江南人叫做白头翁草。长在你们那地是苦味，但长在我们家乡田野间的鼠麴草却味性甘甜，用它与大米磨成的浆混合做成的小吃粑粑，是天下一绝。这是苦丝菜，味微苦却别有韵味，越嚼越甜，而且有清热解毒，养颜祛湿的功效。家乡托人捎来已是干菜了，要是用新鲜的苦菜来烹骨头汤，那味儿可美味无比啦。这一碟是‘宁化老鼠干’，”说到这儿时，见邓廷桢举箸犹豫，笑道：“嶰筠兄，说是老鼠干，实为田鼠干。每到冬季，便是宁化农人捕鼠的最好时机，特别是立冬后为捕鼠的旺季。农人把捕鼠作为一种乐趣，是下酒之美食，我们那里历来就有‘老鼠干猪肉价’之说。呵呵，说到酒，你们江浙人喜喝绍兴状元红，世有沧酒之清，浔酒之洌，川酒之鲜说。今天就请你喝我们福建的地方酒，不比那些名酒差劲。”他夹一块油光黄亮的老鼠肉干塞进嘴里，吃得津津有味。邓廷桢还是不敢去冒这个险，连连摇头说：“你们闽人与粤人一样，犬、田鼠、蛇、蜈蚣、蛤、蚧、蝉、蝗、龙虱等，皆可入腹，没有天下不可食之物也。我大开了眼界，只是这道美食我还是免了吧。”林则徐朝林福示了下眼色，林福马上把桌子上的一只紫砂罐上的盖子揭开，立刻一股热气腾腾的香味四溢，林则徐笑嘻嘻地说：“嶰筠兄，这道菜你要是能说出名来，我送你一幅字，如何？”邓廷桢一听林则徐要送字给他，马上高兴地说：“君无戏言。本人也可算半个美食家了，只要不是什么虫子野草之类的东西，我还是可品出个一二三来。”他用筷子在砂罐里翻看，夹一点在嘴里品其味，说这是鱼翅、鱼唇、鱼肚、鲍鱼、刺参、干贝、鸡、鸭、羊肘、火腿肉、过油鸽蛋、猪蹄筋、花冬菇、冬笋，其配料有桂皮、冰糖、绍酒、酱油等。其内食物，软糯脆嫩，荤香浓郁，汤浓鲜美，味中有味，让人唇润齿香，回味无穷呀。只是这道菜叫什么名，他一时想象不出，不停地赞道：“好吃，太好吃了。”手上的筷子在罐里夹着，林则徐乐得眼睛笑成了一道缝。林福瞧邓廷桢的猴急样，替他着急，便在一边悄悄地双手合十，邓廷桢马上醒悟过来，大声地乐道：“呵呵，‘佛跳墙’也。”林则徐头直摇晃着说：“难怪有人说我们有的国人天性就是当汉奸的料，这不，就连跟我十几年的家仆，在紧要时也背我去告密。唉，这世道越发人心不古啦。”邓廷桢乐得眼泪水都出来了，道：“少穆呀，你就别装模作样了，在你这样人的身边还会出汉奸吗？你呀这一生可圈可点的光彩，将直追古人，彪炳千秋啦。”林则徐连忙摇手说：“嶰筠兄，言重了，我可担当不起。不说过去，就说本朝，正是世纪风云际会，多事之季，却也是人才辈出的大好时机。你我所为，不乏将有历史笔记，然与这一社会所期待的变革，是否能真正改变历史进程？本人已乏力无为，只能寄希望于新人啦。”说着重叹口气，放下手中酒杯。邓廷桢听林则徐这一说，手中的酒杯陡地一震，酒水全洒出来了，口吃着说：“少穆，你、你没喝高吧？”林则徐冷笑声道：“嶰筠，我是会喝醉的人吗？我是在为我自己过去的无知而自责呀。我一直以来是个心高的人，天下事没有不可知，没有不可为。可我到了广州后的这些日子里，我才知晓如今的天下，也就是夷人所说的世界之大、世界之变，已到了我们这些人无法想象之程度了。我南下之前，在皇上面前我还大言不惭地说，夷人彼之所至，只在炮利船坚，一至岸上，则该夷无他技能，且其浑身裹缠，腰腿僵硬，一仆不能复起，不独一兵可以手刃数敌，即乡勇平民竟足以致其死命。况夷人异言异服，眼鼻毛发皆与华人迥殊，吾民齐心协力，歼除非种，断不至于误杀。”说到末，自嘲道：“我一个堂堂的钦差大臣竟如此愚昧不堪，朝中那些官员又是如何呢？我更不敢去想象啦。唉，我对目前即将要发生的事变前景如何，不敢去抱有多大的希望啦。”这时，林福端着一粥锅过来，一路嚷着：“老爷们，来啦。”粥锅上桌一揭开盖子，一股莲子的清香扑鼻而来，林则徐拿起瓷勺给邓廷桢盛了一碗粥，一边说：“嶰筠，你尝尝，这是用建宁白莲煮的粥，色白如凝，不糊为散，清醇爽口。”邓廷桢刚端起碗，刘师爷笑眯眯地领一年轻人进来，道：“老爷，你看谁来啦？”林则徐正在品味莲粥，头也不抬说：“放肆，老子说了不见任何人，出去。”

那年轻人躬身行礼，一边笑道：“爹，是三儿聪彝我也。”

林则徐抬头一见，顿时一脸的父爱涌上来了，放下瓷勺，亲切地说：“哦，是三儿呀。来，见邓世伯。”

林聪彝马上恭敬地行个大礼，道：“侄子给邓世伯请安。”

邓廷桢双手扶起林聪彝，高兴地说：“是聪彝呀，好好。”

林则徐和夫人郑淑卿一共生育八子女，分别为长子林汝舟、次子林秋柏、长女林尘谭、次女林金鸾、三女林普晴、六儿林聪彝、四子林拱枢、四女因嫁郑家，称郑林氏。次子林秋柏和次女林金鸾相继夭折，故林则徐有三儿三女。长子林汝舟这时已三十岁，十六岁中秀才，二十二岁中举人，二十八岁中进士任翰林院编修，一生修史不参政。林汝舟在林普晴十六岁时，亲自给三妹做媒下嫁给表兄沈葆桢，当时沈葆桢还只是一名秀才。林则徐对长子的要求极严，他在给长子的一封家书中写道：“字谕汝舟儿：尔叨蒙天恩高厚，祖宗积德，年才二十八，已成进士，授职编修，是为侥幸成名，切不可自满。宜守三戒：一戒傲慢，二戒奢华，三戒浮躁。尔性懒，书案上诗文乱堆，不好收拾洁净，此是败家气象，嗣后务宜痛改，细心收拾。即一纸一缕，皆宜捡拾伶俐，以为弟辈之榜样。勿以为是公子，是编修，一举一动皆须人服侍也。尔能勤，二弟皆学勤；尔能和，二弟皆学和；尔能孝，二弟皆学孝。尔为一家之表率，慎之慎之。”但他对林聪彝则是怜爱有加，知子莫若父。他在《训次儿聪彝》的家书中，对聪彝说：“惟尔资质最钝，余固不望尔成名，但望尔成一拘谨笃实子弟，尔若堪弃文学稼，是余所最欣喜者。盖农居四民之首，为世间第一等高贵之人。所以余在江苏时，即嘱尔母购置北郭隙地，建筑别墅，并收买四围粮田四十亩，自行雇工耕种，即为尔与拱儿预为学稼之谋。尔今已为秀才矣，就此抛弃诗文，常居别墅，随工人以学习耕作，黎明即起，终日勤动而不知倦，便是田园之好子弟。”所以他对林聪彝的学业并没有像要求长子汝舟那样，而是寄希望他带四子拱枢成一拘谨笃实子弟。“你母亲近来还好吧？”林则徐开口就关切地询问夫人的身体情况，他到广州后就把家属都接到韶关住下，林聪彝一直陪伴在母亲身边。

林聪彝轻言道：“回父亲话，母亲托儿捎话，说她还好，不要牵挂她，要父亲多保重。儿是秉母亲的心意赶赴广州，有话与父亲说。”

邓廷桢见林则徐与儿子聊起家事，便起身告辞，说：“少穆兄，你们父子难得有机会见面，父子俩好好聊聊吧。感谢你盛情款待，哪天你有空，请到我府上尝尝江苏菜吧。”

林则徐伸手一拦，说：“嶰筠兄，你别急着走，我还有话没说完。”把酒杯举起，说：“聪彝，你邓世伯不日去南京出任两江总督了，我今天是设家宴为你世伯饯行，正好赶上你也来了，你就代表我们家人，敬你邓世伯一杯酒吧。”林则徐对儿女有一家规，其中就有不准喝酒抽烟。今天他是破格了，竟然要儿子举杯了，邓廷桢很受感动，忙说：“少穆兄，心意领了，还是以茶代酒吧。”他早就听说过林则徐的“十无益”的家规，既是林则徐个人的修行标准，也是他教育孩子的重要原则。林则徐笑笑说：“嶰筠兄，酒是怡情养性之物，不可多喝也不可不喝。本人是曾把酒列入淫恶肆欲之事，但也说过少酌，在与亲朋好友时，亦不是不可而为之，否则他人会说你是缺乏性情之人了。呵呵。”

林聪彝恭敬地举杯执礼说：“邓世伯，家母特意叮嘱，说是见了邓世伯要我向你问安。家父南下时给家母写了封信，信中说‘余生逢盛世，明知禁烟妨碍英夷大利，必有困难，而毅然决然，不敢稍存畏葸之心者。大盖以身许国，但求福国利民，与民除害，自身生死尚且付诸度外，毁誉更不计及也’。家母每每把此信示侄儿看，告诫侄儿以家父为榜样，要励志奋发上进。家母说家父蒙皇上器重南下禁烟，必是得罪人之事，然于国家和天下百姓有利，我们全家皆以此为荣。家母言家父性直刚毅，好在有邓世伯相助，家父便可少些是非。这杯酒我代家母敬你，邓世伯你随意，侄儿干了。”说完他一饮而尽。邓廷桢也一口把杯中酒喝了，放下杯子对林聪彝说：“聪彝贤侄，感谢你母亲的一番情意，皇上有圣旨，你父亲已是两广总督。你们全家在韶关已住多日，也该在广州落户安家了，以便照顾好你父亲的生活起居。他虽有仆人照顾，但毕竟不如自家人悉心尽意。”

林聪彝点头称是，说：“这次侄儿来广州城一是想谋一差事历练，二是家母想把全家从韶关搬过来，特意嘱我上广州来听家父意见，是否可行。”

林则徐脸色一沉，说：“胡闹。眼下正是多事之秋，你哥来信说他将于十月左右来广州看我，我已跟他说了到广州后就把你们送回老家去。

你以为官是好当的吗？我十一载在外，虽坐八轩，食方丈，意气豪然，然一念及家中状况，觉居官虽好，不如还乡。只是君恩深重，公务冗忙，稍待有闲，便请旨告假返乡。你呀，就老老实实地回家务农吧。”赵铁头从外面进来，见林则徐一脸的严肃，他口张了张没说话，只好站在一旁，但他的神情显出有事要报。邓廷桢一看赵铁头的神情，便问道：“铁头，有事吗？”

赵铁头执礼道：“大人明鉴。”他眼光看了下林聪彝，不知可说否？林则徐有过交代，凡言及朝政之事，无关人员一律不得在场，违者重处。林则徐挥挥手，对刘师爷和林福说：“你们带聪彝去广州城转转，他第一次进城，不要把他弄丢了。”林聪彝向邓廷桢告别后随刘师爷林福出去，邓廷桢见林聪彝的背影消失在月牙门后，扑哧一声笑了出来，说：“少穆兄，说你是严父可又如慈母，聪彝已成家立业的人，你还如此叮嘱他不要走失了。可怜天下父母心，呵呵。”林则徐自嘲笑道：“这孩子不如他哥汝舟，心实得很。”转而脸色沉了下来，问赵铁头：“什么事，这么急？”

赵铁头回话：“老爷，院外有一人要进来见你，我说了老爷有事暂不见任何人。可他说你不见就会后悔的。小的听他这一说，问他大名，他不说只是笑，说要我尽管去报，我怕他是老爷的哪个好友，不敢有误，特来禀报。”林则徐有些生气地说：“是谁，叫什么，你人都没弄清楚就来禀报个鬼。不见，就是天皇老子来了，我也不见。好大的口气，我会后悔？这人是个疯子，哼！”他才哼了声，突然他怪异地看着赵铁头问：“那人是不是长得敦实大脸，说一口湖南话？”赵铁头点头，说：“老爷，他说没见过你，你怎么知道他长的模样？”林则徐二话没说，拔腿往院外奔去。赵铁头以为出了什么事，忙大叫道：“老爷，千万别摔着啦。”邓廷桢瞧林则徐那慌不择路的神色，也追上去，对赵铁头喊道：“铁头，等等我也。”林则徐接着是赵铁头，又是邓廷桢一路慌急地从后院过中庭，沿途的人不知出什么事了，赶紧避让，大家愣看着他们直往书院大门奔去。

当林则徐他们赶到大门口时，门两旁只有八个兵士立在那里，一见林则徐过来，更是昂胸挺立的了。“人呢？”林则徐见门口没有他想见的人了，不由大声地问。一哨官恭敬地回话：“部堂大人，我们都在。”林则徐没好声地说：“谁问你，刚才不是有人来找我？”哨官马上说：“部堂大人，那个人见赵军爷进去后没出来，他就走了。”赵铁头一听，骂道：“混蛋，你们就不会把人留住？”他四下看去，哪还有那人的影子。邓廷桢也追上来了，喘着粗气问：“是哪方高人把钦差大人都引出来接驾啦？我倒要好好见识下。”

长长的街道上除了偶尔有三两人从书院门前经过，再也没有其他人了。林则徐长叹口气，说：“嶰筠兄，你别笑话我，你呀只要一听说是他的名号，说不定你比我还急着要见他呢。”

邓廷桢问哨官：“那人是个什么模样，没留下话？”

哨官小心地回话：“那人着布衣棉麻草鞋，戴一顶竹编草帽。他留下了个名号，还留了封信要小的转交给部堂大人。”说着忙把留在门房的信取来给林则徐。

“他的名号是什么？”邓廷桢忙问。

“他说他叫、叫左什么，对了叫左宗棠，一口的湖南话。他说话好快的，小的还一下没听懂呢。”哨官讨好地说。邓廷桢一听，顿时口大张开了，冲动地说：“难道是才过世的陶中堂亲家左宗棠？”

林则徐苦笑了下，说：“天下还有几个左宗棠？陶中堂都放下身份去与一个才二十七岁的穷举子攀亲家，图的是什么，按皇上的话说，他是为国储才，替家增光啦。”

邓廷桢笑道：“呵呵。少穆兄，听说你的女婿沈葆桢才是一个秀才，你就把自己的女儿嫁给他，不也是看上了他是个可造之才？谁不知你选女婿须是好学、实干、勤俭、廉洁。”

林则徐还是留恋地看看空无一人的街道，说：“嶰筠兄，你有所不知，沈葆桢的母亲是我六妹。葆桢这小子虽年少狂妄，但确多才好学，若有朝一日取得功名，前途不可估量。”林则徐把左宗棠留给他的信在手上掂了掂，惋惜地说：“这个左蛮子呀，动则便洋洋万言书，见个面聊该多好呀。”邓廷桢抬头看看天色，对林则徐说：“这就是湘人之秉性，成大事者无不有之。”邓廷桢上轿后，隔着小窗对林则徐说：“少穆兄呀，天算不如人算。几天前你是两江总督如今却又成了两广总督了，我呢成了两江总督，但启程的日子朝廷还没有发布，在一天就与少穆兄相伴一天吧。弄不好哪天我还没出广州城，皇上的圣旨下来又不知到哪去了，哈哈。”他打了个哈哈，轿子起步了。八人大轿在鸣锣开道的响声中，走了。林则徐一转身，突然眼一黑，一头栽倒在地。顿时院子里外慌作一团了。赵铁头抱住林则徐大叫：“快去传洋医。”

第十二章

正午时光，一只篾篷船顺湘江水道，渐渐靠近了潮宗门的麻石码头。左宗棠不等船停稳，就从船上跳到码头上，对船老大交代说：“我去米铺办点事，天黑后赶路回湘阴去。”船老大把船停稳，说：“老爷，晓得啦。”耸立在河西的岳麓山峰，像一道重重的、高低交错的屏障，把偌大的长沙城环抱在怀中了。左宗棠走码头麻石台阶，三步并作两步匆匆进城。在过潮宗门城门洞子时，一队挑米箩担子的挑夫，把城门洞子堵得个严实，进的人出的人都在骂。那长沙话骂起人来就像是在唱山歌子，你妈妈咯死呢。那一声死呢的声音拖得长长的，挨了骂的人只是笑，回一句你咯咂别，叫你个咯死呢。潮宗街是天下有名的米市，来自湖南境内四乡运稻谷的船停靠在潮宗门码头上，由挑夫把稻谷一担担地挑上岸送米铺里，米铺加工成米后又一担担地装上船，顺湘江水道走长江进大运河一路北上。一年四季里，城门里外总是人哄哄的。走在潮宗街上，上上下下尽是米铺，吸口气都是浓浓的米香味。若着长衫走过，便沾一身的“铁骨油”（长沙方言又叫“米蛾子”），风一吹便成屎壳子了。所以大热天里，街上尽是打赤膊做事的伙计，开铺子的老板和坐堂的账房先生则是一身的黑衣黑裤。潮宗街临近湘江，每天街上有挑河水卖的脚夫家家送去，街面上便终日淌满了河水，潮气湿重。所以又有“养女莫嫁潮宗街，天晴落雨穿套鞋”的俗话。

左宗棠是长沙附近湘阴柳家冲人，湘阴自古就是湖南的产粮大县，他家里的几十亩水田产的稻谷，除了自用就全卖给丰盛米行了。他在妙高峰下的朱张渡口下船，去城南书院山长贺熙龄那里还书，因米铺去年的旧账还有点尾账没结，他便顺道去丰盛米行把养家糊口的事办了。潮宗街面全是用产自本地一个叫丁字湾的麻石铺就,凹凸不平的麻石路面，光滑油亮。街两旁尽是青砖黑瓦的三进堂屋，临街的一间做铺面，高高的风火墙飞檐翘角，角尖上挂着的风铃在风中雨中发出脆耳的响声，那声音传得很远。“哎呀呀，这位兄台可是季高先生吗？”突然有人在他身后大声地惊讶道。左宗棠正要进丰盛米行，闻之不由转过头一看，一个二十三四岁、长得眉清目秀的青年人一脸是笑地看着他，左宗棠瞧着他眼生，于是温和道：“这位兄弟，不知如何称呼？”那人双手一揖，示礼道：“衡州彭玉麟。”

左宗棠迟疑地问道：“兄弟莫不是石鼓书院的雪琴兄？”

彭玉麟开心地笑了，大声地说：“不才正是，有人跟我说要在上千人中认出季高不难，他浓眉大眼，走路乃虎步，一手握拳头状。呵呵，果不其然也。”

左宗棠一下猛地把他抱住，那番激动的情绪溢于言表，连连说：“哈呀呀，是你呀。雪琴兄果真是一表人才，我虽未与你谋过面，但从兄与我的书信间读出，兄当是今世一等一的伟男子也。”说着竟出手在彭玉麟肩上重重一击，彭玉麟身子骨虽显单瘦，却也刚硬有形，他丝毫不动地承受了左宗棠这充满友情的一击，脸上光彩四溢。“哈哈哈，果真是英雄相见，山河增色呀。”一连串洪亮的笑声从米铺店堂里传出，一个被米糠灰罩得灰头灰脸的人从米铺的后院出来，他一边甩着手中的罗布汗巾，拍打出的一身米糠灰，呛得正在店堂柜台后算账的米铺萧老板连连咳嗽不住，他一口的湘乡话骂道：“要死的泽伢子，你要呛死我是不。咳咳。”左宗棠一见那个叫泽伢子的人，他那一对眼珠子顿时兴奋得眯成了一条缝，拉住他的手说：“仲岳兄是你呀。哈哈，你这样子哪还像个教书先生呀。来来，我给你介绍个人。”叫泽伢子的人乐道：“衡州彭玉麟，我在后院就听到季高话了，雪琴贤弟可是闻名天下的梅郎也。

哈哈。”彭玉麟双手抱拳乐道：“哈哈，愚弟早就听说一介布衣罗泽南在家乡时就假馆四方，穷年汲汲，以外王之学培养了诸多弟子，如李续宾、李续宜兄弟及王鑫等一批经世之才，他们个个可是名震三湘的人物也。我在衡阳动身前，有人说仲岳兄在潮宗街表叔米铺帮忙，特意来拜访老兄，呵呵，不意还见到了天下闻名的亮白兄了。”罗泽南生于嘉庆十二年，这时已是三十出头的人，与左宗棠是城南书院的学友，两人的关系自是不一般。

萧老板鼻子上架着一副没框的水晶眼镜，手上捏着蘸了墨的毛笔从柜台后走过来，头伸得老长，把正乐着的左宗棠、罗泽南和彭玉麟一一瞧去，末了尖细的嗓子说：“你们是呷多了没事做，把自己当大清国匡时之英雄了。呸，有本事就像安化的相国爷陶澍，去坐十六人的大轿子哩。你们不是苦瓜相就是南瓜脸，哼，还名震三湘？那只有等祖宗坟山开坼啰。”

罗泽南一张瘦长的脸上顿时涌上血色，一把拉住左宗棠对萧老板大声地说：“二叔，你看看他是谁？”萧老板是他娘家的二表叔，他本来是在湘乡老家椿树坪开馆教书，他这次到长沙来参加府试，趁府试的日子还有几天，就在二叔的米铺帮工省口饭钱。萧老板笑了，那笑的样子让人心里发寒，说：“泽伢子，你当我是个瞎子呀。他是谁？我跟他熟得很呢。他是湘阴柳家冲跟你一样开个学馆的先生，还是个举人。你呢，也不屙泡尿照照，你怕是考了七八回，考了个卵子回来。”萧老板越说越来劲，嘴角边白泡子起堆，黑眼珠子翻白。罗泽南的脸一下发青了，他曾参加过七次的童子试都没考中，连个秀才都不是。萧老板的话凿中他的疼处，挥起手中的罗布汗巾朝二叔抽去，那罗布汗巾是由益阳产的麻织成，经久耐用，只要沾在人皮肤上就会划出血印子。萧老板头一缩，罗布汗巾在他头上扫了下，萧老板捂着头只差没在地上打滚了，号叫着：“不得了呀，打死人了呀。”引得不少人在旁围着看笑话，这时正好一队绿营巡逻的士兵从街上路过，二叔倒地一躺，口吐白沫子，手脚抽搐。领队的哨官腰上挂把腰刀，还插了支洋短火枪，见有人喊打死了人，走近看了一眼，就不由分说要把左宗棠、罗泽南和彭玉麟带走。罗泽南本就是个火暴性子，才受了他二叔的气，这会见官兵还要把左宗棠和彭玉麟带走，他更来火了，罗布汗巾围腰一扎，衣袖一捋，操起米铺门口一杆两米长、碗口粗称米用的红木杆秤，大吼一声："哪个敢动我兄弟，老子就跟他拼了。"哨官先是一愣，马上把洋短火枪一拔，大叫："反啦，都给老子统统抓起来，带回衙门去。"那些肩上扛洋枪的士兵把枪取下，对罗泽南大叫："找死，把手举起。"米铺门前围观的人见势不妙，生怕士兵手上的枪子伤了自己，赶紧呼隆一声站远些。本是躺在地上装疯卖傻的萧老板，赶紧从地上爬起，把罗泽南手上的秤杆抱住说："泽伢子，你是不想脑壳呷饭啦。"转身又向哨官求饶，一边从身上摸出几枚铜钱往哨官口袋里塞，说："老总，他是我侄儿子，脑壳有病，你老就高抬贵手，放他一马。这点小意思给弟兄们喝茶，嘿嘿。"哨官掂了下铜钱嫌少，脸一变，骂道："你妈妈个死，打发叫花子，带走。"

"慢。"左宗棠一声喝，"叔侄二人，口舌之争，纯属家事，你们凭什么抓人？"

哨官把洋短火枪指着左宗棠，冷笑着说："你看样子是不想活了，老子就是凭这家伙。"猛地把枪顶着左宗棠的胸口说："闭上你的臭嘴，把老子惹毛了，一枪毙了你。"一直闷声的彭玉麟突然倏地出手，只一招就把哨官手中的洋短枪夺到手上，顶着哨官的头对其他士兵厉声道："他娘的，也敢在老子面前玩枪？叫你的弟兄把枪放下，听见没有！"

哨官吓得大叫："快快，听爷的话，都放下放下。"头上冒出豆大的汗珠子了。士兵们别看平时狐假虎威的，到了真动刀枪的时候一个个比孙子还孙子了，乖乖地把手上的刀枪放到地上，靠一边站好。"哈哈，光天化日下，竟然有人敢把官兵的刀枪下了玩，有种。"这时从人群中出来一个身着青皂薄衫长褂的青年汉子，个子高大，他一开口便让人知是满人。“兄弟说得好，是闹着玩的，谢官爷现场赐教。哈哈。”左宗棠心里打了一个激灵，暗暗叫苦，下官兵的刀枪要是当回事看，那可是要人命的事呀。这人说他们是下枪在玩，分明是在帮他们打圆场，顿时心存感激，忙接过这人的话说，打个哈哈，把本是剑拔弩张的场面，一言而扭转成是一场游戏了。左宗棠双手抱拳道：“这位仁兄一语解难，感激不尽。”哨官乖乖地从彭玉麟手中接过洋短枪，讪讪地问：“听口音长官是满人，不知在哪高就？”“高就不敢，本人塔齐布，现是火器营鸟枪护军。因公干随都统乌兰泰从武汉来到长沙，今日随便出来走走。”说着他从腰上摸出一块腰牌向哨官亮了下，又收了回去。哨官马上脸一变，又把枪一举，叫道：“长官，他们是抢匪，刚才下了我们的枪，目无王法。来人！”手一挥要他的士兵上去抓人。塔齐布一声吼，道：“放肆！老子亲眼所见是你们在向他们请教玩枪，也不怕丢人？滚！”旁人也跟着起哄叫嚷是在玩枪。哨官只好灰溜溜地带着他那几个兄弟走了，看热闹的人也跟着一哄而散了。

左宗棠对塔齐布恭敬地执礼道：“在下左宗棠，实为刚才孟浪之举惭愧。吾代兄弟彭玉麟、罗泽南，谢塔长官的不究之恩。”彭玉麟和罗泽南也执礼相谢。萧老板在一边摸额头连连说：“是的是的，要不是塔长官发话，那真的要去坐牢了。你们几个鬼伢子呷了豹子胆，竟然敢去下官家的家伙了，你们不怕死，我还想要留着脑壳呷饭哩。”

塔齐布一听左宗棠自报名号，脸色随之一变，那硬邦邦的身子骨一下就显得软了些，头勾下些，口气极恭敬地问：“阁下可是陶中堂的亲家，左先生？”

罗泽南挺自豪地说：“正是。我们是兄弟呢。”他话音未落，在一旁的萧老板又是一倒，好在彭玉麟手脚麻利，伸手就把他扶持住了。萧老板口里在嘟囔着说：“泽伢子也，你何不早说啰。陶中堂爷的亲家，那也肯定是个大人物，得罪不起的人呀。泽伢子也，你这是要我命，杀人不用刀呀。”说着他眼窝子里竟然挤出了两颗浑浊的泪水。罗泽南又好气又好笑，说：“二叔，你就别在这里唱花鼓戏了。人家是陶中堂爷的亲家不假，可他也只是开学馆的先生呀。你以为当官的人都是与有钱有势的人对亲家么？二叔，有送谷子的来啦。”萧老板见有生意来了，朝左宗棠行一鞠躬礼，真诚地说：“大清有你这样的人，是我们湖南人的这个呀。我家的泽伢子跟着你走，他会有出息，我也放心了。”说着伸出大拇指摇了好几下，转身进米铺子忙去了。

塔齐布兴奋得满脸彤红，双手在不停地搓着，说话都不连贯了：“左、左先生，你的大名我可是如雷贯耳，皇上都说陶中堂是在为国储才。今天能目睹先生真容，领教了先生的智慧，此乃三生有幸也。我是一粗人，镶黄旗人，字智亭。哈哈，如今我们满人也跟你们汉人学些文雅的事儿，不取个字号显不出身份呢？”

左宗棠哈哈乐道：“那好呀，我们就叫你智亭兄。江湖所传言的皇上之语，信不得也。哈哈，本人真容乃乡下农夫，智慧实是市民狡诈之伎俩，哈哈。”

彭玉麟笑道：“今天不是智亭兄出手相助，说不定麻烦大着了。事由我引起的，就该由我做东请诸位喝两杯了。哈哈。”

罗泽南马上说：“不，正好季高来了，雪琴从衡阳来，又结识了智亭兄弟，我得尽地主之谊。巡抚衙门旁老照壁巷子内，有一家叫‘鱼嘴巴’的小店，饭菜的口味好极了。尤以鱼嘴巴出名，乃取湘江河中鲜活的鲩鱼，只用鱼嘴部分做成的一道佳肴，食之乃人生之享受也。”塔齐布嚷道：“看样子，罗兄是那儿的常客，听他这一说我可是心痒痒的了。今天得由我来做东，请诸位兄弟赏我一个面子好不？”

左宗棠微微一笑，道：“智亭兄如此客气，我们也就只好领情啦。”

塔齐布大喜，道：“谢左先生抬爱，诸位请。”他恭敬地请左宗棠先行。萧老板这时从米铺里急急出来，手里拿了足有五两的银子往罗泽南口袋塞，一边说：“泽伢子，今天你代我去请客，你少呷些，要让客人呷饱，莫小气。”罗泽南一手接过银子，乐道：“二叔，你也舍得放血了，那是瞎子开了眼。你放心，你的面子我会代你给足的。哈哈。”大家开心地笑了。出潮宗街就是明太祖朱元璋第八子朱梓的王府旧址，明藩邸制记载其是五殿三宫，设山川社稷庙于城内，城垣周以四门，堂库等室在焉。过王府北门，又称做广智门，便可见长沙城里最大的一大木牌楼。牌楼的梁柱皆以巨大的楠木构造，上有一块匾额书“护国佑民”四个金字。这本是前朝遗物应拆除，清初摄政王多尔衮以历朝历代之旧物，如无毁我大清之意，皆可承传，教化子民。可惜的是王朝变更，新旧替代，多少历史陈迹，皆烟消云散了。百代兴亡朝复暮，江风吹倒前朝树。这不，当年何等气派的王府，不也成了大清一省巡抚衙门的驻地了，衙门前的旗杆上一面大清龙旗在飘舞。

左宗棠一行从冷清的衙门前路过时，他看了看衙门前那对青石狮子，道：“道光十一年九月长龄先生回乡，他领我进衙门里拜访时任巡抚吴荣光。那年我才二十岁，一个乡下小子可是大开了眼界啦。自康熙三年，偏沅巡抚移驻长沙，这里便成为抚院衙门。乾隆八年，巡抚蒋溥加以扩建，取名‘又一村’。以后，乾隆十三年巡抚开泰、乾隆十六年巡抚范时绶，到道光十一年巡抚吴荣光，一任接一任陆续在衙门后花园里修建了双清亭、丰乐亭、澄湘亭，使又一村成为江南一带有名的官署园林。”说话间他们来到了巡抚衙门对面叫老照壁的小巷子里，那还是在前明崇祯十六年，张献忠率农民军攻打长沙城，将占据大半个的长沙城吉王府悉数焚毁。顺治四年，清兵进入长沙城时，所到之处城中无一久居之民，城外五百里无人烟，二三里有虎噬，一眼望去皆沙场了。唯有吉王府昔日的一处照壁，残留在栅门内的口子上。沿小巷进去便是纸伞店铺，再往里走就是南阳街了，以书肆闻名。彭玉麟一见纸伞店，便高兴地说：“哟，没想到这儿有伞卖呀。家母有嘱，说长沙老照壁栅门内的‘陶恒茂’店的油纸伞最为出名，做工精细，经久耐用，如有可带几把回去送邻舍方便。”左宗棠闻言，感叹地说：“雪琴兄，如此孝心纯厚，必定江东才俊，成一介白衣卿相，将是万古云霄一羽毛也。”彭玉麟一下脸红了，忙说：“季高兄高看了，愚弟若他日有一造化，亦是兄长门下一走狗也。”大家来到一写有“鱼嘴巴”幡子的小店门面，罗泽南笑眯眯地说：“兄弟们，别看这个店小，名声可是‘味压江南十二楼’吔。”立在店门口的一妇人，一见罗泽南她那一口的长沙腔，就像正流行的花鼓戏腔调了：“罗别也，是你咯扎鬼哟，老娘想你想得快要发癫了。哟呵呵，咯多的斯文人哟，快进屋里坐。”她撩开门帘子朝屋里喊叫：“细妹子也，你死到哪里去了呀。一屋子的客人来了，不出来打招呼，要把老娘累死咧。”

一个精瘦的细妹子从厨房里一阵风似的出来，腰上围了块印花蓝布巾，俏声儿道：“老板娘，你叫个死哟。是你把我打发到厨房去剖鱼，又要我出来接客，我又没长个三头六臂，哪里忙得过来哟？”她说有气儿的话，手脚却麻利得很，给每人桌面前摆只黑瓷大碗，老板娘端一有十来样零食小碟的红木盘子上桌，有辣藕、韭菜、炸薯片、炒豆子、油炸锅巴、米泡、蒿叶粑粑、瓜子等，酸甜咸辣，样样诱人。

塔齐布两眼瞪得溜圆，吃惊地问：“罗兄，你就安排我们吃这个，这也叫筵席？”

罗泽南忙说：“这是呷正席前喝茶的零食，老板娘是常德人，她们店子的擂茶很有名，你莫急呀。”在一旁忙乎的老板娘手两拍，才是一口的长沙腔，一下又成了常德话了。在湖南境内素有十里不同音的说法，但常德话却是北方的调儿，东西南北的人都听得懂：“这位大官人也，我们常德那地方的伢儿妹仔何解那么漂亮哟，就是喝这擂茶起的劲呢。你瞧瞧这擂茶是以我们桃源产的大叶茶为原料，一般采自清明至立夏前后的鲜叶，经过蒸烫去青涩味，然后烘干或炒干贮藏起来，吃时再用溪水浸泡。下擂钵子时要把生茶叶、生米、生姜与食盐、黄豆、芝麻、蒜仁、胡椒、花生米、陈皮、甘草及山泉水等用油茶树棍使劲擂。”那个精瘦的细妹子坐在一条板凳上，双腿夹住擂钵，双手握擂棍，频频舂捣、旋转，钵中的东西捣成了茶水，她又抓把金银花、白菊花放在擂钵里，然后用捞瓢筛滤去渣，再把成奶白的茶水投入铜壶，搁在灶上煮沸。这一番表演别说是塔齐布看得眼花缭乱，就是左宗棠他们也是胃口大开。老板娘眉飞色舞，在每个人的黑瓷碗里放了半汤匙"擂茶脚子"和少许食盐，那个精瘦的姑娘提着煮沸了的铜壶过来，嚷着莫烫了呀，壶里沸水直冲碗里成旋涡转，碗里的"脚子"在热水中冲匀了。老板娘一声吆喝："官人们，擂茶要趁热喝咧。"哈呀也，个个端起黑瓷碗，细品慢咽，香、辣、咸、涩四味俱全。老板娘笑嘻嘻地说："官人们，我们那地方喝擂茶有个说法，喝第一碗是'贼'，喝第二碗是客人，喝了第三碗才是朋友。罗别一来我店里，他首先要喝三碗才上桌。""对对对，老板娘说的是，要呷三碗，哈哈。"罗泽南抹了抹嘴巴皮上沾的擂茶沫子，他一口的湘乡话，其他人听了乐得眼泪水直淌，可塔齐布却是云里雾里，嚷道："罗兄，你说人话好不？"

老板娘大乐，说："死罗别也，你斗么子狠，这大官人说你不讲人话也。"

罗泽南高声大气地嚷着："老板娘，点菜啦。"

老板娘笑嘻嘻地说："罗别也，你晓得老娘打单身，还喊么子老板娘啰。"她顺手便把桌上喝擂茶的黑碗换成茶杯续上茶水了。

彭玉麟小声地问左宗棠："季高兄，她怎么叫仲岳兄为罗别呀？"

左宗棠笑道："这也只是长沙人才喊人是'别'，有以示亲热的意思吧。"

塔齐布打趣道："那我们都是'别'啰。哈哈，我叫塔别，左兄叫左别，彭兄叫彭别。"

罗泽南忙摇手说："使不得使不得，好难听的。诸位将来都是扬名立万的人物，如此叫去，将有损斯文也。"他一脸正经地对老板娘说："老板娘，我跟你说，你眼前的老爷们，将来都是大清的栋梁之材，你再什么这个别那个别地乱叫，再叫小心遭雷打。”

老板娘听他这一说，还真有点怕了，小声地问：“那我就叫你们老爷好不？”

罗泽南点头说：“嗯，那还差不多。”

老板娘瞪大一双水汪汪的大眼睛，又问：“那包不包括你？”

罗泽南一下来气了，说：“你跟我屋里二叔一样，门缝里瞧人，也小看我是不？老子十年里不混出个巡抚大的官来，我赔你个店子。”

老板娘一下乐了，笑嘻嘻地说：“好咧，诸位老爷听了吧。罗别，不，是罗老爷跟我打了个赌，他十年不混个巡抚，就赔我个店子。我呐要是罗老爷混了个巡抚大的官，我就天天去给他端屎尿盆子。”

大伙开心大乐，左宗棠更是抹着乐出的眼泪水，一边说：“有志者事竟成，当今之世，舍我其谁？大丈夫立世，独对八荒，不为名儒，即为名将。哈哈。”

塔齐布拍手叫好：“英雄呀。”

罗泽南大叫：“老板娘，今天鱼嘴巴是主菜，你下厨去亲自操勺，拿出你屋里祖宗三代的手艺，要把面子给足我，我这帮兄弟将来全是封侯拜相的角色。小炒猪脚皮、麻辣仔鸡、红烧猪脚、辣椒炒肉、酸萝卜炒猪肠子、爆炒腰花、酱汁牛肉，还有常德火锅钵子黄牙叫鱼也跟我上，酒就上衡州糊子酒，好呷又有后劲。快快上菜，我们不醉不罢休。哈哈。”

老板娘脆生生的腔呀，一溜儿出：“好咧——”身影消失，到厨房里去了。

彭玉麟只要一闻醉字，脸便红了，他把长衫衣袖一捋，高声嚷道：“哈呀呀，诗万首，酒千觞，几曾着眼看侯王？今日兄弟虽不醉卧沙场，必有他日醉里挑枪，横扫三军也。”

左宗棠击掌道：“好哇，世间岂无英雄？有尔等兄弟的江湖豪情，当是英雄辈出的年代啦。我倒是忘了，听说雪琴兄一向很少出远门的，不知有何事来长。如有需兄弟帮忙的事，你尽管言之。”

彭玉麟双手揖揖，笑道：“谢季高兄心意。愚弟这次上长沙城，一是受船山先哲后裔王世全与邓显鹤的委托，到南阳街的宝庆书局看看由他们搜集散佚整理、刊印的计一百五十卷的《船山遗书》进展如何；二是想见一个人，没想到该见的人没见到。”罗泽南打趣道：“那就是不想见的人却都见到啦。”彭玉麟一下急了，忙表白说：“仲岳兄，我可没有这意思。只是我没想到和你们相见了，这可是我千载难逢的意外收获哩。”

左宗棠笑笑说：“雪琴，仲岳兄跟你开玩笑。”他发着感叹称呼王船山的字说：“姜斋先生可谓是明以来通晓天下究其理者第一人，有学者评价其学无所不窥，于六经皆有发明，洞庭南，天地之气，圣贤学脉，仅此一线耳。姜斋先生言‘君子之学，未尝离行以为知也必矣’。还有‘守其故物而不能日新，虽其未消，亦槁而死’等，可视为今天大家所言的湖湘经世致用之肇始。不瞒诸位兄弟，我前一向游历南国，原想亦去越华书院见梁廷枏先生，他寄了我一套由他主持编著的《广东海防汇览》，我阅后便写了篇关于与英国战事的文章，想请他呈林则徐大人参考。因故，我便把文章留在了书院门房处，打道回湘了。”

罗泽南有点惋惜道：“季高，你既然去了，何不见见林大人，他的文章道德品行可是我辈的楷模。他要是知道你去了而未相见，一定会悔之也。”

彭玉麟笑笑，说：“季高刚拙之性，才大气高，怎会去当今炙手可热的大人物那里凑热闹呢？哈哈。”罗泽南讪讪地说：“雪琴是散淡之人，出言无儒腐之气，我一草根之徒还得好好地修养，以期有些许长进哩。”

左宗棠见罗泽南言语间有意气上升，忙说：“不怕诸位笑话，我这人功名之念可是生来自有。想想也是，好好地去见梁廷枏干吗？还不是想显摆自己所谓的‘才、识、略三件，今世实无其四’之名也。所以我在通报了自己的名号后，正如雪琴所言，我这是去凑哪门子的热闹。于是又悄悄地走了，这也是读书人的劣性也。”

彭玉麟倒是心诚悦服地说：“季高是以天下为己任，他人不可评判之。刚才兄对船山先哲所言见识，可谓洞视八极。吾虽结庐于船山草堂旁，却犹穴而窥，见不盈尺，愧之也。船山先哲于一六七五年在衡阳石船山下筑草堂而居的十七个寒暑里，他儿子王敔在《行状》中曾这样描述道‘自潜修以来，启瓮牖，秉孤灯，读十三经、廿一史及朱张遗书，玩索研究，虽饥寒交迫、生死当前而不变。迄于暮年，体羸多病，腕不胜砚，指不胜笔，犹时置楮墨于卧榻之旁，力疾而纂注’。此次由显鹤先生整理的《船山遗书》皇皇一百五十卷，将是惊世之作，影响未来五百年不为过也。”

罗泽南道：“志士贫更坚，守道无异营。读书人皆以船山之风骨铸其灵魂，才可担当天下之责也。”

彭玉麟笑道：“仲岳兄心怀天下，令弟仰慕不止。只是刚才兄的这个玩笑可开大了，吓死我啦。这玩笑传出去了，天下就会说我彭玉麟是个无情无义的人了。”

罗泽南不好意思地挠了挠头，表示歉意地说：“雪琴，是我的不对，给你赔个不是。”他要起身向彭玉麟赔个礼，左宗棠一把拉住他，说：“仲岳，你这不是给雪琴出难题吗？说了就说了，还真当回事，坐下。”他转而问彭玉麟：“雪琴，我问你，你刚才说你想见的人不知是谁？”彭玉麟笑道：“此人诸位都曾闻过他的大名，知是谁吗？”他故意卖了关子。塔齐布不以为然地说：“我就不信，有谁还能超过左公。”

罗泽南马上跟着说：“智亭兄所言不假。”

左宗棠朝罗泽南翻一白眼，说：“你瞎起哄什么呀。你们也不想想，能使雪琴有崇敬之心的人当是成名之士了。要我说，雪琴所说的人，应是湘乡人曾国藩了。”

罗泽南马上说："季高兄，曾国藩在京城里为官，怎么会有空回来？"

彭玉麟则一脸是笑，说："季高兄果真是当今的诸葛亮，没错，就是他。他曾于道光十年时，赴衡阳唐氏宗祠师从我恩师汪觉庵先生，一年后才转入湘乡涟滨书院。前几日他给我恩师来信说他已告假，将去衡阳谒杜工部祠，访石鼓书院，然后去宝庆察访武冈、新化、蓝田，再回湘乡永丰去老家看看，恩师接信后即着我赴长沙迎接他。"

塔齐布瞪大眼睛，问："你们是说京城里那个曾国藩，我听说他是个圣人。"

左宗棠一笑，说："圣人岂能随意封号？我和曾国藩没见过面，但读过他的一些文章。我亲家云汀先生，还有默深、润芝等人对曾国藩确是评价不错，说他向无大僚尊贵之习，学问精深，品格方正，为人处世像一介循循儒生，衣着简朴，神态谦逊。此人才三十岁，能有如此的声名，与他修圣王之学有其渊源关系。曾国藩当是今世伟丈夫，只是此人一生以谨慎为重，博身后功名，传千秋万代，若如此做人，岂不太累了。功名当要，后世如何看，那可由不得你想如何了。自有春秋史笔在，想那些做什么。"正说着，老板娘与细妹子端着大碗大碟的菜肴上来，大声地吆喝着："爷们吔，开餐哩。"好家伙，一张八仙桌摆得满满的了。火锅坐在桌子中间，炉子里木炭烧得火苗直往钵子上扑，满满一钵子的黄牙叫小鱼发出扑扑的声响。更绝的是号称鱼嘴巴的那道菜，瓷盘子里鮰鱼嘴巴大张着，鱼鼻孔两根须子直挺着，鱼唇那一块肉丰腴滑腻，娇艳诱食，望之便口舌生津了。接着老板娘又打开一水酒罐子，黑瓷碗盛得满满的，顿时一股有些酸甜的酒味在每个人的舌尖上流，整个店堂里尽是菜和酒的香味弥漫着。塔齐布哪见过这等地道乡土气息的饭菜？他不等别人客气，就把筷子伸到盘子里了，夹起一鱼嘴巴连吞带咽下了肚，那热辣劲直通到他肚子里，似两眼直冒出火来。哈哈，众人那个乐呀笑翻了天哩。

“好吔，如此佳肴，没有美人作陪，岂不有煞风景吗？”一娇声儿从门外传来。随之蓝印花布门帘挑开，两妙人齐齐地立在店堂中间，一下店堂里的人全都愣住了，天下竟还有这么可人的美人呀。当大家一时无语时，只有左宗棠却脸皮陡地发烧，血直往脑门顶上冲，他身子竟然连连晃了两下。谁人可识？唯有他知也。“是、是香儿，美儿？”他颤抖着声音，似是不相信地问道。

“左爷也，侬找你，可找得好苦呀。”香儿此时虽一身风尘，却秾纤得衷，腰如约素，延颈秀项，皓质呈露。一开腔儿似燕语莺呼，娇柔清亮的吴侬软语，犹江南夏日里荷风袭来，暗香沁人，心旷神怡。而美儿的娇美之音犹黄莺出谷，婉转动听：“左爷，我家娘子已在长沙城里待十来天了，说再不见到左爷人，她就从湘江河里跳下去了。”

香儿嗔道：“死妮子，哪个说这鬼话咧。”说这话时，她一双盈满了柔情和爱意的眼睛，直往左宗棠身上扑。这时就是个死鱼脑壳的人，也可读出香儿满腹的心语了。她那带着绿翡翠圈子的手拿起盛满甜水酒的瓷碗，对还在发着愣的众人嫣然一笑，那柔情绰态，媚于言语了，呀呀美死人也。“侬晚来也正趁时，嘻嘻。侬自罚三杯，赔爷们个不是哩。”那樱桃似的小嘴一张，一碗甜水酒直溜儿地来了个碗底精光，她再去端第二碗时，俏脸已迷人的醉红了。左宗棠出手拦住香儿的手，把酒碗接过对众人说：“兄弟，这是香儿，这是美儿。她们情同姐妹，是我在南京结识的朋友。她俩不远千里来看我这个乡下佬，实是我左某前世修来的福。香儿，我一一介绍我这几位兄弟，这位是彭玉麟，这位是罗泽南，这位是塔齐布，他们都是我左某的兄弟，现在虽不显达，但他们将来必是大清的顶梁柱。这碗酒我替香儿喝了，情意全在酒里了。”众人击掌叫好，都端起酒碗说：“兄弟们替香儿和美儿洗尘，干！”香儿和美儿热泪盈眶，她俩端着酒碗，哽咽着说：“承左爷和诸位英雄的美意，小女子干哩。”喝吧，那番情那番爱那番风雨过后的艳阳天，全在酒里了，全在超乎于人间情爱的天地中了。那天那番酒喝到了哪个时辰，大家怎么分手的，又去了哪里，谁也不知道，也没有人去想过。人世间太多的说不清道不明的情和爱了。不是有诗云：知音偶一时，千载为欣欣。来哪？去哪？天际识归舟。也许那一夜，湘江河流上，一叶孤帆，在青光闪烁的水面上滑行，有那么个人他是否哭泣过？是否狂笑过？天知道，自在人心。

林则徐夫人郑淑卿得知林则徐病了的消息后，连夜由三儿林聪彝陪同从韶关乘马车赶往越华书院，到时已是三天后一大早时分，天已大亮了。林福在书院大门口等夫人的到来，当他一见马车风尘仆仆地在书院门口停住，不等夫人下车，就跪在台阶的青石上，狠狠地朝脸上左右连抽了两个响亮的耳光，号哭道："夫人，福子对不起你老人家呀。"

郑淑卿闻声，双脚还没落地，两眼一黑，就往地上倒去，好在林聪彝手脚麻利，把他娘扶住，一边着急地问："福哥，你起来呀。是不是我爹他——"林福起身，擦着眼泪说："老爷他，他……"林聪彝脸色刷地白了，一声嚎叫："爹——"他娘郑淑卿也回过气来："老爷——"尖利的哭嚷声吓得士兵们忙把厚重的朝门打开，娘儿俩直冲书院里去。林福这下吓得脸发青了，他跟在后面结结巴巴地叫着："夫人，公子，老爷他、他……"谁还听得进他的话。林聪彝搀扶着他娘一头撞进林则徐卧室，室内伯驾正举着针筒，长长的针头对着林则徐屁股要扎下去，好个林聪彝纵身一跃，把伯驾扑倒在地，死死按住伯驾，大叫着："林福快叫卫兵来捉夷鬼，他要谋杀我爹。"郑淑卿一双三寸金莲的小脚这会也不知哪来那么大的劲，飞起一脚带着风声扫在伯驾身上，张开双手挡在林则徐前面，愤怒的表情使她那张秀丽的脸都变形了。林福和门外的亲兵拥进房里，瞧这情景吓坏了。伯驾被林聪彝压得喘不过气来，郑淑卿那气势似横刀立马的大将军，这是怎么回事？郑淑卿见林福站在那儿发呆，吼道：“林福，还不动手把夷鬼拿下！”林聪彝趁机捡起掉在地上的针筒，朝伯驾屁股上狠狠地扎去，他下手的那个狠呀，整个针头都扎进伯驾屁股肉里了。伯驾疼得嚎叫起来，叽里呱啦地用洋话在骂人。林则徐气得七窍冒烟，他一手拨开郑淑卿，指着林福骂道：“混账，还不把他们拉开。”林聪彝见他爹没事，手一松，伯驾一个翻身从地上跃起，把扎在屁股上的针头拔出，对林则徐说：“部堂大人，这是怎么回事？还好针管里的药水没有碰坏。”他心疼地把针头换下，一边对林聪彝说：“年轻人，你的劲太大了，要是把这针管里的药水弄坏了，你没法赔，现在全广州城就这一支药了，是部堂大人的救命药。”他忍着痛一扭一扭地到林则徐面前，说：“林大人，你们中国人稀奇古怪的事情发生得太多了，我已见怪不怪了。来吧，把这一针打完，你的病也就会好了。”才是一脸愤怒之色的林则徐在伯驾面前则表现得乖乖的听话，他朝里把裤头松下半截，任由伯驾把长长的针扎进屁股里，郑淑卿和林聪彝看得目瞪口呆，哪还敢吱半点声响出来，那些亲兵踮着脚退出房到长廊立着。伯驾把针拔出放到医药箱里，又取出几粒白色的药丸对林福交代说：“林福，这是部堂大人的药，一天吃三次，早中晚各吃两粒。记住，不可多吃，也不可少吃，还有你不得偷吃，这药不是糖果，是有毒的，只有人病了才可吃它来治病。你明白吗？”林福红着脸，连连点头说：“伯大夫，你放心，保证按你说的去做。”

林则徐起身，整好衣衫黑着脸对儿子呵斥道：“还不向伯大夫赔个不是，真丢人。”郑淑卿在一旁小声地说：“我们也还不是为了你好，要是夷鬼真要害你，我就要跟他拼命。”林则徐把衣袖子一甩，喝道：“闭嘴。小的不懂事，你做大人的也跟着瞎起什么哄。什么夷鬼，伯驾是在为我看病，要不是他，我恐怕在床上躺着等死了。林福，夫人一来跟发疯了似的，怎么回事？”

林福吭哧着说：“老爷，小的、小的怕老夫人骂人，就先去门口请罪。

老夫人交代，老爷有个三长两短，就要要了小的命。我就想先跟老夫人请个罪，没想到老夫人和公子爷没等我话说完就往里奔，于是就……小的该死。”边说边伸手抽自己的脸。

林则徐骂道：“全是饭桶，尽给老子添乱丢脸。”

林则徐的狠话一下把郑淑卿噎得眼泪水直流，拉着林聪彝的手抽泣着说：“三儿，你爹官当大了，不要我们娘儿俩啦。走，我们走得远远的，还有林福，你也跟我走，免得他看着我们心烦。我是个乡下的老婆子，莫丢了他钦差大臣的脸面。”

伯驾见这架势知是林则徐的夫人和孩子，忙用一口生硬的中国话说：“夫人，你好。部堂大人的病没事了，你放心。我是夷鬼，嘿嘿，你说的没错。呵呵。”说到末了，他自个儿笑了起来，把衣袖捋起露出一手黄茸茸的毛发，嬉笑道：“夫人，你瞧瞧，我们夷人身上的毛发还没有退化尽，所以就是夷鬼咧。”他这一打趣，把本来紧张的气氛一下缓和了，就连林则徐的脸上也浮出了笑容。郑淑卿只瞟了眼，就不好意思地把眼睛移一边去，愧疚地说：“伯大夫，我是个不识礼的妇人，给你赔个不是，谢谢你救我家老爷的一命之恩。”她侧身弯弯，双手在腰间示礼。林则徐在一旁介绍道：“伯驾，这是我内人，有失礼之处，还望见谅。”伯驾一下慌了手脚，他竟然也学郑淑卿的动作，侧身弯弯，双手卡在腰间，捏着嗓子说：“内男给夫人赔个不是，救死扶伤是医生的天职，你感谢上帝吧。”这下可把一屋子的人全逗乐了。林则徐更是眼泪水都笑出来了，指着伯驾说：“伯驾呀，内人是中国妇女自谦之词，哪有什么内男之说，你可真是个洋宝贝。”他又亲切地说：“伯驾，我有一个建议，想请你在广州开一个洋医学堂，你可在中国人中去招学医的青年人，先不要招多了，待有条件后再扩招。费用向十三行老板们募捐，这是做积功德的好事，他们会乐意的。广东巡府衙门也出一点，这由我跟怡良大人说去。”

伯驾一下激动了，在胸口画着十字，喃喃自语着：“阿门，感谢上帝带来的福音。”

郑淑卿双手合十，真诚地说：“伯大夫，你是夷人里的大好人，菩萨保佑你长命百岁。”

伯驾认真地说：“谢谢夫人的吉言，我有上帝，不需要菩萨保佑。”说着他把药箱挎在肩上，对林则徐说：“部堂大人，夫人来了，你的身体会康复得更快。夫人刚才的表现真让我感动，她为了你可以把生命献出，中国女性真伟大。我真羡慕你有这样的夫人，我想上帝见了也会羡慕的。”说完他朝夫人深深地行了个礼，走了。

郑淑卿一脸的关爱之情，心疼地说：“老爷，你人消瘦多了。我在韶关这些日子日夜牵挂的就是你的身体，整天就掰着手指头在算日子，盼你早些把钦差的事办完回武汉去，没想到皇上又把你留在广东了。你这操心劳神的日子，何时了得呀。”林则徐见郑淑卿眼泪汪汪的了，亲自递杯温水给她，安慰道：“你放心好了，我已有安排。要三儿回福建老家把屋堂整修好，过几年我就向皇上告假回乡整天陪你，好不？呵呵。”说着发出轻轻的笑声。就在大家唏嘘不已时，赵铁头进来通报：“老爷，余大人在门外候着，有军情急报。”

林则徐仿佛是冷水淋了下头，浑身打了个冷战，脸色一沉，对林福交代道：“你领夫人和聪彝去后院，把他们安顿好。”郑淑卿知道老爷的公房不可久留，二话没说，只是用充满深情的目光把林则徐全身扫了个遍，就领着儿子林聪彝随林福去了后院。

“进来吧。”林则徐冷冷地喝道。

余保纯一身披挂从门外进来，脸上布满了汗水和尘土，他马蹄袖口一甩，单膝下跪，大声地道：“部堂大人，卑职有要情禀报。”

林则徐两眼盯着余保纯沉声地问：“是不是英夷在尖沙咀闹事了？”余保纯惊讶地抬起头，说：“部堂大人，我从船上下来就直接来向大人禀报，还没人知道这事呀。”

林则徐说：“起来吧。”他两眼望着湛蓝的天空，一块块似是在海上漂浮帆船的云彩，在他眼前汹涌而来，缓缓地说：“义律对我方的抗议置之不理，反而在他们船上设堂对凶犯依英夷法律进行审判，还想邀请我大清的官员去旁听。哼，真是痴心妄想。本部堂于本月十六日在香山发布谕令‘英商既不入口贸易，乃是不销货，即不当住澳，照例不准羁留’。是不是从东印度来兵舰解救他们？”

余保纯点头称是，说：“部堂大人，关军门着卑职火速向你急报，据观察这次从印度开来的兵舰火力十分强大。其中‘路易沙号’兵舰上装备有十门旋回炮，四门三磅的长筒炮，‘珍珠号’装备有六门六磅和十八磅的重炮，还有他们的主力舰‘窝拉疑号’有二十八门火炮，‘海阿新号’舰船上有十八门火炮。义律在兵舰的支持下，率领停泊在尖沙咀的商船驶到九龙城外洋面上，向我九龙城的驻军发出通牒。”说着他从衣袖口里掏出一封英方用中文写的信函，递给林则徐说：“英夷发出威慑说，如果还不给他们提供食物，就要用武力来惩罚我们。关军门着我向部堂大人请示，如果英夷打响了第一炮，我们是否可以还击？”林则徐看都没看眼英方的信函，就把它撕成碎纸片朝窗外一丢，一阵风吹来，碎纸片儿随风飘到庭院的阴沟里了。赵铁头不等林则徐交代，默不作声地把广东洋面军事要塞的地图摊开在桌子上。林则徐用放大镜在地图上一一察看，图上标明虎门的第一重门户沙角、大角，自伶仃洋过龙穴而北，两山对峙，江面狭窄，东面山上设有沙角炮台，西面山上设有大角炮台；虎门的第二重门户是横档、南山。林则徐的目光在横档上久久没有移动，对这第二重门户的战略地位他是尤为重视。在武山与横档岛间的海面上，设置有两道比碗口还粗的生铁铸的排链，相距九十丈，各长约三百七十二丈，链上系有大木排四十四排，这些排链主要是对夷船起羁绊作用。同时他还对横档、南山和镇远的三处炮台进行了加固，新增从葡萄牙购入的新式火炮二百多门全部摆放这里；第三重门户的大小虎山，也新添了三百门火炮，还增兵一千三百名，委派陈连升率兵驻守。如此布局，耗费了林则徐的不少心血，可谓是铜墙铁壁般的牢固了。从他心底来说，谁说文人不可统兵打仗、血染沙场？林则徐内心这一想法没有向任何人透露过，想以事实来展示他的雄才大略。他把地图重新审察一番后，长吁一口气，两眼精光四射，一声喝道："余保纯听令。"

余保纯响亮地应道："卑职在。"

林则徐咬着牙说："传我谕令，令关天培等前线官兵，凡胆敢对我大清江山侵犯之敌，给我杀他个片甲不留！"

余保纯一声："遵令。"

林则徐又是一声喝道："赵铁头，传我谕令，着怡大人坐镇广州派兵分防二沙尾、大王滘等要塞，并安排木排堵塞内河；着各县州组织团练，安民自保。发布文告，禁止我所有边民为英船引水，违者拿获正法。"

"是。"赵铁头一声应答后与余保纯一同出门，大晴天里，长空陡地滚过一阵轰隆隆的雷声，在头顶炸响。赵铁头脱口而出："好家伙，旱天雷呀！"

第十三章

九月初的一个傍晚时分，四九城里外到处是绿意盎然。天边似是火烧了的云彩彤红耀眼，快要把偌大的皇城笼罩住了。这时那些祖祖辈辈生活在皇城根下的子民们便说，瞧瞧，这天子气儿天下哪儿有？火烧云的余晖把那些大富大贵的官绅们沸腾得感觉好极了，老子是天子脚下的那个呢，言下之意是爷们。这优越派儿的感觉，就连满街乞讨的叫花子，一出了九门外，到哪儿那吐出的腔儿有韵味儿极了，皇城根儿的那个见您哪。只差你爷的那个词儿在舌根底下打了个转咽回肚了，有啥好吃的？尝个鲜哩。再不懂事的主尽管千百个不乐意，可对这打着皇城根下、一开腔儿卷着舌头说话的叫花子，比对那些天南海北的叫花子们自要客气些，再怎么着抠门的主，也会出手大方些。有叫花子不服气，吵嚷嚷着说主家不公平，那主家鼻孔哼一声，说有本事去皇城讨了吃再来，我赏你个金元宝，嘿嘿。这就是大清的子民，京城的三教九流者沾着的就是皇家气儿，那份儿就是天生的奴才，哈呀你还不服？呸，你小子想做奴才还够不着哩。瞧那用剩饭残菜撑饱了叫花子，打竹板数莲花落，“四九城儿金銮殿，皇帝老子天子命……”

西祠胡同在熔金般的暮色渐浓重影下，仅可供一辆马车行走的胡同道上，几乎不见有人来人往。沿胡同两边四合院里的住家，只要一听到道上连连炸响的长鞭声响，就知是宫里的大太监王金水的马车过来了。住在这胡同里的官员身价如何，从四合院门前的上马石，有汉白玉的也有大青石的，有高约一尺三寸，也有高约二尺一寸，就可知这院子的主人官阶就有多大哩。按乾隆制定太监最高的官衔是四品，王金水虽说只是个四品，可在别人眼里不亚于一、二品官的势。在这胡同里的住家只要一听到这长鞭的声响，本来是要出门的，也会等那马车轰隆隆的车轱辘碾过后才出门，有气恼不过的便借着马车走过扬起的尘土吐口痰，呸一声儿，出口粗气。要是碰上了哪官员在门口正要上轿子，王金水的马车来了，来不及避让，那就只好贴着墙根，挂一脸的笑，说王公公回啦。王金水听那人说话的腔儿，不用掀马车上的窗帘子，嗯啦声也；要是那人说话声亮着，他就会掀起窗帘子，现一张笑脸说那个的忙哩，这人准是四品的官员；要是那人说话声音不高，淡淡地说回啦。那他从窗帘子里伸出双手拱道大人辛苦，这人不是二品也是个三品了。车把式扬起长鞭挽了花儿炸响，那黄膘马就稳稳地停在府邸门前了。这院落有多大？碰上个会门道的主，单就看那垂花门全是南边的香樟，其用料之厚重，屋顶上正脊、蝎子尾、花草砖，门的梁头、垂珠、华板、门簪等都为木雕，与梁架驼峰等都施以色彩鲜艳的彩画，垂莲柱悬空，台基上的门枕刻的石狮图案活灵活现；博风板上漆成红色，与檩子头相接处加上金色的梅花钉，处处无不显富贵气，就知这院落的主子是有身份的角儿了。

门前台阶下立着的四个壮小伙，整齐齐地一般儿的高矮，油亮的长辫子盘在刮得精光的头顶上，对襟白褂黑裤硬帮底青布鞋，把人打扮得精气儿足哩。他们一见王金水的马车来了，不待停稳就一声喝道：“老爷辛苦。”一条老榆木桩凳就搁在马车旁，一人上前恭敬地掀开门帘子，一人搀扶着王金水从车里出来踩上桩凳，再一人立在他身边四处打望警惕有无歹人，以防不测。王金水是个阉人，可他妻妾成群，家里所有的佣人没有一个是阉了的，他不是看不起阉人，那些人的娘娘腔，和从身上飘出的那股难闻的尿溲味儿，这二十年里他受够了。所以他家里全是正儿八经的男人，他看着舒服，仿佛自己也是个正儿八经的男人了。他下了车后，先是在台阶上四下看看，这是他在宫里养成的习惯，跟在皇帝屁股后面，不管皇帝到哪儿了，他总要抢先一步四下看看有没有闲杂人员，他才去搀扶着皇帝下轿。这不到自家的门前了，他还是这样，习惯了。一进垂花门，就是一处影壁，两侧有屏门与游廊相通，游廊的柱子都是朱红大漆，根根鲜亮，上端设倒挂楣子，由边框、棂条及花牙子雀替组成，棂条有步步紧等式样，而花牙子雀替是透空的木雕，全是草龙、卷草，以及各式花卉等吉祥图案。游廊下端设有坐凳栏杆，是小憩闲坐的随意之处。王金水沿游廊来到中院的正房，他三房的妻妾都已恭敬地立在门口了，正房是他在宫里不显达时与他对食的宫女叫柳儿，已是四十出头的人了。王金水一发达在宫外买了这座院落，就把她接出坐正房的位置，二房是一唱戏的角儿叫六岁红，进门有三年了正二十年少。王金水一生无他嗜好，就好听戏且精于此，花重金把她从班子里娶来，要的是过把戏瘾。而那个挺着大肚子的三房叫小红，身孕足有七个月了。她是王金水年节后从老家乡下买来的，才十六岁人。来时她的肚子是瘪瘪的，可进了院子后，不出三个月她的肚子竟然吹泡儿似的，有点大了。事儿也就有了蹊跷，进到这院里时，小红还说一口脆亮的话，不几天她喉咙里长了个脓疮，吃了几服药后，口里的脓疮是没了，可从此人就成了个哑巴。还有就是过继给他做儿子的侄儿子，在一次回乡下的路上说得了暴病，人还没到家就死了。王金水的三房有孕的事，宫里宫外有多样的说法，有说三房从乡下买来时就装了货，也有说王金水当年进宫净身时，留了个鸡屁股大的根蔸蔸做了种，也有说是王金水让侄儿在小红身上装了货后再把他除了，后又一服药把小红弄成个哑巴，让她永世开不了口。这些话是真是假，无从得实。院里人自然打死也不会去嚼舌头，那可是要命的事了。她们一见王金水，那脆生生的声音儿，便一齐儿道：“老爷，辛苦呐。”话音未落似燕子飞到王金水身边，给他宽衣换鞋捶肩，那亲热劲儿使王金水一青皮色的脸顿时抹了层红光。他笑嘻嘻地在每个女人的脸上轻轻地拍拍，又轻言细语地对挺着大肚子的小红说：“你呀，说了多次你就不要出来了，在房里好好地待着。”柳儿在一旁嗔道：“老爷，小红妹妹她一天不见着老爷，心里不安哩。”王金水用手轻轻地抚摸了下小红圆滚滚的肚子，笑笑说：“哈哈。”说话时，从口袋里掏出一只白玉手镯，亲自给小红戴上，一边说：“这还是琦中堂送的，你可得好好珍惜它呀。”小红只是笑了下，小脸上无表情。王金水盯着小红看了眼，把手扬扬说：“送回房去吧，好好照顾她。”小红木木地由小丫环扶着回房去了。柳儿嘟着小嘴说：“老爷，你偏心。”六岁红跟着起哄说：“老爷，心里没我俩姐妹。”王金水舒服地躺到紫檀床榻上，他对女人间的争宠觉得有趣极了，这才是过正常人的家庭生活呀。柳儿说归说，一边指使丫环上热毛巾给王金水揩脸擦手，待他抿了口热茶后，她挥了下手，屋里的丫环都知趣地退出房。接着从房里屏风后出来一个才生了小孩的小妇人，人长得清爽，脸上盈着春色，仅着一小衣，胸前的乳房似是要把小衣胀破了。她来到王金水面前道个安，就把胀鼓鼓的小衣解开，那两只洁白饱满的乳房直挺挺的，似两只小白兔在蹦跳着。乳娘拿着一只青花玲珑杯一手去挤乳房，手才是碰了下乳房，那乳汁似是水线似的从红樱桃般的乳头直冲进杯里，发出滋滋声响。王金水两眼眯成了条缝，抿着的嘴角露出他此刻的快感。他伸手在乳娘的乳房上捏捏，那乳汁似是更流畅了。柳儿一边在给王金水捏着肩胛，一边说：“老爷怕是小时挤过牛婆子奶子，要不那手势儿多熟练哟。”王金水乐了，说：“老骚货吃醋啦。”顺手在柳儿的奶子上捏了下，柳儿浪笑着说：“老爷可是宝刀未老哩。”说话间，很快就满满一杯的奶汁了。柳儿从乳娘手中接过杯子，递到王金水手上。王金水闻闻，那乳白的汁水儿溢出的香味让他似是醉了，然后才一口喝了。柳儿把杯子递给乳娘去接另一只奶子的乳汁，这时六岁红已支好小锣鼓架子，手上的紫檀棍儿在锣鼓上一敲，亮开嗓门唱了起来：

相思病，

害得我魂飘荡。

半夜里坐起来叫梅香：

你上来掮起腿学我乖亲样。

梅香道：

姐姐，你也是糊涂的娘。

没有那件东西也，

娘，怎杀得你的痒。

……

那锣鼓声随着六岁红的淫词调儿，犹是春风杨柳撩人，令人心痒难耐。突然王金水一声尖利的刺叫：“小贱妇，好大的贼胆，竟敢戏弄我啦。”把手中的杯子朝六岁红身上摔去，六岁红吓得扑通一声跪在地上，连连求饶：“老爷饶命。贱妾该死，贱妾该死。”

这时管家进来，献媚道：“老爷，你老人家莫气坏了身子。你干儿子丁三一直在前院里候着，见你老在有事，说不急等干爹气顺了再去见干爹。”王金水歪着身子躺着，冷笑道：“把这个贱妇带到后院去，老子待会再来收拾她。”管家忙打发人把六岁红带走，柳儿和乳娘也吓得赶紧下去。”叫他进来吧。”王金水心烦地说。管家对在门外一直候着的丁三亲热地叫着：“丁少爷，老爷叫你呢。”

王金水前脚进屋丁三后脚就跟着到了，只是管家还没来得及去通报，就听到屋里传来六岁红的惨叫声。管家叫他时，他左右看看谁是丁少爷，管家朝他招手，他一下觉得自己脸上发热了，少爷是我？陡觉自己是人了。这人的身份是怎么挣来的，他没去想，只知道这是他干爹的面子，那自卑阴暗的心情顿时有一线阳光了。他抖擞着精神进屋就直跪在地上，连磕了三个嘣脆的响头，口里喊着：“孩儿给干爹请安。”“起来吧，三儿，是哪阵风，把你吹来看你干爹的笑话啦？”王金水干笑着问。丁三起身一脸的谄笑，上前蹲着，抱住王金水的腿做按摩说："干爹，孩儿才来，不知你老说啥哩。"王金水闭眼，嘴角边弯出一道笑意，眼一睁，和蔼地说："你小子有造化啦。说吧，是不是内宫里有话？"

丁三忙点头说："干爹料事如神，神啦。"他说话时手上的功夫并没停下。

王金水很受用丁三吹捧的话，说："小子，你干爹在宫里待了二十年，还不知道宫里的规矩？出了宫门，皇上就是有天大的事也轮不到叫我。皇上他要找的是那些大臣们，只有内宫里的皇太后和太后娘娘，她们有了事就会找我们这些做奴才的去。"他自言自语道："这时应是皇太后的事，是什么事呢？"略想了下，阴冷地笑道："是唱戏的事，准是的。"他认真地看了看丁三，然后才说："三儿呀，我跟你说说宫里唱戏文的事。自皇上登基二十年来，宫里几乎就没有唱过戏文了。"丁三不由问道："干爹，难怪俺进宫后见宫里有戏台子，只是从没见唱过戏，问其他的太监也说没见演出过。这是咋回事？"

王金水摸摸光滑的下巴，说："本朝的皇帝是以厉行节约昭示天下，所以宫里不唱戏是皇上做给天下人看的。其实皇上也想看戏清闲会儿，有时皇上还问我，宫外的戏班子有什么新的戏文没有？是哪来的角儿，想看但他又不敢呀。朝中有的臣子就喜欢盯着皇上的一举一动，只要皇上玩了什么看了什么，他们就会跟风，闹得满城风雨。"

丁三能高攀上王金水这棵大树，全凭他进宫前他爷爷传授给他祖传的一套捏拿功夫。爷爷对他说过有一技在身，吃穿不穷。他进宫后留心打听，知道大太监王公公由于平时站立久了，落了个腿疼的毛病。他终于瞅准一个时机在王金水去皇太后的路上，在打扫后花园落叶时，故意高声对着身旁的一小太监说：他有一手爷爷祖传留下的捏拿功夫，有化腐朽之神奇功效。小太监并不知道王金水在后面听着，说丁三在吹牛。丁三说你不信？听说太公公有个腿疼的毛病，只要我上了手，我保准手到病除。小太监说你在做梦，太公公就是有个腿疼的病儿，也轮不上叫你，宫里的太医多着呢。王金水正好腿疼的毛病发了，在他们背后咳一声，丁三和小太监回头一瞧是王金水，吓得赶紧跪下求饶。王金水手抬起丁三的脸看了下，心里在说这还是张没成年的脸哩，顿生好感，和蔼地问："你刚才说什么来着？再说一遍。"小太监为了解脱自己忙说："太公公，他说你有病。"王金水扬手就是一巴掌，骂道："狗改不了吃屎，就学着告阴状了。谁叫你回话的，滚一边去。"小太监吓得捂着脸走得远远的了。丁三这时是死猪不怕开水烫的心态了，跪在地上口齿清楚地回话："太公公，小的是说俺爷爷传俺的一手捏拿功夫，治腿疼的毛病灵得很。"王金水坐在花园的石凳上，说："你是叫什么，好久来宫里的，在哪个宫里当差？你起来说话。"丁三起身，不像其他的小太监见了他别说开口说话，那腿杆子就打哆嗦了。丁三一点不怯场，说："太公公，俺叫丁三，是滑县人，现在后花园做事。家里穷父母去世早，是爷爷把俺带大的。他老人家年纪大了，没办法过日子就送俺到宫里来，说将来要向太公公一样过上好日子。"王金水从丁三着一身的葛布箭衣，就知他是个还没品秩的小太监，笑道："你想过上跟我一样的好日子？有志气。那你凭什么本事在宫里出人头地？"丁三摇摇头，说："回太公公话。小的不知道，爷爷说只要跟上了太公公就会有好日子。"

王金水乐了，说："要是我不让你跟呢，你怎么办？"丁三说："太公公，不怨谁，那是俺命不好。"王金水顿生一股同情之心，也没说什么，脸上失去笑意，淡淡地说："小子，宫里不是世外桃源，要想做人上人，先还是做条狗吧。好了，这些话你就放在心里，在宫里只有靠自己，你不要去指望有谁能帮你。你不是说你有一手捏拿功夫，来试试吧。"丁三一下脸上放光了，颤抖着声音问："太公公，就在这？"王金水点头说："就在这，我等会还有事要办。"从那后，宫里的大小太监们都知道丁三的师傅是王金水了，也就只一两年的工夫，他就成了有品秩的太监，虽然只是八品，但他入了流呀。此刻丁三使尽了手上功夫，拿、捏、挤、扭、拧、提、挪、扯、弹、抓、捻，十八般全套功夫一一使完时，已是头上冒汗了。王金水这时的感觉是舒服，全身的筋骨彻底地放松了回。他满意地点了点头，说："三儿，你歇会吧。"对管家说："给三少爷看茶呀。"丁三真还有点累了，他接过管家端过的茶杯，喝口茶水后说："干爹，孩儿有一事请教，现在不是过年过节的，又没大喜事的，皇上怎么想着要看戏了？"

王金水笑了，他起身时丁三马上去把他扶持坐起，丫环蹲下给他把鞋穿上，在由着丫环给他穿衣服时，对丁三说："三儿，你现在开始长脑子了。你说得没错，皇上想看戏不是心血来潮。皇上他把这事看得比过年过节还大，所以他才要在宫里演出戏，不仅是给内宫的人看，还要请朝廷的大臣们来看。你说是什么事，值得皇上如此兴师动众，而且这事还亲自交代由皇太后来操办？"

丁三小眼珠一转，灵光一闪，脱口而出："干爹，是不是广州禁烟大功告成的喜事？"

王金水哈哈大笑，说："对。这一向皇上他脸上笑容没断，脸上可有光彩啦。林大人替皇上脸上增光，替大清扬眉吐气了回，皇上能不高兴吗？哈哈。三儿，我见你平时也喜欢哼些小调，干爹给你一个露脸的机会。"

丁三问："干爹，你不会是要孩儿去唱戏吧？"

王金水点头说："我听你平时哼的曲词儿还有些腔味儿，像那么回事。自本朝以来，已停止了请外面的戏班进宫演出，宫里要看戏由会唱戏文的太监编排个节目，也不用上戏台，就在宫里的院子表演，图个热闹吧。这时皇太后叫我，准是为选戏单的事。你呢回去找些会唱戏的太监搭个班子，戏单我给你准备，请皇太后审定后你就去排戏。这事整好了，皇上和皇太后一高兴，说不定赏你为首领太监，你不也可收徒弟了吗？"

丁三听了王金水这一说，心痒痒的了，脸上尽是谄笑，说："干爹，俺只怕演不好呀。要是演砸了，那俺的小命只怕就没啦。"

王金水安慰道："不要怕，只要你不是故意出糗，这么多年宫里还没见过因演戏而掉了脑袋的。好了，你现在回去找人，我得去皇太后那里了。"他俩说着出门，王金水上了马车，丁三是骑马来的，王金水的马车走了，他才上马挥鞭从另一路口急急地走了。长长的胡同里，回响着车轱辘和马蹄声响。

王鼎下朝后乘四人小轿出紫禁城门后，他没像往常一样直接回马状元胡同的家去，而是要轿夫去烟袋斜街的庆云楼。四个轿夫怀疑自己的耳朵有问题了，轿杆上肩了，又回头看看王鼎，小心地问："老爷，你是说去哪？"王鼎也一愣，自言自语反问自己："去哪？"一下竟然想不起来了，问："我刚才说啥？"一轿夫笑了，说："老爷在说梦话哩，要去庆云楼吃饭？那是有钱人去的地方，你老人家会去吗？哈哈，回家嚼馍去哟。"那四个轿夫边说边晃悠着轿子起步了。"混账，老子就是去庆云楼。"他在轿子里一跺脚，好笑地骂道。这四个轿夫是他本家的晚辈，跟他多年了说话也不那么规矩了，轿夫说："老爷，你就别开玩笑了，小的听说那地方吃餐饭，没好几两银子就别去现眼了。你老人家口袋里要有一吊钱，我这一年的工钱就不要了。"其他轿夫都快活地乐了。王鼎暗自摸了摸口袋，里面还真除了一条手帕外就空空如也。他笑着跺跺脚，骂道："小兔崽子，少说废话，去庆云楼。"他话音才落，突然见路边一个着青细纱布长褂的人对他在恭敬执礼，王鼎伸出头眯着眼看了下，大嘴一咧，笑了："是涤生呀。"曾国藩上前满面笑容道："晚辈给老中堂大人请安。"王鼎含笑，点了点头，关切地道："涤生，你不是告假回乡了，怎么就回来啦。家里一应还好吧，湖南那边怎样？"曾国藩回道："托老中堂大人福，全家大小安好。"略迟疑了下，说："晚辈是回家处理私事，没有与地方官员有过互访，还望老中堂大人见谅。”双手执礼，以示歉意。王鼎心中一下闪过一丝不快之感，这不明显与他有距离之感？但他很快陡生一股欣赏之意，此人处事待人波澜不兴，将来必成大事者也。他心里瞬间产生的这一念头，曾国藩自是不知了。“皇上对你上有孝亲下有儿女娱情，很看重呀。家和万事兴，你可要毕其一生，不可半途而废啦。”“晚辈将以老中堂大人的话为座右铭也。”两人说话间，轿夫们却有点不耐烦了，他们已轿杆上肩了，王鼎个子不高可体重却不轻，一轿夫故意抖了两抖轿杆，王鼎一下想起还有要去的地方，便对曾国藩摆摆手，说：“涤生，我还得感谢你呀。犬子沆儿承蒙你的教诲，他这一向来学问是大有进展，我一直想请你到寒舍小坐。还有我近日收了本旧书《唐韵》，是否宋版，也一并请你给我撑撑眼吧。”曾国藩赶忙说：“承蒙老中堂大人过奖，沆弟天资聪颖，我哪敢指教呀。对古籍版本更不敢言撑眼二字，但晚辈一定去府上欣赏。”王鼎含笑，道：“那好，老夫将以薄酒款待啦。呵呵。”他手一挥，轿子走了。曾国藩看着王鼎的轿子在路上拐了弯后，他才上轿对轿夫说：“去穆中堂府上。”

当王鼎从轿子里出来，提前在庆云楼店堂门口迎接他的黄爵滋和祁寯藻，上前恭敬地说：“老中堂大人，辛苦啦。”王鼎一见黄爵滋和祁寯藻身上的长褂与他身上的青布细纱褂子一样，不由好笑道：“我也不知你们是哪根筋搭错了，就凭你们和我着一身布褂子的人，敢到京城第一楼来吃饭了，也不嫌寒碜。唉，我这个堂堂的军机大臣的脸面，可是让你们给丢尽了，丢人啦。”他故意皱着眉头说。祁寯藻连连说：“老中堂大人，对不起。在下赔礼赔礼。”说着深躬一礼，黄爵滋在一旁干笑着。王鼎鼻子哼一声，说：“都是些抠鬼，还到这地方来请客，这只怕是太阳从西边出来了吧。”他俩陪着王鼎进楼走近雅室时，祁寯藻一声高腔：“来啦。”话音一落，雅室里面竟然响起了秦腔同州梆子激越的腔板，那三弦、胡琴、琵琶繁音激楚，一股古秦风驷驖车辚之刚劲直冲人心。王鼎一下血往脸上涌现，他在京城有二十几年，从没听过来自家的梆子戏腔了，痴了。雅室场地虽小，但也够唱堂会设场，被称之为“四梁四柱”的花脸、须生、正旦和武生角色全都“亮相”，翎扫灯花、碗打碗、三节棍、打连枷、鞭扫灯花、喷火等，在高亢激越、悲壮粗犷的秦腔声里如惊雷滚过，似罡风撕裂。那番感受，那样心情，只有对家乡故土对父老乡亲深情挚爱的人，才可体会得出。唱堂会的艺人们向王鼎行礼走后，雅室里一下显得格外的安静，祁寯藻望着还沉浸在梆子高腔中的王鼎，不知怎么说才好。“咳咳。”祁寯藻轻轻咳了两下，王鼎惊醒过来，感谢道：“是谁出的馊点子，竟然想到用乡情来待我？我看——”他朝黄爵滋、祁寯藻打量了番后说：“这恐怕是实甫想出的鬼主意吧？”祁寯藻喊冤：“老中堂大人，你可是冤枉了我，树斋说你老有二十年没回过家乡了，就特意请了梆子戏班啦。”“呵呵，冤枉你？是不是又一曲《窦娥冤》，六月天下雪啦。”庆云楼的老板是个大胖子，他进房来一口地道陕西的腔儿说：“俺是老中堂的乡党，俺早就听说了俺们陕西五百年里来，出了个在京城里做宰相的大官。今天俺祖宗积德，才有幸见识了你老人家呐。”他亲自把粗黑瓷碗摆上桌，提一铜壶酽酽的茶水直落黑瓷碗里，不见一丁点儿的水星溅出。祁寯藻赞道：“好功夫。”他们端起黑瓷碗，那茶水一入口，便有一股米焦糊了味儿香气扑鼻而来。王鼎乐了，道：“啧啧，燕麦糊茶也。好香咧，呵呵，好好。再来碗。”他一口气连喝了两大碗才是过了把瘾。喝罢燕麦糊茶，人的精神立马爽了，肚皮清了。祁寯藻高兴不已，对老板说：“快快上饭菜，老中堂大人的肚皮是当朝有名的撑不破的，好吃的只管上。”王鼎咧嘴一笑，说：“知我者实甫也。”黄爵滋笑道：“老中堂大人，何止是实甫一人所知，朝中的臣工谁不知你老的肚皮里满腹经纶，莫人可比也。哈哈。”正笑说间，已备好的食物一一端上来了，首先上来的是有陕西凉面“四大花旦”之称的凉面四大碟，汉中米面皮、秦镇米面皮、麻酱酿皮、岐山擀面皮，面皮上淋一层红亮亮的辣椒油，一大盘切得奇薄如纸，撒以椒盐屑面的白水羊头肉，猪耳朵肉切成丝，接着上的是食不沾盘、夹不沾筷、入口不沾牙的醋椒鱼，还有葱烧海参、糟溜鱼片、香酥鸡、九转大肠、芙蓉鸡片等。祁寯藻接过小二递过来的瓷罐，把封泥和塞子去掉，一股浓烈的酒香溢满了雅室。王鼎眯着眼，端起酒杯使劲儿嗅了下，道："此乃山西的杏花村汾酒也。此酒素以入口绵、落口甜、饮后余香、回味悠长而名扬四方。"他脸色陡地一沉，问："实甫，不过年过节，你好端端的请客，还唱堂会，是何用意？"

祁寯藻对王鼎执礼，道："老中堂大人，你可真是个明白人。前些日子我应你谕令回京城主持大计，现已事毕。明日便要回江苏了，请你老人家吃饭树斋兄作陪，以感谢你安排了个得罪人的差事。老中堂大人，你说这饭吃得么？嘻嘻。"说到末，他竟然嬉笑了。

王鼎笑了，说："哦哟，安排你们干了件得罪人的事，我还可有酒喝，好好，这饭吃得，酒也喝得。下回要还有这事，我一定奏请皇上关照。呵呵。"他拿起酒杯一口便干了，末了吐出口浓香的酒味，赞道："好酒。只是请客嘛，我得认是树斋的面子，一是他想着了我这个大肚皮好久没如此享受过了，二是树斋还叫了梆子戏堂会，我可是过足了瘾啦。你呀，不就出了两个钱，这有什么了不起啰。"

黄爵滋忙说："老中堂大人明察秋毫。"

祁寯藻笑道："老中堂大人，你是以公正而声名远播。我请客面子却是树斋兄，这话若是外人得知，你一世清名可就有了污点啦。"

王鼎这回头不抬，手上的一双筷子不停地在"四大花旦"的碟子里夹食，吃得他一嘴的油光，滋滋有声响，嘴里还在嘟囔着："实甫，你别吓我，天下人要是知道我打了你这个山西老抠的秋风，莫不鼓掌叫好。说吧，你请客的幌子还另有图谋，一箭双雕？"说着他夹一筷子的白水羊头肉沾上椒盐屑面，入口即化，美得他大嘴紧抿着，在细细地品味着其中的精妙。他见祁寯藻正埋头在大口吃酒举筷夹肉，不由说道：“哎，实甫你不是有话要说吗？说呀。”祁寯藻头摇了摇，嘴里塞满了肉菜，使劲地咽着，半晌才开口说话：“老中堂大人，我再不吃点，那我可亏大了呀。你瞧树斋的那吃相，可是从大牢里才放出来的人，哪还有点斯文样子，嘿嘿。”

黄爵滋用帕子擦擦嘴，乐道：“实甫，你是五十步笑一百步哟。呵呵，你那吃相比我还更有过之也。”王鼎放下筷子，叹口气说：“唉，同是朝廷臣工，可就有人过的是奢靡至极的日子，有的人却过的是清贫如洗的日子啦。实甫呀，你不用说我都知道你要说什么事了。”他不待祁寯藻开口，接着说下去：“是不是少穆在南边禁烟成功，我们要庆贺一下，以抒发胸中快意？”

祁寯藻和黄爵滋一齐起身，执礼道：“老中堂大人明鉴。”

王鼎把手摆摆，示意他们坐下，说：“少穆做了件青史留名的事，确是值得庆贺。这杯酒值得喝，我们举杯相庆。”他把杯一举，与他们碰了下，一口而尽。王鼎抹了抹嘴巴，脸已成关公脸了，笑眯眯地说：“那这第二杯酒，也还得为少穆而喝了。”说着他亲自把他们杯子斟满酒，见祁寯藻、黄爵滋都一脸疑惑地望着他，笑笑说：“老夫才从宫里出来，接少穆从南边发来六百里《会奏九龙洋面轰击夷船形势折》廷报，少穆在折子里报告他们于九月四号在九龙洋面上与英夷的‘路易沙号’快艇发生交火。我方镇守九龙炮台的大鹏营，以强大的火力把‘路易沙号’快艇差点击沉，接着又把英夷前来救援的两艘主力舰‘窝拉疑号’和‘威廉姆堡号’击伤，被迫退回到尖沙咀了。战斗共进行了五个时辰，打死英夷共十七人，击伤英舰船三艘，我方仅有二人战亡，二人重伤。皇上阅了廷报后高兴得连轿子都没坐，往皇太后那里去报喜了。”

大家一下都愣了，与夷人开战，这不意味着大清开启了战争的序幕？一时谁也不知怎么说才好。祁寯藻脸色凝重地问道：“老中堂大人，九龙洋上的一声炮响，这等于是向夷人宣战，我们有打赢这场战争的准备吗？”

王鼎脸上放着红光，兴奋地说：“实甫，皇上自下决心禁烟，就做了迟早有与夷人打仗的准备了。战争是解决问题的最后手段，少穆为这一仗做了充分的准备。现在朝廷上下对夷人都有恐惧感，说我们的兵器和船艇比不过人家，只要一打起来我们就会吃亏的。哈哈，夷人手中的家伙再强，只要我们有雄心壮志，没有打不赢的敌人。少穆这一仗旗开得胜，大振人心。来，为前线英勇的官兵们干一杯。”大家的情绪顿时高昂起来，一口而干。

王鼎不待他人动手，又执酒壶把杯里的酒一一斟满，亲切地说：“这第三杯酒呢，我要感谢你们没有给我这个老夫子脸上抹黑。皇上对你们这次主考大计很满意，说是本朝以来最为清廉公正的大计。皇上已有上谕，对大计考察的臣工依你们的考语，入档为升迁降级之依据。所以我要借花献佛，敬你们一杯。干！”他举杯与大家一碰，一口干了。祁寯藻放下杯子带着醉意说：“老中堂大人你抬举了我们，我们也尽职尽责地完成了这次大计。可我们这些日子如火上烤，那些计了负评的官员们，在背后把我们的祖宗三代都骂到了。”“随那些人去骂，我这人贱，越骂越旺，哈哈。”黄爵滋本是不善结人缘的人，他对别人如何看他议论他，素不放心上，我行我素。在这次考计中，他与人毫无可通融之处，写考语时笔下无情，直戳人疼处。曾有人半夜三更到他家送五千两银票，请他高抬贵手，第二天他就把这张银票交由祁寯藻去处理了。他举筷夹一块葱烧海参，津津有味地大口嚼着，一边说道：“这道菜本是鲁菜的当家菜，现也成了陕西的招牌菜了，好吃。”

王鼎含笑道：“树斋刚正不阿，皇上说是他大清的看门狗，如有更多像树斋这样忠诚的人，不愁大清江山永葆万代啦。哈哈。”

黄爵滋放下手中的筷子，激动得举手执礼对皇宫方向说：“谢主隆恩。”

王鼎已有半醉了，含糊着说：“北宋太宗评价吕端，说他小事不计，大事不糊涂。吕端一生经历了北宋太祖、太宗、真宗三朝，这才是为官真本事也。要是少穆能有这等气量，他在南边当差的日子也许会更好过些。”说这话时，他认真地看了眼祁寯藻，又说道：“寯藻，你重刊宋本《说文系传》和《朱子小学》，还有你遵旨恭书《圣谕广训》，皇上一一批阅，甚是满意。他对当下学子的功课重文轻德，考试中词章之学甚多，根底之学甚少极为不满。道德文章不可小觑，此乃治国经世之根。皇上对这次考计，如何处罚有负评的官员和对确有建树的能臣使用，上谕调你回朝廷任吏部右侍郎主管此事，你明天去吏部办理移交手续，江苏那边已另有安排了。”

祁寯藻脸喝酒不红脸，这会却脸红了，朝王鼎深鞠一躬，说：“我祁寯藻无德无能，却能得老中堂大人法眼所识，蒙皇上器重，在下惟有恪尽职守，以不负你老所期望。”

黄爵滋真诚地恭贺道：“实甫，这是你个人的造化，皇恩浩荡。”三人一齐举杯相贺。这时王鼎已醉意浓浓的了，忽然他长叹口气，伤感地说：“我与陶澍是至交，满朝的臣工中能让我去敬佩的人他是一个了。陶澍的道德文章和品格当世堪称楷模，尤以他的践行影响了一个精英群体，他的亲家左宗棠、女婿胡林翼，还有已在京城里做官的曾国藩等人。听说在左宗棠周围还聚集了一帮有志气的湖湘弟子，他们虽然现在还没功名，但不出十年这些湖湘弟子将是大清的中流砥柱。”

祁寯藻发着感叹说：“老中堂大人所言，我也听说了，现士林中以结交曾国藩、左宗棠等人为荣，湖南人了不得呀。我曾在本朝三年出任湖南学政时，已亲身领教过湖南学子那种奋发有为、敢于担当的精神。”

黄爵滋道：“实甫，你主政湖南学政时，废除了新生红卷的陋规，恢复童生复试，黎明入场的惯例，还取消了考生要交选拔优生试卷费。这些事例虽小，但它对学子们成长是起了很大的促进作用。要说如今湖南人才辈出，也与你和陶公还有老中堂这一代人所倡导的一个好的学风影响离不开。”

祁寯藻搔了搔头，小心地问：“老中堂大人，你刚才说到曾国藩，此人我与他有过接触，确是不可多得的人才。只是我有不明白之处，朝廷上下谁都知道他是穆中堂的门生，这怎么又与陶公扯得上呢？”

王鼎抿了口酒才说话：“实甫，一个地域出现一个人才群体，不是以个人认不认可为其选择而定，而是要以他所作所为视其渊源。曾国藩是穆中堂的门生不假，可他的学问文章起步于湖南的岳麓书院，更早一点他曾在衡阳石鼓书院也求过学，前朝大儒王船山晚年就在那里完成他集大成的学问，曾国藩他能不受影响吗？所以，说曾国藩是湖湘学派的践行者，与他是穆中堂的门生并不矛盾。”他们正说着时，庆云楼的老板端着红漆大木盘从楼下上来，人还没进房，就听见他吆喝声了：“老爷们，咸汤面来啦。”好家伙，那木盘里的四只大海碗盛的是满满的鲜嫩黄面条，滚烫的汤水泛着红油，汤上漂浮着白嫩的豆腐花，再加上碧绿的小葱花，瞧一眼就逗人胃口大开，味浓适口，筋韧香辣。王鼎哪还顾得上说湖湘才子事了，他本来吃了不少的菜喝了不少的酒，这会他拍拍已胀鼓鼓的肚皮，开心地说：“吃吧，宁肯撑死也不要饿死，呵呵。”而这时，王鼎的四个轿夫和祁寯藻、黄爵滋带来的下人也在大堂里吃得不亦乐乎，个个汗泡水流，满面油光，桌子上大海碗一叠叠地码着，跑堂的小二已累得脸上出汗了，他们实在不解这些都是朝廷要员们身边的人，可那吃相比才从牢房里放出来的人还饿，怎么回事？一轿夫还在喊，小二哥，再来碗臊子面。今天是哥们过节啦。正好店老板从楼上下来，他一头的汗水，对还在发愣着的小二们吼叫着：“快快，给这帮哥们上面，他们的老爷都是清官，这些做下人的也跟着辛苦，快上呀。”轿夫们把手中的大海碗举起，一齐笑嚷着：“谢老板的心意啦。”顿时大堂里响起一阵欢乐的笑声。

当王金水赶到长春宫时，见宫门口停有皇帝在宫里行走时乘坐的步舆，他暗吃一惊，皇上到皇太后的宫里，一般是下朝即来给皇太后请安。这时已是酉时了，是不是出了什么事？但他见立在宫门外的带刀侍卫们脸上显出轻松的神色，就连那些跟班当值的太监们也不见有平时诚惶诚恐的表情，他心里略是感觉没那么恐怕了。他走近宫门时，太监们对他献着笑脸纷纷问安，一侍卫笑着对他说："王公公，皇上和皇太后都在皇后娘娘那里乐着哩。"王金水心里一宽，说："那敢情好哩。"忙进宫去。立在寝宫门外的宫女一见王金水，便说："王公公，刚才娘娘还在问你来了没有呢？"王金水一听，吓得没等人进寝宫门，就跪下几乎是爬着进去，头在青钢地砖上磕着连连说："奴才来晚了，奴才该死，奴才该死。请皇上恕罪，请皇太后和娘娘恕罪。"道光没开口，他知道今天王金水已当完差回家休息了，这时进宫肯定是皇太后和皇后的意思了，他不开口其他人就不敢擅自说要王金水免了的话。还是孝和睿皇太后心慈，笑着说："起来吧，再磕下去皇后这儿的地砖，都会让你这个奴才的头给磕破了。"王金水的头上还真磕出血印子了，孝全皇后轻声说："起来吧，皇太后有话要问你。"王金水这才惴惴不安地起身，抬头一看孝静贵妃也在床榻旁坐着，忙说："奴才给贵妃娘娘请安。"说着他又要下跪，孝静轻轻说："免了罢。"

王金水整了下衣衫，讨好地说："奴才才进娘娘宫时，见院里大槐树上的喜鹊子一窝窝地叫得欢，奴才就想准有大喜事发啦。奴才一瞧见皇上、皇太后还有皇后娘娘和贵妃娘娘，可满面春风着哩。难怪奴才在进宫的路上，紫禁城尽是金光灿灿的亮着，喜庆着呢。"

孝和睿皇太后听王金水这么一说，一脸的菊花般的笑容展开。她本来是斜靠在床榻上，这下身子竟然挪到了窗户前，对玻璃窗户外的天空使劲瞅了好几眼，发出惊讶的声音："皇儿，你们快看天空呀，那天上还真是红得耀人眼哩。”漫天的云彩绚丽夺目，似是满园的牡丹花绽放出无尽的芬芳，流光溢彩，美不胜收。一下，孝全皇后和孝静贵妃都挤到玻璃窗前去看窗外的天空，道光没去凑这个热闹，只是在一旁笑着。哎哟，呀也，啧啧也。那欢喜声把道光的心暖得热乎乎的，窗外的霞光余晖透过玻璃洒进屋，抹在他脸上显光彩呢。孝和睿皇太后把目光从窗外收回，笑着对王金水说：“你这个奴才可真会捡话儿说，不过这话儿还真说得人心窝子暖哩。”孝静贵妃用丝手帕儿掩着嘴，笑着说：“皇额娘，不是有句话说吉人天相，皇上洪福齐天，就连臣妾也跟着沾了光哩。”孝全皇后有点不解地问：“妹妹，你这话是什么意思？说来听听。”孝静贵妃一下脸红了，连连摇头说：“不哩。”说这话时，她手却下意识地去抚摸着肚子。孝和睿皇太后的眼光好厉害，她突然乐了，笑道：“皇儿，你呀又要做皇阿玛啦。”孝全皇后也马上反应过来，一脸的高兴，说：“妹妹你有喜？姐姐祝贺你哩。”她用手小心地去抚摸孝静贵妃的小肚子。道光更是乐开了怀：“爱妾，是真的吗？”他还有点不相信地问。孝静贵妃窘红着脸，细声儿说：“皇上，臣妾是女人呀。这两天里尽想着要吃酸味儿的食物。本想要太医号个喜脉后再给皇上报喜，刚才臣妾一高兴就说溜了嘴。”道光高兴得竟然在房里连转了好几个圈子，开心地说：“呵呵，天助朕也。林爱卿替大清增了光，替朕扬眉吐气了，现爱妾又有喜事了，好事儿啦。”他那发自内心的笑声，把一屋子的人都感染了。“皇额娘，你定的演出戏单，开场团戏为《杜宝劝农》，主戏为《昭代萧韶》，都选得不错。”道光高兴地道。

孝和睿皇太后连连点头说：“皇儿，你是皇帝开了金口，那就定啦。呵呵。我看那个《杜宝劝农》就叫王金水安排宫里会唱戏的奴才们去排演，反正是图个喜庆。《昭代萧韶》是讲宋朝杨家将精忠报国的事，叫升平署去找宫外名角班子来演，演出的日子就定在下月的十五吧。”

道光点头称道：“皇额娘主张甚好。”转而对王金水说：“王金水，皇太后的话听明白了吧？宫里奴才的演出要是不出彩，朕罚你去八达岭守陵。”

王金水扑通地跪下头在地上连连磕着，一边讨好着道：“奴才请皇上、皇太后、皇后娘娘、贵妃娘娘放心，奴才没别的本事，装鸡扮狗逗乐子是奴才天生份儿。嘿嘿。”

孝和睿皇太后对王金水交代事还从没有黑过脸，一是王金水会溜须拍马，更有一层当年王金水护主之举，一直被她视为忠诚奴才的身价：“王金水，你当着皇上的面吹了牛，要是我这个老婆子没笑出个声来，你就别怪我不给你个面子，呵呵。”王金水从衣袖里掏出一条丝绸手帕故意脸上擦着，那手帕竟然被他拧出了水来，屋里的人都乐了。

道光乐道：“你这狗奴才，在变戏法要宝呀，滚一边去。”道光恭敬地对孝和睿皇太后道：“皇额娘，这演出的事儿，请你老人家多操心啦。”孝和睿皇太后用黄绸缎手帕擦了下眼窝边的泪花，笑着说：“皇儿，这事儿你就不要操心了，你呀就一个心眼去管好朝廷的事吧。我要说你这个皇帝，当得比先帝爷个个都要劳神费力些，这世道怎么好像比过去要多了好多的事啦。”她说着，脸色凝重起来了，那声音一下如锥子般的干硬：“打从我记事起，大清过去从没有过夷人来捣乱的事发生，现在尽听讲夷人如何厉害的了。他们打那么远跑到我们大清来做什么？皇儿，我们这些后宫的妇道人家从不理朝廷的事，也不知个谁是谁非，一切都听你的。夷人要是只想图个发财，就让一让他们，我们大清有的是东西，不在乎这一口，毕竟动刀弄枪是国之大忌。这些年剿匪平叛是在自家里，那些个叛匪哪是大清的对手哟。现今我们要是跟夷人打起来了，这可是国与国的打仗，事关祖宗社稷江山，就是砸锅卖铁也要打下去，咱们可不能去当亡国奴。那个林则徐禁烟的事我们也听说了，后宫里也都高兴着呢。自先祖太宗爷到你有二百年了，个个皇帝都把汉人中治国的能人予以重用，我们满人也有不少有作为的人，可是他们想的是家，汉人想的是国。先有国才有家，你是这个国和家的主子，我这个做皇额娘的何尝不知你身上的担子有多重。所以这与夷人打仗的事，你且慎之又慎。这国家就如只锅，只是打破了还可修补，要是打碎了就全完了。唉，我们这些个妇道人家除了有能力生儿育女，繁衍子孙外，别的事也做不了，一心图的就是国泰民安。大清国威风了，你这个皇帝的脸面就有了光彩，在列祖列宗面前也好交代哟。”她这一番话说得屋里的人心惊肉跳。

道光往地上一跪，双膝即将着地那一瞬间，王金水眼明手快把一张黄绸缎掺有丝绵的垫子塞到道光膝下，宫女们也把早已备好的彩绸缎垫子摆在地上，屋里的人按照各自的身份跪在道光的后面，就连一直侧身坐在床榻上的孝全皇后，也离开榻床与道光并排跪着。“皇额娘，你的一片苦心，皇儿将牢记在心。”说罢伏地一拜，其他人也都跟着伏地拜去。

孝睿和皇太后起身，上前把道光扶起，两眼热泪盈眶，哽咽着说：“皇儿呀，不是皇额娘多心，是祖宗们不放心呀。你是个苦命的皇帝，我们这一大家子跟着你过苦日子，我们没怨言。只要大清好了，就让我这个老婆子去上刀山下油锅，我也心甘情愿呐。”说着她号啕大哭起来。屋里顿时哭声大作。

第十四章

九月三日的正午时分，天高气爽。林则徐和邓廷桢乘坐一艘铁甲兵舰，舰上桅杆上标有“钦差大臣奉旨查办广东海口事务大臣节制水陆各营总督部堂林”的黄绫长幡，在阳光映照下，使劲地在肆意狂舞，发出猎猎声响。这艘兵舰有重炮三十八门，火力威猛，是水师营最大的一艘兵舰，在四艘快艇护送下，正徐徐驶离码头，走关闸、顺长堤回广州去。停靠在码头上的所有船只都鸣响汽笛，向渐渐远去的船队致敬。码头广场上一支夷人的西洋乐队在奏着迎宾乐曲，当地民众则使劲地在擂响莲花七星鼓点子，两只南派佛头狮子，身着大红狮袍，圆头圆脑、阔口大眼，威武勇猛，闪展腾挪，嬉戏欢乐，幽默诙谐，如灵狮再现。围观者的叫好声盖过了西洋乐声，码头上一派欢乐喜庆的气氛。

这一天对澳门总督委黎多来说，可以说是甜酸苦辣涌于心中。早上八时，林则徐一行进入关闸，他与澳门大清同知蒋立昂亲率百余名葡萄牙和大清的官兵，在关闸前恭迎钦差大臣的到来。林则徐和邓廷桢是前两广总督阮元到澳门巡视以后，大清要员的又一次巡视，时隔了二十一年。这一天也成为澳门历史上一个重要的日子，同时也是林则徐五十五岁的生日。在热烈的欢呼声中，林则徐和邓廷桢一行上岸后首先到位于澳门莲峰山下的莲峰庙，过去是一座土地庙，香火旺盛。它始建于明崇祯初年，到雍正元年当地民众集资扩建，庙里悬挂“中外流恩”和“恩光浩大”匾额，分别书写于明万历年间和清康熙年间。因莲峰庙地处进入澳门的必经之处，自清代以来，凡巡阅澳门的官员都驻扎在这里办理公务，所以莲峰庙又是澳门唯一的官庙。按照当地习俗，庙门前摆满了各种礼物，一大盆银子、丝绸、茶叶，宰杀干净的猪和角上扎了红绸带的小牛等，恭迎林则徐一行的到来。当林则徐含笑率先进入庙门，顿时十九响礼炮与鞭炮燃放声响彻云霄，再加上西洋乐队和中国民乐的迎宾曲高奏，整个澳门城都沉浸在欢乐的海洋中了。林则徐在庙堂里接见了大清和葡国的中外官员们，向他们宣布恩威，申明禁令。林则徐还当场赠送给葡萄牙官员绫绸、折扇、茶叶和冰糖等礼物，以示皇恩。接见约一个时辰后，林则徐一行在中葡官员们陪同下巡视三巴、妈阁庙、南湾各炮台，其意不言而喻，宣示主权，澳门是我中国国土，不容任何夷国在此胡作非为。经过澳门的商业繁荣街区时，那些夷妇们一见到他便发出尖叫声，不停地向他献飞吻，男的身着燕尾服，拄着文明棍向他脱帽鞠躬示礼。林则徐对这次澳门之行感受颇深，在日记中写道“凡夷楼大都在目矣。夷人好治宅，重楼迭层，多至三层，绣闼绿牌，望如金碧”。他对于夷人的衣着，也观察得十分细致，记录“惜夷服太觉不类，其男浑身包裹紧密，短褐长腿，如演剧扮作狐、兔等兽之形……妇女头发或分梳两道、或三道，皆无高髻。衣则上面露胸，下面垂裙”。就连异域的婚姻习俗，他也有基本了解，“婚配皆由男女同择，不避同姓，真夷俗也”。是他“欲制外夷者，必先悉夷情始”的一次重要的体察，道出他“所得夷情，实为不少，制驭准备之方，多因此出”。

委黎多一直看到林则徐的船队消失在茫茫水面上了才回过神来，看着一脸幸福光彩、身着五品官服的蒋立昂那陶醉的形象，不由带着嘲讽的口吻说：“蒋大人，你们的部堂大人已经远去了，你也该歇会了吧。”蒋立昂收去脸上的笑容，不冷不热地说：“总督先生，别忘了你刚才是怎么说的话了？在中国的土地上，林大人，你是我们所有人的骄傲。”委黎多一脸的懊然，说：“我说了吗？那就只有去问你们的部堂大人了。”“总督先生，如果你没说，那我就只好当是一条狗在叫了几声。”蒋立昂长袖一甩，转身进轿去。委黎多心里恼怒着，又不好当面发作出来，他对坐在轿子里的蒋立昂冷冷地说："蒋大人，英国商务代表义律先生那边有情况，你想听听么？"蒋立昂一听是义律那边的事，马上从轿窗里伸出头来，一脸的肃然，道："总督先生，事关重大，此地不宜说话，请借步去本署面叙吧。"他放下轿上的窗帘，皂隶们按照七锣一声鼓的节奏鸣锣开道，浩浩荡荡地起步了。那些送行的夷人和官员，还有地方上有体面的人见蒋立昂动身了，也就乘车坐轿四散而去。委黎多只好乘上他的专用马车，驾车的马夫是个印度人，留着一口红胡须，很神气地坐在马车前头，摇晃着车上一只铜铃铛，跟随在蒋立昂的轿子队伍后面一路响去。一路上澳门百姓扎的松柏牌坊，和摆着在店铺门前香案上的鲜花还没有拆除，满街喜庆的场面仍让人们兴奋不已。

朝廷驻澳门办事衙署地在前山寨，其始建于明天启元年，在澳门北关尽头的军营寨内设有参将府、演武场、营房等，统辖关闸和澳门周围诸岛的防范。康熙五十六年，前山寨正式建筑土城，城墙设东、南、西三个城门，并在靠近澳门的西、南二门上设兵房和炮台。雍正年间，澳门民夷诉讼事件日多，为了便于处理，朝廷在前山寨设立"香山县分防澳门县丞"衙门，察理民夷事务。后乾隆皇帝从澳门所处的地理环境和位置的特殊考虑，在前山寨增设"广州府海防军民同知署"，由此前山寨也就形成了军政一体的机构，其职责限制澳葡居住范围、审理澳门案件、处理澳门贸易、接待传教士往来，守卫澳门，抵抗入侵，打击海盗等。

蒋立昂和委黎多先后从轿子和马车上下来，"总督先生，请。"蒋立昂站在青石台阶上，客气道。委黎多也像汉人一样，装模作样地把手一伸，说："蒋大人，你请。"前山寨衙署门前的八个护兵扛着洋枪，挂着腰刀，双膝一碰，大叫一声："敬礼！"委黎多吓了一跳，脚步忙紧跟上，与蒋立昂一同进衙署里。

澳门虽然已是夷人的半边天下了，但同知署与内地衙门的布局一样，由三进院落组成，坐北朝南，地势宽阔。进门是一照壁，用青钢磨砖勾线砌成，壁顶上覆盖绿琉璃瓦，壁上是砖雕的鹿、猴、灵芝、莲花、竹笙图案，其喻义“福禄双至”“封侯”“连升三级”，壁上四周全是金银财宝，壁中那只张开大嘴企图吞吃天上一轮红日、叫做“贪”的怪兽也与内地官府衙门一样，警示衙门的人不要贪污受贿。委黎多进出同知署多次了，每从这堵照壁前路过时，都要认真看几眼说这堵照壁真漂亮，要是能买下搬回去一定能值大钱啊。走甬道上月台过审判公案厅堂，堂上高悬一块“天理人情国法”的匾额。委黎多一见这匾额就摇头说不可理喻，国法怎么可与人情并列，天理是什么，难道是上帝的声音吗？蒋立昂对他讲解，天理人情所要表达的是“三纲五常”“忠恕之道”礼教本义，这是中国传统文化的独特之处。他们穿过厅堂就是二堂的院落，二堂是同知处理政务会客的地方。小门上方有一块匾额，写“退堂”二字，其意取《论语·为政》“退而省其私”之意。小院里有一水池，水面上有三两朵莲花，给小院落平添了些许雅静。两人在同知书房里一张橡木制作精致的茶桌旁落座，蒋立昂的仆人是一个年过五十的人，他动作利索地把茶杯摆上桌，一边笑容可掬地对委黎多说：“委大人，你可是稀客呀。我曾去你府上，喝过你们的那茶。嘻嘻，那也是茶？你们叫它咖啡，可比中药还难咽下哩。”说着用茶壶去给茶杯斟热水，委黎多忙说：“等等，我带来了新茶，请蒋大人先品尝下吧。”说着打开从燕尾服上衣口袋里掏出的一个纸小包，是一小撮茶叶，茶叶外形细扁，色呈深褐。他把茶叶仔细地放到茶杯里，接过老仆人手中的茶壶把茶杯斟满热水，立刻房里飘逸着一股独特芳香味。蒋立昂端起茶杯，汤水色深红稍褐，到鼻子下闻了闻，气味芬芳，鲜爽生津，再抿上一口，其口感细致柔和。蒋立昂是老茶客了，他抬头说出自己的体会：“总督先生，你这茶叶与我们福建产的红茶味儿有点近似，带有淡淡的麦芽香、玫瑰香的混合味。但福建产的红茶条索紧秀，锋苗好，色泽乌黑泛灰光，香气则浓郁高长，似蜜糖香，又蕴藏有兰花香。嗯，这两种茶各有千秋，似是一胎两胞啦。”

他感觉这茶似曾相识，但又有一种异样的风情在其中荡漾，这是怎么回事？他迟疑地问：“总督先生，你今天带来的茶叶，我过去没有吃过，嗯，不错。你今天来找我，不是来与我来斗茶的吧？”

老仆人马上又摆上一套茶具，放上蒋立昂平时喜欢喝的龙井茶，一副不屑一顾的模样，说：“这茶再好，也不会比老爷家乡的龙井好喝。”手中的茶壶滴水不漏地斟满了茶杯，立刻散出缕缕雾气，其香郁、味甘、形美而集于一体。

蒋立昂对老仆人挥挥手，说：“就你嘴多，下去吧。”老仆人知趣，身子后移移，出门顺手把门带关上了。“总督先生，请用茶。”委黎多端起茶杯先是凑近鼻下闻闻，道：“好茶。”然后抿口茶在嘴里品味着，一边说道：“据知，龙井茶因产地不同，炒制方法各有特色，用‘狮、龙、云、虎、梅’五个字号来称呼，此茶应是‘狮字龙井’了。”

蒋立昂见他对茶有如此体会，不由笑道：“总督先生，看来对我大清的茶文化是深有研究啦。”委黎多学着中国话儿腔：“岂敢也。中国的茶，全世界的这个。”他大拇指一翘，连连地晃着。不过他脸色马上严肃起来，很认真地说：“不过，你们中国以茶来制约夷人的法子很快就不灵了。”他大拇指收回，伸出一只手指晃了晃。

蒋立昂一笑，道：“总督先生，你们夷人喜欢听风就是雨，是不是义律他跟你吹了什么鬼话，让你来传话的是不？还有你们向我大清朝廷上缴的今年地租只有三天就到期了。我提请你注意，误期我可是依章给予重罚的啦。哈哈。”他说的这事，那还是在明嘉靖朝一五五三年，葡萄牙人远航来广州的途中，以曝晒船上水渍货物为由，并通过贿赂当地中国官吏进入澳门滞留下来。从那时起，他们就以每年向澳门的中国官府缴纳一定银两的地租，来换取在澳门居住的资格，和对在澳门居住葡萄牙人的管辖权。

委黎多用外交的口吻，彬彬有礼地说：“尊敬的大清同知蒋先生，请你们朝廷放心，我们夷人是守约的，不会少你们一分钱。今天请允许我说题外话。”他不待蒋立昂开口，慷慨激扬地说去：“在你们中国人心目中一直存在着这样一种看法，来自西方的夷人都爱好牛奶和奶油，这种嗜好的结果造成了结便的毛病，而这毛病只有靠茶叶才可洗净他们的肠胃，恢复他们的精神；一旦把这些东西予以剥夺，他们马上便会病倒。如果停止了与夷人茶叶买卖，那么他们的国家就会发生骚扰和混乱。因为茶叶对西方来说是必需的东西，而全球只有中国才可生产和供应茶叶，这就是你们认为夷人为什么要买你们货物的理由。确实，你们的茶叶在我们西方，它是一种有益于健康的饮料物质，甚至英吉利有一学者说，茶叶在英国的作用如同蒸汽机一样重要，它帮助英国人渡过危机并创造了一个新世界。你可能不知道，在英国人广泛饮茶之前，英国仅有北美、西印度殖民地和远东的贸易生意。而在此后的一个多世纪里，英国对茶叶的需求促进了皇家海军、商业资本和银行，以及英国商业的快速发展，尤其是在亚洲地区的贸易扩张，让英国势力强大无比。东印度公司就是通过垄断中国的茶叶生意，成为当今世界上最大的贸易公司。”说到这里时，他见蒋立昂脸上的愠色愈见凝重，略停顿下，喝了口茶水，又接着说：“同知先生，”蒋立昂没吭声，心里却是受到了极大的震动，委黎多的长篇大论中的许多词语，对他来说很陌生，但他听明白了。在委黎多述说的过程中，他手指习惯性地在桌子上轻轻叩着，那叩击的声响随着委黎多话语的分量，而发出轻重不一的节奏。“你们大清有一条基本国策，就是以茶制夷。经济上的单向依赖，让英国人面临一个巨大的难题，如何支付茶叶费用？英国输出的产品在中国并不好卖，除了在以物易物置换贸易中获得一些茶叶外，大部分的茶叶交易需要用白银支付，为此英国付出了巨额的白银。据我们估计，在一百多年里，英国东印度公司共输出五千三百多万两白银到中国，算上从欧洲和美国等国运往中国的白银，有一亿七千多万两。东印度公司在一百多年的生意中扩大了对华贸易，却带来更大的贸易逆差。为了平衡贸易逆差，东印度公司决定对华输出鸦片，从一七〇〇年到一八三八年，输入中国的鸦片价值白银两亿三千多万两。通过鸦片的输入，英国人不仅得到了想要的茶叶等物资，还赚了大把银子回家。之前，他们主要是通过白银、棉花、胡椒等交换中国的茶、丝、瓷器等。当这种贸易结构能保持平衡时，夷商仍然能获得可观利润，传统的贸易方式还可维持。然而由于这几年白银短缺和大清朝廷厉行鸦片查禁，导致维持现状的中西贸易结构就难以为继了。所以就有可能以英国为首的利益集团，将通过国家的形式来诉诸武力，以保证鸦片贸易的合法化，构建一个新的贸易秩序。"

蒋立昂腾地起身，猛地把桌子一拍，桌上的茶杯都震了下，怒吼道："放肆！你说了半天，就是说英夷要对我大清宣战？我大清就那么可欺？来吧！我们严正警告，谁要是不自量力，胆敢与我大清为敌，只要他们敢踏上大清国土一步，就叫他们死无葬身之地。"

委黎多着实被蒋立昂刚才那一巴掌吓了一大跳，忙说："同知大人，你误会了。义律没有要我向你们表达这一意思，刚才我所说的话，是我个人的思考，仅供参考。义律只是请我转告你们，钦差大臣林则徐先生赏给他们因上缴鸦片而补偿的一千六百四十箱茶叶，他们拒绝领取。说大清朝廷既然已经把禁止鸦片的商业活动上升到国家的行为，他们就只能通过国家的行为来解决了。"

蒋立昂咬着牙说："这不就是在向我们宣战吗？"

委黎多点头说："你们可以这样理解，但从他们的外交辞令上来说，还没有公开表示。"

蒋立昂重重哼了声，说："这帮夷人，难道不知道战争的后果是他们连一两茶叶都得不到了吗？我们就是把茶叶烧成灰也不会卖给他们。哼，他们的国家只要断了茶叶，结果是不战自溃。好，我们就等着看笑话吧。"把手一挥，有送客的意思了。

委黎多面色很难看了，拿起礼帽对蒋立昂说：“同知大人，在我们谈话结束时，我还有两个消息要向你通报，一个是好的，一个是不好的。依照我向你通报事项的先后次序，那么我先说第一件事，我们葡萄牙驻澳门总督府，根据大清朝廷的请求，为了我们双方各自的利益，我们已正式拒绝了义律提出要用兵舰‘保卫’澳门的提议。我们将严格遵照钦差大臣林则徐阁下的谕令，与贵国保持高度的一致，严守中立，以维护我国侨民利益与安全。第二件事，对你们来说是一个不幸的消息，东印度公司已经在印度的土地上种植出了茶叶，很快你们的茶叶市场将会这样——”他做了个推倒的手势，说：“完蛋。而且还可以告诉你，我刚才给你品尝的茶，就是你们的茶农带着茶树苗，在东印度公司策划下，十年前他们就在印度皇家植物园开始试种培育改良的品种，叫做大吉岭红茶，可以说是你们福建红茶的同胞兄弟茶。你们中国人很聪明，可惜你们的聪明却是用在不识时务上了。哈哈。”说完，他放声大笑了，戴上礼帽出二堂月牙门，人消失了但他的笑声还在响着。

蒋立昂大叫一声：“卑鄙，强盗！”口里喷出一大口血来。

这时才下午四点不到的光景，赵铁头从兵舰起航开始就一直站在舰艄，海天黑乎乎的几乎是一个颜色了。他浓眉紧锁，满腹的心思全在脸上写着，心里在暗暗地叫苦，来时风和日丽，海浪轻涌，可回去时却黑云压头，狂风大作。风浪把舰体拍打得啪啪作响，令人毛发耸立。正在舱里与邓廷桢谈兴正浓的林则徐，对舱外天气景象视而不见。龚孝拱在舷舱玻璃窗前对赵铁头使劲招手要他过来，赵铁头一步一晃地回到舱里，龚孝拱对赵铁头说：“部堂大人叫你，外面好大的风浪，你也不怕呀。”赵铁头甩了甩一头的雨水，恼火地说:“老子一生就怕水，要是死在海里了，那才是冤哩。”

舱里的桌子上铺张地图，邓廷桢正埋头在地图上比画着，林则徐看了眼一头雨水的赵铁头，两眼盯着舷舱玻璃窗外面，浪花与雨水扑在玻璃上，映入眼中的世界混浊不堪。“铁头，你去驾驭室告诉船长，今晚不要赶着回香山了，改道去雍陌住宿，避避风浪。”赵铁头脸上马上露出笑容，回道：“老爷英明。”林则徐没好声地说：“你是不是怕了？老子都没事，你瞎担心什么？去吧。”邓廷桢从地图上抬头，发出轻轻的笑声，说：“部堂大人说不怕，铁头你就去对舰长说，还是回香山去吧。”林则徐知道邓廷桢在取笑他，他也不客气地说：“邓大人现在可是两江总督，要是在我舰上出了事，那我可担当不起呀。呵呵。”邓廷桢苦笑了下，说：“部堂大人就别取笑我了，我呀只是个挂名的两江总督。这也好，要不我还没机会到澳门转一圈呢。”林则徐见邓廷桢上任的日子朝廷一直没发布，也暗自着急，这次便以公事之名请他随行巡视澳门。他见赵铁头还在愣站着，喝道：“快去呀。发什么愣，滚。”赵铁头欢快地应道：“是。”他一转身，正好一个巨大的浪花扑上兵舰，舰身猛烈地侧了下，赵铁头倒在地上连打了几个滚出门。邓廷桢哈哈大笑，说：“这个铁头还真是滚出去的啦。”话音没落，他整个身子倒在桌子底下了。林则徐抱住根柱子稳稳地立着，打趣道：“邓大人，看样子你两江总督的位子怕是坐不稳啦。”他话一出口，猛地肚里好似翻江倒海了，吐了一地。

关天培和豫堃早就在虎门的码头上候着迎接林则徐一行，当兵舰停稳在码头上时，林则徐是赵铁头搀扶着下来的，邓廷桢下来时脚步是趔趔趄趄的，龚孝拱则是从舰上被抬下来的，他从昨晚到今天就一直躺在门板上没醒过来。关天培和豫堃吃了一惊，忙上前去迎接林则徐，豫堃悄声问赵铁头：“铁头，这是怎么回事？不会是与夷人在海上打了一仗吧？”赵铁头脸色也是不好看，干哑着嗓子说：“要是跟夷人打了，那就好了。他娘的，是跟龙王爷打了仗。”关天培扑哧声笑了，招手要轿子过来，说：“哈哈，遇上台风啦。这不算什么，多在海上待些日子就不会晕船了。”林则徐上了轿子，没好声地说：“关军门，你还嫌我们受罪不够？”关天培强忍住笑，故意说：“部堂大人，这龙王爷要是服朝廷管就好了。”邓廷桢坐进轿子后，精神好多了，对豫堃说：“豫大人，我还真佩服夷人不远万里，漂洋过海来中国做生意，他们赚的那两个钱是辛苦钱，不容易呀。”豫堃点头说：“邓大人，夷人是用命在赚钱哩。”林则徐眯着眼看了看已经从舰上下来的队伍，这时江面上是风平浪静了，叹口气说：“夷人与大清只做正当生意，那我们也就要省去好多麻烦啦。关军门，不休息了，去炮台吧。”关天培一下精神倍增，大声应答：“好，官兵们一切准备就绪，就等部堂大人和总督大人来检阅了。”他手一挥，威武地喊道：“起程哟。”林则徐一行往炮台走去。

“轰轰轰——”一阵阵猛烈的火炮声响，似从天际滚过来的炸雷，铺天盖地从虎门沙角炮台发出，准确击中事先摆在江中一艘当做靶子的船。林则徐、邓廷桢和豫堃等人从炮台瞭望口观察到这令人振奋的一幕，一齐鼓掌。“好哇。打得不错，关军门，请给打炮的弟兄们每人发赏银五两。”林则徐兴奋地说。陈连升和弟兄们一齐回话：“谢部堂大人。”林则徐用手摸摸有些烫手的炮身，问：“这就是九千斤重的火炮？”关天培有些遗憾地说：“部堂大人，这是豫大人托葡萄牙国商人采购回来的，火力威猛，但这炮只能打固定目标。”林则徐一听，从瞭望口往江面上望了望，问：“这就是说，要是江面的船不到指定的位置，这炮就打不着对方了？”陈连升道：“回部堂大人的话，是这么回事。”林则徐脸色一变，两眼发出寒冷的目光，沉声问道：“豫大人，这一批火炮是你亲自采购的，这是怎么回事，你给我解释下吧。”一下炮台里鸦雀无声了。

豫堃胖脸发白了，挤出一丝笑容，吭哧着说：“部堂大人，这个嘛，是这样的。我对火炮的作用也不很那、那个的懂。你交代重量要大，射程要远，火力要猛。所以我在委托葡萄牙国商人采购时，特意交代这是你部堂大人的谕令，若有失误，当以奸商治罪。”他那言下之意，你林则徐没有交代要买的是可转动的火炮呀。

林则徐一下不知怎么说才好了，嘴角紧抿着，手在炮身上重重地击了掌，发出闷闷的声响。邓廷桢看一眼关天培，关天培会意，上前一步对林则徐说："部堂大人，从伶仃洋进入内江，虎门是唯一水道。这一带水面狭窄，我们在东面山上设有沙角炮台，西面的大角也有炮台，再加上在沙角和大角山上，根据江面不同的位置，按远近高低，都设有火炮的射击点，完全可把江面全部封锁。"说着，关天培从陈连升手中接过要塞布防图，展开介绍道："部堂大人，你看我们的火力配置可以说是天罗地网了，别说是船就是一只鸟从江面飞过，我们的火炮也会把它打下，跑不脱的。"

林则徐听关天培这么一说，脸色稍放松了些，目光里的杀气也消退了，只是他的双眉还是紧锁着。他举着单筒望远镜看瞭望孔外的江面，自语道："今天这事就到这打止，是我考虑不周，也是我有点孤陋寡闻。唉，"重重叹息了下，接着说："不是我不放心，是虎门要塞的阵地太重要啦。它若出事，广州城就无天险可守了。所以，"他回过头来，对大家说："我们必须以百倍的警惕，来对付英夷将要发动的战争。九龙洋之战虽然我们胜了，那只是小胜而已，我们切不可掉以轻心。国虽大，好战必亡；天下虽平，忘战必危。我这次澳门之行，虽然只待了三个时辰，可我从夷人们的居住食用方面已感觉到，今日的夷国在技巧机关的使用上已超过我们了。海上打仗，打的不仅是勇气，更重要的是比手中的家伙。所以，沿江一带的要塞还得加强。豫大人你负责去与夷商会商，我们要买能转动的火炮，还有炮弹也要备足。这次我到炮台巡视，弟兄们精神状态不错，炮台也进行了修整和加固，但我们不能只看重几个主要的炮台，要对所有的炮台都要进行加固，增添火力，不能留有死角。"

邓廷桢对林则徐的这一番话，深表同感，说："部堂大人所言出自肺腑，感人之深啦。用兵之法，教戒为先。教育和训练是带好官兵的基础，今天本官所见水师营官兵可谓是士气高昂，训练有素，不错不错。今日之广州，在部堂大人的治理下，有关军门这样的一支水师营，还有豫大人的鼎力相助。夷人若是胆敢与我大清开战，那他们就是鸡蛋碰石头，自取灭亡啦。哈哈。”他这番表态，说得大家个个脸上喜笑颜开。林则徐苦笑了下，心里在说，和事佬。豫堃心里像是放下了块石头，一下感到轻松多了，他擦拭了下额头上渗出的汗水，对林则徐说：“部堂大人，据我所知，目前在夷国中能生产转动火炮是英夷的最好，但现在想要他们在这个时候卖给我们，恐怕是难以做到。”林则徐一笑，说：“他们不卖我们，但他们难道就不会卖给他国吗？以利诱之，天下没有不可为的事也。”豫堃把脑袋一拍，恍然大悟道：“部堂大人所言极是，本官明白了。”

林则徐语重心长地说：“诸位同僚，《孙子兵法·计谋》‘兵者，国之大事，生死之地，存亡之道，不可不察也’。泱泱大中国有五千年中华文明历史基石，蕞尔夷国其文明长不过千年，短在百年里，其有何胆量与我大清公然叫板？是因近百年来有奇技淫巧之物壮其心志，才是如此嚣张！此是我们当下技不如人之心病也。故本部堂受命自南下禁烟以来，内心所担忧的是与英商人的利益之争，恐其上升为国家间矛盾而延伸为战事也。现果不其然，我们也不必惶恐。皇上有圣谕，夷人他们既有此番举动，若再示以柔弱，则大不可。朕不虑卿孟浪，但戒卿等不可畏葸，先威后德，控制之良法也。相机悉心筹度，勉之，慎之。皇上何等英明呀，为臣者唯以捍卫中华民族之尊严，将以一腔热血书写于春秋史册。”

关天培一身热血沸腾，咬着牙道：“部堂大人，只要夷鬼子敢踏上我大清土地一步，老夫就拿命跟他们拼啦。”

陈连升等官兵齐声豪言：“拼啦。”

林则徐接过一弁兵手中的火绳，点燃火炮上的引线，“嗞嗞——”

一声巨响，“轰——”大地在震撼！江中腾起一股冲天的水花，大江两岸的炮台向江中发出排山倒海般的呼啸声，大江沸腾了。

第十五章

穆彰阿双腿盘坐在炕上已有大半晌了，手里不停地在玩着叫做自来火的洋火。他从纸匣子里取出一根两寸长许的木梗，木梗上端有红色的洋药，在纸匣的黑边皮一擦，滋地一下木梗上的红色洋药爆出火焰，火焰渐渐快要把木梗燃尽了那一瞬间，他手轻轻地一扬，木梗上的火焰熄灭了。炕桌上一只珐琅彩烟缸里的洋火梗子都快塞满了，满屋子里尽是洋火燃烧后的气味。他对面伏在桌子上抄写公文的王鼎，迎面看去他那颗硕大的脑袋上光秃秃的，在灯下亮得晃眼。“王大人，都说你是本朝学贯古今，才识第一的人。嘿嘿，我问你一个问题，若是道出其中奥妙儿，我送你十盒洋火，如何？”穆彰阿突然开口道。王鼎放下手中毛笔，拿起时刻备在身边的老烟杆来到穆彰阿前，把烟杆一伸，说：“有劳大人。”穆彰阿嘻嘻一笑，说：“呵呵，王大人呀，你也感觉了洋火比你那个打火石要好使多了吧。”说笑间，取一根木梗在纸匣上一擦，噗地爆发一团火花，把烟窝里的老旱烟点燃了。王鼎含着和田玉的烟嘴连抽了好几口，吐出的烟雾呛得穆彰阿连连打了好几个喷嚏，他捂着嘴说：“王大人，你这是想谋害本官。”王鼎笑道：“你上折子呀，我想皇上也会说你是在诽谤中伤，陷害忠良了。”穆彰阿从炕上起身，摆着手说：“好了好了，你是忠良。”他离王鼎远些，从身上掏出一只红珊瑚的鼻烟壶，拧开盖对鼻烟壶的口子狠吸了几下，又揉了好几下鼻子，接连打了几个响亮的喷嚏后说：“我就不懂，鼻烟干净提神，你们汉人怎么就不用这个，非要去抱着根老烟杆不放。”王鼎瞟穆彰阿一眼，吐一口烟雾出来，说：“哎，穆大人，你不是有话要问吗？”他盯着炕桌上的一盒洋火，“你不会变卦吧？”口吻中充满了自信心。穆彰阿阴笑着说：“王大人呀，你要是回答不出，这本皇上要军机处拟旨回复台湾事宜的折子，就由你来执笔？”说着他拿起炕桌上的一本折子晃了晃。王鼎知道写不写，有关台湾的事宜皇上都会要他发表意见，最终反正是自己的事。所以他心痒痒地说：“你就别给我下套啦，有屁就放。夷人的洋火金贵得很，粤海关的豫大人还专门给宫里进贡这洋玩意，那我也尝尝鲜哩。”“那好，本官历来言必有信。”穆彰阿盯着王鼎的头顶笑逐颜开，问：“请问王大人，你头顶头发去哪了？”王鼎一愣，道：“废话，掉光了呀。你就问这个？”穆彰阿笑嘻嘻地说：“为什么会掉呢？”“想事多了就会掉，年纪大了也会掉发呀。你不会是有病吧，这样的常识你也会不懂？”王鼎讥笑道。“好，请问，同是人身上的毛发，为什么头顶的毛长了又会掉，可下身的毛为什么不长也不掉？”穆彰阿说这话时，两眼从上到下把王鼎全身都扫了遍。

王鼎一下愣了，两眼直瞪着穆彰阿，把头脑里的经史子集笔记野史都翻遍了，怎么也想不出有哪位先哲曾有过如此的笔录。是呀，一个人身上怎么会有如此特征呢？他百思不得其解。“滋”的一声，穆彰阿又擦了一根洋火，火柴梗子燃起一团火光，映在王鼎的那张大脸上，显得有些拉长变形了。“怎么样？王大人，你可是本朝的第一大儒呀。回答不了吧？看来有时书读多了也不见得是件好事。哈哈。”他得意地笑了。

王鼎摇摇头，一脸歉意地说：“本人孤陋寡闻，实在是不得其奥秘。还是首辅大人学识渊博，请赐教。”他双手拱拱。

穆彰阿摸了把脸，手在下巴上与钢丝般的胡须摩擦了下，嗓门响亮道：“王大人，今天总算是把你考住了吧。哈哈。”他朝门外的天空指指，王鼎顺着他的手指往外望去，门外的天空是一片湛蓝，阳光灿烂。他瞪大眼张大嘴，也没看出个名堂，不由问：“天上没什么呀？”穆彰阿已是乐不可支了，笑得打嗝了，手指着王鼎说：“我的天呀，满天的日光你没瞧见？那就是本人提问的答案呀。”

王鼎这下更是丈二金刚摸不着头脑了，迟疑地问：“穆大人，你不是在跟我打哑谜吧？”

穆彰阿头直摇，说：“那是你们汉人玩的把戏，我们满人八辈子也不会去劳这神。”说着他把王鼎拉到门外，小院里那株老槐树青绿茂盛，阳光透过树叶间洒一地斑驳陆离的光影，晃得人眼昏花。“你瞧瞧，这棵树一年四季花开花落，是因日头的照射。那人的头发为什么会脱落又会长了呢？哈哈，不也是这个道理吗。”

王鼎一下恍然大悟，冷冷地说：“首辅大人真有学问，我明白了你说的下文，人的下身为什么毛不长也不掉毛，是因它没有见日头的原因。不过作为军机处的首辅大人，把一门心思用在这上面，这有点与身份不相符吧。”穆彰阿一下被他的话噎得说不出来了，甩手就回屋里去，丢出一句话：“王大眼，你是张臭嘴。”王鼎进屋上前把炕桌上的几盒洋火都给收拾了，穆彰阿大叫：“王鼎，你一个汉人，竟然敢从满人嘴里抢食啦。”王鼎笑道：“穆大人，你错矣。皇上有上谕，满汉一家。既是一家人，就应不分你我了，是不？嘿嘿。”说着他把炕桌上一份折子拿到手上，说：“你放心，我不会白拿你的东西。你不是要我帮你做事吗？这叫做按劳得利。”穆彰阿奈何不了王鼎，只好随他去了，嘴里却是说着：“跟你说清楚，我可没有要你帮我做事，是你自个儿寻上门想找事做。不然皇上知道了，以为我又在欺侮你了。”王鼎回到自己的座位上，头也不抬，边看折子边回道：“欺侮不欺侮，皇上清楚得很。还要我来说吗？”他看了眼折子上抬头的名号，不由惊道：“哟，是明叔的折子呀。”他说的明叔是台湾兵备道姚莹的号。姚莹是嘉庆十三年进士，安徽桐城人，其祖父姚鼐是清桐城古文派的创始人。他于嘉庆二十一年任福建平和县知县始，显其办事干练，诛奸抑暴的强悍作风，被誉称“闽吏第一”。素有惜才之称的王鼎，自然对姚莹的折子要高看了，对其他官吏的折子，他一概直呼其名，而被他视为知己者，便以其字号相称了。

王鼎看完折子后提笔就要拟文，穆彰阿忙从炕上下来，冲着王鼎摇手说：“王大人，你等等，先说说你的看法再拟文不迟。台湾之事，如今已成皇上搁在心里的国事之一，不可草率。”正说着，小章机进来禀报：“二位中堂大人，有公公传皇上圣谕，宣你们过去。”穆彰阿对王鼎说：“走吧，皇上问话与台湾的事有关。”王鼎叹口气说：“多事之秋即起了呀。”两人出军机处小院。

在门房处的丁三一见他俩，马上一脸谄笑，上前躬身，袖头甩下，左膝前屈，右腿后弯，身子稍向前，左手贴身，右手下垂，行了个标准的“打千儿礼”。穆彰阿笑了，骂道：“你这个狗奴才，这道道儿玩得还蛮像回事。”王鼎素来对宫里太监从没过好脸色，没好声地哼了声，也不说话，头昂得老高径直往西暖阁走去。丁三赶紧上前一步领路，一边说：“军机爷，皇上是在御花园摛藻堂哩。”他俩便沿着礓礤慢道往御花园走去，路过坤宁宫时，小章机小跑着从后面追上来，气喘吁吁地道：“中堂大人停停，有、有六百里急件禀报。”王鼎心里一惊，问：“是不是林部堂发来的？”小章机点头，双手把信匣递上。穆彰阿打开匣子取出信函，看完后就递给王鼎，说：“王大人，这是林部堂呈澳门同知蒋立昂九月二十四日在澳门总督黎委多的陪同下，与英夷义律会谈的情况汇报，还有义律那龟孙子递交的一份禀帖，竟然要求查明九龙炮台放炮驱逐士密乘舰‘窝拉疑’号事件。呸！”王鼎阅后双眉紧蹙，说：“马上向皇上禀报。”他把信函往袖口里一塞，两人疾步从御花园北门入园。御花园始建于前朝永乐十八年，用了十八年的时间才建成，名为“宫后苑”，到雍正时才改称为“御花园”。摛藻堂位于御花园东北向，进门后顺东路而行，从乾隆时起摛藻堂贮存《四库全书荟要》，专供皇帝查阅。穆彰阿和王鼎各怀心思，一路行去对园子里奇花异景熟视无睹，倒是丁三一路上满面的得意劲儿，只是他不敢把欢快的表情在脸上过分表现出来了。去军机处传旨，不是一般太监们可有的荣幸，这意味着他已在皇帝面前当差了。堆秀山东侧一拐弯便是依墙面南而建的摛藻堂，它面阔五间，黄琉璃瓦硬山式顶，堂前出廊，明间开门，次梢间为槛窗。堂前一株古柏树，枝干遒劲，是园子里最长寿的一棵树，依墙有一株老槐树，正根深叶茂。丁三引穆彰阿和王鼎到堂前台阶前，就由在厅堂门口的王金水接进西耳房，他轻轻地交代说："二位军机爷请稍候，皇上在里间正谈话着哩。"西耳房紧贴着墙，道光在里间说话声时有传出，只是里面另一个是谁，他们不得而知。厅堂并不大，上端是乾隆题的匾额"摛藻抒华"，堂柱上的楹联"庭饶芳毯铺生意，座有芸编结古欢"。房里老红木书架上的书籍按经、史、子、集排列，牙签插架。金丝楠木匣子里的《四库全书荟要》，当年是乾隆组织整理四库全书后挑出的精华，收书四七三种、一九九三一卷。仅抄了两部，一部放在御花园摛藻堂，一部放在圆明园味腴书屋。靠东墙是一张黄花梨木大案，上陈设有一件紫檀嵌玉盒，内盛一方洮河砚，铜掐丝珐琅白玉如意一柄，青玉云龙洗一件。王鼎眯上眼，深深地呼吸了满屋淡淡的书香味，自是一番陶醉不已。这时一直立在西耳房门旁的王金水，耳根儿一跳，一个激灵，手一举挑开门帘，道光从里面出来。他身着一件绀色长褂，衣上的纽襻是金黄色的绸缎布缝制，头上没戴帽子，花白稀疏的头发结成一条细瘦的小辫子搭在脑后，瘦削脸上的单眼皮眯着一条缝，鼻梁上架着一副眼镜，头稍一晃，嘴唇上八字胡便随之抖动两下。手里捏着一本书，此时他哪儿还有半点皇帝的形象，更像是一个教书的老先生了。王金水退出房时，简直是踩在棉花上了，没丁点儿声响。当穆彰阿把目光从盯着看大案上的如意收回时，才发现道光已在房里似笑非笑地瞧着他和王鼎了。他赶紧拉一把正埋头在看书架上书的王鼎，王鼎一回头见是道光，忙与穆彰阿下跪，伏地山呼："吾皇万岁、万岁、万万岁。"道光把手摆了下，说："起来吧。"他对里间说声："出来吧。"随着道光的声音，竟然是祁寯藻从里面出来，穆彰阿和王鼎暗吃一惊。祁寯藻朝他俩双手揖礼，道："寯藻给二位中堂大人请安。"王鼎随即笑了，亲切地说：“是实甫呀。”穆彰阿一脸的冷色，哼了声，说：“祁大人，是你哟。”道光双手插在背后，两眼盯着室外的那株古柏，吟道：“摛藻堂边一株柏，根盘厚地枝擎天；八千春秋仅传说，厥寿少当四百年。唉，当年先帝乾隆爷就在这房里做的这首诗，一晃眼又是几十年过去啦。”皇上也发感叹？穆彰阿、王鼎还有祁寯藻怀疑自己的耳朵听错了，互相瞧瞧，大气都不敢吭一下。一时厅堂里静默无声，唯有堂外的那株古柏在阳光的照射下，似是一条虬龙在肆意蠕动，时而蛰伏时而腾飞。而古柏旁的那棵老槐树投下的浓浓阴影，把堂前的台阶都给遮住了。“二位爱卿，怎么都哑啦？朕请你们来可不是来消遣的啦。”道光口气有些刻薄地说。穆彰阿朝王鼎用手示意了下，那意思要他开口，王鼎手指一翘，那意思也是说你是首辅，当你说话呀。“穆爱卿，你不是说台湾事是朕搁在心里的国事吗？何谓国事？你说说看。”道光背对着他们，双眼盯着堂外的古柏树说道。穆彰阿小心翼翼地回道：“皇上，奴才以为事关国计民生、江山社稷安危，皆为国事。台湾乃大清国土，当是国事也。”“朕之心事你们既然都知，可朕的心疼之苦有谁知？”道光猛地一回头把手中的书狠狠朝书桌上一丢，是一本《论语》，厉声言道：“哼，半部《论语》治天下，把国当家而不以天下为国，就是用十部百部《论语》也治不了。不学以致用，那是书生误国，有屁用。”

穆彰阿、王鼎和祁寯藻一齐下跪，伏地乞道：“臣有罪，奴才有罪，罪该万死。”

“哼，你们倒是想得好，以一死了事。朕的日子不好过，你们也别想轻松，要你们活受罪。起来吧。”道光说完，对祁寯藻说：“祁爱卿，你说说台湾的事吧。”

祁寯藻一下还没反应过来，愣愣地问：“皇上，你是说我来说台湾的事？”

道光冷嘲热讽地说：“怎么啦，还要朕下旨准你在宫内骑马坐轿，你才开口是不？”

祁寯藻吓得出一身汗了，往地上一跪，连连磕头说：“臣不敢，臣罪该万死。”

道光不紧不慢地说：“起来吧，祁爱卿，朕知你到吏部后就在研究全国大小官员的情况。为政者就是要对自己职掌范围的人和事，都要通盘悉知，不然怎么去尽职尽责当好差呢。你昨天递给朕的陈情折子，还特意重点推介了台湾兵备道姚莹是可担当的官员，建议朕可重用之人。朕今点你来这儿，是想听你的说法。朕就烦你们说话不干脆，总是要绕几个圈子才把话回到正题上来。这是你们汉人的陋习，该改改啦。”道光见穆彰阿在一旁的自在劲，鼻子一哼，话锋一转，说：“现在不仅是汉人如此，就连我们满人也有过之。朕要下旨凡报朝廷的公文奏折，文风一律得简明扼要，不许掉书袋子，废话连篇。”他这话说得穆彰阿把头缩了缩，王鼎红着脸，诚恳地说：“皇上教诲一语中的，臣亦是有如此毛病，惭愧。”

祁寯藻双手执礼，诚恳地说：“皇上圣明。臣知错，下不为例。”他略是顿了顿，平嘘口气说道：“皇上，台湾为我中华固有领土，但其孤悬海外，变乱易生。之前历朝历代关于台湾之变迁不叙，单就我朝自顺治十八年春末，前明延平王郑成功率大军进发台湾，大败荷兰守军，结束了荷兰在台湾的三十八年统治。为了开发台湾，郑成功和郑经父子先后招闽南一带的民众赴台垦荒，一度达到有二十万之众入台。郑氏父子治台有二十余年，诸多方面的发展确是做了不少的贡献。但郑经自不量力，竟与逆贼吴三桂同流合污，举兵反清终至惨败，在康熙二十年病逝。他死后其家族为继承所谓的王位发生政争，内斗不止，康熙圣祖爷趁此以施琅为将，率大军征台，郑成功的孙子郑克塽降清，至此结束了郑氏家族治台的二十二年历史。当时，在收复台湾后朝中有人认为台湾土地狭小，又在海洋之中，若派兵驻守，徒费粮饷，而且海盗、夷人经常侵扰，防守不易，不如放弃罢了。此事在朝中引发轩然大波，施琅将军独排众议，主张台湾必不能放弃。他在《恭陈台湾弃留利害疏》里陈述‘台湾一地，虽属多岛，实关四省之要。勿谓彼中耕种，犹能少资兵食，固当议留；即为不毛荒壤，必借内地转运，亦断断不可弃。臣思弃之必酿成大祸，留之诚永固边圉。’施琅将军此疏给朝中大臣极大震动，得到当时大学士李蔚、侍郎苏拜及都察院左御史赵麟等人的支持，认为‘台湾孤悬海外，屏蔽闽疆，弃其地恐为外国所据，迁其民虑有奸宄生事，应如琅议。’时任闽浙总督的姚启圣也力陈守卫台湾之重要，言‘今幸克取台湾矣，若弃而不守，势必仍做贼巢，此天之所以为皇上广舆图而大一统也，似未可轻言弃置也。’康熙圣祖爷圣明，于康熙二十三年颁旨‘弃而不守，尤为不可’。在台湾正式设一府三县隶福建省，实行闽、台联防的军事体制，设总兵水师副将以及辖兵十营，总共一万余人，受驻扎厦门的福州将军和福建水师提督节制。从此，台湾划入了大清版图。后又于雍正元年八月初八，至雍正五年先后因淡水和澎湖地位重要，设淡水和澎湖二厅，台湾也就增至一府四县二厅的行政区域。到嘉庆十七年，因台湾尤以东北部内地迁居的汉人，与原住民常因开垦争地发生纠纷，曾发生过泉州人与漳州人以及福建人与广东人间的械斗，为此朝廷又增设噶兰厅，至此台湾已有一府四县三厅了。”祁寯藻如数家珍般地述说，让道光脸上溢出满意的神色，他不待祁寯藻说完，就开口道：“祁爱卿，当下台湾发生的事态，如何处理为好？”祁寯藻是何等人物，他已经知道了道光所说的台湾发生事态是怎么回事，但他表现出一副完全不知情的表情，说：“回皇上话，臣在吏部当值，台湾事态臣道听途说一二，此属朝廷要情，臣不可妄言。”道光点头，回头对穆彰阿说：“穆爱卿，你说说吧。”

穆彰阿沉声地说：“皇上，据台湾兵备道姚莹奏报，近期来英夷的舰船频繁出现于台南一带的水面上，常上岸强抢恶要补给，民众与英夷已多次发生械斗，死伤多人，引起岛内的不安。目前台湾的驻军弁兵、屯丁、水勇加在一起不到二万人，分守澎湖、安平、鸡笼、淡水等要塞口岸。而台湾现有口岸十五处，有九处最为重要，其中鹿耳门为全台湾咽喉出入要口，有炮台十八座，以目前的军力布局，难以防范应对夷贼的挑衅。姚莹鉴于台湾目前的形势，请朝廷增派兵力，调拨重炮增援口岸的防务能力。”

王鼎双目精光暴显，忧心忡忡地说：“皇上，姚莹此人不到万分紧急的时候，他是不会轻易上折陈情诉苦，看来东南海面也是危机四伏了。”

道光点点头认可王鼎所说的话，他在房里来回踱步，一下房里的人大气都不敢喘了，门外传来院中老槐树上知了的鸣叫声。由于接近十月天了，知了鸣叫声，一声一声的间隔拉长了，显得有气无力，颇为凄凉。“王爱卿，你意下如何？”道光看着王鼎说。

王鼎看眼穆彰阿，道：“皇上，祁大人表述如数家珍，台湾与中华民族血肉相连，建制于我大清版图，乃一统江山也。既然台湾形势紧急，朝廷应有对策。穆大人与臣正在商议，拟增兵三千六百名，另从福建增派一水师营驻鸡笼港，其为台腹背要害，为全台咽喉出入要口之一，与淡水营为犄角之势。淡水以南的后垄港、八里坌、加冬笨港、斗六门、半线等沿海口岸以及淡水新园、郎峤等处增设千总、把总镇守，各处须有官兵五百、战船七只防守其地，不得有漏隙之处。拟旨姚莹所求，请皇上一一准允。”

道光满意地点了点头，说：“二位爱卿所议朕准。”接着似笑非笑地对祁寯藻说：“祁爱卿，你也可发表政见，给朕听听吧。”

祁寯藻被道光的一句话点醒，忙说：“皇上，二位中堂大人陈辞精要，臣可是大长见识了。知国事主张须胸中有谋，不可乱了章法，否则将误导决策正之。”他略顿了下，见道光双手搭在背后，两眼微眯看着窗外老槐树上还残余的花朵，突然冒出句话：“那槐树上的花儿是几月开的？怎么都快谢尽了。”一下，屋里的人都木了，皇上问这事是什么意思？正好王金水端着茶盘进来，他灵机一动，笑嘻嘻地说：“皇上，槐树开花一般是六到八月间，只是今年不知怎么到了九月都快过完了，树上还挂有花朵，这真是奇了哩。”他边说边把茶盘里的茶盅一一奉上，茶盅里的汤水晶红透亮。道光端起茶盅喝了一口，“黑茶，不错呀。如今国家有事，可惜的是朝廷里像陶澍这样清白之人已是难得啦。”他发着感叹道。穆彰阿王、鼎祁、寯藻听道光这么一说，忙惴惴不安地说：“臣等无能，奴才无能，唯愿以陶大人为楷模，为皇上分忧。”“朕不是责怪你们，睹物思情，念着故人了。”道光看着王鼎花白的头，露出少有的亲切目光，说：“王爱卿，你今年应是七十二了吧？”王鼎双手执礼道：“皇上，臣已老矣，眼下正是朝廷急用人的时候，而臣已心有余而力不足了。咳咳。”他说着就气喘喘地连咳了好几声才平喘过气来。道光怜爱地说：“王爱卿，朕准你见朕可免行跪之礼。”王鼎一听顿时两眼热泪盈眶，又是要下跪谢恩，祁寯藻忙一把拉住他说：“老中堂大人，皇上已免你行跪之礼，你就歇歇吧。”王鼎哽咽着说：“皇上待臣恩重如山，臣何以报答呀。”道光笑笑，说：“王爱卿，你身子骨硬朗着，就是对朕最好的回报了。”他转而对祁寯藻说：“祁爱卿，朕等着听你的高见呢。”祁寯藻忙说：“皇上，臣哪有什么高见？《孙子兵法》云‘不知三军之事而同三军之政者，则军士惑矣；不知三军之权而同三军之任，则军士疑矣。三军既惑且疑，则诸侯之难至矣，是谓乱军引胜’。故谋局布阵，臣不敢乱言，然臣掌吏部人事，对任人用人有荐之职责。臣以为台湾目前局势，单以姚莹一人肩挑军政，恐有力不从心之感。故臣以为可调一得力武将去协助镇守台湾，以加强台湾的军事海防力量。”道光点头，道：“祁爱卿，你看谁去为好？”祁寯藻不假思索，道：“臣考察了朝廷既懂军事，又熟悉台湾地理情况的人，最理想的人应是王得禄了。”

道光并不表态，问穆彰阿和王鼎：“二位爱卿，祁爱卿推荐王得禄，此人你们看如何？”

王鼎放下手中的茶盅，说：“皇上，臣以为祁大人举荐得当。王得禄是本朝为数不多出身于台湾、熟悉台湾事务，又素以有勇有谋著称的战将，先后自嘉庆与本朝任福建浙江提督，有数十年之久。本朝十二年，台湾贼匪张丙作乱，他本是已乞病归隐嘉义了，是他率家丁擒贼目张红头等有功，加太子少保。后本朝十八年，台匪沈和肆掠地方，一时民不聊生，纷纷逃离台湾。王得禄闻之不仅输粮草助官兵，还亲自披挂上阵剿匪，大获全胜，厥功甚伟。皇上念其忠勇，晋太子太保。他若重新出山，坐镇台湾当然是好，只是他已是七十岁的人了，还能胜任吗？臣有此担忧。”

穆彰阿强硬地说：“皇上待王得禄恩重如山，只要不死，抬着棺材上阵去报答皇恩。”

道光叹息一声，说：“抬着棺材上阵，精神可嘉，只是何以作为呀。朕实在是无万全之策，还得请他重新出山了。”转而对王鼎说：“王爱卿，朕不下旨了，你就把朕的心意如实向王得禄转述，此非常时期得由非常之人来替朕分担，干与不干，由他自己来选择吧。”

王鼎执礼道：“臣明白，请皇上放心。为臣者为国赴难，万死不辞。据臣所知，王得禄年华虽逝，仍壮心不已，请缨出征，是他报答皇恩，为国尽忠的时机了。”

祁寯藻在一旁说：“皇上，此人是忠烈之士，视死如归。这次朝廷有事，请他再次披挂上马，于王得禄来说是彰显其英雄本色的时候了，他何乐而不为呢？可惜我祁某不才，不然我也要请缨上阵了。呵呵。”说着竟笑了起来。

道光听罢祁寯藻一番言论，发着感叹说：“为一国之君者，用人如器，各取所长。朕现在深有体会，先帝爷把人才视为国之重器的用心啦。若国有贤良之士众，则国家之治厚也。”这时，穆彰阿朝王鼎做了个手势，指指他的袖口要他把林则徐的那份折子呈上。王鼎拍拍脑袋，忙从袖口里抽出林则徐的折子双手递上，说："皇上，还有林则徐六百里加急呈报的一份折子，是才收到的。"道光一听是林则徐的折子，本来伸出手要接折子，一下又收了回去，冷冷地说："怎么回事？说。"祁寯藻见皇上与军机大臣要商议军机要事了，他躬身要退出，双手执礼说："皇上，若无他事，臣告辞。"道光脸无表情地说："二位爱卿，祁爱卿在军机处跟班学习，有关要文可让他阅。"穆彰阿和王鼎马上应诺："奴才明白。臣明白。"说这话时，王鼎朝祁寯藻会心一笑，而穆彰阿则是毫无表情地看了祁寯藻一眼。祁寯藻心头猛地一震，从道光宣他到摛藻堂来谈官员任用一事，还是与他职掌有关可说得过去，但这下要他参与军机处的要情，在场的人心里无不深感道光的用心了。他强忍住内心的激动情绪，双手示礼，轻言道："晚辈不才，乞望两位前辈多多指教。微臣唯有当好差事，以回报皇上隆恩。""好了，祁爱卿，君子相处和而不同，认真当好差，不要负了朕对你的心意。"道光叮嘱了句，言语虽轻，但道光当着穆彰阿和王鼎的面说出和而不同，却是在祁寯藻心里重重地敲打了下，他头脑里蓦然冒出一句诗"欲为圣明除弊事，肯将衰朽惜残年"。心头一股热流涌上，自知此生没有后路可行了，默不吭声地立在一旁。

王鼎老眼昏花，平时他腰上都是挂着眼镜盒，由于走得匆忙眼镜盒没挂在腰上，他只好拿着折子凑在眼前，左看右看满纸的字都是成双影儿。穆彰阿瞧王鼎这窘相不由偷着乐了，一晃眼见道光正铁青着脸在看他，赶忙说："王大人，我来。"他接过王鼎手上的折子，略一清爽了下嗓子，择其紧要之处说："皇上，林则徐的折子呈报澳门同知蒋立昂与英夷商务监督义律会谈事，会谈涉及缴烟、具结、交凶事项，但均被义律否决了。其理由是，现泊香港尖沙咀洋面上的英夷船只已无一两鸦片了，可以会同搜验，若搜出一两鸦片，甘愿接受处罚；具结文书上只要去掉'人即正法'就可遵守我国法令；关于交杀害林维喜凶手一事，对方狡辩说，当时还有美国水手也在场，说他可以悬赏所有的英夷来检举，只要证据确切，一定依英夷之法处置。蒋立昂当即驳斥，举证九月五号有中国烟贩欧和彭等在额顺船上买了‘公班土’，这两名烟贩已供认；林则徐强调具结上必须写明‘人即正法，船货全行入官’的文字；杀林维喜的凶手是英夷水手，供证确凿，必须依大清律重惩。由于双方的分歧太大，这次会谈甚无结果。可就两天后，义律却向蒋立昂递交一份禀帖，按英夷的话说是外交照会，强烈要求查明十九日九龙炮台六次炮击逐士密乘舰‘窝拉疑号’一事。”

“啪！”的一声响，道光在大案上重重一击，道：“欺人太甚！在大清犯法，竟然不能用大清律来处之，这、这不是公然向我大清宣战了吗？穆彰阿拟旨——”那声音像一根麻绳把大家心捆得紧紧的，喘不过气来。穆彰阿马上握笔候着，道光稍喘口气，咬着牙说：“着林则徐即将英吉利国贸易停止，所有该国船只，尽行驱逐出口，不必取具甘结。其殴毙华民凶犯，亦不值交出。钦此。”王鼎顿时兴奋得满脸红光，激动地说：“皇上，英明呀。断绝与英夷的一切生意，釜底抽薪，有如是剥了他们的皮，抽了他们的筋。不战而屈人之兵，善之也。哈哈。”他竟然笑了起来。

道光大概受了王鼎的情绪影响，心情也好了些，指着满房的书说：“先帝爷用心良苦，编撰《四库全书》收录古籍三五〇三种、七九三三七卷，这是大清在中国历史上的首创，有哪个皇帝做到了？没有，唯有大清。当年先帝爷能做这些事，是为大清在五千年的中华民族历史上博一声名，高瞻远瞩。朕要是国库里有钱，首要的事就是把武备当朝政之大事来办，有了强大的武备作为国家的后盾，还怕夷人来挑衅我们吗？时至今日，英夷如此嚣张，还不是手上的利器强于我们。既然事情已经发生了，国家的脸面也是朕的脸面。这脸面朕是丢不起，列祖列宗上天有灵在看着朕。”他长吁口气，双手紧握。他正说着，堂外传来一阵笑嚷声。“是谁在外面？”道光脸色一变，喝道。王金水赶紧从门外进来禀报：“皇上，是皇后娘娘和贵妃娘娘携四阿哥六阿哥，他们在登堆秀山哩。”道光一听是她们，脸色马上缓和了，说：“走，去看看。”穆彰阿、王鼎、祁寯藻等人随道光出摛藻堂。王金水躬身想引道顺石径去堆秀山，道光却走山脚的券洞门，洞门上额有一题名为“堆秀”的匾，门内有石洞，内为砖砌穹隆式石雕蟠龙藻井。洞内窄小，仅容一人在里穿行。当道光一行从洞里出来，孝全成皇后和孝静贵妃由四皇子奕纻和六皇子奕䜣牵着，正要拾级上山，她们突然见道光从洞里出来，吃了一惊，忙下跪，道：“臣妾恭请皇上圣安。”奕纻和奕䜣也跟着跪下，亲切地喊着：“皇阿玛吉祥。”道光笑容可掬地说：“起来起来。”他亲自把孝全成皇后扶起，奕纻和奕䜣拉着道光的手说：“皇阿玛，你也来登山吗？”穆彰阿、王鼎和祁寯藻一出洞门就跪在地上，伏地道：“臣、奴才恭请皇后娘娘贵妃娘娘金安。四阿哥、六阿哥好。”

孝全成皇后一脸的笑容，亲切地说：“都请起来吧。”她见祁寯藻头勾着，两眼看地，便轻声地说：“你们是朝中重臣，皇上有过旨意，如遇宫中内人不必回避。”祁寯藻抬头回话：“谢皇后娘娘。”奕纻走到祁寯藻身边，小鼻子使劲儿地闻了下，一下笑逐颜开了，指着祁寯藻大声地说：“我知道你是谁了，你是那个有名的山西才子祁寯藻。”他这话一出口，莫说穆彰阿、王鼎吃了一惊，祁寯藻更是不可思议。他本来说话有点儿打结，这一下更是连贯不起来了：“四、四阿哥，你、你怎么就知道臣、臣、臣是祁寯藻？”这话意思是他与奕纻从未谋过面，怎么就认出了他。奕纻笑嘻嘻地说：“皇祖母说朝廷里有几个大臣很好认，一个是老军机爷，大眼一瞪，吓得鬼死，而那个山西才子好吃醋，老远就可闻出他身上山西老陈醋味儿。”他的话逗得大家开心地笑了起来。

道光笑呵呵地道：“四阿哥，不得无礼。”

孝全成皇后轻轻啊呀了声，握着海棠花云锦刺绣的团扇，粉红色流苏轻轻晃动，提扇掩唇，微微一笑，道：“哦，你就是祁寯藻呀。”

孝静贵妃杏眸一弯，笑盈盈道：“果真吔。”

祁寯藻毕竟还是第一回与内宫主子见面，极不自然地乐着，不知如何回话才好。

孝全成皇后收敛脸上笑容，小脸上又显出苍白之色，轻言细语地说："刚才在给皇太后请安时，还听皇太后说朝廷有你们这帮重臣，是皇上的福气。你们可要尽心替皇上办差，不可误了皇太后的心意啊。"此言犹是秋风过耳，有点儿凉飕飕的感觉。

穆彰阿、王鼎、祁寯藻执礼，道："皇太后教诲，臣、奴才铭记在心。"

这时奕𬣞和奕䜣齐齐来到穆彰阿面前，恭敬地行礼道："总师傅，好。"穆彰阿点头，亲切地说："好好。"他俩称穆彰阿为总师傅，因上书房教皇子们读书的师傅都归他管。他一般不直接给皇子们上课，但一个月里总有两三次要到上书房去查看皇子们的功课，是否有上进么，同时督促师傅给皇子上课不可偷懒。道光一生有二十个后妃，共给他生了九子十女，按清朝祖制这九个儿子都有可能继承皇位。自道光七年至道光十一年，他的前三个儿子全离他而去，膝下无子，龙脉断绝，这可是事关国体的大事。好在皇贵妃的钮祜禄氏于道光十一年六月初生下了皇四子奕𬣞，过一年孝静贵妃接着为道光生下皇六子奕䜣，接连后宫的几个嫔妃又生下了三个皇子，只是这后来生的皇子们年龄太小，所以道光对皇四子和皇六子格外青睐，皇五子奕誴生得相貌粗陋，不喜读书，道光对他从不有亲和之举，就更谈不上做皇储之选了。道光牵着两个皇子的手要去登山时，突然见一面孔陌生的女子一直立在孝全成皇后身后，圆脸上现着恭敬拘束的笑容，胭脂色云锦旗装，银线暗绣的浅色梨花样子若隐若现，旗头下光洁发髻上插一支鎏金五瓣梨花样发簪，着一金泥簇蝶裙，一件五彩夹金线花纹的披风及膝。孝全成皇后见道光的目光落在这女子身上，便轻声言道："皇上，她是琦善的大福晋瓜扭氏哩。"瓜扭氏上前给道光挽个万福，媚笑儿道："依诺儿恭请阿玛哈圣安。"她本是道光的堂侄女，满语依诺儿是侄女，阿玛哈是伯伯，所以她称道光为阿玛哈。这乖巧的请安，让道光觉得好亲切，笑着说：“朕记起了，你是和硕和恪公主的侄女，可惜她死得早了些，当年她比朕小了十来岁哩。你的婚姻还是皇太后给做的媒，今儿进宫是不是琦爱卿欺侮了你？呵呵，有朕给你做主，谅他也不敢。”

瓜扭氏撒着娇，柔声儿说：“阿玛哈是皇帝，我可不是来告状的哩。”

孝全成皇后在一旁轻轻笑道：“皇上，你这个堂侄女，每月末都要进宫来陪皇太后聊话儿，说些宫外的新鲜事儿给皇太后听，逗皇太后乐着哩。”

道光点头，和蔼地说：“难得你有这份孝心。”他突然想起了什么，扭头问：“穆爱卿，这几日怎么不见有琦爱卿上折子啦？他倒是清闲得好呀。”穆彰阿一下不知怎么回话才好，嗯噔着说：“皇上，琦大人前日给奴才去函，说是近期正依《严禁鸦片烟章程》忙着，大肆收缴鸦片抓捕烟贩，且成效显著。”道光听穆彰阿这么一说，脸露笑容，说：“琦爱卿，是一干臣也。”瓜扭氏正要开口替丈夫说谢主隆恩的话，孝全成皇后忙使了个眼色，那意思这是朝政，内宫妇人不得插言。瓜扭氏伸一下舌头，赶紧把嘴闭住了。孝全成皇后见道光与大臣在谈国事，就领一干人到堆秀山前一喷水的石龙头观景。

“皇上，关于《严禁鸦片烟章程》自六月十五颁布于天下以来，各地在执行过程中甚有分歧，”王鼎见道光在专注听他说，便说下去，“反映禁烟条文制定得繁琐复杂，说‘分而视之，法制固为周详，合而考之，彼此间有抵牾’。”

道光脸色一变，问：“有这事？”这部禁烟条例是在林则徐广州一地禁烟措施条文的基础上，交由穆彰阿和琦善予以修正，由肃亲王敬敏审定后由他钦定颁布。所以他闻之感到震惊，问：“怎么说？”王鼎沉声地说：“贵州道监察御史陈光亨，他有本奏《请酌议新定严禁鸦片章程疏》。”道光一听是陈光亨的奏本，两眼盯着穆彰阿，说：“陈光亨为人守正不阿，直言敢谏，在朝廷有‘铁御史’美名。想必他不会草率上本，这奏本就先交由祁爱卿阅，再呈朕吧。”祁寯藻执礼道：“臣领旨。”道光的话似是轻松，可在场的人听来莫不感到沉甸甸的，穆彰阿背上更是出了身冷汗。这时奕纻和奕䜣欢快地跑过来，大声嚷着：“皇阿玛，你不是要领我们登山，别光顾了讲话呀。”道光慈爱地拉着两个皇子的手说：“好好，皇阿玛不说了。走，你们也随朕一起登山去。”穆彰阿、王鼎和祁寯藻一齐执礼道：“谢主隆恩。”他们随行而去。

堆秀山其实是由大小不一的太湖石堆砌而成的假山，仅十四米高，它背靠着高大的宫墙，腾空而立，叠垒成一座怪石嶙峋、岩石陡峭的崇石峻岭。山前正中有门，门内有洞，一条石径小路曲折盘旋通向山顶，在山顶上建有四角攒尖夔金宝顶，名御景亭，自亭上可俯瞰宫苑，远眺紫禁城、景山、西苑尽收眼底。道光一行登上山于御景亭，微风袭来，梧叶飘然，寄语秋声。奕纻和奕䜣平时很少有机会登山游玩，他们一上山便兴奋不已，亭前亭后奔跑追逐，把御景亭里外的气氛烘得热乎乎的。道光心情大好，招手道：“四阿哥六阿哥，过来。”孝全成皇后和孝静贵妃忙要奕纻和奕䜣过去，说：“皇阿玛叫你们哩。”

道光牵着两个小皇子的手，说：“今儿皇阿玛要考考你们，谁能把此番登山的心情描述出来，当然是要得到你们的总师傅和爱卿们的首肯了，皇阿玛有赏。”

奕纻小手把胸脯一拍，大声地说：“皇阿玛，你说就是，我不怕。”

奕䜣瞧她皇额娘一眼，马上也跟着拍小胸脯说：“皇阿玛，我也不怕。”

道光很高兴，说：“皇阿玛问的题，你们已经知道了，谁先说？”

奕䜣马上说：“皇阿玛，我先说。”他竟然把小手举了起来。孝静贵妃一脸的期许望着儿子，倒是孝全成皇后显得平静，秀气的脸上溢着微笑不语。“会当凌绝顶，一览众山小。师傅说了，男儿从小要有志向，将来要为大清为皇阿玛敢于担当，做番事业，不愧对祖宗。”

穆彰阿一听，好激动，说：“皇上，六阿哥，志存高远，可了不得呀。”

道光亲切地抚摸着奕䜣的头说：“说得好，这才是爱新觉罗的子孙。”他见奕詝在想什么的神态，便笑道：“四阿哥，你在想什么？”

奕詝小脑袋一歪，小脸上显出稳重的神色，一字一句地说：“皇阿玛，‘君子之道，辟如行远必自迩，辟如登高必自卑。’此语源自《中庸》。堆秀山虽然不高，但在孩儿心里视它如泰山。”

王鼎一下，两眼放光了，双手执礼对道光说：“皇上，《老子》有言‘故贵，以身为天下，若可寄天下；爱，以身为天下，若可托天下。重莫如国，栋莫如德。二位阿哥虽年少，听其言而知其心矣。大清中兴有旺，江山永固啦。”他说着竟激动得老泪涕零了。穆彰阿和祁寯藻也忙执礼恭贺。

道光点头，惊喜道：“朕领爱卿们的情了。四阿哥六阿哥，小小年纪就知为正人君子之道，朕很高兴。你们须知，其理不可过于轻狂、藐视一切，应常怀谨慎、敬畏、谦卑之心。要知己所缺，脚踏实地，勤勉努力，方可大有作为啦。”他情绪高涨，在身上摸索了下，从腰上解下两块和田白玉佩，给奕詝和奕䜣一人一块，说：“你们两人都说得不错，皇阿玛赏你们。记住学无止境，任何时候不可荒废了读书，读书才有学问，才可有治理天下的本领。”孝全成皇后和孝静贵妃忙要奕詝和奕䜣谢皇阿玛赏赐，两个小皇子跪下规规矩矩地连磕了三个头，说：“谢皇阿玛。”道光亲自把他俩拉起，亲切地说：“明儿朕要去清漪园住几日，你们也随皇阿玛去吧。王爱卿，你传朕口谕，朕看了曾国藩以和气之辩义，结合湖湘文化之经世致用的策论。要他后天去慎德堂廷讲，各部尚书左右侍郎不得缺席。你们下去吧。”“臣、奴才告辞。”穆彰阿王、鼎和祁寯藻躬身退出。“王金水，”道光吩咐，“去传膳吧。皇后和孝静贵妃与四阿哥六阿哥，还有瓜扭氏陪朕在御景亭里用膳。”

王金水赶紧应答：“喳。”他飞快地下山去安排了。御景亭里顿时一派欢乐。只是孝全成皇后在兴奋之余，被微微起凉的山风一吹，不由连咳嗽了几声，她把身上的锦红披肩裹紧了些，脸上显一抹潮红。孝静贵妃赶紧上前，温声细语：“姐姐，要不你先回去？天有些凉意了。”孝全成皇后抬眸见道光正兴致勃勃地牵着两个皇子，在眺望紫禁城外的景色。她轻言道：“妹妹，皇上难得有如此的高兴，不可拂了皇上的心情。”她话一出口，只觉口中有一股淡淡的腥味儿涌上。哎呀，白丝帕儿捂住嘴，血似梅花洇开。瓜扭氏一声惊呼：“不好哩，娘娘她——”正山映秋阳，深红浅黄，碧蕙微芳，沐风而爽。“哇——”古柏上的老鸦，拍翅而起，却又落在一老槐树上了。王金水领着丁三一行太监抬着端着酒食进御景亭了。

第十六章

王鼎回到马状元胡同的小院子时，天已经黑了。黑漆院门上吊着的一盏宫灯，由于风吹雨打，那宫灯上的一层薄红纱早已不现纱缕，呈灰白色了，散发出的一团光亮，仅把院门前的那条青石门槛照出些模样。一直在门房等着的王碾，一见王鼎的坐轿回来了，马上笑嘻嘻地上前打开轿帘子，说："伯爷，今天回得早吔。"王鼎今天的心情大好，下了轿伸手就在王碾的头上弹了下，笑道："碾子，挖苦老子是不？天黑了还说我回来得早，别以为我老了就听不出你舌头底下的话。去，给老爷我温上二两老酒，再切上一盘猪头肉。"轿夫在一旁开着玩笑说："今天老爷可是哼着小调一路回来的哟。""老爷那是捡了个金元宝啦。"王碾开心地乐着，一边在前引路说："老爷小心脚下，公子正在客房里陪一个人等着你喝酒，那客人还自个儿带酒和菜来。"本是一脸开心的王鼎，一听有人在他家里等着，马上就变了脸色，干硬地说："老子平时讲的话是放屁？说了在家里不接见朝中的官员。叫他走人，老子不见。"他扭身就要去书房，这时客房的门打开，房里灯光一泻而出，一口叫人听了拗劲费神的话："老中堂大人，晚辈可是你老请来喝酒的呀。呵呵。"说这话的人立在灯光背影下，一团黑乎乎的人影，正朝他执弟子之礼。

"哈哈，是涤生哟。"王鼎虽说是老眼昏花，可耳朵还蛮管事，一听话音知是曾国藩了。满朝大臣中唯有这个来自湖南湘乡的曾国藩，他说话让人听了犹在听天书，鬼才听得懂。曾国藩也自嘲，说他其实讲的是京城里的话，只是别人听不懂。本来他就话不多，这样一来他就更不愿在大庭广众中开口了。"涤生，你可是稀客啦。来来，屋里坐。"王鼎拉着曾国藩的手进屋，王沆身子单薄瘦长，着一件皂青色长褂，谁见了都会说这是当今朝廷军机大臣的公子吗？实是一副寒酸相。王沆一见了他爹，脸上的肌肉就不由自主地要抽搐几下，他双手垂直，毕恭毕敬地立在一旁，细声细气地道："爹，曾大人已来了一会儿。"边说边看王鼎的脸色，小心地说着："曾大人客气着，还自个儿带来了酒食，说是爹喜欢吃的哩。"说到末了，他竟然张嘴露出了笑容，眼睛也放光了。王鼎摇摇头，苦笑一下，说："唉，看看人家涤生多精神，你就一副没出息的样。"

"老中堂大人，静溪兄的书读得扎实，明年的大考定会金榜题名。与静溪兄相比，吾自愧不如啦。"曾国藩以王沆的字称呼，谦虚地说道。

王鼎鼻子一哼，说："书读得再多不会使用，有何用？那是书呆子。还是你们湖南人会读书呀，经世致用，方可有作为啊。"说着到房里的一张老榆木的圆桌前落座，他看了看桌上的茶水，眉头一皱，对王沆喝道："不懂事，涤生是湖南人，当然要用湖南茶待客。重新泡，上黑茶。"在一旁的王碾忙从柜子里捧出一只青花茶叶罐，捏一小块黑茶放进茶壶里，又重新续上开水，一边说："曾老爷，我们伯爷把这些茶叶当宝贝样的舍不得吃哩。"

王鼎眼睛一瞪，说："就你多嘴，滚一边去。"王碾笑嘻嘻地立在一边。曾国藩喝了口后，点着头说："老中堂大人，这应是陶中堂大人家乡安化的黑茶，过劲有味，汤水也好。"他放下茶杯，把身边的一只香樟木的食盒打开，一股菜香味儿直扑鼻子。"好香的菜。"王鼎嘴巴连连咂巴了好几下，他这馋嘴相，就连在一旁的王沆也忍不住偷偷地笑了。曾国藩不紧不慢地把四个菜碗一一端上桌，实在地道："老中堂大人，晚辈早就听说了你是美食家，我就以家乡的做法和自家产的东西搞了几样菜，让你老见笑了。"

王鼎听曾国藩说是自家做的菜食，连连说："好好，嚼得菜根香，方为人上人。沆儿，你可得好好向涤生学习。”曾国藩忙说：“老中堂大人过奖了。”接着一一向王鼎父子介绍道：“这是玉兰片炒发丝牛百叶，瞧瞧这一根牛百叶丝细得可穿过针眼，拌以几丝红椒绿葱搭配，让人馋吧？它可是湘菜中的一道名菜哩。这是我老家的腊肉炒烟笋子，腊肉是我父亲过年时用柴火熏制的，烟笋是过冬时从山上挖的新鲜冬笋，经过烟火熏干的笋片。”肉有手掌巴大一块，晶莹油亮，王鼎还从没见过这么肥厚的腊肉，他头连连摇了好几下，说：“涤生呀，你们湖南人呷肉比我们西北汉子还猛呃。”“嘿嘿，这是一钵清炖鱼汤。”曾国藩一边开心地说，一边揭开砂钵盖子，哟，汤水是乳白色，弥漫着浓浓的香气。“老中堂大人，暂且不告诉你是用什么作料做的，等你试了口味再说。这是清炒白菜薹子，北边是不可呷到的小菜，我昨天才从老家带回来。”说着又从食盒里拿出一壶酒，说：“这是我父亲蒸的米酒，老中堂大人你不嫌弃，我可管你一辈子有酒呷。嘿嘿。”曾国藩一脸的得意。王鼎忍不住伸手就在碗里捏了块腊肉塞进嘴里，巴叽巴叽地呷得那个香呀，嘴角边溢出的肥油都沾染到胡须上了。王沆还是第一次见他父亲如此放肆，口张着，惊呆住了。“老中堂大人，先喝碗汤，垫垫肚子。”曾国藩从砂钵里舀一碗汤给王鼎，又把王沆的碗里也盛满，不待他说请，王鼎父子已端起碗在喝了。曾国藩那三角眼死盯着王鼎父子喝汤表情，半晌王鼎才把手中的碗放下，伸出筷子夹了些发丝牛百叶品尝后，又夹了些白菜薹子在嘴里细嚼，佐以米酒，那舒服劲儿，是无法用言语来表达了。他长嘘一口气说：“好呷，只怕皇上也没这口福啊。”王沆只夹了一小块瘦腊肉品尝了下，他不敢像他父亲那样大口的呷肉喝酒，倒是对钵子里的汤甚觉好呷，吃了一碗后先瞧了他父亲一眼后又舀了碗。“好汤，俺还从没喝过这么好的汤。”王沆放下碗，由衷地说。儿子说的话在王鼎心里漾起薄薄的酸味儿，他一下觉得自己作为父亲对儿子有欠缺的情分了。他只是对儿子望了眼，要在平时他可是要撂几句难听的话了。

曾国藩颇为得意地说："老中堂大人，其实这汤也没有用什么奇珍之物，说穿了就是用一条鳜鱼佐以安福火腿一起炖，先是大火起沸，后再就用文火细煮，约三个时辰便可食之了。"王鼎咂巴着嘴皮，发着感叹说："平常之物竟也做得如此出萃，此间悟出个道理，凡是用心便没有不可为的事了。老夫领了涤生的情。沆儿你也来，一起走一个。"他举起斟满酒的杯子，王沆平生恐怕还是第一次被父亲应邀举杯喝酒，激动得双手捧杯，仰头就一口喝光了，马上脸红得像个关公了。接着他又给自己倒了杯酒，举杯对他父亲和曾国藩，口吃着说："爹、曾、曾大人，俺、俺今儿个高、高兴，俺要、要先干、干三杯，三杯。嘻嘻。"说着一仰头手中的杯子到底了，曾国藩忙要把王沆手中的杯子夺下，王鼎伸手一拦，轻声说："别管他，这孩子也该醉一回了。"好家伙，王沆第三杯酒也痛痛快快地落肚了。他醉了，醉得那样痛快，那样开心，他嚷着："再来三杯，俺没醉，爹，你老了，你喝不过俺。不信，咱爷俩比、比试？你，曾大人，更不是俺、俺的对手了。不过，俺要、要感谢你，你真够朋友，让俺像个男人了。嘿嘿。"王碾见他醉了，忙要送他回房间去，他一手把王碾扒开："俺没醉，走开。"粗声大气嚷着，摇晃着出了门，身影消失了，他说话声还在响着。半晌，王鼎眼睛里飘荡着一丝伤感的波光，口张了张，冒出一句发自心底的话来："涤生，让你看笑话了。沆儿这孩子，我平时对他要求是过了点，唉。他明年就参加京考了，若无出息，我这做老子的脸面可丢不起呀。好了，不说这个了。"他起身从书架上取下一只木匣子，小心地从匣子里取出一本旧书，一脸的得意神色对曾国藩说："涤生，你给老夫撑撑眼，嘿嘿。"曾国藩忙用手帕擦拭了下手后，才从王鼎手中接过书，先是凑近鼻子闻闻，一股年代久远存贮下来书的清香气息扑鼻而来，他脸露笑容，然后再轻轻地翻开书的扉页，随之啊呀了声："哟，《礼部韵略》也。"不待王碾去拿灯，王鼎便亲自持灯拨亮到曾国藩眼前。

"啧啧，宋版呀。"曾国藩发出一声惊叹，那三角眼睁得圆溜溜了："这是自唐代开元以来开科取士做文的一部官韵书，景祐四年在宋真宗景德《韵略》的修订本基础上的重刊本。老中堂大人，你看这书版式，北宋刻本大都是白口，左右双栏或四周双栏，也有一些早期刻本采用四周单栏，南宋中叶才开始流行黑口。还有它的书体，宋人工书法，北宋早期盛行欧体，字大悦目，行格疏朗，均止八行款式，到后期逐渐看重颜体和柳体，风气所尚，也影响到版刻。但各地区刻书又有分别，川本看重颜体，间架开阔，字形丰满；建本柳体居多，笔画刚劲，字硬如骨；浙本欧体为主，纤细秀雅，字形略瘦，字里行间，秋毫精劲，霜素凝鲜。明人谢肇曾说'宋刻有肥瘦两种，肥者学颜，瘦者学欧'。还有版本用纸，宋代造纸大致有竹纸和皮纸两类，浙本、川本多用皮约纸，以桑树皮和楮树皮为原料，色白而厚，两面光洁。而建本用竹纸，纸薄绵长，书写流畅。它的装帧是包背装，到了南宋晚期才改作线装，官刻本卷末一般镌刻有校勘人衔名，坊刻本则多有书耳和牌记。老中堂大人，这本书是不可多得的北宋版本，罕见呀。嘿嘿，不瞒你老，我自备酒食于老中堂大人，是想一睹宋版书的真容哩。呵呵。"曾国藩那番得意与满足，甚是开心至极了。

王鼎挥挥手，要王碾上茶，当王碾提铜水壶续开水时，骂道："真是个碾子脑壳，涤生是稀客，要重新泡壶，莫太小气了。"王碾从青花罐里取一小块黑茶泡上，一边笑嘻嘻地说："曾老爷，这也是你来了。平时来个人一壶茶到头，那茶水泡成白水了，伯爷他还要小的莫把茶叶倒了，说晒干再泡二次喝。嘻嘻。"这小子说完赶紧提着铜壶乐呵呵地溜出房门，曾国藩乐得眼泪水都出来了。王鼎也觉得好笑，道："这小子是我本家兄弟的孩子，人亲了说话也就没大没小，言过其实，不可信也。嘿嘿。"他因喝多两杯，眼睛眯着，手中的筷子在碗边上敲了下，发出清脆的响声，道："涤生呀，你在翻阅这本书时就知道了它出自何处，就不去点破它，你呀——"似笑非笑地看着曾国藩一张颇有城府的脸。

曾国藩故作惊讶道："老中堂大人，本人可还是第一次见识，你这话从何说起？”

王鼎笑道：“哈哈，你呀是个明白人。明白人有两种，一是叫高明人，一是叫精明人。你呃是二者兼有，难得呀。你在想这本宋版书应出自‘佞宋主人’黄丕烈‘百宋一廛’室的藏书。黄丕烈这人平生无声色之好，惟喜聚书。只要闻有宋元精椠，或旧抄善本，便不惜多贵也要购置，得宋刻百余种，与本朝藏书家陈鳣的‘向山阁’、吴骞的‘拜经楼’驰名天下。跟你实说吧，黄丕烈与我因校勘图书结为好友，可惜他于本朝五年去世了。一本宋版书可值上百两银子，我买得起吗？说来不怕见笑，我是帮他校勘了几本书后所得的报酬。堂堂的一个朝廷重臣，还要去帮人打工才可了此心愿。这事要传之出去了，那可是笑话。惭愧。”

曾国藩真诚地说：“老中堂大人，你这是佳话，惭愧的应是吾辈也。”

王鼎呷了口茶水，从嘴边流下的水珠子顺着胡须滴到衣襟上，洇出一块痕迹。“涤生，你今天不来我也正要把你叫来了。”桌上的酒菜被碾子都一一收拾净了，一团光亮下，曾国藩和王鼎的脸一样彤红的。王鼎亲切地说：“皇上已看了你的关于经世致用的策论，评价甚好。这两天会随时传你去清漪园的慎德堂廷讲，你做好准备，不可有误。”

曾国藩猛然一震，手中的杯子差点儿失手掉落下了，竟有些口吃了：“老中堂大人，皇上他、他听我廷讲？”

王鼎一笑，说：“假传圣旨，可是要杀头的呃。”

曾国藩忙说：“老中堂大人，晚辈不是这个意思，只是这事来得太突然了。我可没一点准备，心里有些慌，怕讲拐了场。”说着就来他家乡的话音了。

王鼎亲切地说：“谁第一回见皇帝，都是怕得要死。其实皇帝也是人，你把他当人不当神就行了。还有你说话不要快了，慢点讲，尽量讲官话。”

曾国藩连连点头，说：“晚辈谢老中堂大人点拨。”他迟疑了下，问：“老中堂大人，晚生昨日才回到京城，听说林大人那边与英夷开战了？”

王鼎一下两眼放光，说："打了，首战我赢。少穆是长了大清的威风，长了皇上的脸面。皇上可高兴，上谕要与英夷断绝一切往来哩。"

曾国藩并没有表现出王鼎那兴奋劲，吞吞吐吐地说："皇上不是再三交代禁烟事上不要轻启边衅吗，怎么还是与夷人打起来了？"

王鼎觉得曾国藩这话问得有点不对劲，脸一沉，说："哼，英夷骑到人脖子上拉尿了，难道还打不得？"

曾国藩一听王鼎的说话语气，忙说："老中堂大人，英夷如此欺人太甚，该打而且要狠狠地打。只是晚辈觉得这仗打得有点儿不是时候，应是有备而战，则战之必胜。"

王鼎一笑，说："涤生，你说得对，纸上谈兵与统兵打仗是两回事。"正说着，王碾进来禀报："伯爷，曾老爷家的下人在院子外传话，说是他家里有事要他赶紧回去。"

曾国藩忙起身对王鼎执礼道："老中堂大人，晚生告辞。"

"去吧。碾子，送客。"王鼎礼节性地把手一摆，说道。碾子提着一盏小灯笼在前引路，一团暗红的光影把夜色下的曾国藩身影拉得长长的。他行走的脚步稳重有劲，王鼎心里都感受到了那脚步声响的劲，不由发着感叹道："此人熟知兵事，将来必是大清的栋梁。"他一直等曾国藩身影消失了，脚步声听不见了，才带着浓浓的醉意，打了个大大的哈欠，一声喊："沆儿，你小子没醉死吧，有种就跟老子再来走一个。"小院里回响着他苍老嘶哑的嚷嚷声。等碾子送客回到客厅时，大吃一惊，嚷道："不得了，老爷睡在地上啦。"王鼎醉过去了，躺在地上睡得呼呼作响，鼾声如雷。

十月二十号这天，印度一艘满载着棉花的商船，停靠在群山环抱的尖沙咀穿鼻码头上了。颠地还在船舱里的贵宾室里忙碌着，用凡士林油把头发抹得一丝不乱，穿上一身崭新的黑色直贡呢燕尾服，脚下的皮鞋擦得铮亮晃眼。士密斯船长不可思议地望着他，自颠地从加尔各答上船来，整天就是光着膀子酗酒，以至怀疑他是来自加勒比的海盗了。他猜测地问：“颠地先生，岸上是不是有你心爱的女人在等你？”颠地细心地掸去衣袖上的一丝棉线，手一扬，打了个响亮的拨指声，愉快地说：“亲爱的船长先生，当我从威廉堡来到码头上船时，你见总督大人亲自把我送上船，你的眼睛告诉我，你这个家伙不就是一个商人，怎么有劳总督大人送行，是不是我给总督先生行贿了？没错，我过去确是在中国做生意的商人，不过现在我已经不是商人了。我是女王陛下身负有大英帝国特殊使命的使者，所以总督大人才是如此对我恭敬。哈哈。”说完把礼帽戴在头上，手里握着文明棍大步走出贵宾室时，又回头对发着愣的船长说：“诺，亲爱的船长，我得向你提出一个忠告，你船上虽然全是棉花，但要想把货物全部销售出去，恐怕——”他两肩一耸，“很难有个完美的结局了。”

船长一听，脸色白了，问：“不是说只要不做鸦片生意，正常的生意大清朝廷就允许做吗？”颠地友好地在船长的肩膀拍了下，说：“我的上帝，大清朝廷只是个办事的机构，没有决策的权力，在大清一切都是皇帝说了算。鸦片过去来到大清时，他们把它当一种药进口，现在又把它当作一种毒药在收缴。这种出尔反尔的行为，已经是严重地破坏了国际间商业贸易的规则了。所以我们不得不用这个，”他做了一个勾枪的动作，说：“来捍卫我们利益和国家尊严。”“你是说要跟中国打仗？不不，不要打仗。我与中国的官员还有他们的商人做过生意，他们说话是算数的。明天我就起航去广州，上帝保佑。”船长惊恐地说道。颠地不怀好意地笑了，手一挥，说：“对不起，船长先生，我只能说这就要看上帝的心情了。谢谢你一路上的关照，祝你走好运。哈哈。”他一出贵宾室，就看到义律站在码头上等他，“哈罗。”颠地一声尖嚷，从舷梯上三步并作两步下来，两人紧紧地拥抱在一起，那亲热劲儿仿佛是一对相隔多年的老朋友了。义律领着颠地顺着简易码头的碎石道，往停泊码头北边的一艘舰船走去。他那张黝黑面孔上胡子拉碴，脖子上围着一根红丝带，胸前挂只望远镜，腰上斜挂着根牛皮的武装带，插满了铮亮的铜壳子弹，一把左轮手枪插在枪套里，往日那绅士的风度荡然无存了。

“亲爱的义律先生，你现在给人的印象，完全是一个来自加勒比的海盗了。”颠地用欣赏的目光看着义律说。“真的吗？哈哈，那太好了。”义律苦笑了下，接着说：“文明与野蛮相撞，解决的方式只能用野蛮的手段来对付野蛮。”他从口袋里掏出银烟盒，打开取支雪茄烟递给颠地，啪地按了下烟盒上的打火机，一股蓝色的火焰窜出，颠地点燃了雪茄，美美地吸了一大口，羡慕地说：“义律先生，这种带自来火的烟盒，在伦敦也是今年才在贵族中间流行。”义律笑笑，顺手把银烟盒往颠地手上一塞，说：“你喜欢，就给你吧。”

颠地一下惊喜不已，他爱不释手地连连按了好几下，那一蹿而起的蓝色火焰，仿佛在颠地脸上划了道深深的刀疤，他脸上顿时布满了狰狞的神色，说：“义律先生，对待长尾巴的中国猪，必须毫不留情地给他们一记重拳，他们才会知道我们这些夷类们的厉害。”他说着摆出拳击手势，摇摆了几下。“颠地先生，你在中国这么多年了，你用拳头解决过问题吗？这是他们几千年传下来的国粹，没有人能用拳头去战胜他们。只有这个——”他从枪套上把枪拔出亮了亮，又插回去。“所以我在盼望着大英帝国的兵舰开到西太平洋上来，这才是解决当前问题的唯一方式。”义律一说完，颠地很得意地笑了，说：“亲爱的义律先生，我这次专程回到你身边，就是来向你传达上帝的旨意，你的心愿马上就要实现啦。哈哈。”说着他从贴身的口袋里掏出一封信函，说：“我想，你读了这封信，一定会为之癫狂。”义律笑笑，接过颠地递给他的信函，说：“颠地先生，我已经从伦敦方面得到了你这次来是负有重要的使命，要不我会到码头上来亲自迎接你吗？”他边说边把信函的封口撕开，从里面取出一页信纸，并不急着去阅读，而是在手中抖了抖，又对着正午的阳光，透过纸背晒过来的光线，纸上一行行英文字母，像是蠕动的蝌蚪在纸上爬行。“哈哈，感谢上帝，帕麦斯顿先生终于表态了，他将以内阁的名义，要求国会通过向中国派遣海军的请求。”他兴奋得尖叫一声，把信里的文字飞快地读完了。帕麦斯顿是英国政府的外交大臣，三个月前颠地回国时，义律特意要他带封信给帕麦斯顿，向他报告在中国发生的一系列事情。在信中他以切身的体会表明自己的看法：“对于在中国口岸进行的这种强迫性的贸易，没有人比我会更加深恶痛绝其带来的罪恶和羞耻。如果我们在中国不受人尊敬，那么在印度我们也会很快不受人尊敬，并且渐渐地在全世界都会如此。因此，我希望政府能利用这个机会，将对华贸易置于安全的、稳固的、永久的基础上。我们对于政府能实现这些希望，充满信心。”颠地两肩一耸，兴奋地说：“义律先生，应帕麦斯顿先生的邀请，和早于我到伦敦的查顿先生，还有伦敦的‘印度和中国协会’的先生们一起列席了内阁会议。在会上，我把你写给帕麦斯顿先生的这封信宣读了后，获得了热烈的掌声。内阁当即决定派一支舰队到中国海去声援你们，并以此向中国政府显示我们大英帝国的坚决态度。”义律眺望着茫茫的大海，此时一块块乌云涌来，天色阴沉了。天际处堆涌着的乌云，似是一队兵舰吐着浓浓的黑烟，气势汹汹地开过来。“上帝保佑。你瞧那座山，”义律取下胸前的望远镜递给颠地，指着码头北面的山头说，“它就是官涌山。中国军队在山上布防，他们的火炮完全可以把尖沙咀一带的洋面控制住。”颠地透过望远镜，看到山上有不少中国士兵正打着赤膊在修筑工事，尖叫着：“义律先生，有中国士兵在修筑工事。”

“哼，这一向来中国军人在加紧备战，日夜没停过。为了争夺官涌山的制高点，确保停泊在尖沙咀洋面上的商船安全，我们与清军已经有了多次的交火。我方由于是商船改成的战船无法形成战斗力，所以每次都是我们吃了败仗。现在好了，我们的铁甲兵舰来了，我们要用铁拳狠狠地教训他们，不然我们就会滚出中国海。”义律说这话时，脸上的神色很冷酷。说着他们到了商船停泊的聚集地，原来从广州撤退出来的几十只商船，眼下只剩下了十余只停靠在那里了。有几只船上的篷帆、缆绳、杠具等，狼藉不堪地散落四处，一只双桅帆船的桅杆被炮火削去了一半，船身有半截沉在水里。

“我的天，还有的船呢？”颠地瞧这令人惨不忍睹的场景，吃惊地尖叫着嚷了起来。义律指着那半截沉在水里的船说：“这是我的船，只要它不沉灭，我就要站在这船上，这是我的职责。其他的船只已经分散到附近的龙鼓、筲洲、长沙湾、赤沥角一带躲避去了。”

颠地打了个冷噤，咬着牙说：“上帝，在我多年的印象里，中国人还从没有打过胜仗。这是我们的耻辱，必须要让他们用血的代价来赔偿我们，是十倍百倍的赔偿。”义律冷笑道：“放心吧，这只是时间迟早的事了。虽然这几次与清军的战斗用中国人话来形容，我们是被打得落花流水，死伤无数了。其实我们只是受了点皮外伤，死伤了几个人，损坏了几只船，它只是下一场战争的导火线。可是在中国人眼中这是一场重大的战争，他们在举杯庆贺把当今世界上最强大的帝国打败了，却不知一场真正的战争就要发生了。既然战争的导火线已经点燃了，它产生的威力，将要让世界为之而震动。也许这个世界的版图将在我们大英帝国手中重新描绘，哈哈。他们的皇帝是愚蠢极了，狂妄自大，竟然还要把我们赶出中国海，永远断绝与我们的贸易，这真是无知无畏。可怜的皇帝，他不知道中国未来的历史将要在我们大英帝国的关爱下，书写新的一页了。感谢上帝，为我们缔造了一个奇迹。阿门。”他说着竟然用怜悯的口吻发出伤感的声音，手在胸前画了个十字。

就在义律和颠地在码头上密谋时，林则徐和邓廷桢这时也正在官涌山驻防地，随行的有余保纯、龚孝拱、赵铁头等。在关天培的陪同下，先后察看了山上各个工事和兵力的布防情况。从穿鼻洋面上吹来的海风，把山上一些低矮的树木刮得东歪西倒，好几次差点把林则徐头上的官帽都吹跑了。“关军门，我与邓大人商定，马上再从绿营抽调二百士兵和六门重炮过来，以增强官涌山防地的战斗力。虽然我们前几场的战斗是赢了，可我们赢的仅是面子。我们只是把英夷打退了，并没有把他们消灭掉。”林则徐披件大氅，风鼓着像是凌空展翅的大鹏鸟，说话间手一挥，似是扶摇直上九天的气势。邓廷桢笑笑说：“部堂大人，虽然打赢的是面子，总比没面子要好呀。”林则徐皱着眉说：“邓大人，没有里子的面子是害人的啦。我们在这方面吃亏还少吗！你难道不清楚？”邓廷桢脸一红，说：“部堂大人说得对，穿鼻洋之战若没有新添的重炮在起作用，恐怕连面子都没有了。”关天培是直性子人，他说话从不拐弯抹角，言道：“邓大人，自部堂大人主政以来，广东的海防军力大有加强，尤其是海岸的军事设施建设和火炮的配置是过去的数倍之多。但我们的战船都是木制的，英夷的船人家都称做兵舰了，烧的是煤，说句不好听的话，英夷兵舰掀起的浪花，就可把我们的船打翻了。而且他们舰上的火炮，隔老远就可打到我们阵地上，而我们的岸炮又粗又笨，能打过江心就不错了。”

林则徐对关天培所言的情况，知道句句是实，可在目前朝廷财力匮乏，还有来自朝廷上下的制约，他已是竭尽全力，搞得心力交瘁了，心里的苦楚又无法当着部下的面去言之。故当作没听见，举起手中的单筒望远镜，透过镜头看到尖沙咀码头上也有人举着望远镜看山这边，他把望远镜交给关天培，说：“关军门，我的眼睛不好使，你看看对面是不是有人用望远镜在看我们？”

关天培接过望远镜看了下，摇头说：“我眼睛也不行了，看东西是花的。”

邓廷桢道：“二位大人的眼睛都不好使了，我就更不用说了。”他把单筒望远镜交给余保纯，说：“余保纯，你眼睛好使，看看对方在干什么？”

余保纯接过单筒望远镜远眺，一声惊呼：“呀，是义律和颠地。”

林则徐一听，惊了下，问：“余保纯，你没看错吧？”

余保纯再把镜头拉了几下，仔细地看了下后，肯定地说：“部堂大人，没看错，是颠地，我在十三行的夷人商馆里见过他。”

林则徐预感不妙，对邓廷桢说：“邓大人，颠地三个多月前回了英国，这时又回来了，恐怕是来者不善。”

邓廷桢点头说：“嗯，这个家伙是个商人，非常清楚现在的形势不是做生意的时候，他恐怕另有所图。是不是派人去澳门打探下情况？”

林则徐点头，对一旁的龚孝拱说：“孝拱，请伯驾先生与你一起去澳门。他是夷人又是个大夫，在澳门的夷人中很有人缘。通过他去打听颠地这次回来的动机，你就说是我的意思。”

龚孝拱一下冲动地说：“部堂大人，你是要我去做间谍，收集情报？”

林则徐眼睛一瞪，冷言道：“怎么，怕啦？”

龚孝拱忙说：“不不，只是我觉得男儿应是血沃疆场，那才是光彩的事。这使阴的事，还是叫别人去吧。”说到这儿时，他突然怪怪地看着余保纯笑了，说：“部堂大人，余大人去做间谍是最佳的人选了。他最会使阴，不信你问福叔。福叔说他常在外面与一些不三不四的人混，鬼得很。”

林福一听连忙叫冤，说：“余大人，你千万别听龚孝拱这小子打乱讲哇。我可从没在背后说过你的坏话，倒是他说你带他到广州城里一个叫谷埠的地方去玩‘老举’，说你是那里的常客哩。”

林则徐听了一头雾水，问：“什么是‘老举’？”

邓廷桢对余保纯骂道：“太不像话，你去回部堂大人的话吧。”

余保纯一脸的赧红，嗯嗯噔噔地说：“回部堂大人话，广东人叫妓女为‘老举’。不过我可是冤枉，我哪领龚老弟去玩过，全是我平时吹牛开玩笑的。”

龚孝拱倒是一副无所谓的样子，说：“玩就玩了呗，又没犯哪门子法。”

林则徐又好气又好笑，骂道：“你小子听明白，若再听到你有失体统的言行，就地开缺滚回去。收集情报就是战争，你懂个屁。”转而对赵铁头交代：“铁头，你抽空教教这小子怎么收集情报。”接着对余保纯发狠话：“余保纯，你身为朝廷命官，不守操守，罚你半年俸禄。若再犯，依律重处。”

余保纯双膝一跪伏地谢恩，龚孝拱也赶紧跟着跪下认错，一时大家都不敢吭声了。林则徐望望波涛翻滚的海面，又看了看天空涌动着灰暗的云层，对关天培等一干官兵严肃地说：“诸位，英夷屡次挑衅事端，始则违抗，继且猖獗，是驱逐由其自取，并非衅自我开。目前形势义律已是惊弓之鸟，于澳门既不能陆居，处尖沙又不能停泊。当下要警惕英夷狗急跳墙，向我阵地发起更疯狂的报复，以防英夷窃取到安身之地。英夷无非持其船坚炮利，以悍济贪。我只须坚垒固军，静以待之，扼其要害，务使可守可攻，亦自确有把握胜之。”

关天培率一干官兵齐声道：“明白。”

当晚林则徐和邓廷桢就宿在官涌山大营里。二更后了，邓廷桢见林则徐帐篷里的灯光亮着，起身披件长褂来到林则徐的帐篷。守卫在帐篷门口的赵铁头见是邓廷桢来了，马上掀起门帘让他进去。这时林则徐正伏案在挥笔作文，见邓廷桢进来，便把手中的笔搁在砚池上，打了个长长的哈欠，揉了揉有些酸胀的眼睛，“嶰筠，你不来我也要把你请来了。唉。”他长叹口气，说话声里尽是无法言之的苦闷与无奈。他回头对一直立在身后的林福说：“正好煮了粥，给邓大人上碗粥尝尝。”林福笑笑，不吭声地端上一茶盘，是两只精致的白瓷碗，满满地盛着黏稠稠的莲子粥，清香扑鼻。邓廷桢端起碗，先是用鼻子吸了好几下，那感觉表现出整个人儿都是舒服极了。他用瓷勺连连吃了几口后才开口说话："晚上我是不吃食物的，吃了睡不着哩。不过莲子粥清心安神，好好。古人说得好，仲秋之月，养衰老，授几杖，行糜粥饮食。粥与杖可是当作敬老的礼仪赏赐，吾已过花甲之年，授之不却也。哈哈。"

林则徐笑道："饘饭粥之食，自天子达于庶人。好吃，那就再来一碗吧。"

邓廷桢忙用手捂住碗说："来不得，再吃就伤食啦。"

林则徐放下碗说："孔夫子说'失时不食'，你是遵循不逾了。我可没你这么多礼节，想吃就吃，多吃不限。"林福马上把碗和盘子端出帐篷。他拿起案上才写完的奏本递到邓廷桢手上，说："嶰筠兄，这样向皇上陈情可否？"

邓廷桢把奏本拿在手里掂了掂，不由说："少穆，这有点与你平时的行事风格不同呀。这奏本可有上千字，够有分量啦。"他说话的同时，已经把奏本展开凑近油灯在认真地阅读了。林则徐则盯着邓廷桢脸上表情看，随着奏本一页页地拉长，邓廷桢的脸色愈加严肃，在油灯的光亮下，他的脸被切成了明暗两块了。"少穆，看来你是要做诤臣啦。"他放下奏本说。

"这话怎讲？"林则徐不动声色地问。

邓廷桢手压在奏本上说："少穆，自穿鼻洋和官涌之战以来，皇上的圣旨几乎是一天一道下来，皇上的口气亦愈加严厉了。从他'务使奸夷闻风慑服，亦不至骤开边衅，方为妥善'，到严词英夷'既有此番举动，若再示以柔弱，则大不可。朕不虑卿等孟浪，但诫卿等不可畏葸，先威后德，控制之良法也。相机悉心筹度，勉之！慎之！'接着又是上谕'我兵先后奋勇，大挫其锋，该夷等自必畏慑投诚，吁求免死。惟当此得势之后，断为可稍行畏葸，示以柔弱。着林则徐等相度机宜，悉心筹划，如果该夷等畏罪输诚，不妨先威后德。傥仍形桀骜，或佯为畏惧，而暗布戈矛，是该夷自外生成，有心寻衅，既已大张挞伐，何难再示兵威？林则徐等经朕谆谕，谅必计出万全，一劳永逸，断不可轻率偾事，亦不致畏葸无能也’。”他一字不落地把道光的几道圣谕全背了出来。他喝口温水，在帐篷里来回踱步，油灯的光亮把他瘦长的身影拉得忽长忽短，接着又说下去：“皇上对你我奏报因与英夷谈判不果，认为是我们畏葸的表现，故上谕也就不耐烦了，指责道‘日后再有反复，即当示以兵威，断绝茶叶，永远不准贸易’。我知皇上这道圣旨让你处两难境地，而你的本意是打击奸商，扶持良商。这下好，良奸不分，把通商的大门给关死了。唉，皇帝不好做，可我们做臣子的更不好过了。”他见林则徐在盯着他看，目光里像是有一团火焰在燃烧，不由苦笑道：“少穆，你别用这眼光看人好不，好像是要杀人似的，怪吓人。”林则徐听邓廷桢这一说，也觉得自己有点失态了，闭了下眼睛，自嘲道：“要是能做到用眼睛杀人，那我们与夷人打仗就不要动刀枪，且百战百胜。嘿嘿。”他目光显得柔和多了。邓廷桢深有体会地说：“少穆，你我虽然同是封疆大吏，可你现在还有一身份是钦差大臣，禁烟事关国之安危，所以你身上的责任比我就要重多了。皇上这时不找你还找谁？伴君如伴虎，这话有不恭之意，可事实却是如此。上谕不可违，而国事又不可乱。你所言皆实，可皇上他能听得进吗？军机处目前基本上是穆中堂一手遮天，不知又会出什么馊主意？而老中堂现在的日子也不是那么顺畅了，皇上嫌他说话啰嗦又固执，对他敬而远之。皇上把精明圆熟的祁寯藻调回朝廷，让他先期主管吏部事务，并参与军机处议事，皇上是想以祁寯藻取代了老中堂。少穆你既然不计毁誉，那我也不得站在岸上看风景，这奏本上也签上我的名吧。千秋功罪之论，那是后人的事了。”说完他握笔就在奏本的末尾签上自己的名字。

林则徐默默地把奏本折叠好，说：“嶰筠，为难你了。”

邓廷桢道：“少穆，你这话就见外啦。其实我也清楚自己的处境，朝廷放我任两江总督公文早已廷报天下了，可就迟迟不见我何时去上任的日子发布。而你兼任两广总督的任职也廷报了，可我又没离去，以至现在两广总督职位上是两个一品大臣共撑。呵呵，这恐怕是大清朝以来第一例吧。”他苦笑了下后，说：“现在吏部是祁寯藻在管事，他是个精明的人，不会不看到这种令人尴尬的局面，其个中原因就不需明言了。我想只怕是我还没动身，就会另有新的任职文下来了。”他说到末，语气中充满了无奈。这一向来，道光给林则徐的上谕是一道比一道措辞严厉，让他心里一直是窝着股说不出的苦闷与为难。刚才邓廷桢在他奏本上签上大名，看似轻松之举，其实是要担当很大的风险。若是道光阅读这奏本龙颜大怒，轻者去官，重者抄家问罪，不是不可能的事。患难与共，让他心里涌上股温暖，他知道此刻说什么也是多余的了。这时帐篷外传来有力的脚步声，关天培全身披挂走进帐篷，说：“哎呀，二位大人怎么还没休息？是不是诗兴大发，睡不着了。哈哈。”关天培一介武夫，他一进帐篷那粗声大气的说话声，在帐篷里回荡，案上的油灯光亮也扑闪了好几下，把帐篷里的人影摇晃得揉作一堆黑影了。邓廷桢拍拍关天培的肩膀，亲切地说：“关军门，这时哪还有兴致去写诗哟。你是总兵，这巡夜的事儿就由其他的官兵去干吧。”关天培笑道：“哈哈，官涌山现在是前线防地，一个是钦差大人，一个是总督大人，全在我防区里，这要是让夷鬼子摸哨把人给掳走了，本官就是长有两个脑袋也抵不了这罪责啦。”

林则徐笑道：“这正好，免得我操心了。滋圃，你来得正好，我记得你家母应是九十生辰，好事即近。我无可奉送，秀才人情一张纸，趁此有闲给老人家写首诗祝贺吧。”在一旁的林福马上就在案上摆开了纸墨。

关天培大为高兴，激动得连连搓着手，说：“这怎么好？这礼太重了，部堂大人的墨宝可是千金难求呀。”

林则徐执笔略一思索，即挥笔如风写下：

一品斑衣捧寿卮，九旬慈母六旬儿。
功高靖海长城倚，心切循陔老圃知。
裛露英含堂北树，傲霜花艳岭南枝。
起居八座君恩问，旌节江东指日移。

林则徐搁下手中的毛笔，邓廷桢击掌叫好：“好一个‘功高靖海长城倚’，此言于滋圃不虚。少穆的字平整峻拔，笔墨精良，一手好漂亮的欧体。呵呵。”

关天培真诚地说：“我代老母谢部堂大人的心意，真不知如何感激才好。”

“哎呀，礼轻情重，祝老人家寿比南山。”林则徐心情大好，说完后又对邓廷桢笑道：“嶰筠，呵呵，你的用心我何尝不知，想趁机揩点油，是不？”

邓廷桢大乐，道：“知我者少穆也。我可是沾了滋圃老夫人的光，少穆才可赠送字啦。难得难得，那我就不客气啦。”他见林则徐握笔在考虑写什么，就笑道：“少穆，你就写你我还有滋圃于中秋夜在沙角炮台巡视时，你面对皎月，即兴赋一首七古长诗中的一段吧。”

林则徐手中的毛笔在砚池里探墨，一边说：“那首诗很长，写后就给了你，我记不全了。你念我写，你是江南才子，这自是难你不倒的，呵呵。”

邓廷桢稍一闭目，再睁眼，摇头吟咏起来：

森森寒芒动星斗，光射龙穴龙为愁。
蛮烟一扫海如镜，清气长此留炎州。

林则徐笔随邓廷桢话到墨止，他再要挥笔下去时，见邓廷桢不吭声了，不由问：“就这几句？”邓廷桢笑道：“诗言志，有此便足矣。呵呵。”

关天培在一边开口说："部堂大人，中秋夜赏月我可是东道主，你可不能厚此薄彼。"林则徐一听哈哈大笑，连连说："哈哈，滋圃竟然也学会了打秋风。好好。"说着挥笔而就：

今年此夕销百忧，明年此夕相对不？
留诗准备别后忆，事定吾欲归田畴。

邓廷桢心念一动，这首诗也是从写给他的七古长诗中摘录出来的，林则徐萌生解甲归田之意，看来已愈见深啦。林则徐写毕，把笔往邓廷桢手上一塞，笑道："嶰筠，人情世故，也讲究个礼尚往来。"邓廷桢接过笔，颇为自负地说："不就是一张纸嘛。"言毕手上的笔就在纸上龙飞凤舞了，那落在纸上的笔墨皆为行草，一气呵成：

戈船横跨海门东，苍莽坤维积气通。
万里潮生龙穴雨，四围山响虎门风。
长旗拂断垂天翼，飞炮惊回饮涧虹。
谁与沧溟净尘块，直从呼吸见神工。

诗中无不表达出邓廷桢对林则徐的钦佩之情。林则徐手持油灯凑近去欣赏，发着感叹道："古人评价书者，凡书多肉微骨者，谓之墨猪。嶰筠，你的字无一不丰神俊采，清眉秀骨，精气神俱佳，乃墨龙也。"他把邓廷桢写好的条幅交给林福，交代道："收藏好，秘不示人。待老夫为耕夫时，再悬之以示子孙。"

邓廷桢大为感动，道："天地存肝胆，江山阅鬓华。少穆，你今日所为，将是百年颂歌。日后吾辈若能沾你光彩一二，那将是祖上积德了。"

关天培真诚地道："吾亦有同感也。"

大营外传来营中更夫的敲更声，“梆、梆、梆……”关天培说：“二位大人，已是子时了，你们也该歇息啦。”他这一说，邓廷桢揉揉眼说：“是时候不早了，唉，岁月不饶人。少穆，你是铁人，我是泥人，不睡就会散了去，我得去休息了。”林则徐笑道：“嶰筠，你不是泥人，我也不是铁人，呵呵。我一早还要赶回广州城去，一大堆的事儿还在等着我哩。”说话间他送邓廷桢和关天培到帐篷外，见明亮月光下，立在帐篷外的是陈长鹏的一帮弟兄们，挂着腰刀扛着长枪，个个精气得很。林则徐不解地问：“长鹏，这么晚了还不睡去，你们在这儿干嘛？”赵铁头在一旁说：“老爷，他们是关军门特意派来保护你的。”林则徐笑了，亲切地说：“弟兄们，这儿有铁头在，你们就不用费心啦。再说这大营铁桶般的严密，谁还敢来偷袭吗？都回去吧。”关天培道：“部堂大人，在营防里是我说了算，你就下谕令也没有用，你就别操心这事了。”他转而对陈长鹏等官兵说：“弟兄们，十步之外，若有人擅自闯入者，格杀勿论。明白吗？”月光下的关天培犹如青铜般铸就，杀气腾腾。

陈长鹏一干官兵大声应答：“明白。”

梆声远了，清冷月色下大营里的帐篷似是一座座炮台，朝着黝黑的海面，嘎——嘎——，偶尔传来不知是山上还是海面上海鸟的鸣叫声，揪人心房。

第十七章

早朝一散，穆彰阿连军机处都没去，就要到朝廷来办事的琦善跟他回相府面叙。他一进书房，随即把手中的奏本重重地往书桌上一摔，对跟随进房的琦善说：“他娘的，林则徐捅了天大的娄子，却把一屁股屎往朝廷丢。”琦善小声说：“首辅大人，林则徐是那号人吗？”穆彰阿两手一伸，两丫环上前就把他身上的朝服脱了，又取件真丝起暗团花的薄夹长褂给他穿上，一个丫环在系衣领布扣时，好几下没系上布扣，他伸手自己把布扣给系上了，小丫环吓得小脸儿都白了。在一旁的管家忙躬身请罪：“请老爷恕罪，这个丫环才来不久，我马上把她打发走。”穆彰阿两眼一瞪，说：“你是吃了屎，老子哪说过要把她打发走？滚。”

琦善笑道：“管家，今儿个你们家老爷火气大，走吧，别自讨没趣啦。”管家赶紧把手一挥，领着丫环们到门外去守候。穆彰阿没个好脸色给人看，说：“少啰嗦，今天皇上当着所有大臣的面发那么大的火，把奏本摔给我，我得拿个主意出来。你看，先看了再说话。”他说着端起八仙桌上的一只紫砂壶，吧唧吧唧地含着壶嘴吸茶水了。房里一清静，摆在临窗条案上的一座西洋自鸣钟走动时“咔嚓、咔嚓”的金属声响，显得格外清脆。钟表上的时针足足走了十分钟，琦善才把奏本阅读完毕。而穆彰阿已经是喝了两壶茶水了，这时他脸色平静了许多，见琦善放下了奏本，哼了声，道：“哼，有何感想？一个是钦差大臣，一个总督大臣的联名上本，分量不轻吧。”

琦善合上奏本，他那张圆脸上露出了习惯性的笑容，说：“首辅大人，一个部堂一个总督联名上本，这在当朝还是罕见的啦。”

“听王公公说，皇上自接到这奏本大发雷霆，差点要把它撕碎了。林则徐出任禁烟的钦差大臣，皇上对他委以重任，是想让他一到广州以雷霆万钧之力收缴鸦片，严惩烟贩，杜绝鸦片买卖，丰盈税源，便可大功告成，一劳永逸了。没想到英夷在禁烟事上态度之恶劣，竟然到了敢与我大清大动干戈的地步了，事情愈搞愈复杂了，这可是皇上不愿看到的结果。” 穆彰阿把话说完，脸上的眉头拧成一堆了。

“首辅大人，据朝廷大臣议论，林大人在处理与夷人的事上，分寸还是把捏得当，禁烟成果亦是显著，朝野大有赞美之辞。边衅之事是夷人欺人太甚，不得已而为之。若是我处在林部堂的位置上，恐怕也是如此处理。”琦善说这话时，一边低着头在品味茶盅里的清香龙井，当他放下手中的茶盅抬头，穆彰阿正眼盯着看他，透出锥子般刺人的目光，他一下慌了，口吃着问：“首辅大人，我、我说、说错了？”

穆彰阿手指在琦善的眼前来回晃了儿下，说：“静庵，你没说错。但你知道你犯了个什么错吗？”

琦善摇头，愣愣地道：“还请首辅大人明示。”

穆彰阿两手背在身后在房里踱步，地上铺了块厚厚的波斯全真丝地毯，人走在上面软如无物。一般的地毯一平方英寸结有一百多个，超过九百个结已算稀世珍品，而这片地毯竟然是一平方吋可结出上千个结，全北京城里除了宫里西暖阁有块外，再也找不出第二块了。地毯上的图案上是玫瑰花和紫罗兰，枝叶藤蔓，娇艳夺目，精彩绝伦。所以琦善只要是到穆彰阿府上，他就特意要带上双软底布鞋在轿里换上，以便进书房里时不挂地毯丝线儿。“你呀，‘假作真时真亦假，无为有处有还无’，出自何处？”穆彰阿说这话时，他背向着琦善，从书柜里翻出一本线装书。

琦善迟疑着道：“这好像出自《石头记》里第一回，是描写太虚幻境的联语吧。”

穆彰阿冷嘲热讽道：“琦大学士，看来你对汉学还蛮用心，竟然还可说出是哪一章回了。哼，我这个嘉庆十年的进士，太子太保、上书房总师傅、武英殿大学士，还得好好向你这个荫生学习啦。”

琦善祖上恩格得理尔，以率众投附有功，封得一等侯爵，父亲成德，官至热河都统。所以他依制承袭父辈的官秩于十六岁那年入国子监读书，后即由荫生授刑部员外郎一直到八大总督之首，若没有过人之处，皇上会把如此重要的位置让他去坐十年之久吗？穆彰阿摆出教师爷的身份教训他，他心里有怨气但脸上不露丝毫，一脸是笑，恳切地说：“首辅大人，我是个粗人，哪会舞文弄墨哟。这本书还是你推荐我读的，你说写这本书的人叫曹霑，字雪芹，是汉军正白旗人，能诗善画。其祖上入关之前是太祖家的包衣，其父曹寅是康熙时江宁织造，康熙先帝爷六次南巡，曾有四次是由曹寅接驾。可惜后来世道不济，他也就从江宁回到京城写下了这本书。这点学问，还都是你首辅大人的教化之功。嘿嘿。”说到末，他故作轻松地笑了起来。

穆彰阿冷言道：“静庵，我今天可不是与你来谈什么《石头记》，你也不要跟我装傻了。林则徐与邓廷桢联名上本，其用意何在，直言吧。”他说这话时，随手把从书柜里取出的那本封皮上有《石头记》的书放回原处。

琦善嗯噔了下，说：“首辅大人，皇上他在林则徐离京时，就一再告诫‘上不可以失国体，下不可以开边衅’。禁烟到了这地步，不进则退，退则失信于天下，有损国体；进则与英夷必有一战，然而战之未必能胜。”他说这话时，脸上是很严肃的神情。

穆彰阿反问道：“奏本不是说已与英夷开战，捷报频传了吗？”

琦善一笑，说：“首辅大人，那也叫是与英夷打仗吗？对方现在是一些有几支枪炮的商船在与我方交火。如果他们把国内的兵舰开来，舰上的大小火炮就有上百门，比我们炮台上的火炮要先进多了。若是与英夷这样的军力作战，我方还能有几成胜算，这恐怕很难说了。”他见穆彰阿在专注地听他说话，接着说："林则徐在汉臣中以清廉干臣著称，否则皇上也不会千里挑一，让他去处理与国运休戚相关的禁烟事。过去大清还从没有与夷人打过仗，林则徐是以小胜而为皇上争得了面子，使得皇上从不惹夷人开启边衅,到一意要让'夷等自必畏慑投诚,吁求免死'，大大鼓舞了皇上决意将与英夷通商大门关闭的信心。为此,皇上下谕旨'夷人自议禁烟以后，反复无常，前次胆敢先放火炮，旋经觊觎，伪作恭顺，仍勾结兵船，潜图报复，彼时虽加惩创，未即绝其贸易，已不足以示威。即使此次具出甘结，亦难保无反复情事，若屡次抗拒，仍准通商，殊属不成事体，至区区税银，何足计论。'"琦善叙述让穆彰阿听了频频点头。他见琦善说着停下了，抬头看着他："说下去。"琦善端起茶杯去喝水，杯里是空的，笑道："首辅大人，你也得让我喝口水吧。"穆彰阿笑了，拍拍脑袋说："你哪是喝茶，是牛样的饮水。"说着把琦善的茶杯续满水，琦善喝了一大口后，又接着说："所以，皇上在谕旨里严责林则徐等酌量形势，'即将英吉利国贸易停止，所有该国夷船，尽行驱逐出口，不必取具甘结。其殴毙华民凶犯，亦不值令其交出'。为此，皇上特意谕示此圣旨内容可晓谕各国，列其罪状，宣布各夷。以示警告他国夷人须遵守大清法度。从奏本中可看出，林大人与邓大人自接皇上的圣旨后，是处在两难之境地。首辅大人刚才是借《石头记》里的联语，点明了这奏本的用意。他们俩联名上本，宣布封港，断绝与英夷贸易。同时又提出英夷'贸易一事，该国之国计民生皆系于此，断不肯决然舍去'。因而提出与夷人商贸'奉法者来之，拒法者去之'的举措，以利诱之，分而治之。此乃阳奉阴违，与皇上的圣意有变通之嫌，既然已与英夷开战，又怎能去与英夷做生意？皇上他怎能不怒呢？但皇上也知他授林则徐有'断不遥制'之权，所以皇上就把这烫手的山芋扔给你首辅大人了。如何处置，这确得费心思。"说到这，琦善回头看了下掩着的房门，悄声问："首辅大人，外面传言你大福晋家人与钱庄有往来？"

穆彰阿心跳了下，脸色一变，问：“你听到了什么风声？”

琦善把说话声压得很低：“从南边传来林则徐暗中在调查夷人勾结钱庄打压本钱的事，林则徐一旦坐实了就不会放手，这可要人命呀。”

穆彰阿出一身冷汗，拍拍琦善的肩，咬着牙说：“林则徐是在找死，我知道怎么处理。”这时管家在房门外道：“老爷，值房来话，说是有官员求见。”

穆彰阿烦躁道：“瞎了你的狗眼，老子不是说了不见任何人吗？滚。”

管家胆怯道：“老爷，是曾大人，他说是你要他来的。老爷，你不见，我就把他打发走人。”

穆彰阿突然想起了，对门外道：“去叫他进来吧。”

琦善道：“是曾国藩？如不方便，我就告辞。”

穆彰阿道：“静庵，你不是说过多次曾国藩是人中凤凰，宁肯不惜降下身份也要向他讨教‘经世致用’之精要吗？现在人家来了，你不妨见见他吧。”

琦善道：“好。”

门外传来踏地有声的脚步声，曾国藩立在门外，道：“门生曾国藩拜见恩师。”

“进来吧。”穆彰阿淡淡地回应道。房门轻轻地打开，首先进屋的是一个人的身影。曾国藩进门双膝一跪，规规矩矩地连连磕了三个头后才起身，这时才看到琦善也在一旁，忙又执大礼，双手深深一揖，谦虚地说：“下官曾国藩，给琦中堂大人请安。”

琦善忙上前执礼道：“涤生呀，且勿如此客气。呵呵，久仰大名，如今一睹兄风采，果真是不负人中凤凰之称。”

曾国藩一脸真诚，说：“不敢当，若有一二薄名，也是恩师之教诲也。”

穆彰阿很受用曾国藩的拍马屁之言，亲切地说：“涤生，静庵不是外人，你坐下说吧。”管家给曾国藩上茶后就悄然退出并把房门带上。

曾国藩生性钝拙，若他人不主动开口，他就默言不语地呆坐着。即便面对穆彰阿时他也是这样。穆彰阿与曾国藩初次见面时，差点把他当书生狂妄之徒，要把他驱逐出门了。去年三月殿试，主持这次顺天会试的是穆彰阿，曾国藩的策论不仅写得辞藻华丽，对仗工稳，且文章雄浑之气，感慨发声，虽不言傲，然傲世之态，已尽在其中，列三甲第四十二名，赐“同进士出身”。这于曾国藩来说并不是理想的效果，清朝有“非进士不得入翰林”，“非翰林不入内阁”之定规。曾国藩知三日后还有一次依惯例可参加由皇帝亲自主持朝考的机会。朝考主要是以临场发挥为主，这当中的机会且与主考人的心绪有很大关系，若成绩优秀者亦可进入翰林，为庶吉士。他在京城举目无亲，无门路可走，那几日里闷闷不乐，连行李都打了包做好回乡的准备，对朝考亦抱着去应付的心态了。这时与他一同赴京应试的好友郭嵩焘看在眼里，很替曾国藩着急。郭嵩焘是湖南湘阴人，用湖南地方话说与曾国藩是老庚，两人同年而生又是岳麓书院的同窗好友，后成了儿女亲家。郭嵩焘这次上京赴考落榜，但他对曾国藩了解甚深，知其所有学问就是锐意功名，意气自豪，心雄万夫的人。他见曾国藩现仅一个同进士身份就灰心丧气了，如此下去此人必是毁了。情急之下想起了他的好友翰林院的编修劳崇光，知他与穆彰阿有私谊，便登门请他出面推介曾国藩。此人是长沙人，道光十二年的进士，他很看重曾国藩的学问，当即应允郭嵩焘之请。三日后的朝考曾国藩的试卷以为官之道廉洁奉公为要义，一番阐述深得道光的看好。主考人是穆彰阿他给曾国藩一等第三名，评语甚好，道光兴奋之余竟然亲拔曾国藩列一等第二名，特授庶吉士入翰林院，这在清开科取士以来，以同进士进入翰林的还是第一人。穆彰阿自此对曾国藩高看了，不仅没有收过曾国藩的礼，还经常送些日常物品给他以补家用开支，曾国藩对穆彰阿亦以门生礼之。穆彰阿对琦善笑笑，那意思是说，此人如此淡定，是非常之人吧。“涤生，廷报已发了你在慎德堂的廷讲，实为精彩，受益匪浅。哪天你有闲时，我以直隶总督府名义，请你去给我那帮子官员和书院教席讲讲经世致用的道理。”琦善含笑道。

穆彰阿手一挥，就好像批折子，笑道：“涤生，此事就定了。静庵能有此意，你不可再推卸了。呵呵。”

曾国藩谦虚地说：“总督大人看重了，本人学识浅陋，只怕有负众望也。”

琦善感谢道：“那好，何时去保定，待我回去后安排好再告之。涤生，听说皇上也对理学之复兴看得很重，曾十余次召见了当今理学大师唐鉴先生。据我体会，皇上此番动机有针对当下事异时迁、世风日下之弊端，甚为忧虑。需以理学之道德教化功能来匡正世风，倡导学风，开拓民智，归于一统也。”

只要有人与曾国藩论及起学问之事，曾国藩就一反木讷之态，便显其雄辩之才了。他顿时来了精神，说话声也自是高亢起来，侃侃而言：“刚才总督大人所言，见识甚深。本人亦在反省自己，过去所学为何？吾曾有‘以文章报国，可以无愧于朝廷的词臣’为立身之本，极少去涉及理学。自师从镜海先生后，方知原所读书皆‘无本之学’，理学才是学问之基石。吾能心得一二，倡言经世致用，其实就是从理学中化而得之。镜海先生说天下学问不外乎是三大门类，义理、考据、文章。考据是舍本求末、遗精求粗，是书本而书本；文章应文以载道，但若不以义理之学为其根本，则其核心如‘三纲五常’，便失去了载道治世之作用。至于经世致用，镜海先生把它归于义理之中，吾则把它与义理兼容，经世致用与修身治国平天下之理念相为互补。”他所说的镜海是唐鉴的字，长沙人，嘉庆十四年进士，其学问影响了曾国藩的一生。

穆彰阿点头，道：“古人有言，是以圣人不期修古，不法常可。论世之事，因为之备。”笑了笑，说：“涤生，经世致用的学问以后有时间再探讨。我和静庵正议着林则徐和邓廷桢联名的奏本，请你来也是想听听你的见识。”说着他把桌子上的奏本拿起递给曾国藩。

曾国藩有些迟疑地接过奏本，说：“恩师，这是公干，我行么？”

琦善笑道：“呵呵，涤生，你是翰林，有议政之职。”

穆彰阿道：“静庵没说错，你先看奏本里写的是什么事，再谈谈你的看法吧。”

曾国藩道：“恩师如此说，学生就放肆啦。”他说着展开奏本，仔细地阅读下去。穆彰阿和琦善都是盯着曾国藩的表情不放。半晌，曾国藩长吁口气，说：“恩师，林部堂大人此举是赢得了生前身后之名。难得，难得呀。”他放下奏本，竟然连用了两个难得之词。琦善心里一惊，此人如此书生意气，指点江山，将来必是成大业之才。他偷眼看了下穆彰阿，脸无表情，似是见闻惯了，只是手指儿在奏本上轻轻地叩着。曾国藩话一出口，心里也有点儿忐忑不安，暗暗自责出口狂言，才给自己定了“主敬”“谨言”“保身”“养气”等十二条束约条规，没想到一遇到了事，就沉不住气高谈阔论起来，要不当着穆彰阿和琦善的面，他真恨不得抽自己两个耳光了。而在房门外伺候着的管家，突然听不到房里人说话声了，便悄悄地把房门推开条缝朝里瞅了眼，见房里的人都沉默不语地在想着心事，赶紧又把门掩上。

“怎么不说啦？才是激情澎湃，这一下就烟消云散了？”穆彰阿头一抬，略含讥讽地道。

曾国藩讷讷地道：“学生刚才失礼了，恳请恩师见谅。”他揖一长礼要下跪，穆彰阿忙伸手把他拦住，说：“涤生，老夫没有责怪你。你说得没错，林则徐是在赢生前身后名。你说下去，该是如何回答皇上为好？”

琦善在一旁道：“涤生，首辅大人是要你说真话，你就大胆儿讲吧。”

曾国藩双手执礼道：“谢恩师和琦中堂大人看重。”他顿了下，一声一字地吐出：“不战为赢，和则是好。”

穆彰阿和琦善相视一下，沉声地问：“你刚才还说林则徐他们此举是赢得了生前身后之名，连说了两个难得，怎么这会又说不战为赢了？”

曾国藩真诚地说：“回恩师话，从民族情感而言，之前与夷人开战，战之即胜，大快人心；然而从国家当下实力所言，此时不是与夷人开启边衅的时候，应以和为贵。”

穆彰阿冷笑道：“涤生，这就是你所崇尚的经世致用吧。”

曾国藩不卑不亢地说：“恩师，欲粟者务时，欲治者因势。世易时移，变法宜矣，林部堂大人深谙此理。故从他所为，民族情感、国家尊严、民心所向、利益宜得，都是他不可不兼顾而损之也。然君命不可违，林部堂大人已宣布正式封港，与英夷商人断绝了所有的往来。此计与英夷之外的所有他国来说，是一利好也。然对英夷而言则是巨大的损失。他们在海外的贸易中，中国市场占了其半壁江山。因此他们不可能让他国商人渔翁得利，其必然会狗急跳墙，以保护他本国商人利益为宗旨，故不惜发动战争来夺回中国的市场。林部堂大人已看到了这一后果的严重性，所以他在积极做好备战的同时，在奏本上提出‘其沿海各省，以福建为最近，浙江、江苏次之，应请敕下各直省督抚，一体严行防堵，以绝去路’。这是以防备英夷在攻击广州不成后，又转而去偷袭他省。同时婉言进谏请对英夷商人以‘奉法者来之，抗法者去之，实至公无私之义’来分化瓦解之。是以尽量减少边衅之后果，所拟采取的应敌之策。”

穆彰阿冷冷地说：“今天早朝上，皇上已驳回林则徐此策，重申英夷屡次抗拒，仍准通商殊属不成事体，至区区税银，何足计论。夷商恭顺抗臣，情节虽属不同，究系一国之人，不应若是办理。涤生的意思我已知了，我再做思虑吧。”他说话时，管家轻推开门，一脸是笑地瞧着穆彰阿。“有事吗？”穆彰阿停下在说的话，问道。

管家笑嘻嘻地说：“老爷，粤海关的豫老爷看望你来啦。”

穆彰阿一听说是豫堃来了，马上说：“快去请他进来。”转而对琦善和曾国藩说："来得正好，你们也一起听听豫堃来自广州的消息。"

豫堃人还没进房就在外面嚷着了："首辅大人，我来啦。哈哈。"随声推门进去，一见琦善还有他不认识的曾国藩也在书房里，他有点不好意思地笑了，忙双手揖道："呵呵，是琦中堂大人猫在这儿呀，失礼失礼。"他看眼曾国藩，说："这位是谁？哈哈，能进首辅大人书房里的人，可不是等闲之辈了。"

琦善笑着介绍道："厚庵，他就是首辅大人的门生曾国藩。涤生，你不认识他吧？他就是粤海关监督豫堃，大清的财神爷。"

曾国藩忙双手执礼，恭敬地道："下官曾国藩拜见豫大人，未曾谋面，有失礼之处，还请大人见谅。大人身居南海，握朝廷经济之命脉，令人仰慕不已。"

豫堃双手抱拳，热情地说："哈哈，都说首辅大人的门生曾国藩是名震天下的人物，百闻不如一见，果真是人中凤凰。涤生，本官已在京报上读了你关于'经世致用'之廷论，实为精彩。这当是朝廷理政之首义，要不皇上怎会把它发至朝野，其意天下皆知也。"

穆彰阿笑道："厚庵，与涤生谈经世致用的学问以后再言吧。呵呵，路上还好吧，广州那边的事如何？"

豫堃端起桌上一杯不管是谁的茶，一口就喝光了，然后解下披在身上的氅袍，在房里扬起一层薄薄的灰尘。他虽然已一脸的倦容，但说话的精气还在，笑道："呵呵，首辅大人的谕令可半点儿也耽误不得，二十天的路程我是十五天就赶到了。"随即他脸色变了，收去刚才一脸的笑意，严肃地说："首辅大人，我动身之前向林部堂大人告辞时，他说与英夷方面的事务已经向皇上上了奏折，托我向首辅大人送上一个叫慕瑞的英夷人写的一本书，翻译成汉文刊印出来，请首辅大人指正。"说着，豫堃向门外的下人招了招手，管家进来递上用匣子装着的书，穆彰阿打开一看书的封面上印有《世界地理大全》，他翻了翻，皱着眉头说："这我哪能指正，哼，不如说是让我学习吧。夷人的一派胡言，林则徐他竟也当宝贝看待，皇上若知了必是责备。"曾国藩却在一旁开口道："恩师，这书是否可让学生一阅？林部堂大人思想高远，放眼看洋，其意恐怕是书外有话吧。"穆彰阿想了下，说："也可，只是那书外之话，还是不说为好。"随手把书给了曾国藩。豫堃拿起茶杯，并没有喝而是端在手上，接着说："我们于十二月六日起，全面停止了与英夷的商贸。但值得欣慰的是，短短的三个月里，进入广州口岸的生意基本上都被美国和其他国家的商人做了，与我国下了保证的各国商船共有五十六只，美国的商船就占了一半。还有白银从三个月前的外流已转内溢，据我上京前的统计，已查验的洋银有二百七十三万二千九百两了，我这个海关的监督也总算是松了口气。这次我亲自押了五辆大车的银两，两百万两上交户部，另给内务府也送来了五十万两。嘿嘿。"他说着露出一脸的得意笑容。谁也没想到穆彰阿脸色竟是铁青的，他猛然把桌子一拍，道："糊涂！好大的胆子，竟然敢篡改皇上的上谕本意。"在大清谁要是对皇上的圣旨阳奉阴违，一经查出，那可是要杀头。他这一杀气腾腾的话，不仅把豫堃吓得脸色发白，琦善和在一旁翻书的曾国藩也吓了一跳，都看着穆彰阿不语。"首辅大人，本官就是天大的胆也不敢做出对皇上不忠的事，还请大人明示。"豫堃壮着胆儿说。

穆彰阿问："我问你，自禁与英夷通商后，他们的货物去哪了？"

豫堃听穆彰阿问这事，说话的口气也就显轻松了些，颇得意地说："主要是被美国商人收了，他们又以不到成本的一半价就地转给了十三行。英夷一船船的货物总不能全丢进大海里吧？我们税银可是翻了个倍。"

穆彰阿哼了声，问："不是说广州那边积压的出口货物把码头都堆满了？"

豫堃回道："为了不让出口贸易受影响，林部堂动员十三行行商把内地送到广州的货全吃下。然后又提供优惠税费措施，做生意的人无不是唯利是图，以美国商行为首和其他国的商人抓住这一难得的商机，冒着风险把货物全吃下了，现已装船回国去了。这全是林部堂指挥得当，协调有方，加之有督府上下齐心协力配合，我们可是把被动转为主动了。哈哈，英商这回可是亏得血本无归了。”他一脸的光彩，仿佛是打了个大胜仗那般扬眉吐气。

穆彰阿叹口气，说：“厚庵，英夷与所有的夷人都是夷人，他们怎么可能会与我们是一条心呢？皇上禁与英夷通商，他们难道就不会假借他国夷商之手与我曲线通商吗？皇上已下圣旨，指出英夷屡次抗拒，仍准通商，殊属不成事体，至区区税银，何足计论。你也不想想，皇上若知这个中的细节，会作何想？”他这一番话，说得豫堃头冒冷汗，这本是一件可邀功请赏的好事，没想到让穆彰阿这一说，他倒好像是犯了欺君之罪。琦善见状，道：“首辅大人，豫大人其意是为了朝廷，不掺有个人私利。如今已不如从前好当差了，粤海关是朝廷的第一肥缺，可我看现今应是成了根就连狗都不愿啃的骨头了。朝廷要银子时，是不怕把人的命逼死，现在人家把银子送上门了，又说人家的不是了。我对豫大人的处境是深有体会，去年朝廷要禁烟，我可是死命儿去干，除了广东比我收缴得多些外，我可是全国收缴最多的一地了，可朝野里还有人说我是什么弛禁派。他妈的，我里外不是人了。首辅大人，朝廷也应体谅我们这些外官的难处呀，动则问过追责，不分个事由出因，这官还有谁去干？”说完，双手一揖：“首辅大人，无他事交代，本官告辞。”对豫堃和曾国藩也示了下礼，转身而去。曾国藩自觉没趣，也向穆彰阿和豫堃道声失礼了，夹书而去。平时穆彰阿是容不得人如此与他说话，这会他不知如何说才好，怔怔地看着琦善和曾国藩先后而去。豫堃见穆彰阿在发着愣，他从身上拿出一张二十万的银票放在桌子上，用杯子压着，也悄悄地离去。书房里一下冷清了许多。这时北京已是进入了寒冬的季节，院里的海棠树在寒风里无力地在摇着枯枝，残叶已无了。

第十七章

当北京城已寒风四起了，广州城还是秋天的气候，凉爽惬意。离越秀书院不远的藩署街前巷尾已成花廊，沿街一路摆放满了盆头。因为每棵花都有一个瓦盆，所以这一类花叫盆头。盆头有茶花、兰花、芍药、月桂、玫瑰、含笑、牡丹、水仙、海棠、蟠桃、金橘、橘红、大红柑、大红橘、四季橘、朱砂橘、金蛋果、代代果等，姹紫嫣红，花香袭人。而珠江花渡口和白鹅潭一带更有花船聚集，船上洋锦毡铺垫，海鲜美食，乐曲戏班，一片笙歌，花天锦地。在熙熙攘攘人流中，兰儿和阿珊在伯驾和林福陪同下，兴致勃勃地赏花而行。兰儿本是美人，这会她身着如意头式样镶滚红梅花纹的白丝绸的小坎肩，罩在一件湖藕色的衫袄上，红丝绸的金泥簇蝶裙扫着她精巧的小脚背，脚下着软底绣花缎面鞋，鞋面上绣兰草叶儿，移步间似是香蝶追嬉；一头乌青的头发梳成平髻，插一朵粉红色的桃花，脑后垂下一绺头发结成小辫，黄绸带挽一花蝶儿随着她那曼妙身姿，如花丛里飞舞，丰韵娉婷的可人儿仪态，无比妖娆。而阿珊则似是一幅精致的水墨画，清爽冶丽，不事修饰，却尽得风流。一路上，花街行人看花更是品人了，啧啧，这哪来的美人？今年的花魁不必再去选了，这不就在眼前吗？兰儿俏脸上涌现红晕，目不暇接，这儿看看，那儿闻闻，一些轻薄之徒追其之后，只是碍于兰儿和阿珊身后的林福，他两眼虎视眈眈地瞅着，一双拳头捏得巴紧，让那些有色心者只好吞着口水不敢轻举妄动。要说显狼狈劲的是伯驾了，他人高马大，兰儿和阿珊相中买下的花，全往他手里一塞，到后来是往他怀里放了。伯驾尽管忙得满头大汗了，却一脸的开心，乐不可支。把夷人当仆人使，这在广州城里还是件新鲜事，有好事者一路观西洋镜似的跟着看热闹。当他们出老城门时，从河面上一只花船上传来喊声："哎，伯驾，我在这儿哩。"伯驾往河上一望，高兴得大叫一声："哈罗，亲爱的龚。"手一松，怀里的花全撒在地上了。哎呀，我的天呀。伯驾一声惊呼，旁人大乐道："夷鬼的中国话说得几好的呀。"兰儿和阿珊忙蹲下去捡花，林福则在一旁幸灾乐祸说："夷鬼就是做不得事，连花都抱不住。"阿珊白他一眼说："你呢，是做得事不做事。"龚孝拱从花船上下来，见兰儿和阿珊还在地上捡花枝，他上前把伯驾手上的花一把夺下，往一逛花街的老者手上一塞，说阿伯拿去玩。阿珊急了，说："龚爷，这才买的哩。"龚孝拱笑嘻嘻地说："阿珊姑娘，花儿闻过了欣赏了也就没用了，再留着就是看它残了枯了死了，惹来的是一番葬花惜情之伤感，那有何意思呢。走，去花船上游玩。"兰儿一声道："龚爷，妙言也。"她深深地道了万福。龚孝拱一下慌乱了，忙说："姑娘何须大礼，使不得也。"伯驾乐道："使得使得，中国是礼仪之邦，四海之内皆兄弟也。"龚孝拱在前引路，一边故意大声地说："我多次听福叔说，二位姑娘已成伯驾的帮手了，打针量体温都会。好呀。"龚孝拱话一出口，林福大叫道："孝拱你、你这小子是坑我也，是福哥也。"阿珊连连拍小手，欢喜道："福叔福叔咦。"就连脑子想事不拐弯的伯驾也听出来是啥意思了，他乐呵呵地跟着嚷："福叔好。"一路欢乐，下了码头上了花船。

兰儿和阿珊小心翼翼地上船，试着行了两步，阿珊不由轻啊了声："咦，这船如行平地，真好玩哩。"兰儿则是仔细地打量江面上的风景，岸边一连排花船，有的船身漆成红色，有的是蓝色或绿色，廊柱上雕梁画栋，描金绘彩，四个做工精美大红薄纱灯笼挂在桅杆上，船楼四周插着颜色鲜艳的菱形旗子在风中起舞。花船上盖是木雕雕刻的花鸟，船上的窗户嵌有各色玻璃，红、黄、蓝、绿、紫，色彩缤纷，相互镶套在一起，富丽堂皇，在阳光下变幻着五彩光芒。所经之处，露台、门廊和楼梯边摆有佛山产的彩瓷花瓶，插满了花朵，姹紫嫣红，芳香四溢。步入船厅，里面悬挂式样精美的水晶洋灯，壁上的玻璃镜成一道景观，所有进入船厅的人无不在镜子前自我观照一下，那番感觉真妙。若不是江水轻轻涌动着船体有摇晃的感觉，还真当是在岸上某个洋气豪华的酒楼里了。立在船厅门口，带着副茶色水晶眼镜的汤斯，身着白色西装，脚下是锃亮的白皮鞋，一派绅士的风度。若不是脑后有一根油亮的长辫子，谁都会把他当夷鬼子了。他手贴胸，略是躬身，微笑地说："我叫汤斯，是龚先生的朋友，很高兴与诸位相识。"

龚孝拱对伯驾、林福和兰儿、阿珊介绍道："汤斯先生是海关税所的高级督办，自小在印度长大，所以我们叫他是假洋鬼子，呵呵。"

伯驾乐了，说："洋鬼子也有真假，大清国真是物产丰富。呵呵。"

龚孝拱用英语道："人物不分才是鬼哩。"

汤斯大笑，也是用英语说："龚，高见。"

阿珊嘻嘻笑了，做一个手势，竟也用英语说："OK。"

林福大吃一惊，口张得老大，说："阿珊姑娘，你、你也会说夷鬼话？你不怕老天爷来惩罚你？"

阿珊气恼地说："福叔，你是不是管得太宽了，我就是要学洋话，还要做洋医，这总比做个奴才好。"

兰儿见林福脸色变了，便说："福哥，你别把阿珊的话放在心上，她就是个任性的脾气。"龚孝拱亲热地攀着林福的肩说："福哥也，阿珊是乐着玩的哩。今儿我做东，我给你请个花娘好不？嘻嘻，这船上的花娘是不接客，只献艺。"这时船上的花娘扭着身子进来，她一身的红绿绸缎的衣着打扮，插了一头的红的黄的花朵，虽然有些俗，却也好看。可从她身上散发出一股浓烈的香水味儿，冲得兰儿和阿珊忍不住用手帕掩鼻遮挡。她纤手儿在汤斯肩上轻轻拂了下，那番无须道明的情意，全在那似是而非的一招一式中表露出来了。她对伯驾和林福还有兰儿、阿珊笑嘻嘻地道："汤爷的客，多谢哩。"她挽手道了个万福。

汤斯笑着对老板娘说："花娘，你身上的洋香水儿洒得太多了点，有点儿浪费啦。"

花娘妩媚一笑，娇气儿说："汤爷咦，这香水是你从南洋带来给我的，我平时还舍不得洒哩。你的朋友来了，我才拿出洒洒咦。"她说着从身上掏出一只鼻烟壶般大小的玻璃瓶。

龚孝拱打趣道："花娘呀，你把这一瓶香水都往身上洒去，那香味儿就更好闻啦。这东西也不贵，一瓶也才十来两银子吧。"

花娘一听，把香水瓶赶紧收起来，一边心疼地说："汤爷，这不比金子还贵气？哎哟也，我可是洒了大半瓶。汤爷，你怎么不说个价哩？"

兰儿和阿珊都啊了声，用劲儿嗅了下从花娘身上散发出的来自异域的香味儿。阿珊小鼻儿一缩，说："这香味儿是好闻，只是这一点点的东西，怎么要这么多的银子呀？"

伯驾笑道："阿珊，你喜欢我下次回美国时，带一瓶送你。在我们国家买，要便宜多了。"

林福把胸一拍，大方地说："阿珊，你喜欢我给你买。夷鬼都是抠鬼，为了省两个钱，还要回国才去买，而且还只送一瓶。哼，亏他还说得出口，阿珊莫理他，我下回给你送十瓶。"

阿珊扑哧声笑了，道："福叔，你那点血汗钱还是留着去娶老婆吧。"

大家正笑说着，三个身着八旗军服的官兵摇摇晃晃地走进船厅，一身浓烈的酒气冲人。花娘忙赔着笑，小心地说："官爷，今天这船已经有客人包了。请军爷给个面子，下回来全给免费。"军官一只脚踏在椅子上，拍着桌子骂道："他妈的，你当老子是叫花子？老子的祖上全是镶黄旗，是皇亲国戚。"军官见龚孝拱他们在船厅里，骂道："都给老子滚出去，这条船老子要了。"花娘对这种人是见多了，嘴一撇，讥笑道："军爷，那当今的皇帝还是你叔哩。"军官笑了，伸手就在花娘胖脸上摸了把，说："哈哈，花娘你还真说对了。老子昨儿才从京城打了个转，我那个当皇帝的叔请我在金銮殿里吃筵席。哈哈，晚上皇帝叔叔下旨安排了两个宫女陪我睡，第二天我就起不了床。哈哈。"与他一起的官兵乐得哈哈大笑起来。

兰儿丢下一句话："无耻！"转身而去。

阿珊跟着说："流氓。我们走。"她跟随兰儿出门。

军官抬头一看，贼眼儿顿时一亮，一声喊："站住。"他走到兰儿面前，惊讶着嚷了起来："我的天，这哪来的仙女哩。"那两个官兵也摇摇晃晃地走到兰儿和阿珊跟前，瞪着色眯眯的醉眼，流着口水。"听这两美女说话声就知是江南美女，比他娘的潮汕美女要好看多了。哈哈，你们只要让爷们玩高兴了，老子有的是银子给。"说着军官从身上掏出一锭银子往桌子上一摆，恶狠狠地说："你们看着干吗？想找死是不。滚，都给老子滚。"军官扑上去就去抱阿珊。伯驾横着一挡，把那个军官撞在船柱子上了。一个官兵拔出腰刀冲上去砍伯驾，阿珊情急之下抓起桌子上的一只广彩瓷壶朝他脸上丢去，一壶的热水烫得他嗷嗷直叫。官兵从身上拔出短枪对准伯驾，林福纵身一跃，飞起一脚，把官兵手中的短枪踢到船窗外，落到江水里。龚孝拱拍手大叫："福哥好功夫。"突然另一官兵举刀直朝林福砍去，本来已躲在桌子下的汤斯和花娘，两人猛地把官兵的脚使劲一扯，官兵仰天倒在地上了。林福上前一脚踩住官兵的手，骂道："瞎了你的狗眼，竟还敢伤害爷，你是在找死啦。"脚下一使劲，官兵疼得喊娘叫爷："爷，饶命呀。"一官兵逃出船厅，一边跑一边拼命地吹着铜哨报警。尖利的哨声把花娘吓得花容失色了，哭泣着说："爷们，不得了啦。官兵要抓人来了，你们快走呀。"林福不屑地说："花娘，你别怕，有我在——"他话还没说完，一队如狼似虎的八旗官兵蹬蹬地跑进船厅里，十几只长枪对着他们。领头的是一管带，一声吼叫："好大的胆子，竟敢勾结夷鬼与官府对抗。来人，统统都给我拿下，带回军营去。”他手下的那帮弁兵不由分说，上前就去捆绑他们，气得阿珊大骂：“林福，你不是说有你在，有个鬼用！”龚孝拱忙把阿珊护在身后，一边大叫：“住手，老子是钦差行辕的通事，你们他妈的眼睛全瞎啦。”汤斯在桌子下叫着：“我们是朝廷官员，你们误会了呀。”伯驾用身子紧紧地护着兰儿，用半生不熟的中国话大声地说：“你们的官兵酗酒闹事，怎么反而抓我们啦？我要到官府去告你们侵犯人权。”花娘在桌子下抱着汤斯一身发抖。管带吐口痰在地上，指着龚孝拱骂道：“你竟然还敢冒充钦差行辕的通事，你怎么不冒充是钦差大臣呢。这小子嘴硬，给我把他捆个结实，看他嘴还硬不。”林福大叫：“他真的是钦差大人的通事，你们捆不得呀。”管带一巴掌打在林福的脸上，骂道：“你他妈的，是活腻啦？狗日的，你何不说自己是钦差大人的管家呢？把这小子也捆起来。”伯驾一听，忙问：“大人，你怎么知道他是林部堂大人的管家？”管带冷笑，说：“夷鬼，你当老子是傻瓜？这是什么地方，是广州城有名的玩婊子的地方。林部堂大人是钦差大臣，他手下的人会到这个地方来吗？”花娘抽抽泣泣地说：“官爷也，他们都是正经的人，是来赏花听曲儿的哩。”汤斯也在桌子下说：“大人，花娘说的没错。我们是正儿八经的人，不信，你去海关打听我是什么人吧。”管带朝桌子踢了下，骂道：“滚出来，你是海关的人，那本官就没抓错人。海关里没个好人，都他妈的全是帮贪官污吏。来人，把这个家伙捆起来交海关去处理。”两个弁兵把汤斯从桌底下强拖出来，差点把桌子都掀翻了。这两个弁兵也下得手，像是捆鸡仔似的把汤斯捆了个严实。八旗驻军与海关有个不成文的规定，岸上的走私归他们负责，水面上走私归海关缉私水师管辖。可有的走私分子从水上携货到岸上，抓了后归谁所得，两家常为此争吵不休，甚至还发生过两家官兵擦枪走火的事。这会他得知汤斯是海关的人便借机发泄，从弁兵手上接过绳索，狠劲一拽，疼得汤斯连连喊救命呀。“他妈的，老子见你们海关的狗日的就烦。”他狞笑着道，手上的劲儿没减半点。一弁兵问：“大人，这两个女子带不带走？”管带一声吼：“带走。一看就是扬州的鸡儿，不是好人。”兰儿和阿珊大声叫冤：“我们来看花市的，大人你冤枉了我们啊。”三个官兵把刀抵着林福的脖子，恶狠狠地嚷：“你小子最猖狂，带回营去，不整脱你一层皮，老子不是人。”把他们押出船厅。

“住手！”这时怡良正好一路赏花经过花船，一见林福他们被五花大绑地从花船里推出来，大吃一惊，一声喝：“这是怎么回事？”

管带见是怡良，客气地回道：“巡抚大人，他们冒充是钦差行辕当差的人，狎妓行欢，败坏官府名声，下官要把他们带走询审。”

林福见是怡良，喊着：“怡大人，快放开我们。”

怡良生气地说：“还不赶快放人。”

管带认真地看看林福，怀疑地说：“巡抚大人，你认识他们？狎妓喝花酒，不论官民皆可治罪。”

怡良急了，说：“胡闹，在花船上赏花喝酒就是狎妓？赶紧放人！”

管带是八旗的官员，不归地方巡府节制，所以说话就有不恭之意了：“还请巡抚大人见谅，下官职责在身。这两个女子便是人证，下官还得把他们带走。”

阿珊大叫：“老爷，他胡说，我们是来赏花的。”说着哭了起来。

怡良火了，厉声道：“放肆，难道还要德克布金将军来，你才放人？”

“谁在说我呀，好大的口气，哈哈。”随着说话声，德克布金由奕湘陪同，一身便装来逛花市，高声嚷着从围观的人群外打着哈哈进来。他一见林福被捆着，一下慌了，朝管带骂道：“你狗日的瞎了眼，你知道他是谁吗？”顾不上说话了，上前亲自动手解开林福身上的绳子，奕湘赶紧把围观的人驱走，其他人忙把龚孝拱、伯驾和汤斯身上的绳子解开。管带知道闯了大祸，一下脸色变了，吞吞吐吐地说：“将军，他们真是钦差行辕里当差的？”

德克布金骂道：“你狗日的活得不耐烦了！林兄弟是林部堂大人的大管家，满天下这么多人不去抓，偏偏就抓了他。”

龚孝拱揉揉被绳子勒得酸辣的手臂，满腹怨气道：“大人言下之意，我等若是草民，就可由着你们抓去了。”

德克布金虽然没见过龚孝拱，但知道是与林福一起的人，也是个不平常的人，他马上双手揖揖，表示歉意：“老夫失言，不知小兄弟在哪高就，还望见谅。”

怡良气冲冲地介绍道：“老将军，他叫龚孝拱，是林部堂大人的通事。这个夷人叫伯驾，是在新豆栏街开医局的洋医生，只是这位兄弟我瞧着眼生。”龚孝拱在一旁回话：“大人，他叫汤斯，在海关税所当差。这两位姑娘——”不等他说完话，林福马上说：“是我的朋友。”阿珊白了他眼，没好声地说：“吹牛皮就算你狠，鬼才是你的朋友哩。”

德克布金冲着管带骂道：“老子要扒了你的皮！你手下的人瞎了眼，你也眼瞎啦。林部堂身边的人会去狎妓呷花酒吗？这等玩婊子的玩意儿，只有你手下那些打着八旗幌子的狗日才干得出，还不向诸位兄弟赔个不是。”

怡良气愤地说：“现在还有什么满人汉人之分，要坏起来都是一路货了。”

龚孝拱揉着手臂道：“这位军官，赔礼之举就免了。我们再三说了是赏花喝茶的，你们还是在装聋作傻，不就想打这两个姑娘的主意吗？”

管带一脸的汗水，哈着腰道：“下官给诸位兄弟添麻烦了，乞谅。”

林福在官场混多了，知道什么叫见好就收，把手摆摆，说：“你也是出于公干，只是你手下的那几位弟兄借酒寻事，出言不逊，说当今皇上是他叔，还大言不惭地说皇上请他吃饭，下旨安排宫女陪寝。虽说是戏言，此话要是传出去了，却也犯了大不敬之罪，可要杀头的。”那三个一身酒气的官兵扑通一声跪在地上，头磕得船板嗵嗵直响：“小的犯浑，诸位爷饶命呀。”

奕湘脸色顿变，大吼一声：“来人，把这三个家伙给老子绑起来，带回去严办。”弁兵上前三五几下把那三个官兵捆了个结实。“诸位兄弟，得罪了。下官定将严惩这几个家伙，余下还请多多包涵。”管带恳切地请求林福他们高抬贵手。德克布金深知其中险恶，八旗官兵出事他是逃不脱干系，双手揖礼，赔着笑脸道：“老夫替部下给诸位赔个不是，今天就由我来做东，还望诸位给老夫个面子。”奕湘一挥手，要管带把三个犯事的官兵带走。

龚孝拱对官场的禁忌历来无所谓，大大咧咧地说：“说了也无妨，这事就到此为止，也不要去追究啦。只是这几个兄弟色胆也是太大了点，光天化日下竟然也敢调戏民女，实属令人愤慨不已。”

伯驾马上说：“他们侵犯人权，这是绝不容许的事。”

汤斯龇着牙说：“伯驾先生，在中国是不讲人权的，他们连什么是人权都不知道。你这是对牛弹琴，有屁用。”他从小到大还从没有被人用绳子捆过，一身的细皮嫩肉被绳子勒出一条条的血痕了，花娘心疼地对着汤斯身上的伤处，不停地嘟着嘴儿吹气，船上的潮汕妹在收拾刚才打烂了的东西。

伯驾用英语对汤斯说：“汤，你错了。在我们美国有对着牛表演音乐，牛就增加了牛奶的产量，你怎么说没屁用呢？”

龚孝拱笑得眼泪水都流出来了，其他人个个是一头雾水，茫然地看着，不知伯驾说了什么，把龚孝拱乐得成这样了。怡良问：“孝拱，洋大夫说了什么？逗得你如此发笑？”

龚孝拱笑着道：“伯驾是反驳汤斯说对牛弹琴的话，说在他们美国给牛演奏音乐，牛就增加了产奶量，用处大着呢。”

众人听龚孝拱解释后都乐了。德克布金乐得一张几乎掉光了牙齿的嘴大张着，说：“这夷人是不是脑子缺少一根筋，他们怎么想事就与我们不同？”

怡良擦了擦眼泪，说：“夷人与我们都是一样的人，只不过是肤色不同，他们与我们的文化和教育不同，所以想事就殊异了。”

兰儿对大家行一礼，一脸的戚容，细声说：“诸位老爷，小女子暂且告辞。”说完，她与阿珊头也不回地走出船厅。伯驾赶紧追上去，嚷着：“兰，等等我。”林福抬步要跟去，一抬头见龚孝拱似笑非笑地瞧着他，他本已迈出了一步，又收了回去，言不由衷地说：“夷鬼也是的，看不得女人，鬼相样子。”他话还没完，只见兰儿和阿珊，还有伯驾他们又一脸是笑地进来了。阿珊抢前一步，掀起船厅上的门帘，对船厅外恭敬地鞠躬道：“老爷，请哩。”

林则徐和邓廷桢还有梁廷枏，他们一身便装进来，赵铁头和刘师爷紧随其后，四个跟随的亲兵立在船厅门外。大家先是一愣，紧接着是欢欣不已。德克布金双手连连揖道：“二位大人竟也来逛花市了，难得难得啦。”怡良笑道：“广州花市自开市以来，部堂大人可是朝廷里与民同乐的第一高官呀。梁先生，你可得把此事写入笔记，以流传于后世呵。”梁廷枏乐呵呵地应道：“好呀，这是林公为政亲民之佐证也。”林则徐已经坐在船厅的西式沙发椅上了，屁股连连颠了好几下，一边说：“什么亲民？官家也是民众，百姓之事，亦是自家之事。一到了官家身上就成亲民了，那官家之人就不是人了？笑话。”梁廷枏朝怡良吐了吐舌头，不再吭声了。林则徐拉着伯驾的手笑道：“难得大家有此雅兴，竟然不约而来了，都站着干什么？坐呀。这椅子坐着蛮舒服的啦。呵呵。”他和伯驾坐下后，邓廷桢、怡良等人依次坐下，汤斯在船厅的吧台前，亲自动手用磨咖啡豆的机子在磨咖啡，船厅里顿时溢着浓浓的咖啡香味。不一会儿，汤斯制作的咖啡，由花娘端着送到每个人手上。德克布金呷了口咖啡，摇摇头说：“这玩意儿比药还难吃，给老夫上茶。”林则徐脸上失去了愉悦之情，说：“我与邓大人和梁先生观看花市，碰上一管带把三个闹事的官兵押走，得知是怎么回事了。老将军，这事须严惩。本部堂自到广州以来，已听到了不少关于旗营官兵的劣迹，眼下大敌当前，从严治军是战胜敌人的必备之手段。”他话一出口，德克布金脸上露出极不自然的笑容，连连点头说：“部堂大人教诲，本将军定当牢记。请部堂大人放心，若有夷人入侵，本将军亲率官兵冲锋陷阵，绝不是孬种。”奕湘嗫嚅着说：“部堂大人，不怕你笑话。军营的弟兄们又有三个月没发饷了。且部堂大人自你到广州以来，为水师和炮台不停地增加军力，添置装备，而兵部连一粒子弹也没有给我们拨来，军心从何而稳呀。”

林则徐闭目不语，其他人更不敢吱声了，一时船厅里悄然无声。只有潮汕妹正轻手轻脚地在布置餐桌上的食具。“唉，”林则徐叹息一声，缓缓地说，“旗营军费历来是朝廷直接拨付，与地方无甚关联。然当下朝廷财力甚紧，要用钱的地方也多，兵部欠各地驻军的军费已是常事，有其为难之处。豫大人押银上京之前，我再三叮嘱他一定要向朝廷陈情南海的局势，务必要引起朝廷的重视，争取为旗营增加些军费。只是能争取到多少，这还得等豫大人回来再说吧。备战抗夷不仅是朝廷的事，也是全民的事。我们要发动民众有钱出钱，有力出力，官民一体，同心协力抗击英夷的侵犯。”邓廷桢点头认可：“好。举民众之力，此乃胜之法宝也。”怡良也兴奋地说：“部堂大人，发动民众的事就交我们巡抚衙门来办吧。上次我们封锁英夷商馆，逼义律他们缴出鸦片，民众可是起了很大的作用。”

“咣！”一声似是干帛撕裂的弹拨乐音，凌空炸响。不等大家回过神来，那乐声如急风暴雨倾泻而至，啪啪啪，几声扫弦，犹千军万马冲锋陷阵，金鼓剑弩、铁骑蹂践、涕泣嚎嘶，其惨烈悲壮之极无可描状；转而竟似风雷过后风和日丽，节奏徐缓，古朴幽雅，委婉深情了。绘一江南烟雨、小桥流水景色；弹一曲古琴，舞一城风花，不堪看，风过处尽显流年。呦也呀，悠悠徘徊在时光的碎影里，执手千年，依旧是那么恬淡安然。琴弦戛然而止，兰儿怀抱琵琶坐在西洋雕花描金的白漆小椅子上，纤手压弦丝；阿珊立着，手执十目九节洞箫，两人秀丽的小脸上似是姹紫洇浸，娇艳欲滴，秀色撩人。众人皆无语，唯独伯驾在喃喃自语，我终于体会出了什么叫美若天仙，天籁之音了。

林则徐脸上现出他难以抑制的激动，摸了把下巴上微微颤动的胡须，说："姑娘，老夫离开家乡多年，还是第一回听到如此让人心旷神怡的南音啊。一曲《十面埋伏》惊心动魄，继而是《山险峻》引人入胜。只是老夫有点不解，南音有'唐宋遗音'之称，其蕴含了晋清商乐、唐大曲、法曲、燕乐和佛教音乐及宋元明以来的词曲音乐、戏曲音乐等内容，博大精深，就连我这个泉州人也只能解其一二也。你们是从何窥其精妙？"

兰儿横抱着琵琶，起身躬礼，含笑道："老爷，小女子是扬州人，九岁便开始习艺。第一个师傅就是福建泉州人，曾教奴家习南音，因南音曲调须以泉州方言古语演唱，咬字吐词须丝丝入扣，不得有游移毫发之嫌，其难有难于上青天之难矣。故奴家习南音曲调约两年，便又专一扬州本调了。"阿珊嘴快，道："老爷，小姐自到广州后有一心愿，要亲自为老爷你演奏南音。为这，小姐这几个月来重新温习已生疏了的南音曲儿，因弹弦手指甲盖都剥去哩。"

大家听阿珊这一说，都把目光投向兰儿的手上。她慌忙把手指收回握成个小粉拳，一脸羞窘，嗔道："死妮子，就你嘴多。老爷是奴家的救命恩人，小女子无以为报，唯以平生所习技艺献上，以博老爷开心一笑，当知足矣。"

林则徐连连点头，平素他在儿女情长上其情感甚淡于水。这会他说话时，口吻里对兰儿深含敬意，发着感叹："老夫心领了姑娘的情意，只是苦了姑娘也。扬州一地自隋唐以来，为文人荟萃之区，文章经济互为因果，其繁华富甲天下。所以扬州是南戏的中心，诸腔云集，姑娘自小能得有如此便宜，就不足为怪了。"

邓廷桢笑着说："这位姑娘应是出自扬州城苏唱街，听你腔儿应与大名鼎鼎的'双清班'有渊源关系吧。这个戏班全是女伶，有诗赞曰'一夕绿樽重作会，百年红粉递当场'呵。"

阿珊惊讶地说："老爷，你真神呀。你怎么一听曲儿就知我家小姐是从'双清班'里出来的？"

龚孝拱笑道："阿珊姑娘，你这就有所不知了。总督大人是金陵人，以独专诗词古音而行走士林，著有《诗双声叠韵谱》《说文解字双声叠韵谱》《双研斋词》等。你只须开腔，总督大人便可窥其套数，呵呵。我这个杭州人不可与总督大人比肩，但也从你的唱腔里体会出混有昆腔、弋阳腔、梆子腔多部声调。声腔儿且又与扬州本调融合，曲文俚质，雅俗共赏，声色兼备，其意境自成一格了。"说着他对兰儿双手一揖，真诚地说："孝拱能有幸闻得天上人间之雅音，不枉在世间走了一回。"

兰儿眼圈儿一红，泪水儿就淌了出来："龚爷高看奴家哩。"哽咽着吐出的声音，细若游丝，那气息似是在龚孝拱的心尖上黏着了。

梁廷枏放下手中的咖啡杯，感叹说："一曲南音让部堂大人如此动情，难得呀。部堂大人的老乡广西巡抚梁章钜大人，在他的《浪迹续谈》中说他曾在扬州时看戏，大约专讲昆腔者，不过十之有三，与余同嗜者，竟十之七矣。当时我曾想，都说人间天堂，唯有苏杭。其魅力何在？一个福建人竟然也对江浙南戏花部乱弹如此痴迷，现想来是明白了，任何戏曲都须随社会的需要，人们的喜爱而变，才可发扬光大啦。"

林则徐点头认可梁廷枏的话，说："与日俱进，皆社会进步之法则也。我大清承传中华文明五千年之历史的泱泱大国，然今日海外蕞尔小邦夹以器巧之新，竟然就敢在我国门外耀武扬威，欺人太甚。禁烟仍是皇上一扫官场民生颓废之病铁拳，在诸位同僚共襄之下，禁烟已初见成效。然以英夷为首的奸商，至今仍困居于尖沙咀一带，伺机窜入内地继续从事贩卖鸦片。这是为何？是因为这些年来他们已经尝到了甜头，鸦片带来的巨大利益不仅让贩卖鸦片的商人贪得无厌，也让他们国家获得了巨大的不义之财。所以一场由经济引起商业利益之争，已经与一个国家的利益紧紧相关联了。”

这时，汤斯来到林则徐面前，恭敬地说：“请部堂大人和诸位大人用餐，今天特意安排了西餐。”

“好哇，客随主便。”林则徐和蔼地说。他起身领头来到摆在船厅中的餐桌前，每一座位上一套银錾花碗盖、银匙、银镶象牙箸摆放整齐，一块亚麻白巾叠成玉兰花插在银花杯里。每人面前分餐好了一份焗蜗牛、牛尾汤和蔬菜沙拉，一块带着血丝的牛排，高脚玻璃杯里盛的是红酒；餐桌正中一盆葱绿嫩灵的水仙花，洁白的花瓣和鹅黄的花蕊，妖娆袅娜，暗香浮动，令人心清气爽。德克布金到座位上拿起一套刀叉在手里晃了晃，大声嚷着：“瞧瞧，这也只有那些犬羊之性的夷鬼，还在用刀叉吃东西哩。”他举起叉子叉起一块牛排：“呀，这肉还带血丝哟，还有这蔬菜也是生的，这不是畜生才吃的东西吗？”他对汤斯瞪眼骂道：“这是人吃的东西吗，一看你就不是个好东西。来人！”他起身一声吼，怡良赶紧把德克布金拉到椅子上坐下，说：“老将军，你别嚷了。夷人都是这样吃的，汤斯先生是一番好意。”龚孝拱在一旁道：“吃西餐比吃中餐还要干净哩。”伯驾连连摇头说：“不可理喻，我的上帝。”邓廷桢只是笑笑，抖开亚麻白巾挂在脖子下，而林则徐则手之舞之，刀叉餐具全用上了，根本没搭理德克布金叫嚷嚷的，梁廷枏在一旁偷笑，兰儿和阿珊看得目瞪口呆。汤斯被德克布金的一声吼吓住了，立在那里不知所措，花娘才是会察言观色，她见林则徐埋头吃牛排，那专注劲儿就知他根本就没把德克布金这个糟老头当回事。她心里一乐，愉快地扯了把还在发愣的汤斯，悄声地说：“你呀，别理那个老头，上桌去陪大人们呀。我去安排师爷和林福兄弟到隔壁的房间吃饭，他们跟大人出来也辛苦哩。”说着她朝林福和刘师爷招招手，请他们去隔壁房间用餐。兰儿与阿珊也要与林福一起去，邓廷桢笑着说：“二位姑娘，你们是部堂大人的客人，他难得有个好心情，你们就在这儿陪大人吧。”林则徐抬头看了眼兰儿说：“姑娘，你们是吃不惯西餐吧？”阿珊点头说：“老爷，小姐闻不得这西餐的味儿。”林福马上说：“我也闻不得西餐，呵呵。”一脸的惊喜神色。林则徐把手摆摆，说：“那你们就与林福一起去吃吧。”林福赶紧领他们随花娘去茶室。这时豫堃从船厅外进来，他乐呵呵地打着拱手，对大家道：“好呀，赶得早就不如赶得巧。呵呵。”满厅的人一见是他，都起身与他执礼。花娘赶紧在邓廷桢旁加张椅子上套餐具，林则徐看豫堃喝口咖啡后，才含笑道：“厚庵，这一路上辛苦啦。你怎么知道我们在船上？”豫堃回话：“部堂大人，我乘船上岸见铁头在船厅外，就知你在这里了。正好，我肚子也饿了，何不趁机来大啖一顿啊。”他对餐桌上的人看了眼，问：“今天做东的是谁？”林则徐把刀叉放下，笑道：“今天的安排，我还真不清楚是谁在做东，呵呵。不要我们吃了嘴巴一抹，还不知是谁掏的银子呐。”说着他看龚孝拱一眼，龚孝拱笑嘻嘻地说：“部堂大人，就我这点俸银想吃西餐，那是请不起的，这可是天下第一肥缺海关的汤斯杰作。只是汤斯开始是请我和伯驾几人来花船上吃西餐，没想到部堂大人、邓中堂大人，还有巡抚大人来了，接着老将军也来了。”豫堃愣了下，似是不相信，瞪着眼看汤斯说：“你小子哪门脑子开窍了，也知道走关系拉人情啦，好哇，这就叫有出息了。”汤斯急了，口吃着说：“大、大人，我，我的女友是这花船上的老板。是她要请、请龚兄，来、来船上，没想到，一下子来了这么多的大、大人。”豫堃故意把脸一沉，说：“那你的意思，我们都是不请自来的人，你不欢迎？”花娘一下急了，说：“大人，你可不要冤枉汤哥哇。他哪见过这么多的官吔，他兴奋得快成神经了。”汤斯在一旁傻笑着。

邓廷桢举起手中的玻璃酒杯，说：“好啦，吃个饭，哪来那么多的话。吃吃，洋餐虽说有点儿难吃，但习惯了其口味，与我们中餐自有异曲同工之妙也。来，干一杯。”他仰头就一口喝光了，林则徐乐道：“我的总督大人，喝洋酒得一口口抿，哪有你这样牛饮的样。”他见大家都看着他说话，手上的刀叉指着他们说：“都吃呀，这玩意儿是要趁热吃，凉了就咬不动了。”众人都乐了。豫堃毕竟是在海关当差，接触的夷人多，这吃喝的玩意熟练得很，手中的刀叉运用自如。只是他身上着的是件绸缎大褂，亚麻白巾没法挂在脖子下，便把白巾当擦拭手的布了。梁廷枏和龚孝拱还有伯驾他们是有板有眼地在动刀弄叉，德克布金手上的刀叉在盘子里切牛排，由于用劲过猛，盘子里的那块牛排哧溜儿飞了出去，啪地打在了与他对面相坐的伯驾脸上。伯驾一声惊呼：“暗器杀人也。”哎哟也，哈哈哈，大家乐得眼泪水都流了出来。

怡良乐道：“哈哈，伯大夫呀，还是中国功夫厉害吧。”

伯驾狼狈地擦拭着脸上的汤汁，一边乐道：“这是偷袭，不算。”

梁廷枏乐道：“兵者，诡道。攻其无备，出其不意。乃兵家之胜，不可先传也。”

伯驾愤愤不平地说：“先生们，你们中国人是靠暗器伤人取胜，我们是以科技为武器战胜这个世界。精神不是物质，它仅是一种情绪，要靠这个的作用。”他举起手中的刀叉把盘子里的一块牛排切成好几块了，再一块块地送嘴里咀嚼，牛排上的血丝从他嘴角边渗出。

邓廷桢有些厌恶地看着伯驾的吃相，问：“伯驾，你说的科技是什么东西？有你说的那么厉害吗？”

伯驾放下手中刀叉，用餐巾擦拭了下嘴角，有礼貌地说：“大人，你的问题，我只能这样对你解释。科技是今天世界上所有一切新的知识和技术的称呼，它的出现和运用是社会进步与文明的象征。”

德克布金不屑地说：“哼，你说的进步与文明，就是英夷那个国里要一个小娘们来当皇帝，牝鸡司晨，这个世界不乱了套，才是怪啰。”

伯驾从德克布金说话口气中听出是不友善的声音，但不懂他说的话是什么意思。于是他问龚孝拱："龚，将军说的牝鸡司晨，是什么意思？"

龚孝拱笑道："是说母鸡也会打鸣了。"

伯驾两肩一耸，说："母鸡是不会打鸣的，这违反了科学，将军你错了。"

林则徐知道这个夷人好较真，刚才他说的话对他震动很大，但要想就凭伯驾的几句话就去改变像德克布金这样的人，那才是对牛弹琴了。所以他摆摆手，说："伯驾，你的想法很新鲜，你可写文章让我们学习学习吧。"

伯驾谦虚地说："林大人，学习不敢，但可以探讨。"

怡良笑道："这个伯驾一会是满嘴胡言，一会又谦虚得无底了。呵呵。"

豫堃发着感叹说："本人与夷人打交道这些年，总的感觉是夷人们办事是有板有眼的，说话也还算数。当然像颠地这类不法夷商也有，但毕竟是少数。"德克布金自豫堃进来后就一直大献殷勤，时不时就客气地举杯与他碰一下，他感到有些奇怪，不由看眼林则徐，而林则徐笑而不语。奕湘在一旁替德克布金把话说出来："豫大人，老将军听部堂大人说，你这次上京还带有一使命，是为我们旗营陈情请饷，老将军想知道兵部有结果么？"

豫堃把脑袋一拍，恍然大悟，笑道："呵呵，我一进来，怎么就感觉老将军看我怪怪的样，原来是这么回事。这事吧？"把话留在嘴边不说下去了。德克布金急了，忙问："兵部那帮狗日的，是不是不给军饷？"豫堃极不情愿地说："兵部说了，给。"德克布金双手揖礼，忙高兴地说："老夫代表旗营弟兄，敬豫大人一杯酒。"他端起桌上的洋酒，豫堃苦笑道："老将军，我话还没说完。兵部说给，但没钱，还是老中堂大人出了个主意，说南边战事紧张，这钱要我们粤海关先期垫付，不能影响官兵的士气。"。

这时赵铁头进来禀报："老爷，伍会长一行人在码头上，说是要拜见老爷。"

怡良眉头一皱，道："这帮人也不看时候，部堂大人好不容易抽点儿空闲出来逛逛，就来打扰了。铁头，你就回复他们说部堂大人没空，有事去衙门谈。”

“好。”赵铁头一声应答，正要转身走时，林则徐道：“铁头，去请他们进来吧。民怕见官，没事他们是不敢见官的。”

邓廷桢道：“部堂大人爱民如子，体察民情。”

德克布金起身向林则徐等人执礼，脸色难看，说：“感谢豫大人雪中送炭，请豫大人这两天内把钱拨到军营，若拖延下去，只怕会发生兵变了。部堂大人有公干，老夫就不打扰了。哪天部堂大人有空也请到大营来巡视，老夫恭候。”

林则徐起身揖礼道：“老将军慢走，豫大人既然已有老中堂大人的谕令，他不会误了军情，你放心吧。大营巡视不是本部堂职责范围，不敢承诺将军美意。哪天请老将军去叹早茶，不知可否？”

德克布金心情放松了些，说：“好，待军饷到了，老夫做东，请部堂大人与豫大人一起去叹早茶。”他虽说是已过七十的人，走路时踩在地板上噔噔有声，奕湘也跟着德克布金一起告辞而去。

伯驾也起身学着德克布金的话，双手揖礼道：“老夫也告辞啦。”

龚孝拱取笑道：“伯驾，你们夷人除了用坚船利器来侵犯我大清外，还有就是以破坏我中华文化而为其侵略手段，其狼子野心不可不防也。”

伯驾一愣，不解地问：“有这么严重吗？刚才德克布金将军不也说老夫，我怎么就不能说？”伯驾的话把大家都逗乐了，梁廷枏笑道：“伯驾先生，老将军已是七十的人了，你才多大？在我们中国的字典里老夫是上了年纪的自称。”伯驾不好意思地摸了摸头，乐呵呵地说：“中国文化博大精深，我们美国建国才六十多年。我们没有历史文化，实在是没面子。老夫不敢自称，那我是少夫了，向诸位大人告辞啦。”他深鞠一躬，由花娘引他与兰儿、阿珊一起离去。

邓廷桢瞧着伯驾消失的背影，感叹道：“一个国家的民众，如能清醒地反省自己国家的不足，他日这个国家必将成为一方强国也。”

林则徐点头认可，道：“嶰筠所言极是，历史是一个民族与国家的根基。传承历史与创新历史，是社会进步与国家兴旺之途径也。像伯驾所在的美国，虽然建国不到百年，然而他们善于从他国中去汲取精神财富，为己而用。这样的国家怎能不强大呢？”就在他们说话间，花娘和潮汕女手脚麻利地把餐桌上的东西都收拾净了。

伍绍荣、卢继光、谢有仁等人怀里抱着一大束鲜花进来，而关乔昌是抱着一个用红丝绸包着的画框。林则徐热情地道：“呵呵，伍会长，你们这些财神爷个个红光满面，还抱着鲜花，是不是有什么喜事啦？”

伍绍荣上前双手把鲜花恭敬地递给林则徐，说：“部堂大人，今天是广州的花市开市，也是今年迎新春的节日。小民和同行得知大人行花街与民同乐，大家都非常高兴。故特意来向大人敬献鲜花，以表民众对大人的敬意。”

“谢谢，你们的心意本部堂领情了。”林则徐接过伍绍荣递上的鲜花，龚孝拱马上接过交花娘，汤斯也把卢继光等人的鲜花接过交给花娘。船厅里顿时花团锦簇，花香扑鼻。这时，关乔昌把一直抱在怀里的画框小心地揭去上面的丝绒布，展现在人们眼前的是林则徐身着一品官服半身像，他身上湖蓝色缀有仙鹤的补服，散发出丝绸般的质感，头顶暖帽上的红宝石和胸前的一串红珊瑚朝珠，在光影效果下散发出夺目的光彩。画中的林则徐祥和安宁的面容上目如朗星，具通天彻地之能，冷静深邃，无论在哪个方向与画中的林则徐相视，就会感觉到他在注视着你，在与你交流。关乔昌不无得意地介绍道：“部堂大人，这张画我整整画了三个月，不知合你的心意不？”

“我的天呀，这比活人还像活人哩。”刘师爷一声惊呼，把大家心里想说的话说出来了。他们看看画又看看立在一旁也在仔细看画的林则徐，无不发出惊叹声来。林则徐脸上露出了满意的笑容，道：“乔昌先生的礼物，老夫就收下了。过几日老夫写张条幅回赠乔昌先生，以示感谢。”他摆摆手，要林福把画收下。关乔昌早就听说过林则徐的字是一字难求，如今见他亲自开口以字回赠高兴不已，忙说：“小民先谢过部堂大人。”他深鞠一躬。伍绍荣不无羡慕地说：“啉呱中彩哇。”林则徐笑道：“诸位老板这次在与英夷，应该说是商业之战中，大家齐心协力取得了好的成效。在此，本部堂为感谢大家对朝廷的支持，将给你们每人写幅字以表心意。呵呵。”他这番话不仅让伍绍荣和同行们欢欣鼓舞，邓廷桢等人也对林则徐此番情义深表敬重。

卢继光朝伍绍荣使了个眼色，他马上明白了，笑道：“部堂大人，今天我们十三行商会代表特意来拜见大人，还有一礼物赠送。”他话没说完，林则徐脸色顿时变了，冷言道：“伍会长，你们是想行贿？”卢继光忙说：“部堂大人，天下人都知大人你廉洁奉公，我们哪敢呀。商会在与英夷商人的贸易之战中反败为胜，获利甚大，全是在部堂大人和诸位大人支持下取得的。我们得知部堂大人在逛花街，我们也想趁此机会表示心意，商定以商会的名义送西洋铁甲兵舰一艘，洋枪五千支。不成敬意，恭请部堂大人笑纳。”

“这是好事呀。赚钱不忘国家，这礼物该收，呵呵。”林则徐一听是这么回事，脸上马上转阴为晴了，大为高兴地说。牵着伍绍荣的手到沙发上坐下，一边招呼大家：“来来，都坐。‘锅伟，逮嘎猴’。”突然林则徐丢出一句广东话来，大家先是一愣，猛然个个乐不可支了。伍绍荣连连说：“部堂大人的这句问候‘各位，大家好’的广东话，可是说得到家啦。”这些人本来是揣着紧张心情来见林则徐，他用广东话的一声问候，把大家的心情放松了，顿时船厅里洋溢着喜气洋洋的欢乐气氛。

龚孝拱朝花娘使了眼色，花娘是个眼眨眉毛动的人，赶紧要潮汕女给老板们上咖啡和点心。林则徐端坐在船厅正中的一张沙发上，笑道：“再过三日就是除夕了，广州又到了年关，民众有行花街的习俗，满街的鲜花金橘，寓意人们的美好心意，图个吉利。宋代时的大文豪苏轼贬谪岭南时，他非常惊叹这里的景色，写下‘罗浮山下四时春，卢橘杨梅次第新’的赞美诗句，岭南大地春色常驻啊。新年前夕，我与邓大人等人趁此也上街看看热闹，亦如民众心情一样，来讨个彩头吧。呵呵。”他这一番话说得大家连连叫好。“日子过得真快，去年也是这个日子，老夫从京城南下，途中是在江西过的年，转眼今年竟然是在广州过年了。”他摸摸有些花白的头发，发着感叹说道。

邓廷桢亦有同感，说：“部堂大人现在是钦差大臣又身兼两广总督了，我呢节后就动身也要离开广州去履新职。我是于本朝十五年十月十五日任两广总督，禁烟期间与部堂大人的相处共事，是我为政以来心情最为舒畅的一段日子。今日正好与诸位老板见面，就此与大家告别，感谢你们在我广东履职期间，从各个方面给予我的支持和理解，如有不当之处也请诸位多多包涵。”说着他起身向伍绍荣等人示礼。伍绍荣他们赶紧回礼道：“总督大人客气，平时若有不周之处，还请大人宽恕。小民才知大人要离开广州另赴重任，恭喜贺喜。这些年大人在粤公干所费心血有目共睹，不知大人何时动身，本商会将送万民伞以表情意。”邓廷桢连连说：“感谢大家的情意，相送之事就请免了，谢谢诸位的心意。”

林则徐也饱含感情地说：“邓大人在治粤期间劳苦功高，政声远播，口碑甚佳。这次邓大人本已放两江总督，还没动身朝廷又改为云贵总督，不日又改任闽浙总督了。如此变动，可见邓大人实属人才难得呀。是我们每一位臣工学习的楷模，本部堂已向皇上上折请给予邓大人嘉奖。”

怡良心悦诚服地说：“邓大人秉政劳民之风骨，实为我们敬佩不已。”

豫堃说：“我在京城听说邓大人原定任两江总督，是部堂大人推荐，因政事需要，现又有变动。部堂大人对同仁的关爱之情，难得啦。”

林则徐笑笑说：“好啦，这番惺惺相惜的话就到这儿打止了。今天难得有十三行的老板们与我们共享花节，喜迎新春的到来。而且在此非常时候赠送重礼，此爱国之举，本部堂当向皇上请旨表彰。”他回头对汤斯说：“汤斯，借花献佛，请给在座的每个人倒杯酒，不要洋酒，过节了还是上我们的国酒吧。”花娘不等汤斯回话，欢快地嚷着：“亩崽们，给老爷们上酒啦。”林福在旁听得一愣一愣的，悄声问龚孝拱亩崽是什么意思，龚孝拱小声地告诉他，粤语是妹妹的意思。花娘亲自给每个人端上杯本地的米酒，林则徐起身举杯，大家都跟着举起手中的酒杯。“诸位，今天的相聚虽然是不约而至，呵呵，但这也是缘分。老夫就此祝大家新的一年大展宏图，心想事成。来，干一杯！”林则徐豪兴大发，率先一口而干。船厅里的每一个人都是一口而尽，把手中的酒杯亮了个底，发出爽朗的笑声。这时赵铁头兴冲冲地进来，道：“老爷，你们快出来看看呀。”

林则徐和大家当是发生了什么事，一齐出船厅，只见岸上人山人海，男女老少们手执鲜花，他们一见林则徐即发出山呼海啸般的喊声：“钦差大人，新年好！”接着无数的鲜花朝花船上飞去，让人心潮澎湃不已。林则徐眼眶湿润了，他伸开双臂，似是要把所有飞向他的鲜花揽入怀抱。船在移动了，他双手抱拳久久地高举着，一江碧水载着鲜花簇拥的花船走了，正午的阳光洒在水面上，闪耀着碎金般的光芒……

第十八章

两辆马车碾着乡下的泥土路，一路奔波到柳庄时，冬日的薄雾正笼罩田野，与漫山遍地的青草绿叶搅混在一起，从山坡岩头田坎缝隙里挣扎着长出的狗尾巴草，摇摆着长长的穗子，在这寒冷的天气里争一缕阳气。农家屋舍顶上升腾袅袅炊烟，鸡鸣狗吠，时不时一两个鞭炮冲天而上，瞬间里有团光亮在薄雾里撕开一个口子，一下子伢子妹子们的欢嚷与那鞭炮声响一齐在这旷野里回荡，给这寂静的乡村带来了鲜活的生气。

平时只要有车辆从泥土路上经过，那些闲着的人都会跟着车看热闹。这会人们都在忙碌着过年的事了，没人出来瞧个好奇，偶尔一两只土狗跟着车吠叫了两下，也缩回自家的屋檐下，冷哩。听到车轱辘声响，坐落在水塘前的一处院子朝门大打开了，院里出来好几个一脸欢笑的男女。他们不等马车停稳，就欢快地上前扯住缰绳，嚷着："到哩，到哩，三爷带崽伢子们回家过年哩。"左宗棠不等车停稳，就性急地掀开车帘子，一股寒冷的霜风扑面而来，他缩下脖子说声好冷，对车里嚷声莫急，跳下马车对马车前一个长得跟他一个模子里出来的人，尊敬地道声"二哥"。咧开嘴笑。叫二哥的是左宗植，排行第二，老大左宗棫和他们的爹娘先后都已去世了，左家当家人就落在老二的身上了，左宗棠对这个二哥视为父兄，极其恭敬。这时站在院子台阶上的一个女子喜滋滋地叫着："老爷，这一路还好走么？"左宗棠朝她亲切地道："诒端，你这一向辛苦呐。"叫诒端的女子是他的内人周诒端。她本是湘潭一大户人家的大小姐，就是因仰慕左宗棠的才气，才下嫁当时连个举人的名分都没有的一介穷书生。左宗棠与周诒端同年，因家道贫穷，一直到二十一岁了，不得不入赘周家做上门女婿。周家对这个郎婿非常看重，知道他很爱面子，特意另给他辟了一处小院让他安心读书去应考，一边由他在家开馆课子，以为生计。周家如此周详的安排，并没有让左宗棠把心事放下，生性高傲的他总觉是寄人篱下，暗暗发誓一定要在自己的老家修一处院子。经过十年的攒积，他总算成全了自己的心愿。这个院子分前后两进，中间隔着个晒谷场。后进五间是全家人的起居正房，前进的北厢为谷仓，有存放犁耙农具蓑衣斗笠的杂屋，进院两侧的檐廊直通前厅的堂屋。朝南进门左边一间厢房的门楣上，有他亲手书写的弟子学堂的匾额，这是他特意为日后开馆课子的地方。在院子的南侧还有一个魁顶阁楼是他的书房，取名“朴存阁”。院子建好后，一应收拾之事他就甩手交给夫人周诒端操心了。半年前他带女儿孝瑜去安化小庵的乡下，在他亲家陶澍的家里设馆教陶桄，也让孝瑜一起陪伴读书。这也是他在践行陶澍托孤遗嘱，要亲手把陶桄培养成人。所以他到临要过年了，才从安化回湘阴巡山的柳庄。他打了冷噤，不由说：“好冷的天呀，明天就过年咧。”周诒端笑道：“老爷，不是要过年了，你怕是还不得回家哟。孝瑜和小姑爷人呢？”她心急要见女儿和已定了娃娃亲的陶桄，车里的孝瑜已在嚷着了，姆妈哩。左宗棠双手捂住嘴，使劲儿哈了好几口暖气，手又来回搓了搓，才对着车里说：“崽崽们，到家啦，你们的姆妈和二伯来接你们呐。”他从车里抱出陶桄和孝瑜放下地。陶桄这小子来到陌生的地方一点也不显生，对周诒端恭敬地行礼，说：“周姆妈，我姆妈问你老人家好啦。”孝瑜则是扑到姆妈的怀里了，对左宗植说：“二伯伯，我要吃你烤的糍粑，陶桄哥哥也说要吃哩。”陶桄又对一直含笑看他的左宗植规规矩矩地行了个大礼，说：“二伯爹爹好，侄儿给你请安啦。”左宗植好高兴，忙说：“好好，陶桄呀，你一路上没冻着吧，快进屋去烤火暖和一下。我给你们去烤糍粑吃，伯爹爹烤的糍粑好呷得很哩。”要抱他进屋，陶桄忙摇头说：“二伯爹爹，我是大人了，我自己走。”大家都笑了。周诒端牵着陶桄和女儿孝瑜的手，笑呵呵地说：“哟，豆子大的人，也好意思说自己是大人哩。”从院子出来的男女，一边与左宗棠热情地打着招呼，一边忙着把马车的东西搬进屋去。他们对陶桄和左孝瑜亲热地叫着：“哟也，这不是孝瑜的新姑爷吗？”陶桄奶声奶气地大声说：“不是姑爷，是哥哥。”顿时逗得大家发出开心的笑声。

左宗植比左宗棠大了八岁，自本朝十二年与弟弟共同中举后，兄弟俩多次赴京应试不第，他遂淡了功名之心在长沙府设馆授徒。兄弟俩站在一起，精神面貌自是不同，一个淳朴厚道，一个刚毅精明。“老三，你打算回来住多久？你屋里堂客的身子这一向可能是操心多了，你嫂子说她有好几次都晕过去了，你也要抽日子多陪陪她呀。”左宗植关切地叮嘱道。长沙土话里把老婆都叫做“堂客”。

左宗棠怀着歉意地说：“二哥，我这回打算住个半年一年的，我把老亲家的图书都搬了一车回来。这个家也是辛苦了诒端，她一个大户人家的千金小姐，过去哪操心过这些事啰。”左宗棠在与二哥说话间，眼睛盯着从车上卸东西的下人，一边交代着：“哎，那书就搬到书房里去，其他的交夫人去清理。”兄弟俩说着，正要上青石台阶进院去，只见池塘那边的土路上一快骑朝他们奔来。那骑马的人打老远就喊着：“季高，我来啦。”左宗植一听，笑道：“是郭嵩焘来了，呵呵。他隔天就要打发人来问你几时回来呢。”左宗棠快步上前不等马蹄收步，一把扯住缰绳，乐道：“筠仙，是你呀。哈哈。”郭嵩焘与左宗棠同是湘阴人，字筠仙，比左宗棠小六岁。他下马把缰绳往下人手上一丢，上前抱住左宗棠，亲热地说：“季高，一晃就一年多过去了。日子过得好快，可想死我啦。”

左宗植笑着打趣道：“这真是扁担窟窿插麦茬——对上眼了，哈哈。”

左宗棠一展平时难得的笑容，大方脸上的几道刀刻般皱纹全舒展开了，与郭嵩焘手牵手地进院子，一边朝堂屋里嚷着：“诒端呐，你看哪个来啦？”

周诒端牵着陶桄和左孝瑜的小手在堂屋的门口迎接他们，笑吟吟地打着招呼：“是嵩焘兄弟呀，难得的稀客哟。快进屋里坐，桄儿瑜儿这就是与你们爹爹有八拜之交的郭嵩焘叔爹爹哩。”

陶桄上前规规矩矩地行个大礼，稚气儿的声音：“侄儿给叔爹爹请安。”

郭嵩焘大乐，把陶桄抱起，在他小脸上狠狠地亲了下，道：“好崽崽，这么小就知礼性，大了必有出息。哈哈。”

陶桄嚷着从郭嵩焘怀里挣扎下来：“叔爹爹的胡子好扎人哩。”

大家都乐了，左宗植笑道：“都进屋里坐，门口好大的风。”

陶桄和左孝瑜牵着左宗植的手，嚷着：“二伯爹爹，明天是大年三十，我们要去放鞭炮哩。”

左宗植忙说：“要得，过年了是要放爆竹。伯爹爹与你们去放爆竹，去哩。”湖南把鞭炮叫做爆竹。郭嵩焘望着左宗植一只手里拿着一长串鞭炮，一只手里捏着根点燃了的香，领着两个孩子去晒谷场放鞭炮的身影，发着感叹说：“二哥的书读得最好，人也厚道。本朝十二年那年的全省乡试，二哥他中解元，你名列第十八名，你两兄弟可是大出风头了。可惜后来几年里二哥赴京赶考，总是差那一步，真是鬼捉住了。”

郭嵩焘一说起会试之事，左宗棠心里犹是堵塞了什么东西，那感觉不是个味道。虽然郭嵩焘是闲聊二哥，可无意中却也刺激了他。左宗棠自道光十二年中举后，已三次赴京会试不第，这对曾书“身无半文，心忧天下；读破万卷，神交古人”联语明志的他来说，是莫大的耻辱。所以他听不得别人在他面前提及科举之事，便打了个哈哈，说：“人呀一生有时是要靠命，有时也要靠运。有的人有这命却没有这运，有运呢又没有命。眼看着好事到手边了，却成不了事，所以命运二字是不可拆也。不过我就偏偏不信，什么命不命的，把命捏在自己手里，还怕成不了一番事业？哈哈。”郭嵩焘打心眼里佩服左宗棠一身的豪气，笑道：“季高，你是打着湘上农人的幌子韬光养晦。你呀不蜚则已，一蜚冲天；不鸣则已，一鸣惊人。”左宗棠大乐：“哈哈，知我者筠仙也。”堂屋中摆有一个在燃烧木炭的火盆，围火盆摆的是湘地特有的矮脚竹靠椅，椅子旁一张四方矮脚桌上摆满了乡下的零食，有酸甜可口的藠头、油炸红薯片、臭干子、腊猪嘴、腊猪耳朵，用当地产的酱釉土瓷碟子堆得满满的。火盆上烤着白生生的糯米糍粑，正滋滋冒出香味。郭嵩焘坐在竹椅子上，拿起火盆边的一只铁钳铗子，夹起一个糍粑递给左宗棠，他接过在手里连连翻来倒去，拍去糍粑上的炭火灰，还不时用嘴去吹，然后在糍粑上撒了些红糖粉子，糍粑马上就像涂了层红油，再把糍粑卷起往嘴里塞。左宗棠那吃相呀美得就连郭嵩焘也咽口水了，他也赶紧夹个糍粑卷红糖呷。这时周诒端正好端着茶盘子进来，一见他俩的吃相笑了，说：“哎呀，两个大男人，呷个东西都没个吃相，还是举人哩。”郭嵩焘吃得嘴角边尽是木炭灰，笑道：“嫂子，那举人的牌子当不得饭，还是先饱了口福再说。”左宗棠乐道：“这就是岳麓书院倡导的经世致用，文章经济亦是腹中之物。呵呵。”郭嵩焘连连点头，他手上的糍粑吃完了，又要去火盆上取糍粑，周诒端连忙喊住他：“还呷么子呀，等下就要呷饭呐。”她从茶盘里给他们上杯茶叶姜丝豆子茶，说：“来来，先呷杯豆子茶驱驱寒气。我去厨房里帮忙，你们要少呷些，等下好呷的多的是。今天是年二十九了，我要厨房里下的菜全是鱼，有瓦子鱼、鳜鱼、茴砣鱼、泥鱼、黄鸭叫，都是今天才从湖里打上来的，新鲜得很哩。”说完她就风风火火地出了堂屋。“啪——”一团耀眼的光亮在窗台一闪，紧接着是鞭炮的炸响，屋外传来左宗植和陶桃、孝瑜的笑嚷声。

左宗棠抬眼看看屋外，眼睛里露出做父亲的情爱。他把目光收回，一脸是笑地用火钳把火盆里燃烧得正旺的木炭扒开些，从矮桌上捏了块臭干子在嘴里嚼着，一边问：“筠仙，你年后是不是要出门？”

郭嵩焘点头，笑着说：“家事国事天下事，没有一件能瞒得住你。”

左宗棠也笑了，说："呵呵，家事国事天下事，说是事事关心，那也得有个轻重亲疏之分么。你我是什么关系？情同手足的兄弟。二哥前不久给我信中顺便说你要去杭州给浙江学政当幕僚，人呀不为五斗米弯腰，可也得去为稻粱谋也。那边人把幕僚叫做师爷，我那老亲家生前身边有魏源、包世臣，他们哪个不是当今响当当的人物？说不定哪天我也会走这条路。有过这一番的历练，也是增加书本上学不到的本领。"

郭嵩焘发自内心的敬佩，说："季高，智者远谋，你看事总比别人要高出一筹。我哪想了那么多，也是没办法了，先出门干些事以补家用。哦，我一高兴还忘了孟容本来也要与我一起过来给你拜个早年，只是他临时家里有事抽不开身，托我向你问好。"

左宗棠两眼一亮，说："你是说湘乡那个刘蓉？他曾求学于罗泽南学馆，与罗泽南有师生情谊。罗泽南说他'研心经史，步趋程朱，而于当此之务，无不穷究，为不可多得之经世人才，一旦乘时而起，必可大用'。泽南如此评语，此等人物怎可不结交呢？"

郭嵩焘一笑，说："呵呵，孟容一说起你，两眼就大放光彩。说此生若能与你为友，当是人生一幸事也。我前几日到长沙城里的城南书院见贺熙龄先生，听说他哥哥贺长龄也要回来过年，他一见我就问起你回来没有？我说你今日回老家，他很高兴说你有空时去他府上喝一杯，要好好与你聊聊哩。他还说了件事，在广州禁烟的钦差大臣林则徐已经兼任两广总督，林大人在给他的信中特意托他向你问好。"左宗棠一听说贺长龄回湘过年，顿时一脸的兴奋神色了。贺长龄，湖南长沙人，字耦耕，号西涯，嘉庆十三年进士，于道光十六年任贵州巡抚，后官至云贵总督，为官四十年，政声甚佳。说来他与左宗棠还有师生情谊，道光十年贺长龄回长沙为母亲守丧期间，当时还只有十八岁的左宗棠得知贺长龄家里藏书丰富，又乐于助人，好提携后学，便上门造访讨教。曾在一夜晚谈及一书事，贺长龄亲自掌灯去取书，让左宗棠感动不已，常与人谈及此事，传为佳话。“西涯先生回来了，那我初五进城去给他拜年。呵呵，难得见他一面啦。林公是朝中重臣还惦记我，受之有愧呐。”郭嵩焘也高兴地说：“季高呀，能被林公惦记的人，恐怕当今天下的读书人中没有几个，你就别谦虚啦。你去给西涯先生拜年时，我叫上罗泽南与你一起去，然后我们再去城里新开的一家叫香美楼的饭馆里呷饭。听说那家饭馆生意好得不得了，不事先去定个包厢，去晚了就没座位。”当他把话说完时，突然发现左宗棠眼神怪怪地看着他。他愣了下，不由问：“季高，你怎么啦？”左宗棠竟然有些口吃地问道：“筠仙，香美楼的老板是不是个年轻漂亮的女子，南京人，她身边还有一个叫美儿的小女子？”郭嵩焘吃了一惊，问：“季高，你、你已经去过香美楼？”左宗棠苦笑了下，说：“我是去过，不过我去的是南京秦淮河边的香美楼。唉，若真是她俩，这份情债怎么还哟。”郭嵩焘亦是性情中人，心机一动，从左宗棠一声长长的叹息里，就体会到了这自古英雄美人传奇的故事，亦在当今诸葛身上述说了。他心里自一番感慨，两人一下都沉默无语了。火盆里炭火正旺，映照得两人脸上像是抹了层红糖粉子，红光发亮。陶桄兴冲冲地进来，拖住左宗棠的手就往外走，小圆脸上红润润的，奶声奶气地说：“爹爹，二伯爹爹要你们出来放爆竹，几好耍的哟。”郭嵩焘乐道：“这孩子从南京回到湖南才几天呀，就一口的湘话了，还几好耍的了。”左宗棠连连说：“莫急莫急，我们就去放爆竹迎新年哟。”他和郭嵩焘牵着陶桄的小手出门，“啪——”一个冲天礼花炮炸响，一团光亮瞬间把晒谷场照得雪白，还来不及消去，又是一连串的礼花炮往天上冲去“啪啪啪——”，那礼花炮的响声从柳庄大院传出，好远好远都听得见哩。“又是一个新年啦。”左宗棠伸开双臂，大口地呼吸了一口清新空气，嚷了声，手中燃着的纸媒子点燃了摆在坪里的一只冲天花炮，一团光亮瞬间在天地间灿烂耀目。是谁家伢子们在唱着儿歌？那天真无邪的童稚声与迎新年的鞭炮声，在清洌的旷野里传得远远……

月亮粑粑，肚里坐扎爹爹；

爹爹出来买菜，肚里坐扎奶奶；

奶奶出来绣花，绣扎糍粑；

糍粑跌得井里，变扎蛤蟆；

蛤蟆伸脚，变扎喜鹊；

喜鹊上树，变扎斑鸠；

斑鸠咕咕咕，和尚呷豆腐；

豆腐一甸渣，和尚呷粑粑；

粑粑一甸壳，和尚呷菱角；

菱角溜溜尖，和尚望哒天……

道光在保和殿与后宫家眷们，吃完一年中最为隆重热闹的团年饭后，已是酉时三刻了。宫廷里不时响起了零星的鞭炮声响，依照惯例过年放鞭炮是从腊月十七日开禁，但到了道光登基，他就改为腊月十九日开禁。到了腊月二十四日以后，皇帝在宫里行走每过一门槛，太监们都要放一爆竹，说是那些地下的野鬼会趁过年出来附体，所以就放鞭炮来驱逐。一直要到正月初六，皇帝上朝御政才不放鞭炮了。当道光路过慈宁宫时，突然他用脚轻轻踩了下步舆上的踏板，抬舆的太监们那神经梢儿都牵着在舆杆上了，他们立刻就感觉到了道光要驻步。随行的首领太监丁三，他两眼不停地扫着前后两边，甚至连路面上的砖缝隙里都要瞟上一眼，生怕出半点儿的差错了。道光下步舆没有去扶丁三伸过来的手，就在宫殿门外驻足，颇有兴趣地看着台阶两边立着的两座万寿灯。灯柱为盘龙楠木，呈八面形，挑着两盏五色玻璃的八角圆灯在轻盈地转动着，散发出的光亮把宫殿墙壁和大门映照得流光溢彩，就连道光和随行的太监们身上也披满了迷人的五彩光芒。除夕这天宫里点灯是有规矩的，两廊及甬道石栏上和长街的两旁都要挂灯，一直到正月十八日才撤灯。道光走上汉白玉台阶并不进宫去，而是抬头欣赏挂在宫殿门两旁的一副先帝康熙书写的对联：兰殿颐和尊备养；萱庭集庆寿延禧。宫里内廷的对联都是以白绢书写，外包蓝边，内镶红条，每年腊月二十六日开始在各处楹柱和门户上张挂。那门上贴的哼哈二将门神也是一样，一直要到年后的二月初三和对联一并摘下收起。宫里传来鞭炮的声响，冲天的礼花炮把宫墙里外耀得一片雪亮。随之是慈宁宫里正陪同孝和睿皇太后守岁的嫔妃，还有宫女们欢乐的笑声，也如这满天的礼花一样，暖暖地直扑人心房。丁三见道光抬脚要迈上台阶，不待丁三使眼色，狗儿就忙把手里抱着的芝麻秸秆撒到台阶和门槛处，道光一踏上，脚底下就发出芝麻秸秆的声响，道光瘦削的脸上有了笑意。除夕夜踩芝麻秸儿叫踩岁，取步步高之吉祥，又含辞旧岁之寓意。丁三一只手上捏着一燃着的线香，另一只手上捏了枚红纸鞭炮，笑嘻嘻地说："皇上，奴才点个喜庆儿？"道光先是挪开些身子，丁三正要点燃鞭炮时，他突然说："朕来放。"丁三先是一愣，马上反应过来，忙把线香和鞭炮递上，道光脸上现出少见的纯真笑容。他接过线香，那枚红鞭炮上长长的引线在他手上颤动着，太监们故作害怕样，双手捂耳略站开些乐着。丁三则是高兴地嚷着："皇上放炮，普天同庆。"说着就跪下，太监们也一齐跪下。道光点燃了鞭炮上的引线，赶紧往地上一丢，"啪！"好响亮的一声爆竹声响，惊天动地，与从东西六宫里传出的鞭炮声响，噼里啪啦地响成了一片。后宫长街两旁宫殿大门上的大红灯笼亮了，发出团团喜庆的红光，把长街映照得如同铺了一条长长的红地毯。道光一脸喜悦神色从台阶上下来，步舆也不坐了，对丁三说："皇太后她们正乐着，别去扫了她们的兴。"长街上，就只有道光的身影在灯光下摇晃着，丁三和太监们远远地跟着。

道光难得有如此清闲的心情，平时他在宫里无论是坐舆还是行走，都是行色匆匆。今天他是手搭在背后，像一个学馆的教书先生不紧不慢地走着，一路上对宫门上的楹联时不时瞟一眼，碰上个他看着顺眼的，嘴角边就会现出笑意，有的他只是一扫而过面无表情。当他从军机处值房路过时，见院门虚掩着，守护在门口的侍卫正要大声通报，道光摇摇手示意侍卫不要吭声，推门而进，丁三一干太监们立在门外的阶基下恭候着。道光走进军机处的小院，里面静悄悄的，平时各个值房里人员进进出出，一派繁忙紧张的场面，这会除了军机大臣值房里有灯光透出外，其他房间都是黑灯瞎火的了。道光平时走路脚步就没声响，这会他更是放慢了脚步，走近值房只听得里面有人不时地在咳嗽，一听就知是王鼎了。他推门而进，门“吱”地发出声响。王鼎双手捧一份长长的折子正凑着灯光在阅读，头也没抬，说：“小章机，这里没你的事了，早点回去吧。”道光笑了，也不说话，从桌子上抓起茶壶倒了杯热水递上。王鼎取下眼镜去看道光，灯光下看人模模糊糊，他接过杯子，一边说：“小章机，今天是除夕夜，家人在等着你回去过年，我是老头子了，过不过年就那么回事了。你不要管我了，我不会亏自己的。嘿嘿，我还带酒菜来了，你小子是个好吃鬼，你不走我不敢吃，怕你吃了啰。”

道光幽幽地回句话：“你就不怕皇帝老子来吃？”

王鼎乐了，说：“你知道个屁，皇上这会正在慈宁宫里陪皇太后守岁，享天伦之乐呢。”说着他起身离开桌子，从搁在身后的柜子上取下一只食盒，一揭开盖子，就飘出一股饭菜香味儿。他把食盒里的碗碟一一摆上桌，说：“这是我们陕西有名的奶汤锅子鱼，是用黄河鲤鱼与火腿香菇和奶汤烹调出来；这是酸辣烩三丁、干炸落叶肉；这份是温拌腰丝，腰丝脆嫩，佐之姜、蒜、花椒油拌料等，清爽利口，是下酒的好菜。这一碗腊肉是曾国藩送我的，他是从老家带来的，闻着香吧。小章机，我告诉你，明天太和殿的筵宴，说是皇上请客，其实呀那些个御厨做的饭菜是名声好听，好看不好吃。嘿嘿。”说着得意地笑了。

道光脱口而出，问：“那为什么？”

王鼎闭着眼，摇头晃脑地说：“那些厨子们的手艺本是不错，可是到了宫里后年年都是那几样菜，别说吃了看都看饱了。我自在宫里当差以来，就从没见换过菜品，哪有我家里的菜好吃呢。好在当今的皇上节俭惯了，对吃的东西不讲究，那些个管事的太监也就图省事了。唉，天下人都以为皇帝每餐是百十个碗的菜，哪有的事哩。今天过大年，宫里其他衙门都关了门，我们军机处得守着，天下不会因过年了就不出事，给皇上当差得尽心尽力。你不了解皇上，他最容不得臣子玩忽职守了。呵呵，本来今晚轮不到我值夜，穆大人出了馊点子，说谁在大年夜值班，他另加赏银二十两。你知道我是个穷鬼，一说有赏银了，就主动要求值班。呵呵，赚点外快吧。你小子一定在心里想，我王某大小也是大清朝数一数二的人物了，再穷也不靠这二十两赏银吧？旁人看来，像我们这些京官一到了逢年过节，各地衙门官吏上京来孝敬送‘炭敬’‘冰敬’，还有什么‘别敬’‘程敬’，名堂多了去。那些送礼的出手就是几千上万两的银票，尤其是吏部和户部的官员，他们管着人家升官和钱粮，官越做得大，捞得就更多。唉，京城里如此，全国各地衙门里那些官员，每到了逢年过节的日子，不少人是在家里窝着等人来孝敬哩。送礼的人为了生计不得不送，不送怎么升迁？所以你送了后一旦升了官职，你就得想法子去捞钱，把过去送出的钱捞回，这个陋规是官场里不能公开的公开秘密，没办法收得了场。皇上他不是不知道，也只好睁只眼闭只眼了。说起钱我也想要，一想要不得呀。拿人家的手短，吃人家的嘴软。我呀管不得别人，但还得管好自己不？虽说我的日子比起穆大人他们过得紧巴些，可我过得实在，呵呵。你来了也好，我一个人守夜有点儿冷清，你就陪我喝杯酒吧。”他啰啰嗦嗦地讲了一大堆话，也不歇口气。道光也不吭声，拿起小酒壶把酒倒进杯子里，等他话说完了就举起杯子，说：“王爱卿，你辛苦啦。朕与你同贺新年，干杯。”说罢，他仰头一口喝了。好个糊里糊涂的王鼎竟然也不假思索，把酒杯一举，一口而净了。当他手上的酒杯落在桌子的一刹那时，突然他颤抖着声音说：“你、你刚才说什么着？”道光似笑非笑地回了句话：“朕本道光也。”“扑通”一声，王鼎双膝一跪，伏地磕头求饶：“臣罪该万死。”道光心情大好，说：“王爱卿，今儿是过年，朕就免你一死。平身吧。”

王鼎磕头谢恩：“臣谢主隆恩。”

道光金口一开，突然觉得有不妥，道：“王爱卿，朕是免了你一死，但你要是自寻短见，那朕可就免不了。”他说着就一屁股坐在王鼎坐的椅子上，把酒杯斟满了酒，又夹了一筷子的菜，塞进口里，连连说：“好吃好吃。”

王鼎笑嘻嘻地说：“真要是自寻了，哪还想去免死哟。皇上，好吃你就多吃几口，难得你有这么好的胃口。”正好这时院门外传来宫里打更的梆声，子时已到。王鼎马上连连打了几个拱手，笑呵呵地说：“皇上，新年伊始，臣给你拜年啦，祝皇上新年大吉，国运昌盛。”

道光乐道：“呵呵，好好，新年第一个给朕拜年的是你王爱卿，朕得准备个红包发压岁钱才行。”说着他还真从身上摸出个红包，在手上掂了掂才递给王鼎，乐呵呵地说：“王爱卿呀，红包是小了点，本是朕准备给皇太后拜年的，没想到先给了你。你不要嫌弃它小了点，这也是朕的一片心意。”王鼎双手接过道光给他的红包，一脸的激动神色，说：“皇上发的压岁钱可值千金呀。”他要下跪谢恩，道光说：“王爱卿，今儿是过年，君臣同乐，这礼节就免了吧。来，朕与你再喝杯酒，同贺新年，万事顺利，国泰民安。”说着他又给王鼎面前的酒杯斟上酒。王鼎把红包装到口袋里，双手捧着酒杯，说：“皇上，你已经喝了好几杯酒了，你随意，臣一口干了。”他一仰头把酒杯里的酒全喝光了，道光也不示弱，来个杯底净。只是当他把酒干了后，头有就点儿犯晕了，起身摇晃着往炕上一倒，含糊着说：“王爱卿，朕喝多了点酒，有点犯困了。朕就在炕上躺躺，到三更时你叫醒朕，你与朕一起去东暖阁开笔，去年朕开笔是林则徐陪同。王爱卿，朕睡你的铺盖你没意见吧？你就是有意见，你也奈何不了朕。”

王鼎一下急了，说：“皇上，不是臣不让你睡，你是龙体呀，怎可在这脏兮兮的地方睡哟。哎呀呀，你先别睡着了，臣给你去东暖阁取床被子来。”道光没等王鼎话说完就已经在炕上睡着了。王鼎赶紧把嘴一闭，上前轻轻地把一床印花褥被盖在道光身上，踮着脚生怕发出声响把道光惊醒了。他把桌子上的油灯光亮拨小了些，道光的身影蜷缩成一团了，发出轻微的鼾声了。王鼎的身影被油灯的光亮罩住了，唯有他手中的毛笔在挥动。不知从宫里何处传来零星的鞭炮声响，给这寂静的年夜里增添了些许的喜庆氛围。

第十九章

道光在军机处的炕上睡了三个时辰，浑身舒坦极了。他回到东暖阁依礼制用黄金镶嵌珠宝的“金瓯永固杯”饮了杯屠苏酒，这酒杯每年只有到了大年初一这天才可使用。明窗前的桌子上一只香炉正青烟袅袅，香气弥漫。王鼎小心翼翼地把笔在墨池里蘸上朱墨，然后递给道光。道光喝了一大杯酒，脸色红润，他挥笔在洒金笺上写“道光二十年元旦良辰，宜入新年，万事如意”一行字。王鼎在一旁连连赞道：“皇上好书法呀，端正周详，精神着哩。好好。”这时王金水进来禀报穆彰阿呈表请假的事，道光眉头略皱了下，淡淡地交代王金水：“传太医去看看吧。”然后对王鼎说：“王爱卿，待会拜年的事就由你牵头吧。”王鼎跪伏谢恩再抬头时，道光已经进里间去更衣准备上朝了。

辰时一到，由王鼎率京城百官在太和殿行三跪九叩大礼，给皇帝拜年大典隆重举行。两名大学士捧贺表呈上，由宣表官宣读。读毕，皇帝赐座赏茶，百官又是磕头谢恩，大家相互客气着，目光朝王鼎望去，揣摩往年都是穆彰阿牵头，这怎么回事呀。銮仪卫官在殿外甩响静鞭，赞礼官一声高喊：“礼毕，退朝。”众官员心里顿时轻松下来，那山呼“万岁万岁万万岁”也格外响亮些。在金钟、玉磬乐曲声中，贺岁拜年的大典就算完成了。

大典一结束，几十个大小官员的大轿小轿，蜂拥着来到穆府给穆彰阿拜年，同时也是来探探口风。今年的太和殿拜年不见穆彰阿，他们心里就有点儿发毛了。那些号称穆党的官员，谁不是把自家的前途系在他身上，一荣俱荣，一毁俱毁的干系，让人提心吊胆。他们在穆府的门口都被穆家总管客气地告知，老爷病了，不便见客，但也请诸位放心，老爷偶感风寒，皇上准老爷好生着养病就不上朝哩。听总管这么一说，众官员都落心了，在门房签个字，留下一个封着银票的红包，打着哈哈说几句请总管转达来者心意的话，再给总管也塞个红包就走了。那些个红包里的银票是多少，谁也不知道，只有穆家总管心里有数，他只要手在红包皮上摸摸，就知其银票是大是小了，大票是一万两，小票是五千两，也有一千两千的银票，过手不会错。至于有个别寒酸的官员，那一二百两的银票红包，他则一概拒绝，客气着说老爷有交代，你们心意到了就行，且还封个一二两银子的红包回过去。这是穆彰阿的规矩，特意交代下人别小看这些个贫寒的小官员，他们是才走上仕途，今日不见发达，日后他们当中必有大出息的人，不可怠慢了他们。

太医到穆府看望了穆彰阿后来到慈宁宫向道光禀报，说穆大人病来得很陡，上呕下泻，发热发冷。道光正和孝全成皇后还有后宫里的嫔妃们，陪着孝和睿皇太后聊着过年里吉祥热闹的话，他没吭声只是哼了声，倒是孝和睿皇太后心慈，对王金水说，大过年的了，你送两个菜去，要穆彰阿他好生休养着哩。已病了两个多月没出过门的孝全成皇后，也强撑着身子对王金水轻声说，代我给穆彰阿捎个话儿，要他好生着养病哩。大显身孕的孝静贵妃脸色红润，在王金水正要躬身退出时，她突然对王金水说你回宫里时，去前门六必居带点儿八宝瓜、黄瓜、姜芽、什香菜、小酱萝卜、酱瓜、白糖、蒜回来，王金水赶紧应答退出了房。孝和睿皇太后和孝全成皇后扑哧声笑了起来，孝和睿皇太后笑她前世讨米出身，是个馋嘴猫儿。孝全成皇后从摆在炕桌上的果盘里，捏粒酸甜的梅子往孝静贵妃小嘴里塞，说：“妹妹你这么好吃甜酸的，怕又是怀了个阿哥吧。”道光一听脸上大放光彩，忙问：“太医号了脉没有？”孝静贵妃一脸的幸福，轻轻地回话说：“皇上，太医号了脉，说是龙胎哩。”呵呵，慈宁宫里的人全都乐了，冲着道光讨赏要红包，说皇上龙马精神，人丁兴旺哩。道光连连说发发，每人一个。孝和睿皇太后乐得两眼眯成了条缝，打趣道：“皇帝抠门得很，你们今儿就要他出点血才行，呵呵。”瞧这其乐融融过家子的喜庆场面，孝和睿皇太后眼睛里盈满了泪花，亲热地拍着道光的手背大声地说：“皇儿呀，家和万事兴，家事国事天下事，这话儿错不了，都是一个理呢。”说着她从枕头下摸出一个红包，笑眯眯地塞到道光的手里说：“你给天下人发红包，我这个老婆子也得代表天下人给你发个红包，也莫亏了你这个皇帝，要说累，一年到头我看你是天下最累的人了。没法子呀，谁叫你是皇帝，皇帝是苦命的差事哟。”她发自内心的一番话，把道光和屋里的人说得眼泪汪汪的，大家都随着道光跪下谢恩。道光双手接过红包，孝和睿皇太后把眼泪一抹，乐道：“过大年的，我这个老婆子发哪家子的神经啦？起来起来，你们都有红包，呵呵。”一下屋里都乐开了。窗外的鞭炮声响热闹着呢。

穆彰阿等王金水一离开，就从床上起身，揭开黄花梨木的饭盒，看了看孝和睿皇太后送来的两样菜，一份用宜兴紫砂小锅盛着的小鸡炖蘑菇，一份瓷碟扣着的青菜秧苗，青葱嫩绿，点缀着白生生的碎粒儿蒜籽。穆彰阿闻闻后没动筷子，要下人送到福晋房里去。这时总管领琦善进来，他一进屋，开口就说：“首辅大人，新年大吉，福体安康。你可那个不得呀。”琦善一想今天是大年，那个“病”字到了口边又改“那个”了。

穆彰阿笑笑，说：“静庵呀，你就别学汉人什么过年不要说不吉利的话。你就说我是病不得，他人说我病不得，我看是巴不得我病倒了才好。”

琦善忙真诚地说：“首辅大人，你现在是大清的中流砥柱，现今朝局谁不清楚？皇上靠你，大清也得有你才行。”他这话说得穆彰阿心里陡生暖意，本来已经好几天没见过笑容的脸上，此时现出了一丝笑容，对管家说：“还不给琦大人上茶。”管家一声应答：“老爷，好咧。”脚下步子也一下轻快了许多，忙把茶敬上。待管家退身出门把房门掩好后，穆彰阿才开口说："静庵，你是我今年大年节里第一个接待的客人。皇太后派王金水送来了两样小菜，捎来皇后娘娘的问候，她们是真心看不得我病倒，心情与你一样。皇上身边的能做事的满人除你我之外，扳着手指数也数得清。"

琦善小心翼翼地问："皇上他难道没有——"穆彰阿说话也不回避，直言道："皇上没有妇人之见，君臣之间无私谊。你我在皇上的棋盘上是这个——"说着他从桌上的棋盘上捏起一枚有"将"字的象牙棋子，轻轻地在棋盘上一敲，把一枚有"马"的棋子吃掉了。把棋子一丢，棋盘发出清脆的声响。起身在房里来回走动，这时的他一点也不像是有病在身的人了，笑道："嘿嘿，我把话说透了，天下的事，皇上说了算，但朝廷要干的事，还得从我手上过。"

琦善恭维道："朴公，有你如此说，我也放心了。我接伊里布的信，他信里说若没有朴公的看重，把他放到两江总督位上，要不今年他还在云南过年了。"

穆彰阿把手摆摆，说："两江总督之职，陶澍临终前是推荐林则徐，皇上也有上谕在林则徐办完广东差事即去就任，因广东的差事愈加甚烈，皇上改派林则徐身兼两广总督，总揽地方一应事务。但两江总督之职又不可长期空缺，林则徐就推荐邓廷桢去接任两江总督一职。皇上当时是接受了林则徐的推荐，并下旨告之天下，只是没有发布邓廷桢就职的日子。我估摸皇上这时心有疑虑了，于是在皇上面前只说了一句话，林则徐亦脱离不了汉人陋习，用人以情为重。没过几天，皇上下旨改调邓廷桢去云贵任职，就在邓廷桢还未动身之时，御史杜彦士上奏反映福建鸦片走私猖獗，水师交战不力，建议朝廷派得力的人去，以取代执政不力的闽浙总督桂良。皇上考虑邓廷桢在广东任上禁烟得力，故又把桂良与邓廷桢对调，邓廷桢就改任闽浙总督了。皇上曾问我谁可接两江总督之职，这时我就推荐了伊里布。当下朝廷有四大干臣之说，已故的陶澍为政老练宽达，静庵你办事果敢锐捷，伊里布善于镇抚边务，林则徐理政细密周到。哈哈，静庵你和伊里布都是皇上看重的人，所以皇上就采纳了我的意见。你今天从保定进京去给皇太后和皇后拜年，你给我捎两东西送去。”他转身从身后的紫檀大柜里取出一个小木箱，打开里面是一只长白山老参。“这只百年老参，我珍藏上十年了，你替我转送给皇太后，就说是奴才孝敬皇太后的一点心意。”接着又从柜子抽屉里取出一叠银票交给琦善，说：“这五十万两银票，你拜年时，代我分别孝敬皇后娘娘三十万两，静贵妃娘娘二十万两，她们知我病了，不方便出门。”穆彰阿在交办这事时，似笑非笑的神色让琦善心里着实跳了下大的，心里蓦地一抽搐，难道钱庄这潭深水里还有——他不敢再想下去了，只说了句：“请朴公放心。”穆彰阿搓搓手，关心地问：“静庵，你福晋和孩子怎么没来？我还给他们都准备了红包啦。”

琦善笑道：“呵呵，我那一家大小十几个人都来了，正在你福晋那边聊着哩。他们都知道到朴公府上来拜年，红包是大大的呢。”

穆彰阿一把拉着琦善的手，愉快地说：“走，给孩子们发红包去。”在门外候着的总管见老爷出门心情大好起来，连忙到门外嚷着下人：“快放鞭炮，要响亮的，老爷高兴着哩。”噼噼啪啪的鞭炮声响了，穆府上下的人都笑开了。

道光二十年的春节这几天，大清的君臣子民们都沉浸在普天同乐，歌舞升平的融和气氛里。然而就在这几天里，尖沙咀洋面上来自印度的三艘兵舰上的炮口都朝着官涌山方向。义律和颠地在沃拉伊伯克舰上，颠地已经喝得晕头转向了，摇晃着手说：“义律先生，你、你也把自己当作中国人，在过春节吧？”他脚一伸，桌子底下摊了一地的酒瓶子哗地滚去。“干杯！”他举杯一口把玻璃杯里的红酒喝光，胸前的白衬衫被鲜红的酒液浸透了，像一头被开了膛的肥猪，血淋淋的。义律与颠地也差不多，一低头他脖子上的那根金黄色的领带就浸到酒里了，再蘸上桌子上的牛排肉汁汤，脖子上像是吊了根香肠，脏兮兮的。他醉醺醺地说：“颠地先生，中国人有句俗语，叫做入乡随俗。春节是中国人一年里与亲友们团圆相聚，共叙亲情，憧憬未来的日子，它比我们西方人的节日有着更多的亲情和人情。所以我们西方人一旦来到了这片神奇的土地上，就会爱上这一充满了人情味的节日，它给人太多难以描述的美妙感觉。”他放下杯子，继续发着感叹说：“可惜呀，这一上帝造就的人间天堂，很快就会在他们那个愚蠢的皇帝手中给毁灭了。”颠地狂笑着大声地说：“义律先生，我告诉你，中国人还有句话叫做不破不立。我们破坏的目的，是要帮他们建立一个更美好的、符合我们西方人价值的国家。感谢上帝，这将由你来完成这一神圣的使命。哈哈。”义律哼了声，嘴角边挑一缕讥笑的神色，说：“神经病，海盗逻辑。你，还有在议会里那些愚蠢的家伙，根本就不了解中国人，不了解中国的文化，不了解中国的这一套全世界独一无二的治国政治制度。你以为凭我们的大炮和铁甲舰队，就可以把中国人征服吗？你以为中国人都是吸鸦片的那些人吗？错矣。他们更多的是林则徐那样有血性的中国人，他们才是真正的中国人。你等着瞧吧，当春节的鞭炮声响停止后，看中国人是怎样与我们抗争吧。”他正说着时，舷窗外传来嘹亮的汽笛声，义律和颠地不约而同地从船舱室里出来，只见一艘铁甲兵舰吐着浓浓的黑烟驶来。颠地举起手中的单筒望远镜一瞧，发出一声惊呼：“我的天呀，是从印度驶来的海阿新号兵舰，它可是全世界最先进的兵舰呀。哈哈，感谢上帝，好戏马上就要开场了。”

义律的神色显得冷静，说：“颠地先生，你太性急了。海阿新号兵舰的到来，只是加强了我们的防卫能力，可要向中国开战，还得等国会和女王陛下的批准。不过我相信帕麦斯顿首相会努力让国会和女王同意的，这事关我们大英帝国的利益。等着瞧吧，将还会有大批的兵舰从伦敦驶来。”说话间，突然从官涌山上的炮台打来几发炮弹，由于距离太远，炮弹都落在离船的不远处，激起几处水柱冲天而起。海阿新号兵舰立即向官涌山的清军阵地发射了几发炮弹，远处的官涌山飘起了烟雾。颠地乐道："哈哈，义律先生，这就是我们新年向大清致敬的炮声，祝大清新年愉快。"义律对着沃拉伊伯克舰的舰长一声喊："士密舰长，请用炮声迎接我们的朋友到来吧。"顿时，尖沙咀洋面上所有的舰船上火炮，都朝官涌山清军阵地发出猛烈的炮击，官涌山笼罩在一片浓烟中，火光映红了江面。

这一天是一八四〇年一月十六日，英国国会执政的辉格党和反对党托利党在对华的战与非战的议题上，经过激烈的辩论，最终在下院以二百七十一票对二百六十二票的微弱多数通过了对华的战争。二月二十日，正式任命海军少将懿律和驻华商务监督义律为英国政府的正副全权公使，派遣一支强大的舰队到中国去。当义律得知这一消息时，他事后回想起这一天，他下令在尖沙咀洋面上所有的舰船，向官涌山的清军炮台发出了猛烈的炮击。天啊，这难道是上帝的旨意？此时，他深深地为大清在祈祷，主啊，请你让中国的皇帝清醒过来吧。睁眼看看当今的世界，文明与科技的巨大力量，正在改变这个世界，灾难就会降临到你们的头上啦。那一天，义律在威士忌的刺激下，对官涌山上的清军炮台发泄了一番后，领着舰队离开尖沙咀向澳门驶去。

春节的这几天里，郑淑卿脸上的笑容整日儿就没有断过。她自嫁到林家后，相夫教子，操劳家务，任劳任怨，只是有一心事梗在心里有气儿，就是林则徐长年在外放官，过年过节从没有把家人叫在一起相聚过。她好几次当着林则徐的面发牢骚，说是过日子还不如作田人家过得舒畅。她本来打算回福建去过年，林则徐心里过意不去，要他们在广州过了年再回福州。郑淑卿的心情如春节期间的广州天气，暖洋洋的。大年初五，她在林聪彝的陪同下去光孝寺上香后回到越华书院，刚从轿子里出来，正好撞见关天培领澳门同知蒋立昂和梁廷枏、陈长鹏等一行人马匆匆过来，关天培一见郑淑卿即从马上一跃而下，双手抱拳，热情地说：“夫人，老夫给你拜个晚年啦。”

郑淑卿忙说：“呵呵，不晚不晚。哎呀呀，关军门，你打哪而来呀，大过年也不在家歇口气哩。”

关天培恭敬地对郑淑卿说：“夫人，老夫是从虎门赶过来。澳门那边有军情，要给部堂大人禀报。”

郑淑卿眯着眼打量了下关天培，见他一头的白发，赞道：“关军门你也是老人家了，还威武得很呀。啧啧，难怪老爷说你是黄忠呢。你们快去见老爷，不要误了公事。事完了就到后院来喝口酒再回去，我老婆子下厨给你们做吃的。”

在书院门口迎接关天培的铁头对关天培说：“关军门，老爷和怡大人还有德克布金将军，他们已在厅堂里等你了。请梁先生、蒋大人还有陈长鹏，随关军门一起进去，其他弟兄们就地休息吧。”

郑淑卿对扶着她进院子的林聪彝问：“三儿，关军门说的虎门，是不是烧鸦片的那地方？”林聪彝道：“娘，虎门烧鸦片可闻名天下了，那可是长了中国人的志气哩。听孝拱说爹将在历史上是岳飞一样的人，呵呵。”郑淑卿一脸是笑，说：“那是精忠报国，你爹了不起呀。我自十七岁嫁到林家，你爹从没顾过小家，他心里只有国家这个大家。明天我们就回福建去，你爹他太忙了，咱们别再给他添麻烦了。”林聪彝有点恋恋不舍地说：“娘，咱们才住几天呀，怎么着也过了元宵节再走吧。听福子说，广州的元宵节可热闹哩。还有我也老大不小了，咱们家就我没有在——”郑淑卿不客气地在林聪彝的头上敲打了下，唬着脸说：“你少跟我来花花肠子，你想留在爹身边谋个一官半职？你还嫌咱们林家对朝廷贡献少了？你爹你哥还有你姐的一家子，哪个不是在朝廷做事？你呀就死了这条心，这官场上的事复杂得很，你心实，人家把你耍了你还会说谢谢哩。”林聪彝嘟着嘴，说：“娘，我就连福子都不如？他不也是过得好风光的么。”郑淑卿抢白了他眼，说：“三儿，福子在人前有模有样的，那还不是人家看重的是你爹的面子。他一个做下人的能有多大的面子？好在福子他人心实，我们一家都不把他当下人看。”林聪彝摸摸头，乐呵呵地说：“娘，孩儿听你的，看爹那忙碌的样，还不如回家种红薯去。”院子里洋溢着娘儿俩开心的笑声。

关天培等人进书院的厅堂时，林则徐正埋头在看厅堂中的一只沙盘。德克布金、怡良等一大帮广东军政要员围绕着他，他头也没抬，只是嗯唔了声："都来了吧。"关天培和蒋立昂、陈长鹏赶紧恭敬地执礼回话："部堂大人，我们都到了。"梁廷枏一身布衣与那些全身披挂的将士们相比，显得极不合群。林则徐抬头朝关天培他们只是点点头，上前拉住梁廷枏的手，亲切地说："哦，章冉兄，大年还没过完就把你请来，不好意思。"一并到沙盘前，只见沙盘里南海疆域一目了然，几只兵舰的模型，呈扇形面对着尖沙咀。“关军门，你说说南海的情况吧。”林则徐开口就直奔主题。关天培站在沙盘前，神情严肃地向林则徐汇报：“部堂大人，到昨天为止，在尖沙咀洋面上的英夷兵船是这个态势。”他手中的教鞭在沙盘上移动，把沙盘上的舰船一一拨向标有澳门的方向，且还朝前移动。

怡良一惊，脱口而出：“啊，向澳门驶去？”

德克布金生气地说：“这当中有鬼，夷鬼在玩花招了。”

关天培没吭声，又连拿了五只兵舰模型往沙盘里摆，这时沙盘里的形势就显严峻了，仿佛是一支浩浩荡荡的舰队，正向他们迎面驶来。

怡良冒出句话来：“这些兵舰是从哪来的？”

蒋立昂轻声地说：“从印度来的。”

关天培说：“蒋大人连夜从澳门赶过来报告，义律率舰队从尖沙咀洋面到了澳门内港的洋面。以武力胁迫澳门葡国总督让他们停靠码头，其名义是协助葡国防止江洋大盗袭击澳门。”

德克布金一听就火了，大声道："他娘的，大清的地盘还由得夷鬼来显能？那我大清的军队都是吃屎的了。部堂大人，你下谕令，我率弟兄们去澳门驻军，看还有谁敢踏上澳门一步。"

关天培又从桌上拿起十几只大小的兵舰排成队向广州方向驶来。德克布金一下脸色变了，吃惊地问："印度怎么会有那么多的兵舰？是不是夷鬼在玩名堂，诈我们呀。"

蒋立昂看了大家一眼，心事重重地说："回将军的话，据下官得到的情报，这些兵舰是从英夷本国调来的。已经在途中了，有二十余艘。"

这下大家都不知如何说话才好了，都看着林则徐，等待他开口。此时，林则徐内心如焚，但他脸上看不出有神色异样的表情，他的左手指弯曲着，下意识地在桌面上轻轻地叩击着，发出的声音在每一个人心里产生共鸣。良久，林则徐才长吐出口气，转头问梁廷枏："章冉兄，我记得你说过英夷最迫切的是想要与葡国一样，要在中国获得一块永久性的飞地？"

梁廷枏点头，说："以当今四海之国家而言，我大清地大物博，人口有四万万之众，与我通商无不获利皆丰，故海外诸国商人无不垂涎至极也。然要想获利长久，就必须与通商之国有通商口岸，驻地囤积货物，供人员休整。葡国自前明以来以租用之名获得了澳门这一块飞地，他国无不想效法得逞。"

怡良插话说："这伶仃洋上除了澳门可供人居住外，已经没有可适合人居住的岛屿啦。"他说话时，眼睛在沙盘上来回看着。

梁廷枏手指着尖沙咀一带说："英夷应是在打这个地方的主意。"

龚孝拱惊讶一声："呀，是香港岛屿。"

林则徐重叹一声，说："没错。别看这里现在是一块荒芜之地，人烟稀少，可它是一块宝地，是一颗明珠呀。英夷作为当今四海之强国，他们不远万里来到中国，就是要打开中国这扇大门，要占领中国这个市场。皇上英明，禁烟断了他们的财路，更重要的是展示了我大清的强硬实力。

所以英夷不惜要用武力来威胁我们，逼我们让步。看来与英夷一战，是无法避免了。”他手掌重重地在沙盘上一击，那些兵舰随着他的那一击，都掀倒了。

德克布金随之声如洪钟：“部堂大人，夷鬼他们都是畜生，老夫还是当年在准噶尔后，就再也没上过战场了。哈哈，没想到老夫这把年纪了，还有披挂上阵的机会啦。”林则徐笑笑，说：“将军神威，吾等早已如雷贯耳。只是现在与英夷之战，应是以海战为主呀。”

龚孝拱愣道：“部堂大人，要是夷鬼子军队上了岸，不就是陆战么？”

德克布金大笑，道：“哈哈，龚通事说得好。只要夷鬼敢踏上岸一步，本将军亲率兵马立斩夷鬼的狗头！”

关天培皱着眉头说：“将军，有我水师在，英夷的水师休想上岸。”言外之意是与英夷水师之战，无须有劳你们那些八旗军马了。

龚孝拱睁大眼睛问：“关军门，英军不远万里把兵舰开过来，难道就只想跟我们在海上打仗，那能起什么作用？”

梁廷枏双手一击，道：“龚通事问得好。英夷这次远道而来，应是举全国之力，与我大清有一决战，万不可掉以轻心。”

林则徐盯着蒋立昂，问：“蒋大人，你还没说完吧？”

蒋立昂双手揖道：“部堂大人，下官确还有要情禀报。听澳门的夷人说，英夷国会已通过了与中国开战的表决，派一支强大的舰队到我大清来，现在已经在路上了。义律昨日窜到澳门内港与澳门总督委黎多见了面，要求让他们的商人上岸，他的兵船可帮助澳门协防。”

怡良一听着急地问：“委黎多他同意了吗？”

蒋立昂道：“暂时还没有允许他们靠近码头，只准他们的商船在内港停歇。说是保持中立，以尽人道主义。”

怡良忧道：“委黎多是在观风，看我们的态度如何。”

林则徐轻咳一声，大家马上不吭声了，都专注地看着他。“诸位，”

林则徐习惯性地摸了把下巴上的胡须，缓缓地说：“与英夷一战已是迫在眉睫的事了。之前于去年九月二十八日，英夷在穿鼻洋与我水师之战，是以大败而溃逃。现英夷他们是以国家的名义，要与我们开战。本部堂南下禁烟出发前，皇上再三有旨，禁烟是与英夷利益之争，上不可以失国体，下不可以开边衅。然而现在的形势，已由不得我们来掌控了。老中堂转来皇上的圣意，叮嘱我好自为之。唉，好一个好自为之呀。”他重重地叹息一声，接着说下去：“我们如何应对？打，如何打？战争是一个国家实力的象征，这当中有物质的也有精神的东西在内，二者缺一不可。如士气，大伙同仇敌忾；但武器——”说到这，来到全身披挂的陈长鹏面前，把他挂在腰后的长刀拔出，刀锋发出寒冷的光芒。他用手指在刀锋上弹了弹，说：“好刀！”接着他又把陈长鹏插在腰上的洋短枪抽出，对准院子里不远处挂在柱子上的一面铜锣开了枪，“咣当”一声响，子弹把铜锣击了个眼，铜锣掉在地上，院子里外的人莫不惊心肉跳了一下。部堂大人是什么意思，竟然也玩枪了？林则徐把枪还给陈长鹏，问：“长鹏，你说你手上的两样武器刀和枪，哪样强些？”

陈长鹏迟疑了下才回答：“回部堂大人话，当然是洋枪强些。”

林则徐沉静地问：“你和你的弟兄们怕不怕夷人的洋枪？”

陈长鹏响亮地回答：“不怕！”

林则徐没再问话了，只是在陈长鹏肩膀上拍了下后，神色激动地说：“诸位，刚才你们都看到了吧？英夷之所以有恃无恐，敢与我大清公然作对，凭的是什么，是他们手中的洋枪、洋炮和洋船。我大清的臣民，是凭着一种大无畏的牺牲精神，不惧外来之敌的侵犯。好，我要的就是这种长志气的热血。有了这股血性，众志成城，我们中国人就没有不可战胜的敌人。我们还有什么可怕的么？”

这时屋里的人一齐吼道：“不怕，不怕，不怕！”

林则徐回到沙盘面前，拿起教鞭指点着说：“义律这次率舰到澳门，是他们一次有蓄谋的试探，以窥测我方如何动静。如此，我们亦不可掉以轻心，须加以提防，严阵以待。本部堂谕令——”他略是停顿了下，众官员顿时身子一立，神色肃穆起来。“蒋大人，你身为大清驻澳门同知，请即刻回澳门代本部堂告诫葡国总督委黎多，澳门自古是中国的土地，所有外国军队进驻澳门须要得到我大清的认可，若擅自做主，即中止葡国在澳门的自治之权，所有葡国公民将驱逐出境，永远不许再踏上大清领土一步。”

蒋立昂应声道：“请部堂大人放心，下官定当履职。”

林则徐扫了大家一眼，盯住关天培，关切地说：“滋圃兄，你是本朝十四年授广东水师提督，赴任之前先令妻子奉老母归里，仅带三个家丁就任，此举感人至深。数年来，你不辞辛苦，亲历重洋，遍观厄塞，为大清的南大门海防建设，实是耗尽了心血。当下与英夷之战已迫在眉睫，本部堂与你交代，是以守为战，以战助守，以逸待劳之，当百无一失也。另水师大鹏营管辖虎门东翼少角至香港一路水面，将是英夷进犯必经之道，原仅一营兵力，恐有不够，其建制提升为协，兵力和战船及火力亦增强。”说到这，他抬头看着陈长鹏，道：“陈长鹏——”陈长鹏赶紧应答：“到。”林则徐不紧不慢地说：“本部堂谕令，陈长鹏由把总升为千总，坐镇九龙，扼守咽喉之要道。”

陈长鹏一身热血涌上，激动地说：“部堂大人，我陈长鹏唯有为国尽忠，报答部堂大人的提携之恩。请部堂大人放心，有我和弟兄们在，大清的南大门就在！”

林则徐动情地说：“南海与英夷战事，事关国家之安危，本部堂就拜托你们啦。”他竟然双手一揖。关天培和陈长鹏赶紧回礼。

怡良敬佩地说：“部堂大人的制敌方略，周详可操，不失良策也。”

林则徐笑笑，对怡良说：“怡大人，本部堂于你亦有交代。”

怡良大声地应道：“请部堂大人下谕令。”

林则徐点头，说：“据查英夷奸商的船只能在海上漂泊数月，与沿海的渔疍人家受英夷奸商利益之诱有关，暗中接济提供淡水食物，并在荒屿或海岸沙滩搭盖帐篷，以致走私鸦片等恶疾愈发严重。本部堂着你，即令各地衙门将沿海各山麓的泉水一概封闭，断绝英夷船只的淡水之来源。同时可雇勇和办团练，协守水陆要隘，借兵而助军威，对奸民和英夷奸商，准人人持刀痛杀。”

怡良手握成拳头，在手掌心里一击，大声地说：“遵命。”

这时德克布金忍不住了，着急地问：“部堂大人，本将军呢？”

林则徐笑道：“老将军你别性急，战事若一开，少不了你的旗营弟兄。当下之急是海防，但也得做好英夷军队从陆上与我军作战的准备。你们旗营首要之事就是要操练好队伍，你们已多年没有战事了，要做好打大仗、打恶仗的准备。为此，我已请十三行的行商出资一部分，再从茶商的三年税银里支付一部分，采购了一批国外先进的枪支弹药，悉数拨给你们，以增强你们的战斗力。”林则徐稍喘口气，说：“老将军，八旗直接受朝廷调遣，地方不得对其发号施令。但今日形势事关国家和民众安危，请老将军就与英夷之战，做好周详布局报告兵部。”

德克布金双手一揖，声音洪亮地回道：“本将军遵命。”说到这林则徐的目光盯在奕湘脸上了，奕湘一下就浑身不自在了，他对林则徐天生就有一股恐惧感，在他的目光下一个人内心里任何阴暗角落，都有被他看透的感觉。“奕大人，现在是非常时期，本部堂希望你们旗营兄弟要争口气。若再出现有人倒卖军火的事情，本部堂首先拿你是问。”他这话明是在教训奕湘，但话语字字是直指德克布金，老头子一下把头勾下了。旗营在地方无法无天，官兵倒卖军火的丑闻已是公开的事了。所以林则徐此言一出，别说奕湘要胆战心惊，德克布金也要把心提紧些，他讪讪地说：“部堂大人，本将军下保证，若再有此事发生，自请军法处之，提奕湘人头来请罪。”

林则徐一脸的威严，道：“好，军中无戏言。”此言一出，厅里的人无不惊骇了下。“余保纯——”林则徐一声喝道。余保纯吓了一跳，赶紧回道：“卑职在。”“你即随蒋大人去澳门，探听英夷方面的情报，同时把近期来的新闻纸都收集带回交由孝拱。”说到这，林则徐看眼龚孝拱，说：“你把与英夷有关的军事、商贸、人文等方面的消息翻译整理出来送我。”

余保纯应道：“遵命。”

龚孝拱忙应道：“请部堂大人放心。”

梁廷枏从身上拿出一封信，笑着呈给林则徐，说：“部堂大人，这是季高写给你的信，请我转交给你。”

林则徐忙接过信抽出信纸看去。怡良悄声问梁廷枏：“梁先生，季高是谁呀？”梁廷枏笑道：“湖南的左宗棠呀。”怡良一听，顿时一脸的钦佩之情，不由说：“是他呀，听说他还是一介草民时，就与已过的两江总督陶澍结为儿女亲家了。”

梁廷枏点头说：“若没有过人之处，陶中堂如此显赫的身家，会把他才七岁的儿子，许给一个二十七岁的书生做女婿吗？我与他至今还没谋过面，只有书信往来，神交已久。”

林则徐看完信后，长吁口气，说：“季高之所见，乃诸葛之计也。”

怡良性急地问：“部堂大人，左宗棠在信里说了些什么呀？可说与我们听听。”

林则徐抚掌道：“这个季高呀，就是湖南人的骡子脾气，一封信也要从章冉先生处转过来。读书人顾及太多，是个通病呀。”

梁廷枏笑道：“嘿嘿，也可理解，还不是怕人说他是想攀高官。读书人心忧天下，位卑未敢忘忧国。”

林则徐乐道：“章冉先生，你们这帮读书人可是惺惺相惜啦。季高在信里对当下南海局势做出分析，说英夷劳师远征，舰船有限，兵员不多，补养不足，只要我军严阵以待，坚持抗战，必能取胜。他提出六个制敌策略，“料敌”“定策”“海屯”“器械”“用间”“善后”以供我参考。季高此人，将来必是我大清军政文史上的旷世奇才。”

德克布金惊讶道：“此人料事如神，他怕是三国时的诸葛亮再世了吧。”

梁廷枏得意地说：“将军还真没说错，左宗棠是以‘今亮’自诩，在给朋友写信落款‘亮白’，那意思是当今的诸葛亮在和你说话。听说他的书房里有副对联‘文章西汉两司马，经济南阳一卧龙’，天下没有比他更狂狷的人了。”

德克布金倒抽一口凉气，道：“这个左宗棠真有这么牛吗？”

龚孝拱听着激动得热泪盈眶了，喃喃自语着：“吾若能成左宗棠门下走狗，此生不枉为一世人也。”

林则徐摇摇头，说：“章冉先生，你就别再说了。瞧瞧，这小子已经快成神经了。”他笑话龚孝拱的神情，接着对梁廷枏说：“请你给季高去信，他的心意我领了。适时我与他相见，再他向讨教。呵呵。”他说到末，竟然笑了起来。

这时林福从厅外伸进头来，口张了张，又把头缩了回去。林则徐一声喝：“林福，搞什么鬼？”林福赶紧进厅，笑嘻嘻地说：“老爷，老夫人说你们开完会了，大家都不要走。她已经安排好了饭菜，说年还没过完，她要请诸位老爷吃顿年饭。要老爷你不管，是她的心意哩。”

林则徐拍了脑袋，笑道：“呵呵，还是夫人想得周到，你们诸位也就恭敬不如从命，别拂了夫人之心意，喝杯酒吧。”

怡良乐呵呵地说：“好哇。老夫人请客，不醉不罢休。”大家齐声叫好。林福更是比哪个都跑得欢，一路嚷着：“老夫人，老爷把客人都请留下来了，快快上酒，开餐呐。”

第二十章

春节期间，左宗棠忙得不可开交。他回到柳庄后，方圆十里的地方名望士绅远亲近邻都来拜年走访，稍有点头脑的人都晓得左家的老三虽然还没出头显眼，但那只是迟早的事了。一口热灶，谁不想趁机去添把柴火？所以柳庄大院门口整天车水马龙，那热闹劲儿直让人瞧着眼红，乡里人都说左家的老三要发了。不信？风水先生说柳庄大院左有流水环绕，谓之青龙；右有大道平坦，谓之白虎；前有水池荷塘，谓之朱雀；后有丘陵起伏，谓之玄武。且此宅东低西高，必出富贵英豪也。这话传到左宗植耳里，他说了句富贵在天，成事在人。这话他当然不会说予左宗棠听，虽说老三是陶中堂的亲家，好端端眼看着要沾些富贵气了，可陶中堂过气了，他心里凉了好几天哩。这世道人走茶凉的事，他是看得太多听得太多了，他心里窝着气憋着难受，想到老三的命苦呀。没想到老三回来的这几天里，院子门前车水马龙般的场面，又让他高兴不已，年节里他再累心里也是乐着哩。所以左宗棠一说他要进城去给城南书院的教席贺熙龄拜年，他连连答应要去要去，贺家兄弟于你有恩。大年初五，左宗植一大早就给他们备好了马车，左宗棠与郭嵩焘上车时，见车里大包小包的备了一大堆乡下土特产，全是干鱼腊肉竹笋红薯粉丝，左宗植笑眯眯地说要左宗棠带去拜个年。左宗棠是个不拘小节的人，他当即有点不乐意了，说贺家是大户人家还在乎这点东西吗？左宗植乐呵呵地教训道，老三呀，人家是人家的我是我的，礼多人不怪。郭嵩焘忙说要得要得，乡下东西好吃，城里人平时是呷不到的。左宗棠发着感叹说，二哥现在没得个读书人的样子了，更是像个当家的老农人。像我爹过去一样，人情世故样样周全。郭嵩焘笑他，天下事想的人多了，哪还有英雄横空出世呢？哈哈。一路上他们打趣着，不到三个时辰他们到了长沙城南门的醴陵坡。坡高与城墙齐身，下临深涧，古树葱茏，有一白沙古井，长年流水汩汩，清澈见底。由于是过年，城门没有兵士守着，洞门大开，进出全是穿戴一新熙熙攘攘的人群，大人小孩一脸的兴奋，大都手里拎着贴红纸条用麻线捆着的小包去串亲访友。人们不论是否相识，送个笑脸，客气着打着拱手连连喊道，拜年拜年，发财发财。左宗棠和郭嵩焘从车里下来，一路散着心进城，往妙高峰下的城南书院走去，马车就跟在他们后面慢慢地走着。冬日正午，和煦的阳光晒在人身上暖和和的。左宗棠解开捆在腰上的平江细布带子，一边说："筠仙呀，你是哪年与曾国藩赴京赶考的？"郭嵩焘愣了下，问："季高，你怎么突然问起这事了？那是前年三月的事，你应清楚呀。"左宗棠笑了，说："见了城南书院，让我想起了你的那位翰林院的好友劳崇光了。这个辛价先生呀，他写的《城南书院赋》有十景的盛状。赋曰：草对回环，山川萦束；纳湖供其溯洄，高阜任其瞻瞩。访旧基于月榭，危栏之影依然；磕囊躅于云亭，隐几之吟可续。"他随口朗读出其中一节文字，深有感触地说："所谓名山胜景，全是文人笔头生花之造化也。"郭嵩焘还是有点不解，问："季高，这与曾国藩也没什么关系。你怎么突然想起他了，是不是又想起了什么事？"左宗棠道："筠仙，辛价先生是曾国藩的贵人不？""哈哈，我明白了，你的意思是曾国藩因我拜托辛价先生走了穆彰阿的门子，点了翰林吧。"郭嵩焘乐呵呵地说："好你个左今亮，你不服气？其实辛价先生只是向穆彰阿引荐了下曾国藩，朝考时曾国藩的试卷以为官之道廉洁奉公为要义，一番阐述深得皇上看好。穆彰阿给出个一等第三名，是皇上亲自改为一等第二名，并特授翰林院庶吉士入翰林院肄业，这在大清开科取士以来，以同进士进入翰林的第一人，这等殊荣应是湖湘仕林的骄傲。你还瞧人不来，我看你的气量有过之周瑜了，以后请别再以诸葛亮自居了。"

郭嵩焘一番揶揄，说得左宗棠两眼冒光地看着他，哼了声说："曾国藩有这等学问，那又何必去走穆彰阿的门子，这不给自己找事做么？我看曾国藩对这个赐同进士的身份，这一辈子在他心里必是给自己过不去的坎。老子只是个举人，可将来的功名未必是在他曾国藩之名下。"郭嵩焘大声喊冤道："季高按你这么说，好像还是我害了曾国藩，我不成了冤大头啦。"左宗棠阴笑，打趣道："有一点点，呵呵。你与曾国藩是年谊，又是岳麓书院的同窗，这也只有你才能害得了他。"两人说笑间来到了城南书院门口，已先期到书院的罗泽南一见他们就打拱手，开心地道："给季高和筠仙二位兄弟拜年。"左宗棠打着拱手乐道："仲岳兄，兄弟我祝你新年时来运转，新年大吉。"他说这话的意思是指罗泽南去年末以长沙府第一名中秀才，入湘乡县学。罗泽南一脸的不好意思，忙说："快别说了，这么一大把年纪了，才中了个秀才丢人脸面呀。左宗棠一下认真地说："这有什么丢脸？若学而无用，皆是狗屎一堆也。"他对着书院门口两边的对联大声地吟道："你看这副对联说得多好，'人只此人，不入圣，便作狂，中间难站脚；学须就学，昨既过，今又待，何日始回头'。此联是前明抱独居士吕坤之作，此人刚正不阿，为政清廉，他与沈鲤、郭正域被誉为前明万历年间天下三大贤。依我所见吕坤此作，可与岳麓书院山门的那副对联'惟楚有材，於斯为盛'比肩了。"

罗泽南眯着眼笑了，说："当今天下有季高兄在此，世间谓再无英雄了。"

左宗棠乐道："仲岳此言十年后当可说，现在为时早了点啦。哈哈。"

郭嵩焘打趣道："呵呵，二位的脸皮比天心阁的城墙还厚呀。"他立在书院门口，发着感叹道："城南书院本在天心阁下，道光二年时任湖南巡抚左辅，他实地察看了城南书院后认为书院邻近长沙街市，市嚣嘈杂，不利学子静修，于是将城南书院从天心阁下复迁至妙高峰，修业之为，泽被后世啦。"

左宗棠进书院负手而行，沿石径小道，来到一可供三四人小憩的小亭，放眼望去，湘水前横，麓山在望，烟波云雾，如卷绵焉。他不由赞道："此亭不虚'卷云'之名也。"见亭柱上书有一对联，便轻声朗读："燕柳最相思，身别修门二十载；楚材必有用，教成君子六千人。"

罗泽南突然冒出句话来问："季高，外界传说左辅与你是一个祠堂的，有这回事吗？"

左宗棠笑言："彼左非此左也。左抚台乃江苏阳湖人，嘉庆二十五年擢湖南巡抚，于本朝三年去职进京，十三年卒于家。此人一生可圈可点的事迹难寻，但他重建城南书院确是为湖湘学业启一代新风，当与岳麓书院不相上下，也就有了劳公的《城南书院赋》之美文了。"他正侃侃而言时，突然从他背后传来一爽朗的笑声："呵呵，当今文人敢在城南书院点评前贤者，唯有季高了。"言者是贺熙龄，正年过五十，身子单瘦，着一身青细布长衫，两绺细长的胡须在胸前飘拂，一派仙风道骨的气质立于人前。他两年前因眼疾辞职还乡任城南书院山长，左宗棠执弟子礼，恭敬道："狂妄之语，让先生笑话了。学生给先生拜年啦。"郭嵩焘和罗泽南忙跟着行礼拜年，道："晚辈给光甫前辈拜年啦。"贺熙龄一脸的笑容，摆摆手说："免礼免礼。孔子曰'不得中行而与之，必也狂狷乎，狂者进取，狷者有所不为也'。"他亲切地对罗泽南招呼道："你就是仲岳吧？季高与你们这帮兄弟，哪个不是狂狷之士？开口能谈天下事，读书能得古人心。呵呵。"

罗泽南拍手称好："先生此言真理，世少概见也。"

贺熙龄高兴地说："仲岳呀，前不久你的乡党刘蓉来书院走访，对你可是推崇不已啦，说他的学问受你教诲不浅呐。"

罗泽南赶紧回话，真诚地道："良贾深藏若虚，君子有盛教如无。吾在先生面前，如高山之尘埃也。"

贺熙龄亲切地说："前不久涤生从京城给我的信中，特意抄录一段刘蓉言论于我，‘读史者，特穷理之一事耳。古人格物之学，自身心家国，以至天地阴阳之变；古今政治之宜，莫不深考而详究之。凡以致吾之知而已，固未可谓穷理一事，读史又一事也’。说得好呀，尚空谈而鲜实用，拘而鲜通的迂阔学风该予以批判啦。以‘格物’与‘读史’来应对事变和变通能力，如此才可成为治乱之才。涤生评价刘蓉湛默而严恭，好道而寡欲。说刘蓉之思想，源自仲岳学问之心得也。”他说这话时，左宗棠正凭栏远眺，沉默不语。郭嵩焘笑了，知他听不得别人说起曾国藩这人。他笑着对贺熙龄说：“先生，当今湘学时兴，其渊源可远追屈子，近接濂溪，后有王夫之综核百家，自立一宗。但其说未彰于时，幸赖岳麓书院和城南书院一方讲席，使湘学得以一缕不绝。本朝以来自陶中堂及严如熤、西涯及先生你等督抚名臣大家，锐意兴革，宏奖文教，主张读书所以经世，明辨义利，匡正人心，立志穷经，学以致用，使经世学风既成大学。当下湖湘士林以涤生、季高为翘楚者，倡导性理之学，修习身心，砥砺品节，使理学重振于天下，为天下读书人之楷模也。呵呵。”左宗棠一听到西涯二字，忙问：“先生，听筠仙兄说，西涯先生回来过年？”贺蔼龄字西涯是贺熙龄的哥哥，正时任贵州巡抚。贺熙龄连连摇手，道：“他年前来信说是要回老家过年，后又来信说有事脱不开身，信中托我向诸位问好，特意交代如见季高，当以国士待之也。哈哈。”他说到这放声大笑起来。

左宗棠连忙回道：“先生，千万别这么说，折煞我也。”

罗泽南在一旁开心地说：“民间有俗语，秀才说书，屠夫说猪。我们今天来给先生拜年，一见面就只顾说书去了，那可怠慢了国士呀。呵呵。”

贺熙龄哈哈大笑，自嘲道：“对对，说书当不了饭，还是吃肉要紧。走，去东城我新建的‘菜根香’茅舍一聚。”

郭嵩焘忙说：“给先生拜年哪有由先生请客的理？听说香美楼的淮扬菜很地道，我们就去那儿改个口味尝尝吧。”他说这话时，怪怪地看了眼左宗棠，左宗棠则是一脸莫名的兴奋神色。

罗泽南赶紧说："筠仙兄定了地点，那就由我来做东。"左宗棠把手一挥，说："你们谁也不要争了，我说了算。做东是我的分，饭后再到先生的'菜根香'书舍喝茶去。"贺熙龄见他们如此客气，乐道："呵呵，香美楼在长沙才立了不到半年，说那酒楼里的老板是两个年方二八的小女子，美艳之名远比佳肴更是名声在外了。呵呵，那就恭敬不如从命啦。"他们一行出书院门，停在书院大门下马石旁的马车驶过来，贺熙龄亲自掀起轿帘对左宗棠说："季高，请上车吧。"左宗棠哪还敢上车，一下脸都红了，口吃着说："先、先生，你先请，要不我宁可走路。"郭嵩焘对贺熙龄笑道："光甫前辈，你不上车，季高是不会上去的。"贺熙龄见他们如此说，他只好先上车，一边打趣道："老夫便倚老卖老，呵呵。只是我老兄知道了，他会说我怠慢了国士啰。""先生，你这么说，我可是犯大不敬了。拜托先生不要再说了，不然学生这张脸会让人给扒了的呀。"左宗棠说着，一边亲自扶着贺熙龄坐好后，他才上车。贺熙龄乐道："好好，那我也提个要求，从今始，你我以兄弟相称好不？"左宗棠一听，急了，说："先生，这可千万使不得呀。我左宗棠一世英名，将落了个不忠不孝的罪名。先生若要如此，学生宁可回乡下去，埋名隐姓，再也不出现在世人眼中了。"贺熙龄摇头，发着感叹说："季高，你若是因我一句话而埋名隐姓了，那我可是成了千古罪人啦。季高呀，湖湘经史成大业者，将因你而彰显光大了。"郭嵩焘、罗泽南马车在前引路，向东牌楼驶去。

湘地习俗商家到了初五这天，便要燃放鞭炮开门纳客做生意了。青石板路上尽是燃放鞭炮后的红纸屑，车轮碾过红纸屑便随风扬起，满城盈溢着喜庆的景象。当马车驶到东牌楼下还来不及停稳时，左宗棠一跃从车里跳下，落地有声。香美楼那三个招牌字映入眼帘，酒楼门前的店小二热情地上前招呼道："客官新年大吉，里面请。"贺熙龄由郭嵩焘扶着从车里下来，一边笑着说："这个季高呀，一路上尽是说香美楼的菜香人美，他好像去过了似的。你看他下车的那劲儿，就像哪儿起了火要去救火。" 郭嵩焘只是笑而不语。左宗棠一进酒楼就四下打量，酒楼里生意正旺，几乎张张桌子都坐满了人。小二领他们到靠窗边的一张桌子，一一给他们泡上绿茶。小二瞧左宗棠神情异样，便问："客官，你是不是要找人？" 左宗棠问："你们老板人呢？" 小二忙说："客官，老板娘正在下厨，我马上叫她来。" 郭嵩焘扯扯左宗棠的衣袖，说："季高，别急呀，先坐下来喝口茶。" 说话间，小二领一个肥胖的中年妇人过来，她一脸的笑，扬着手上的小花帕子风骚地嚷着："哟也，是哪位客官想我哩。" 小二笑嘻嘻地对一脸诧异的左宗棠说："客官，我们老板娘来呐。" 我的天呀，郭嵩焘只差没喊出声来了，双眼瞪得吓人，看看左宗棠又看看那个肥胖的老板娘，只见左宗棠也是张开口半晌没说出话来。胖老板娘手上的花手帕在左宗棠发愣的脸上一扫，说话声儿滴得人作死的想法都有了："嘻，客官瞧你那个讨厌样哩。" 左宗棠这时把头摇摇，清醒了些许，口吃地问："请、请问，这个酒楼不、不是两个南京小女子开、开的吗？怎么她们人、人呢？" 胖老板娘脸一跌，说话声粗了，说："客官，你们男人是来吃菜的还是来闻香的呀？这几天尽是些你这样的男人在打听那两个小妇人。我告诉你，她们年前就把店子打给了我。" 左宗棠一听，脸色顿时变了，一下冲动地一把抓住胖老板娘的手，问："她们人呢？" 胖老板娘一声哎哟，罗泽南忙要左宗棠松开手，对胖老板娘说："你就快说呀。" 胖老板娘揉揉手，一边说："听那个叫香儿的说，她和美儿回南京去了。" 她说到这，突然瞪着大眼看着左宗棠，说："客官，你是不是姓左，是左宗棠大人？" 罗泽南道："天下还有几个左大人？就是他。" 胖老板娘二话没说，转身就从柜台后的柜子取出一只红缎绸布包着的包裹，打开是一架断了七根琴弦的古琴。左宗棠双手轻轻地在琴身上抚摸，两眼湿润了。这一幕情景不需任何语言的交代，谁都可体会出其中无言的故事了。一滴两滴，左宗棠流泪了，滴在琴身上发出细细的声响。他抱着琴，断了的丝弦与他的身影在飘然。胖老板娘怯怯地悄声说："姑娘临走时，要我把这架琴交给一位姓左的英雄，叮嘱要英雄不要为情所困。我不知这话是什么意思，还请客官——"她说话时，左宗棠怀抱着琴走了，东牌楼长长的青石道上移动着他孤独的背影。贺熙龄一声感叹："大丈夫者亦是人矣。"他们随左宗棠一路而行。胖老板娘在后面嚷着："客官们，你们还来吗？"又一家商铺新年开门了，那鞭炮声震耳欲聋。

年到十五止。这年还没过完，就在正月十一丑时，后宫传出一个惊人的噩耗，年仅三十二岁的孝全成皇后突然驾崩于钟粹宫。一直到了六月，宫里的槐树开出一朵朵的白花，天气日渐暖和了，道光还是穿着件带薄丝绵的袍子，有五个多月他没有在乾清宫里御门听政，整日里就在养心殿的西暖阁里引见臣子，批阅章奏。他尖瘦的下巴上那几绺稀疏的胡子，自孝全成皇后去世后也就没有打理过了。道光每天按惯例去给孝和睿皇太后请安，前几日孝和睿皇太后还提了个醒，要他多少也要讲究下皇帝的形象，打理一下自己，他只是笑笑也不吭气。孝和睿皇太后知道道光与她的侄女感情极深，她不由想到自己与先帝嘉庆爷的往事，从心底里发着感叹说侄女命薄，这么好的男人没福气消受了。自那后她再也不去说道光了，只是心疼地说朝廷那边事多，要道光不要每天过来看望她。她话音未落，道光脱口而出一句地道的满语，厄莫吉祥。孝和睿皇太后平时听惯了他说的是皇额娘吉祥。当道光说出"厄莫"时她还愣了下，耳朵侧了下，问："皇儿，你刚才说什么啦？"道光轻轻地再重复了下说："厄莫吉祥。"孝和睿皇太后心里顿时涌上一股暖意，在满语里"厄莫"这词，只有亲生的儿子才可对母亲称呼。皇额娘虽然也是母亲的意思，但她毕竟是庶出的身份。所以当道光告辞离开后，孝和睿皇太后还在发愣，眼角边有泪光儿在闪烁。

这天，道光在养心殿里一间悬挂着先帝雍正写的“勤政亲贤”匾的房间里，与穆彰阿、王鼎还有琦善商议着事。在门外领班的王金水趁着这空当儿，靠着门旁的一根楠木柱子竟然睡着了。这一向来，道光没日没夜地干事，他就成了不歇气的轴棍儿，经常是好几日没回家去睡个安稳觉，道光离不开他，响个屁也得由王金水找个出气孔。这时在一旁的王丁三瞅着王金水的倦劲，便悄悄地弯下腰用背垫着王金水的背，不让他身子落空了。本是姓丁的他，在他升为奏事太监时改为王姓，叫王丁三了。在乾隆执政之初，乾隆以秦朝太监赵高指鹿为马，揽权乱政的历史教训，对凡是可能参预奏事或者政务的太监一律改姓为王。因为在百家姓中王姓的最多，要让他人分不清哪个是王太监了。王丁三能跻身于奏事之列，除人精明会来事，又是王金水的干儿子，他还有一个不识字也是硬条件。曾经在乾隆三十九年发生有一奏事太监高云从，因识字看到乾隆的有关官员的任命文，便偷偷将这一消息透露出去了。乾隆得知震怒，将高云从磔刑，受牵连的大学士于敏中、军机大臣舒赫德、礼部尚书蔡新、总管内务府大臣英廉等高官受到严厉申斥，对凡从高云从处获得消息的官员一律革职。高太监就是因为识几个字，不小心多看了一眼，结果酿成一桩大案。自此凡进宫的小太监，只派内务府的笔帖式给他们扫盲，略识几个字，不准讲解文意。突然里间传出道光的喝道：“王金水。”道光的声音尖细，王金水竟然没听见，他还在打着盹儿，嘴角边挂一溜长的口水在风中飘荡。王丁三赶紧把王金水摇醒，王金水迷迷糊糊地正要扬手去打王丁三时，道光的声音又出来了，王金水赶紧应道：“奴才在。”他落下的手在王丁三肩上轻轻拍了下，以示谢意。歪着身子靠在炕上的道光不等王金水跪安，开口道：“传伊里布和邓廷桢。”穆彰阿和王鼎还有琦善，虽然他们都是坐着的，但个个脸上都显倦容。他们在房里待了三个时辰，烟瘾极大的穆彰阿时不时打个呵欠，只是苦了王鼎，他不敢喝一口水，生怕尿多了没地方方便。还是琦善年轻些，水也喝了但憋得住。王金水正要退身出门，道光又喊住他，说：“叫王丁三去理藩院传亚孟见朕。”

王金水退出房间对在走廊上候着的王丁三亲切地说：“三儿，你去理藩院传那个长得像夷人的亚孟来见皇上。”说罢他匆匆来到养心殿外，对在大殿台阶上候着的伊里布和邓廷桢客气地笑道：“二位大人，皇上有请。”邓廷桢点点头就往里走，伊里布擤了下鼻子，边走边问：“皇上那儿，还有谁在？”王金水小声地说：“穆大人、王大人还有琦大人，皇上这一向火大着哩。”伊里布点头，说：“娘娘的过世，可是伤着了皇上的心呀。”王金水回道：“伊大人说的是。”伊里布顺手往王金水手里塞了张银票，悄声说句：“公公辛苦了，拿去喝茶吧。”不待王金水说声谢谢，他和邓廷桢就进了房间。道光待伊里布和邓廷桢磕头请安后轻言：“你们来呐。”干瘦的脸上现出薄薄的笑意。伊里布和邓廷桢起身，太监端两张黄花梨的小方凳摆到他俩屁股下。道光与臣子间从不有过分的亲热与示好的举止言行，他盘腿坐着，问：“林爱卿从广州来折子，英夷在珠江口一带聚集了二十几艘舰船，由于林爱卿他们防备严密，英夷不敢遽行骚扰，英夷只好率舰往江浙福建一带逃窜，朕召你们来就是商谈此事。”他说罢，看了眼穆彰阿，就不开口了。穆彰阿是军机处的首辅，轮到他说话了，清了下嗓子，说：“据收集的情报得知，英夷还从国内调来了三个团共计有四千人的陆军，加上海军的兵力共计有七千余人。”说到这，就止住了话题，他是个老谋深算的权臣，知道在皇上面前议政点到为止，待其他大臣发表言论后，他也要看皇上的表情后再做归纳性的说话，以供皇上抉择。

琦善接过话题，说：“英夷重兵压境，看来不仅只是在沿海进行骚扰而已，更有意图恐怕是想在陆地与我一战。英夷狂言张势，欺弱畏强是其本质也。依奴才所闻，英夷陆军并不可怕，据传夷兵除枪炮之外，击刺步伐俱非所娴，而腿足裹缠，结束严密，屈伸皆所不便。若至岸上更无能为，是其强非不可制也。只要用竹竿一扫，就可使其扑倒在地了。呵呵。”说到这，他发出轻轻的一笑，赶紧把笑声收住，说：“至于英夷北上，恐生谲诈之谋？”脸色作凝思状了。

道光看眼邓廷桢，问：“邓爱卿，你与夷人打过交道，说予朕听听。”

邓廷桢起身揖礼道：“回皇上话，琦中堂所言只是民间的笑话而已。夷人与我们除了肤色和语言不同外，其他并无差异也。关于英夷陆军的战斗力如何，本人没有见识过，但英夷包括其他国夷人的舰船确不可小看，都披有铁甲，用一种叫蒸汽机的机器做动力，不需要风帆。且兵舰上的炮火亦极为强大，一艘兵舰的火炮配有七十门的重炮，相当于我们一座海防炮台的炮火配置。由于林部堂的制敌方略周详，犹如铜墙铁壁，英夷当然又生诡变避其锋芒，故改道北上往江浙沿海骚扰。我来京时已接报英夷舰队在厦门遇到我水师阻击后，又向定海驶去。现有浙江巡抚乌尔恭额，浙江提督祝廷彪亲自坐镇督师，但形势不容乐观。英夷此番举动，是以武力来威胁我们，逼我重开经商之大门。”

道光点点头，环顾了下在座的人，说：“都说说吧。”

伊里布皱着眉头说：“皇上，闽浙沿海一带疆域地势平坦，无险可守。英夷舰队其势殊非小弱，且其船只高大坚厚，炮械之猛烈便利，破此尤非易，非厚集兵力，亦恐难以制胜。英舰此番北上，邓大人坐镇闽浙，可谓首当其冲。若是闽浙受困，其后亦连累两江，朝廷应尽快定下决策。”

邓廷桢心情沉重地道：“伊大人所言极是。由于历来朝廷一直把广州南海一带，作为防范外夷的重要口岸在建设。而闽浙的海防几乎没有投入，上千里的海岸线仅一千余官兵防守，是无力抗击英夷此番北上侵犯。”

王鼎在听他人说话时，一直微眯着眼，当邓廷桢话一落音，他两眼即睁，道：“英夷此番重兵压境，其目的有二，一是刚才邓大人所言逼我重开贩卖鸦片大门；二是要我划九龙岛屿给他们作为永久性的基地。”这时王金水进来回话：“皇上，亚孟在门外候着哩。”道光已经从炕上起身了，发话：“进来吧。”亚孟到理藩院任职也有七八年了，还从没有被皇帝召见过。他在广州那边干了一年多，依林则徐所要求把翻译夷文的学院建成后，林则徐遵守诺言，让他回到京城了。所以他一听王丁三宣他去见皇上时，竟然连头上的六瓣合缝瓜皮帽也没换上官帽顶子，就打着飞脚走了。王丁三在他后面直追赶着，喊道：“亚大人，你没换帽子呀。”亚孟哪还听得见，当他到了养心殿外时，王丁三一把拉住他，气喘吁吁地说：“亚大人，你没戴顶子怎么去见皇上呀？我喊你也喊不住。”王金水一见亚孟就着急地说：“亚大人，皇上在问你了，快去见皇上。”他说罢就进房里禀报。这下亚孟慌了手脚，哈着腰进去，一头就扑在地上连磕了三个响头，口称：“臣罪该万死。”道光感到莫名其妙，问：“亚孟，你何罪该死？起来说吧。”道光早已听说这个“二毛子”臣子的不少笑话，知他脑子想事与他人不同，时有言语犯禁的事传到他耳里，也只是笑笑，不当回事。亚孟起身再一看在座还有朝中的几位重臣，他又要伏地去拜时，道光发话：“亚孟，免了吧。”他说这话时才发现亚孟头上是戴了顶瓜皮帽，难怪他说是罪该万死哟。此事要摊在其他臣子身上，道光定是饶不了的。但他对亚孟网开一面，装作没看见，只是说：“亚孟，朕召你来，是叫你翻译一份英夷的文书给朕听。”说着把炕桌上的一份用英文写的文书递给亚孟。在座的几个人一见亚孟心里就替他急，这个呆子竟然没戴顶子来见皇上，这可是犯大不禁的事。他们偷眼去瞧道光，见他脸色平和，知道道光对亚孟手下留情，故意装作没看见。好个呆子竟然还不识趣，呐言：“皇上，臣刚才一接圣谕，就、就——”他的话还没出口就被穆彰阿打断，说：“亚孟，皇上都没追究你了。你就别啰嗦了，快把文书翻译给皇上听吧。”亚孟一回到做事的状态精神就变了，不再是唯唯诺诺的气儿了，从身上掏出一副水晶眼镜架到鼻梁上，双手捧着在其他人面前犹是天书般的夷文信件，犹是唱歌般地朗读下去："尊敬的大中国皇帝阁下：兹因官宪扰害本国住在中国之民人，及该官宪亵渎大英国家威仪，是以大英国主，调派水陆军师，前往中国海境，求讨皇帝昭雪申冤。"念到这一段时，道光打断他的话，问："写信的人叫什么？"

亚孟忙翻到信的最后一页看了下，回道："回皇上话，写这份国书的人叫巴麦尊，是英国政府的首相。"

道光很关心地问："这个首相与他们国家的那个女王，谁大些？"

亚孟道："皇上，英国女王是不管事的，国家的事全由首相负责。女王在英夷就像是我们这边的观音菩萨，供着让人去烧香，理不了事儿。"

道光一下笑了，道："这不成了活菩萨？呵呵。这个巴什么的首相，是来向朕乞讨昭雪申冤的呀。念下去，看还有什么要说的话。"他说这话时龙颜大悦，在座的人无不喜形于色，尤其是琦善更是喜笑颜开了。这份国书是由英国派遣到中国来的远征军主帅懿律，在北上途中专程派特使乘船到天津，要向朝廷直接递交英国首相巴麦尊亲笔写的国书。由于大清自立国以来还没有发生过这样的外交事例，经请旨道光着由琦善代收转呈。当亚孟把巴麦尊的国书全文翻译完后，大家一下都不敢吭声了。巴麦尊的国书从亚孟嘴里传出，尽管通篇是谦逊的语词，可谦逊的话语里说的事，那都是要人命的事呀。道光脸上的笑容已随着亚孟翻译的声音消失了，干瘦苍白的脸上见不到血色，冷冷地开口道："诸位爱卿，巴麦尊首相的国书，你们都听明白了吧。"他挥了下手，要亚孟下去。

屋里人齐声回道："臣，奴才听明白了。"

道光待亚孟退出后，咬着牙说："诸位爱卿，英夷的用心已昭然若揭了。在他们的国书里对林则徐——"道光说到这，看了眼邓廷桢，没有点他的名了，说："广州禁烟给他们带来的损失要求赔偿，提出要与大清有平等的外交关系，还有就刚才王爱卿说到的，要大清提供一块领地，作为他们在海外的飞地，行商欠他们的钱也要一并追讨。更可气的是这次他们的舰船和士兵，到中国来的所有费用也要给予补偿，这帮夷鬼子的胃口，还真不小呀。”说到这，他重重地喘了口气，咬着牙说：“人面兽心的家伙，杀无赦！”屋里的人一下全吓着了，往地上一跪，伏地道：“臣、奴才请皇上息怒。”道光从炕上下来，把手中的紫砂壶狠狠地往地上一摔，骂道：“朕的江山如此受夷鬼子的那、那个？”他一下找不到一个准确的词儿来表达心中的愤慨，回头盯着跪在地上的众人，吐出句话来：“穆彰阿，你不是跟朕说过夷人还是比较守规矩的吗？都跑到朕的国土上来耀武扬威，欺人太甚！”道光这话一出口，穆彰阿只差没尿尿在裤裆里了，他说话声都变了，颤抖着说：“皇上，奴才罪该万死。”道光冷笑一声，说：“你是该死，只是朕暂且把你的头寄在你脖子上。都起来吧。”

王鼎起身后，两眼含着泪水，哽咽着说：“皇上，臣有话要说。”

道光叹口气，烦躁地道：“王爱卿，朕知道你要说什么，士可杀，不可辱。这话你就不要说了，还是说说对策吧。”

王鼎愤慨道：“皇上，臣以为英夷之所以如此胆大妄为，不外乎是占有他们的武器装备比我们要强。可他们不远万里远征，水土不服，已是一支疲劳之师。所以，我们完全不必因此而生恐惧之心。他们所谓的国书里如此大肆诋毁林大人，这是借刀杀人，以除心头之患。”

伊布里冷言道：“王大人，依你所言，我们就只能以暴制暴？”

王鼎正色道：“没错，林则徐所为就是明证。若沿海七省都像广州一样，英夷还敢开着舰船在我大清洋面上南来北往，横冲直撞吗？”

伊里布一下说话上火了，道：“王大人，本官在地方任职多年，夷鬼子与匪都是穷凶极恶的家伙，但对付他们应视情而变，不可一概而论。”那言下之意是你王鼎没有主政地方的经历，不可想当然之。

王鼎冷冷地说：“伊大人所言，不外乎是剿抚并举之策。请大人注意，今天我们面对的是夷鬼子，不是我地方游窜的拳匪之乱民。夷鬼子不远万里而来，凭我们说几句好话就可退之？错矣。”王鼎说到这，语气顿了顿，语出惊人：“依我看，英夷窜到福建，有可能在定海上岸。”他的话一出口立刻给大家带来不小的震动，穆彰阿不由问道：“王大人，你有何根据？”王鼎从袖口里拿出一白绸缎绘制的地图展开在大家眼前，侃侃而谈：“皇上，臣近来密切注意英夷在南海一带的活动情报。英夷此番避开南海北上，臣窃以为英夷此举大有先是掠地，以刺探我方的反应如何外，再就是有继续北上的意图。”道光手里捏着只铜柄的西洋放大镜，凑近地图仔细地看，目光随着图上标明的线路在移动，图上线路箭头一直到天津的大沽口。其意不明而白，英夷所向有兵临皇城之势。道光不由打了个冷战，鼻尖上的眼镜明显地滑动了下。“皇上，若不在福建沿海阻击住英夷北上，后果不堪设想呀。”王鼎正慷慨而言时，王金水在门外急急地大声道：“皇上，有八百里急件，是从定海来的。”他双手颤抖着把一装信函的木盒送进来。屋里人一听是八百里加急件，无不震动了下。清朝驿站有军站和驿站之分，统归兵部管理。由军机处发往各地的加封信函及返回文件由军站传递外，其他皆由驿站传递。军机处文件往往在公文上注明“马上飞递”字样，规定每天三百里，如遇紧急情况，可每天四百里、六百里，最快达八百里。所以地方督府不是到了非常紧急的时候，是不敢启动八百里的驿传，那可是要跑死人累死马的呀。穆彰阿接过王金水递上的木盒，他撕去信函木盒上的封条取出一份上折，正要递交给道光，道光两眼盯着穆彰阿手上的折子，道：“念。”当穆彰阿打开折子，只扫了眼，脸色刷地白了，颤抖着声音说：“皇上，定、定海，失守了。”他不待大家反应过来，又接着把折子的内容说下去：“战事始于七月五日未时，英夷陆军在舰炮的掩护下，乘小舟在道头登陆，次日清晨进攻占据了县城。总兵张朝发中弹而亡，知县姚怀祥投水自尽。”大家都似木桩子样一动不动地立着，国土沦丧，这是大清朝的耻辱呀。此刻道光的心里如烈火般在焚烧，铜柄西洋放大镜在他手心里都快被捏得变形了。“好一个乌尔恭额和祝廷彪身居要职，却形同木偶，事前既无准备，临事不合机宜，此等官员在朕的大清官场里不是个别。”他说出这话时，一脸痛楚的表情，目光里透出一股冰冷的寒气：“穆彰阿，你即刻传朕旨意，把这两个败家子押回京城交大理寺法办。伊里布，”他不待伊里布回话就接着说：“朕着你为钦差大臣赴浙主持军务，可从两江调兵援浙以充实战力。邓廷桢你协助伊里布军务事宜，着福建提督余步云率部驰奔浙江会商剿办，四川布政使刘韵珂升浙江巡抚即刻赴任。江苏巡抚裕谦近日上奏为加强江苏沿海防御，尤其是宝山、上海沿海的备战，需添铸火炮，建造炮台，告他朕准。伊里布你传朕口谕，裕谦在折子里所提到的江南提督陈化成，日夜巡视海防，不分寒暑，与士卒同甘苦，治军号令严明，其精神可嘉，朕深感欣慰。”道光顿了顿，转过头对琦善交代：“琦善，你即着手京津一带的战事准备。英夷北上其用心绝不仅是递呈一份国书而了事的，京城的安全若出一丝差错拿你人头问罪。还有英夷的那个商务总督义律不得进京面呈，着你在大沽口接受他的禀诉。”道光一口气做出如此大的人事和战事部署，他是决意要与英军以战相会了。屋里人都面色凝重。“诸位爱卿，还有要说的吗？”道光把目光扫了大家眼，问道。

伊里布道：“皇上，奴才有话要说。”

道光点头，说话口气缓和了些，道：“伊爱卿，你临危受命，有话尽管说。”

伊里布肃然道：“皇上，奴才恳请你收回刚才对乌尔恭额和祝廷彪的问罪。”他话一出口，不仅道光吃了一惊，就连房里的人都吓了一跳。要道光收回对守土失责官员的问罪，这可是冒犯天威的事了。伊里布平素为人处世，凡与他不沾边的事，从不张言。道光不吭声，盯着看他说下去。“皇上，奴才蒙受皇恩，担当重任，奴才唯以不惜肝脑涂地亦要报答皇上的嘱托。只是今天我们面临的，是我大清自开国以来与夷人首次的战事，其不可知的各种原因一时难以厘清，奴才此行需有个过程备加详考。而英夷则占其兵器之优势掠一地而要挟我们，其意图有如刚才几位大人所分析不假，将在外虽有决断之策，但与英夷之战，事关国事，所有事项皆无小事。奴才诚惶诚恐如履薄冰，生怕有负皇上的期望也。乌尔恭额和祝廷彪二人守土失职，该当问罪。细究其因，这与我们这些年对浙闽一带海疆防务建设重视不够有关，如能与南海那边一样，奴才以为英夷不可能如此嚣张了，乌尔恭额和祝廷彪也不可铸有如此大错也。然而，目前要想一下子就把我大清上万里的海防，都建成南海那样的防线也是不现实的事。所以，今有定海失守，明天也许还有哪个地方也会出现定海这样的事来。奴才窃以为，英夷不远万里来到中国，仅几千人马掠城夺地，想要与我大清争夺天下，能成事吗？这是不可能的事。英夷如果仅只是为利益而来，英夷无非是以战获利而已。现在英夷如此大动干戈，恐另有其因。故奴才以为在是非有待厘清之前，若还再重罪追究乌尔恭额和祝廷彪，恐有不合人情之理。定海的总兵张朝发中弹而亡，知县姚怀祥投水自尽，已是尽忠报国了。故奴才斗胆请旨，暂不追究乌尔恭额和祝廷彪之罪，发二人随营效力，戴罪立功。”

道光干瘦的脸上现出了浅浅的笑意，点了点头，说：“伊爱卿所言出于公心，朕体察你的用意。好吧，朕就准乌尔恭额和祝廷彪随营效力，以观后效。只是他们若再出差错，朕将你与他们同罪并处。”

伊里布心里一震，别看道光是含着笑说出来的，可话中的威慑力足令人心惊肉跳，他着实打了个寒战。谁都知道他与乌尔恭额和祝廷彪素无往来，一下冒着这么大的风险去为他人担当，图的是什么？房里的人都猜测出伊里布心里的小九九，与夷人打交道一不小心轻则丢乌纱帽，重则是掉脑袋。他是借乌尔恭额和祝廷彪的事来堵道光的嘴，为自己事后留条退路。“奴才遵旨。”伊里布二话没说，躬身接旨。

王鼎开口道：“伊大人，请把这张地图收下。这是湖南才子左宗棠亲自绘制的一张大清海防图，他托人送给我的。”

伊里布接过地图问：“谢谢。这个左宗棠，是不是已故陶中堂的亲家？”

王鼎道：“是他。此人处江湖之远，心怀天下之忧。皇上，”他对道光恳切地说：“眼下正是朝廷急需用人之际，左宗棠是当今不可多得的人才。此人若不破格举用，将是朝廷的一大损失呀。”

道光看了王鼎一眼，道：“朕知道了。”他没再说什么了，挥了挥手，那意思你们都下去吧。大家向道光行礼后退出房去。

第二十一章

胡林翼和祁寯藻来到绳匠胡同北头路东的一座小院子时，他有点怀疑了，这就是曾国藩的府邸？进院子的朝门上的油漆几乎剥落尽了，由于风雨侵蚀原木的纹路都不现痕迹。好在台阶两边的一对素面无花卉石鼓门当，和门框上方凸出的一对木雕漆金门簪户对，揭示这座院子曾是某个官宦的府第。他举手拍了拍门，只听有人在里面嚷了声："拍么子，进来呀。"胡林翼与曾国藩共饮一江水，一条资水流域把益阳与湘乡两地，紧紧相连在一起。院子里人说口地道的湘乡土话，祁寯藻听来云里雾里的，而胡林翼则是笑，打着哈哈推门而进，大声回话道："曾老伯你呐个呷了么哒哟？"正在院子里一块空地上挥锄挖地的一个六十开外的老人，他放下手中的锄头，撩起身上单褂子衣角擦拭了把脸上的汗水，乐道："咦呀，稀客呀，是林翼伢子来哒。呷了呷了，你呷了么？"他扭头朝屋里喊："宽一伢子，来客哒哩。"胡林翼笑着向祁寯藻说："老人是涤生的父亲，我们湖南人见面问话，开口就问人家呷了么，哪怕是你才是放下碗也是要问，是个礼性话了。呵呵，宽一是涤生的乳名。我们湖南人在叫一个人时，男的后面要加个伢子，女的后面要加个妹子，以示亲热。呵呵。"祁寯藻连忙上前恭敬地行个礼，自我介绍道："老伯，本人祁寯藻伢子，拜见你老，我也呷了。"他说着就要下跪去，曾老伯赶紧丢下手上的锄头，扶起祁寯藻连连说："使不得呀使不得呀。你这个伢子太讲客气哩哟。"曾国藩从屋里出来，手里还拿着一条罗布汗巾在擦手，他一见祁寯藻要下跪，忙说："爹爹，祁大人是朝廷命官，喊不得伢子呀。"

曾老伯一听赶紧也要下跪，说："你老人家莫客气，咯何得了哟。"

胡林翼笑得眼泪水都流出来了，伸手把曾老伯扯住说：“曾伯也，进了你屋，就没得官不官的了。都是你崽的朋友，也就是你的崽一样了，快莫讲客气了。”

曾国藩上前拉住祁寯藻的手，不好意思地说：“祁大人，老爹是乡下人，不知礼性，还望见谅。润芝是我老乡，且随意些。”一边领他们往屋里走去。他回头又道：“爹爹，祁大人早就想吃你老人家做的饭菜了，你老人家就去露一手吧。”

胡林翼嘴巴咂巴了两下，道：“老伯，你老莫小气呀。涤生说你老人家的坛子里还有块腊肉，要拿出来蒸着呷啊。”

曾老伯连连点头往厨房奔去，一边乐呵呵地说：“宽一伢子就是好客，屋里有点好呷的爆豆子样全端出来。呵呵。”

曾国藩哭笑不得，对胡林翼道：“润芝呀，你咯个鬼也，竟也去撮我老爹了，我好久跟你说过我屋里的坛子里还有块腊肉哟。你是人精也，还真让你给蒙中了。”胡林翼得意地说：“涤生兄，这就叫做兵不厌诈也。呵呵。”祁寯藻笑道：“润芝将来必是领兵统将的帅才也。”他们说笑着来到了一间不大的房间，家什之物全是乡下木器，粗糙结实，就连喝茶的瓷碗也都是当地产的土窑货。房里显眼的地方有两副对联，八仙桌上方的对联是用乡下的皮纸书写，祁寯藻凑近仔细地看了看，不由吟道：“有子孙有田园家风半读半耕但以箕裘承祖泽，无官守无言责世事不闻不问且将艰巨付儿曹。曾麟书。”胡林翼在一旁说：“曾麟书就是涤生的爹爹，在乡下开馆课子，是当地有名的老秀才呀。”“难得呀，老人家家风清廉，此联平实厚重，一手好字啦。”祁寯藻赞叹不已。接着他又看了书案上方的一副对联，笑道：“一看这是涤生兄的大作了，‘养活一团春意思，撑起两根穷骨头。’呵呵，胸有天地，穷且思变也。”曾国藩谦虚道：“书生意气，见笑了。”忙招呼着：“坐坐，莫客气呐。祁大人还是第一次来寒舍，实在是不恭敬得很。”曾国藩一边客气着给大家让座，一边提起八仙桌上的白瓷壶沏茶，笑着说："呵呵，茶是粗茶，看相不好，全是我老爹在乡下自己种的，不过我觉得口味不比龙井茶差。"胡林翼端起茶碗喝了碗底朝天，一脸的快意说："好呷。"祁寯藻也跟着端起茶碗来个一口净，平时他斯文惯了，一口水把他呛得连连咳嗽不已。曾国藩忙说："祁大人，你别跟润芝学，他是湖南人平素是野惯了，慢慢呷才有味。你喜欢呷，我送你几斤试试，我爹爹每年在乡下要种好几亩茶园子哩。"祁寯藻赶紧说："领情领情，茶味道不错，与我们家乡的茶相比烟火味重了点，且更粗犷有劲。一般人要适应这种茶的味道，还要有个过程才行。"胡林翼笑道："以茶观人，可见一地之物产孕一地之个性也。"祁寯藻见桌子上摆有一对黄花梨木的围棋罐，他饶有兴趣地从罐子里捏一枚黑云子在手上捏摸着，说："听说涤生手谈当是京城里的一高手，今天不妨请教可否？"曾国藩一听两眼顿时一亮，嘴上却是谦虚道："徒有虚名，只是有此癖好而已，嘿嘿。"说话间他就去取摆在书桌上的一红木棋盘了，胡林翼赶紧一手按住，嚷道："涤生岂止是癖好，是见弈而忘生死之徒也。一摆开棋局，今日当是手谈告终了，不可不可。"曾国藩乞道："润芝，就下一局，本人决不食言。"祁寯藻也是心痒痒的了，故意道："润芝，听说你是涤生手下的败将，一手屎棋，所以就——"胡林翼一听，马上把祁寯藻挪开，衣袖一捋，叫嚷着："涤生，把棋桌摆上，我俩下个赌局，你要是赢了我，我拜你为师，此生一辈子鞍前马后地为你效劳。如何？"曾国藩阴笑着问："此话当真？"胡林翼一把拉住祁寯藻的手说："祁大人作证，大丈夫一言既出，驷马难追。若是你输了，你就——"他一下不知怎么说才好，嘿嘿笑着。祁寯藻笑道："我看你俩没必要打赌了，你俩是不分昆仲，呵呵。"他话才落音，门外传来一人的朗朗笑声，道："祁大人，此言乃真知灼见也。"曾国藩一闻其人声音，惊喜道："是包先生呀。"不待曾国藩出门迎接，包世臣已一身葛麻布衣肩上挂一布包推门而进，神清气爽地出现在大家面前。曾国藩拉着包世臣的手连连地说：“包先生，你来得正好，你来得正好。”祁寯藻瞧他俩的亲热劲儿，感到奇怪，不由问道：“你们怎么也很熟？”胡林翼乐道：“这叫臭味相同也。包先生早年写的一本《郡县农政》，让涤生敬佩不已。我老岳父身前所有京城之事，皆交由包先生进京办理。他一到京城便落脚在涤生家了，两人何尝不熟呢。”祁寯藻笑了，说：“我明白了，始作俑者是你了。我上两个月还与慎伯兄一起，到昆山龚自珍的羽琌山馆与默深相聚，他都没有提及涤生跟慎伯相交的事。这种英雄相惜的好事，也就只有你润芝才可为也。”曾国藩给大家的碗里续上茶水后，问：“祁大人，我那个老乡魏源与龚自珍，其学问并驾齐驱，称雄天下。可惜我至今还没有与他们相见过，愧之。”他的叹息中流露出英雄相见恨晚之心情。

胡林翼却是不以为然，说：“说句不客气的话，当今天下英才不出十年，当是归于涤生和季高之门下也。到那时还怕见不到人吗？”

曾国藩脸色陡变，一声喝：“润芝，不得胡说。此话若是传了出去，不怕招至天下人笑话？你也老大不小了，说话不知轻重，陶公若在世，必是掌你嘴了。”

胡林翼本是公子哥儿出身，行事不拘泥于细节，这与他曾求学同乡前辈蔡用锡的影响有关。蔡用锡教人务为有用之学，不专重文艺，而于兵略，吏治尤所究心。胡林翼师从他两年，涵濡渐渍，服膺终身。不像曾国藩一生所行的是谨言慎行，他书房悬挂的匾额名“求阙斋”，其意朝堂之外不求事事周全，只求尽力而为，朝堂之上则须竭尽全力要做到万无一失。所以他一听到胡林翼直抒胸臆的话，便胆战心惊，连声喝住他不得胡说下去了。倒是包世臣无所谓，轻松地说：“涤生呀，谁不知你是‘国之藩篱’，就别作掩耳盗铃之势啦。”他这一说把曾国藩说得口张开，一下不知如何回答是好。祁寯藻打个哈哈，他是官场中人，所以能理解曾国藩那惶恐的心情，故意道：“慎伯兄，你无事不进京，是不是又有公干所系？”他这一问话，一下把大家的注意力都引到包世臣身上了。曾国藩问：“慎伯兄，你的行踪有点神出鬼没的味道，在搞么子名堂？”曾国藩的湖南话包世臣倒是听懂了，他因与魏源在陶澍身边共事有十年之久，所以曾国藩的话在祁寯藻听来是莫名其妙的，他笑着学曾国藩的话：“涤生，我是在搞名堂也。”

胡林翼忙问：“是么子名堂？”

祁寯藻不解，问：“名堂是什么？”

胡林翼回道：“是事情的意思呀。”

包世臣还真的一脸的神秘之色了，稍许放低些声音说：“我才从老中堂府上过来，有话要说。”曾国藩不动声色，三角眼稍闭了下，再睁开眼，道：“包先生，你来得正好。我老爹做了桌好菜，还有从湘乡老家带来了自家酿的米酒，管你呷个饱。走，去客厅。”胡林翼急了，一把拖住包世臣手说：“哎，包先生你还没讲出是什么事呀？”包世臣拉开胡林翼的手，说：“我来也是——”他话没说完，曾国藩正色道：“包先生，如果事关朝政，此处不可言之。”他的话一下把房里的气氛弄得有些僵住了。包世臣笑道：“到涤生这里酒是要吃，但事情也要讲。你不要搞得那么严肃好不？我在陶公身边跟班了十年，还不知官场规矩？我昨天到京城，替季高送地图给老中堂。”他话一出口，祁寯藻冲动地问：“慎伯兄，我们昆山分手时，你不是说回安徽泾县老家，怎么又去湖南见左宗棠了？”包世臣苦笑了下，说：“还不是去年四月季高到了南京，润芝与我还有魏源一起陪了他几天，此后他多次约我去湖南走走，在昆山时魏源也邀我一起与他回湖南见季高，且行程也定了下来。在临行时，魏源因故他又动不了身，我只好一人去了长沙，在季高湘阴老家柳庄住了三日。在长沙城南书院见到了山长贺熙龄先生，还有罗泽南以及从衡阳赶来特意与我相见的彭玉麟。临行前季高知我要去京城，他就把才绘制好的一张大清海防地图托我转交给老中堂，说对老中堂有用。今天上午皇上招老中堂还有穆彰阿、琦善、伊里布、邓廷桢在宫里议事时，收到英夷舰队窜到我闽浙掠夺了定海的变故。祁大人，这事你不知道？”说到这，他见祁寯藻与大家一样是惊呆了的神色，不由问他。祁寯藻神色严肃地说：“我外出公干，才回到京城还没有来得及去宫里，就与润芝来涤生这里了。唉，定海失守，恐怕将是一根导火线。”胡林翼一下还没有反应过来，脱口而出：“定海真的失守？”曾国藩沉默了下，艰难地说：“看来定海失守之后，还会有其他地方也会落入英夷之手。”他吐口长气，眼光一下犀利地望着窗外的天空，说：“老中堂把地图带到宫里引起了皇上的重视，此时皇上必会举全国之力与英夷一战！老中堂要你把这一消息传给我们，其意应是保天下者，匹夫之贱，与有责焉耳矣。提示吾等应如季高一样虽居庙堂之远，亦应心忧天下。”

包世臣点头说：“涤生所言极是，所以老中堂特意嘱我离京前去看看你。季高绘的地图，老中堂又转交给新任钦差大臣赴浙主持军务的两江总督伊里布。”

祁寯藻发着感叹，道：“老中堂为国谋才，皇上用心良苦呀。当今天下正是涤生、季高之辈，横空出世之时。”这时，曾老伯推门而进，笑呵呵地喊道：“宽一伢子，喊你的客人呷饭，还扯个么子卵谈啰。”胡林翼打趣道：“曾老伯呀，你呐咯做的腊肉蒸好咯么。”曾老伯两眼笑眯眯地说：“有你呷个饱的，嘿嘿。”曾国藩自听了包世臣转述了王鼎捎的话后，脸上竟然涌现出血色了，他牵着包世臣的手，说：“包先生，你辛苦了，老中堂大人的心意我明白了。嘿嘿，今天的酒你要多呷几杯，我陪你呷个饱。”大家拥着曾国藩去客厅里。只听得曾国藩行走的脚步声，盖过了所有人走路的声响。

伯驾匆匆地回到新豆栏街医局，人还没进门就大声地嚷着：“兰儿。”阿珊从里屋出来，用手指在小嘴上贴了下，轻声说：“伯驾，请保持安静，小姐在给女病人打针。”伯驾连挂在肩上的医疗箱都没取下，就要往屋里去。阿珊连忙伸手拦住他，说：“伯驾，你没见墙上写着男人不准入内吗？走走。”伯驾只好搔搔头，嘟囔着说：“在医生面前所有的患者是无性别区分，在你们中国什么事都是搞得神秘兮兮的。”他把医箱挂在墙上，对阿珊说：“珊，给我水，我难受极了。”这时兰儿搀扶一妇人从屋里出来，那妇人对兰儿千恩万谢着：“唔该晒，女菩萨呀。”兰儿笑着道：“不用谢谢，伯大夫说了，菩萨是上帝。你打了针，回去再把药吃了，就没事了。我送下你啦。”妇人忙说：“上帝菩萨保佑你们。唔使啦，我自己走就得啦。”伯驾望着消失在门外的妇人背影，发着感叹说：“不可思议，在我们美国也包括欧洲所有的国家，要培养出一个像兰儿小姐一样能给病人发药打针的护士出来，至少要三年。你才五个月就可熟练地操作了。我只能说你们中国人聪明，了不起的中国人。”他接过阿珊递过来的凉开水，一口喝光。阿珊用粤语笑他：“啱先琴青的（你刚才猴急的），你不是给林老爷看病去了，出什么事了，怎么不说啦？”伯驾两肩一耸，道：“我的上帝，林大人给你们的皇帝下了。”兰儿和阿珊惊愕地看着伯驾，不知他说什么？兰儿问：“下了？什么意思，你就不能说明白点。”伯驾严肃地说：“就是免了他的官。”兰儿一下冲动地说：“不可能，林老爷是天下最好的官。皇帝是不会免去林老爷的官，是你在胡说。”

伯驾委屈地说：“兰儿，我的心情跟你一样。我离开书院时正好从北京来了一个叫琦善的钦差大人。好大的场面呀，衙门前的那条街道站满了士兵。”他在说话时，兰儿的脸色变了，手中的针管差点失手了，就连阿珊也跟着心慌了，问：“那人是不是个儿不高，胖胖的满人？”

伯驾瞪大眼睛，问：“你们认识他？”

兰儿点头，轻声地说：“他曾是我们的救命恩人。”

“什么，他还是你们的救命恩人？你们没搞错吗？”伯驾说这话时，两只眼睛瞪得圆溜溜的，说："兰儿，按你们中国人的话说，他在禁烟事上是个反对派，在你们中国人心中凡是反对派就是大大的坏人，坏人怎么可能做好事呢？"

阿珊瞪着一双晶亮的大眼睛，头连连摇着，说："我们不知道他是不是坏人，他曾经救过我们的命，难道就不是好人吗？"

伯驾一下被阿珊的话问住了，搔着头皮，嗫嚅着说："是呀，好人办的事就一定是好事，坏人做的事都是坏事？"

兰儿幽幽地道："人要是没良心了，会把好事办成坏事，有了良心坏人有时也会做有良心的事。"话还没落音，门外传来几声赞赏的掌声，"说得好！这世上谁是好人谁是坏人，公道自在人心。"随着话音，龚孝拱一身青衣长袢，肩上挂着一个包裹，手里拿着一把油纸伞，腰上挂着一把宝剑，一身远行的装束出现在大家面前。阿珊惊讶道："龚大哥，你是要出远门啦？"

伯驾不解道："龚，你在林大人身边干得好好的，干嘛就要走啦？"

龚孝拱苦笑了下，说："黄钟毁弃，瓦釜雷鸣。老爷都无事可做了，我还待在他身边有何意义？皇上派直隶总督琦善为钦差大臣，把老爷连同他的两广总督都给免了，由怡大人暂时署理总督，余保纯去广州知府任上，豫大人不日也要离开广东，老爷身边就只留下了铁头、林福和刘师爷了。唉，天下最苦的差事就是当官不是人，好在老爷他干了一件流芳百世的大事，他这个官没有白干，他是个顶天立地的人。我能在老爷身边当过差，亦是我此生之幸事也。"

伯驾很认真地说："龚，你的话将会被历史铭记。"

龚孝拱苦涩地笑了，说："呵呵，我这人天生就生有反骨。这大清的江山如不动大手术，就犹如人身上的痈，不凿破它，只怕会烂到骨子里去了。说句不好听的话，你们夷人的洋枪洋炮几声轰响，把我们的国人脑子震荡几下，也许是件好事。不然他们还不知道这个世界已到了玩洋枪洋炮的时代，还是在把这玩意当天下无敌之利器呢。”说着把腰上宝剑取下，剑一出鞘，一道寒光毕现，伯驾不由嚷声：“好剑。”龚孝拱点点头，又把剑收到鞘里了，在手上掂了掂，然后双手恭敬地递给伯驾，说：“伯驾先生，今天的世界还用这玩意去与人争天下，已自不量力了。这是我家祖传下来的一把宝剑，在我眼中它已是一件艺术品了。你我兄弟一场，我也没有别的东西可送你留恋，这是我的一片心意，你就收下吧。”说着他就把宝剑往伯驾手上塞去。

伯驾忙把手收回，连连说：“兄弟我不敢，这是你们传家之宝，我一介洋草民，岂可受如此厚重的礼物？不可不可也。”他满嘴文绉绉的话，已是见怪不怪了。可他一见龚孝拱要生气的样子，只好把宝剑收下了。

兰儿苦笑了下，长叹口气说：“唉，世间之乐，无非是苦也。”她对龚孝拱示礼，轻言：“龚公子，小女子有一事拜托，不知可否？”龚孝拱把胸一拍，豪气地说：“兰儿姑娘，只要本公子能做到的事，哪怕是要把命搭上都干。”

阿珊小嘴一撇，有些生气地说：“龚大哥，你胡说什么呀。呸呸呸。”她连呸了好几下。

兰儿幽幽地叹息道：“人生莫不如红炉上一点雪，世间的情识岂可弥留？龚公子，你去哪儿，能把阿珊带上吗？”她说这话时，娇柔的小脸上飞上一抹红晕。

龚孝拱一下愣住了，竟然有些口吃地问道：“兰儿姑娘，你、你？”

阿珊脸上流泪了，哽咽着说：“小姐，你不能丢下我不管呀。呜呜。”她伤心地哭了起来。兰儿也跟着流泪了，她伸手理了理阿珊的头发，含着泪说：“好妹妹，人各有命。姐姐我感谢你这么多年来陪伴我，我这一辈子都不会忘记你。龚公子人心眼好，你跟着他不会吃亏的，姐姐我也放心了。”

伯驾摇了摇还在发愣的龚孝拱，问：“龚，亏是什么东西，能吃吗？”

龚孝拱喃喃地道:“它是看不见,摸不着,谁吃了它会肝胆撕裂般的疼,让人身心俱亡矣。”

伯驾点了点头，严肃地说：“我明白了，你们中国人的亏就是人生的苦难。”

阿珊流着泪问：“小姐，那你怎么办？”

兰儿深情地看着伯驾，小声地说：“若是伯驾先生不嫌弃，我就一辈子跟着他了。”

伯驾这下听明白了,他激动得一下单膝跪下,手贴在胸前,郑重地说:“亲爱的兰儿，我向上帝宣誓，今生今世，我不会让你吃亏，请你接受我对你的爱。”

兰儿双手捂住羞红了的脸，娇声儿道：“哪有这么求爱的呀，羞死人哩。”

龚孝拱开心大笑，道：“兰儿姑娘，伯驾先生以他们夷人礼节，很隆重地在向你求婚，你答应么？哈哈。”

兰儿松开手，眼睛里噙满了泪水，哽咽着说：“伯驾，你是个好人，我没有父母也没有兄弟姊妹。龚公子和阿珊就是我的亲人,他们说了算。”阿珊上前扶起伯驾,一脸的泪水,严肃地问道:“伯驾,小姐与我相依为命,你这一辈子不许欺侮她。你能做到吗？”

伯驾庄重地回道：“我以上帝的名义，向你和龚保证，我们是两只永不分离的鸟儿。”

阿珊一下愣了,问:“龚大哥,伯驾说的两只鸟儿,是什么意思呀？”就连龚孝拱也给蒙住了，摇头表示不知道他说的是什么意思。伯驾见大家都不理解他说什么，起身从房里的书架上取来一张画展开，大家顿时都乐了,原来他不知从哪找来的一张画片,上面画了两只鸳鸯在水中凫行,相亲相爱,其乐融融。画上题有两行诗:得成比目何辞死,愿作鸳鸯不羡仙。伯驾得意地说：“我和兰儿是这两只鸟儿。”

龚孝拱收去一脸的笑容，双手一揖，道："好一对幸福的鸟儿。伯驾，兰儿这一生的幸福，就拜托你了。"

兰儿把手上的一只玉镯子取下，戴到阿珊的手上，哭泣着说："妹妹，这是我娘给我的订婚物，我送给你。姐姐此生与你就此告别了。"

阿珊对伯驾和兰儿深深地行了个礼，与龚孝拱携手出门，飘然而去了。伯驾和兰儿含着热泪目送他俩消失在小巷里了。

又是到年关了，广州市面上与往年一样，满街照样是花团锦簇，熙熙攘攘的。十三行街上，洋行屋顶上的各色旗子照样在天空中飘扬，吹号打鼓的西洋乐声似是浸透了街头巷尾的每个角落，到处是一派繁忙过年景象。

关乔昌手里拿着几张卷着的画稿匆匆来到十三行的商会，他一推开大厅镶彩色玻璃的花格门，一看愣住了，十三行里有头面的人物都坐那里了。大家默不吭声的，死一般的寂静。关乔昌瞧这场面，说话的声音几乎是从喉咙里挤出来："你们都在呀，我还当没人哩。"

伍绍荣冷嘲热讽道："是不是当我们全死了？"

卢继光搭腔道："这年头，还不如死了省心。"他手里捏支雪茄烟，时不时地在鼻子底下闻闻，其他人都是一脸心事重重的样子，谁也不吭声。

关乔昌赔着笑脸，小声说："伍会长，我不是那意思。你们在开会，那我就不打扰了。"说着他就要退身出门。伍绍荣直呼关乔昌的外号："啉呱，你无事不登三宝殿。说吧，是不是又有天大的事要发生了？"

卢继光也说："关老板，你一天到晚带人在外面写生，画画，是不是听到了什么消息，有就说出来吧。"关乔昌见大家都聆着耳朵在听他说什么，脸上不由有些得意的笑容了，朝大家打了个拱手，说："还真有事要报，我就不客气啦。"说着他把手上的画稿展开，画的是珠江口外伶仃洋面上，有十几只英国的兵舰虎视眈眈地在那里，舰上所有的大小火炮都朝着珠江口的炮台方向。一老板心痒痒地问："啉呱，你这彩画要多少钱？画得真漂亮哩。"

关乔昌冷笑一声，说："只怕你买下它，还来不及把它挂上壁，这画上的夷人兵舰就开到了你家后门码头上了。诸位老板，我今天给你们看的这张画，是我在虎门写生时亲眼看见了这画上的情景，全是夷人的兵舰，所以我一下船，就到这儿来向伍会长报告。"

伍绍荣蓦地从椅子上起身，从关乔昌手上接过画，仔细地把画上的兵舰一一地数了下，不由惊讶道："我的天，一共有十七只兵舰哩。"他抬头又看了看关乔昌，问："啉呱，你没搞错吧？"

关乔昌肯定地点点头说："伍老板，我是画西洋画的，一切入画的东西都必须是真实的，不是中国画可以来虚的。"

卢继光怀疑道："夷人把这么多的兵舰摆到珠江口外，是要干什么呢？"

伍绍荣没好声地说："要干什么？要来打仗呀。"

一商人急了，说："要打仗了，那新来的琦部堂大人还要我们赶紧与夷人做生意，这葫芦里卖的是什么药？"

伍绍荣咬着牙说："这不明摆着的事，是朝廷要过年了，没银子花了，就逼着我们商会去与夷人签生意合同，税馆就可收税啦。至于货船能不能出海，他们是不管的。"另一商人起身嚷道："伍会长，你把我们叫来商议的就是这事吧。告诉你，这生意没法做了。唔侯亿思，载根！"他丢了句广东话不好意思，再见后甩手而去。一下，在大厅里的商人们纷纷起身，伍绍荣喊也喊不住："诸位老板，会还没有开完，请、请留下，别走呀。"一下人都走光了。关乔昌见势不妙，正想抽身离去，伍绍荣一把拉住他，说："啉呱，你别走。卢老板，我们带上啉呱这张画，一起去见一个人。"

卢继光盯着伍绍荣说："伍老板，你是说去找林大人？"

伍绍荣点头，说：“嗯，听林大人的没错。”

卢继光道：“林大人不是已经给免了职，他说话还有用吗？”

伍绍荣道：“朝廷已经把林大人和已经任闽浙总督的邓大人一并以‘縻饷劳师’之名革职查办，后又皇上下旨，把邓大人从浙江遣回广东与林大人，随时听候琦部堂大人查问，并协助做些夷务上的事。”说完，仆人马上捧出一套四品官服给他换上。他一边穿衣，一边苦笑着说：“卢老板，你别看我笑话。花了五十万两银子，换了这件护身符，上街走时官兵至少不敢拦你。”穿好衣后，对仆人说：“去高第街的连阳盐务公所，林大人住在那里。”这时一仆人笑嘻嘻地进来说：“老爷，来客人啦。”林则徐一脸的笑容走进大厅，跟随他进来的还有林福、刘师爷和铁头，四人都是一身的青皂长褂，圆口青布鞋，林则徐不严自威，铁头刚劲有力，刘师爷摇头晃脑，而林福则是哈腰紧随，谁是主谁是仆，一目了然。伍绍荣一见林则徐，顿时一脸的愁容消去，赶紧把才穿上的四品官服脱下，双手执礼，恭敬地说：“林大人，你来得正好。伍某正要去府上拜访你呢。”说话间把林则徐引到太师椅前坐下，又亲自敬茶。铁头、刘师爷和林福立在林则徐身后微笑着，林则徐对毕恭毕敬站在一边的关乔昌点点头，笑道：“关老板，呵呵，我家内人说你把人画得活灵活现，比真人还像呐。”屋里的人都笑了，关昌乔一脸的兴奋神情，激动得竟然说话都结巴了，说：“林、林老、老爷，我、我还要给你、你夫人，也、画、画张像。”林则徐笑道：“一个乡下的老婆子，就不必劳你费神啦。唔乖。”他用广东说声谢谢，引得大家都笑了起来，大厅里的气氛一下轻松了下来。“你们站着干嘛，我现在已贬官了，你们就不要紧张啦。都坐下来，喝茶，这茶好。”林则徐见关乔昌有要走的意思，说：“关老板，你不要走，我知道你不是十三行的老板，你来了正好，我也听听你的意见。来，先喝茶。”关乔昌忙坐在卢继光旁边。林则徐抹了把胡须上的水珠子，缓和地说：“我的事你们都已经知道了，承蒙皇上开恩，暂且留下协助琦部堂大人处理些事务。所以今天我来商会会所，一是拜会诸位，二是传达琦部堂大人的谕令。”说到这里时，见伍绍荣和卢继光、关乔昌要起身跪接，把手扬了扬，说：“别那么讲究啦。这不是圣旨，你们听着就是。”他停顿了下，说：“刚才琦部堂向我交代，说税馆报告你们行商承保的洋船有偷税的行为，而且不止一条洋船，这在大清自开埠以来实属罕见，其性质极为恶劣。琦部堂责我来调查，如查属实，当课以重罚并问罪。”林则徐话音未落，伍绍荣脸色大变，连连喊冤：“林大人，这事有冤，你得为我们做主。行商成立以来，就有行规，如有偷税行为，行商总会则是按五倍到十倍的数额罚出充公。要是同行里有一家行商破产，我们都要共同为其偿清欠税和债务。如此苛刻的规矩，我们哪还敢去违法乱纪呀？”

伍绍荣一说完，卢继光气恼地说：“大人，这种赔累行规，一百年前行商总会成立时是朝廷给立的，一出事了就找商会会长，谁还受得了。我爷爷潘振承说，‘宁为一只狗，不为行商首’，我和伍老板是多次向巡抚衙门递交了辞呈，这会长干不了。衙门老爷说行商会长权重利厚，要辞职可以但要出一百万两银子，否则就别想走人。天下哪有这号道理？这不是变着法子要钱吗？”

伍绍荣知道卢继光心里怄着窝囊气，忙对林则徐说：“大人，卢老板话说得难听些，但都是实情。其实我也有满腹的话要对大人讲，我们行里的商人都信服你，说你办事公正，不会故意为难我们。大人，你要是查出了有谁与夷人勾结逃税之事，请依法重处，只是恳求大人不要把大家都连累进去了。如今的生意不好做，要是还以一人犯法，全行受累，那生意就没法做下去了。”说到这，他竟然眼泪都要溢出来了。

关乔昌动着感情说：“林大人，小的是草民，有话不知可说？”

林则徐点头，说：“说吧，本人既然是受琦部堂的委托来了解情况，当然就要听各方人士的话吧。”

关乔昌把手里的彩画展开，对林则徐说：“大人，这是我在珠江口外写生的一张画。”他说着把画稿递给林则徐。林则徐仔细看了后，双眉紧蹙，问：“关老板，这是你亲眼所见画的？”

关乔昌忙应允道：“草民不敢有假，我才从虎门那边过来，是在那里写生亲眼所见。英夷的兵舰把虎门镇远，还有威远、靖远的炮台都给围住了。江面上的那道木排铁链，听渔民说英国人把它给毁了。”

伍绍荣说：“大人，我们正准备去你府上向你报告啉呱在江边所见，正好你老来了。这画上所反映的情景，夷人的兵舰已经把珠江的出海口都封锁死了。可是琦大人还逼着我们去交税，这不是寅吃卯粮，杀鸡取卵吗？现在又是说商行里有人与夷人勾结偷税了，这不明摆着是故意陷害我们，把我们往死路上赶么！”他说着声调愈发高了，竟然起身在林则徐面前扬着手嚷了起来。

铁头要上前去制止伍绍荣失礼之举，林则徐把手摆了摆，手指在桌子上叩着，内心的愤怒全从他铁青色的脸色上表现出来了。半晌他才开口说：“你们如实写份陈情表吧，由我来直接呈皇上。”伍绍荣和卢继光一听要他们写陈情表直接呈送皇上，扑通一声跪在地上，头直朝地上磕着，说：“大人，千万使不得呀。这可是告御状，弄不好是要砍头的啦。”

林则徐长叹息声，嘶哑着喉咙说：“唉，起来吧。你们说的事，还是由刘师爷来做文章吧，他知道怎么写。”刘师爷在一旁说：“伍老板你们放心，老爷虽然不是钦差大臣了，但老爷给皇上上折的职责还没免去。”林则徐点头说：“只是我现在的说话能起多大的作用，我也不好说了。关老板所见到的情况，我不在位了，也就没有人跟我说，我也是一眼黑。”他的脸色很难看了。这时怡良匆匆进来，嚷着：“林大人，出大事了。”

林则徐的脸色瞬间恢复了往日的镇静，沉声道：“难道是天塌下了吗？堂堂的广东巡抚兼署理两广总督的怡大人，竟然也慌了手脚。”怡良一把拉住林则徐就往外走，一边说：“林大人，这比天塌下来还让人气愤。”林则徐把怡良的手一甩，说：“悦亭，你不说明白，我就不走。”把桌子上的茶杯端在手中，怡良只好驻足，焦急地说：“我才得到消息，琦善与义律要签订一份协议，答应义律只要从定海撤兵，退出沙角和大角二地，就换取尖沙咀、香港为英夷寄居贸易之地。”他说着从口袋里掏出一份折子，递交给林则徐说：“林大人，这是琦部堂报送朝廷折子的副本，是与义律和谈的条款内容。你看看，会气死去。”林则徐接过折子展开，当他看完后，大吼一声：“卖国贼！”手中的杯子硬生生地给捏碎了，手心里渗出血来。“香港本岛给了英夷，还要赔偿六百万白银，哼，我看下一步英夷就是要大清的江山了。”他说这话时手在颤抖着。

怡良接着气愤地说：“关军门派炮台的把总向琦部堂请增加援兵，情况万分紧急，可他按兵不发。反而发出谕令，要镇远等炮台不得反击，这不是引狼入室，坐以待毙吗？”

林则徐手重重地在桌子上一拍，对怡良说：“悦亭，琦善冒天下之大不韪，以割让领土和赔款来与英夷议和，将必为国人所不耻，成一历史罪人。皇上若见了此折，必定不会同意的。你是一省的巡抚兼署理两广总督，有专管地方之权，当前首要决策，要防止英夷长驱直入攻打广州城。”

怡良两手一摊，为难地说：“林大人，一省的兵马巡府无权可调动，水师营已归琦部堂掌控。我无兵马可使，怎么去防范英夷来攻打？”

林则徐脸色铁青，说：“琦善为钦差大臣可节制粤省水陆之师，依他现在所为是不会出兵抗敌。目前广州城尚可防范英夷的军队也只有八旗驻军了，我马上去德克布金将军那里，把当前的形势向他通报，请他做好备战，布阵拒敌。你手上虽然没有兵马，但你管辖有数万万民众，可发动民众，组织兵勇，兵民共防，剿杀英夷，人人皆可参战，这也是不可忽视的一支力量。”

怡良吐口长气，说：“林大人，你说得对，我马上召集各县令布置把民众发动起来，只是德克布金这个老头他会出兵吗？”

林则徐有信心地说：“大敌当前，身为朝廷重臣守土有责，这个道理德克布金将军他会明白的。”话音未落，德克布金与奕湘一身披挂进来，他双手一揖，豪气地说：“林大人，本将军也是才得知琦部堂的卖国条约，这狗日的是在找死。本将军知你在总会特来请命，广州城的安危就交我们八旗兄弟吧。”

林则徐感动地说：“将军临危不惧，壮志不减当年，热血弥珍，实为我林某敬仰。只是本人已落职待罪，以备查问差之人了。所以老将军请命之举，勿请再言了。刚才怡大人正好言到省垣之危，这关乎国之荣辱乃至生死存亡，正唯恐兵不众而威不振之忧时，老将军你来得正好，如有八旗驻军扬威，省垣皆可安然了。”

怡良双手一揖，感激道：“本官代广州城十万民众谢老将军，巡府将举全省之力，配合老将军抗夷御敌。”

伍绍荣、卢继光、关乔昌见此情景，上前对德克布金深深地鞠一躬，伍绍荣动情地说:“老将军,我代表商会捐二十万元,奖赏弟兄们的义举。”

德克布金大为感动，双手拉住伍绍荣的手摇晃着，说：“呵呵，这太好了。不瞒诸位,兵营已三个月没发饷了,哈哈。有了这二十万元的赏银,我的弟兄们就会像一群狼一样地冲锋陷阵了。诸位放心，本将军即刻回去布兵设防,只要我八旗的大旗一亮,保准夷鬼子就会吓得屁滚尿流的了。林大人，你们尽管高枕无忧吧。哈哈。”他打着哈哈转身而去。林则徐刚才还是一脸的笑容,听德克布金的大话后,一下他的脸色却是担忧袭上,不吭声了。怡良被林则徐突然发生的变化有点不可理解，收去脸上的喜悦神情，问：“林大人，你有什么可担心？”

林则徐头摇了摇，说：“德克布金将军还是满人当年进关时的心态，如今我们面对的夷人已是洋枪洋炮的时代了。他的勇气可嘉，可他部队能担当如此重任吗？难矣。伍老板，你们商会捐的二十万元，我建议你们不要给现金，全部购置一批洋枪洋炮装备送给他们吧。你们本来是番好意，真金白银的送给他们，到头来说不定是反而害了他们。”

怡良点头认可，说：“大人所言有理，德克布金手下那帮官兵平时就贪腐成瘾，这二十万元还真不能直接给他们。把钱用到正道上，好事要办好。伍老板，就请你们按林大人所说的去办吧。”

伍绍荣和卢继光忙应允道：“请大人们放心，有了大人的交代，我们就放心了，我们会尽快地购置一批洋枪军火回来。”他嗯噔了下说：“只是刚才我们说给二十万元，一下又变成了军火物资，只怕德克布金会有意见。”他的话语里透出更多的是无奈。

“伍老板，这主意是我提出的，就由我去与德克布金将军说吧。德克布金对部下管束不力是实，但他本人在朝廷的武将中还是以国事为重的人，你们商会出资为他装备军火这是好事，他不会有看法。他的弟兄们已有三个月没有发饷了，士兵是呷粮当兵，没钱说得再好要他们去打仗，那是成不了事。悦亭，你是一省巡抚，虽然八旗驻军的军费归朝廷划拨，地方历来不管。然而目前的形势不容我们还有朝廷与地方督府之分，为解国难，有钱出钱，有力出力。这次省垣有难，德克布金能主动请缨已很不错了，所以我建议你们巡府暂且先从库银中给予支持吧。我给皇上上专折之权还没有收回，我去给皇上上本，此主意是我出的，不必由你来承担责任。”

怡良忙说：“好，我怎么着也还是一省之巡抚，这主我做得了，我回去就去办理不误。”

林则徐朝怡良充满感情地说：“悦亭，你我同为朝廷命官，国之安危系于 ·身呀。”他牵着怡良的手出议事厅。伍绍荣等林则徐和怡良一行的脚步声远了，才抬起头来。这时商会外传来零星的鞭炮声响，伍绍荣懵头懵脑地问：“哪里放鞭炮？又出什么事啦。”

关乔昌把脑壳一拍，说：“伍老板，我都差点忘了，今天是过小年了呀。

哎呀呀，我一家大小还在等我敬灶神菩萨哩。唔该亿思，载根。”他丢了句广东话不好意思，再见，就匆忙走了。这时街市的鞭炮响得激烈了。伍绍荣和卢继光相视苦笑一下，不约而同说：“走吧，天要塌了，年还得过。”

第二十二章

道光自年底到西陵、泰陵、泰东陵、昌陵并诣孝穆皇后和孝慎皇后陵寝奠酒，又到孝全皇后梓宫行迁奠礼，接孝全皇后梓宫奉安地宫。途中偶感风寒，心火一上来，他的牙齿也上火了，一张瘦削的脸上一边肿得有核桃般大，心情格外暴躁。回到宫后，御门听政的事儿停了，平时每日给孝和睿皇太后请安的礼节也给放下了。整日就在西暖阁里，批的折子一叠叠地从他那里出来，再经军机处发各部署衙门。军机处跟着道光连轴转，忙得个昏天黑地。

夜深了，从军机处窗户门缝里挤进来的风飕飕直响，好在房间里地沟灶火烧得旺旺的，倒不觉得冷。除了桌子和炕桌上摆有盏灯外，房间梁上也吊了盏油灯，整个房里灯火通明。平时到了这时，军机处只留下值班的大臣和几个章机守在那里打着瞌睡，喝些热茶，聊些无关紧要的话。这会军机处里，王鼎埋头伏在桌子上，眼睛上架着道光赐给他的那副水晶眼镜，在桌上油灯映照下晃动着光点。而盘腿坐在炕上的穆彰阿一脸的胡子拉碴，伏在炕桌上就着灯光在看折子，一边不停地在自言自语：“唉，仅上年十一月以来才给福建龙谿、南靖二县水灾口粮屋费，贷江苏江阴等三营兵饷，蠲缓浙江长兴等四县水旱灾新旧正杂额赋，赈江苏上元等十六县、直隶天津县水旱灾。接着又是贷江苏江宁驻防及督协各营驻扎灾区兵饷、黑龙江墨尔根城水灾屯丁口粮屋费。蠲缓江苏泰州等七十二州县卫、直隶天津县的新旧额赋。这又是湖南武陵县、甘肃金州等五州县水灾籽种，甘肃皋兰县水灾口粮，山西河曲县雹灾仓谷要钱。这些地方的救灾钱粮款还没着落，户部又请旨要赈奉天白旗堡水灾旗户，还要给江苏江都、丹徒二县水灾仓谷下款，奉天小黑山站丁，江苏庙湾场灶丁，安徽东流、繁昌二县水旱灾口粮救灾款了。唉，国库哪里还有钱粮应付得了哟。”他一口气说出一大串的数字，把王鼎惊动了，他抬起头来盯着穆彰阿看，道：“穆大人好记性，我可是老矣，与你比差远啦。不怕你笑话，你今天进门时，我还一时记不起你姓什么了？嘿嘿。”穆彰阿两眼一翻，说：“哼，记不记起我姓什么是小事，不知你还记得皇上是谁吗？”王鼎脸一红，正色道：“天地君师亲，一国之君，岂可忘记？若如此，所读之书那是喂了狗。还是人吗？”穆彰阿生气地道：“哦，你不糊涂呀。你们汉人脑子里就只有皇上和国家，眼里还有他人吗？”王鼎笑了，双手一拱，说：“穆大人所言不假。他事均不必去计较个高低，唯有对皇上和国家不可糊涂。你刚才说到各地民生艰难之事，其实还有藩国朝鲜使臣专程禀报英夷船驶入朝鲜的大静、摹瑟浦加波岛海域，炮击渔民，抢掠牛畜，实是猖獗之极。朝鲜国历来谨守藩封，深明大义，据经奉法，终始不移，诚款可美。皇上以‘先发以绝后患’圣旨，要派兵去协防，这可也是朝廷即办大事呀。”穆彰阿见王鼎说到藩国的事，他起身伸腰打了个长长的哈欠，脚就伸到炕下去穿鞋，一边对王鼎说：“王大人，你说起藩国朝鲜事，还有越南的使臣李文馥到京也有一段日子了。当年顺治四年先帝昭告天下‘东南海外琉球、安南、暹罗、日本诸国，附近浙闽，有慕义投诚、纳款来朝者，地方官即为奏达，与朝鲜等国一体优待，用普怀柔。’事大以诚，至今历朝对藩国优礼有加，厚往薄来，恪守旧章，已成惯例，怀柔之中，曲示体恤之意。”他正说着，这时小章机进来说：“二位大人，皇上派王丁三过来请你们过去。”门外传来一更的打更声，穆彰阿摇头说：“皇上真是成了神仙，已两个晚上都没睡了。王大人，你磨蹭什么，走呀。”王鼎把才写好的奏批锁进身后的柜子里后，才与穆彰阿一同出门。穆彰阿问：“王大人，皇上这时急着召我们，你说应是什么事？”王鼎看他眼说：“你问我，我问天？”在军机处门外，王丁三手里拎着纸灯笼在迎接他俩，一见穆彰阿和王鼎客气着说："二位大人，小心脚下，慢点走。皇上那边还有人在谈着话哩。"这话说是平常，却也含着讨好卖乖的意思了。果然，穆彰阿不由问："王公公，这时候了还有谁在皇上那里？"王丁三回道："回大人话，是吏部的祁大人，在皇上那里有好一个时辰了。"他手上的灯笼几乎是贴着了地面，一边说着话，不时提醒着："大人，仔细着走。"穆彰阿看了眼王鼎，见他两眼专注地看着地面走路，转个话题问："王公公，听说你干爹病了好些天，人好些没有？"王丁三哈着腰走路，一边伤感着说："干爹他老人家病愈见重了，皇上派了宫里太医去看过好几回，唉。"穆彰阿应了声："哦，你代我问他好吧。"说话间到了养心殿西暖阁，王丁三掀开门上的黄绸缎门帘子，有意把说话声放大些："二位大人，请。"到房门靠右角处的一摞垫子上取三块摆在地上，摆上两张黄花梨木杌子，然后退出房把门带关上，在门外候着。穆彰阿和王鼎进屋就下跪伏地，已在房里的祁寯藻赶紧跟在他俩身后跪下，一齐山呼吾皇万岁万岁万万岁。道光嘶哑着嗓子说："起来吧，坐吧。"道光由于牙疼，说话时口齿含糊不清。穆彰阿和王鼎、祁寯藻落座，一时大家都不敢吭声。道光啜了温水，半晌才开口："牙疼了一阵子，咝。"手在右颊上抚摸着，抽口凉气。王鼎摸了下自己的脸，关切地说："皇上，俗话说牙疼不是病，疼死没人问。我牙齿经常疼得要死，看了好多大夫也治不好，后来还是一个土方子管用。"道光一听，本来是歪着身子躺在炕上，一下直了起来，问："王爱卿，你是用什么土方子治好的？快说予朕听听。"王鼎轻轻一笑，说："皇上，说来其实也是很平常之物，就是枫树果子，煮青壳鸭蛋吃，有得三天就消火了，从那后我牙还真没疼过了。"道光马上说："枫树后花园里有，只是这青壳鸭蛋到哪里找？"王鼎笑眯眯地说："皇上，我老家正好送了上百个青壳鸭蛋来，家里还剩了些枫树果子，我明儿一早就煮好送到宫里来。"道光脸上露出了难得的笑容，点头说："朕听宫里说十个鸭蛋要一两银子，朕平时都舍不得吃。你那一百个鸭蛋，不就是十两银子？你可够奢侈了。”王鼎一下急了，忙说：“皇上，这些鸭蛋全是乡下自家产的呀。就是到市面上去买有得一两银子，就可买上百个了。皇上，你是在说笑话的吧。”道光脸色陡地一变，对门外一声喊：“王丁三！”王丁三进门还来不及开口，道光目光狠狠地盯着他说：“你去给朕查实，宫里凡是经手买鸭蛋的狗奴才，把他们的头一个个地像鸭蛋一样给敲碎。”王丁三说声奴才明白，退出把门带上。王鼎心一慌，知道自己不经意的一句话在宫里要掀起一场人命关天的事了，他口张了张，想说个求情的话，话还没出口，道光把手一扬，说：“好了，鸭蛋的事就不要讲了。”话题一转，说：“众爱卿，这一向来你们跟朕受累了。唉——”道光重叹口气，也许是刚才王鼎说土方子的心理作用，道光说话时不再显得那么难受了：“琦善去广东办理夷务，谈来谈去英夷竟然狮子大开口，不仅要赔偿烟款，还要给两处通商码头，并强行要割去香港一块土地，作为他们永久的驻地，实属欺人太甚。你们先看看琦善的折子，然后再议吧。”说完，把炕桌上的一份折子递给穆彰阿。穆彰阿在展开折子时手颤抖了下，仔细地阅读下去。道光手又捂着下巴，双目微眯，一时屋里静得掉根针也能听见。因为琦善是钦差大臣，他的折子专呈道光阅毕后是否发给军机大臣，要看折子的内容了。穆彰阿看得很认真，看完后在递折子给王鼎时，手在颤抖。割地赔偿，这在大清自立国以来还从没有发生过，弄不好是要砍头的事。他心里何尝不明白琦善所为，一定是道光向他有过含蓄的圣意，否则他怎么可能敢拿自家性命来冒天下之大不韪呢？只是道光的底线划在何处，天机不可测，一切全在臣子的把握度了。差事办好了，是皇上的圣意得当，若是办糗了，那是臣子曲解圣意，甚至以误国之罪给砍了头，以警示天下臣子。这时王鼎在读琦善折子的过程中，他手也一直在颤抖着，折子的纸页发出了轻轻的窸窣声。他喘着粗气，胸膛里翻江倒海般地在涌动着，一张宽大的脸上肌肉在抽搐着，血色上涌。他一阅毕，把折子递给祁寯藻，扑通一声下跪，老泪纵横，道：“皇上，割地赔偿千万使不得，这是大清国的耻辱哇。”道光心里一热，上前亲自把王鼎扶起，咬着牙说：“王爱卿，朕何尝不明白这是在割朕身上的肉。列祖列宗在上，大清江山在朕手中一寸土地也不能丢。”这时祁寯藻也飞快地把折子看完了，他没吭声，只是从脸上表情可看出他内心是不平静的，把折子小心地折叠好放到炕桌上。道光抬头看着墙上“勤政亲贤”四个大字的匾额，冷森森地问道：“穆爱卿，你是军机首辅，你有何看法？”

穆彰阿正色道：“回皇上的话，奴才认为当以不战而屈人之兵之策，与英夷妥善处理好双边关系。”

道光一听，一下就火了，厉声道：“好一个以不战而屈人之兵。定海失陷、炮台已毁，万里海疆已成了夷鬼子舰船自由驰骋的疆域了，这就是你的不战而屈人之兵的结果。”穆彰阿扑通一声跪在地上，浑身颤抖着：“皇上息怒，奴才罪该万死。请皇上容奴才把话说完，皇上该如何处罚奴才，奴才听凭发落。”他顿了顿，见道光没有再说什么了，跪着道：“皇上，琦善所呈折子是英夷所求，他断不敢专擅，冒渎天听。”他这一说，道光抬眼看了下穆彰阿，冷冷地说：“起来说吧。”祁寯藻上前伸手扶他一把，穆彰阿点了下头表示谢谢，开口道：“皇上，英夷之所以如此嚣张，与林则徐在广东禁烟，未能仰体皇上所虑，禁烟事关国是，上不可以失国体，下不可以开边衅，这是皇上一再交代之圣谕。皇上在林则徐的奏折上所批斥其‘外而断绝通商，并未断绝；内而查拿犯法，亦不能净，无非空言搪塞，不但终无实济，反生出许多波澜’。林则徐素好大喜功，擅自专权，专办夷务未大公至正，措置失当，难以折服人心，导致祸患。虽然皇上以‘误国病民，办理不善’将林则徐和邓廷桢革职回广东，交由琦善备查原委。依奴才所见，英夷与我大清事由曲折，其要害是因林则徐处置禁烟上伤害他们利益，故持坚船炮利向我示威。林则徐已自请处分‘从重治罪，以儆无能’，皇上可准，以代英人申白冤抑，告之英方，朝廷将一定秉公查办，该补偿的酌情考虑。至于英方无理提出要以澳门为榜样得一飞地为其所用，断不可理会。”他话音一落，王鼎气得不等道光开口，愤懑地指责穆彰阿：“穆大人，你用心何其毒也。林大人其心可昭日月，而你却是包藏祸心，以陷忠良，其不仁甚矣。”他伏地泣道：“皇上，禁烟事关国体，实为天下万世计。林则徐所为乃千秋伟业，且已初见成效，万万不可中途而废了呀。”

道光重重叹口气，说：“王爱卿，朕已准你不必事事给朕跪着回话了，起来说吧。”祁寯藻上前扶起王鼎，温言：“老中堂大人，皇上体恤你年纪大了，你还是坐下说吧。”

王鼎含泪坐下，说：“皇上，刚才穆大人说琦善折子是英夷所求，断不敢专擅，可谓谬也。琦善为何擅自应允义律赔偿烟价，给予厦门和福州二处码头，准令英商船只通行贸易？臣以为这是琦善与义律已有议和协议在先了。琦善敢先斩后奏，其用意难道是秉持皇上旨意？皇上为一代明君，悉知此事关大清江山社稷，臣相信皇上绝不会做出这糊涂旨意。”说到这，王鼎一脸肃然之色。

穆彰阿急了，脱口而出：“王大人，不可胡言。你可知以无据之言而诋毁重臣，是罪无可恕。”

道光阴沉着脸，盯着穆彰阿问：“你的意思，琦善所为是朕的旨意了？”

穆彰阿脸色顿时都变白了，猛地往地上一跪，头在地上直磕：“皇上，奴才绝不敢有妄猜是皇上之念。琦善世代身受皇恩，对大清和皇上忠心耿耿，奴才愿以全家二十口人的性命为琦善担保。”道光听穆彰阿这么一说，口气缓和了些，把手抬了抬，说：“你起来说吧。”穆彰阿起身，把衣袖甩了甩，对道光说：“皇上，奴才是满人，说话不会兜圈子。林则徐有误皇上期望，一意孤行，才把广东的局势弄得如此不可收拾。琦善临危之际担当重任，如履薄冰，他岂敢有专擅之为呢？英夷欺人太甚，琦善身为钦差大臣有专断节制之权，暂且以允赔偿烟价，给予二处贸易码头为由头，实为缓兵之计，最终当以皇上圣谕定夺，与王大人所说先斩后奏是两回事。”

这时王丁三从门外慌急急地进来，双手高举一上面标有五片鸡毛的信函，说：“皇上，有广东来的八百里紧急军报。”屋里人一听，无不颤抖了下，祁寯藻马上从王丁三手中接过函匣撕开封条，从匣子里取出奏折呈给道光。当道光把奏折阅读完后，口一张竟然吐出一口血水，身子往炕上一倒，不省人事了。屋里人全都慌了，穆彰阿喊：“快传太医。”上前去扶住道光的头，王鼎忙说：“别动。”他不假思索，上去就用手指使劲掐住道光鼻下人中穴，一边对祁寯藻说：“拿杯清水来。”他接过祁寯藻递上盛了清水的茶杯，大喝几口，在嘴里咕噜咕噜了几下，猛地张嘴朝道光脸上一喷，道光的脸上全是水了。穆彰阿大怒，一把揪住王鼎，道：“好大的胆子，竟敢戏弄皇上，王鼎你是不想活了。”祁寯藻一见，急了，忙说：“首辅大人，你搞错了，老中堂大人是在救人呀。”这时道光醒了，王丁三忙把道光扶起靠在枕头上，用一块黄绸缎帕子揩去他脸上的水珠。“住手。”道光轻声喝道穆彰阿放开王鼎。这时太医匆匆赶来，他还来不及请安，道光已经把手挥了下，心烦地说：“滚，朕真要一口气上不来了，你们全都得死去。”太医吓得跪在地上连连磕头求饶。祁寯藻上前对太医说：“你们去门外候着吧。”王丁三和太医一出门，道光对王鼎说：“王爱卿，你刚才对朕举止无理，犯有大不敬。但朕念你是用心良苦，功过相抵，不奖不罚了。”王鼎赶紧回话：“臣谢皇上不究之恩，哪还敢有心去讨赏啦。”道光扭头对祁寯藻说：“祁爱卿，你把刚才广东巡抚怡良呈报的折子，念给大家听听吧。朕的这条老命差点就送在这份折子上了，前面的那些口水话就不要念了，就把英夷的盟约内容念念。”祁寯藻清了下嗓子，展开折子念道：“二十日，义律发出公告，宣布他‘和大清国钦差大臣已经签订了初步协定’，其中包括如下各款：

香港本岛及其港口割让与英王。大清帝国对于香港商业应征收的一切正当捐税，按在黄埔贸易例缴纳。

赔偿英国政府六百万元，其中一百万元立刻支付，其余按年平均支付，至一八四六年付清。

两国正式交往应基于平等地位。

广州海口贸易应在中国新年后十日内开放，并应在黄埔进行，直至新居留地方面安排妥当时为止。

部堂大人琦善已应英国之要求的交换条件，英夷军队从沙角、大角、定海撤兵，他答应并仿照西洋夷人在澳门寄居之例，准其就粤东外洋之香港地方泊舟寄居。代义律奏请‘俯准’，圣裁盟约，以俾两国和好永久……”

余下的内容祁寯藻不再念下去了，把怡良的折子摆在炕桌上。

王鼎冷言道：“穆大人，这可不是缓兵之计了吧？城下之约都已经签署了，你说琦善该不该杀？”

穆彰阿头上出冷汗了，咬着牙说：“王大人，琦善只是代义律奏请‘俯准’，盟约最终是否能真正生效，全由皇上圣裁。”

道光起身从炕上下来，缓缓地对屋里人说：“琦善知为义律代为‘俯准’事关重大，但他竟然私下给伊里布去信说粤省目前‘人心恍惚，战守两难，不得已将该夷所请于外洋寄寓一节，允其代为奏恳’。昨日朕收到伊里布的奏折，他公然为琦善行径辩护，说‘粤省现在形势，业已万分紧迫，琦善之量为允许，实因无可如何’。在奏折中对收复定海一事，更是灰心丧气，说什么‘江、浙两省之兵，柔脆者多，劲勇者少，潜师进剿，非实在精锐之兵不能集事。若勉强遣用，一有挫衄，则敌气愈骄，人心愈沮，必致愈难措手，是以未便冒昧’。伊里布在朕的心目中素为笃实干练的能臣，他竟也如此糊涂至极啦。”道光突然说出伊里布为琦善陈情的事，穆彰阿明显地打了个颤抖，他也收到了琦善请他在皇上面前相机陈情的话，只是他知此事稍有不当，便会引火烧身。他没想到道光在这个时候一语道破了，他哪还敢再吱声。道光虽然是指责伊里布，其实也有隔山打牛对穆彰阿发出警告的信号。道光最大的心患就是时时防备臣工私下结营来左右朝政，干扰圣听。他转而对祁寯藻说："祁爱卿，你拟旨吧。"祁寯藻浑身颤动了下，代皇上拟旨，这事平时都是穆彰阿和王鼎的分内事，而他目前仅只是跟班学习，道光要他来拟旨，其意不可喻之。他恭敬地从桌上拿起一管毛笔，在砚池里探了探笔，静候道光发话。"逆夷要求过甚，形势桀骜，既非情理可喻，即当大申挞伐。所请厦门、福州两处通商及给还烟价银两，均不准行。逆夷再或投递字帖，亦不准收受，并不准遣人再向该夷理喻。现已飞调湖南、四川、贵州兵四千名，驰赴广东，听候调度。着琦善督同林则徐、邓廷桢妥为办理，如奋勉出力，即行据实具奏。并着琦善整饬兵威，严申纪律，傥逆夷驶近口岸，即行相机剿办。朕志已定，断无游移！"他停顿了下，又道："命江苏巡抚裕谦为钦差大臣办理浙江军务，着伊里布星夜回两江总督本任。着奕经为御前大臣、靖逆将军；虎门失守，琦善褫大学士，仍下部严议；褫提督关天培顶戴；隆文、杨芳为参赞大臣，督办广东海防；命讷尔经额驻天津，督办海防；命哈哴阿赴山海关，督办海防。调余步云为浙江提督，铁麟为察哈尔都统，恩桂为左都御史，壁昌为伊犁参赞大臣；调吴文镕为湖北巡抚，刘鸿翱为福建巡抚。召瑚松额来京，恩特亨额署陕甘总督。"他一口气把一系列重大的人事调整布局交代后，转而问："二位爱卿，还有需要补充的吗？"

穆彰阿双手作揖，道："皇上圣明。"

王鼎含着泪说："皇上英明。"

道光哼一声，道："朕的左膀右臂就这圣明和英明两个字？朕看你们都快成了官油子啦。"

王鼎听道光这么一说，他双手一揖，道：“皇上，臣有话要说。”

道光烦躁地说：“有屁就放。”

王鼎道：“皇上，臣建议林则徐调离广东，琦善与他在处理夷务事上意见相左，一个是以战逼和，一个是以利求和，此乃是水火之不相融也。皇上虽然已有圣谕着琦善督同林则徐和邓廷桢妥为办理夷务，但义律是最不愿意与林则徐打交道。故他们在兴兵动武的借口中，其中有一条就是要逼朝廷置林则徐于死地。如果林则徐再次参与夷务，这将势必给广东局势造成更大的障碍。”

穆彰阿不等道光问话，马上说：“王大人，林则徐当初为禁烟钦差大臣是你向皇上力荐，广东今日之局面不可收拾，你必须要承担荐人失察之责。现在你又提出要把林则徐调出广东，把一摊子的麻烦丢给琦善去处理，这就是你的所谓公心？皇上圣谕已定，你想抗旨吗？”他转而去问祁寯藻：“祁大人，你说呢。”

祁寯藻朗声回话：“首辅大人，林大人在禁烟事上的功过是非，将来历史会作结论。老中堂大人分析确有道理，是以公论。但广东目前的局势又确需要有林大人参与，因为林大人对夷情甚为了解，我也相信林大人会不计个人得失，为皇上和朝廷分忧。但夷人目前是极不愿意林大人梗在其中，这也是众所周知的事实，林大人是走是留还需二位大人从长计议。但若说因禁烟之事而引发英夷大动干戈，由此而把所有的事故归咎于林大人一人，那何以服众？大清国地大物博，人口众多，在当今世上是一个最有利可图的国家，要不这些夷人会不远万里来兴师动众吗？所以如果我们一味以退让乞和，那后果不堪设想。夷务事无大小，与国是相关。当下是以战逼和，还是以利求和，要以我们的国力来权衡。但有一点，不论是战还是和，必须不得以损害国家利益为根本。”

王鼎正要开口说话，道光把手摆了摆，说：“你们都不要说了，朕自有主意，你们去办差吧。”他打了个长长的哈欠，王丁三在门外尖起耳朵，一听道光的打哈欠声，赶紧进屋把道光扶到炕上躺下，穆彰阿、王鼎和祁寯藻悄声退出。

林则徐在高第街连阳盐务公所的临时寓所，本是当地盐商们办事的场所，他们得知林则徐因贬官要寻找住宿，马上把公所腾空让给林则徐居住。屋有五进，林则徐家人在春节后就回福建了，他身边只有林福和赵铁头、刘师爷等人，用不了这么多的房子，就在大门二门两处临时安置下来。他从外进屋还来没得及脱下出门穿的青布长衫，林福慌急急进来，没等他开口，林则徐一声呵斥："慌什么！火烧屁股啦。"

林福手指着门外着急地说："老爷，他、他来了呀。还有邓老爷、怡老爷也跟着一起来了。"林则徐看眼屋外，责怪道："不懂事，快去把邓大人和怡大人请到书房里来坐，另一个是谁？"林福回话："老爷，他们都在客厅里了呀。"

林则徐略感惊讶，道："此人是谁，竟然是邓大人和怡大人陪同来？"说着抽身就往客厅走去。当他一走进客厅，吃了一惊，竟然是琦善。他一身便服，在端详着客厅墙上的一幅字，上书两个字"制怒"，遒劲有力，气韵静雅，忍不住道："好字。"邓廷桢见林则徐进来，对他一笑，说："少穆兄呀，琦部堂大人亲临贵舍来看望你，还拉上我和怡大人来作陪，说林大人是皇上看重的重臣，不可怠慢了，非要亲自登门相见。"琦善转身亲切地道："林大人，我还在来广东的路上就得知你搬出了越华书院，你这不是给我难堪吗？大不可也。"

林则徐忙回礼，真诚地道："部堂大人百事缠身，还抽身来看望老夫，实在不敢当。"不待他招呼上茶，林福已经把热茶端上来了。"坐坐，请用茶。"林则徐礼让琦善先坐下后他才落座。琦善端起茶杯先看看茶的汤色，再凑近鼻前闻闻，抿了口后说："这恐怕就是陶中堂生前常说他家乡产的黑茶吧？嗯，这茶果然名不虚传。只是林大人是福建人，福建所产的铁观音也名冠天下，没想到你也喜好湖南的茶了。邓大人是江浙人，对陶中堂所推崇的家乡黑茶，不知有何体会？呵呵。”他笑笑，不等邓廷桢回话，又接着说去：“现在大清的满人基本上是汉化了，我看再如此下去，满人将来只是一个名称上的说法了。这说明五千年的中华文化的教化作用，是任何力量也不可抵挡的。就拿这茶来说，都能影响一个人的喜好，改变一个人的生活方式。我大清开国二百年来，国运不衰，延绵万年，终是与以中华文化为立身强国之本有关。”他这番侃侃而谈，把林则徐和邓廷桢、怡良说得一下不知怎么开口才好。这些话要是从其他人口中说出，不足为奇了。而从当今一个满人的重臣、大学士又是身兼钦差大臣之身份的他说出这番话，自是分量不轻了。琦善见他们看着自己不吭声，自嘲道：“班门弄斧，献丑了。”

邓廷桢一脸的肃然之色，说：“琦部堂大人此言，说来轻松，实是当透过历史之烟云，为我大清国与中华的历史续篇成册，高见也。”

琦善笑了，说：“本官随意而言哪是高见，言重了，呵呵。”

怡良轻轻地说：“部堂大人虽然是随意之言，然言为心声，在下敬佩不已。”说着他举起手中的茶杯示意了下表示敬意，喝了一口。琦善和林则徐、邓廷桢也随之一起举杯示意喝茶。“常言，善制怒，寿无数。人皆念之，莫有不求。然功名与身退，老病随年侵。呵呵，水在瓶中云在天，一切皆随缘啦。”邓廷桢放下茶杯，发着感叹道。琦善点头称是，从茶杯里沾点水在桌子上写了个“官”字，苦笑道：“天下人都云当官是肥差，你我四人可是尝过其中的滋味了吧？肥在何处，利在哪里？今日之风光无限，明日说不定还不如下人般的了。可皇命在身，身不由己。该当差的苦事还得干，不然怎可了一个忠字以明心迹哩。”说话间桌子上他写的那个官字水迹隐了，他顺手擦拭了下，说：“当官到头是如此这般，消失得干干净净便也是功德圆满了。只怕稍有不当，恐有牢狱之灾了。”

林则徐也从茶杯里沾了些茶水，在桌子上写“名利”二字，道：“部堂大人所言确是道出官场现实，然天下读书人莫不穷毕生精力走仕途之道，所图是何？不外是利与名也。以利为重，国事轻重皆以计利而取舍；以名定夺，国事谋略当以计千秋之名而为重。为官者谋事二者皆虑，名利不可偏向。以利而了事，最终是贪夫殉财；若以了却君王天下事为抱负，将赢得生前身后名，乃烈士殉名也。只是我‘查问差委’待罪之身，侍不敢为一身计，而不能不为国体惜也。”

琦善干笑了下，道：“林大人，壮志不减。关于与英夷订立的盟约，本部堂实有不堪苦言之难处。夷务之事，皇上圣谕皆系钦差专办，不便稍有宣露。皇上心思想必你亦揣知吧？本部堂何尝不知大清目前的情况，与义律议和之策也是迫不得已之所为也。盟约文本呈朝廷，而英夷实属可憎，不体恤本部堂办事之难，竟然以我方故意拖延为名，向我沙角和大角炮台进犯，终以武器不敌英夷而失守了。陈连升及数百士兵含恨阵亡。英夷乃得寸进尺，又向关天培发出照会，要求停止武备，退出威远、镇远、靖远炮台。英夷欺人太甚，忍无可忍也。然面对现状，若与英夷以战求和能行吗？”他苦笑了下，说：“二位经营广东甚久，目前形势应远比本部堂更为了解吧。”

林则徐强压着内心愤怒情感，冷冷地问：“依部堂大人所见，只能是乞和？”

琦善摇摇手，说：“林大人，勿用乞和一词。战？本部堂亦想以战逼和，然以什么来战，战之能胜吗？我现处两难之境地，故与二位大人共商，将如何为好？”

邓廷桢道：“部堂大人，我们是待罪之身，能议论政事吗？”

琦善把手摆了摆，脸上颇显尴尬之色，说：“皇上圣谕本部堂一面与英夷商议戢兵休战，一面必须整饬营伍，妥为布置。如果英夷实系恭顺，退还定海之外，再别无非礼之要求，自可仍遵前旨查办。倘若英夷竟敢继续放肆恣行，始终桀骜不驯，出现剿办的形势，着即一面奏闻，一面相机办理。皇上对英夷要求赔偿烟价，割让地方，方肯退还定海的咄咄逼人之势，尤为愤慨，斥其所望甚奢，难以理喻。已从湖南、四川、贵州三省调兵四千分赴广东，大申挞伐。皇上还着重强调要二位出来协理夷务，故本部堂上门请教。”林则徐双手示礼说：“皇上明鉴，夷务无小事。不知部堂大人的主意是以何为底线？”

邓廷桢问：“部堂大人，广东的夷情为全国之最，广东能平夷，那全国也就相安无事了。问题是皇上的心意时有变化，臣子理解有时无法揣摩圣意。既然皇上已有圣谕，着我和林大人与部堂大人协理夷务，不知可否与我们亮出底牌？”

琦善嗯噔了下，说：“广东夷务之形势，远比本部堂在京城所闻复杂。要说底牌，其实林大人应是知晓，皇上在你出任钦差大臣之前的八次面谈时，其一个中心意思，不可轻启边衅。本部堂这次南下，还能有新意吗？本部堂所有的处置意见，最终皆以皇上圣意而断。在皇上未裁决下来之前，本部堂若有误断之失，那也只能怪本人对皇上的圣意领悟不深啦。”

林则徐与邓廷桢对视了下，两人不由点了点头。怡良开口道：“部堂大人所言苦衷，本人亦有体会。个人委屈当是可容，但国是之屈辱万万不可容之。”

琦善点头，苦笑道：“怡大人的英雄气概可敬，只是当下的局面诸位也很清楚，英夷强兵压境，此次皇上的圣意也很明白，与英夷前期所达成的协议皆已否之。如何化解当前危机，本部堂实无良策可使了。”

林则徐皱着眉说：“依部堂大人意思，除了以利求和，就别无他法了？”

琦善叹口气，说：“林大人，你的以战逼和之策，如果我在京城定会支持。只是我到了广东经过实情了解，这战如何打，其结果如何？与英夷之战意义重大，成者将是国家功臣、民族英雄，流芳百世也。你林大人禁烟之举，已功成名就了，可留下的——”说到这，话到嘴边要说出的麻烦事，又吞了回去，道：“一些问题，我想恐怕你林大人也没有预料到吧？我知道，只要我与义律签订的协议一经流传出去，朝廷内外举国上下，都将说我是在出卖祖宗江山，是个败家子，更为难听的骂我是卖国贼。皇上这次没有把我交部问罪，只是褫大学士，已是皇恩浩荡了。皇上他一面调兵备战，另一面不愿把和谈大门关死，所以才命我与二位共襄夷务，解铃还须系铃人啦。”

林则徐目光炯炯，说：“本人自担任禁烟钦差大臣，死生命也，成败天也，苟利社稷，敢不竭股肱以为门墙辱。将来是否青史留名，后人自有公论。既然皇上有旨着我协办夷务，部堂大人又亲临寒舍，本人本着知无不言，就我所思供部堂大人参考。部堂大人到广东后，即上奏本人谕令批文均有‘奏请犒赏’‘奏请奖励’等语，而我所赏何物，计价若干，均未指出。夷人唯利是图，其时颇存奢望，迨后每烟一箱，仅给茶叶五斤，其二万余箱之烟土，按你部堂大人的累计约需一千数百万两，然夷商所得不及百分之一。而后又欲勒夷商具‘以后再贩鸦片，船货没官，人即正法’之保证，迄未遵依，此衅之所由起也。部堂大人所言之意，今日之危，全是本人好大喜功，勒索夷人所导致的结果。”他这一说，把琦善说得脸一阵红一阵白。“这个嘛，本部堂也是据实禀报，皇上有旨，要了解——”琦善的话没说完，林则徐摆摆手，打断他的话，说：“部堂大人不必多虑，你如何向皇上禀报，是你的所为，不须解释。本人只是说英夷借以给予的销烟补贴少为由头，故意挑衅事端，以此来打开中国的市场，为其所独有。因其目的达不到，故把本来是一场商业利益之事，有意引发为国与国之间的利益之战了。如果我们现仍以利求和，便中英夷所计，断不可也。当然以战逼和，若以兵器之利害与英夷相对抗是处于劣势，但我们还有一可胜英夷的底牌没有亮出。”林则徐这一说，把琦善的心说动了，忙问：“林大人所说的胜之法宝，是何物？”

林则徐大声地说：“自古天下离合之势，常系民心。鸦片之为害，甚于洪水猛兽，即尧舜在今日，亦不能不为驱除。圣人执法惩奸，实为天下万世计，而天下万世之人亦断无以鸦片为不必禁之理。禁烟是得民心者之所为，事关国体。英夷以鸦片入内地，早已包藏祸心，鸦片来则以渐而致寇，原属意计中事。对待英军的进犯，自当以威服叛，设法议和妥协的做法是危险的，万一毒邪内伏，诚恐患在养痈。抑知夷性无厌，得一步又进一步，若使威能克，即恐患无已时，且他国效尤，更不可不虑。部堂大人你来广东之前，本人以抗英‘以守为战’的战略，迫使英夷不敢轻举妄动。故英夷舰船避近求远，远走江浙攻城略地，以逼我求和。但英夷的根本利益还是在广东，他们最终必然会以武力来敲开广东的南大门。据目前形势的变化，应从‘以守为战’的战略方针改为‘出洋剿办’。广东水师经过整顿，添置了拖风、红单等兵舰，炮械军火适已备齐，此时装备和兵勇之技艺亦有很大的提高。我们要积极寻求战机，把英夷军队和舰船拖在伶仃洋，以减少江浙战事的压力。目前虽然我们暂时失去了沙角和大角炮台，但我们还有关天培的威远炮台在。英夷攻陷定海之后，其嚣张之狂妄，更是激发了民众的爱国热情，凡有血气之人靡不愤切同仇。所以军民一体，众志成城，广州城就可坚守住。我们只要坚持到四月后南风渐转向，英夷的军队将不战自溃。”

怡良脱口而出：“林大人此乃高见也。”

琦善却显得极不耐烦，道：“上谕林大人和邓大人是与我夷务协理，战与不战，皆需朝廷定夺。林大人所言是不是有点走题啦？”

邓廷桢道：“部堂大人，不知大人要我们协理夷务是哪方面？还请明示。”

琦善一下被邓廷桢问住了，嗯噔着说：“这个嘛，这个林大人所言之事，当然与夷务是有关联，只是本部堂所要的不是什么‘出洋剿办’的计策，而是如何处理因禁烟而发生的后患。”他话一落音，关天培急匆匆地进来，嚷着：“部堂大人，我到行辕得知你到林大人府上了，我赶紧过来有要情要报。”他把手上的一封信递给琦善说：“这是义律派人送来的戢兵休战书，事关重大，我赶紧送来。”他朝林则徐、邓廷桢、怡良抱拳示礼，一脸的愤怒之色。

琦善看了大家一眼，道：“关军门，既然是义律的休战书，你就念给大家听吧。”关天培展开信函，大声地念道：“一、应将现归英国所占之沙角地方，仍留英国官员据守，给为贸易寄寓之所。二、应以在广州一处，就即开港贸易，所有贸易事务，即在沙角办理为妥。三、至若出入各货正饷，俱在沙角程输归部，即如向来在黄埔程输一律；四、应将现在起建之炮台各工停止，不得稍有另作武备。本大臣、统帅今约三日，安候接据钦差大臣琦爵相照会本公使，声明是否能就依所开列各款。惟三日之内，如稍有另作武备，本统帅即当再动兵攻敌。五、本公使大臣敬慕琦爵相，且诸事欲以笃实为心，今拟即照与琦爵相前经约议，偿还银数，另开港口，及缴还定海等款，仍可依议办结。惟须接据琦爵相照会，允照会兹所开各款，方可依议。”关天培顿了顿，接着道：“英夷在下此书的同时已经布兵围困了镇远、威远、靖远等炮台，并把江面的木排铁链全部破坏。英夷说琦部堂大人不接受此书的条款，即发兵攻打。”

邓廷桢重叹口气说：“唉，看来此战是避免不了。不打何以面对天下百姓，堂堂的大清国脸面何在？”

琦善铁青着脸，道：“开战？英夷船坚炮利，凡所欲取之地，无不一攻即破，非我疲兵钝器所能敌也。此战胜算有几成？诸位是不是生怕将来因面临外敌入侵而不敢迎敌，而落了个民族败类的名声？哼，视气节而重于国是，可若国家利益之损的后果想过没有？不怕诸位笑话，我已是将身后之事不顾，若能保大清暂时平安，就阿弥陀佛了。”

关天培大声地说：“琦部堂大人，本军门宁可战之死，也不愿意去乞和。”

琦善一声喝道：“关军门，你死不足惜，可大清国要是一战而垮了，你担当得起吗？”他转而对大家说：“英夷猖狂之极，须防他们狗急跳墙。

为防万一，本部堂令关军门即回炮台，密增二百士兵加强防守，但不得暴露给英夷知晓。整饬营伍，妥为布置，以做好剿办英夷之备。同时与英夷议和之事还将继续进行，能以和解危，当然是上上之策，请林大人和邓大人与本部堂一并努力使之。”

林则徐见琦善说完了看着他，便说：“琦部堂大人有主意，吾等当恪尽职守。我另有一议，怡大人为一省之巡抚，还得请怡大人做相应的配合，防止英夷军队攻打省城。虽然有旗军驻守，但还得发动民众，兵民共防，抵御外敌之入侵。同时请怡大人以巡抚衙门的名义张榜告示，不论官兵民众，凡烧擒英船，击杀英军尤其是掳得英夷炮舰者，赏格格外优厚。”

邓廷桢点头，说：“林大人所议切中要害，他们虽然仗有船坚炮利之优势，但他们毕竟只有数千人而已，杯水车薪是不能灭我数万万民众抗敌之烈焰！”

怡良拳头紧握，说：“说得好，本官身为地方父母官有守土之责。我即着全省衙门上下官员行动起来，发动民众组织义勇与官军共同抗击外敌。”

琦善脸色难看，干硬地说：“义律发来的戢兵休战书还请关军门退回去，就说你无权转呈须由官府递交，借此以延续时间，以便我们做好迎战的准备。另还请林大人与邓大人分别到你们任上时，在省城附近修筑的猎德、二沙尾、白泥涌、乌涌等河道的防守阵地去巡视。这都是内河防堵英夷进犯省城要隘之处，不可有空隙让英夷得之。”林则徐和邓廷桢心头一震，琦善言下之意是他们以前在任上所做的部署，若在抵御英夷的战斗中出了问题，将是他们的责任。琦善朝怡良板着脸说：“怡大人，与英夷之战是朝廷的事，暂不得由民众参与。三元里民众的所谓抗英是给朝局添乱，不可提倡之。”他说完，与大家拱了拱手，说声：“辛苦诸位了。”转身而去。

怡良窝了一肚子的气，铁青着脸，一言不发气鼓鼓地扭身而去。

邓廷桢苦笑着对林则徐说：“琦善明是安排我和你巡视防守阵地，实是怕将来承担责任。此人之精明，你我是无法可做到。”

林则徐紧锁眉头，说：“琦善若没有过人之处，能稳坐八大总督之首吗？英夷兵临城下，还是如此所为，只怕为聪明所误，恐不得善终呀。”林则徐与邓廷桢送关天培出会所，关天培从身上解下一个小包裹，双手递给林则徐，悲壮地说：“大人，此番回虎门炮台与英夷必有一恶战，老夫已做好了为国献躯的准备。这是我到广东任水师提督以来，对虎门要塞的建设和收集的有关资料编成一部《筹海初集》，共有四卷本，里面附有南海的地图和我平时对水师训练的图片等，请大人指教。”一直在门外候着的陈长鹏和士兵们，一见到林则徐都激动起来，含着热泪齐声嚷：“林大人好！”

林则徐举手示礼，激动地说：“弟兄们好！”把一直跟他后面的赵铁头拉到关天培面前，深情地说：“天培兄弟，铁头一直就想上战场建功立业，你就带他去吧，我身边有林福和刘师爷就可以了。铁头，好好干！”他亲切地拍拍铁头的肩，把他头上的顶子整了整，眼眶儿红了。关天培一愣，马上明白了林则徐的心意，二话没说：“铁头，与老夫一起去杀夷鬼子吧。”赵铁头浑身热血涌上，对林则徐一跪，三拜而起，对林福和刘师爷双手拱礼，哽咽着说：“拜托林福兄弟和刘师爷照顾好老爷，我替你们多杀夷鬼子来报答你们和老爷的恩德。”林福和刘师爷泪水直流，连连点头。铁头飞身上马，随关天培一行飞奔而去。

林则徐手里紧捏着关天培留下的手稿，一直看不到关天培一行人马了，才收回目光，与邓廷桢相视一笑，牵手而行。

第二十三章

“轰轰——！”英军兵舰在伶仃洋上向虎门炮台发出猛烈的炮火攻击，虎门要塞处在浓浓的硝烟中。义律和颠地在“路易沙号”主力舰上看着远处硝烟笼罩下的虎门炮台，颠地打开一瓶威士忌，把酒杯斟满递一杯给义律，举起手中的酒杯对着远处硝烟迷漫的虎门炮台，得意地嚷着：“为大英帝国征服中国龙而干杯。”就在他举杯一口而尽的那一瞬间，从虎门炮台打过来的一发炮弹落在兵舰的不远处，击起冲天水柱。舰身猛然摇晃起来，颠地手中酒杯里的酒全洒在胸前了，他吓得赶紧躲到桌子下。义律笑了，喝了一口酒后，就把酒杯里的酒往颠地头上淋去，一边狞笑道：“蠢猪，你没说错，中国天生是条龙。只是他现在是条虫，他要变成龙，哈哈，等一百年吧。”颠地从桌子底下爬出来，他扯了扯被酒淋透了的衣服，狼狈不堪地说：“义律先生，你不是说中国的炮台没有重炮吗？”他说这话时，眼睛不停地看着虎门方向，生怕又会有炮弹打来。“如果不是葡萄牙人和美国人在暗中帮大清购买了我们的火炮，他们只能造出鸟枪来吓唬那些善良的中国人。所以我们有信心说，当香港岛屿归我们大英帝国管辖时，我们要签订一百年的管辖治理权。哈哈，一百年后的中国要想收回香港，它得是一条真正的龙才行。”义律说这话时，眼睛里流露出的是目空一切的光芒。这时一军官匆匆进来报告：“义律先生，总司令懿律要我向你报告，我们的兵舰已攻下了虎门炮台的前沿阵地，上下横档岛上两炮台。”义律一听，马上从船舱里出来看看天色，又张开手在空中抓了抓，使劲闻了下，一下激动地说：“上帝保佑，你去报告懿律先生，说海水马上要涨潮了，所有的兵舰可趁此机会向虎门炮台发起进攻。”

“是！”军官敬礼后急忙去了。水面上不时有炮弹落下，大海沸腾了。这时颠地与义律一样不感觉到害怕了，他兴奋地对义律说：“亲爱的义律先生，你是我所见到的最好的政治家，如果你将来参选首相，我一定投你一票。”

义律笑了笑，说：“颠地先生，谢谢。我作为国家的代表，我有义不容辞的责任为我们国家利益去战斗。当香港属于我们大英帝国管辖时，我即请辞绝不再参与任何的政治活动了。我要回到农庄去种植葡萄，酿出世界上最好的葡萄酒。哈哈，在这个世界上只有酒才是最美好的东西，它不像鸦片是毒品，世界上所有人都可以品尝、感觉好极了的东西。当你拥有了它，全人类都欢迎它时，你不就是这个帝国的国王吗？它不需要战争就可征服全人类，多么美好的梦想啊。”

洋面上英军所有的兵舰万炮齐发，震耳欲聋。关天培坐镇虎门炮台，一面水师帅旗插在他的身后，虽然战火已经把帅旗烧毁了大半截，但旗上的那个大大的“帅”字还在隆隆的炮声中迎风狂舞。关天培手中的令旗在挥舞，要塞里上百门大小火炮发出雷鸣般的响声。突然主炮位的炮声不响了，关天培心里一惊，忙把令旗往身旁的赵铁头手上一塞，说：“铁头，你来指挥，我去看看。”他从券顶暗道来到炮位室，人还没进炮位室就急急地吼道：“开炮，开炮！再不开炮，老子把你们就地正法。”炮位室里，陈长鹏和弟兄们一见关天培一下都哭了，齐刷刷地跪下，说：“军门大人，大炮发射过猛，都烧红炸裂了。”一哨官撞进来慌乱地报告：“军门大人，弹药库没炮弹了，英军正乘舢船登上岸来，怎么办？”几乎同时，虎门炮位的炮声全都哑了。英军兵舰上的炮火也在减弱了，向纵深延伸。关天培从窗口往外望去，只见从舢船下来的英军士兵成群地往山上冲来，他回转身对跪在地上的士兵们歉意地说：“弟兄们，错怪你们了。起来吧，把刀枪全拿出来，准备与夷鬼子们拼命吧。”他率先从炮位室里出来，这时从各个炮位室里出来的士兵们，都举着刀枪跟随着关天培，从券顶暗道来到露天炮位平台上，赵铁头身受重伤死死地撑住帅旗没有倒下，手上的令旗还在高举着，关天培上前接过令旗，帅旗迎风劲舞。关天培对浑身是血的赵铁头欣慰地说："兄弟，你没有给林大人丢脸，好样的！"赵铁头咧嘴一笑，说："军门太人，我是中国军人，能行！"关天培什么也没说，在他肩上重重地拍了下，转而对聚集在身旁的官兵们嘶哑着说："弟兄们，我关某感谢你们，你们为我为大清争了口气。现在趁夷鬼子们还没有到山上，如有愿意走的马上从后山离开，要走的人不是逃兵，我关某不会阻挡。"弟兄们齐声喊道："与军门大人生死与共。"吼喊声震撼山岳。一声长嘶，白龙马从后山小道上奔来。它到关天培身边，长长的气息喷到关天培脸上，关天培眼一热，泪水流了出来，哽咽着说："好样的白龙，我的好伙计。"山下的英军士兵端着长枪冲上了炮台，喊杀声遍野。

残阳如血。在英军的排枪声响下，一排排的士兵倒下了，又一排士兵冲上去，英军士兵惨叫声不绝。关天培、赵铁头、陈长鹏手中的刀寒光冽冽，一个又一个的英军士兵死伤在他们刀下，三合土夯筑的地面上血流成河了。义律和颠地在一群士兵的保护下，走到被英兵团团围住的关天培、赵铁头和陈长鹏身边，"关将军，你们是我所见到的最勇敢的中国军人，你们虽然败了，但你和你的士兵没有输，你们在精神上胜利了。我以大英帝国女王的名义，向你致敬。投降吧，我保证你和你的士兵生命安全。"义律说完，双手贴着胸表示对关天培他们的敬意。

关天培狞笑了，咬着牙说："义律，你是要我放下刀，投降？"

颠地忙说："对对，关将军你只要投降，我们保你这一生荣华富贵。"

关天培回头拍了拍白龙马的头，那面令旗在它嘴里咬着。"要我投降，那先得问问我的老伙计同不同意？"说着他使劲在马屁股上一击，白龙马长嘶一声，犹是一道闪电朝英兵冲去。赵铁头和陈长鹏凌空一跃，挥刀向义律砍去，在一排枪弹声中，赵铁头倒地瞬间，拼尽生命最后一搏，手中的刀飞在颠地的手臂上。在颠地的惨叫声中，一发炮弹飞来落在帅旗下，关天培和陈长鹏的身躯随着帅旗一起倒了。已中了无数枪弹的白龙马成了匹血马，咬着令旗，慢慢地回到关天培身边，跪下用嘴直朝他喷着热气，发出悲哀的嘶鸣声。天际最后一抹阳光消失了，白龙马的哀鸣声渐渐弱了，夜色浸来，它与主人一起被这魔鬼般的黑夜吞没了。远远望去，他们的身影如山峰般耸立。

当王鼎星夜兼程赶到开封时，已是半夜时分了。他的马车一入开封境内，开封府城西北十余里南厅祥符汛三十一堡的堤坝，被滔滔黄河冲决一泻千里，淹没了河南、安徽沿岸原野，中原大地一片汪洋。开封府护城堤被冲溃，洪水直注南门，城里所有地势低洼的房舍全浸泡在洪水里，房屋坍塌无数。风雨交加，城墙上和堤坝上到处都是流离失所的难民，在一块块油布搭着的篷子下，围着一堆堆取暖的柴火睡着了。王鼎从马车里下来，一路所见的情景让他触目惊心，开封府衙门官廨被洪水浸没了，他直奔临时设在城墙箭楼里办公的开封巡府。当王鼎来到箭楼时，大小官员本来都倚着椅子在打瞌睡，一见了他赶忙起身纷纷行礼问安。河南巡抚牛鉴见了他更是一副痛苦不堪的表情，连连说："老中堂大人，你来了就好，你来了就好。唉，总算把你老人家盼来了。"他说着一声长叹，仿佛把几天里心里憋着的窝囊气全都吐了出来，一下子人显得要轻松了些。牛鉴是陕西武威人，以整顿吏治，为官清廉而博得好的名声。王鼎没好声地说："你把我这把老骨头给整来了，你就好过了？"他举头一望，见一屋子的人个个衣着光鲜地立着，他更是气不打一块出了。牛鉴本来牵着他的手去坐下，他手一甩，脸色铁青，道："牛大人，你们今天是有什么喜事？"牛鉴愣了，说："哪来的喜事？没呀。"王鼎手指着满屋的官员说："没喜事，怎么个个穿得如此光鲜，要升官发财了？"

牛鉴笑了，他拍了拍手，对屋里人说："都脱了吧。"官员们纷纷把身上的官服脱下，除了五六个官员里外都是新衣外，其他人身上里面全是打补巴的破旧衣服，有的人衣服都湿透了还穿在身上。王鼎看到这情景，不解道："你们这是什么意思？"牛鉴苦笑道："不瞒你老中堂大人，河南这地方十年九涝，被黄河这大水给整苦了。老百姓一到了发大水，都要外出逃荒讨米，外省一见河南人就叫河南叫花子。我到河南任职，当我与府县的各级官员见面时，他们都穿着一身破烂的官服见我。当差的都是叫花子样，老百姓的日子就更不要说了。所以我就下令，凡是有京官到河南来，所有的官员一律着新官服，里子没了面子还得有，要让人改变对我们河南人的看法。听说你要来督办河道，我要官员们来恭候你，没想到大家都穿着整齐地来了。说起来真是丢人现眼，不好意思。"他正诉着苦，从门外就传来一个人响亮的声音，说："老中堂大人你是老当益壮，我还是晚了你一步啦。"王鼎忙起身，笑道："是少穆呀，好好，太好啦。"牛鉴忙出门牵着林则徐手进来，兴奋地对屋里的官员们说："你们平时不是说想要目睹林大人的风采吗？这不人家是亲自送上门来了，让大家一饱眼福啊。"官员们见了林则徐惊喜不已，纷纷上前行礼。王鼎被牛鉴的话说得哭笑不得，说："牛大人，哪有把自己送上门来的？你是在打乱讲啦。"牛鉴乐道："对对，此言对林大人有失恭敬，还请林大人见谅。"他深鞠一躬，林则徐赶紧回礼笑道："呵呵，奉旨上门，当是送也。"王鼎拉着牛鉴和林则徐的手坐下，开心地说："别光顾说话了，牛大人你就当我和少穆是来讨米的也要给点吃的不？我和亲兵们一路上赶路，可是饿坏了呀。"牛鉴连连拍了拍脑袋，不需他喊话，差人已端着一笸箩的煎饼和大葱摆在桌子上，也给守在门外的亲兵和随林则徐来的林福端去。王鼎不等牛鉴发话，拿张煎饼卷根大葱往嘴里一塞就去了半截，林则徐是南方人吃不惯大葱，取张煎饼才咬了两口，王鼎手里的那张煎饼就没了。屋子里的人都被他的吃相惊呆住了，他消灭了两张煎饼时，林则徐才吃了半张饼。一官员在一旁悄悄地说：“俺的妈呀，老中堂大人比俺们河南叫花子还能整哩。”另一官员伸出大拇指说：“中——”

牛鉴喝道：“闭上你们的臭嘴。老中堂一路上风餐露宿，还不饿得跟条狗样。”

屋里人顿时都乐了，就连王鼎也忍不住笑了，打着饱嗝说：“牛大人，你还真说准了我，我是属狗的。”这时他已经吃了三张煎饼，又把一壶茶水喝光了，林则徐才勉强吃完他手里的那张没有卷大葱的煎饼。王鼎接过差人送上的毛巾把手擦了擦，脸色一收，说：“诸位大人，辛苦了。”

官员们齐声回话：“老中堂大人和林大人辛苦了。”

王鼎道：“林大人刚才说是奉旨送上门来，其实依老夫的体会是雪中送炭。林大人因事发往伊犁戍边，其中是非，老夫不说诸位也心中有数，就不说了。皇上在林大人去伊犁的路上，特地下旨要他改道折回开封祥符，襄办河工效力。林大人曾在河东河道总督任上恪尽职守，严惩贪官污吏，力除河弊。皇上称他是办事得力，做官皆当如此，河工尤当如是，若是者鲜矣。现在请林大人就当下的河势情况，发表高见。”

林则徐知道王鼎的用意，他环顾四周，官员们面容肃然地看着他，“诸位大人，本人奉上谕，随老中堂大人效力续罪。东河道总督文冲失职，眼下水患形势严峻，皇上不得已请七十高龄的老中堂大人亲赴开封抗洪。本人随老中堂大人既来之，当是有为之，如有得罪，还请诸位多多见谅。”

牛鉴插言：“林大人，你尽管说就是，俺们听着哩。”

林则徐来到铺在桌子上的一张地图前，手里掌着盏灯对围拢来的官员们说：“我在路上阅读水文京报，进入八月以来，陕州万锦滩一段黄河连续涨水，不到两天水位涨到六尺六寸，导致下南厅祥符上汛三十一堡南岸决口，河水直逼开封北门。牛大人即调集官民抢筑河堤，买芦席、干粮救济流离失所的难民，措施得力，稳定了人心，守住了开封城。眼下的形势是西北城陷，大水几与城墙齐平，情况万分紧急。当下须分段筑堤，设法疏通水路，只要挺过白露，水势就会减退。黄河历来是决而塞，塞而复决，绝无宁日，遂止弗塞，听其崩溃，已成历朝历代之祸害也；再则是治河官员贪污治河银两，偷工减料也是导致黄河水灾频繁发生的一原因。朝廷岁费五六百万金，然实用之工程者，十不及一二，余悉以供官吏之挥霍。据我所知，曾有河帅宴客，一席所需，恒毙三四驼，五十余豚，鹅掌、猴脑无数。食一豆腐，亦需费数百金，骄奢淫佚，一至于此。而于工程方略，无讲求之者，故河患时警。所以治水须先治人，否则治了也是白治。”他这一番话说得大家心头沉甸甸的。

牛鉴见大家一时语塞，便说：“老中堂大人和林大人对我省当前的灾情很了解，你们都是一地的官员，就眼下急需要解决的事项，提请二位大人予以解决。”

王鼎没好声地说：“牛大人，皇上叫我来说得很清楚，我是临时代理河道总督，皇上说了我去没钱没人给，只同意少穆随我助力。所以想要钱要人，你们就别开口。”

牛鉴急了，声调也高了，说：“老中堂大人你没钱没人来，说句不客气的话，就是把你和林大人丢到河里去堵决口，连个水泡儿都不起呀。”

王鼎眼一睁，怪吓人的了，说：“好主意，如果把我和少穆丢到河里能堵塞决口，那也是为国尽忠了。只是我和少穆两人丢到河里起不了个水泡儿，那就把你们这些官老爷们一起丢到河里去吧。如今朝廷什么都缺，就是当官的不缺。少穆呀，你也省得千里跋涉去伊犁那个鬼地方受罪了。”

牛鉴哭笑不得，头连连摇着，嚷道：“老中堂大人，你还有这好心情拿我们开心。朝廷再不拨银救灾，开封城就只有放弃，我们只好将洛阳立为省府了。”

王鼎一声喝道：“好大胆子，不顾黄河下游一带上千万民众的生死，竟敢弃城而逃！本中堂此番来就是与开封城生死与共，谁胆敢再言此谬论也，就地正法！”他转而朝门外一声喊：“来人。”门猛地推开，随王鼎而来的八个亲兵，披着风雨衣，威风凛凛地进来，齐声道：“请中堂大人吩咐。”王鼎起身来到官员们中间，走到几个脸皮发青的官员前，闻了下，说：“一股子青菜红薯味，没油水呀。”接着来到几个面色油光发亮的官员前，眼一闭，鼻子使劲闻了下，点头说：“就凭你们四人身上的油水，就知你们是河道吧？没错！你是才吃了道口烧鸡，好味道。”他又到一个胖子面前也是一嗅，点头说：“哦，是海参与什么菜煲在一起的香味，味道好极了。”

胖官员傻乎乎地说：“老中堂大人，是海参与鱼翅用老母鸡煲汤，要用上十个小时才可煲出香味。”

王鼎忍住怒火，冷冷问：“那得花多少银子？”

胖官员笑眯眯地回话：“老中堂大人，不贵也就好几十两银子，等会我就回去给大人煲。”

王鼎冷笑声，说：“你就是文冲的表侄内弟胡东，汛所的主簿吧。”

叫胡东的真是傻到家了，一脸是笑，说：“老中堂大人认得我叔，嘿嘿。”

王鼎一声喝：“拿下。”

亲兵上前把他捆了个结实，胡东大叫：“老中堂大人，饶命呀。”

王鼎厉声道：“一个区区主簿仅只管理料垛事，一年就贪污银两达上十万两。难怪朝廷每年下拨的五百万银两，有四成就是被你们这帮污吏所吞。推出去斩首示众，家产充公，全部用于抢险救灾。”

亲兵一声喝：“遵命。”把胡东拖了出门。其他河道官员扑通一声跪下，连连磕头：“老中堂大人饶命。”

王鼎喝道：“来人。”亲兵上前站在河道官员背后，“把他们头上的顶子摘去。”亲兵把他们头上的顶子摘下，一下都吓得嚎叫：“老中堂大人饶命呀。”

王鼎咬着牙道："饶命？本中堂可以饶你们一命，你们用什么来续罪？"

河道官员连连说："愿以全部家产抵命。"

王鼎两眼一闭再睁开，道："本中堂下来之前就接到举报，依你们贪污所得，与胡东的下场一样，罪无可赦。本中堂暂且把你们的头寄在你们脖子上，每人吐出贪污所得的五十万两银子用于修复河道，去与河工一起抢险，以观后效。若有阳奉阴违者，即发往三千里外宁古塔给披甲人为奴。"河道官员一听说要吐出五十万两银子，心疼得有生不如死的感觉了，其中一个叫苦道："老中堂大人，本人王得财出五万两还得变卖家产，五十万不如杀了我吧。"

王鼎冷笑一声，从袖口里抽出一张纸，晃了晃，说："你们以为本中堂是在勒索你们？王得财，你去年在山东老家置田二百亩，开当铺三间，娶三房妾总共花银五十万两，有这回事吗？就凭你一个小小的七品官职的收入，能有这么大的花销？钱从哪里来的，还需本中堂去查吗？依你之罪，可不是杀了你就可了事，全部家产充公外，还要把你全家老少十余口发往宁古塔为奴。"王得财脸色顿时白了，再不敢吭声了。其他几个哪还敢再叫苦，只好认了。

王鼎把手一挥，说："带下去，三天内把银两交上，否则与胡东的下场一样。"亲兵把他们带下去了。城楼里的官员们面露喜悦之情，他们早就对河道衙门的官员恨之入骨。由于河道之职由朝廷直接任命，地方衙门无权干涉，再则由于河道官职肥缺，能谋得这一官职的人都是有背景的，故没有人敢得罪他们。所以王鼎以雷霆般手段一举端了鼠窝，他们何尝不高兴呢。"诸位大人，你们也别得意，虽说河南地方官员在全国官吏中属于贫寒之职，但也不见得个个就那么干净了。本中堂今天坐镇河东河道督府，不是来办案的。刚才办理的河道几个官员也是秉皇上旨意，治水先治人，你们好自为之吧。牛大人，朝廷虽然没有拨款，但刚才所没收的贪官的钱财有二百多万两了，够解燃眉之急了吧。”

牛鉴连连点头说：“够是够了，要是再多抓几个家伙，那手头就更宽余了。”

王鼎不满地说：“牛大人呀，朝廷的官员要是到了贪官污吏遍天下的时候，这天下恐怕就要改朝换代了。”

林则徐笑道：“还是少抓为好，到有朝一日没人可抓了，那才是天下太平啦。”

牛鉴脸一热，说：“二位大人所言没错，当今天下弊端众多，须以重典治之。”

王鼎点头说：“诸位臣工，听着了吧？响鼓不用重捶。好了，请林大人就当下的防汛做布置吧。”

林则徐虽然已夺去了官职，但威严不减，他一开口，大家全闭口不言了。“诸位大人，刚才老中堂大人所为，你们都看到了，狼子不可养，后必为害。黄河水患，可谓是天灾人祸皆具。老中堂大人把人祸之害予以清除了，但治理水患之责，须由你们来承担了。本人是戴罪之人，奉皇上旨意临时襄助老中堂大人督理河道之事，我没有更多的话要说。只是强调一条，黄河之治为天下人心维系，保护好开封，就是给百姓一颗定心丸了。官府必须与民众和衷共济，修筑堤坝，增高加厚，逼黄河归道，这是抗洪成败之关键。本人受老中堂大人嘱托，请诸位大人即刻返回辖地，亲率民众上堤筑坝，堤在人在，堤溃人亡。”

牛鉴严厉道：“大家听着，这是一道生死牌。你们赶紧回去，不得有误。”

众官员齐声回道：“属下明白。”大家纷纷动身出门去。城楼厅堂里一下冷清了许多。王鼎、林则徐和牛鉴三人围着火盆坐下，火上坐着一只铁壶，茶水在壶里扑扑直跳。王鼎道：“少穆，我动身之前，皇上下了道圣旨，你做梦也想不到是什么内容。”说着他竟然一脸的开心笑容。林则徐心一跳，问：“依老中堂大人的口气，是不是与我有关？”王鼎点头，说：“是有关，你猜猜？”林福在一旁用一块抹布包着壶柄往杯里续水，从壶里冒出的热气弥漫着，在大堂昏暗的光线下，每人脸上的表情都遮掩得模糊不清了。林则徐一下默不作声了，他脑子里这一时刻转了千百回，想到的第一个事是不是皇上赦免了他不去新疆，又不好开口问，只是面露笑容，等待王鼎开口道出。倒是牛鉴说出林则徐的心思：“老中堂大人，是不是皇上赦免了林大人？”

王鼎摇头说：“不是，不过这事比少穆的赦免，还更鼓舞人心。”他不等林则徐和牛鉴问自己就说出来了：“我出京城时，皇上下旨，以‘琦善到粤后，对一切防守剿堵事宜，置之不问，迭经谆切告诫，迷而不返。自称专办夷务，不令怡良等与闻。香港地方紧要，该督并非奉旨允行，何以让英夷公然占据？朕君临天下，尺土一民，莫非国家所有。琦善胆敢擅予疆土，擅准通商，如此辜恩负国，实属丧失天良。琦善着即革职，锁拿来京，着派副都统奕湘，并着怡良派同知、知州一员，随同押解来京，严行审讯。所有琦善家产，即行查抄入官。钦此。’哈哈。”王鼎把道光的圣旨全文背读出来后，竟然开心地笑了起来。

林则徐倏地一下站起来，举手执礼，激动地道：“皇上英明，大快人心。”

牛鉴也兴奋地说：“琦善倒台，老中堂大人可是力挽狂澜，否则朝中还有谁能有这么大的作用？呵呵。”

王鼎捋了把胡须，摇头说：“此功不可贪也。呵呵，解铃还须系铃人呀。”他说这话时，眼光瞟向了林则徐。林则徐赶紧表白道：“老中堂大人，你不会认为是我上折参劾琦善的吧？”

王鼎眯着眼，笑道：“这次参倒琦善的功臣是怡良，你已没有上折的专奏之权了，可你还有这个——”他用手指了指脑门，说：“头脑，这可是个出思想，出主意的地方。琦善在上奏里胡说什么广东地势无要可扼，军械无利可恃，兵力不固，民情不坚，若打起仗来必定城破人亡，损天威而害民。所以他才不避重咎，提议‘仿照西洋夷人在澳门寄居之例，批准英国就粤东外之香港地方泊舟寄居一例。'本想以为皇上会轸念群黎，恩施逾格，批准他的方案。没想到怡良的参劾奏本来得正及时，皇上在怡良的参本里读到‘香港相去虎门甚近，片帆可至，若被英国占领，则沿海各县与省城各处势非刻刻戒备不可’，大吃一惊，又见了附在参本后琦善与义律私下签订的《善定事宜章程》，言‘本国公使大臣义，与钦差大臣爵阁部堂琦，说定诸事，议将香港等处全岛地方，让给英国主掌，已有文据在案。是该岛现已归属大英国主治下的地方，应请贵官速将该岛各处所有贵国官兵撤回，四向洋面，不准兵役稍行阻止，难为往来商渔人民’。和英夷在香港张贴的告示，宣布‘香港等处居民，现系归属大英国主之民，所有各省商船来往贸易，均准做任意买卖，所有税饷、船钞、挂号各等规费，输纳大英国帑（库）’等证据。皇上读完怡良参劾奏本后大发雷霆之火，连骂三声‘卖国贼！’呵呵，我再老糊涂了，也可读出怡良参本里行文嚼字之犀利，处处可显少穆之文风刚硬。就连当时在场的穆彰阿也读出了有少穆文笔之墨，向皇上说这份参本应是林则徐授意怡良写的，有挑拨离间之嫌。皇上大怒骂道，卖国贼神人可诛，罪无可赦。”

林则徐深有感触道：“皇上圣明。琦善有今天的下场，也是他咎由自取啊。我离开广东时，曾与怡良就广东的局面交换过意见，琦善擅自割让香港的卖国行径天下共愤恨之，恳请怡大人以民族大义上本弹劾琦善。再加上地方士绅梁廷枏带头领数十人到督署请愿，上街向民众揭露琦善割让香港的卖国事实，引发民众的愤怒和声讨，坚决要求痛剿英军，收复香港。在这群情激愤的形势下，怡良顺应民意，上奏弹劾琦善，此举可功盖千秋。”

牛鉴羡慕道：“为官能像林大人这样，也不枉为这一世人，没有白活。”

王鼎发着感叹道：“读书人唯一出路就是做官为民，光宗耀祖。”说着他亲切地拍了拍牛鉴的肩膀，说：“牛大人，皇上在我临出行时特意叮嘱本人，说黄河水患一俟平息，牛鉴即赴任两江总督。”牛鉴听王鼎这一说，全身一颤，朝王鼎深深地鞠躬致礼。王鼎真诚地说：“牛大人，皇上说今年大计牛鉴考评甚佳，为人诚实，可破格提拔，不可委屈了。皇上是以你为榜样，告诉臣工勤勉本职，清廉为政，朝廷是不会亏待老实人。”说这话时，他看了眼林则徐，又说道：“原本朝十五年曾任两广总督现刑部尚书祁贡回广东接两广总督一职，任命御前大臣奕经为靖逆将军，湖南提督杨芳、户部尚书隆文为参赞大臣共赴广东，并从湖南、四川、贵州三省调兵四千人马云集广东将与英军决一战。”

林则徐听罢，真诚地向牛鉴表示祝贺：“牛大人荣升要职，可喜可贺。”才是大放光彩的脸上一下涌满了遗憾，重重地叹口气说：“琦善以乞求和只能是牺牲国家利益，可惜我不能再赴与英军决战的战场了。”

王鼎口张了张，又把到嘴边的话吞了回去，故作轻松道：“少穆，治黄河之患也是另一战场，与天斗其意义亦绝非凡响哟。呵呵。”他打了个大大的呵欠，满脸倦容说：“牛大人，睡哪？”话音未落，头一搭就靠着椅子睡着了。牛鉴要扶他去后屋里，林则徐忙悄悄地说：“别动他，老中堂大人已是七十多岁的人，一路鞍马劳顿累坏了，让他先睡会吧。”说着把身上的披风衣盖在王鼎身上，对牛鉴说：“我现去工地上看看。你陪着老中堂大人吧。”说完他转身出门，林福紧随他打马而去。

魏源院子里的那株蜡梅树，在南京八月末湿热的天气里，树下洒一片荫地，生一丝凉爽。魏源光着膀子坐在树下，他身旁摆了张矮脚桌子，一条凳上摞了一叠稿本。魏长工手里提着一瓷壶从里屋里出来，他一边给茶碗里续凉茶水，一边嘴里不歇气地念着：“老耶，你这一向子是么子病把你逗癫了呀。不呷不睡，发神经样带着崽写么子书，又当不得饭，我看咯咂屋会被你耶崽搞垮的哟。”他那一口隆回土话也只有魏源才听得懂。魏源把茶碗里的凉茶喝光了，才开口说：“长工呀，儒耆伢子人哩？

你把他喊出来透透气呓。”魏长工哼一声，说：“你这个做耶的，咯时才想要伢子出来歇口气哟。我早就把他打发出门，去买个西瓜回来解暑。”魏源摇摇头皮，揶揄道：“唉，儒耆伢子是太本分了。这世上人蠢了没药治，长工呀你常喊你本事不晓得有何狠的，你何不把儒耆伢子带灵泛些？”魏长工呛道：“老耶，你莫挖苦我。少耶要是我的崽，我就只要他认得自己的名，写得几个字就行了。我要他去做生意，做不了生意去种田也过得日子。哪像你们读书人，一天到晚想的是要去读书考状元，光宗耀祖。你带着崽整天就是抄抄写写，这当得饭？你咯样只会把崽带蠢的哩。”魏源笑着骂道：“长工，我看你是眼睛糊了屎，晓得个屁。老子是在开金矿，是要发大财的哩。”魏长工四处看了下，咧嘴一笑，指着院子角落一处的侧屋说：“金矿？只怕是屎矿哩。那里尽是你耶崽屙的屎，挖出来去卖呀。呵呵。”魏源摇摇头说：“长工呀，你晓得咯些文章是哪个的吗？”魏长工笑了，自嘲道：“老爷，我要是认得个字，我也要去考秀才呐。”魏源拍拍条凳上的那一摞资料，蛮得意地说：“这些文章是用多少黄金也买不到的，它可是治国的秘籍呀。”魏长工惊讶道：“哪个写的，比老耶的本领还大？”魏源呛魏长工一句，说：“你晓得个屁，这世上比我强的人多的是。咯些文章就是我平时跟你讲的那个虎门禁烟的林则徐大人写的，他可是我们中华民族的英雄啦。”魏长工一听说是林则徐的手稿，忙放下手上的瓷茶壶，恭敬地抚摸着条凳上的手稿说：“林大英雄呀，老耶说你是民族英雄我是不懂，但我晓得你是为了我们子孙后代，把夷鬼子断子绝孙的鸦片给禁了。你是观音菩萨再世，我要给你老人家磕三个响头。”他还没来得及下跪，小院的门吱呀一声打开，魏儒耆怀里抱个西瓜兴冲冲地进来，嚷着：“爹，你看哪个来哩。”

随魏儒耆一起进来的包世臣，打着哈哈，乐道：“还有哪个？好吃鬼来也。”魏源那个乐呀，笑声飞到院墙外去了。魏长工见了包世臣更是欢喜得不得了，双眼笑成了一条缝，连连说：“包老耶，你是菩萨现身啦。来了好，来了好哩。”一边说一边提起茶壶倒茶，眼睛却是盯着包世臣的手，包世臣喊声：“长工兄弟，茶水满了哩。看什么呀，是不是又想我贡献块石头去变钱吧？长工呀，你就莫再想我有田黄石送你了。不过我现在的字也卖得起价，我写几幅字给你，保证你舒服，我老包够朋友吧。哈哈。”

魏长工乐呵呵地说：“还是多读书好，人硬是要聪明些哩。我还没开口讲，包老耶就晓得了意思。少耶，你切西瓜待客呀。我下厨去做几样下酒的家乡菜待包老耶，莫怠慢了贵客呐。”他乐呵呵奔到厨房去，魏儒耆手忙脚乱地在矮桌上切西瓜。魏源把包世臣上下打量了番，开心地说：“慎伯兄，有两年没见了。不过你的行踪还是听说不少，听说你已经离开了张百龄幕府，现又在哪高就？”

包世臣打着哈哈，说：“默深呀，瞧你现在的光景，过的日子比我还艰难呀。哈哈，如今官场的人引我入幕府，是借我的名装点门面。哪像主公在世时，是把我们当朋友当知己，放手让我们干事哟。当今天下是多事之秋，本来也是吾辈可有作为的时候，可还有谁会听我们的哩。就连林公都被贬到伊犁去了，这世道还有谁会去讲真话呢？所以我现在是回到南京过守贫乐饥的日子，虽然日子要清贫些，但心里舒坦着哩。”

魏源开心地说：“慎伯兄回南京居住了，好好。我们兄弟也好有个走动的地方了。你刚才说到林公，他去年六月去伊犁路过京口时与我相遇，把他在广东收集的一批外国国情资料，计九万字有政治、经济、军事、国土等，取名为《四洲志》交给我整理。我已初步整理完毕，并补充了大量新的资料，编撰成书取名为《海国图志》，计五十卷。”他说这话时，包世臣已经拿起条凳上的一叠文稿在翻阅了。他打开第一页，不由一口气读下去，轻声念道：“是书何以作？曰：为以夷攻夷而作，为以夷款夷而作，为师夷长技以制夷而作。”包世臣猛地一拍桌子，大声叫道：“好书，此书将是扭转乾坤，定鼎中华于世界之明灯也。”他这一惊喜把正在切西瓜的魏儒耆吓了一大跳，一块西瓜差点掉到地上了，好在魏源手脚麻利，一伸手就接住西瓜递给包世臣，蛮自信地说："呵呵，我就知道只要你老兄读了此书，心情肯定与我一样的。可惜定庵人已不在了，要是他还在世上见了此书又会发疯了。"说到这，他脸上涌出无限的伤感之情。

包世臣把西瓜拿在手上说："默深呀，我于去年四月接到定庵的来信，信中说他'已就丹阳一小小讲席，岁脩不及三百金，背老亲而独游，青灯顾影，悴可知已'。表露出他归隐空山的无奈心情。还有这一年里他父亲病逝，对他来说也打击不小，心情更是郁闷引疾。于去年八月十二日辰时，因一暴疾不幸逝世。这次我特意去了趟云阳书院凭吊故人，人去楼空，令人伤感不已。"

魏源两眼闪现着泪水的波光，重叹口气说："就在定庵去世前的几天，他还到扬州与我相见，那时他已是一副心力不济的神态了。我俩喝了一晚的酒，他临走时留下一首诗：

少年击剑更吹箫，剑气箫心一例消。
谁分苍凉归棹后，万千哀乐聚今朝。

没想到这首诗竟成他的绝句了。

包世臣见魏源心情如此沉重，便开导道："默深，你编著的这本《海国图志》，定庵他在九泉之下得知，亦是吹箫舞剑以作贺了。"

魏源听包世臣这一说，心情开朗了，笑着说："呵呵，光顾着说话去了，快吃西瓜，解解暑。"话没说完，门外就有人一路笑声进来了："哈哈，也得给我留块，莫都吃光了呀。"魏源和包世臣抬头一看，是胡林翼风尘仆仆地进来了。此番出现在人们眼前的胡林翼，手里拿着一顶江南乡下的竹篾丝编织的斗笠，原本白净的脸庞已是经风霜浸淫呈紫红色，芒鞋短衣，一绺青须更显其刚毅本色。魏源和包世臣那个乐呀，两人上前搂抱住他不放。魏源开口道："润芝呀，你真是神龙不见首尾，可把我们兄弟想死啦。呵呵。"

包世臣打趣道："润芝，要是主公还在世，默深这话可是乱了辈分，又得挨骂了。呵呵。"

胡林翼一屁股坐在条凳上，取块西瓜连籽吞了，接着又把魏儒耆递上的西瓜也是滋溜儿地吃了。他这吃相把魏源和包世臣看得眼睛发光，这哪像当年南京城里风流倜傥的公子哥呀。包世臣迟疑地问："润芝，你、你这两年没吃过西瓜吧？"

胡林翼拍拍胀鼓鼓的肚子，摸了把嘴唇上的胡须，随口吐西瓜籽在地上，先是看看大家，然后才说："哎，你们怎么不吃呀？不吃我可是都吃啰。"他拿起一块西瓜给魏儒耆说："儒耆，你吃。别像你爹和包叔那样，想吃又要面子，别人吃多了又心疼。呵呵。"魏儒耆只是傻笑着，不敢去接。

魏源乐道："润芝现在也是学会油腔滑调了，儒耆你去叫卖西瓜的挑一担进来，让润芝吃个饱，撑死他。呵呵。"

包世臣乐道："要得要得，再不吃，我也没有吃的了。"他取了块西瓜吃。

魏长工正好端着一篾皮箩的花生出来，他一听魏源说要魏儒耆去买一担西瓜，放下篾皮箩，一边客气地说："二位老耶，这是我们隆回老家的花生，几好呷哩。"一边看眼魏源，一脸的嘲笑神色，说："别听我家老耶吹牛，他要是手上还拿得出买一担西瓜的钱，我在地上学狗叫。"厚道的魏儒耆也跟着说："长工叔没讲错。"这一下把魏源闹了个大脸红，他扬起手要去打魏儒耆，骂道："你小子是呷了草长大？也跟你长工叔瞎起哄了。"胡林翼把魏源的手捏住，说："默深先生，你就别装了。你自我老岳父过世后，一门心思就在整理文稿，这些日子过得艰难，你以为我们不知道吗？”说着从口袋里掏出一锭银子递给魏长工，说：“长工，拿去到夫子庙买一只盐水鸭和一只桶子鸡，再打五斤桂花酒回来，其他的菜就上隆回的腊肉腊鱼，我好久没有呷了。有我们这帮兄弟在，你老爷是饿不死的。呵呵。”魏长工喜滋滋地接过胡林翼递给他的银子，在手里掂了掂，蛮高兴地说：“哎哟也，胡老耶那剩余的银两我就不客气啦。少耶，你耶老子要与老耶们打讲，你就上街去买胡老耶要呷的东西，这银子你拿着小心别弄丢了，我下厨去做饭菜。”他把银子给了魏儒耆后，就兴冲冲地去后院厨房，魏儒耆也乐呵呵地出门去了。

包世臣摇头说：“唉，有其主子必有其家仆也。”他说这话时，手上的一块西瓜啃得只剩下薄薄的一层皮了。

魏源笑道：“讲我抠？五十步笑一百步，瞧你把块西瓜皮都要啃光了哟。”

胡林翼笑了，说：“呵呵，猴子莫笑兔子没尾巴，两位先生的日子都差不多。我这次回南京，是清理老丈人留在府里的一些东西。我本来是来请默深先生帮我去收拾一下，没想到慎伯先生也在，那就太好了。你们二位在老丈人身边日子最长，东西放在哪，哪些有用的，哪些该处理的，就你们最清楚了。”

包世臣痛快地回答：“这没问题。润芝，你两年前因江南乡试舞弊案而被贬职，大家都为你而打抱不平。你是副主考，当时的主考是文庆，他被发配到新疆，是罪有应得。你是不知情者，朝廷不应不分好坏把你也给连带上。”

魏源连连招手说：“哎，都坐下说吧，长工去办菜了，今天我们兄弟不醉不罢休。呵呵。”他对老友重逢格外兴奋，拿起西瓜请他们吃。胡林翼接过西瓜，看了看又摆在桌子上，说：“给儒耆留着吧。”转而说：“慎伯先生，人有时有所失，反而不是坏事。我被降至左迁内阁中书，家父因此郁病去世，我也便告假回籍守制，在家赋闲静心读书。在家乡期间与季高等乡党相聚，获益不浅，我动身来南京时他还再三要我代问二位先生好。”说到这，他神情怪异地现出笑容，感叹道：“我到长沙才知香儿和美儿到过长沙寻找季高，他们在长沙见了面。香儿在长沙开店一时生意非常红火，不到半年香儿又把店子打了出去，人离开长沙后也不知现在何处。”

魏源幽幽地说：“香儿是不想季高陷于儿女情长，而误了一世英名。”

胡林翼伤感道：“香儿之情，乃使人有意夺神骇，心折骨惊之痛也。”

包世臣豁达地说：“人间自是有情痴，此恨不关风与月。季高志存高远，乃一伟丈夫也。他要是知道了默深在编著《海国图志》，那心情更甚于我了。”

胡林翼惊愕地问：“什么《海国图志》？”魏源从凳子上拿了本文稿给胡林翼，谦虚地说：“呵呵，只顾说话去了，请润芝指正。”胡林翼接过文稿便一口气把书的前言读完，他放下书稿两眼直直地看着魏源，好一阵没吭声，魏源和包世臣不知所然，也愣看着他，一时小院里静得风吹过树梢的声响都可传入耳中了。猛然他近乎是吼叫着喊出：“好一个是书何以作？为以夷攻夷而作，为以夷款夷而作，为师夷长技以制夷而作。大清国若以此书而思变、策略，国当自强也。唉。”他重重地叹息道：“夷人攻打广州城，湖南提督杨芳竟然认为夷人的枪炮厉害是有邪教善术者伏其内，竟令城内的保甲把妇女的溺器都收拢来当作‘压胜器’，并扎草人、建道场、拜鬼神等，去与夷人的洋枪洋炮对着干，这不是天大的笑话吗？愚蠢之极。大清还把这种糊涂老朽当作安邦治国之将，哪有不输的理呢？”言语里大有恨铁不成钢的痛恨心情，全在脸上表露出来了。他接着两眼发出热诚的光芒，兴奋地说：“默深先生此书的问世，正如宋代张载所说的是‘为天地立心，为生民立命，为往圣继绝学，为万世开太平’，已是具圣贤气象啦。”

包世臣发着感叹说：“默深此举，当是大清国睁眼看世界第一人呐。”

魏源倒没显出胡林翼那番激动的情绪，真诚地说：“若说大清睁眼看世界的第一人当是林公了，没有他的《四洲志》，哪还会有我的《海国图志》问世。朱熹‘圣贤千言万语，无非只说此事。须是策励此心，勇猛奋发，拔出心肝与他去做’。我等所求皆均终生致力于修己治人，知行统一。先贤看重是以‘圣贤’与‘豪杰’相结合的士大夫的最高精神气象，为经世之才所备也。可上千年来在士大夫身上‘豪杰’则显不足，深究其因，则士志于道，是以精神去变化于人；豪杰之概，当是江湖勇气，肝胆侠义闻世。今若要经世致用，须培养一种坚勇的气质、经世的能力、实干的猛劲，方可大有作为。在湖湘士人间，我看将来是曾国藩、左宗棠——”他看了眼胡林翼，充满感情地说：“还有润芝等人，是具有这二者相结合的人格力量，吾只能望洋兴叹了。”

胡林翼听魏源这一说，倒有点不好意思了，忙说：“默深先生呀，你若说是以‘圣贤’与‘豪杰’重铸经世致用之才，曾国藩和左宗棠当之无愧，还有衡阳的彭玉麟、湘乡的罗泽南、宝庆的江忠源和刘长佑等，他们将来必是大清的中流砥柱。呵呵，我呢能为一马前卒，足矣。”

魏源惊喜地问道：“润芝，你说的人我早就有所闻了，你这两年在家乡与他们都有接触？”

胡林翼点头说：“大家时有相聚，只是与江忠源和刘长佑等人未曾谋面，但亦有书信往来。”

包世臣笑道：“要说湘人之兴起，我看是离不开主公的学养对湖湘人才的影响了。”他见胡林翼瞪着眼睛看他，打趣道：“你以为我是瞎吹捧？哼，你往上数数，自唐宋元明到本朝，你们湘人有几个是在历史上留过名声？真正让世人看好湘人是从主公始也。他的学问道德文章理政，至今仍无人出其右乎。曾国藩以推行经世致用而名动朝野，依我看亦是承传于主公之衣钵也。”正说着，魏儒耆手里提着外出购买的鸡鸭酒等食物进来，兴冲冲地高声嚷着：“爹，你看哪个来哩？”魏源一看来人顿时乐了，也嚷了起来：“哎呀哟，是祁大人呀。贵客贵客，呵呵。”胡林翼和包世臣更不要说了，他们与祁寯藻那份情感亦是惺惺相惜。大家一番亲热，把个小院闹得生气了许多。魏长工在厨房里嚷着，少耶，你是鬼扯脚了，才回来哟。快把鸡鸭送到厨房里来，帮我打下手咧。魏儒耆调皮地把舌头一吐，忙去厨房帮忙了。

魏源待祁寯藻足足喝了一大茶碗的凉茶后，一边用手中的蒲扇给他扇着风，一边笑道：“祁大人呀，是什么风把你这个当朝第一大忙人吹到江南来啦？”

祁寯藻笑笑，说：“皇上派我到江苏公干，偷闲来拜访默深兄。呵呵。”祁寯藻这一说，大家心知肚明，皇上单挑他出来办事，可想这事的分量不轻。他们不再问下去了，魏源道：“我若没猜错，你专程到了云阳书院凭吊故人吧？”

祁寯藻点头，惋惜地说：“自前年你我还有慎伯兄，一起在羽琌山馆与定庵相聚后就再也没见过面了。人世几回伤往事，定庵此生，文才傲世，旷世绝代，吾辈焉能望其项背矣。”他重叹了口气，接着说：“他在丹阳书院任讲席不足一月，没想到突然暴疾而逝。他的死也给好事之徒留下了口舌，有的说他是被人烧死，有的说是因太清事被明善堂主人鸩死，还更有甚者说是被什么歌妓灵肖将药置酒中毒死等。这等风言俗事，并不有损定庵之光彩也。”说到这，他笑了：“儒耆已经告诉了我，默深正在撰著《海国图志》。儒耆仅只是把书叙言‘为以夷攻夷而作，为以夷款夷而作，为师夷长技以制夷而作’说与我听，我便浑身一震，直击大清要害，醒世铮言啊。我今天特意来默深府上，除了拜访之外，还有是来讨书的。没想到在这儿竟然与慎伯和润芝不期而遇，这恐怕是定庵在天之灵特意安排的吧。呵呵。”

包世臣听祁寯藻说起书事，他突然把脑袋一拍，笑道：“呵呵，不用说我就知实甫是来讨谁的书了。哎呀，我一见默深就把正事给忘了。”

胡林翼想了下，也笑了，说："我知道是谁的书了，《定庵文录》。天下读书人都知道定庵去世后，默深先生在为他编辑这套书。我本意不是来要书的，既然是上山打猎，那也就是见者有份啦。"

魏源笑道："你们呀，不说讨我也会给诸位呈上的。呵呵。只是书还在印局，过几日书一出来我定当奉上。"他发着感叹说："刚才祁大人说定庵此生，文才傲世，旷世绝代，确是如此。我编辑他的书稿时，深为他对历史与现实的深刻见识所折服。他早在本朝九年的殿试《对策》中，指出经史之用必以现实问题为依据，说'不通乎当世之务，不知经史之施于今日之孰缓、孰亟、孰可行、孰不可行也'。他在本朝三年作《阮尚书年谱第一序》里就警醒人们'近惟英夷，实乃巨诈，拒之则叩关，狎之则蠹国'啊。"这时魏长工从厨房里出来，他看见祁寯藻，乐呵呵地嚷道："哎呀，又来了贵客，好好，添客添双筷。老耶们，上屋里去呷饭列。"再一看大家的脸色悲情涌现，大咧咧地说："哎呀也，我就晓得你们是为那个龚神——"到嘴边的龚神经话没全吐出来，一见魏源扬起手要打人了，赶紧舌头打转："那个龚神仙，他是天上文曲星下凡，死不了的啰。"他这一打乱讲，把大家的心情释然开朗起来了，包世臣笑道："长工没读书，呵呵，一句话点醒了局中人了。死与不死，自在心中就行了。喝酒去，醉罢与定庵作伴也。"魏源叫好起来："好也，儒耆，上酒！"正在屋里摆酒上菜的魏儒耆从屋里出来，欢快地应道："爹，请伯爷们入座呐。"

正午，小院里每一个角落都洒满了阳光。一阵风吹来，有几页书稿被吹散了，魏长工忙四处去捡，一边说："天老耶，你莫帮倒忙呀。我家老耶讲了，这书页全是金子也买不到的宝贝哩。"他把书稿整理好，用一只秤砣压在书稿上，得意地自语道："我家老耶是狠，写的书竟然比金子还贵重？好咧。那莫得罪了他，要他发狠多写些，那就发财哩。哈哈。"他打哈哈乐了。屋里喝酒的呼喊声传到院外去了。阳光正好。

第二十四章

四月天的北京城才到申时三刻，养心殿里的光线就偏暗了，道光手里拿着一只放大镜，眼睛几乎是贴着放大镜在一幅悬挂着的《皇舆全图》上来回移动，目光从京城的位置慢慢地往东南方向一路而下，最后死盯着标有香港的图标上。在他身后是穆彰阿和王鼎，他们的目光也是随着道光的目光在移动。“香港！”道光一声喊。他的手指重重地按在图上，一声长叹。“欺人太甚！”道光吐出这一句话，把穆彰阿和王鼎吓了一大跳，两人双膝一跪：“奴才有罪。”“臣有罪。”道光两眼望着殿外灰暗的天色，冷漠地说：“起来吧，朕已经不下上百次听你们说有罪了，有罪就该杀。罪在何处，因何获罪？一个琦善押到天牢了，朕还得放了他出来，发往江苏大营效力续罪。所以你们口口声声地称有罪，就知朕杀不了你们。”穆彰阿和王鼎起身，道光见王鼎气喘喘地，他看了眼立在一旁的王丁三，王丁三马上搬两张凳子摆到他们屁股下。“穆爱卿，琦善是犯了死罪的人，你不惜以自家性命来为他开脱罪责，朕看这当中只有两点，一是你与琦善是狼狈为奸；二是你出以公心，不冤屈一个好人。朕思虑再三，朕相信你穆彰阿对朕的一片忠心，准了你为琦善陈情的折子。”他在房间里来回踱步，见王鼎气鼓鼓地板着个脸，便意味深长地说：“王爱卿，朕知道你不服，为什么琦善死罪都可戴罪效力，而林则徐治黄有功，却仍要流放去伊犁？依琦善私自割让国土之罪，就是满门抄斩也不为过。琦善有负朕对他的期望，杀他十回百回亦难解朕心头之恨。然目前的情况又如此难堪，英夷指明只与琦善谈判，他人出面英夷不予通话。朕只好把琦善放出来，他是当事人还得由他来收拾局势，若无成效，朕即杀无赦。”道光说话时，是咬着牙齿说出来的。穆彰阿心头一跳，那感觉是好像做了贼样，心里凉丝丝的了。“朕亦恨林则徐负了朕对他的厚望，本以为他去广东禁烟会处理圆满，可他以刚愎自用的个性，挑衅夷乱，弄成今天不可收拾的局面了。他虽然整治黄河有功，但也抵不了他的过。把他继续发往伊犁，已是朕对他的宽容了。王爱卿，朕问你，林则徐与琦善相比，谁的下场将来要好些？”

王鼎口张了张，正要说话，道光对他把手一摇，道：“王爱卿，你从河南治黄回来，身体一直未见康复，朕已经跟你说了多次，你就在家休养，有事需问你时，朕会叫你。你呀，你就听听朕的话好不？”

王鼎双手示礼，道：“皇上，臣谢主隆恩。只是臣有一肚子的话如不吐出来，如鲠在喉，那会憋屈死的呀。”

道光一听来火了，不耐烦地说：“王爱卿，朕不让你说话，你就要死谏？”

王鼎一脸惨白，嘶哑着嗓门道：“皇上，臣一心就是大清，全无私念。皇上不杀奸臣琦善，无以谢天下；臣知而不言，那将愧对皇上。”

道光叹口气，恼怒道：“你说吧，想怎么着说，就怎么着说。朕可不愿被春秋史笔记载，说朕是昏君哩。”

穆彰阿见道光一脸的莫可奈何相，对王鼎指责道：“王大人，你就不能体谅皇上的心情？如今的局势就是你和林则徐一伙人不听皇上的话，把天下搅乱了，还一天到晚地在为林则徐鸣不平，你居心何在？”

王鼎被穆彰阿的话气得手发抖了，他直摇着手指对穆彰阿说：“穆大人，你、你血口喷人，反咬一口！你我当着皇上的面，向天下人把心掏出来，看谁是卖国的，谁是爱国的？”

穆彰阿阴沉着脸，问：“你的意思是我是卖国贼？”

“哈哈。”王鼎一下笑了，笑得森严，说：“不打自招。”他转身对道光执礼道：“皇上，臣有本弹劾大清的乱臣贼子穆彰阿。他身为军机首辅，诬陷忠良，结党营私，贪赃枉法，祸国殃民，其罪证确切，为当朝的奸臣秦桧和严嵩，人人皆可诛之。”说着他从身上掏出份参本双手递上。

穆彰阿气得一身发抖，伏地泣道：“皇上，奴才对大清国的一片忠心，天地可鉴。王鼎貌似忠良，伙同林则徐以挑衅夷族毁我大清，其狼子野心何其毒也。”

道光冷冷地道：“穆爱卿，起来吧。卖国爱国不是谁说了谁就是，朕心里明着啊。朕要的是你们为国尽忠，替朕分忧的一份诚心诚意的真情就行了。当下国家正遇上多事之季，刘韵珂上折奏请重新起用伊里布，说他前期按兵不战，较之偾事误国者亦有区别，其公忠体国，并无急功近名之心。说他是生平之所见，止此一人。此言虽有过誉之嫌，亦难得有刘韵珂以国是为重的用心了。朕已准了他的折子，赏伊里布七品顶戴，随耆英去浙江大营效力。另颁耆英钦差大臣关防，剿抚并举，以宣抚为重。告诫奕经不得再鼓励所谓‘黑水党’去与英夷为敌，同时要严防英夷舰队北上，沿白河侵犯京城。穆爱卿和王爱卿明白了吗？”两人道：“奴才明白。”“臣明白。”道光伸了个懒腰，说：“下去拟旨吧。”王鼎赶紧说：“皇上，臣还有话没说完，请皇上留步。”道光只好说：“王爱卿，如不是天大的事，就请打住吧，朕已是一身散了架。”

王鼎道：“皇上辛苦。皇上刚才说要严防英夷北上侵犯京城，然据臣所知，英夷此次陈兵在长江东乍浦洋面上的兵舰有二十五艘，汽船一十四艘加上其他的船只共计到了一百零八艘，总兵力达到了一万五千人。英夷此番布局，显然是意在先拿下乍浦然后再攻下镇江。镇江是南北交通要道，只要封锁大运河的长江口，大运河漕运受阻，不出一个月北方各省的商业会受到严重影响，京城粮食就会告急。由此必会造成人心混乱，不战而溃，其后果之严重，不堪设想。”本来道光已经起身往西暖阁走去，听王鼎这一说，不由停下来回头看看王鼎，又看了看穆彰阿，问：“穆爱卿，你认为王爱卿所言如何？”

穆彰阿执礼道：“回皇上话，王大人所说英夷在乍浦洋面陈兵之事奴才已知。军机处奉皇上圣谕，已从七省增派兵力赴江浙，饬命沿江一带水陆各师严阵以待。英夷重兵聚集是想突破重围，北上冒犯京城，逼我就范，签订城下之盟。英夷区区万余人，竟然想攻占京城？这是英夷在做春秋梦也。”

道光板着脸说：“王爱卿，你说呢？”

王鼎嘴巴紧抿了下，说：“皇上，一日纵敌，数世之患。林则徐所制定的以战逼和，是克敌之良策，应继续执行，不可弃之。”

穆彰阿气愤道：“皇上，王大人一意孤行，视国家利益而不顾。依目前的局势若再是以战为守，逼英夷求和已是不可能的事了。广东这些年来，可以说一直备战不断，耗资巨大，其结果如何？英夷由南往东，如入无人之境。天下大事必以京城为重，朝廷之安危系于国运所在。所以，江浙洋面要塞严守，亦须重兵布局天津。英夷是异族，他们对我大清国土的侵占不是其目的，而冲其利益而为。故对待他们，我们不必把他们当是国内反贼之流，只需以利诱之，其必定不战而退。皇上圣明，剿抚并举，宣抚为主，是当下解决与英夷之战的英明决策。若此时林则徐所谓以战逼和之计复出，英夷会疑我无议和诚意，断不肯受抚。”

道光对在一旁气鼓鼓的王鼎冷冷地说：“王爱卿，你明白穆爱卿的话吗？”

王鼎大声地说：“皇上，臣虽然老了，但耳目还能管事矣。”

道光哼了声，说：“二位爱卿，朕要你们与朕是君臣一体，共襄国是。”

王鼎一下冲动地打断道光的话，说：“皇上，今日之广东危局是与琦善、奕经、隆文、杨芳，还有祁贡有关。他们奉行不抵抗方针，一味忍让英夷的无理要求，以至英夷趁机占我香港，连掠我虎门等要塞，直逼广州城下。而之前林则徐在职上时重振军威，激发民情，大办团练，不论军民，杀敌有功，立功有赏。三元里民众杀英夷激励民心，壮我国威，迫使英夷舰队退出粤海。穆大人所谓英夷仅只是唯利而为，然其利是以我大清国为他所为是利，是以掠夺我大清子民之利而为己有之利也。若得此利了，英夷与反贼有何区别？皇上，我大清此时应举全国之力，万众之心与英夷抗战。四万万之众，难道还战胜不了仅一万余的夷兵？若任其胡作非为，这必然会给其他他夷国效法，如此大清将国将不国，其后果不堪设想呀。穆大人用心不良，蒙蔽圣听，当是窃国之贼，此人不杀不足以平民愤，国亦无宁日！”他这一番激昂亢奋的话，犹是利剑直击穆彰阿心房。他出了一身冷汗，一句话也说不出来，浑身颤抖着立在那里。道光足足有半晌没有吭声，他好几次想开口说话，嘴张了好几下，又把嘴闭住了。怎么说呢？道光在心里默默念道，家国国家，国家家国。两人同是重臣，其心所为，昭然若揭。他感叹之余，目光不由对王鼎顿生怜爱之情。他刚要开口时，殿门外王丁三尖着嗓子喊道：“浙江巡抚刘韵珂六百里廷报。”道光闻之，心头一震，手一挥，对穆彰阿说：“快快。”穆彰阿从王丁三手上接过奏折，没等他呈道光，道光手指着他说：“念！”穆彰阿捧起折子只看了个开头，就一声惊呼：“皇上，乍浦失守，同知韦逢甲、副都统长喜和左营八旗前锋英登布，还有我官兵五百六十余人一同阵亡，民众死伤更是无数。”顿时殿堂里鸦雀无声，道光尖叫着：“该杀也。”穆彰阿吓得不敢吭声了。道光喘口粗气，问：“就没啦？”穆彰阿已经把奏折飞快地浏览完了，颤抖着说：“刘韵珂在折子里表述，今乍浦既为所据，敌势愈骄，我兵愈馁，万难再与争持。且英夷逆势汹涌，直至上海，不日将兵临城下。今舍羁縻之外别无他策。臣等忿恨之余，哭不成声，惟有相向而泣。”“够了，全是一帮饭桶。”道光手指着王鼎，恨恨地道：“王爱卿，你不是要举全国之力，万众之心去与英夷抗战吗？怎么战，告诉朕。”

王鼎愤慨地说：“回皇上的话，臣以为不去庆父，鲁难未已。杀国贼，用良臣，得民心，建新军，高筑墙，强国运。”

穆彰阿再也忍不住了，他几乎是声嘶力竭地吼叫着：“王鼎，你血口喷人。皇上，奴才参王鼎诬陷重臣，挑拨是非，妄议国是，此人不除，朝政不平。”

道光闭着眼，好半晌才开口，那声音似从喉咙眼里挤出来，冷森森的瘆人：“该死的跑不了，不该死的死不了。王鼎拟旨——”王鼎马上在案桌前执笔，道光一开口，他下笔如飞：“严责耆英彻查乍浦失守之事，赏伊里布四品顶戴，署理乍浦副都统，专办抚夷。着两江总督牛鉴与江南提督陈化成强固吴淞要塞，倘英夷来时，须静守勿动，俟其炮火将竭，大船渐近，度我炮力可及，再觑定准头，众炮环发。万一豖突登岸，守塘与接应之兵，四路齐发，连环夹击，当可一致成擒。上海若再失地，朕即以死罪问之。另着奕经审讯英军俘虏时，要详情询以英吉利距内地水程，据称有七万里，其至内地，所经过者几国？克食米尔距该国若干路程？是否有水路可通？该国与英吉利有无往来？此次何以相从至浙？其余来浙之孟加利、大小吕宋、双英国夷众，系带兵头目私相号召，抑由该国王招之使来？是否被其裹胁，抑或许以重利？该女主年甫二十二岁，何以推为一国之主？有无匹配？其夫何名何处人？在该国现居何职？又所称钦差、提督各名号是否系女主所授，抑系该头目人等私立名色？至逆夷在浙鸱张，所有一切调动伪兵及占据郡县，搜刮民财，系何人主持其事？义律现已回国，果否确实？回国后作何营谋？有无信息到浙？该国制造鸦片烟卖与中国，其意但欲图财，抑或另有诡谋？”他一口气把心中多日来的疑惑全一泻而出。他太需要了解这个七万里外的一个异族了，堂堂的泱泱大国竟然被一个他称之为夷族的国家打得落花流水，这是怎么回事？他百思不得其解。他话音一落，王鼎手中的笔就停下来了。道光点点头，又说：“朕的圣谕即发下去，对这个世界不仅是朕要知己知彼，你们也要去做更多的详情了解。自焚烧鸦片以来，与英夷打了两年多，连对方国家是个什么样至今还没搞清，这仗还怎么打下去？丢人呀。大清的这个国和家，朕都得靠你们了，朕不希望看到你们失和。你们都下去吧，用心当好差事。唉，朕是苦命人，当着大清这个家，守着大清这个国，这哪是人过的日子？”他说完就出殿，一直在殿外候着的王丁三一听脚步声，就赶紧进来随道光去西暖阁。穆彰阿和王鼎两人默不作声地从养心殿里出来，天色作暗了，把他们两人的身影拖得长长的。只是两人的身影始终没有糅合在一起，分道而行。浓厚的夜色把大地所有的景色都吞没了，两团光亮在飘荡，远了。

王鼎从轿子里晕晕乎乎地出来，一直在小院门口等候着他的王碾举着手中的灯笼在前引路，一边笑眯眯地说：“老爷，少爷陪着客人在书房里候着你老哩。”王鼎本来就窝了一肚子的火，这下他找到了出气口，揪住王碾的耳朵狠狠地一狞，骂道：“猪脑壳，老子放了话，在家里谁也不见。你们竟然还把人引进书房了，老子要打断王沆的腿。”王碾揉着耳朵，仍是笑嘻嘻地说：“老爷，少爷可是新科进士，是天上的文曲星，打不得呢。”王鼎又狠狞了把王碾的耳朵，道：“老子是他爹，他那个进士算个球。”站在院子里，大吼一声：“王沆，谁让你把人带到书房里的？老子不见。”说完扭身去后院。这时书房门打开，曾国藩笑容可掬地从里面出来，双手执礼道：“老中堂大人，我是涤生呀。你可曾有言在先，晚辈可随时到府上走访的啰。呵呵，朝廷上下谁不知老中堂大人定的规矩，公事不得在公堂外谈，私聊不得谈公事，无事不要串门。”

王鼎本来是一脸的恼怒之色，一听是曾国藩，他脸上顿时有了笑意，说：“哦，是涤生呀。那就到屋里坐，你来得正好，我有话与你讲。涤生，你吃了么？没吃就与我一起吃吧。”王鼎进书房，一边问道。曾国藩忙说：“老中堂大人，我是吃了后才到府上来的，你老就赶紧用餐吧。”“那好，我也不客气了。”王鼎对王碾说：“去把我的饭菜端到书房来。”他看了眼立在一旁的儿子，问：“你呢？”王沆小声地回话：“爹，我已吃过了。曾大人给你带了一壶酒来，儿替你收下了。”王鼎一下不高兴了，沉下脸说：“放肆，老子不是交代过不得收受别人礼物，你明知故问，跪下。”王沆一脸的委屈，只好双膝一软，跪在地上了。

曾国藩一下急了，忙求情道：“老中堂大人，全是我的过错。这酒是我老爹自己酿的，上次你老说过如有我家父酿的酒，你就要我送几斤给你。今天正好家父酿了缸新酒，我送来没想到给沆弟添了麻烦。”

王鼎搔了搔头，想了下是记得说过这样的话，便对王沆说：“起来吧，多跟涤生学着点。”王沆起身正要退身出门，王鼎对他说：“你留下，我有话要问涤生，你也跟着长些见识。你现在也是朝中的人了，不属外人了。”这时王碾端上一个大木盘子，盘子里摆一只青花大碗，满满的一碗荞面饸饹浇油泼辣子，香气扑鼻，一张小米煎饼卷着根大葱，还有一小碟麻酱和几瓣大蒜。王鼎二话没说，端起青花大碗不是坐在板凳上，而是蹲在上面，呼噜呼噜地把盘子里的东西一扫而光。曾国藩还是第一次见识关中人吃食的热辣劲儿，眼瞧着王鼎竟然把盘子里的东西全吃光了，不由赞道：“老中堂大人，你可称得是天下第一吃客了呀。”王鼎打了个饱嗝，把肚皮拍了拍，端起桌上的茶碗，一口气喝光茶水后，说：“老夫比以前差远了，两三年前我一餐就要吃两碗去了。我听包世臣说，你们湖南人也是能吃。说他亲眼见过魏源一餐可把一只猪后腿子肉吃完，再加上两斤酒三碗米碗。呵呵，能吃的人就是能干的人。”

曾国藩谦虚地说：“老中堂大人说得对，晚辈惭愧的是好多食材吃不得，因身上长有皮癣，要禁口才行。”

王鼎才是笑着说话，转眼就脸色变了，鼻子里出声道：“哼，有人吃得，事也干得，只是尽干坏事。”他看眼曾国藩又说：“你的门师穆彰阿，他是个吃货，一餐可吃只羊腿五斤马奶子酒。”

曾国藩打着哈哈说：“晚辈从没与他共过餐，穆师的吃相只闻其名。

哈哈。”

王鼎叹口气说：“要说穆彰阿这人，在本朝的满朝满汉大臣中，他也是数一数二的人物了。办事精明干练，学问也不错，识人有过人之处。比如对你的重用，他就敢于陈言。虽然他的心机有‘网罗天下英才为我所用’之嫌，但怎么着最终也是为朝廷所用。皇上明白他的用心，能为大清发掘和培养人才这何乐而不为呢？只是不可结党营私，皇上时刻警惕着，心里可是明镜般的透明着哩。”说这话时，是很认真地看着曾国藩说。曾国藩显得很坦然，点头说：“老中堂大人教诲，晚辈铭记在心。一个人出自何人门下不重要，重要的是其心在何处。身为臣子须以皇上为主，朝政为重，苍生为计。请老中堂大人放心，涤生知其轻重，以至公无私之心，行正大光明之事。”说完他对王鼎深鞠躬。

王鼎深有感触地对王沆说：“儿子呀，何谓君子之德，涤生就是你此生的榜样了。”他捋了把胡须对曾国藩说：“涤生，你喝茶吧。你今晚来见我，恐怕不仅是来送酒的吧？”

曾国藩笑了，说：“老中堂大人明察，晚辈确是受人之托，就是刚才你老中堂大人说的那个湖南人的事。”

王鼎道：“魏源？他有何事，说来听听。”

曾国藩说：“老中堂大人，魏源这两年多来，沉心编著了本叫《海国图志》的书，该书不日就要付印了，他特意嘱我请老中堂大人为该书写个序言。”

王鼎听后稍作思考，脸上显出情绪不佳的表情，道：“我知道魏源这本书是在少穆提供的资料上编著成书，他是耗尽了心血，此书的问世，将是五百年不朽之作。从我与少穆的个人私谊是应该写，他在给我的信中也说到了魏源编著书的事，说魏源总结了我大清与夷国在军事、政治和经济上的差距，醒世恒言，我理应支持才是。唉，这一年多来朝廷与英夷之战，我们是屡战屡败，去年定海、厦门、镇海、宁波失守后，今乍浦也陷落了。这意味着英夷的军队要进攻上海，再北上进犯南京，大清的军队已不堪一击了。我此时哪还静得下心来去作文，脑子是一片空白。魏源若知实情，想来亦会原谅老夫吧。”

王沆冒失地问：“爹，若再往下去，英夷的军队不就要打到京城了？难道英夷是想夺我大清的江山？”

王鼎斥责道：“胡说。英夷不是反贼，他们对大清的江山不感兴趣。他们要的是利，是强盗行径。”

曾国藩沉重地说：“老中堂大人见识极是。英夷如此猖狂，势必亦会引发国内的反贼伺机造反，朝廷应密切提防。眼下局势，不知老中堂大人有何高见？”

王鼎咬着牙说：“皇上有苦难言，他明知不可为，但也不得不为也。琦善是死罪而被开脱发江苏大营效力，伊里布因定海失守获罪，亦被出狱获七品官职去浙江大营效力，人还没出京城又加封了四品官职。这两人都是以乞求和之人，皇上用他们之意这还不明白吗？所以我这时再为魏源的书作序言，这不是给我找麻烦，而最终是对少穆不利。穆彰阿已经在皇上面前多次上本参劾他，欲借英夷之手逼皇上下旨除掉少穆，从而借机再把我置于死地。少穆协助我治黄河有功，皇上还是把他发配到伊犁去，也是不得已而为之了。今天下午我向皇上上本参劾穆彰阿为本朝最大的国贼，不去庆父，鲁难未已。杀国贼，用忠臣，得民心，建新军，高筑墙，强国运。这是我的诤言。”

曾国藩听得心惊肉跳，紧张地问：“皇上他接纳了你的诤言？”

王鼎苦笑了下，说：“接纳了我还能回家吗？当是我奉旨去抄家捉人啦。”

王沆愣愣地问：“爹，穆大人位高权重，他为什么还要这么着帮英夷。儿就不明白他图了什么？”

王鼎把桌子一拍，脱口而出：“利，英夷非我族，必为异类。他们之所以要逼皇上杀林则徐，就是要把在禁烟上的支持者全给清除掉，要让他们需要的代理人来把持朝政，借机占领中国这个市场。穆彰阿、琦善他们就是英夷心目中的人物，一旦英夷的野心实现，穆彰阿等有英夷在背后撑腰，为虎作伥，皇上也就拿他们没一点办法了。还有穆彰阿为什么不惜以自家性命来为琦善罪责开脱，他福晋娘家人狗占人势，为非作歹，这些年来通过钱庄暗地与外夷钱行勾结，以洋钱打压本钱的事实已被林则徐坐实，所以他欲借英夷之手除去林则徐，其用意也是在此。现在香港已被英夷占据，再这样下去，大清朝也将成英夷的附属国了。”言毕，王鼎竟然老泪纵横了。其悲愤之情，不言而表。

曾国藩心情沉重地说：“老中堂大人诤言字字千钧，治国之良策也。大清要图强国之路，必然要走此途径。自禁烟以来，我军屡战屡败其因何在？皆将不知兵，兵不用命，于国威无不少损也。魏源与我信中附有他所编著的《海国图志》序言，开宗明义‘是书何以作？曰：为以夷攻夷而作，为以夷款夷而作，为师夷长技以制夷而作’。有用之物，即奇技而非淫巧。我们不能舍其长，甘其害，必须塞其害，师其长。如此，善师四夷者，能制四夷也。魏源是我大清放眼看洋的第一人，说得何等透彻呀。此论若用于国事，国将必强，民亦必富也。”

王鼎把手挥挥，由于刚才气愤至极，再说话时已是嘶哑声了，悲怆道：“涤生呀，魏源的《海国图志》，老夫我只有来世可读了。老夫老矣，唯有以命博皇上回心转意了。我对你别无他求，你将来必位极人臣，请日后多多关照沆儿吧。知子莫若父，这孩子为人诚实，但缺心眼，老夫就拜托你了。”说毕，他双手执礼示谢。

曾国藩大吃一惊，忙说：“老中堂大人，你这是说哪门子话呀？皇上信任你，国家需要你，民心也向着你。这次河南开封大堤按期合龙，黄引河通畅东流，悉归故道。整个工期仅用了六个月，省银六百万两，其财用之节，成功之速，前所未有也。皇上也因你在治河患之期实心实力，经理得宜,赏加太子太师衔,功勋巨载。皇上他怎么会不听取你的诤言呢?请老中堂大人三思。”

王鼎摇头说:“治理黄患之功,乃聚民众之力和有林则徐之襄助,才有如此成效。禁烟成败事关国家存亡,孰轻孰重,皇上他何尝不明白?与英夷之战,为何如此不堪一击,此痼疾自大清开国以来上百年耗力而所积累,非一朝之因而至也。正因是病躯了,所以须举全国之力与英夷一搏,以战逼和,若不战自溃,那国将不国了。我知道你与穆彰阿有门生之谊,但我与你说,此人于众人之前,云言善,身行恶,仍国妖也。老夫将以老朽之身躯参劾他,我若不为,还有谁可为?涤生,你前途无量,且记住圣人之嘱,立国之道,尚礼仪不尚权谋;根本之图,在人心不在技艺。经史之用,力贵践行;苟利于民,不必法古;苟周于事,不必循旧。我能说的也是我这些年来从政之体会,说与你听,当是老夫那个——”他把嘴边的话收住了,苦笑了,轻言道:“涤生,你好自为之吧。沆儿,你去送涤生吧。我累了,失陪了。”说完,拍了拍曾国藩肩,似是交付了一副千斤重担给他,摇摇晃晃地出门去后院的卧房了。

曾国藩愣看着王鼎出了房门,一直到听不见他脚步声了,才在王沆的陪同下,心情沉重地出了小院。王沆在曾国藩上轿时悄声问:“曾大人,你说我爹真的会那个吗?”话到嘴边,他不敢把心中的担忧说出来。

曾国藩手轻轻地拍一下王沆的手,在黑暗里他眼睛里闪烁着锐利的光芒,说:“史鱼尸谏于他人不可能,但对老中堂大人来说,只要是为大清存亡,为皇上担当,为民众谋生,为民族大义,他是具有牺牲精神的。”

王沆一下流出泪来了,哽咽着问:“曾大人,我爹难道非要走这条路吗?他是不是糊涂啦?这怎么得了呀。”

曾国藩叹息道:“你爹不是糊涂,他是以春秋为鉴,为当世完人呀。可惜你爹的好友陶中堂大人不在了,能劝说他的也只有他了。”

王沆马上说:“还有林大人,我爹与他的感情很不错。”

曾国藩点头，说：“你提醒了我，我回去马上给林大人去信，他应还在去伊犁的路上，请他劝劝老中堂大人。沅弟，你还是回房去好生看着他，不要出事，如有事即叫我。”说完他上轿子走了。小院朝门合上了，木门发出的吱呀声传得老远老远。夜深了，窄长的胡同在四月末的夜色里，显得格外的寂静清冷。栖在槐树上的老鸦子不知何故，蓦地惊空而起，哇——那悚人的叫声，不知要惊慌多少人的梦乡。

第二十五章

就在这一时刻，道光也没有歇着，他把穆彰阿和王鼎打发走后就来到慈宁宫，正赶上孝和睿皇太后宵夜进食的时候。寝宫里香霭馥馥撩人，香雾隐隐绕帘。炕上的紫檀小矮桌上立着一盏掐丝珐琅灯，水晶玻璃灯罩里的红蜡烛散发出团团的光亮，把房间都渲染了层薄薄的红晕。灯下摆着还不曾动筷的四小碟食物，一道煎串黄花鱼，这道菜拌以时令鲜花椒蕊，是宫里王府女人们格外青睐的佳肴；一道是炸玉兰花，这是宫里秘不外传的花馔，将时令名贵花瓣裹上调了饴糖的稀薄面糊入油炸酥，再伴有两块玫瑰糕，精致诱人；再就是一碟烤鸭肉和一碗江米粥。道光着一件绛丝绛色二则团龙暗花的常服，一进门就把头上的黑缎绣万寿字红绒结顶帽取下，恭敬地给孝和睿皇太后请安后，含着笑说：“厄莫，皇儿还没吃饭哩。”他没等孝和睿皇太后回答就一屁股坐在炕上，双脚盘起，对矮桌上的菜肴使劲地用鼻子闻了闻，开心地说：“厄莫的饭菜真香，朕可快饿死啦。”说着他就用手捏了块玫瑰糕吃。孝和睿皇太后在后宫里常年不着妆色，只喜用紫茉莉花仁提炼而成的妆粉，又叫“珍珠粉”敷面，肤色明洁，细腻柔滑，素面凝香。这时她着件绿色二则团龙暗花绸女袍的常服，白皙的手臂上戴有伽南香镶金里嵌米珠花丝寿字手镯，笑着用筷子点了下道光的手，说：“还是皇帝哩，老大不小啦。天下人都饿死了，也不会把皇帝饿死的。”道光笑道：“在厄莫眼里，朕是天子也是儿子呀。呵呵。”对立在一旁的王丁三说：“朕就在皇额娘宫里用膳，要御膳房再上份皇太后的膳食。”“喳。”王丁三赶紧退出去安排。平时道光也就一碗米饭的量，今天他不仅把米饭和玫瑰糕点吃了，就连桌上的菜肴也一扫而光。孝和睿皇太后看着道光又喝了可解食消化的山楂茶水后，才轻言道：“皇儿呀，我知道后宫不过问朝廷的事，可我这个老太婆有个心事想问你，不知可否？”

道光忙说：“厄莫，你有何心事说与皇儿听听，在皇宫里家事也是国事，国事有时也是家事呀。你就是不问，皇儿也要与你说说。”

孝和睿皇太后笑了，说：“那好，我倒要听听，皇儿是想说什么了？”

道光才是一脸的笑容，一下消失了，轻叹息道：“厄莫，皇儿知道你想问英国会不会打到京城里来？现在天下人都在想这个事儿，厄莫怎能不想呢？”

孝和睿皇太后点头，听着道光说下去。

道光两眼看着孝和睿皇太后，轻声地说：“厄莫，夷人到京城来只是迟早的事儿。”他没有说是打到京城，而是说到来。孝和睿皇太后眼圈儿一热，两行清泪滚落下来了，哽咽着问：“难道就没法子了？”她没说打不过夷人，知道这是朝政大事，她不得过问。

道光冷漠地说：“除了昏君、暴君，头脑稍微清醒一点儿的君王都会清醒地看到，眼下局势用个词来形容就是——”顿了顿，艰难地说出：“江河直下。”

孝和睿皇太后一下冲动地从炕上翻身而起，尖利的声音刺人心房：“皇儿，满朝文武官员都干什么去了？上百万的军队竟然抵抗不了一万余夷兵，这不是天大的笑话吗？当年老祖宗十万铁骑横扫大中国的雄风去哪了？你不说清楚，我将来死了如何去面对列祖列宗哇？”说罢，她号哭起来。

道光从炕上下来就地一跪，伏地泣道：“厄莫，请息怒。是皇儿不孝，无德无才，祖宗江山受夷族践踏，皇儿有罪。”宫里外的人吓得都跪在地上，不敢抬头。孝和睿皇太后扶起道光，哭泣着说：“皇儿呀，你莫怪我发脾气呀。大清立国到现在也有二百年了，难道是我们娘儿俩命苦，碰上了老祖宗们从来没有遇上过的事来，该得由我们来收拾吗？你是这天下的主子，得想个法子来收拾好大清的江山呀。”

道光两眼放光，对孝和睿皇太后说：“厄莫，法子是有。王鼎就向皇儿提出杀国贼，用忠臣，得民心，建新军，高筑墙，强国运之诤言。若只是杀国贼，用忠臣，不是难事。高筑墙御外敌于国门外，但大清军队武器落后，军心溃散，这样的军队拿去吓吓盗贼还可以，与英夷交战已是屡战屡败，不堪一击了。这些都是强国之根基，皇儿何尝不清楚呢？这两年，自与英夷开战以来，朝廷的军费开支已达三千万两，大清的家底已经不起折腾了。”

孝和睿皇太后听道光这么一说，就有点不解了，说：“皇儿，王鼎说得有理呀。国家和军队的事，我老太婆不懂。王鼎说的杀国贼是不是指穆彰阿和琦善他们？如果他们是王鼎所说的人，该杀就杀，为天下安危，这种卖国之贼，有多少杀多少，不可心软。”

道光苦笑了下，说：“厄莫，皇儿把琦善打入了天牢只待秋决了。可是皇儿到头来不仅不能杀他，还要给顶七品官帽，发他去江苏大营效力。伊里布也因失守定海押回京城交部议定罪，人还关进大牢没几天，皇儿也得把他放出来，给了顶七品官帽，后又赏赐了四品官去浙江大营效力。”

孝和睿皇太后鼻子哼了声，冷冷地说：“皇儿，这样做不怕坏了朝廷的条律？这明摆着是法外开恩。”

道光摇了摇头，恨恨地道：“厄莫，皇儿是恨不得就斩立决了。可皇儿杀不了他们，要是杀了他们，这天下更无法收拾了。”

孝和睿皇太后伸手摸了摸道光的额头，又贴了贴自己的头，说：“皇儿，你没发烧吧？”

道光眼睛闭了闭，说：“厄莫，皇儿脑子没糊涂，清醒得很哩。唉，是英夷在作梗。皇儿以抚息兵，英夷点名只与琦善谈判，他人一概不接待，伊里布也是英夷看重的人。英夷明的是要借皇儿的手杀了林则徐，逼皇儿起用琦善之流，其目的是将来由这些人来把持朝政。皇儿只好把林则徐发往伊犁保他一条命，把琦善和伊里布放出来去与英夷谈判。待天下稳定后，皇儿再来收拾这帮无耻之徒吧。厄莫，皇儿知道你还有一心思，为什么孝全成去世两年多了，还不立孝静为皇后？皇儿直说吧，孝全成人已过世了，不去说她了。穆彰阿福晋家人在全国开的钱庄不下十处，与外夷洋钱相互勾结抵制朝廷的币制改革。皇儿根据林则徐密报，派祁寯藻和黄爵滋暗地调查，穆彰阿逢年过节假借请安拜年之机，给了这两个女人不少好处，数额巨大，钱都是从钱庄出的。好在孝全成把穆彰阿送的银两都悄悄补贴到内宫的开支上了，祁寯藻和黄爵滋知其轻重，案子就审到穆彰阿福晋娘家人这一层为止，不再往上追究，皇儿已关了一批不法商人秋后处斩。皇儿暂没有去追究穆彰阿，待英夷的事平定了后，皇儿饶不了他。”说到这，道光是咬着牙说出的，他两眼通红，内心的痛苦全在脸上表现出来了，伤心地说：“孝静是个缺心眼的女人，但她对四阿哥还是尽到了做额娘的责任，两年前皇儿已册封她为皇贵妃，母后以后再说吧。唉，厄莫，皇儿与你交个底吧。当皇儿得知四月六日，英夷以百余艘舰船，万余士兵，攻陷吴淞要塞，六十七岁的江南提督陈化成阵亡，此人就连英夷都说‘不畏江南百万兵，唯惧一人陈化成’。如此忠烈之人亦为国献躯了，朝廷已无人可敌英夷之狠了。皇儿为大清江山着想，只能息兵议和了。”

孝和睿皇太后一下蒙了，一张秀丽的脸上惨无血色了，好半晌没开口，嘴张了好几下想说什么，话到嘴边她又闭住了，把手摆了摆要道光走吧。她到佛像前拈香拜佛，轻声吟佛经了。道光悄声出了宫门，乘轿而去。

也就在这天晚上，在杭州的钦差大臣兼杭州将军耆英的行营里灯火通明。他到杭州就职才几天，离京时的满腔热情烟消云散，这时已一脸焦头烂额的神色了。他在营帐里来回走着，苦着脸对全身披挂的奕经说：

“奕经将军，乍浦失守英夷即乘势直下上海，接着取南京。然后嘛，就是瞎子也可看出英夷北上之意图。皇上虽然下旨是剿抚并重，可目前的局势万难再与之争持了。但我们也不能坐以待毙，不知将军还有何高见？只是你的那套所谓‘五虎扑羊’战术就不要再讲了，已给大清的军队丢尽了脸。”奕经本想开口说话，话还没出口就叫耆英给呛了回去，他一下脸红脖子粗了。他作为道光的侄子，被耆英毫不留情地奚落了一番，脸面都不知往哪摆了。一八四一年十月三十日，奕经受道光的器重，以钦差大臣兼扬威将军之职离京，统大军于十一月二十二日到达扬州，以图收复失地定海。他在路上听人说杭州西湖关帝庙最灵，下马就去求了一签，签语“不遇虎头人一唤，全家谁敢保平安”。问道长可作何解？道长笑而不语，指指天，那意思是天机不可泄露也。第三天从松潘赶来抗击英夷的二千名藏军，在首领哈克里和阿木穰率领下骑着高头大马，精神抖擞地出现在奕经面前时，他惊喜地发现藏兵们头戴虎皮帽，正好与签中的“虎”字相应。奕经马上找道长算了下，就把从英夷手中收回宁波和定海的作战日子，选在一八四二年三月十日四更时分。奕经之所以把进攻的日期定在这一天这一时刻，是因道长算出这天是个难得的“四寅期”，即虎年虎月虎日虎时，再加上委任属虎的总兵段永福为大将，这样就凑足了“五虎”。他把这次的反攻称作“五虎扑羊”之计，“羊”即指夷人。奕经让戴着虎皮帽的藏兵打头阵血战宁波，“虎头”藏军在哈克里和阿木穰率领下英勇奋战，由于力量悬殊太大，清军伤亡惨重，阿木穰和百余名藏兵全部为国捐躯。奕经也因此受到道光的训斥，钦差大臣的关防移交给耆英。奕经知道自己虽然还顶着个扬威将军的名，但在钦差大臣面前只有俯首称臣的分了。“部堂大人教诲得当，本官明白。大人问对眼下局势的看法，自乍浦失守以来，英夷已嚣张至极，几乎无人可敌，除羁縻之外别无他策了。”奕经悲观地说道。

耆英重叹口气道：“求和？求和是要有本钱的。本部堂离京时皇上有旨，与英夷是以‘先剿后抚’为方针。可是剿则就败，往下还怎么去抚呢？英夷他们还不是骑在你脖子上拉屎拉尿。大清国里能与英夷争个高低的人也就是林则徐了。尽管他在禁烟事上挑衅英夷，造成今天难以收拾的局面，但皇上还只是把他发配到伊犁去，这实有保林则徐之意，说不定哪天他又会东山再起。此事要是换上另一个人，恐怕与琦善的下场是一样的了。”

奕经有点不解地问：“皇上不是把琦善从天牢里放了出来，还给了他七品官职，效力于江苏大营吗？”

耆英老于世故，说：“哼，琦善左右是替死鬼。现在英夷得势只认他，没他就不与朝廷谈抚和之事，非要他出来才谈，皇上也是没法了只好先把琦善放了出来。琦善将来的下场无论是在生和死后，都将记载了他是汉奸卖国贼，反正是死路一条了。所以你说抚夷一事，还有谁去与英夷谈呢？琦善是何等聪明的人，他在江苏大营那边根本就不愿意出来。派你去，行不？”

奕经听耆英这么一说，不禁打了个冷战，赶紧说：“部堂大人，本官身为主帅才与英夷打了一仗，虽说是战败，但毕竟我们也灭敌不少，英夷对我也是恨之入骨。若此时我去与英夷再言和谈，对方连门都不让进。我倒是想起了一个人，他去承担这个角色，英夷肯定会欢迎。”

耆英马上问：“你说的是——”他话还没说完，伊里布正好从营帐外进来，双手示礼，客气地道：“二位大人，下官遵嘱从苏州筹办饷银回营，特来复命。”奕经一见伊里布即笑逐颜开了，亲自给伊里布上茶，客气着说：“中堂大人，你辛苦了，也难为你了，快喝口茶吧。”耆英马上明白奕经所说的人是谁了，亲切地说：“不好意思，让中堂大人去筹办饷银，还请见谅。”伊里布把一壶茶水喝光了，才说话：“二位大人不必如此客气，我是戴罪效力，那中堂之名就请不要称呼了。”

耆英打了个哈哈，说：“好好，伊大人，两个月前这钦差大臣的关防大印还在奕将军手上，今天就到我手上了。哼，说不定哪天又是在你手上握着了。这世上最不可靠的是权，它又是这世上最诱人的东西。多少人为了它，耗尽了毕生的心血。”他见伊里布的脸色有点不对劲了，忙说：“当然我们满人中也有翘楚者，如伊大人步入仕途，不以名利为重，一生清风存世，可与史上廉臣名士比肩，可敬可敬也。只是今日之大清，从未曾遇到过夷人入侵之战，身临其境，是是非非，卖国也好爱国也好，史笔春秋只能任由后人去评说了。我们眼下要紧的是如何当好皇上的差，把事办好。”他这一番话，说得奕经和伊里布二人一下无话可说了，谁也不知怎么说才好。

还是伊里布先开口，他嘴角明显紧抿了下，牙巴骨咯吱地响了下后才说话：“二位大人不必再与我打哑谜了，是不是要我去与英夷谈抚夷之事？”

耆英和奕经脸色顿时一松，不由点头称是。

“为国赴难，在所不辞。我有一个请求请二位大人考虑，否则我难以从命。”伊里布沉声道。

耆英和奕经连忙说：“请讲。”

伊里布道：“请把在舟山俘虏的十六名英军官兵交给我来处理。”

耆英迟疑地问：“伊大人莫不是想释放他们？”

伊里布点头，怒气填胸地说：“大人说得不错，与英夷打交道，就得有所表示。英军占领定海后为增援广东，于一个月后撤出定海，朝廷命葛云飞为定海镇总兵，又调寿春镇总兵王锡朋、处州镇总兵郑国鸿协助防守定海，严防英军再次攻陷定海。然而英军总司令璞鼎查率军攻陷厦门之后，八月十七日，英军再次攻陷定海，葛云飞、王锡朋、郑国鸿等相继战死。接着八月二十六日，英军又向镇海发起进攻。负责浙江海防的两江总督裕谦，他是决不议和，誓与镇海共存亡的人，可镇海还是失陷了，他也投水殉职。十月十三日后宁波、乍浦也相继失守。这两年来无论是在广东还是江浙与英军的战斗，我军是屡战屡败，接连丧失国土。英夷目的是以攻城略地来要挟朝廷，逼我赔偿因禁烟给他们造成的损失，更重要的是要一块飞地，重开市场。区区一万余英军能灭我大清吗？英夷不敢想，也知是做不到。”他话说得耆英和奕经胆战心惊，脸色大变，紧张地盯着伊里布听他说下去：“吴淞要塞的防御建设是江南提督陈化成枕戈海上两年多，苦心经营完成的，固若金汤，可也是不堪一击。此人与关天培一样为国尽忠，大清已无可战之军了。目前我们唯一可拿出的是以十六名英军官兵作交换，让他们退出乍浦，为抚和创造条件。”

耆英苦笑了下，说：“伊大人一语中的，大清的军力已不是当年的八旗了。好吧，伊大人所提要求，本部堂皆准。抚夷之事，就拜托伊大人了。面临英夷大军压境，请奕将军坐镇杭州大营，七省调来的军队重兵布防吴淞一带，增加火炮，官兵的饷银明天就先从地方库银解决。唉，明知国家是重症在身了，亦须全力做好抵抗英夷的侵犯，以期不负皇上‘先剿后抚’之谋略也。”

奕经心有余悸地说：“本将军遵部堂大人谕令，不敢有丝毫松懈。可是战场形势瞬息万变，要是上海也失守了怎么办？”

耆英一下生气了，说：“不可乱言。”

伊里布一愣，奕经的问话一下让他不知如何回答才好了，他模棱两可地说：“奕将军之问，只能是尽人事看天意吧。本官遵部堂大人谕令，即去作安排，告辞。”转身而去。

耆英和奕经怔怔地看着伊里布离去的背影，直到他的脚步声响听不到了，奕经冒失地说了句：“唉，难为伊大人了，英夷现在是老虎屁股摸不得，他只怕也是不得善终呀。”

耆英一下发火了，骂道：“闭上你那张臭嘴。”

天现鱼肚白了。王沆一夜没合上眼坐在床前守着王鼎，王鼎稍有惊动他就要提灯凑近看看，王鼎合着眼似是睡沉了，只是没有平时隔两间房也能听到他打雷般的鼾声了。王沆感觉有点奇怪，心里想老头子不打鼾了，怕是成了神仙。院子里的老槐树在微风里轻轻摇曳着，晨曦透过茂密的树叶，散一地斑驳飘浮的清亮光点。哦，天亮了。王沆揉揉一夜未曾合上的眼睛，把亮了一夜的灯吹灭，一股淡淡的油烟味儿在房里散开。他凑近王鼎侧睡着的身子仔细地听了听，老头子的气息声儿一丝丝地在呼吸着，显得安宁。他踮着脚从房里出来，把门轻轻地带上。这时树枝上有只老鸦子，整个夜晚没见叫过，王沆一出门兀地一声长鸣，哇——，抖翅惊飞，绕着院子的上空飞了两个圈后才离去。王沆猛然感到脖子上有一坨凉凉的稀薄的东西，用手一摸是老鸦子屙的一坨屎哩。王沆那个倒霉相呀，正好叫赶早出门去买菜的王碾撞见了，那小子掩着嘴笑，王沆张口要骂人时突然想起老头子还在屋里睡着，只好赶紧把嘴紧闭上，扬起拳头一副要打人的样子。王碾拔腿就跑了，留下的是他开心的笑声，给这个清晨平添了一股鲜活的生气。王沆一夜没睡，又加上老鸦子在他头上屙了泡屎，心情一下坏极了，晕晕乎乎地回到自己房里去睡觉去了。

王鼎等儿子一离开房间，他就翻身起床，一直站在窗子前看着王沆的一举一动，老鸦子在王沆头上屙泡屎也见到了，先是一笑，再一下脸色又变了："屎？死也。"话一出口，一股冷冰冰的寒意从心底袭上。这难道是天意？他悲怆地摇了摇头。披在他身上的那件打着补巴的褂子，从肩上滑落下来，松垮垮的大肚皮从裤腰带里挤了出来。他昨夜自曾国藩走后就一直躺在炕上，连身子都没有翻动一下，但也一夜没有睡好。他脑子里尽是道光和穆彰阿的两张脸在翻来覆去地倒腾着，一时是琦善的脸在挤眉弄眼地嘲笑他；一下又是他幼年家贫，常一日只吃一餐饭，出门时还要与祖父换衣情景展现。他又想起这些年在官场里的日子，皆因性情耿直，不好与同僚交往，更不去巴结权贵，以至他在朝中十几年里，一直默默无闻地过着日子。那年还是嘉庆皇帝偶然翻阅官员考核文章时，才发现他文才俱佳，嘉庆皇帝对他发着感叹道：“朕向不知汝，汝亦无人保荐，因阅汝大计考卷文字，知汝学问，累次召见，知汝品行，汝是朕特达之知。”由是君臣际遇，圣眷特隆，委以重任。他知恩图报，在官场上以“端方正直”著称于世。梦到了人生得意之处，他嘴里竟然发出了嘿嘿的笑声。以至一直守候在他身旁的王沆赶紧去察看，王鼎嘴角边流出了丝丝口水，一副睡得正香的憨相。王沆这才放下心，用布巾轻轻拭去他嘴边的口水。王鼎还在梦中，他又坐在刑部大堂审案，琦善就跪在他面前，他历数琦善四大罪状：一、破坏禁烟；二、陷害忠良林则徐；三、守备不设，失陷城塞，负虎门失守、关天培战死之责；四、私自准允香港一地割让英夷。琦善大声喊冤，王鼎不容他狡辩，把从琦善家查抄出的金锭、金条、金叶约重七千一百两，元宝一千三百九十八个，散碎银锞锭四万六千五百余两，地二百五十二顷十七亩，还有数百间商铺一并入国库，判处斩监候待秋审后处决。那天他回到家足足喝了一斤老白干，吃了三斤牛肉。诛杀奸臣，此乃大快人心也。可后来呢，王鼎的酒还没清醒过来，琦善就从天牢里出来了，以七品官职又上任去了。他心痛了，也暴怒了，琦善戴罪任职，这必定是穆彰阿蒙蔽皇上所为。故一上朝与道光见面，他必是参劾穆彰阿。是呀，梦中的他又浮现出了他举荐林则徐治水患有功，以图道光重新重用。可道光的上谕“林则徐于合龙后，着仍往伊犁”。无赖之下他以诗明志 “公身幸保千钧重，宝剑还期赐尚方”，把两人的心情与对未来的期望都寄予之中了。一夜梦醒时分，几十年的人生经历长卷，在他脑海里过了遍，给人太多的是记忆碎片了。王鼎心意已决，这几天他一直在想一个经典史事，春秋战国时期的卫国大夫史鱼，为了荐为人正派的蘧伯玉得到卫灵公重用，去掉卫灵公看重的一个心术不正的弥子瑕，他在多次进谏不为卫灵公所重视下，既然生前无法正君，那么死了也无以成礼，于是决心以死来谏言。这则典故给他太大的刺激了，老夫子一旦想法形成，就决意要去做了。就在这个晚上，他把自己的一生都回忆了遍，一个心念油然而生，君使臣以礼，臣事君以忠。身为臣子，为国为民，尽忠职守，以死谏言，为臣之本分。若是如此，此生无憾，足矣。天透亮了，王鼎知道自己该走了，他把铜壶里的凉水倒在铜脸盆里，罗布洗脸巾浸湿，先是擦了擦脸，再把身子上上下下全擦拭了遍，顺手一拧，那条罗布洗脸巾也就撕成了碎布片儿。他把洗脸巾对着窗外看了看，这个世界的情景透过碎布片儿了的洗脸巾看去，一下显得破烂不堪的了。他惨然一笑，把洗脸巾放到桌子上叠齐整平摆好，穿上挂在床架上的官服，布纽扣全都仔细扣上，挥手在衣袖上掸了掸，袖口翻出白里子，全是他上朝时的装束，人一下显得精神利索了。他把全身上下打量了遍，露出了平和的笑容，然后不慌不忙地从炕角落一只旧木箱里翻出一白凌绸布条。他在脖子上试试，又用手使劲扯了扯，笑了，笑得好安宁。此时生与死，对这位老人来说只是人生舞台从启幕到闭幕的终结一刻了。他来到桌子旁提笔在墨池里探探，不加思索便挥毫在纸上写下：条约不可轻许，恶例不可先开，穆不可用，林不可弃。字写得饱满苍劲，他习惯性的张嘴对纸上的墨迹上吹吹，然后将遗疏揣于怀中。再一次看了看窗外，阳光正好，有雀儿在欢鸣。好了，该干的事都干完了，他大眼一眯，笑容在他脸上显得那样祥和。白凌绸布条在他手上挽一个圈套，手一使劲往屋子上的一根木梁抛去，白凌绸布飘逸地穿过屋梁挽了个结，一个大大的圈套坠吊着。王鼎把一条榆木凳摆到白凌绸布条的圈套下，人站在凳上，头一伸便进了圈套，一声响，条凳扑地而倒。那一瞬间里，王鼎竟然听到了来自家乡的秦腔大戏《斩秦英》的一句唱词了，“小奴才今一死能值多大，儿的父在边关怎把敌杀？”是谁在唱？他脑子犯困了，想不起来了。哟，一连串的埙音，幽深、悲凄、哀婉、绵绵不绝地不知是从何处飘渺而来？其声浊而喧喧然，似是有一种淡淡的悲凄和感伤在天地间吟唱。质厚之德，圣人贵焉。

王鼎死了。

一八四二年八月二十九日上午十一时，天色作晦。江面上波浪汹涌，尺来高的浪花把英军停泊在南京江面上的旗舰“皋华丽号”，摇晃得人都差点站不稳了。作为英军的总司令官、这次会谈的全权代表璞鼎查由义律陪同，显得格外兴奋，在铺着红呢地毯上来回地走着，一再交代身边的副官们，一定要绝对保证中方代表不得在舰上摔跤了。因为中国人把面子看得比天还大，我们就要给他们最大的面子，要让他们非常体面地感受到大英帝国对大清国的敬意。“皋华丽号”旗舰上挂满了五色三角形彩旗，在江风的劲吹下，发出猎猎响声，与一直在甲板上的铜管乐队吹奏着迎宾曲的声音混在一起了，显得格外难听刺耳。

来了，三顶八人抬的官轿和几顶四人轿子来到了码头上。首先从官轿里出来的是大清大皇帝特派钦差便宜行事大臣太子少保镇守广东广州将军宗室耆英，接着是四品顶戴花翎前阁督部堂乍浦副都统红带子伊里布，最后是两江总督牛鉴从官轿里出来，他抬头看了看阴云密布的天空，再看了下停靠在码头上的“皋华丽号”旗舰，眼睛一闭，手使劲地揉了揉眼眶，不知是眼睛里含着的泪水，还是江边的风刺激了他眼球，显得难受极了。作为这次与英方谈判的主要通事亚盂，也跟在后面随行。在英方隆重的礼节中，他们在旗舰上临时布置的贵宾室里坐下。墙上左右两边挂着一面英国国旗和一面大清龙旗，铺着白纱巾的桌子上，醒目地摆着两份中英文本条约，笔墨在一旁伺候着。耆英一行人谁也没有说话，默默地坐下端起茶杯，闻了闻又放下，三人的动作几乎都是一样的。两方的官员按照事先安排好了的座位坐下，璞鼎查摆摆手，舰上的鼓乐队马上停了下来。“尊敬的大清钦差大臣耆英阁下、尊敬的伊里布先生和牛鉴先生，本人与我的朋友们，非常荣幸地见证了大英帝国与大清王朝美好合作的这一历史时刻，这将在我一生中留下最为激动人心的记忆。我受大英帝国女王的全权委托，代表英国政府与大清国签署两个伟大国家的合作条约。”说完这话时，他非常绅士地抚摸了下嘴唇边修整精致的八字胡须。身旁一侍卫马上把桌上条约文本的末页翻开，他拿起鹅毛笔蘸了些墨水，庄重地向英国国旗行了个注目礼，含着激动的声音说："感谢上帝。"手中的鹅毛笔在条约上潇洒地签上了自己的大名，盖上大印，手优雅地一伸，一个生硬的中国字吐出："请。"

在这一时刻里，对耆英来说无须他再讲任何话了，只需履行在文本上签字盖章的程序。文本里所有条款都经过前后四次的谈判，最终敲定了。他哭丧着脸，手上把着的钦差大臣关防大印，好几次颤颤抖抖地要落到中英条约文本上时，手又停顿了。璞鼎查、义律和他们的军官们的心，也随着耆英的动作在上下悬着，紧张极了。终于耆英两眼一闭，一滴浑浊的泪水从眼眶里挤出，顺着脸颊落在桌子的白纱巾上了。伊里布和牛鉴头一扭，内心的痛苦全写在了他们脸上。璞鼎查轻咳了下，耆英脸颊抽搐了下，手上的钦差大臣关防大印落在文本上了。璞鼎查率先鼓起掌来，客厅里掌声不亚于舰上西洋乐队的鼓乐声响。掌声中，接着牛鉴也盖上了两江总督的关防大印，签上他的名字。最后一个签名的是伊里布，他来之前突然闹肚子疼，想请假不上舰了。耆英下令就是抬也要把伊里布抬到舰上去。这年的七月，英舰百余艘，官兵约九千人，自吴淞口溯长江西上，进攻镇江，意图截断南北交通，阻止漕运。驻守镇江的一千五百名八旗兵与英军展开激烈巷战，死伤惨重，全城遭受焚掠，一片废墟。扬州绅商惶恐万状，为求自保给了英军五十万银元，作为不占领的交换条件。到八月四日，英国军舰驶抵南京下关江面，进逼南京，索要赎城费三百万银元，并以此胁迫大清接受议和。若南京失守，对北京将是最大的威胁。道光心已碎了，上谕以钦差大臣耆英、两江总督牛鉴、署乍浦副都统伊里布为代表，在静海寺与英国政府全权代表璞鼎查、义律议约。中英和约谈判协议草案文本由英方翻译成中文，其中提出把香港租借时间定为一百年。熟知国际法的亚孟马上向耆英、牛鉴和伊里布指出，这是英夷的一个阴谋，说国际上有约定当租借或者实际控制一块领土超过一百年，那么主权国也就自动丧失了对这块土地的主权，将永久归于实际占有国所有。耆英、牛鉴和伊里布得知这一情况后，出了一身冷汗，一年之差竟然深藏如此祸心，即以八百里急件奏报朝廷请旨。道光闻之大惊，即发上谕英夷提什么条件都可商议，唯有香港租借不能超过一百年，违者灭族。耆英、牛鉴和伊里布在镇海寺与英夷的四次谈判中，在香港租借时间上没有丝毫妥协余地，英方也知如果逼迫大清接受百年的租借时间，恐有引发对他们不利的国际舆论，同时他们的军队横扫中国南北，已是疲劳之师了，恐最终会是得不偿失的后果，故权衡再三，香港的租借时间定为九十九年。伊里布事后对耆英和牛鉴说，我们蹚上了这摊浑水，是永远也洗刷不了的污点。好在在香港租借的时间上，皇上圣明，我们也尽力了。百年后只要中国不亡，强大了，香港一定会收回的。牛鉴从河南巡抚职上任两江总督以来，镇江、上海等地接连失守，英夷直奔南京，他只能怪自己背时，这一切对他来说是杀是剐只能听天由命，心已木了。条约签字仪式完毕，英方准备了盛大的酒会款待所有出席人员，首先是伊里布提出身子不适要走，牛鉴也跟着说晕船不舒服要走，耆英本来已经举起了葡萄酒的玻璃水晶杯，见两位大臣都是心情极坏的样子，他也只好放下杯子与他们一起离去。当他们从“皋华丽号”旗舰的贵客室里出来时，璞鼎查一声令下，所有停在江面上的英军兵舰一齐鸣响礼炮送行。在隆隆的礼炮声中，耆英一个趔趄，差点儿摔倒在地上了，璞鼎查忙把他扶住。他摸了下额头，惊恐地说：“谢谢，璞鼎查先生，炮就别打了，本部堂听了心慌得很。”璞鼎查微笑着把手一扬，礼炮正好响到了十五下。天下雨了，江风苦雨呜咽着，翻卷着的浊浪滔天，瞬间天昏地暗了。一道闪电划过，轰——似是天崩地裂了，惊雷撕裂长空，夹着暴雨狂扫大地。

就在这一天，太和殿里，道光身着龙袍坐在七层台阶高台上的御座上，御座周围设有象征太平的驮宝瓶，象征君主贤明群贤毕至的角端，象征延年益寿的仙鹤，以及焚香的香炉、香筒。靠近御座的六根明柱和梁、枋上的群龙彩画，全用沥粉贴金，御座上方的蟠龙衔珠藻井，也罩以金漆。从康熙以来，太和殿只有新皇登基、传胪、重大节庆等活动才在殿里进行。龙案上摆有一本他审阅过的《中英南京条约全文》文本，还有一本是利玛窦写的《地球图说》。他知道在今天，耆英就要与英夷签订这个条约了，当他收到耆英与璞鼎查和谈条约文本时，在批红时手颤抖着，“各条均照所议办理。钦此”。此时，他已经不用看条文内容也背得出来了。

兹因大清大皇帝，大英君主，欲以近来之不和之端解释，止肇衅，为此议定设立永久和约。是以大清大皇帝特派钦差便宜行事大臣太子少保镇守广东广州将军宗室耆英，四品顶戴花翎前阁督部堂乍浦副都统红带子伊里布、两江总督牛鉴；大英伊耳兰等国君主特派全权公使大臣英国所属印度等处三等将军世袭男爵璞鼎查；公同各将所奉之上谕便宜行事及敕赐全权之命互相校阅，俱属善当，即便议拟各条，陈列于左：

一、嗣后大清大皇帝、大英国君主永存平和，所属华英人民彼此友睦，各住他国者必受该国保佑身家全安。

二、自今以后，大皇帝恩准英国人民带同所属家眷，寄居大清沿海之广州、福州、厦门、宁波、上海等五处港口，贸易通商无碍；且大英国君主派设领事、管事等官住该五处城邑，专理商贾事宜，与各该地方官公文往来；令英人按照下条开叙之列，清楚交纳货税、钞饷等费。

三、因大英商船远路涉洋，往往有损坏须修补者，自应给予沿海一处，以便修船及存守所用物料。今大皇帝准将香港一岛给予大英国君主暨嗣后世袭主位者常远据守主掌，任便立法治理。

四、因大清钦差大宪等于道光十九年二月间经将大英国领事官及民人等强留粤省，吓以死罪，索出鸦片以为续命，今大皇帝准以洋银六百万银元偿补原价。

五、凡大英商民在粤贸易，向例全归额设行商，亦称公行者承办，今大皇帝准以嗣后不必仍照向例，乃凡有英商等赴各该口贸易者，勿论与何商交易，均听其便；且向例额设行商等内有累欠英商甚多无措清还者，今酌定洋银三百万银元，作为商欠之数，准明由中国官为偿还。

六、因大清钦命大臣等向大英官民人等不公强办，致须拨发军士讨求伸理，今酌定水陆军费洋银一千二百万银元，大皇帝准为偿补，惟自道光二十一年六月十五日以后，英国因续各城收过银两之数，大英全权公使大臣为君主准可，按数扣除。

七、以上三条酌定银数共二千一百万银元。应如何分期交清开列于左：

此时交银六百万银元；

癸卯年六月间交银三百万银元，十二月间交银三百万银元，共银六百万银元；

甲辰年六月间交银二百五十万银元，十二月间交银二百五十万银元，共银五百万银元；乙巳年六月间交银二百万银元，十二月间交银二百万银元，共银四百万银元；自壬寅年起至乙巳年止，四年共交银二千一百万银元。

倘有按期未能交足之数，则酌定每年每百元加息五银元。

八、凡系大英国人，无论本国、属国军民等，今在中国所管辖各地方被禁者，大清大皇帝准即释放。

九、凡系中国人，前在英人所据之邑居住者，或与英人有来往者，或有跟随及俟候英国官人者，均由大皇帝俯降御旨，誊录天下，恩准全然免罪；且凡系中国人，为英国事被拿监禁受难者，亦加恩释放。

十、前第二条内言明开关俾英国商民居住通商之广州等五处，应纳进口、出口货税、饷费，均宜秉公议定则例，由部颁发晓示，以便英商按例交纳。今又议定，英国货物自在某港按例纳税后，即准由中国商人遍运天下，而路所经过税关不得加重税例，只可按估价则例若干，每两加税不过分。

十一、议定英国住中国之总管大员，与大清大臣无论京内、京外者，有文书来往，用照会字样；英国属员，用申陈字样；大臣批复用札行字样；两国属员往来，必当平行照会。若两国商贾上达官宪，不在议内，仍用禀明字样为着。

十二、俟奉大清大皇帝允准和约各条施行，并以此时准交之六百万银元交清，大英水陆军士当即退出江宁、京口等处江面，并不再行拦阻中国各省商贾贸易。至镇海之招宝山，亦将退让。惟有定海县之舟山海岛、厦门厅之古浪屿小岛，仍归英兵暂为驻守；迨及所议洋银全数交清，而前议各海口均已开辟俾英人通商后，即将驻守二处军士退出，不复占据。

十三、以上各条均关议和要约，应候大臣等分别奏明大清大皇帝、大英君主各用亲笔批准后，即速行相交，俾两国分执一册，以昭信守；惟两国相离遥远，不得一旦而到，是以另缮二册，先由大清钦差便宜行事大臣等、大英钦奉全权公使大臣各为君上定事，盖用关防印信，各执一册为据，俾即日按照和约开载之条，施行妥办无碍矣。要至和约者。

道光二十二年七月二十四日即英国记年之一千八百四十二年八月二十九日由江宁省会行。

太和殿里除了王丁三在一旁守候着外，没有一个人在道光身边了。突然他开口问道："王金水这个狗奴才，人去哪了？"

王丁三小声地说："皇上，王公公已过了九个多月啦。"

道光两眼闭了闭，冷冷地说："死了？死了也好。王爱卿人呢？朕要问他，什么叫地球？为什么是圆的？"

王丁三颤抖着说："皇上，王大人也于四月三十日走了呀。"

道光愣了，不吭声了，天渐渐暗了。王丁三悄悄地叫狗儿和太监们把太和殿里外的灯全点亮，丹陛两旁的鼎炉、龟鹤铜炉里燃烧檀香掺松柏枝等香料，殿里弥漫着清香味儿。那一夜，道光就坐在太和殿的丹陛上，把《地球图说》和《中英南京条约全文》紧紧地抱在怀里。他在想什么？谁也不知道。沉沉的夜幕像是一道闸门，把皇宫关得死死的了。天亮了，道光身着龙袍在丹陛上睡着了。在这个充满变幻的世界里，新的一天又有什么新的变化，他不知道。黑夜里的思考与苦闷，是无法得到答案的，重重的宫门把一个充满活力的世界挡在了门外。王丁三站在殿外，打了个冷噤，不由惊讶了声："变天啦，这季节里天老爷怎么起西风了。"狗儿赶紧把殿门死死地关上了，西风在狂扑着厚重的宫门。

于二〇一三年四月至二〇一六年四月一日凌晨三时全书初稿完毕。

二稿修正于二〇一六年五月初至二〇一七年三月十日凌晨二时。

三稿于二〇一九年四月清明修正。

四稿于二〇二〇年七月末再正之。

图书在版编目（CIP）数据

背西风 / 刘佑平著. -- 长沙 : 湖南文艺出版社, 2020.9
ISBN 978-7-5404-9434-6

Ⅰ. ①背… Ⅱ. ①刘… Ⅲ. ①长篇小说—中国—当代 Ⅳ. ①I247.5

中国版本图书馆 CIP 数据核字 (2019) 第 218771 号

背西风

Bei XiFeng

作　　者　刘佑平

出 版 人　曾赛丰
责任编辑　陈新文
装帧设计　汪　勇

出版发行　湖南文艺出版社
经　　销　全国新华书店
印　　刷　长沙超峰印刷有限公司
开　　本　710mm×1000mm　1/16
字　　数　400 千
印　　张　32.25
2020 年 9 月第 1 版
2020 年 9 月第 1 次印刷
书　　号　ISBN 978-7-5404-9434-6
定　　价　52.00 元

湖南文艺出版社地址：长沙市雨花区东二环一段 508 号　邮编 410014　网址 www.hnwy.net
若有印刷质量问题，请与本社出版科联系调换。电话 0731-85983029